BASTEI
LÜBBE

THOMAS HOOVER

KARIBIK

Aus dem Amerikanischen
von Werner Peterich

BASTEI
LÜBBE

BASTEI-LÜBBE-TASCHENBUCH
Band 11 294

Titel der Originalausgabe: CARIBBEE

Printed in West Germany, September 1988
Einbandgestaltung: Design Team, München
Satz: ICS Communikations-Service GmbH, Bergisch Gladbach
Druck und Bindung: Ebner Ulm
ISBN 3-404-11294-6

Der Preis dieses Bandes versteht sich einschließlich
der gesetzlichen Mehrwertsteuer

Inhalt

Vorbemerkung des Autors

Um die Mitte des siebzehnten Jahrhunderts lebten in der Neuen Welt bereits an die hunderttausend britische Siedler, und die größte Kolonie jener Zeit befand sich weder in Virginia noch in Neu-England, sondern auf den kleinen, weit im Osten gelegenen Inseln des Karibischen Meeres, die wir Große und Kleine Antillen oder »Inseln über dem Winde« nennen.

Das Leben der ersten Weißen in der Karibik war alles andere als ein Zuckerschlecken. Zu Anfang ging es nur um das nackte Überleben. Dann jedoch gerieten die Siedler durch einen Akt internationaler Spionage an ein wohlgehütetes Industriegeheimnis der katholischen Länder, das ihnen den Schlüssel zu ungeahntem Reichtum in die Hand gab. Das System, dessen diese gottesfürchtigen Puritaner sich bedienten, um zu irdischem Wohlstand zu gelangen, erforderte aber auch ein neues Menschenbild. Es besagte, daß nur ganz bestimmte Völker den Anspruch erheben durften, vollwertige Menschen zu sein. Die Profite, die dank dieser neuen Einstellung zustande kamen, erwiesen sich später als eine Hypothek, die Amerika unerhört teuer zu stehen kommen sollte.

Die Inseln der Karibik waren in jenen Jahren ein Tummelplatz für Gesetzlose und Abenteurer aus vielen Ländern, eine Arena der Gewalttätigkeit, eine Brutstätte der Habgier, Trunksucht, Seeräuberei und des Voodoo. Gleichwohl brachten es die hier ansässigen englischen Kolonisten fertig, eine Unabhängigkeitserklärung zu verfassen und schon hundert Jahre vor ihren Brüdern in Nordamerika einen revolutionären Krieg gegen ihr Mutterland zu führen. Hätten sie die Menschenrechte im gleichen Maße geachtet, wie sie sie für sich selbst in Anspruch nahmen — Amerika könnte heute ganz anders aussehen.

Viele der Männer und Frauen, die in der hier erzählten Geschichte eine Rolle spielen, haben tatsächlich gelebt, andere vereinen in sich Züge und Lebensgeschichten verschiedener Zeitgenossen (Näheres dazu im Nachwort). Den Rahmen, in dem der Roman sich bewegt, geben im großen und ganzen die geschichtlichen Ereignisse ab; des Erzählflusses wegen wurden sie hier und dort ein wenig gerafft.

Freiheit und Gerechtigkeit für alle!

Die Personen

Hugh Winston	Eigner und Kapitän der *Defiance*
Dalby Bedford	britischer Gouverneur auf Barbados
Katherine Bedford	seine Tochter
Benjamin Briggs	
Nicholas Whittington	
Edward Bayes	Pflanzer auf Barbados
John Mewes	
Tom Canninge	Männer aus Winstons Crew
Timothy Farrell	ein irischer Schuldknecht auf Barbados
Anthony Walrond	ein königstreuer britischer Emigrant
Jeremy Walrond	sein Bruder
Sir Edmond Calvert	Admiral der britischen Flotte
James Powlett	sein Stellvertreter
Johan Ruyters	Kapitän des holländischen Kauffahrteischiffes *Zeelander*
Atiba	Häuptling der Yoruba
Serina	Haussklavin des Benjamin Briggs
Jacques le Basque	Freibeuter, später französischer Gouverneur auf Tortuga
Tibaut de Fontenay	sein ›Matelot‹
Joan Fuller	Schankwirtin auf Barbados
Richard Morris	Kommandeur der britischen Truppen
Don Francisco de Castilla	spanischer Gouverneur auf Jamaika
Antonio de Medina	sein Generalleutnant
Guy Bartholomew	Freibeuter und Kapitän der *Swiftsure*
Juan Vicente de Padilla	Kommandant des spanischen Forts in der Bucht von Jamaika

Seeleute, Sklaven, Schuldknechte, Soldaten; spanische, englische, französische und portugiesische Siedler in der Neuen Welt

Prolog

In der Karibik
1638

Insgesamt waren die Männer mit sechs Kanus ausgerüstet, mächtigen Einbäumen aus Stämmen, deren Inneres nach Indianerart ausgebrannt worden war. Sie waren mit Äxten und langläufigen Musketen bewaffnet; ihre Kniehosen und Stiefel bestanden aus ungegerbten, grob zusammengenähten Fellen. Sie waren frei umherschweifende Jäger, Waldmenschen, in denen sich eine ältere Zeit verkörperte, und die nackten Oberkörper sowie die bärtigen, von der Sonne erdbraun gebrannten Gesichter hatten sie sich zum Schutz gegen die Insektenschwärme dieser Breiten mit Schweineschmalz eingefettet. Nur einer von ihnen trug Wams und Hemd.

Sie kamen von der vor der Nordküste Hispaniolas gelegenen Insel Tortuga und steuerten nun auf eine Kette winziger Eilande zu, die quer vor der Zufahrt zur Windward-Passage lagen, die die auf der Heimfahrt nach Veracruz befindlichen spanischen Galeonen zu passieren pflegten. Ihr Ziel war die Ostspitze von Grand Caicos, ein bekannter spanischer Anlegeplatz, wo die Flotte nach der langen Reise über den Atlantik alljährlich Zwischenstation machte, um frischen Proviant zu übernehmen.

Gleich nachdem sie an Land gewatet waren, begannen sie mit den Vorbereitungen. Zunächst zogen sie die Einbäume auf den Strand und tarnten sie mit belaubten Zweigen. Sodann fällten sie in einem etwas weiter vom Strand entfernten Gehölz mehrere Bäume, schlugen die Stämme zu handlichen Scheiten auseinander und trugen diese ans Wasser hinunter, um sie zu einem mächtigen Holzstoß aufzuschichten. Schließlich errichteten sie auf der entstandenen Lichtung aus Bananenblättern *ajoupa*-Hütten. Erfahrene Waldmänner, die sie waren, verstanden sie sich bestens darauf, während der Wartezeiten vom Lande zu leben.

Der erste Tag verging, ohne daß irgend etwas geschah. Stundenlang versengte die vom wolkenlosen Himmel herabbrennende Sonne den ungastlichen Sandstrand und sackte dann in das leere Meer. In jener Nacht zuckten Blitze in den Gewitterwolken, die über der Hauptinsel standen, und gegen Mitternacht troffen die *ajoupas* vor Regen. Dann, im ersten Morgenlicht, als noch dichter Nebel die vom Wasser kaum überspülten Sandbänke im Westen verhüllte, sichteten sie ein Schiff – eine einzelne Fregatte, die so klein war, daß sie nur mit einer Handvoll Kanonen auf dem Oberdeck bestückt sein konnte.

Ihr Anführer, Jacques le Basque, ein Bär von einem Mann, erklärte in kehligem Französisch, dies sei ein historischer Augenblick, den es auszukosten gälte, und er ließ eine bauchige Flasche Branntwein unter den Männern herumgehen. Jetzt werde ihr seit langem geplanter Vergeltungsfeldzug gegen die Spanier eröffnet, deren in Santo Domingo stationierte Infanterie einst ihre Siedlung niedergebrannt und viele Unschuldige ermordet habe. Mit diesem Racheakt, sagte er, beginne für alle ein neues Leben.

Das einzige, was noch zu tun blieb, war, die Falle mit einem Köder zu versehen. Zwei der Jäger schafften aus den *ajoupas* einen Eimer Fett herbei und schmierten es mit einer Kelle über das frische Brennholz. Ein anderer goß den Rest des Branntweins über das Holz und zerschmetterte die Flasche dann an einem dicken Stamm – eine symbolische Handlung, die Glück bringen sollte. Während die Männer schließlich sorgfältig Pulver auf die Pfannen ihrer Jagdmusketen schütteten, schlug le Basque mit einem Feuerstein Funken und setzte so den Holzstoß in Brand.

Die noch frischen Scheite zischelten und spuckten zunächst, als ob sie nicht wüßten, wie sie sich verhalten sollten, flammten dann knisternd auf und sandten eine graue Rauchwolke in die feuchte Morgenluft. Triumphierend umkreiste Jacques das Feuer, und in seinen Augen spiegelten sich die Flammen. Er befahl den Männern, die getarnten Einbäume startklar zu machen. Als sie sich anschickten, seinem Befehl Folge zu leisten, packte er den Ärmel eines jungen Engländers, der bei ihnen war, und hieß den Mann bleiben.

»*Anglais, attendez ici!* Ich will Euch hier an meiner Seite haben. Auf den ersten Schuß kommt es an.«

Der junge Mann gehörte seit fast drei Jahren zu ihrer Rotte und war nach allgemeiner Einschätzung ihr bester Schütze – keine geringe Ehre unter Männern, die davon lebten, daß sie im Urwald Wildrinder jagten. Im Gegensatz zu den anderen trug er an diesem Morgen keine Muskete, sondern nur eine lange Steinschloßpistole, die er sich in den Leibriemen gesteckt hatte. Im flackernden Licht wirkte er kaum älter als zwanzig Jahre, und sein Gesicht zeigte noch nicht die harten Züge der Verzweiflung, die die Mienen der anderen prägte. Er hatte leicht ins Rötliche spielendes, sandfarbenes, gutgeschnittenes Haar und war als einziger von ihnen nicht in Tierfelle gekleidet. Sein Wams, wenngleich schon seit einiger Zeit aus der Mode, wies unverkennbar englischen Schnitt auf, und seine schweißfleckigen Kniehosen waren aus ehemals wohl recht feinem Segeltuch gearbeitet. Selbst den längst verwitterten und von Salz zerfressenen Stiefeln traute man zu, daß sie vor Jahren einem jungen Kavalier in Covent Garden gehört haben mochten.

Er ging Jacques zur Hand, das Feuer zu schüren und neue Scheite nachzulegen. Die hellen Flammen und die Rauchwolken hätten den Leuten auf der vorüberziehenden Fregatte längst aufgefallen sein müssen, aber der Ausguck hatte wohl geschlafen. Um ein Haar hätte er weder das eine noch das andere bemerkt. Das Schiff war fast schon an ihnen vorüber, als vom Hauptmast her Rufe über das dunstverschleierte Wasser schollen, gefolgt von einem Schwall von Befehlen vom Achterdeck. Kurze Zeit später drehte das Segelschiff aus dem Wind, wurde das Großsegel teilweise gerefft und der Klüver ganz eingeholt.

Als der Segler langsam in die Bucht einlief, schlug Jacques nach den sirrenden Mücken, die sie umschwärmten, und schrie in flehentlichem Ton auf spanisch, sie seien ausgesetzte Seeleute und dem Tode nahe. Dabei spähte er aufmerksam zu der Fregatte hinüber und brummte, kaum hörbar, vor sich hin, daß sie schon arg klein wäre, kaum hundert Tonnen groß, und damit auch kaum die reiche Beute versprach, um derentwillen sie in ihren offenen Kanus die weite Fahrt übers Karibische Meer gewagt hatten.

Mittlerweile war das Beiboot zu Wasser gelassen worden, und zwei Matrosen in weißen Hemden und mit locker sitzenden blauen Mützen ruderten einen jungen Maat auf die beiden schattenhaften Gestalten zu, die sich um den qualmenden Holzstoß am Ufer drängten. Le Basque lachte still in sich hinein und brummelte in rauhem Französisch etwas von Schiffsoffizieren, denen ein rascher Tod vergönnt sein solle, um ihnen ihre Gastfreundschaft zu vergelten.

Der junge Mann neben ihm hörte nicht hin. Angestrengt beobachtete er im fahlen Frühlicht das näherkommende Boot. Jetzt konnte er die Mützen der Matrosen erkennen, Wollstrümpfe, die lose übers Ohr schlackerten. Auf dem Schiff hockten Seeleute auf den Rahen und sahen zu ihnen herüber. Er meinte, gedämpft durch die Wogen und die Entfernung, Fetzen einer vertrauten Sprache zu vernehmen. Wenig später erschien unter der Führung einer sichtlich wohlhabenden Familie in Rüschen und Taft eine Traube von Passagieren an der Heckreling.

Das waren keine Spanier, konnten keine sein.

Der Mann trug einen federbestückten Hut und lange Locken, die ihm fast bis auf das Samtwams herunterhingen. Die ein wenig zur Fülle neigende und offenbar zu ihm gehörende Frau hatte ein straff sitzendes gelbes Mieder und ein langes Seidencape an; das Haar trug sie zurückgestrählt. Zwischen den beiden stand ein vielleicht zwölfjähriges Mädchen mit kastanienbraunen Ringellocken.

Der junge Mann warf einen letzten Blick auf die Fallen und die Takelage, um jeden Irrtum auszuschließen. Dann wandte er sich an Jacques le Basque. »Das ist ein englisches Schiff! Seht es Euch an: gedrungener Mittelteil, stumpfes Heck. Zweifellos ein Kauffahrteifahrzeug aus Virginia mit Kurs auf Nevis oder Barbados.« Er hielt inne, als er merkte, daß Jacques nicht darauf einging, um dann mit um so lauterer Stimme fortzufahren: »Ich sage Euch, da gibt's nichts zu holen! Allenfalls Holzdauben, Kerzenwachs, ein bißchen eingesalzenen Fisch. Ich weiß, was die laden.«

Unbeeindruckt spähte Jacques zu dem Segler hinüber: »*Cela n'a pas d'importance, Anglais.* Sie haben bestimmt Vorräte an Bord. Wir müssen sie nehmen.«

»Aber kein Silber. Hier draußen in Amerika verwenden sie kein englisches Silbergeld, haben es nie gehabt. Und wer weiß, was passiert? Da braucht bloß ein Geschütz abgefeuert zu werden oder das Schiff in Brand zu geraten, und wir müssen damit rechnen, die gesamte spanische Flotte am Hals zu haben.«

Jetzt zuckte le Basque immerhin mit den Achseln. Er tat so, als könne er dem Englisch des jungen Mannes nicht ganz folgen, und antwortete in hartem Französisch. »Wir können nichts Besseres tun, als sie zu nehmen. Ist sie wirklich eine *Anglaise*, behalten wir sie und benutzen sie selbst.« Er grinste und entblößte eine Reihe geschwärzter Zähne. »Und vergnügen uns mit den Frauen. Von mir aus könnt Ihr die hübsche Kleine dort hinten an der Reling haben, *Anglais* – soll die *votre petite amie* sein.« Er lachte. »Die ist sowieso noch nichts Rechtes für einen Mann!«

Bestürzt starrte ihn der junge Engländer an; es war ihm, als lege sich ein eisiger Hauch über sein Gesicht. Hinter ihm im Gebüsch hörte er, wie die englischen Jäger sich mit den französischen stritten. In den Jahren, die er jetzt bei ihnen lebte, hatte er zu Dutzenden wilde Stiere erlegt, niemals jedoch einen Landsmann getötet.

»Jacques, wir sind keine Spanier. Das, was du vorhast, ist nicht unsere Art.« Kaum hörte er seine eigenen Worte. Wir müssen ehrenhaft handeln, sagte er sich, das versteht sich von selbst. Es ist die ungeschriebene Verhaltensregel in der Neuen Welt, wo die Menschen sich ihre eigenen Gesetze machen.

»*Anglais,* tut mit leid, daß ich das sagen muß, aber Ihr stimmt mich etwas traurig.« Le Basque wandte sich ihm zu. »Früher habe ich mal gedacht, Ihr hättet den Willen, einer von uns zu sein. Aber jetzt . . .« Seine Hand war nach oben geglitten, eine kaum merkliche Bewegung, fast unsichtbar im flackernden Licht. Doch als er seine Flinte erreichte, hatte der junge Mann bereits seine lange Steinschloßpistole gezogen und auf ihn gerichtet.

»Jacques, ich habe gesagt: nein!« Ein dumpfes Klicken ertönte, aber der Schuß ging nicht los.

Unvermittelt hatte le Basque die eigene geladene und gespannte Pistole in der Hand; sie war gleichsam ein Teil von ihm selbst. Das Mündungsfeuer schlug einen leuchtenden Pfad in das Dunkel zwischen ihnen.

Der junge Engländer indes, von hellem Zorn gepackt, war bereits in Bewegung: Er ließ sich fallen und streckte eine Hand nach dem Feuer aus. Seine Finger fanden, was sie suchten, schlossen sich um den Hals der zerschmetterten Flasche. Das glühendheiße Glas versengte ihm die Hand, doch darauf achtete er in seiner Wut nicht. Der scharfzackige Rand funkelte vor den Flammen. Der junge Mann stemmte sich ab, holte weit aus, und als er die Scherbe mit aller Kraft seinem Widersacher entgegenschleuderte, ließ ihn der eigene Schwung mit nach vorne schnellen.

Le Basque strauchelte und wich zurück, um dem Glas auszuweichen; er landete rücklings auf einem Stapel Grünholz, und ein Schwall französischer Flüche entfuhr ihm. Einen Augenblick später stoben Funken aus dem Feuer und gleich darauf noch einmal.

Gott steh uns bei, dachte der Engländer, wir werden vom Boot aus beschossen. Die müssen ja denken . . .

Er fuhr herum, um eine Warnung in Richtung See hinauszurufen, doch seine Stimme ging unter in dem Geknatter der Musketen, die aus der Deckung an Land heraus abgefeuert wurden. Die drei Seeleute im Boot zuckten zusammen und taumelten zurück, noch immer die rauchenden Musketen in der Hand. Dann kippten sie über Bord und fielen ins aufspritzende Wasser. Das leere und führerlose Boot drehte sich ein paarmal und trieb schließlich träge hinaus aufs offene Meer.

Viele Male versuchte er sich in späteren Jahren ins Gedächtnis zu rufen, was genau als nächstes geschehen war, doch verschwammen die Erinnerungen immer wieder zu einem Chaos aus aufgeregten Stimmen, Befehlen und belfernden Musketenschüssen. Als er, von le Basques Flüchen verfolgt, auf die Brandung zuhielt, gerieten links und rechts von ihm die Einbäume in Bewegung. Mündungsfeuer blitzte. Er blickte auf und sah, wie die beleibte Frau an der Reling sich mit der Hand übers Gesicht fuhr und dann zur Seite sank, geradewegs in die Arme ihres entsetzten Gatten.

Aber auch daran erinnerte er sich: Daß er bereits schwamm und mit kraftvollen Stößen auf das leere Boot zustrebte, als er, dumpf und gedämpft vom Wasser, das ihm um die Ohren rauschte, die erste Salve Kanonenfeuer von der Fregatte über das Wasser der Bucht hallen hörte. Dann sah er die zweite Salve aus den Geschützrohren aufblitzen . . . und erkannte, daß der ihm nächste Einbaum in einer gewaltigen Wolke aus Gischt und splitternden Wrackteilen zerbarst.

Die anderen brachen den Angriff ab und wendeten bereits, als er das schlüpfrige Schanzkleid des Bootes zu fassen bekam – und damit seine einzige Hoffnung, das Segelschiff zu erreichen.

Was den letzten Teil der Ereignisse betraf, so waren seine Erinnerungen am verworrensten. Immer noch kochend vor Zorn, hatte er sich über die Bootswand gezogen und sich dann auf den blutbedeckten Planken zusammengerollt. Neben ihm lag eine englische Wollmütze, auf deren Rand der Name des Herstellers eingestickt war. Ein Riemen hing quietschend in der Dolle, der andere war verschwunden.

Er erinnerte sich, den Blick nach oben gerichtet und in den Wanten Matrosen stehen gesehen zu haben, die nun anfingen, die Rahen zu drehen. Dann rauschte mit einem Knall das Großsegel herunter und blähte sich in einer unverhofften Bö.

Gott verdamm sie, dachte er. So wartet doch auf mich! Wartet, verdammt noch mal!

Nur etwa hundert Schritt trennten sie voneinander, und in späteren Jahren dachte er so manches Mal, ob es womöglich nicht noch weniger gewesen waren. Das Boot, in dem er saß, trieb stetig auf die offene See zu. Woran er sich klar erinnerte, war, daß er den Riemen aus der Dolle riß, sich umdrehte und anfing, auf das Schiff zuzupaddeln. Das war der Augenblick, da eine Gischtfontäne vor ihm aufspritzte. Als er erschrocken zurücktaumelte, hörte er unmißverständlich den Knall des Heckgeschützes.

Nie konnte er sich in späteren Jahren darüber klarwerden, ob er ihnen wirklich etwas zugerufen hatte. Wohl aber wußte er noch, daß er sich an das Schanzkleid drückte und den Musketensalven lauschte, die die Matrosen von der Heckreling herüberschickten.

Mehrere Runden schweren Bleis hatten sich durch die Bordwand gefressen, und ein Splitter war ihm ins Gesicht gefahren. Als er es wagte, die Augen wieder zu öffnen, sah er, wie die Fregatte ihr Lateinsegel setzte und Kurs aufs offene Meer nahm. Die Musketenschützen an der Heckreling waren nach wie vor auf ihrem Posten. Neben ihnen stand die Familie: Der Mann beugte sich über die korpulente Frau, die ausgestreckt auf dem Deck lag, und ihm zur Seite stand das Mädchen.

Erst da bemerkte der junge Mann die Hitze an seiner Wange, das warme Blut, das aus der Wunde sickerte. Er warf einen Blick zurück zum Feuer und bedauerte noch mehr als zuvor, Jacques le Basque nicht getötet zu haben. Irgendwann einmal würde er die Rechnung begleichen. Seine Wut auf den Franzosen war ebenso groß wie sein Abscheu vor den Engländern auf dem Schiff.

An Bord des Seglers schien nur ein einziger Mensch das Geschehene in Frage zu stellen. Lange und traurig blickte das Mädchen auf die Frau hinab und schaute dann zurück, und er sah, wie die Morgenbrise ihre langen Locken bewegte. Die letzte Erinnerung, ehe er in Bewußtlosigkeit versank, war ihre hochgereckte Hand. Es war wie ein Lebewohl.

Erstes Buch

Barbados

Zehn Jahre später . . .

Erstes Kapitel

Kaum war ihre Kutsche quietschend zum Stehen gekommen, da brandeten in der feuchten Morgenluft auch schon stürmische Hochrufe auf. Katherine Bedford bedachte den ihr gegenübersitzenden Mann mit einem skeptischen Lächeln, zog die verschossenen Vorhänge vor dem Fenster beiseite und reckte den Hals, um über die dicht am Wasser stehende Menge hinwegzusehen. Es waren überwiegend Pflanzer im üblichen geflickten Wams und grauen Baumwollbreeches, auf den Köpfen die nicht minder typischen breitrandigen, schweißfleckigen Hüte. Auf der anderen Seite der Bucht schoben sich hinter den Klippen des Lookout Point die zerschlissenen und geflickten Segel der *Zeelander* ins Blickfeld, eines auf Barbados wohlbekannten holländischen Kauffahrteischiffs.

»Sie kommt gerade um die Klippen vom Point herum.« Im harten Ton ihrer Stimme lag Verachtung. »Von hier aus würde man nie auf den Gedanken kommen, welche Ladung sie an Bord hat. Sie sieht genauso aus wie immer.«

Die karibische Sonne, die vom Himmel gleißte, ließ ihre tiefblauen Pupillen aufleuchten. Sie blinzelte. Die langen Ringellocken hatte sie zurückgenommen und mit Hilfe eines perlenbesetzten spanischen Diadems festgesteckt – ein halbherziger Versuch, sich um ein gesittetes Aussehen zu bemühen, den jedoch ein paar vorwitzige Strähnen, die ihr in die Stirn fielen, bereits zum Scheitern verurteilt hatten. Ihr tiefgebräuntes Gesicht verriet, wie sehr sie die Sonne und die See liebte. Ihr Körper war mit seinen dreiundzwanzig Jahren zu voller Reife erblüht, und ihre hohen Wangen wiesen nichts von jener blutarmen Blässe auf, die bei den Engländerinnen jener Zeit in hohem Ansehen stand.

Ihr Vater antwortete erst nach einer längeren Pause. »Und doch ist es diesmal ganz anders als sonst, Katy, daß du dich da nicht irrst! Nichts auf den Antillen wird je wieder so sein, wie es einst war. Nicht nach dem heutigen Tag.«

Gouverneur Dalby Bedford, der ihr in der engen, geschlossenen Kutsche gegenübersaß, umklammerte wütend den Silberknauf seines Rohrstocks. Schließlich beugte auch er sich vor, um hinauszublicken, und so wurden für einen Augenblick beider Gesichter vom Fenster des Wagenschlags umrahmt. Die Ähnlichkeit zwischen ihnen hätte nicht größer sein können; sie hatten nicht nur die strahlenden Augen, sondern auch die hohe Stirn und das energische Kinn gemeinsam. »Verflucht seien sie! Es ist ein schändlicher Tag für uns alle.«

»Und trotzdem mußt du dir das Spektakel mit ansehen!« Sie wußte, daß er keine andere Wahl hatte. Den Pflanzern war sehr wohl bekannt, daß Dalby Bedford von Anfang an gegen den Plan gewesen war. Wochenlang hatte er sich mit dem Rat herumgestritten, ehe sie mit den Holländern handelseinig geworden waren. Bei der entscheidenden Abstimmung hatte er dann eine Niederlage erlitten, und so mußte er jetzt zum Ratsbeschluß stehen.

Während der Gouverneur verfolgte, wie die *Zeelander* einen Schlag nach Steuerbord machte und im Begriff stand, in die Bucht einzulaufen, zog Katherine den Vorhang auf der anderen Seite der Kutsche auf. Der heiße Wind, der plötzlich aufkam, war ein schwüler Vorbote der Küstenbrise, die jetzt den Hang hinauffuhr. Feld um Feld reihten sich dort die Zuckerplantagen aneinander, und auf jedem Feld standen die hohen, grünbeblätterten Stengel in einförmigen, schnurgeraden Reihen und schimmerten in der Sonne.

Da haben wir ja bereits das neue Barbados, dachte Katherine. Am besten, ich finde mich beizeiten damit ab.

Wortlos straffte sie das stramme, verschwitzte Mieder, nahm den zerdrückten Rock zusammen und öffnete den Wagenschlag. Mit einer Handbewegung wies sie den aus Stroh gefertigten Sonnenschirm von sich, den James, der irische Kutscher und Lakai, ihr aufnötigen wollte, und trat in die grelle Mittagssonne hinaus. Dalby Bedford nickte der Menge zu und verließ dann seinerseits die Kutsche.

Er war großgewachsen und legte, in diesem Punkte grundverschieden von seiner unbekümmerten Tochter, stets höchsten Wert auf ein gepflegtes Äußeres. Heute trug er eine mit Spitzen besetzte tabakbraune Weste und ein weißes Jabot, das zum Reiherfederbesatz seines breitrandiges Hutes paßte. Der Name Dalby Bedford war im Laufe der Jahre zum Inbegriff der Freiheit auf den Antillen geworden: Unter seiner Führung hatte sich Barbados zu einer Demokratie entwickelt und darüber hinaus weitgehende Unabhängigkeit von England erlangt. Zuerst hatte Bedford den vom König mit den Besitzrechten auf die Insel ausgestatteten Herrn bewogen, den Pachtzins zu senken, dann hatte er eine gewählte Versammlung von kleinen Freisassen und mit ihr ein Gegengewicht zu der anmaßenden Herrschaft des mächtigen Rats geschaffen. Und bislang hatte er noch jede Schlacht gewonnen – nur eben diese letzte nicht.

Katherine schob sich durch die Menge der schwarzbehuteten Pflanzer, die vor ihr eine Gasse öffneten, und suchte nach vertrauten Gesichtern. Über dem Sandstrand am Ufer waberte die Hitze. Sie erkannte in einiger Entfernung die beherrschende Gestalt von Anthony Walrond, der dort mit seinem jüngeren Bruder Jeremy stand. Wie Hunderte anderer Königstreuer waren die beiden im Gefolge des Bürgerkriegs zwischen den Royalisten und dem englischen Parlament nach Barbados verbannt worden. Anthony entdeckte in diesem Moment die Kutsche und kam den Strand herauf, um den Gouverneur und seine Tochter zu begrüßen, und Katherine fragte sich, ob sie vielleicht nicht doch lieber ein modischeres Mieder hätte anlegen sollen.

»Euer Diener, Sir.« Ein barscher Gruß, der Dalby Bedford galt, riß sie aus ihren Gedanken. Sie blickte sich um und sah einen korpulenten, offenbar von allen Umstehenden Respekt erwartenden Pflanzer durch die Menge auf sie zukommen. Der Mann schwang sich von seinem schnaubenden Pferd, warf die Zügel dem Roßknecht zu und ging dann zu Fuß weiter, wobei er sich mit den Aufschlägen seines offenstehenden Wamses Kühlung zufächelte.

Benjamin Briggs ging auf die Fünfzig zu. Ihm gehörte die größte Pflanzung auf der Insel, und er war Vorsitzender des Rates, jener Regierungskörperschaft aus den Reihen der ersten Siedler, die von eben jenem Herrn eingesetzt worden war, dem der König weiland die Besitzrechte an der Insel übertragen hatte. Das feiste Gesicht mit der ledrigen Haut und den großen Tränensäcken unter den Augen zeugte von einem Leben, das durch harte Arbeit und womöglich durch noch härteres Trinken bestimmt war. Unter der Ägide der Pflanzer im Rat hatte sich Barbados aus einem tropischen Regenwald in einen Flickenteppich aus Tabak- und Baumwollplantagen verwandelt, und inzwischen hoffte man auf eine weitere Metamorphose: Die Insel sollte zu einer Produktionsstätte des weißen Goldes werden.

Ruckartig schob Briggs seinen staubigen Hut aus der Stirn. Sein Blick wanderte zu der Fregatte hinüber, auf der in Vorbereitung des Ankerwerfens bereits das Großsegel gerefft wurde, und man konnte es ihm ansehen, daß ihn das, was er sah, freute. »Gottlob«, murmelte er, »wir haben's fast geschafft. Die Hungerjahre werden bald vorüber sein.«

Katherine war nicht entgangen, daß sie nicht in die Begrüßung einbezogen worden war. Sie hatte Benjamin Briggs einmal gründlicher die Meinung gesagt, als ihm lieb gewesen war. Die schäbige Art und Weise, wie er seine Plantagenarbeiter behandelte, hatte sie empört. Nach wie vor war ihr im Grunde unverständlich, wie dieser Mann, der einst in Bristol als kleiner Importeur angefangen hatte, auf den Antillen zu einer solchen Machtposition hatte gelangen können. Zum Teil, das war ihr durchaus klar, beruhte sein Erfolg darauf, daß er hart bedrängten kleinen Freisassen zu geringen Zinsen, aber nur für kurze Laufzeit Geld lieh und die Hand auf ihr Land legte, sobald die Wechsel fällig wurden.

»Es ist eine sehr üble Angelegenheit, auf die wir uns da einlassen, Sir, und alles andere als ein gutes Beispiel für die britischen Siedlungen in der Neuen Welt. Ihr werdet noch an meine Worte denken.« Bedford blickte hinüber zum Schiff. Seit dem Tag, da der Gouverneur zum erstenmal den Vorschlag gemacht hatte, eine Freisassen-Versammlung einzurichten, waren er und Briggs eingeschworene Gegner. »Und ich sage Euch nochmals: Durch das, was heute hier geschieht, werden überall auf den Antillen der Furcht und der Zwietracht Tür und Tor geöffnet.«

»Es ist unsere letzte Chance, zu Wohlstand zu kommen, Sir«, hielt Briggs ihm eigensinnig entgegen. »Alles andere ist fehlgeschlagen. Ihr wißt das genauso gut wie ich.«

Noch ehe der Gouverneur antworten konnte, gesellten sich die Brüder Walrond zu ihnen.

»Euer Diener, Sir.« Anthony senkte den federgeschmückten Hut vor Dalby Bedford, während er Briggs geflissentlich übersah. Jeremy hielt sich einen Schritt hinter ihm.

Anthony Walrond, ein Aristokrat, wie er im Buche steht, war fünfunddreißig Jahre alt. Abgesehen von ihrem Vater, kannte Katherine keinen Mann, der über ähnlich geschliffene Manieren verfügte. Sein elegantes, schmales Gesicht wurde von einer Augenklappe beherrscht, die er mit Stolz zur Schau trug wie eine Epaulette; die Verwundung ging auf einen Säbelhieb zurück, der ihn bei der blutigen Niederlage der Royalisten bei Marston Moor getroffen hatte. Anthony hatte ein kleines Vermögen der Sache des Königs geopfert und war schließlich nach Barbados verbannt worden. Die Ländereien seiner Familie hatte das Parlament konfisziert.

Katherine konnte es noch immer nicht fassen, daß dieser Mann sie vor noch nicht vier Wochen gebeten hatte, seine Frau zu werden. Warum, so fragte sie sich, hatte er das getan? Er besaß Land auf Barbados, war ein weltgewandter Mensch und hatte sich im Kriege ausgezeichnet. Sie dagegen war ein Wildfang; die feine Lebensart, die ihn prägte, fehlte ihr.

»Katherine, ganz der Eure.« Er verneigte sich knapp und trat dann einen Schritt zurück, um sie liebevoll zu betrachten. Gewiß, sie war ein bißchen ungestüm und auch ein wenig – nun ja, schon mehr als ›ein wenig‹ – keck für eine junge Dame, doch spürte er hinter ihrer ungezwungenen, impulsiven Art einen starken Willen. Sie tat, was sie für richtig hielt, und scherte sich den Teufel darum, was andere darüber dachten. Mochte sie ruhig tagelang über die Insel reiten, wenn ihr der Sinn danach stand

– sie besaß Rasse, und das einzige, was ihr fehlte, war ein gewisser gesellschaftlicher Schliff.

»Sir, Eure Dienerin.« Katherine deutete einen Knicks an und verbiß sich ein Lächeln. Kein Mensch wußte, daß sie Anthony Walrond vor gerade zwei Wochen in aller Stille zu einem Ausflug zu zweit eingeladen hatte. Ihr Ziel war eine unbewohnte kleine Insel vor der Küste gewesen. Schicklichkeit schön und gut, hatte sie sich gesagt, aber sich fürs ganze Leben mit einem Mann zu verbinden, das wollte überlegt sein . . . Anthony Walrond, so viel war ihr inzwischen klar, versprach durchaus, ihre Erwartungen zu erfüllen.

Auch er dachte jetzt an jenen Nachmittag, und die Erinnerung entzückte ihn; doch dann wandte er sich mit der ernstesten Miene, zu der er fähig war, wieder dem Gouverneur zu.

»Ich nehme an, diese Insel wird bei den Holländern bald so tief in der Kreide stehen wie niemals zuvor. Ich finde, es wird Zeit, daß wir auch mal englischen Reedern eine Chance geben – nun, da die Mühe offenbar endlich lohnt.«

»Das könnte Euch so passen!« brauste Briggs auf. »Als ob ich nicht wüßte, daß Ihr noch immer Anteile an einer Londoner Handelsgesellschaft besitzt! Ihr und die gierige Meute englischer Kaufleute würdet uns mit Vergnügen die doppelten Frachtraten der Holländer abknöpfen. Zur Hölle mit Euch! Wir, die wir von Anfang an dabeiwaren, haben allen Grund, Gott auf den Knien dafür zu danken, daß er uns die Holländer geschickt hat. Die englischen Siedlungen in der Karibik wären ohne sie schon vor Jahr und Tag verhungert!« Er spuckte in den Sand, unmittelbar neben Anthonys blitzblank gewienerte Stiefel. »Die Engländer sollen gefälligst mit den Holländern konkurrieren und nicht bloß die Fahne schwenken!«

»Ergebenster Diener, Katherine.« Jeremy Walrond stand unvermittelt neben ihr, nickte ihr zu und berührte mit den Fingerspitzen den federbesetzten Hut. Eine Wolke von Parfüm umgab ihn, der dunkle Schnurrbart war kunstvoll gewachst. Jeremy war vor kurzem zwanzig geworden, doch hatte sein hübsches Gesicht noch immer etwas Knabenhaftes und wies so gut wie keine Sonnenbräune auf.

»Allerergebenste Dienerin.« Mit einem knappen Nicken erwiderte Katherine den Gruß, bemüht, die Form zu wahren. Sie hatte Jeremy im Laufe des letzten Jahres wie einen jüngeren Bruder ins Herz geschlossen, wußte dabei aber sehr genau, daß er die unzivilisierte Wildheit von Barbados genauso haßte, wie sie selbst von ihr begeistert war. Er war ein verwöhnter junger Mann und sehnte sich zurück nach England. Außerdem wünschte er sich von Herzen, als Mann angesehen zu werden, wollte im Grunde nichts anderes als ein zweiter Anthony sein. Die Frage war nur: Wie wurde man das?

Für eine Weile verstummte das Gespräch. Sie wußten einander nichts zu sagen, da jeder mit seinen eigenen Gedanken beschäftigt war. Wie würde sich die Ankunft des Schiffes auf die Zukunft der Insel auswirken? Was mochte sie für jeden einzelnen persönlich bedeuten? Katherine befürchtete, daß es der Anfang vom Ende der wenigen noch verbliebenen Wälder auf Barbados war – verborgenen Refugien weiter oben in den Bergen. Auf langen Ausflügen zu Pferd fand sie dort immer wieder Ruhe zum Nachdenken. Indes war der Wert kultivierbaren Landes in jüngster Zeit jäh gestiegen, so daß man schon bald um die letzten Bäume fürchten mußte. Auch die entlegensten, bislang noch ungebändigten und urtümlich-freien Winkel der Insel waren gefährdet.

Es war nicht das erstemal, daß diese Aussicht Katherine bedrückte. Sie wandte den Kopf und schaute zum Strand hinunter, wo sich um die schmale Brücke an der Flußmündung eine Anzahl krude zusammengezimmerter Schenken drängte. Gleich hinter den Trinkstuben kam eine Reihe ebenso unansehnlicher Lagerschuppen für den Tabak. Auch ein paar offene Verkaufsstände und Bordelle gab es. Insgesamt bildete dies bunt zusammengewürfelte Sammelsurium von Gebäuden die größte ›Stadt‹ auf Barbados, Bridgetown. Im Augenblick war der Ort praktisch entvölkert: Alle Einwohner waren zum Hafen gekommen, um die Ankunft des Schiffes mitzuerleben; selbst die irischen Huren und die Schankwirte fehlten nicht.

Auf einmal entdeckte Katherine ein Paar, das langsam zum Ufer herunterschlenderte und mit dessen Auftritt in aller Öffentlichkeit nicht unbedingt zu rechnen gewesen war. Die strohblonde Frau war auf Barbados wohlbekannt. Sie hieß Joan Fuller und war die Besitzerin des lukrativsten Bordells der Insel. Doch der Mann? Mochte er sein, was er wollte – ein freier Grundbesitzer jedenfalls war er nicht, denn keinem puritanischen Pflanzer wäre es jemals eingefallen, sich vor aller Augen mit Mistress Fuller zu zeigen.

Der Fremde wies auf das Schiff und schien seiner Begleiterin etwas zu sagen. Er wirkte irgendwie bedrückt. Unversehens hob Joan Fuller die Hand und kniff ihm in die Wange, gleichsam als gelte es, ihn auf andere Gedanken zu bringen. Er blickte auf sie hinab, strich ihr liebevoll über das blonde Haar, verabschiedete sich dann von ihr, wandte sich ab und kam auf den Gouverneur und die anderen zu.

»Bei allen guten Geistern, er ist doch wohl nicht etwa zurückgekommen?« Briggs bemerkte den Fremden erst, als der sich bereits ein gut Stück Weges durch die Menge vorgearbeitet hatte. Er holte vernehmlich Atem, fuhr herum und musterte der Reihe nach die holländischen Kauffahrteischiffe, die im Seichtwasser vor dem Ufer ankerten. Doch erst weiter unten, in der Nähe des Kielholplatzes an der Flußmündung, entdeckte er, was zu finden er gefürchtet hatte: eine ziemlich mitgenommene Fregatte, die keine Flagge gesetzt hatte, deren Name *Defiance* – ›Herausforderung‹ – jedoch in rohen Lettern am Heck prangte.

»*Aye-aye*, es heißt, er sei heute morgen in aller Herrgottsfrühe mit ihr eingelaufen.« Edward Bayes, ein schwarzbehuteter Ratsherr mit stark geröteten Wangen, verengte der Sonne wegen die Augen. »Was sollten wir Eurer Ansicht nach tun, Sir?«

Briggs schien die Frage zu überhören. Er war bereits unterwegs, schob sich, ohne Rücksicht zu nehmen, durch die Menge. Der Neuankömmling überragte die Mehrzahl der Pflanzer um gut einen halben Kopf, und im Gegensatz zu allen anderen trug er keinen Hut, so daß der Wind ihm durchs rostbraune Haar fahren konnte. Er trug ein abgetragenes Lederwams und dunkle Baumwollbreeches zu ausgetretenen Seemannsstiefeln. Und man hätte ihn ohne weiteres für einen gewöhnlichen Seemann halten können, wären da nicht die beiden spanischen Steinschloßpistolen gewesen, die schimmernd aus seinem Gürtel ragten.

»Euer Diener, Kapitän.« Die Worte, mit denen Briggs ihn begrüßte, waren korrekt und förmlich, doch der Mann reagierte nur mit einem kurzen Kopfnicken; offenbar war er mit seinen Gedanken ganz woanders. »Wieder da, um zu sehen, was der Holländer uns mitgebracht hat?«

»Leider weiß ich längst, welche Fracht Kapitän Ruyters mit sich führt. Hab' mir offenbar einen besonders unseligen Tag für meine Rückkehr ausgesucht.« Der Fremde strich sich über eine lange Narbe auf der Wange und fuhr dann, wie im Selbstgespräch, fort: »Verdammt, ich hätt's längst wissen sollen, daß es so kommen würde!«

Die Umstehenden waren verstummt und folgten der Unterhaltung. Katherine fiel auf, daß die Aussprache des Fremden die eines Gentleman war, auch wenn sein Äußeres alles andere vermuten ließ. Aus seinem federnden Gang hatte sie geschlossen, daß er kaum die Dreißig überschritten haben konnte, doch jetzt, da er während des Wortwechsels mit Briggs die Augen zusammenkniff, wirkte er um einiges älter. Sein Aussehen sowie die betretene Unruhe, die sich der Ratsmitglieder bemächtigt hatte, gaben ihr plötzlich eine Idee. Sie ahnte, wer der Fremde war.

»Katy, wer, zum Teufel . . .?« Jeremy Walrond hatte die Stimme gesenkt, so daß sie nur mehr ein Flüstern war.

»Ich bin mir zwar nicht sicher, aber ich glaube, er ist der Schmuggler, von dem Ihr behauptet, er habe Euch einmal ausgeraubt.« Und sie dachte: Kein Wunder, daß Briggs so aufgeregt ist. Jeder Pflanzer auf Barbados weiß genau, warum dieser Mann zurückgekommen ist . . .

»Hugh Winston? Er?« Jeremys Blick verhärtete sich. »Das darf doch nicht wahr sein! Der würde nie die Stirn haben, sich noch einmal auf englischem Boden blicken zu lassen!«

»Es ist nicht das erstemal, daß er hier ist, nur habe ich selbst ihn noch nie gesehen. Ihr scheint immer wieder zu vergessen, daß Barbados nicht zu England gehört, Jeremy.« Sie drehte den Kopf und blickte zurück. »Euch ist doch wohl bekannt, was er getan hat, kurz bevor Ihr hier eintraft?« Mit einer Handbewegung wies sie auf die begrünten Hänge. »Er ist derjenige, dem wir all dies zu verdanken haben. Und Briggs und die anderen verdanken ihm, wie ich glaube, ihren Reichtum. Ob der ihnen nun auch bekommt, das mag allerdings dahingestellt sein . . .«

»Wenn Ihr es unbedingt wissen wollt, Verehrteste: Er ist ein Dieb. Er lebt davon, ehrliche Männer zu bestehlen, das ist sein Beruf. Er hat sie zum Zuckerrohr verdammt. Ist Euch *genau* bekannt, was er sich geleistet hat?«

»Ihr meint die Sache mit Eurem Schiff?«

»Ich spreche von unserer Achtzig-Tonnen-Fregatte, die bei Nevis Island aufs Riff lief. Er brachte unsere Männer an Land und erklärte dann, er nähme die Fracht als Bezahlung. Ballen von feinstem Tuch im Wert von fast dreitausend Pfund Sterling! Dazu etliche Kisten voller neuer Steinschloßmusketen. Das Tuch hat er dann nach Virginia geschmuggelt, dort für'n Butterbrot und 'n Ei losgeschlagen und den Markt auf Monate hinaus ruiniert. Wenn er es wagte, sich in London blicken zu lassen, würde man ihn auf der Stelle aufknüpfen, das schwöre ich Euch. Weiß das denn hier keiner?«

Katherine dachte nach. Einem in der Karibik weitverbreiteten Gerücht zufolge hatte Hugh Winstons Laufbahn auf einem holländischen Kauffahrteischiff begonnen. Danach habe er sich selbständig gemacht. Wie es hieß, hatte er eine Bande von flüchtigen Plantagenarbeitern, die ihre Schuld noch nicht abgearbeitet hatten, um sich versammelt. Eines Nachts habe er es fertiggebracht, mit einer kleinen Schaluppe in den Hafen von Santo Domingo ein- und noch vor Tau und Tag am Ruder eines zweihundert Tonnen schweren spanischen Rahseglers wieder auszulaufen. Aus diesem sei nach gründlicher Neu-Takelung die *Defiance* geworden.

»Wahrscheinlich weiß jeder hier, daß er Euch beraubt hat, Jeremy. Ich fürchte nur, das ist ihnen völlig gleichgültig.«

»Was soll das heißen?«

»Hugh Winston ist nämlich der Mann, der Briggs und die anderen nach Brasilien und wieder zurückgebracht hat. Es geschah auf ihren ausdrücklichen Wunsch.«

Die Reise, auf die Katherine anspielte, war in den englischen Siedlungen auf den Antillen zur Legende geworden. Ihr Ziel war eine Plantage außerhalb von Pernambuco gewesen, der Hauptstadt des neuen Territoriums, das die Holländer kurz zuvor den Portugiesen abgekauft hatten. Dort waren die Ratsmitglieder von Barbados dem eifersüchtig gehüteten Geheimnis jenes Verfahrens auf die Spur gekommen, mit dessen Hilfe man auf den brasilianischen Plantagen den Saft des Rohrs zu Zucker raffinierte. Dank der freundlichen Holländer und Hugh Winston war es den Engländern somit gelungen, das jahrhundertealte Zuckermonopol Portugals und Spaniens zu brechen.

»Ihr meint, er sei der Mann, der ihnen geholfen hat, jene Ladung Stecklinge herbeizuschaffen, mit denen sie ihre Pflanzungen anlegten? Und dazu noch die Pläne für Briggs' Zuckerrohrmühle?« Jeremy musterte den Fremden noch einmal mit kritischem Blick.

»Richtig. Und noch etwas hat er für Briggs mitgebracht.« Katherine lächelte. »Das erratet Ihr nicht, wie?«

Jeremy errötete und strich sich vorsichtig über den Schnurrbart. »Ich nehme an, Ihr sprecht von der portugiesischen Mulattin, die er ihm als Bettwärmer mitgebracht hat.«

Hugh Winstons gefährliches Unternehmen, bei dem es ihm zudem gelungen war, mehreren spanischen Patrouillen zu entwischen, war in der Tat großer Erfolg beschieden gewesen. Und jedem auf der Insel war bekannt, unter welchen Bedingungen er sich dazu bereit erklärt hatte: Sichttratten vom Rat, auf sein Drängen sämtlichst von Benjamin Briggs gegengezeichnet . . . Wechsel also, die sich auf insgesamt zweitausend Pfund Sterling beliefen, zahlbar nach vierundzwanzig Monaten.

Der beleibte Pflanzer lächelte Winston an und wies mit dem Daumen auf den holländischen Segler, der inzwischen schon sehr nahe war.

»Nun, Sir, die Fracht, die das Schiff bringt, brauchen wir dringend, wenn wir Barbados vollends zur Zuckerinsel machen wollen. Es ist an Euch, uns noch einmal zu helfen. Im Zucker liegt die Zukunft, darauf könnt Ihr Euch verlassen.«

»Ich habe einmal den Fehler gemacht, dieser Insel zu helfen.«

In Winstons Blick lag eine gewisse Melancholie. »Und ich habe nicht vor, einen zweiten solchen Fehler zu machen.« Er wandte sich um und starrte an der Menge vorbei auf die grünen Plantagen, die, in unterschiedlich große Felder aufgeteilt, die Hänge überzogen. »Aber wie ich sehe, ist Euer Rohr prächtig gediehen. Wann reden wir?«

»Nun, wann immer Ihr wollt, Sir. Wir haben unsere Schulden nicht vergessen.« Briggs zwang sich erneut zu einem Lächeln. »Laßt uns gleich nach der Versteigerung einen Krug darauf leeren.« Er drehte sich um und winkte einem rotgesichtigen Iren mit strohgeflochtenen Schuhen und langem grauem Hemd, der hinter ihm stand. »Farrell, einen Augenblick deiner kostbaren Zeit.«

»Euer Gnaden.« Timothy Farrell, einer von Briggs' Arbeitern, verneigte sich mißmutig, zog dann jedoch den Hut und blinzelte, vom grellen Sonnenlicht geblendet. Seine Stimme hatte immer noch etwas von dem wohltönenden Singsang der Menschen seiner Heimat Kinsale, wo man ihn vor die nicht eben leichte Wahl gestellt hatte, seiner Schulden wegen entweder ins Gefängnis zu wandern oder aber dieselben im schweißtreibenden Klima von Barbados abzuarbeiten. Nachdem man ihm die – falsche – Information zugesteckt hatte, nach Ableistung seiner Schuldknechtschaft würden ihm fünf Morgen Land überlassen werden – eine Gepflogenheit, die längst aufgegeben worden war –, hatte er sich für Barbados entschieden.

Katherine beobachtete, wie Briggs ihm eine kleine Messingmünze in die Hand drückte. »Holt eine Flasche vom Teufelstöter aus der Schenke oben an der Brücke. Und sorgt dafür, daß sie bei meiner Rückkehr zur Stelle ist.«

Der Teufelstöter war ein Schnaps, den die Pflanzer von holländischen Kapitänen bezogen, die ihn ihrerseits in Brasilien einkauften. Dort brannte man ihn aus der bei der Zuckerherstellung anfallenden Melasse. Die Portugiesen verwendeten ihn dazu, dem ›Teufel‹ eins aufs Haupt zu geben, der, wie sie meinten, am Ende eines langen Arbeitstages in ihren Sklaven rumorte; der Fusel sorgte dafür, daß die Schwarzen Ruhe bewahrten und nicht auf dumme Gedanken kamen.

Während kaum ein Portugiese diese hochprozentige ›Medizin‹ je anrührte, ließ sie sich als Schnaps in den englischen Siedlungen auf den Antillen vorteilhaft weiterverkaufen. Dort vertrieb man ihn freilich gerne auch unter dem würdigeren Namen ›Rumbullion‹ oder der geläufigen Abkürzung ›Rum‹.

Briggs sah Farrell nach, der mit schwerfälligen Schritten davontrottete. »Von *dem* werden wir bald nichts mehr hören. Ein faules Papistenstück, wie gut die Hälfte von dem Pack, das sie heutzutage herüberschicken.« Die holländische Fregatte war inzwischen in den Hafen eingelaufen, schon rasselte die Ankerkette hernieder. »Ein Glück, daß wir jetzt endlich gute Arbeiter haben.«

Eine plötzliche Brise fegte über die Küste, so daß die Pflanzer, die sich anschickten, zum Strand hinunterzustapfen, ihre Hüte festhalten mußten. Selbst Anthony und Jeremy Walrond ließen es sich nicht nehmen mitzugehen. Der einzige, der zurückblieb, war Hugh Winston.

Vielleicht, dachte Katherine, mag er dem, was er angerichtet hat, nicht ins Auge sehen. Und recht hat er. Schließlich ist er es, der uns das alles eingebrockt hat . . .

Er sah noch eine Weile den Pflanzern nach, dann wandte er sich um und betrachtete mit unverhohlener Neugier die Tochter des Gouverneurs. Sein Blick verharrte auf ihrem Gesicht und wanderte dann über ihr straffes Mieder. Schließlich rückte er eine der Pistolen in seinem Gürtel zurecht, drehte sich um und schritt langsam den sandigen Hang zur Bucht hinunter.

Alle Achtung, dachte sie. Der Mann hat Courage.

Sie hatte fest vorgehabt, selbst hinunterzugehen, um mit eigenen Augen zu sehen, wie die geplante Versteigerung vor sich ging. Doch in diesem Augenblick trieb der auffrischende Wind einen infernalischen Gestank aus Richtung des Schiffes herüber. Katherine zögerte, erlebte einen Moment der Unentschlossenheit, wie er bei ihr nur selten vorkam, und kehrte dann zur Kutsche zurück. Dieser Geruch, das erkannte sie jetzt, war bezeichnend für den Beginn einer Entwicklung, an der sie keinen Anteil haben wollte.

Auf dem Weg hinunter zum Strand ging Winston die kokette junge Frau, die er bei Gouverneur Bedford hatte stehen sehen, nicht aus dem Sinn. Zweifellos war sie die Tochter, von der man ja einiges hörte in der Karibik. Gewiß, die Kleidung war alles andere als standesgemäß . . . Immerhin, sie hatte etwas Offenes und Freies, wie man es bei jungen Frauen nicht allzuoft erlebte. Ganz schön viel Schwung, die junge Dame . . . und da war durchaus auch was zum Zupacken für den Mann, dem es gelang, sie auf sein Lager zu ziehen!

Vergiß es, sagte er sich, es gibt heute genug anderes, worüber du nachdenken mußt. Über die *Zeelander* zum Beispiel. Und ihre Fracht.

Der Anblick der dreimastigen *fluyt* weckte in Hugh Winston die Erinnerung an andere Orte und vergangene Zeiten. An Brasilien, Rotterdam, Virginia, selbst an Barbados. Der Kapitän des Schiffes, Johan Ruyters, hatte an dem Tag, da die *Zeelander* sein von Kugeln durchlöchertes, durch die Windward Passage treibendes Boot entdeckt hatte, Winstons Leben verändert. Inzwischen brachte Winston die Ereignisse chronologisch ein wenig durcheinander, doch nie hatte er die endlose Zeit vergessen, die Ruyters ihn als Gegenleistung für seine Rettung abzudienen gezwungen hatte: drei Jahre, drei elende Jahre bei schmaler Kost, verdoppelten Wachen und ohne Heuer.

Damals, als er auf der *Zeelander* Dienst getan, hatte ihre Fracht zumeist aus braunem *muscavado*-Zucker bestanden, der von den neuerworbenen holländischen Plantagen in Brasilien nach Rotterdam gebracht worden war. Doch seither hatte die Welt sich verändert. Die Holländer hatten den Portugiesen eine Reihe von befestigten Handelsplätzen an der Küste Westafrikas abgenommen und damit endlich Zugang zu einer Handelsware gewonnen, die weit einträglicher war als Zucker.

Er dachte an Ruyters ersten Handelsgrundsatz: Verkaufen, was gebraucht wird. Und wenn für das, was man hat, kein Bedarf besteht, so gilt es, diesen zu wecken. Neue Zuckerrohrpflanzungen boten den sichersten Markt für Hollands neueste Ware, und daher hatte Ruyters im Frühjahr 1640 Benjamin Briggs ein paar Ballen brasilianischer Zuckerrohrschößlinge überlassen. Ruyters hatte dem wirtschaftlich damals arg bedrängten Tabakpflanzer vorgeschlagen, einmal auszuprobieren, ob das Kraut auf Barbados wachse. Und dann solle er den Zuckersaft aus dem Rohr herauspressen. Der Holländer hatte das Verfahren der Portugiesen beschrieben, so gut es ging.

Über zwei Jahre war es jetzt her, da Briggs ihm im Haus von Joan dargelegt hatte, wie das Experiment verlaufen war.

»Das Rohr gedieh erstaunlich gut, und ich hab' es auch geschafft, genug Saft rauszupressen, um Zucker daraus zu kochen. Aber alles andere ging schief. Ich habe versucht, den Saft in Kesseln zu sieden, ihn einzudicken und sich dann setzen zu lassen, doch was ich dabei erhielt, war kaum mehr als Melasse und zähflüssiger Brei. Die Sache ist keineswegs so einfach, wie ich sie mir vorgestellt habe.« Und dann hatte Briggs Winston in seinen neuen Plan eingeweiht. »Wenn Ihr ein paar Mitglieder unseres Rates nach Brasilien hinunterbringen könntet, Sir, dann wäre das eine feine Sache. Die Holländer behaupten, sie könnten uns zeigen, wie die Portugiesen es anstellen. Es wird nicht lange dauern, und wir verstehen von der Zuckerherstellung genausoviel wie die Papisten! Und damit ist ein Vermögen zu verdienen, das kann ich Euch versprechen!«

Doch wie, hatte er Briggs gefragt, wolle er es schaffen, das Zuckerrohr zu schneiden?

»Mit Hilfe unserer Schuldknechte, Sir. Von denen haben wir ja Tausende.«

Winston hatte sich schließlich mit den Vorschlägen des Rates einverstanden erklärt. Die *Defiance* war für das Unternehmen bestens geeignet gewesen. Einst ein spanisches Kauffahrteischiff, hatte er es als solches unkenntlich gemacht, indem er den hohen Backaufbau niedriger gesetzt, die Kapitänskammer ganz weggenommen und das Achterdeck abgesenkt hatte. Sodann hatte er das Schiff mit einer neuen Takelage ausgestattet und weitere Stückpforten in die Bordwand eingebaut, hinter denen neue Kanonen montiert worden waren. Damit war aus dem relativ schwerfälligen spanischen Frachtensegler eine schwerbewaffnete, schnelle Kampfbrigg geworden.

Inzwischen machte sich Hugh Winston schwere Vorwürfe.

Mein Gott, dachte er, wie konnte ich auch nur so blind sein. Vielleicht ist es jetzt wirklich an der Zeit, daß ich zur Abwechslung einmal etwas tue, das *ich* für richtig halte. Bei Gott, vielleicht läßt sich alles noch zum Guten wenden . . .

Er dachte an die Wechsel, die jetzt gut weggeschlossen in der Großen Kajüte der *Defiance* lagen und in einer Woche fällig wurden. Zweitausend Pfund! Es müßte schon ein Wunder geschehen, wenn es dem Rat gelänge, das Bargeld aufzutreiben, das erforderlich war, um die Schuld zu begleichen. Aber die Pflanzer besaßen etwas anderes, das er brauchte.

So oder so, Master Briggs, dachte Winston voller Ingrimm, entweder Ihr tut mir Bescheid und zahlt, oder aber ich kriege Euch beim Kanthaken . . .

In diesem Augenblick wurde, gefolgt von einigen Ruderern, ein kleines Boot über das Schanzkleid der *Zeelander* hinweg zu Wasser gelassen. Dann, nach einer wirkungsvollen Pause, tauchte eine weitere Gestalt an der Reling auf, ein Mann, der den hohen Kragen und den breitrandigen Hut der holländischen Kaufleute trug. Sein fülliges Gesicht zierte ein kurzer Spitzbart, und das Lächeln, das seine Lippen umspielte, war selbst, als er an Land kam, noch nicht verflogen. Lange ließ er den Blick über die sanften Hügel von Barbados hinweggleiten. Erst nach langer, bedeutungsschwerer Pause schwang Kapitän Johan Ruyters sich über die Reling und kletterte das schwankende Fallreep hinab.

Als das Boot durch die Brandung glitt und den Strand erreichte, trat Dalby Bedford an die Spitze des Empfangskomitees und ließ durch nichts erkennen, wie hartnäckig er die Abmachungen bekämpft hatte, die Briggs und der Rat mit den holländischen Kaufleuten getroffen hatten.

»Euer Diener, Kapitän.«

»Euer allerergebenster Diener, Sir.« Ruyter sprach Englisch zwar mit schwerem Akzent, aber durchaus fehlerfrei. Winston erinnerte sich, daß der Holländer in fünf Sprachen recht gewandt zu parlieren verstand und fähig war, in mindestens fünf Währungen auch die geriebensten Händler übers Ohr zu hauen.

Ruyters fuhr fort: »Dies verspricht, ein denkwürdiger Tag für Barbados zu werden.«

»Wie war die Reise?« fragte Briggs, trat vor und streckte die Hand aus, die Ruyters bereitwillig ergriff, wenngleich er dabei argwöhnisch die Augenbrauen zusammenzog.

»Alles in allem hatten wir guten Wind. Vierundsiebzig Tage und nur ein Verlust von fünfzehn Prozent. Kein schlechtes Ergebnis für eine Überfahrt, wenn auch immer noch genug, um unterwegs die Freundschaft der Haie zu gewinnen. Ich habe noch fast dreihundert an Bord, alles erstklassige Ware.«

»Sind sie auch kräftig?« Briggs spähte zum Schiff hinüber. Sein Ton war um eine Nuance schärfer geworden; er gab damit zu verstehen, daß Förmlich- und Freundlichkeiten nicht mit Handel zu verwechseln seien. »Bedenkt, daß wir sie für die Felder brauchen, nicht für die Küche!«

»In ganz Westafrika findet ihr keine kräftigeren! Wohlgemerkt, die Ladung stammt nicht von der Windward-Küste, wo – da muß ich Euch recht geben – das meiste, was man bekommt, wohl nur für die Arbeit im Hause taugt. Die Hälfte habe ich vielmehr am Kap Verde an der Küste von Guinea übernommen. Dann bin ich nach Benin hinuntergesegelt, das am Delta des Niger-Flusses liegt; dort übernahm ich den Rest. Die Männer vom Niger sind die kräftigsten Feldarbeiter. Sogar ein Häuptling ist darunter, ein Yoruba-Krieger. Ich kenne diese Yoruba-Neger aus Brasilien, und ich sage Euch, der Mann, den ich Euch anbiete, hat genug Köpfchen, um einen erstklassigen Vorarbeiter abzugeben.« Ruyters beschattete die Augen mit der Hand und senkte die Stimme. »Ehrlich gesagt, ich habe mit dem Agenten, der ihn mir verkaufte, einen Sonderpreis vereinbart. Auf diese Weise gelang es mir auch, so viele kräftige Burschen zu bekommen. Für gewöhnlich muß man ja ein gemischtes Kontingent übernehmen; das kostet mich ein paar Fäßchen Schießpulver für die Häuptlinge und vielleicht ein wenig Eisen samt einiger Perlen und dergleichen Tand für ihre Weiber. Aber für diesen Yoruba mußte ich fünf Kisten Musketen und ganze hundert Schnüre Kauri-Geld herausrücken. Danach konnte ich mir allerdings das Beste vom Besten aussuchen.«

Ruyters hielt inne; auf seinem Gesicht malte sich ungläubiges Erstaunen. Dann grinste er breit, schob sich durch die Menge der

Umstehenden und streckte Hugh Winston die Hand entgegen. »Beim Blute Christi, ich war überzeugt, man hätte Euch inzwischen längst aufgeknüpft! Wie lange ist es her? Sechs Jahre? Sieben?« Er lachte, schüttelte Winston ausgiebig die Hand, doch als er dann wieder sprach, klang seine Stimme sehr nüchtern. »Ihr seid doch hoffentlich nicht hier, um unseren Handel auszuspionieren, wie? Ich bin wohl besser auf der Hut vor Euch. Ihr seid imstande, ein begehrliches Auge auf meine Ladung zu werfen.«

»Die könnt Ihr behalten.« Winston entzog ihm die Hand und dachte mit Ingrimm daran, daß er selbst den Anstoß für das gegeben hatte, was sich in Kürze hier abspielen sollte.

»Was sagt Ihr da?« Ruyters lächelte, um sich seine Erleichterung nicht anmerken zu lassen. »Dabei ist es wahrhaftig ein leichtes Geschäft.« Er wandte sich wieder den Pflanzern zu. »Ich bin immer wieder aufs neue überwältigt von der Bereitschaft der Neger dort drüben, ihre eigenen Leute zu verkaufen. Sie halten Ausschau nach uns, und schon wenn sie unser Segel sichten, wir also noch etliche Meilen vom Land entfernt sind, zünden sie an der Küste große Feuer an, um uns durch den Rauch wissen zu lassen, daß Ware für uns bereitsteht.«

Ruyters griff nach Dalby Bedfords Arm, um ihn zu dem wartende Boot zu führen. Anthony wechselte ein paar leise Worte mit Jeremy und folgte dem Gouverneur, seinerseits gefolgt von Benjamin Briggs, der sich, als er durchs seichte Wasser watete, den Leibriemen straffer zog.

Ruyters entging nicht, daß ein paar von seinen Ruderern lächelten und Winston zunickten. Er galt noch immer als der beste Erste Offizier, den die *Zeelander* je gehabt hatte – und man hatte offensichtlich nicht vergessen, daß er der einzige Seemann war, der einen Florin in die Luft werfen und die Münze im Flug mit einem Pistolenschuß zu durchlöchern verstand – mindestens bei jedem zweiten Versuch . . .

Schließlich drehte der holländische Kapitän sich noch einmal um. »Es wäre mir eine Ehre, Sir«, sagte er zu Winston, »wenn Ihr uns begleiten wolltet. Solange Ihr nicht versucht, mir einen von meinen Leuten abspenstig zu machen.«

Winston zögerte einen Moment, sprang dann aber doch noch in das abfahrbereite Boot. Links und rechts von ihnen wurden andere kleine Boote losgemacht, und die Pflanzer stießen und rempelten einander unfreiwillig, als sie durch die sanften Brandungswellen wateten, um an Bord zu gelangen. Wenig später steuerte eine bunt zusammengewürfelte Flottille auf die *Zeelander* zu.

Erinnerungen übermannten Hugh Winston. Wie willkommen war ihm der Anblick dieses Schiffes an jenem sonnenversengten Nachmittag vor zehn Jahren gewesen! Im Durstdelirium erschienen ihm die geblähten Segel im ersten Moment wie die Flügel eines gnädigen Engels . . . Heute jedoch hatte das Schiff nichts Engelhaftes. Die *Zeelander* war ziemlich heruntergekommen: Vom Bug bis zum Heck liefen Teertränen über die Bordwand, allenthalben hingen Fetzen von Kalfaterwerg herab. Ruyters hatte genau gewußt, warum er das Schiff zu einem Sklavenschiff umbauen ließ. Auf diese Weise holte er das Äußerste aus den letzten zehn Jahren heraus, die dem alten Seelenverkäufer noch vergönnt waren.

Als sie auf der Leeseite in den Schatten glitten, bemerkte Winston, daß sich noch etwas verändert hatte. Das gesamte Schiff stank nach menschlichen Exkrementen. Er wartete, bis Ruyters vor Dalby Bedford und Benjamin Briggs das salzverkrustete Fallreep hinaufgeklettert war. Dann folgte er ihnen.

Die Decks waren verschmutzt, und die Planken hatten sich verworfen; die Männer waren so ausgemergelt, wie er sie nie zuvor gesehen hatte. Der Profit fordert seinen Preis, dachte er, selbst bei den wendigen Holländern.

Ruyters rief seinem Steuermann einen rauhen Befehl zu, und gleich darauf wurde die Hauptladeluke geöffnet. Mit einemmal war die stickige, stinkende Luft um die Fregatte herum von Ächzen und Stöhnen erfüllt, das aus den tiefer gelegenen Decks heraufdrang.

Winston spürte, wie Briggs ihn am Arm packte, und vernahm ein heiseres Flüstern. »Seht Euch genau an, wie es gemacht wird! Es heißt, die Holländer sind hinter das Geheimnis gekommen, wie man den Platz bis auf die letzte Handbreit ausnutzt.«

»Ich weiß, wie ein Sklavenschiff seine Fracht verstaut.« Er riß sich von Briggs los. Ja, weiß Gott, er kannte die holländischen Sklavenschiffe, die im Hafen von Pernambuco vor Anker gelegen hatten. »So ein Sklave wird angekettet und muß die gesamte Reise liegend auf einem eingezogenen Zwischenboden verbringen — falls er das Glück hat, am Leben zu bleiben.« Er wies mit dem Zeigefinger in die Luke. »Warum klettert Ihr nicht runter und seht es Euch selbst an?«

Der Steuermann schrie ein paar Matrosen Befehle zu. Die Seeleute, allesamt mit nackten Oberkörpern, blinzelten in die Sonne und fluchten, als sie den Niedergang zu den Unterdecks hinunterkletterten. Die Luft, die aus dem abgedunkelten Laderaum stieg, ließ einem den Atem stocken.

Kettengerassel drang herauf, und wider Willen fand Winston sich an die offene Luke gezogen, um hinunterzublicken. Die Fracht wurde gerade von eisernen Ringen losgekettet, die in der Bordwand verankert waren, nur um gleich darauf mit gefesselten Händen an ein dickes Tau gebunden zu werden, das von einem Ende des Laderaums bis zum anderen reichte.

Es dauerte nicht lange, und die erste Reihe Sklaven kam an Deck. Sie gingen langsam, viele zitterten heftig trotz der Hitze, und alle waren nackt. Sie kämpften sich mühselig den Niedergang hinauf, starrten zunächst einmal verwirrt in die blendende Sonne, gleichsam als gelte es, sich zurechtzufinden. Dann sahen sie das Grün der nahen Küste, das den Gestaden Afrikas so ähnlich und doch so fremd war. Erblickten sie dann die Pflanzer, so streckten sie sich kurz, um die gefesselten Hände über ihre Blöße zu legen. Die dadurch entstehende Verzögerung veranlaßte die holländischen Matrosen, ihre Ware mit Peitschenhieben vorwärtszutreiben.

Die schwarze Haut der Afrikaner glänzte in der Sonne — die Folge des Lebertrans, den man ihnen während der letzten Woche der Reise eingeflößt hatte. Darüber hinaus waren sie, kaum daß der Ausguck im Großmast der *Zeelander* die niedrigen grünen Hügel von Barbados aus dem Meer hatte auftauchen sehen, unter Deck mit Seewasser übergossen und danach mit Palmöl eingerieben worden. Sie wirkten kräftiger, als man hätte erwarten sollen

– infolge der heilsamen Ernährung mit Salzfisch während der letzten drei Reisetage.

»Nun, Sir, was sagt Ihr zu der Lieferung?« Ruyters' Gesicht glühte.

Winston wand sich innerlich. »Gott sei Dank, daß es Euer Schiff ist und nicht meines.«

»Mein Wort, es ist gar keine große Sache, diese Afrikaner zu verschiffen. In Wahrheit ist es so, daß wir sie nicht einmal angekettet halten müssen, sobald kein Land mehr in Sicht ist. Sie haben viel zuviel Angst, um aufzubegehren. Wir füttern sie zweimal täglich mit einer Pampe aus Roggenschrot und geben ihnen einen um den anderen Tag auch ein paar englische Saubohnen, die sie offenbar lieber mögen. Manchmal, wenn unten die Decks geschrubbt werden, bringen wir sie sogar aufs Oberdeck herauf.« Lächelnd schweifte sein Blick über die nackten Leiber. »Deshalb haben wir auch so wenig Ausfälle. Ganz anders als die Spanier und die Portugiesen, die leicht ein Viertel oder noch mehr an die Haie verlieren, weil sie die Neger zu eng zusammenpferchen und ihnen auch noch Salzwasser zu trinken geben. Ich bin sicher, daß auch die Engländer eines Tages auf Teufel komm raus versuchen werden, soviel Profit wie möglich aus diesem Handel zu schlagen. Und dann werden sie zweifellos Verluste erleben, die denen der Papisten in nichts nachstehen.«

»Englische Kaufleute werden sich nie am Sklavenhandel beteiligen.«

Ruyters gluckste vergnügt vor sich hin. »Und ob! Ihr könnt Euch darauf verlassen, so wahr ich ein Christenmensch bin, und es wird gar nicht mehr lange dauern.« Er warf einen Blick zu Anthony Walrond hinüber. »Eure Londoner Kaufherren greifen alles auf, was wir tun, solange es nur einen einzigen Florin Gewinn verspricht. Allerdings werden wir dafür sorgen, daß es Euch nicht leicht fällt; Ihr werdet Euch also gehörig anstrengen müssen.« Der Kapitän sah sich nach Briggs um und sagte: »Nun, Sir? Gefallen sie Euch?«

»Ich nehme an, es handelt sich um eine Mischung, wie bestellt?«

»Anders würde ich nie laden. Ein Großteil von ihnen sind

Yoruba, das will ich gern einräumen, aber der Rest sind alles mögliche, von Ibo und Ashanti bis Mandingo. Die Gefahr einer Erhebung besteht also nicht. Wahrscheinlich ist die eine Hälfte von ihnen bis aufs Blut mit der anderen verfeindet.«

Mit einer neunschwänzigen Katze trieb der Steuermann die Sklavenschlange vorwärts und ließ sie am Speigatt Aufstellung nehmen. An der Spitze stand ein großgewachsener Mann, der seine Augen über das Waldland jenseits der Plantagen schweifen ließ. Winston betrachtete ihn und fühlte sich an die stolzen Yoruba-Sklaven erinnert, die er in Brasilien gesehen hatte.

»Ist das der Häuptling, von dem Ihr gesprochen habt?«

Ruyters warf einen kurzen Blick auf den Mann. »Meistens sieht für mich der eine wie der andere aus, aber immerhin . . . Diesen erkenne ich. Das ist er. Prinz Atiba, nennen sie ihn, glaub' ich, ein reinrassiger Yoruba.«

»Aus dem macht Ihr nie einen Sklaven.«

»So, meint Ihr? Nun, Ihr werdet feststellen, daß die Katze Wunder wirkt.« Ruyters drehte sich um, nahm dem Steuermann die Peitsche ab und zog dem Afrikaner mit einer raschen Bewegung eins über den Rücken. »Der springt genauso wie alle anderen.«

Der Schwarze zuckte mit keiner Wimper. Ruyters holte aus und schlug ein zweitesmal zu, kräftiger diesmal. Der Yoruba biß sichtlich die Zähne zusammen, doch zuckten nicht einmal seine Muskeln. Als Ruyters zu einem dritten Schlag ausholte, fiel Winston ihm in den Arm.

»Das reicht! Paßt auf, daß er sich nicht als besser erweist, als Ihr hier vorführen möchtet . . .«

Ehe der Kapitän etwas erwidern konnte, trat Briggs vor, und nun begann das Geschäft.

»Zu welchen Bedingungen liefert Ihr, Sir?«

»Zu den abgemachten.« Ruyters war hellwach und auf der Hut. »Ein Viertel jetzt, dazu Sichtwechsel für ein weiteres Viertel, fällig in sechs Monaten. Und was dann noch aussteht, in einem Jahr.«

»Zahlbar in Tabakballen zum augenblicklich gültigen Preis? Oder Zucker, vorausgesetzt, wir haben bis dahin genügend?«

»Die Goldstücke, die es hier auf der Insel gibt, muß man mir noch zeigen!« schnaubte Ruyters. »So muß es wohl sein. Was sagt Ihr zu der üblichen Tauschrate – ein Penny pro Pfund Zucker?«

»Ich sage, wir können anfangen. Beginnen wir mit dem Besten, und lassen wir die Bietkerze vorerst aus dem Spiel, ja? Für den ersten hier biete ich Euch volle zwanzig Pfund.« Briggs zeigte auf den Yoruba.

Der holländische Kapitän sah ihn an, als traute er seinen Ohren nicht. »Das ist kein irischer Schuldknecht, Sir! Wir haben es hier mit einem robusten Feldarbeiter zu tun, den Ihr ein Leben lang besitzen werdet. Und nach dem Aussehen zu urteilen, ist er bestens zur Fortpflanzung geeignet. Unter vierzig Pfund könnte ich ihn guten Gewissens nie hergeben!«

»Wollt Ihr vielleicht ein paar von meinen Äckern in Zahlung nehmen? Soll denn bei ihm überhaupt kein Profit herausspringen?«

»Diese Afrikaner haben sich in einem guten Jahr längst für Euch bezahlt gemacht, wenn's hochkommt, in zwei Jahren. In Brasilien war's genauso.« Ruyters lächelte. »Zudem ist das hier derjenige, der mich ein Vermögen an Musketen gekostet hat. Ich biete ihn Euch überhaupt nur deshalb zu Sonderkonditionen an, weil ich weiß, daß Ihr ein Gentleman seid. Zweifellos ist er das Beste, was ich habe.«

Winston wandte sich ab. Bei dreißig Pfund würden sie sich einigen. Er kannte Ruyters' Taktik beim Handeln nur allzugut. Das Bild, das sich ihm auf dem Deck der *Zeelander* bot, ekelte ihn an. Am liebsten hätte er auf der Stelle Segel setzen lassen und Barbados mit seinen habgierigen Puritanern den Rücken gekehrt.

Doch diesmal, sagte er sich, bist *du* es, der *sie* braucht. Nur noch ein bißchen Geduld, und die Rechnung wird aufgehen . . . Und danach kann Barbados zur Hölle fahren!

»Gut, dann also dreißig Pfund! Möge der Herrgott mir verzeihen.« Ruyters schlug Briggs jovial auf die Schulter. »Allerdings werdet Ihr noch eine ganze Menge mehr Arbeiter brauchen für die Pflanzungen, die Ihr abernten wollt. Warum nicht den Rest dieser Gruppe hier für glatte fünfundzwanzig Pfund pro Kopf, und Schluß damit? Auf diese Weise sparen wir beide Zeit.«

»Fünfundzwanzig!?«

»Also, sagen wir zwanzig.« Ruyters senkte die Stimme. »Aber keinen Shilling darunter, so wahr Gott mein Zeuge ist.«

»Meiner Treu, Ihr seid ein durchtriebener Levantiner, der sich als Holländer ausgibt!« Briggs tupfte sich den Schweiß von der Stirn. »Es ist Zeit für die Kerze, Sir. Schließlich werden sie kaum alle von derselben Qualität sein.«

»Wenn ich's Euch doch sage! Manche würden weit über zwanzig erbringen. Ich habe dies Angebot nur gemacht, weil ich meinte, daß ein Gentleman mit einem guten Blick bei einem so vorteilhaften Angebot sofort zuschlagen würde. Aber wie Ihr wollt.«

Damit wandte er sich seinem Steuermann zu und sprach hastig auf den vierschrötigen, mürrischen Mann ein, der nahezu ebensolange auf der *Zeelander* Dienst tat wie Ruyters selbst. Der Angesprochene verschwand in Richtung Kapitänskajüte und kehrte nach einiger Zeit mit mehreren weißen Kerzen zurück, die im Abstand von einem Zoll mit schwarzen Ringen gekerbt waren. Eine der Kerzen steckte er in einen Halter und zündete sie an.

»Wir beginnen mit der nächsten Reihe.« Ruyters zeigte auf einen untersetzten, graubärtigen Mann. »Gentlemen, wie ist Euer Gebot?«

»Zwölf Pfund.«

»Fünfzehn.«

»Fünfzehn Pfund zehn.«

»Sechzehn.«

»Achtzehn Pfund zehn.« Briggs ließ beim Bieten die Augen nicht von der flackernden Kerze. Bei seinem letzten Gebot verschwand der erste schwarze Ring.

»Das letzte Gebot auf die Kerze kam von Mr. Benjamin Briggs.« Ruyters wandte sich an seinen Steuermann, der, den Federkiel in der Hand, ein aufgeschlagenes Kontobuch vor sich liegen hatte. »Zu achtzehn zehn. Tragt das ein, und kommen wir zum nächsten.«

Winston verfolgte das Bieten, sein Interesse galt aber nach wie vor dem Yoruba, den Briggs zu Beginn der Auktion erstanden hatte. Dem Mann war nicht entgangen, daß er beobachtet wurde; er erwiderte Winstons Blick und hielt ihm stand, fast war es wie eine Herausforderung. Drei kleine Narben liefen ihm über die eine Wange – die Sippenzeichen, von denen es hieß, sie sollten verhindern, daß Sippenangehörige im Kampf einander versehentlich töteten. Nackt und in Ketten stand der Yoruba da, doch zeigte er Haltung wie ein geborener Aristokrat. Die schimmernde schwarze Haut spannte sich über geschmeidigen Muskeln, und seinen flinken Augen entging nichts.

Was für ein Kämpfer das sein muß, dachte Winston. Der bricht einem den Hals, noch ehe man seine Pistole gezückt hat. Vielleicht war es ein großer Fehler, nicht alles daranzusetzen, ihn zu bekommen. Aber was dann? Wie sollte man sich mit ihm verständigen? Es sei denn . . .

In Brasilien, das wußte Winston, kam es vor, daß manche Yoruba bereits Portugiesisch sprachen, wenn sie die Schiffe verließen. Sie hatten es von den Händlern gelernt, die Gott weiß wie lange schon an der afrikanischen Küste saßen. Die Portugiesen in Brasilien behaupteten immer, bei einem Yoruba müsse man stets auf der Hut sein. Sie seien wie die Mauren, gefährlich und spitz wie ein Marlspieker.

Winston beschloß, es auf einen Versuch ankommen zu lassen.

»*Fala portugues?*«

Überrascht fuhr Atiba zusammen, wandte sich dann jedoch ab, als hätte er nichts gehört. Winston kam noch ein paar Schritt näher und senkte die Stimme.

»*Fala portugues, senhor?*«

Es dauerte eine lange Weile, bis der Yoruba sich umdrehte und Winston ansah.

»*Sim. Suficiente.*« Sein Geflüster war im aufgeregten Hin und Her der Versteigerung kaum hörbar. Er machte eine weitere Pause und fuhr dann in kaum hörbarem Portugiesisch fort: »Wie viele Männer von meinem Volk wollt *Ihr* kaufen, Senhor?«

»Unter meinem Befehl stehen nur freie Männer.«

»Dann habt Ihr Euch den Verlust vieler Schnüre Geld erspart,

Senhor. Die *brancos* mögen unserem Schwert bis jetzt entgangen sein. Aber sie stecken jetzt in unserer Schwertscheide, und was das bedeutet, werdet Ihr bald erfahren. Ehe die nächste Regenzeit einsetzt, werden wir in das Fell des Leoparden schlüpfen. Das schwöre ich Euch in Namen Oguns, und Ogun ist der Gott des Krieges.«

Zweites Kapitel

Joan Fuller stieg aus dem klammen Federbett und seufzte. Sie konnte sich nicht erklären, warum sie so schwunglos war. Vielleicht lag es an dem Getrommel des mittäglichen Regens, der gerade in voller Stärke durch die offenen Fensterläden hereinprasselte und wie jeden Tag den rückwärtigen Teil der Schenke überschwemmte. Ein Regenguß sollte doch eigentlich Kühlung bringen – doch ihr passierte eher das Gegenteil, meist fühlte sie sich hinterher noch heißer, noch erledigter als zuvor. Schweißtropfen perlten zwischen ihren vollen Brüsten und auf der Innenseite ihrer langen Beine. Träge trat sie ans Fenster und machte sich daran, eine nach der anderen die Querstreben der Fensterläden hochzustellen, um zumindest einen Teil der salzgesättigten Dunstschwaden draußen zu halten.

Tagein, tagaus dasselbe: Erst die sengende Sonne, dann der Regen und dann wieder die Sonne. Gewiß, dadurch waren all die hügelan und hügelab in schnurgeraden Reihen ausgerichteten Zuckerrohrschößlinge üppig ins Kraut geschossen, was zu der Hoffnung berechtigte, daß die Pflanzer in absehbarer Zeit die Schulden, die sie bei ihr hatten, mit etwas anderem begleichen konnten als mit Tabakblättern. Aber Geld war so unwichtig geworden. Zeit konnte man mit dem ganzen Geld der Erde nicht kaufen. Und der ständige Wechsel zwischen Sonne und Regen auf Barbados war wie ein unbarmherziger Glockenschlag, der sie Tag für Tag daran erinnerte, daß das einzige Gut, dessen Besitz sich für eine Frau lohnte, unaufhaltsam zur Neige ging, eine schleichende Beraubung, gegen die sie nichts unternehmen konnte.

Die Tropensonne und das Salz hinterließen auf Barbados selbst im Gesicht einer Zwanzigjährigen schon Spuren, doch für eine Frau von Dreißig – nun ja, Gott sei's geklagt, auch die hatte sie nunmehr schon seit neun Jahren hinter sich – bedeuteten sie den Ruin. Jeden Morgen, so schien es ihr, waren da neue und tiefere Fältchen in den Augenwinkeln, wie mit einem feinen Messer eingeritzt. Und als sie ihr schlichtes braunes Haar mit gelbem Farbstoff etwas aufgehellt hatte, weil sie hoffte, ihren haselnußbraunen Augen ein wenig mehr Geltung zu verschaffen, da wußte sie schon, daß der rauhe, salzhaltige Meereswind es über kurz oder lang in reines Stroh verwandeln würde. Zum Teufel mit diesem elenden Barbados!

Sie hatte Sorgen genug. Und zu allem Überfluß war jetzt auch noch Hugh, dieser Hurenbock, wieder da und wollte irgendwie weitermachen, als ob er nie fortgewesen wäre! Wo sie doch beide wußten, daß die Vergangenheit Vergangenheit war . . .

Aber warum nicht aus allem das Beste machen . . . zur Hölle auch mit der Zeit!

Sie drehte sich um und schaute zurück zum Bett. Auch er war inzwischen wach geworden, hatte den Kopf aufgestützt und beobachtete sie mit stierem Blick. Im ersten Moment glaubte sie, ihn durch ihr Aufstehen geweckt zu haben – darüber hatte er sich früher immer beschwert –, doch dann bemerkte sie, wie er sie ansah.

Verdammt – so übel war es doch eigentlich gar nicht, ihn ab und zu wieder da zu haben . . .

Langsam wanderte ihr Blick über das dunkle Haar auf seiner Brust bis zu jenen Partien, die von der Sonne nicht zu Rost verbrannt waren, und mit einem Male erkannte sie, daß *sie* es war, die *ihn* wollte. Und zwar auf der Stelle.

Was sie freilich Hugh Winston durch keine Regung und kein Wort zu verstehen gab. Von ihr ging in dieser Beziehung nie die geringste Ermutigung aus. Es lag ihr sehr daran, daß dieser Kerl nie die Oberhand gewann, sonst verlor er womöglich alles Interesse. Wenn man ihn so gut kennengelernt hatte wie sie, dann wußte man, daß Hugh Winston das Gefühl haben mußte, selbst der Jäger zu sein. Sie wandte den Blick von ihm ab, mit perfekt gespieltem Gleichmut. Da lächelte er und winkte sie zu sich – genauso, wie sie es erwartet hatte . . .

Sie stellte peinlich genau die anderen Querstreben des Fensterladens eine nach der anderen hoch und nahm sich alle Zeit der Welt, zum Bett zurückzukehren. Es war fast so, als wäre er überhaupt nicht vorhanden. Langsam legte sie sich zurück, ließ ihn das prächtige Profil ihrer Brüste sehen und richtete es so ein, daß ihr linkes Bein gerade in Reichweite seiner rechten Hand zu liegen kam. Dies alles geschah mit der größten Nonchalance. Er konnte nichts ahnen . . .

In Wahrheit war sie jedoch hin- und hergerissen. Himmelherrgott, diese Hitze war ja unerträglich – selbst ohne Hugh!

Er ließ sich nicht von ihrem Bein verlocken, sondern strich ihr schweigend mit einem seiner langen sonnengebräunten Finger über die Wange. Unendlich langsam. Sie unterdrückte einen wohligen Schauer, indem sie sich sagte, sie habe doch ohnehin die Nase voll von den Männern im allgemeinen und von Hugh Winston im besonderen.

Und doch . . .

Ehe sie sich's versah, hatte er ihr gelbes Haar zurückgestrichen und küßte sie ausgiebig. Mit Mühe gelang es ihr gerade noch, die Hände auf der Matratze zu lassen. Doch da zauderte er unvermittelt, murmelte irgend etwas von wegen der Hitze und ließ sich schwerfällig zurückfallen auf das schweißnasse Laken.

Ach, sollte er doch zur Hölle fahren! Wieder sah sie ihn an. Warum war er diesmal so wenig bei der Sache? Es paßte ganz und gar nicht zu Hugh, sich etwas unter die Haut gehen zu lassen. Zugegeben, es lief nicht alles so für ihn, wie es sollte, woran wohl zur Hauptsache dieser verdammte Bürgerkrieg in England schuld war. Da er nicht im Traum daran dachte, irgendwelche Steuern oder Abgaben zu entrichten, hatte er die englischen Kauffahrer noch immer unterbieten können. Doch seit durch den Krieg alles auf den Kopf gestellt worden war, standen die amerikanischen Siedlungen den Holländern offen, und diese verkauften billiger und boten niedrigere Frachtraten an als jede andere Nation auf Erden. Die Pfeffersäcke waren neuerdings überall; man brauchte nur aus dem Fenster zu blicken, und schon sah man mindestens ein Dutzend holländischer Handelsschiffe in der Carlisle Bay vor Anker liegen. Seit jener Brasilienreise im Auftrag des Rates war er ausschließlich damit beschäftigt gewesen, jede Fracht, deren er zwischen Virginia und Irgendwo — den Namen des Ortes hatte er nie genannt — habhaft werden konnte, zu übernehmen. Und doch hatte er offenbar so gut wie nichts damit verdient. Warum sonst sollte er mit seinen letzten Ersparnissen diese faule Bande von entlaufenen Schuldknechten angeheuert haben, die er als seine ›Mannschaft‹ bezeichnete? Joan wußte, daß er nicht mehr hatte — und eben diesen Rest hatte er ihnen ausbezahlt. Und jetzt hockten die Kerle in den Tavernen und Bordellen, ließen sich vollaufen und hurten herum. Wann endlich würde er lernen, mit Geld umzugehen?

Vielleicht, dachte sie, bildet er sich ein, er käme zu Bargeld, weil die Wechsel bald fällig sind. Das wäre in der Tat eine seltene Blauäugigkeit! Master Benjamin Briggs und seine Spießgesellen hätten selbst hochgelehrten Professoren noch Vorträge darüber halten können, wie man Verpflichtungen entging und Zahlungsaufschub erreichte.

Nein, er war nicht so dumm, daß ihm das alles hätte verborgen bleiben können. Er war nur zu stolz, viel zu stolz, um ihr seine prekäre Lage einzugestehen. Und wenn schon. Sie wußte es auch so. Hugh Winston, ihr einstiger Geliebter und immer noch der einzige Freund, der die Mühe lohnte, pfiff aus dem letzten Loch.

Sie seufzte tief und sagte sich, sie wisse schließlich sehr wohl, was das bedeutete. Bei den Wundmalen Christi, das wußte sie wahrhaftig! Als Hugh Winston, Sohn eines gewissen Lord Harold Winston, noch in Oxford studierte — also bevor man ihn in die Lehre gegeben und in die Karibik geschickt hatte —, da war sie, Joan Fuller, schon eine Waise, und zwar dort, wo das Los von Waisenkindern noch härter war als anderswo in good old England: auf den Straßen von Billingsgate, dem ärmsten Stadtteil von London.

In Billingsgate hält man es schon für ein besonderes Glück, wenn es einem gelingt, sich für ein paar Pennys die Woche in irgendeinem Haushalt zu verdingen, bei einer alten Hexe von Herrin, die einen von der ersten Stunde an haßt, bloß weil man jung und hübsch ist. Selbstverständlich maust man anfangs dies und das, nicht zuviel, weil sie's sonst spitzkriegt . . . dann aber erinnert man sich an den Herrn Gemahl, der den halben Tag über in seinem speckigen Nachtgewand im Haus herumlungert. Der hat ohnehin schon ein Auge auf einen geworfen, der gichtige alte Hurenbock, und nichts ist leichter, als ihm zu verstehen zu geben, daß man nicht abgeneigt wäre, sich etwas nebenher zu verdienen. Schließlich schöpft die Dame des Hauses Verdacht – das tun diese Schreckschrauben nach einer gewissen Zeit immer –, und ehe man sich's versieht, sitzt man wieder auf der Straße.

Freilich ist man inzwischen ein gutes Stück klüger geworden . . . Und wenn man nicht gerade auf den Kopf gefallen ist, nimmt man das, was man hat beiseite legen können, und läßt sich ein paar schöne Kleider nähen, was Hübsches in fröhlichen Farben und mit raschelnden Unterröcken, und man bestellt bei der Putzmacherin ein paar Hüte mit niedlichen Seidenbändern daran. Sodann leistet man eine Anzahlung für eine möblierte Wohnung in Covent Garden, die erste Etage möglichst, selbst wenn das mehr kostet als der ganze Rest des Hauses. Bald hat man die ersten Stammkunden, dann macht man die Bekanntschaft eines gewissen wohlhabenden Gentleman, dem daran gelegen ist, ein munteres junges Ding einen um den anderen Nachmittag ganz für sich allein zu haben. So was dauert so an die zwei Jahre, bis man merkt, daß man sich zu Tode langweilt. Man hat es gründlich satt, sich aushalten zu lassen, zählt darum zusammen, was man auf die hohe Kante hat legen können – und stellt fest, daß die Summe reicht, die Überfahrt nach Barbados zu bezahlen.

Das ist eine Insel, von der irgendwer einem mal gesagt hat, im Vergleich zu London sei sie das Paradies auf Erden – und man ist so töricht, an das Geschwätz zu glauben. Es dauert nicht lange, und man kommt dahinter, daß die Insel nichts anderes ist als eine andere Hölle auf Erden, allerdings eine besonders schweißtreibende. Aber man muß ja nun weiterleben – und so sucht man sich mit dem bißchen Geld, das einem noch verblieben ist, ein paar Mädchen, Irinnen zumeist, die ihre Zeit in der Schuldknechtschaft hinter sich haben und nichts mehr verachten als die Arbeit und es nicht erwarten können, ihr altes Leben wieder aufzunehmen – jenes Leben also, das sie führten, bevor sie herkamen.

Und so peu à peu kann man dann vergessen, was es heißt, ein mittelloses Waisenkind zu sein. Das Schlimme daran ist nur, daß man eben selber längst nicht mehr so jung ist wie damals . . .

»Hättest du gern ein Stück Holländerkäse, mein Lieber? Der Proviantmeister von der *Zeelander* hat einen Laib für mich auf die Seite gebracht. Außerdem möchte ich wetten, daß noch etwas Maniok-Brot da ist, noch warm vom Morgen.« Sie wußte, daß Hugh immer das landesübliche Brot verlangte, harte Fladen, die aus dem Mehl der zerstampften Kassava- oder Maniokwurzel gebacken wurden. Es war ihm lieber als das Brot, das aus dem muffig riechenden, mühselig von London herübergebrachten und auf der langen Überfahrt von Rüsselkäfern befallenen Roggenmehl gebacken wurde.

Nachdenklich fuhr er ihr mit dem Finger über die Brüste – Gott sei Dank, dachte sie, *die* sind noch rund und fest wie die einer drallen irischen Maid, die halb so alt ist wie ich –, dann schwenkte er die Beine über den Bettrand und suchte nach seinen Stiefeln.

»Ein Krug Wein wär jetzt nicht übel.«

Die Unverfrorenheit, die dieser Mann besaß! Da war er mitten in der Nacht betrunken zurückgekommen, noch immer eine halbvolle Flasche Teufelstöter in der Hand, hatte groß was von Auspeitschungen oder so gefaselt, war ins Bett geklettert, hatte sich genommen, was er wollte, und war unmittelbar darauf eingeschlafen. Daß sie jetzt eine Erklärung verlangte, war wohl nur recht und billig, zumal er sich so aufführte, als gehöre das Etablissement ihm.

»Nun, wie ist es denn gestern gelaufen?« Sie schaffte es, sich ihre Verstimmung nicht anmerken zu lassen, ja, ihre Stimme bekam sogar etwas Girrendes. »Diese Sache auf der *Zeelander*, meine ich?«

Das war es eigentlich gar nicht, was sie wissen wollte. Wäre es nicht so verdammt heiß gewesen, hätte sie auch nicht lange gefackelt, sondern rundheraus gefragt: »Und wo um alles in der Welt hast du dich bis in die frühen Morgenstunden rumgetrieben?« Oder sie hätte ihm noch deutlicher die Meinung gesagt: »Wie kommt es eigentlich, daß du dir einbildest, du könntest alles haben, was du willst? Daß du bloß mit den Fingern zu schnippen bräuchtest, und schon tanzt alles nach deiner Pfeife?« Ja, dieser Ton wäre im Grunde angebracht gewesen.

»Dir ist da wirklich was entgangen – etwas sehr Unterhaltsames.« Die Art, wie er das sagte, verriet, daß er genau das Gegenteil meinte.

»Willst du damit sagen, der Holländer hat bekommen, was er wollte?« Sie sah ihn mit den Achseln zucken und nahm sich vor, ihm tüchtig die Leviten zu lesen. »Und danach, nehm' ich an, hast du dich mit den Ratsherren vollaufen lassen« – gespielt vorwurfsvoll sah sie ihn an – »und dabei wie immer den Gentleman markiert, was?«

»Ich *bin* ein Gentleman.« Er lachte und warf mit einem schmutzigen Stiefel nach ihr, der jedoch sein Ziel verfehlte, da sie gerade in diesem Augenblick aufgesprungen war.

»Gewiß, gewiß, du bist ein Gentleman, richtig. Aber wenn du ein Gentleman bist, dann bin ich eine Jungfrau – ich *war* wenigstens mal eine.«

»Das war weit vor meiner Zeit.«

»Du hast verdammt viel Glück gehabt, mein Schatz, denn du hast die Früchte jahrelanger Erfahrung ernten können.« Sie griff nach ihrem braunen Leinenkleid. »Wahrscheinlich willst du mir auch gleich weismachen, daß Master Briggs und seine Ratsherren es kaum erwarten können, dir deine Wechsel zu bezahlen.«

»In vierzehn Tagen werden sie zahlen – so oder so, sonst können sie was erleben.« Er griff nach seinen Breeches, nicht den eleganten, die er gelegentlich dem Rat zu Ehren anlegte, sondern den Segeltuchhosen, die er an Bord trug. Als er weitersprach, geschah dies in einem veränderten Tonfall. »Ich kann nur hoffen, daß bis dahin alles ruhig bleibt.«

»Ich weiß nicht, was du meinst.« Sie musterte ihn unverhohlen. Hatte er etwa vor, sie schon wieder zu verlassen? Oder was hatte die Andeutung sonst für einen Sinn?

Er war in die Hosen gestiegen und nestelte an der Schnalle seines Leibriemens herum. »Ich spreche von den Neuerwerbungen der Pflanzer. Die Hälfte davon sind Yoruba.«

»Und was ist das, wenn ich fragen darf?«

»Die Yoruba sind ein Volk, das, soviel ich weiß, irgendwo um das Delta des Niger-Flusses herum lebt.«

»Du sprichst von den Afrikanern?« Immer noch verwirrt, sah sie ihn an. »Den Sklaven?«

»Du hast es getroffen. Den Sklaven. Ich war ein Narr, denn ich hab's ja kommen sehen – und genau so ist es geschehen. Möge der Herrgott diesen Ruyters verdammen! Jetzt wird mir klar, daß er von Anfang an genau das im Sinn gehabt hat, dieser Hundsfott, als er ihnen weismachte, mit Zucker würden sie reich werden, jeder einzelne von ihnen. Auf eines kannst du Gift nehmen: Nicht ein einziger von diesen Puritanern hat die geringste Ahnung, wie er mit seinen Afrikanern umgehen muß, damit sie für ihn arbeiten. Mit diesen Yoruba hat Ruyters ihnen ein Pulverfaß verkauft und die Lunte gleich mitgeliefert.« Winston stand auf und ging auf die Tür zu, die zum Vorderraum der Schenke führte. »Und jetzt tun sie alles, um diese Lunte anzuzünden.«

»Was willst du mir eigentlich mit all dem sagen?« Sie sah ihm nach. Sein Gang gefiel ihr noch immer, nach all den Jahren. Sie mußte sich noch etwas gedulden. Wenn Hugh sich etwas in den Kopf gesetzt hatte, tat man gut daran, ihn erst einmal reden zu lassen.

»Yoruba sind stolze Menschen, und ich habe das Gefühl, sie werden sich diese Behandlung nicht lange gefallen lassen.« Er drehte sich um, sah sie an und merkte jetzt endlich, wie verwirrt sie war. »Ich habe im Laufe der Jahre unten in Brasilien eine Menge Yoruba gesehen, und ich kann dir nur sagen, daß die Papisten gelernt haben, sie anders zu behandeln als alle anderen Sklaven. Yoruba sind aufgeweckte, helle Köpfe. Manche von ihnen sprechen sogar schon Portugiesisch, wenn sie ausgeladen werden. Im übrigen habe ich herausgefunden, daß zumindest einer von denen, die Ruyters Briggs verkauft hat, Portugiesisch spricht.«

»Was soll daran so schlimm sein? Ich würde vielmehr meinen . . .«

»Was ich sagen wollte, ist, daß man sie wie Menschen behandeln muß. Man kann sie nicht hungern und auspeitschen lassen wie einen irischen Schuldknecht . . .« Von Unrast getrieben, ging Winston in den Schankraum, ein mit Dielenbrettern ausgelegtes Geviert mit wackligen Kiefernholztischen und klapprigen Stühlen mit senkrechten Rückenlehnen; auf einem solchen ließ er sich schließlich schwerfällig nieder. Von dort aus konnte er durch die Vordertür nach draußen sehen, sein Blick fiel auf die dunstverschleierten Umrisse der Brücke über dem Fluß.

»Ich wollte gestern abend noch mit Briggs reden und bin deshalb zu seiner Plantage hinausgegangen. Doch anstatt zur Sache zu kommen, hat er mir vorgeführt, wie er seinen Sklaven Gehorsam beibringen will. Zur Einstimmung ließ er einen seiner neuen Yoruba auspeitschen, weil der sich über die *loblolly*-Grütze beschwerte, die man ihm vorgesetzt hatte. Briggs wird das noch bitter bereuen, denk an meine Worte!«

Joan Fuller merkte erst jetzt, wie erregt Winston war. Für gewöhnlich entging Hugh nichts, doch als er gerade den Schankraum durchquert hatte, war das benebelte Nicken seiner Leute – zweier französischer Maate und seines Steuermanns John Mewes – unerwidert geblieben. Letzterer war dabei, mit den beiden neuesten irischen Mädchen, Pökelfleisch-Peggie und Schinken-Jenny, Dreihand-Whist mit Strohmann zu spielen.

Joan wußte genau, daß Peg ein Auge auf Hugh geworfen hatte, aber sie wußte auch, daß die kleine Six-Penny-Nutte sich hüten würde, vor ihrer Herrin auch nur das leiseste Wort zu sagen.

»Setzen wir uns doch ein wenig«, sagte sie, schloß den Schrank auf und entnahm ihm eine bauchige Flasche Sack und zwei Krüge. »Sag doch: Wohin gedenkst du als nächstes zu segeln?« Sie ließ sich auf den Stuhl ihm gegenüber sinken und schickte sich an, die Flasche zu entkorken. »Oder kann ich davon ausgehen, daß du mit deinen Burschen diesmal länger auf Barbados bleibst?«

Er lachte. »Hör mal, darf *ich* davon ausgehen, daß es dir dabei um meine Person geht? Oder hast du bloß Angst, wir könnten auslaufen, bevor meine Leute ihren letzten Penny bei dir gelassen haben?«

Im ersten Augenblick war sie versucht, ihm die Flasche über den Schädel zu schlagen, doch sie riß sich zusammen und bedachte ihn nur mit einem wütenden Blick. Dann wandte sie sich der triefäugigen Gruppe am Kartentisch zu. »John, hast du so was schon mal erlebt? Meiner Treu, dieser Kapitän nimmt doch tatsächlich an, daß ihr alle hier frei trinken und Karten spielen könnt!«

John Mewes, ein Seemann aus Bristol, der sich Hugh schon vor Jahren angeschlossen hatte, nachdem er in Nevis Island von Bord eines anderen Schiffes gesprungen war, sah kurz auf, nur um die vom Schnaps benebelten Augen sogleich wieder auf den Haufen Münzen vor sich sinken zu lassen, der in dem Maße abnahm, wie der von Pökelfleisch-Peggy wuchs. Der Alkohol hatte in seinem Gesicht tiefe Spuren hinterlassen, das zerzauste Haar klebte ihm am Schädel, und das Wams über seinem mächtigen Leib wies große braune Flecken auf, die von verschüttetem Schnaps stammten. Unerklärlicherweise waren die Frauen in sämtlichen Schenken der Karibik geradezu vernarrt in ihn.

»*Aye*, schöne Dame, wenn das so weitergeht, wird wohl nichts anderes übrigbleiben. Diese Dirne, die Ihr hier habt, knöpft mir noch den letzten Shilling ab, obwohl sie sich bis jetzt kaum die Mühe gemacht hat, den Rock zu heben, um ihn sich auch zu verdienen.« Er nahm noch einen tüchtigen Schluck aus seinem Becher und bedachte dann Winston mit einem flehentlichen Blick. »Bei meiner Ehre, Käpt'n, wenn das so weitergeht, bin ich morgen arm wie eine Kirchenmaus.«

»Aber du bleibst doch bestimmt noch die ganze Woche bei mir, John.« Peggy war aufgesprungen, flugs um den Tisch herumgekommen und hatte sich ihm auf den Schoß gesetzt; in ihren sanften braunen Augen lag ein warmer Schimmer. »Ein Versprechen, das man einer Dame gibt, muß man halten. Sonst verläßt einen sein Glück.«

»Dann gibst du mir alles für den Lohn der Liebe? Das ist

nämlich fast alles, was ich noch hab', so wahr ich hier sitze! Meine Börse ist geschrumpft wie der Sack des Papstes.«

»Aus reiner Liebe?« Peggy erhob sich. »Und davon soll ich leben, bloß weil du's so nennst, wie? Während du irgendeiner stinkenden holländischen Hure drüben an der Wild Coast schöne Augen machst?«

»Die verdammten holländischen Dirnen sind mir viel zu versoffen, alle wie sie da sind. Die trinken schneller, als man bestellen kann.« Er glotzte auf Peggys pralles, halb offenstehendes Mieder. »Aber teilt nur die Karten aus, meine Dame. Solange man lebt, besteht immer noch Hoffnung, so wahr ich ein Christenmensch bin!«

»Und was hast du gerade gesagt, Liebling?« Joan wandte sich Winston zu und füllte sein Glas. »Wenn ich mich recht entsinne, hatte es irgendwas mit den neuen Sklaven zu tun, oder?«

»Ich habe gesagt, daß mir die Sache nicht gefällt und daß ich größte Lust habe, da was zu unternehmen. Ich kann nur hoffen, daß so lange hier alles ruhig bleibt.« Seine Stimme verlor sich im Rauschen des Regens.

Daß er sich dieser Sklaven wegen solche Sorgen macht, sieht ihm eigentlich gar nicht ähnlich, dachte Joan. Hugh ist noch nie darauf aus gewesen, das viele Unrecht in der Welt zu beseitigen. Was erwartet er überhaupt? Bei den Wundmalen Christi, die Pflanzer werden alles daransetzen, jeden Shilling aus diesen Afrikanern herauszuholen, den sie bekommen können. Hugh hat von jeher besser verstanden als alle anderen, daß hier draußen in der Karibik, auf den Inseln Über und Unter dem Winde, andere Gesetze herrschten als in Europa. Warum also regt er sich nur so darüber auf, daß die Pflanzer einen Ersatz für die faulen Schuldknechte gefunden haben? Weiß Gott, er selbst ist ja nun auch nicht gerade ein Heiliger und hat so manches auf die eigene Kappe zu nehmen. Er täte gut daran, über eigenem Unrecht zu brüten, wenn er sein Gemüt schon unbedingt mit den kleinen Mißhelligkeiten des Lebens beschweren will . . .

»Worum geht es dir denn auf dieser Reise wirklich, mein

Lieber? Es können doch unmöglich die neuen Sklaven sein. Dazu kenne ich dich zu gut.« Erwartungsvoll sah sie ihn an. »Ist es das Geld, das Barbados dir schuldet?«

»Was mich beschäftigt, ist eine Sache, die mir schon lange nicht mehr aus dem Kopf will. Und wenn ich jetzt sehe, was hier auf Barbados geschehen ist, paßt alles irgendwie zusammen.«

»Wovon redest du?«

»Ich überlege, ob es nicht an der Zeit wäre, für einige Veränderungen zu sorgen.«

Das war nun wirklich ein völlig neuer Hugh. So hatte er früher nie geredet. Was ihn damals beschäftigt hatte, war die Sorge um seinen Lebensunterhalt – ein Problem, das bis heute einer zufriedenstellenden Lösung harrte, wenn die Wahrheit denn unbedingt gesagt werden mußte . . .

Sie dachte daran, wie sie ihn kennengelernt hatte. Das war vor gut sieben Jahren gewesen, kurz nach der Eröffnung ihrer Schenke, damals, als er noch Matrose auf der *Zeelander* gewesen war. Der Holländer war, von Portsmouth, Rhode Island, kommend, mit einer Ladung Faßdauben und Bauholz eingetroffen, Dingen, die man auf Barbados für die Tabakfässer und beim Hausbau benötigte. Während die *Zeelander* Barbados-Baumwolle für die Spinnereien in Neu-England lud, war er eines Abends in Begleitung einiger anderer Besatzungsmitglieder hereingekommen, und sie hatte ihn mit einem ihrer Mädchen zusammengebracht. Später aber war es dann sie selbst gewesen, die er zum Trinken einlud, und nicht die pummelige Irin, mit der er zuvor zusammengewesen war. Und dann waren die Fragen gekommen. Wie sie so zurechtkomme, hatte er wissen wollen, und wie sie es schaffe, sich hier draußen in der Neuen Welt nur mit ihrem Witz und ihrer Findigkeit durchzusetzen. Womit hier denn Geld zu verdienen sei.

Durchaus zutreffend hatte sie zwei und zwei zusammengezählt und sich gesagt, daß Hugh nach Mitteln und Wegen suche, selbst im Leben voranzukommen, genauso, wie sie es getan hatte.

Nach einer Weile hatte er schließlich einen Krug für das schmollende irische Mädchen bestellt und war gegangen. Doch am nächsten Abend war er wieder dagewesen und am übernächsten auch. Jedesmal hatte er sich mit einem der Mädchen zurückgezogen, war dann jedoch zurückgekommen, um sich mit ihr zu unterhalten. Und dann hatte er eines Abends etwas Unerhörtes getan: Er hatte eine volle Flasche Teufelstöter gekauft und ihr vorgeschlagen, sich mit ihm das Schiff anzusehen.

Als ob sie damals nicht schon genug heruntergekommene holländische Fregatten gesehen hätte . . .

Dann erst war ihr aufgegangen, um was es ging. Dieser junge englische Maat mit der Narbe auf der Backe begehrte sie und machte ihr den Hof. Er schien sie tatsächlich zu *mögen*. Wußte er denn nicht, daß sie ihr Gewerbe längst nicht mehr persönlich ausübte?

Aber Hugh war anders als andere Männer. Und so war sie so töricht, ihren gesunden Menschenverstand fahren zu lassen — um ihm später zu zeigen, was eine reife Frau von einem jungen Mädchen unterschied.

Und auch jetzt, sieben Jahre später, fand sie ab und zu noch Gelegenheit, ihn das spüren zu lassen . . .

»Ich möchte dir zeigen, wie ich auf den Plan verfallen bin, der mich nun schon so lange beschäftigt.« Er stand unvermittelt auf und ging in die Schlafkammer. Als er zurückkam, trug er seine beiden Pistolen, deren lange stählerne Läufe mit Gold ziseliert und deren Kolben aus feinem Walnußholz gedrechselt waren. Behutsam legte er die Waffen auf den Tisch, ließ sich dann wieder auf den Stuhl fallen und griff nach seinem Krug. »Schau dir die beiden einmal gut an!«

»Beim Blute Christi!« Sie warf einen Blick auf die Pistolen und stieß ein kaum vernehmliches Schnauben aus. »Jedesmal, wenn ich dich sehe, hast du ein neues Paar.«

»Ich halte eben gern Schritt mit der Entwicklung und liebe die neuesten Modelle.«

»Und was ist so besonders ›neu‹ an diesen beiden?«

»Eine ganze Menge. Zunächst einmal handelt es sich bei dem Feuermechanismus um ein Steinschloß. Das heißt, sobald du den Abzug durchziehst, schlägt das Stück Flintstein im Hahn auf den Deckel der Pulverpfanne, reißt diesen auf und zündet im gleichen

Moment das Pulver. Außerdem lädt die Pulverpfanne sich selbsttätig, sobald du die Kugel in den Lauf schiebst. Es geht also schneller und besser als bei einem Luntenschloß.«

»Alles schön und gut, aber Flintschlösser bei Handfeuerwaffen sind doch schon seit längerer Zeit in Gebrauch, wußtest du das nicht?« Sie betrachtete die Pistolen und trank einen Schluck Sack; die Faszination, die Pistolen seit eh und je auf ihn ausübten, amüsierte sie. Von ungefähr kam die Leidenschaft indes nicht. Man wäre arg in Verlegenheit gekommen, hätte man in der Karibik einen Schützen finden wollen, der besser und schneller mit seiner Waffe umzugehen verstand als Hugh. Er mußte sich diese Fähigkeit während jener Zeit erworben haben, da er mit den Rinderjägern auf Tortuga zusammengewesen war, wiewohl er aus irgendeinem Grunde nicht gern über diese Jahre sprach.

Sie sah sich die Pistolen noch einmal genau an und sagte dann: »Spielen mir jetzt meine Augen einen Streich, oder sehe ich tatsächlich zwei Läufe? Nun, das muß ich dir lassen, so etwas habe ich bisher tatsächlich noch nicht gesehen.«

»Gratuliere! Das eben ist das Neue an diesem Modell. Paß auf!« Er hob die Waffe und berührte vorsichtig einen zweiten, kleineren Abzug, der vor dem ersten angebracht war. Es klickte leise, der zweite Lauf vollführte eine halbe Drehung und war schußbereit. »Verstehst du, es handelt sich um eine doppelläufige Waffe. Soweit ich weiß, bezeichnet man das als ›Wender-Mechanismus‹. Ein Sprungfedermechanismus ›wendet‹ den schußbereiten und mit frisch geladener Pulverpfanne versehenen Lauf.« Er drehte die Läufe zurück in ihre ursprüngliche Position. »Dieses Modell wird Furore machen, das garantier' ich dir.« Er legte die Pistole zurück auf den Tisch. »Übrigens – schau dir doch mal das Verschlußstück an. Kannst du den Namen erkennen?«

Sie hob eines der Flintschlösser in die Höhe. Unmittelbar vor dem reich verzierten Hahn war mit Gold ein Name eingraviert: *Don Francisco de Castilla.*

»Der Name des Büchsenmachers, der die Pistolen gefertigt hat, oder?« Sie sah ihn an. »Ich nehme jedenfalls nicht an, daß du sie selbst gearbeitet hast, Liebling. Den Namen des Meisters kenne ich allerdings nicht, aber es gibt weiß Gott genug spanische Pistolen in der Karibik, und es heißt immer, sie seien die besten.«

»So habe ich mir das zu Anfang auch erklärt.« Er hob den Krug und betrachtete die bernsteinfarbene Flüssigkeit. »Sage mir: Was weißt du alles über Jamaika?«

»Was hat das mit diesen Pistolen zu tun?«

»Eines nach dem anderen! Ich habe dich gefragt, was du über Jamaika weißt.«

»Nicht mehr als jeder andere auch. Jamaika ist eine große Insel in spanischem Besitz, irgendwo westlich von hier. Es soll dort einen Hafen und Befestigungsanlagen geben sowie eine kleine Siedlung, Villa de la Vega, mit ein paar tausend Pflanzern. Und das wär's auch schon. Gold und Silber haben die Spanier, soweit ich weiß, dort noch nie gefunden.« Fragend sah sie ihn an.

»Vielleicht fahre ich mal hin und sehe mich ein bißchen um.« Er hielt inne und senkte dann die Stimme. »Mal sehen, vielleicht kann ich die Festung einnehmen . . .«

»Die Festung einnehmen?« Sie lachte laut heraus. »Ich nehme an, das beste ist, ich lass' diese Flasche jetzt verschwinden. Und zwar auf der Stelle.«

»Traust du mir wohl nicht zu, wie?«

»Soweit ich gehört habe, haben die Spanier schwere Kanonen und eine große Garnison in der Festung. Sogar Kavallerie sollen sie haben.« Sie sah ihn verständnisvoll an. »Ich will dich ja nicht beleidigen, Liebling, aber meinst du nicht auch, daß dieser Plan deine Möglichkeiten ein bißchen übersteigt?«

»Danke für dein unerschütterliches Vertrauen in meine Fähigkeiten. Aber sag mir doch noch etwas anderes. Erinnerst du dich an Jackson?«

»Du meinst, an den berühmten ›Captain‹ Jackson?«

»An Kapitän William Jackson, ja.«

Joan schnaubte verächtlich durch die Nase. »Aber klar, wer könnte den alten Lügenbold vergessen? Einmal war er zwei volle Monate lang hier und hat ganz Barbados verrückt gemacht. Er hat Leute rekrutiert, mit denen er gegen die spanischen Siedlungen auf dem Festland ziehen wollte. Behauptete, der Earl of Warwick finanziere ihn. Er hat jeden Abend an eben diesem Tisch hier gesessen und getrunken, nur um mir nachher einen Stoß wertloser Wechsel zu hinterlassen. Er wäre im Handumdrehen wieder zurück, meinte er, und würde sie mit spanischem Gold einlösen.« Sie machte eine Pause und fuhr dann fort. »Das ist jetzt drei Jahre her. Das Beste, das ich von ihm weiß, ist, daß man nie wieder von ihm gehört hat. *Mir* jedenfalls ist nichts zu Ohren gekommen.« Plötzlich lehnte sie sich vor. »Nun sag bloß, du weißt, wo er steckt!«

»Jetzt nicht mehr. Allerdings erfuhr ich voriges Jahr, was damals passiert ist. Im Grunde gar nichts. Die Spanier wußten von seinem Kommen und hatten Maracaibo, Puerto Cabello und alle anderen Siedlungen, auf die er's abgesehen hatte, einfach evakuiert. Sie hatten ihre Häuser leergeräumt und waren im Urwald verschwunden.«

»Das heißt, er ist mit leeren Händen wieder abgezogen?«

»Nicht doch. Das sollte nur alle Welt glauben, vor allem der Earl of Warwick. Er ist immer wieder hin.« Abermals senkte Winston die Stimme, damit die Männer auf der anderen Seite des Raums ihn nicht verstehen konnten. »Ich würde auch nicht glauben, was er als nächstes tat, wäre ich nicht im Besitz dieser Pistolen.« Er nahm eine der Waffen zur Hand und rief mit bellender Stimme zum Whist-Tisch hinüber: »John!«

»*Aye*!« Mewes war augenblicklich auf den Füßen und fuhr sich mit der Hand über den Mund.

«Weißt du noch, wo ich diese Steinschloßpistolen her hab'?«

»Wenn ich mich recht entsinne, aus Virginia, Sir. Jamestown war es. Und wenn Ihr wollt, daß ich mein' Grips anstreng', dann sag' ich Euch noch was: Ein Galgenvogel mit der gemeinsten Visage, die je behauptet hat, einem Engländer zu gehören, hat sie Euch verkauft. Ich würd' dem Kerl nicht für zwei Pennys trauen, so wahr ich hier steh'.«

»Und weiter?« Joan lehnte sich auf ihrem Stuhl zurück.

»Der Kerl, von dem ich die Pistolen bekam, behauptete, Erster Maat auf Jacksons Flaggschiff gewesen zu sein – bis zu jenem Tag, da er von Bord sprang, als Jackson versuchte, irgendeine

Festung an der Küste von Spanisch-Florida zu stürmen. Er habe sich dann, so erzählte er mir, nordwärts bis nach Virginia durchgeschlagen. Zuvor jedoch, am Abend vor seiner Flucht, habe er diese Pistolen aus der Kapitänskajüte gestohlen.«

»Dann wäre ich nicht abgeneigt, sie auf der Stelle zu konfiszieren. Als Anzahlung auf meine Wechsel.« Joan musterte die Handfeuerwaffen eingehend. »Trotz allem ist mir immer noch nicht klar, was all das mit Jamaika zu tun hat.«

»Der Name ließ mir keine Ruhe, Don Francisco de Castilla. Der ist mir immer und immer wieder durch den Kopf gegangen, bis es mir schließlich einfiel. Das war kein Pistolenmacher. Das ist der Name des spanischen Gouverneurs von Villa de la Vega auf Jamaika.«

»Aber wie soll Jackson in ihren Besitz gekommen sein? Als er hier war, habe ich ihn nie damit gesehen. Und die hätte ich nicht vergessen, das kannst du mir glauben.«

»Genau darüber habe ich mir auch den Kopf zerbrochen. Ich setzte mich also nochmals auf die Fährte des Mannes, der sie mir verkauft hatte, und so erfuhr ich, was *wirklich* geschehen war. Jackson hatte die Waffen aus der persönlichen Schatztruhe von de Castilla. Und die wiederum hatte er aus der Festung. William Jackson hat nämlich Jamaika tatsächlich genommen. Er war fest davon überzeugt, daß die Spanier so weit vom Festland entfernt nie mit einem Überfall rechneten, und diese Vermutung erwies sich als richtig. Er segelte von Maracaibo geradewegs nach Jamaika. Im Schutz der Morgendämmerung erreichte er die Bucht, sammelte seine Flotte und lief in den Hafen ein. Gegen Mittag waren Feste und Stadt in seiner Hand.«

»Aber hat er sie auch halten können? Sobald die Spanier drüben auf dem Festland von dem Überfall erfuhren, werden sie ihren Landsleuten doch wohl zu Hilfe . . .«

»Um diese Möglichkeit scherte Jackson sich nicht im geringsten. Gegen Proviant und Lösegeld in Höhe von zwanzigtausend Golddublonen zu acht Real gab er die Stadt zurück. Er teilte die Riesensumme mit seinen Leuten und ließ sie Verschwiegenheit schwören, behielt aber die Pistolen.« Winston lächelte. »Jetzt allerdings gehören sie mir!«

»Moment mal! Ich fürchte, ich fange an zu begreifen, was du meinst!« Die Augen weit aufgerissen, beugte Joan sich vor. »Aber nun laß *dir* mal von *mir* ein paar Dinge erzählen! Über diese kleine Expedition von Jackson. Dieser durchtriebene Schuft ging hier mit drei schwer bestückten Fregatten vor Anker. Er hob über fünfhundert Mann mit weiß der Himmel wieviel Musketen aus. Als sie ausliefen, war ich dabei und hatte die Hände voller Sichtwechsel, die über sehr, sehr viel Geld gingen – jedenfalls sehr viel Geld für mich.«

»Und was, wenn ich nun mehr Leute zusammenkriege als er?«

»Aber in Gottes Namen, woher?«

»Ja, woher meinst du wohl?« Er fuhr sich mit den gespreizten Fingern durchs Haar. »Ich habe monatelang darüber nachgedacht, und dann habe ich mich gefragt: Wozu, zum Satan, ist die Neue Welt da? Für die Sklaverei? Nein! Ich sage dir, was ich vorhabe: Ich bin entschlossen, Jamaika zu nehmen und es zu behalten. Jamaika wird der Ort in der Neuen Welt sein, wo es weder Sklaverei noch Schuldknechtschaft geben wird, sondern nur freie Männer. Genauso wie auf Tortuga.«

Verdattert sah sie ihn an. »Christus am Kreuz! Du bist wohl vollkommen übergeschnappt! Schlag dir diese Flausen aus dem Kopf und kümmere dich lieber um das Geld, das der Rat dir schuldet. Sieh zu, wie du deine Wechsel eintreibst. Du mußt schließlich von irgendwas leben, mein Lieber!«

»Die Wechsel spielen eine entscheidende Rolle in meinem Plan. Ich gehe fest davon aus, daß es mir gelingen wird, die Angelegenheit kommenden Freitagabend in Ordnung zu bringen.«

»Bei den Wundmalen Christi, haben sie dich etwa eingeladen?«

Er blickte von seinem Krug auf. »Woher willst *du* wissen, wohin ich gehe?«

»Es gibt am Freitagabend nur eine Gelegenheit. Bei dem Gala-Ball, den Master Briggs für den Rat veranstaltet, in seinem prächtigen neuen Herrenhaus! Das ist doch der Grund, warum man in ganz Bridgetown keinen Fetzen Taft mehr bekommt!

Ich brauchte welchen für meine Mädchen, erst gestern habe ich es versucht, aber es ist nichts zu machen.«

»Ich muß hin. Das ist genau die richtige Gelegenheit, da habe ich sie alle auf einem Haufen.«

»Und Miss Katherine Bedford wird wohl auch da sein, wie?« Joan Fullers Stimme hatte plötzlich einen unversöhnlichen Klang. »In Ihrer offiziellen Eigenschaft als ›Erste Dame‹ dieser Insel?«

»Mag schon sein. Aber seltsamerweise habe ich mich gerade *danach* nicht erkundigt.«

Sie rümpfte die Nase. »Was du nicht sagst! Ihre Hoheit werden da sein und wahrscheinlich die Hälfte von dem ganzen Taft auf dem Leib tragen, den ich gestern hab' kaufen wollen. Nicht, daß er anständig gerafft wäre. Aber sie wird da sein, diese Person, bei meiner Ehre, sie wird da sein . . .«

»Ja, und wenn? Mir ist das egal . . .«

Sie ließ ihn nicht ausreden. ». . . wenn sie nicht gerade auf ihrer Mähre über die Hügel reitet, wobei ihr sogar der Anstand fehlt, einer redlichen Frau, die sich selber durchs Leben bringen muß, einen höflichen Gruß zu entbieten . . .«

»Schön«, sagte Winston, trank einen Schluck und stellte den Krug wieder auf den Tisch. »Ich nehm' dich mit.«

»Wie bitte?«

»Ich hab' gesagt, ich nehm' dich mit.«

»Jetzt hast du restlos den Verstand verloren!« Insgeheim überglücklich, daß er überhaupt auf diese Idee gekommen war, sah sie ihn an. »Kannst du dir vorstellen, was da los wäre? *Ich* unter all diesen hausbackenen puritanischen Schlampen! Die sich ihre feisten Bäuche stopfen und sich dabei darüber unterhalten, ob sie ihre Schuldknechte ganz oder nur halb verhungern lassen sollen? Ganz zu schweigen von den Herzanfällen, denen die Hälfte jener Ratsmitglieder zum Opfer fallen würde, die bei mir noch heimliche Rechnungen offenstehen haben! Dabei kann ich mich glücklich schätzen, wenn ich wenigstens in muffigen Tabaksbündeln bezahlt werde! Auf klingende Münze zu hoffen, würde ich nicht einmal im Traume wagen!« Sie lachte. »Und eins kannst du mir glauben: Sie werden dich auch nicht anders bezahlen, mein Lieber. Falls sie dich überhaupt bezahlen.«

»Ganz wie du willst«, erwiderte Winston und hob den Krug. »Aber wenn du dir über die Frauen, die zu dem Empfang kommen, solche Sorgen machst, dann darfst du nicht vergessen, wer sonst noch alles kommt.«

»Wen meinst du?«

»Du kennst doch den portugiesischen Spruch *E a mulata que e mulher*!«

»Die Mulattin ist die wahre Frau.« Sie übersetzte das berühmte geflügelte Wort aus Pernambuco, dann runzelte sie die Stirn. »Ich nehme an, du redest von jener portugiesischen Mulattin, die Master Briggs damals in Brasilien für seine privaten Zwecke kaufte. Die mit dem Namen Serina.«

»Genau. Ich sah sie kurz gestern abend.«

»Ich kenne sie, du Wüstling! Wahrscheinlich besser als du. Briggs schickt sie dauernd her, ihm Teufelstöter zu holen. Behauptet, er traue seinen Schuldknechten nicht zu, eine einzige Flasche ungeöffnet heimzubringen. In ihrer Art ist sie eine wirklich hübsche Person, das gebe ich zu.«

»Hübscher, als Briggs sie verdient.«

»Wußtest du, daß die Ratsherren sie unter sich ›seine kürbisfarbene Hure‹ nennen? Scheinheilige Hurenböcke, diese Puritaner. Ich fordere sie jedesmal, wenn sie kommt, auf, doch ein wenig zu bleiben. Kann mir nämlich vorstellen, daß sie ziemlich einsam ist, die Ärmste! Mit Sicherheit ist sie nicht sonderlich glücklich mit ihrem neuen Besitzer. Und mit Barbados auch nicht – verständlich, nach der schönen Plantage, auf der sie in Brasilien gelebt hat.« Joan lachte. »Ich bin jedesmal aufs neue fassungslos, wenn ich mir ins Bewußtsein rufe, daß sie eine Sklavin ist, noch dazu eine der ersten auf dieser Insel.« Sie hielt kurz inne und fügte nachdenklich hinzu: »Na ja, das ändert sich jetzt. Inzwischen hat sie ja genug Gesellschaft.«

»*Zu* viel.«

»Da magst du mal recht haben. Meiner Treu, bald wird es hier Tausende von Afrikanern geben!« Joan Fuller seufzte. »Aber die feinen Herren vom Rat behaupten, das sei es ja gerade – die Sklaven werden alles verändern und uns ungeheuren Reichtum bringen. Meinst du, das stimmt?«

»Vermutlich. Es ist einer der Gründe, warum ich versuchen will, hier einiges zu ändern.« Er ließ den Blick zur Bucht hinüberwandern, wo eine Schar brauner Pelikane in gerader Linie über die Wellenkämme dahinstrich. Der Horizont verlor sich im Dunst. »Und zwar auf meine Weise.«

Drittes Kapitel

Katherine blickte an zinnernen Kerzenständern mit flackernden Wachsstöcken vorbei die lange Zederntafel hinunter, auf der sich jetzt zahllose fettverschmierte Holzteller voller Speisereste türmten. Der ›Speisesaal‹ in Benjamin Briggs' neuem Herrenhaus verdiente diese Bezeichnung: ein großer Raum mit einer Decke aus dunklen Eichenbalken und frisch getünchten Wänden. Um die Festtafel herum saßen finster blickende Männer mit schwarzen Hüten und füllige Puritanerfrauen mit stramm geschnürten Miedern und gestärkten Kragen. Trotz der allseits zur Schau getragenen Feierlichkeit war die Stimmung gedrückt, fast als ob alle Anwesenden von ominösen Ahnungen heimgesucht wurden. Veränderung lag in der Luft – und keine Veränderung zum Besseren.

Am Kopf der Tafel saßen die prominentesten Mitglieder des Rates. Es waren die Besitzer der größten Plantagen von Barbados. Die reichsten kannte Katherine alle persönlich: Edward Bayes, dem unter schütterem Bart die Hängebacken über den Kragen quollen, besaß die wertvollsten Ländereien im Norden, um Speightstown herum. Thomas Lancaster, der, rotwangig vom reichlichen Alkoholgenuß, mit glasigen Augen vor sich hinstierte, war Eigentümer der größten Pflanzung in den sanft gewellten Ebenen des zentral gelegenen Pfarrsprengels St. George. Nicholas Whittington schließlich, ein Mann von gewaltiger Leibesfülle und mit mächtigem Doppelkinn, war Herr vieler Morgen Land im Pfarrsprengel Christ's Church an der Südküste.

Anthony Walrond fehlte in der illustren Gesellschaft. Er war ebensowenig eingeladen worden wie die anderen königstreuen Emigranten, von denen viele erst in jüngster Zeit auf Barbados eingetroffen waren. Daran hatte Katherine nicht gedacht, obwohl es auf der Hand lag, und so ärgerte sie sich darüber, daß sie es auf sich genommen hatte, sich ein neues Kleid und ein neues Mieder nähen zu lassen. Nein, heute abend waren es die alten Siedler, Männer der ersten Stunde, die rechtzeitig das beste Land für sich beansprucht hatten. Es waren diejenigen, die Dalby Bedford, der neben seiner Tochter saß und diplomatisch an seinem Krug nippte, die ›Pflanzokratie‹ zu nennen beliebte. Sie waren zusammengekommen, um das Zuckerwunder zu feiern, den Beginn einer neuen Ära und einer neuen Ordnung.

Die erwartungsvolle Spannung, die den Raum beherrschte, war fast genauso spürbar wie der Rauch, der durch die offene Küchentür hereindrang. Benjamin Briggs' Festmahl und Ball, nach außen hin als große Feier deklariert, war in Wirklichkeit eher eine Art öffentliche Erklärung, die besagen sollte, daß jene Versammlung, die Dalby Bedford aus den Reihen der kleinen Freisassen gebildet hatte, angesichts des zu erwartenden Reichtums und der damit verbundenen Macht der Großgrundbesitzer schon bald zur vollkommenen Bedeutungslosigkeit verdammt sein würde. Barbados, das Flaggschiff der Antillen, würde fürderhin von jenen Männern beherrscht werden, denen das meiste Land und die meisten Sklaven gehörten.

Das schlimmste von allem war, nach Katherines Überzeugung, die Aussicht, daß Briggs' Feier sich aller Wahrscheinlichkeit nach bis in die frühen Morgenstunden hinziehen würde. Zwar war das Bankett jetzt vorbei, doch der Ball hatte noch nicht einmal angefangen. Und danach, so hatte Briggs großspurig verkündet, wolle er ihnen seine neue Zuckermühle vorführen, die erste auf der Insel.

In der Hoffnung, ein bißchen in Stimmung zu kommen, nippte Katherine am süßen Kanarenwein, hob dann das Glas weiter in die Höhe und betrachtete den Raum durch die verzerrende Spiegelung der Wandung. Briggs nahm sich darin aus wie ein komischer Zwerg. Er wies gerade seine Diener an, weitere Flaschen Teufelstöter die Tafel hinabzureichen; die Pflanzer und ihre Frauen griffen zu und füllten ihre Zinnhumpen voller Zitronenpunsch damit auf.

Mit dem heutigen Abend, dachte Katherine, beginnt ein neues Kapitel in der Geschichte der Karibik. Barbados wird bestimmt bald Englands reichste Kolonie sein, und falls die Versammlung der Freisassen sich nicht wehrt, wird diese Handvoll raffgieriger Puritaner die gesamte Herrschaft über die Insel an sich reißen. Und all das nur wegen des Zuckers!

Mitten in der Menge saß Hugh Winston und machte ein schwermütiges, nachdenkliches Gesicht. Daß rund um die Tafel ein Toast nach dem anderen auf ihn ausgebracht wurde – zu Ehren des Mannes, der den Zuckeranbau auf dieser Insel erst möglich gemacht hatte –, schien er kaum mitzubekommen. Der Zucker war ihm offensichtlich von Herzen gleichgültig, das einzige, woran er zu denken schien, war, wie er zu seinem Geld kam.

Er hat allen Grund, sich Sorgen zu machen, dachte Katherine und lächelte dabei. Er wird es nie zu sehen bekommen. Keinen roten Heller! Es war für jedermann im Saal klar, daß Briggs und der Rat nicht die geringste Absicht hatten, Winstons Sichtwechsel einzulösen. Und mit seinen hübschen spanischen Pistolen im Gürtel konnte er ihnen nicht den geringsten Eindruck machen, hatten sie es doch schon mit weit gefährlicheren Männern aufgenommen. Ganz abgesehen davon: Selbst wenn sie zahlungswillig gewesen wären, hätten sie seine Forderungen kaum erfüllen können. Zweitausend Pfund Sterling in bar gab es vermutlich auf der ganzen Insel nicht.

Wie in allen Siedlungen auf den Antillen beruhte auch auf Barbados die Wirtschaft auf Warentausch und auf Papier; alles wurde im Gewicht von Tabak oder Baumwolle bewertet. Hartgeld gab es so gut wie überhaupt keines; ja, es verstieß sogar gegen das Gesetz, Silbergeld aus England nach den Antillen auszuführen.

»Und ich sage Euch, so etwas wie dies hier braucht ein Mann, wenn er nachts ruhig schlafen will.« Briggs Stimme riß Katherine aus ihren Gedanken. Er stand am Kopfende der Tafel und beschrieb die Sicherheitsvorkehrungen seines neuen Hauses. »Und wohlgemerkt, obgleich es noch gar nicht fertig ist . . .« – Er wies mit schwungvoller Geste hinauf zu den noch nicht ausgemalten und getünchten Obergeschossen – ». . . ist das Haus schon so sicher wie der Tower in London!«

Briggs hatte den Grundstein für sein neues Haus kurz nach seiner Rückkehr aus Brasilien gelegt, und zwar in Erwartung des Vermögens, das er mit dem Zuckeranbau machen würde. Das Gebäude, das er sofort ›Briggs' Hall‹ getauft hatte, war von einer Steinmauer umgeben und bildete in der Tat eine kleine Festung. Der Speisesaal nahm eine Hälfte des Hauses ein; man betrat ihn von einer weitläufigen Eingangshalle aus. Auf der gegenüberliegenden Seite befanden sich ein Wohnraum und die rauchige Küche, ein langgestreckter, seitlich etwas versetzter Raum ganz aus Stein. Nach vorn und hinten hinaus ging eine Reihe kleiner Fenster, die jedoch sämtlichst mit massiven Fensterläden verschlossen werden konnten – letzteres nicht nur eine Sicherheitsvorkehrung, sondern auch eine Maßnahme, um gesund zu bleiben; die Pflanzer glaubten nämlich, daß die kühle Nachtbrise Schüttelfrost und ›heiße Krämpfe‹ hervorrufen könnte.

Briggs war wohl davon überzeugt, er brauche ein Haus wie dieses. Und vielleicht lag er damit gar nicht falsch. Er hatte bereits zwanzig Schuldknechte, dreißig Afrikaner waren hinzugekommen, und man rechnete auf der Insel damit, daß zukünftig jede Woche ein Sklavenschiff anlegen würde.

Katherine hörte Briggs zu und ertappte sich dabei, daß sie zu Winston hinüberschielte. Was mochte der Lieblingsschmuggler des Rates wohl von alledem halten? Briggs' Rede über die Notwendigkeit von Sicherheitsvorkehrungen hielt er offenbar für ziemlich kläglich oder gar lächerlich. Was seine Augen ausdrückten, war schwer auszumachen, doch nach der Art zu urteilen, wie er seine Blicke über den Tisch wandern ließ, schien er es absurd zu finden, daß es da jemanden gab, der sich auf einer Antilleninsel in einer Steinfestung verschanzen wollte.

In diesem Moment beendete Briggs seinen Monolog und gab den Dienern den Wink, Servierbretter mit Tonpfeifen und Virginia-Tabak herumzureichen. Als die Pflanzer merkten, daß es sich bei dem Kraut nicht um den muffigen einheimischen Tabak handelte, sondern um Importware, erhob sich beifälliges Gemurmel.

Mit dem Herumreichen des Tabaks war das Mahl offiziell zu Ende. Die Diener in den grauen Hemden stopften langstielige Pfeifen, zündeten sie an und boten sie dann kniend den angeheiterten Plantagenbesitzern dar. Mit Seufzern der Erleichterung erhoben sich nun einige der Damen, insbesondere die kompakteren unter ihnen, rafften die neuen Röcke, um sie vor den der Ameisen und Termiten wegen mit Teer bestrichenen Tischbeinen zu schützen, und zogen sich eine nach der anderen in den an die Küche angrenzenden Umkleideraum zurück, wo Briggs' irische Dienstmädchen schon darauf warteten, ihnen rechtzeitig vor der Eröffnung des Balls das Mieder ein wenig zu lockern.

Katherine sah die Damen an sich vorüberziehen und fuhr ein wenig zusammen, als sie hörte, wie in dem großen Raum hinter der Eingangshalle die Fideln gestimmt wurden. Das Bankett allein reichte Briggs vermutlich nicht, um zu beweisen, daß er nun der mächtigste Mann auf Barbados und bald vielleicht auf den gesamten Antillen war. Er hatte sich wahrhaftig selbst übertroffen. Sogar die Dienerschaft sagte, ein so prächtiges Fest habe es auf der Insel noch nie gegeben – und prophezeite, dies sei erst der Anfang. Man werde noch viele solche Feste feiern.

Die Schuldknechte selbst hatten an diesem Tag alle bereits vorab gegessen – *loblolly*-Grütze, Süßkartoffeln und Lablab-Bohnen. Am Abend war ihnen dann zu Ehren des Festmahls noch eine Portion süß-sauer eingelegtes Schildkrötenfleisch zugestanden worden. Für die Ratsmitglieder und ihre Frauen hatte Briggs als Hauptgericht teures Rindfleisch auffahren lassen; Bauch und Wamme waren gekocht worden, das Bruststück samt Bug gebraten. Zunge und Gekröse waren gehackt und zu Pasteten verarbeitet worden, denen mit duftenden Kräutern, Spezereien und Korinthen Würze verliehen worden war. Dem Rindfleisch war ein Schottisches Schweineragout gefolgt; danach hatte es zartes Zicklein, eingelegt in seinem eigenen, mit Thymian versetzten Blut und gefüllt mit einem würzigen Pudding, gegeben. Man hatte ferner ein köstliches Spanferkel gereicht, in einer Rotweintunke mit Hirn, Salbei und Muskatnuß; daraufhin Hammelschulter und mit röschen Speckscheiben belegten Ziegenbraten, und anschließend gab es noch geschmortes Kaninchen und Lammkeule.

All diese Köstlichkeiten hätten längst gereicht, um jeden Pflanzer bis zur Besinnungslosigkeit zu mästen. Doch zu allem Überfluß standen auch tiefe Schüsseln mit Kartoffelbrei und Teller mit gesottenen Pisangs, Indischen Feigen und Zimtäpfeln auf dem Tisch. Traditionellerweise beendete noch kaltes Fleisch die Tafel, wobei knusprig geröstete, fette Ente den Anfang machte; der spanische Schinken, eingelegte Austern und Fischrogen folgten. Zu allem wurden der übliche Teufelstöter, Kanarenwein, Sherry und roter Madeirasack serviert.

Inzwischen war das Geschirr abgetragen, und der Qualm der Tabakspfeifen erfüllte den Raum. Briggs ergriff erneut das Wort, um den stärkenden Nachtisch-Liqueur anzukünden. Zwei Diener plazierten eine große Terrine mit französischem Branntwein vor ihm auf dem Tisch, der von Fettflecken strotzte, und schlugen ein gutes Dutzend Hühnereier hinein. Reichlich Zucker kam hinzu, und das Gebräu wurde tüchtig umgerührt. Schließlich ließ Briggs sich einen brennenden Wachsstock geben und hielt das Flämmchen an die Flüssigkeit. Die Dünste, die über der Terrine schwebten, blühten zu einer riesigen gelben Wolke auf. Von allen Seiten ertönten Hochrufe. Als die Flamme erloschen war, langten die Diener mit Kellen in die Schüssel und füllten Becher um Becher, die von den Gästen weitergereicht wurden. Die Tochter des Gouverneurs nippte an dem starken, süßen Trank und verfolgte, wie zwei in ihrer Nähe sitzende Pflanzer sich auf unsicheren Beinen aufrichteten und ihre Becher hoben, um einander zuzutrinken. Die beiden rochen streng nach Schweiß und nach Schnaps. Sie waren nicht Mitglieder des Rates, sollten aber – gegen eine prozentuale Gewinnbeteiligung – die neue Zuckermühle benutzen dürfen, sobald Briggs sein eigenes Rohr verarbeitet hatte. Ihre Plantagen lagen in der Nähe der Briggsschen, und keiner von ihnen konnte sich eine eigene Mühle leisten. Der eine war Thomas Lockwood, ein untersetzter, grüblerischer Junggeselle aus Cornwall, der hundert Morgen Land besaß, die unmittelbar an Briggs' Land angrenzten. Der andere hieß William Marlott und war ein überaus dürrer, flatteriger Kaufmann aus Suffolk, der sich vor zehn Jahren mit seiner schwindsüchtigen Frau nach Barbados zurückgezogen und es fertiggebracht hatte, im etwas höher gelegenen Landesinneren achtzig Morgen in seinen Besitz zu bringen, die inzwischen samt und sonders mit Zuckerrohr bepflanzt waren.

»Auf die Zukunft des Zuckers auf Barbados!« begann Lockwood mit schwerer Zunge, und Marlott schloß sich ihm an und sagte: »Und daß für jeden Mann an dieser Tafel ein hübsches Vermögen herausspringt!«

Allgemeiner Beifall erhob sich, und unter Stühlerücken rafften sich auch die anderen Männer hoch und hoben die Becher.

Nur Hugh Winston beteiligte sich nicht an dem Toast. Katherine fiel auf, daß er sich auf seinem Stuhl zurücklehnte, den eigenen Becher unberührt vor sich auf dem Tisch. Er hatte den ganzen Abend über getrunken, doch jetzt, da er zusah, wie die Männer um ihn herum sich gegenseitig beglückwünschten, wirkte er völlig geistesabwesend.

Kaum hatten die Pflanzer sich wieder gesetzt, trat Briggs zu ihm und sprach ihn an.

»Wo bleibt *Euer* Durst, Kapitän? Wollt Ihr denn nicht auf die goldenen Jahre trinken, die für uns Engländer in der Karibik nun beginnen? Es hat doch lange genug gedauert!«

»Und Ihr werdet womöglich noch länger dafür bezahlen.« Es war buchstäblich das erstemal, daß Winston an diesem Abend sprach, und seine Stimme klang leise und schwermütig. »Bis jetzt hat der Zucker Euch nur die Sklaverei gebracht. Und Kerker als Behausungen. Dabei war es doch einmal die Freiheit, um deretwillen die Engländer in die Karibik zogen. Zumindest wurde das bisher behauptet.«

»Nun ja, Sir, ich sage immer, jeder hat das Recht auf eine eigene Meinung. Aber in allererster Linie und zuvörderst wurden die Antillen um des Gewinns willen besiedelt. Das sollten wir nicht vergessen.« Briggs lächelte nachsichtig und stellte seinen Becher auf den Tisch. »Und was soll auch die ganze Freiheit, wenn man keinen roten Heller in der Tasche hat? Wir haben alles andere versucht – doch schließlich lief es auf den Zucker hinaus. Im Zucker liegt die Zukunft der Antillen, verlaßt Euch drauf. Daß man Afrikaner auf die Felder schicken muß, liegt doch wohl auf der Hand, das ist eben eine unausweichliche

Folge. Und wenn man Afrikaner hat, muß man dafür sorgen, daß sie nicht übermütig werden, auch das ist logisch. Daß unsere weißen Schuldknechte der Arbeit auf den Zuckerrohrfeldern nicht gewachsen sind oder sie nicht leisten wollen, wissen wir inzwischen, wir haben es lange genug versucht. Zeigt mir einen weißen Mann, der bereit ist, den ganzen Tag lang Zuckerrohr zu schlagen! Jeder Löffel des süßen Pulvers, das sich eine englische Dame in ihre Porzellanschale rührt, stammt von einer schwarzen Hand in Ketten, das ist immer so gewesen und wird immer so bleiben. Und wenn wir es nicht tun, werden diese Ketten auf ewig von Spaniern und Portugiesen festgehalten werden.«

Winston, dem man ansah, daß er dem Sack sehr zugesprochen hatte, sagte nur: »Das bedeutet, daß beide an der Kette hängen – die einen wie die anderen.«

»Nur, Sir, wie immer man es zu sehen beliebt. Gleichwohl braucht Ihr Euch die Sache nur genau anzusehen, und Ihr werdet zugeben müssen, daß nichts an den Zucker herankommt. Da könnt Ihr jeden Papisten fragen. Nun soll ja der Zucker zuerst in Kathay entdeckt worden sein. Tatsache ist, daß er jahrhundertelang das Monopol der Spanier und Portugiesen war. Bis jetzt. Bedenkt, Kapitän, daß die Männer in diesem Raum die ersten Engländer sind, die gelernt haben, das Rohr zu pflanzen.«

»*Aye*«, fiel nun Edward Bayes ein und hielt inne, um sich mit dem Ärmel den Mund abzuwischen. »Endlich haben wir etwas gefunden, das wir hier auf den Antillen anbauen können und wofür es überall auf der Welt einen Markt gibt. Zeigt mir einen großen Herrn, der seinen Küchenmeister nicht anweist, jedes Gericht auf seinem Tische mit Zucker zu würzen! Oder den Flickschuster, der nicht allen Zucker nimmt, den er kaufen oder stehlen kann, selbst, wenn er bereits mit einem Fuß im Armenhaus steht.« Bayes strahlte, und in seinen rotgeränderten Augen schimmerte der Widerschein des Kerzenlichts. »So sieht das heute schon aus, heute schon! Und dabei ist es erst der Anfang eines gigantischen Geschäfts.«

»Daran besteht kein Zweifel.« Briggs hatte wieder das Wort ergriffen. »Denkt nur an die neue Mode, die in London gerade aufkommt – den Genuß von Kaffee und Schokolade. Da tut sich ein ganz neuer Markt für Zucker auf, denn ohne Zucker schmeckt weder das eine noch das andere.« Er schob seinen Punsch beiseite und griff nach der Flasche, um Teufelstöter in seinen Krug gluckern zu lassen. »Bei meiner Seele, Zucker steht im Begriff, die Eß- und Trinkgewohnheiten, ja überhaupt die gesamte Lebensweise der Engländer von Grund auf umzukrempeln!«

»Und ich setz' drauf, daß jeder Morgen Land genausoviel Pfund Zucker bringen wird, wie er Tabak gebracht hat.« Thomas Lockwood erhob sich abermals. »Wobei allerdings Zucker einen Preis erzielt, der ein Vielfaches des Tabakpreises beträgt. Darin liegt der große Unterschied. Wenn wir hier auf Barbados nur genug Rohr anbauen und genug von diesen Afrikanern für die Ernte kaufen, werden wir in fünf Jahren soweit sein, daß wir billiger verkaufen können als die Papisten. Vielleicht dauert es nicht einmal so lange.«

»*Aye, aye*«, pflichtete Briggs ihm bei und sah Lockwood, der in einem Zug seinen Becher leerte, versonnen an. Es war allgemein bekannt, daß Briggs über achtzehn Monate laufende Wechsel des Pflanzers besaß, welche in vierzehn Tagen fällig werden sollten. Katherine fragte sich, wie lange es wohl noch dauern mochte, bis Briggs sich den größten Teil von Lockwoods Ländereien einverleibt haben würde.

»Nun, wie dem auch sei – ich habe meinen Teil unserer Abmachungen eingehalten . . .« Hugh Winstons Stimme erhob sich über das allgemeine Gemurmel.

»Und jetzt seid Ihr an der Reihe. Auf zweitausend Pfund hatten wir uns geeinigt – in barer Münze. Spanische Dublonen zu acht Real, englische Sovereigns – mir soll das eine so lieb wie das andere sein.«

Es ist soweit, dachte Katherine und hielt den Atem an. Und er wird keinen einzigen Shilling zu sehen bekommen . . .

Briggs starrte auf seinen Krug. Mit einem Male herrschte unbehagliches Schweigen im Saal. »Im Moment machen wir schwere Zeiten durch, Sir«, sagte er langsam und hob den Blick. »Sechs Monate weiter, und wir haben Zucker, den wir den Holländern verkaufen können. Aber wie es heute aussieht . . .«

»Daran hättet Ihr denken sollen, als Ihr die Wechsel unterfertigtet.«

»Ich bin der erste, der Euch da recht gibt, Sir, der allererste. Aber was geschehen ist, ist geschehen.« Briggs' Züge verrieten Betroffenheit. Er legte die rauhen Hände flach auf den Tisch, gleichsam als gelte es kundzutun, daß sie leer seien. »Wir haben die Angelegenheit durchgesprochen. Das beste scheint uns zu sein, das Zahlungsziel zu verlängern – mit Zinsen, versteht sich. Was würdet Ihr sagen . . . fünf Prozent?«

Winston erhob die Stimme nicht, doch seine Augen hatten sich verengt. »So war es nicht abgemacht.«

»Nun, Sir, dennoch sind dies die Vorschläge, die wir zu machen bereit sind.« Briggs' Ton wurde merklich härter. »Und wer klug ist, nimmt, was er bekommen kann.«

»Die Sichtwechsel lauten auf Bargeld auf Verlangen.« Winstons Stimme war kaum mehr als ein Flüstern, und Katherine spürte, daß sie insgeheim gehofft hatte, er werde aufbegehren und sich dem Rat widersetzen. Und sei es nur, um zu beweisen, daß überhaupt ein Mensch dazu in der Lage war. Aber jetzt . . .

»Zum Teufel mit Euren Sichtwechseln, Sir! Wir haben Euch ein Angebot gemacht.« Briggs blickte in die Runde und sah sich durch die Mienen der anderen Ratsmitglieder bestätigt. »Eigentlich läge es im Interesse von uns allen hier, sie zu wertlosem Papier zu erklären.«

»Das könnt Ihr von Rechts wegen nicht tun.« Winston trank. »Vor dem Gesetz besitzen sie volle Gültigkeit.«

»Wir haben hier Gerichte, Sir, die bewogen werden könnten, sich eine entschieden andere Sichtweise zu eigen zu machen. Wobei ihnen vor allem das Wohlergehen der Insel am Herzen liegen dürfte.«

»Es gibt auch noch Gerichte in England. Falls es sein muß.«

»Aber dorthin werdet Ihr nicht zurückkehren, Sir. Und außerdem wißt Ihr genauso gut wie ich, daß sich das über Jahre hinziehen könnte.« Briggs grinste. »Ja, ich wette, daß Euch in England mehr Gerechtigkeit zuteil würde, als Euch lieb sein könnte – falls Ihr die Stirn hättet, sie Euch ausgerechnet dort holen zu wollen.«

»Das bliebe abzuwarten.« Winston schien bemüht, seiner Stimme Festigkeit zu verleihen. »Doch soweit wird es gewiß nicht kommen. Wenn ich mich recht besinne, erlauben mir die Bedingungen unserer Abmachung, mich an anderen Sachwerten schadlos zu halten. Und zwar ohne Warnung.«

»Schadlos zu halten?« Briggs erweckte den Eindruck, als ob er nicht richtig verstanden hätte.

»Da *Ihr* selbst sämtliche Wechsel gegengezeichnet habt, brauche ich mich um den Rest des Rates nicht weiter zu kümmern«, fuhr Winston fort. »Ich brauche mich nur an Euch persönlich zu halten. So habt Ihr zum Beispiel diese Plantage hier als Nebensicherheit angeboten, wenn ich Euch daran erinnern darf.«

»Das war nichts als eine Formalität. Und ist nunmehr zwei Jahre her.« Briggs lachte. »Da gab es weder dieses Haus hier noch die Zuckermühle. Damals stand auf diesem Besitz nichts weiter als ein einstöckiger Bau mit einem Strohdach.«

»Ob Formalität oder nicht: Den Wechseln zufolge sind diese Äcker samt allem, was sich darauf befindet, verpfändet.«

»Verdammt nochmal, Sir!« Briggs knallte den Krug auf den Tisch. »Ihr werdet Eure Hand nicht auf . . .«

»Wozu regt Ihr Euch auf? Ihr wißt doch genau, daß ich für das Land keinerlei Verwendung habe«, fiel Winston ihm ins Wort. »Warum soll ich mich nicht mit der Zuckermühle zufriedengeben? Damit dürfte die Gesamtschuld in etwa abgedeckt sein.« Er schaute sich um. »Wenn ich die Tratten morgen vormittag in Bridgetown präsentiere, können wir die Eigentumsveränderung auf der Stelle grundbuchlich eintragen lassen. Was sagt Ihr zu einer solchen Vereinbarung?«

»Ihr habt den Scherz jetzt weit genug getrieben, Sir.« Briggs' Gesicht hatte die Farbe der roten Indischen Feigen angenommen, die als Dessert auf der Tafel prangten. »Wir alle sind auf diese Zuckermühle angewiesen, und Ihr werdet Euch hüten, die Hand daran zu legen. Ich gehe davon aus, für den gesamten Rat zu sprechen, wenn ich sage, daß wir entschlossen sind, unsere Interessen zu wahren. Solltet Ihr versuchen, Euch an die Zuckermühle zu halten, werde ich Euch fordern. Dazu habe ich ohnehin größte Lust – unverschämt, wie Ihr seid!« Er stieß unvermittelt den Stuhl zurück, sein Wams klaffte auf, und der Griff einer im Gürtel steckenden Pistole wurde sichtbar. Mehrere andere Ratsmitglieder waren ebenfalls aufgesprungen und traten nun ein paar Schritte zurück. Einer wie der andere hatten sie Flintschloßpistolen im Gürtel stecken – eine übliche Vorsichtsmaßnahme auf Barbados, wo einige aufsässige Schuldknechte ihr Unwesen trieben.

Winston blieb seltsam unberührt von der allgemeinen Aufregung. »Ich sehe keinen Grund, warum wegen einer kleinen geschäftlichen Transaktion irgend jemand sterben sollte«, meinte er ruhig.

Wieder lachte Briggs auf. »Das kann ich mir denken, Sir! Ihr wollt uns mit Euren Pfändungsdrohungen einschüchtern. Aber das könnte Euch so passen! Bei Gott, wenn Ihr Euch einbildet, Ihr könntet hier einfach hereingesegelt kommen und dem Rat von Barbados das Fell über die Ohren ziehen, dann habt Ihr Euch verrechnet. Ich glaube, es ist an der Zeit, daß man Euch mal erklärt, wer hier auf dieser Insel das Sagen hat!« Der dicke Pflanzer brüllte inzwischen fast. »Glaubt ja nicht, daß wir, bloß weil Ihr mit einem Paar hübscher Flintschloß-Pistolen im Leibriemen einherstolziert, nach Eurer Pfeife tanzen.« Er riß sich den schwarzen Hut, der zu dem schwarzen Samtwams, das er trug, paßte, vom Kopf und warf ihn auf den Tisch. »Entweder, Ihr nehmt unser Angebot an, oder Ihr macht, daß Ihr von meinem Grund und Boden verschwindet – und zwar auf der Stelle!«

Katherine sah die Entschlossenheit in den Mienen der anderen Ratsmitglieder, deren Hände an die Gürtel fuhren. Ob er das so und nicht anders geplant hat, fragte sie sich. War dies der Augenblick, auf den sie alle gewartet hatten? Sie mußten doch gewußt haben, daß er nie und nimmer auf ihr Angebot eingehen würde. Davon abgesehen, kam es sie ohnehin billiger, die Angelegenheit auf diese Weise zu regeln. Sollten doch die Pistolen entscheiden . . . Und hier und heute stand einer gegen alle.

»Ich bin nach wie vor der Meinung, daß es besser wäre, sich in allen Ehren zu einigen.« Winston senkte den Blick, und seine Stimme verlor sich, doch in seinen blutunterlaufenen Augen blitzte der Zorn. Langsam nahm er seinen Krug zur Hand und leerte ihn. Der Schnaps brannte ihm in der Kehle, und für ein paar Sekunden durchbrach sein Hüsteln die Totenstille, die mittlerweile im Saal herrschte. Dann spielte er mit dem Deckel des Krugs, ließ mechanisch den Daumen über den Sporn gleiten, mit dem dieser in seiner Angel gehoben wurde, sah zu, wie der Deckel aufklappte und zufiel, aufklappte und zufiel, ein paarmal hintereinander. Und dann stieß Hugh Winston einen tiefen Seufzer aus, beugte sich zurück und schleuderte das schwere Gefäß mit Wucht in Richtung Treppe. Und kaum hatte der Krug seinen Flug begonnen, da war Winston auch schon auf den Beinen und stieß den Stuhl hinter sich um. Man hörte, wie der Hahn einer Pistole gespannt wurde und eine Pulverpfanne zischte. Unmittelbar darauf blitzte es in Winstons linker Hand auf, und im selben Augenblick löste sich der Deckel mitten in der Luft vom Krug und prallte ab von dem geschnitzten Pfosten aus Pistazienholz am oberen Treppenabsatz. Ein Klicken der Pistole, der untere Lauf drehte sich nach oben, und die zweite Mündung spuckte Feuer. Diesmal war es der Krug, der ein helles Klirren vernehmen ließ und sich um sich selbst drehte, bis er gegen das Treppengeländer prallte. Von dort krachte er gegen die Zedernvertäfelung der Eingangshalle. Nun sah man, daß der Boden genau in der Mitte ein kreisrundes Loch aufwies. Der abgerissene Deckel rollte währenddessen scheppernd die letzte Treppenstufe entlang.

Das ganze Spektakel hatte kaum länger als eine Sekunde gedauert. Als Katherine sich wieder dem Schützen zuwandte, stand der noch immer am selben Fleck. Die Pistole hatte er auf den Tisch geworfen; beiden Mündungen entwichen dünne graue Rauchfäden. Winstons rechte Hand ruhte am Kolben der zweiten Pistole, die freilich noch in seinem Gürtel steckte.

»Den Schaden, den ich angerichtet habe, könnt Ihr von Eurer Schuld abziehen.« Regungslos saß Benjamin Briggs auf seinem Stuhl und starrte auf den zerschossenen Krug. Die anderen Pflanzer sahen ihren Wortführer schweigend an; sie schienen irgend etwas von ihm zu erwarten. Schließlich ergriff Briggs seinen Hut und setzte ihn wortlos wieder auf. Einer nach dem anderen ließen die Plantagenbesitzer das Wams wieder über die Waffen fallen und griffen nach ihren Krügen.

Nach einer Weile bückte sich Hugh Winston nach seinem Stuhl und stellte ihn wieder hin, ohne indes selbst Platz zu nehmen. »Ihr könnt die Zuckermühle jederzeit zurückkaufen. Ihr braucht nur das Geld zusammenzubringen und meine Wechsel zu begleichen.«

Niemand antwortete, und es dauerte eine Zeitlang, bis Briggs schließlich die Stimme wiederfand.

»Aber Bargeld gibt es nun mal nicht, Sir. Nun nehmt doch Vernunft an! Auf der ganzen Insel können wir diese Summe nicht zusammenkratzen.«

»Dann halte ich mich vielleicht an etwas anderes.« Winston streckte die Hand aus und packte das verfleckte graue Hemd von Timothy Farrell, der auf Zehenspitzen um den Tisch herumging, um Briggs eine frische Flasche Teufelstöter zu bringen. Entsetzt ließ der Ire die Flasche fallen; sie zersprang auf dem Boden in tausend Stücke. Winston riß Farrell an den Tisch heran. »Ich halt' mich an Männer. Und an Proviant!«

Briggs wußte nicht sogleich, was er davon halten sollte. »Ich kann Euch nicht folgen, Sir. Was wollt Ihr mit ihnen anfangen?«

»Das laßt nur meine Sache sein! Liefert mir einfach zweihundert Schuldknechte aus dem Besitz jener Ratsherren, die die Wechsel unterschrieben haben. Damit sollte etwa die Hälfte der Summe gedeckt sein. Und den Rest nehme ich in Form von Proviant. Danach könnt Ihr die Wechsel haben und verbrennen.«

Briggs betrachtete versonnen den Krug, der vor ihm auf der Tafel stand; das Glas schimmerte im Kerzenschein. »Zweihundert Schuldknechte, und Ihr wäret bereit, die Sache als erledigt zu betrachten?«

»Bis auf den letzten Penny!«

Schweigen. Eine kratzende Fidel ertönte im Nebenraum, gleich darauf setzte der hohe Ton einer Querflöte ein.

Briggs brüllte: »Ruhe!« und wandte sich wieder Winston zu. »Euer Vorschlag ist vielleicht erwägenswert.« Er warf einen Blick auf Farrell und sah, wie sein Schuldknecht fluchtartig den Raum verließ, nachdem Winston sein graues Hemd losgelassen hatte.

»Jawohl, Sir, ich glaube, Euer Vorschlag hat einiges für sich. Ich weiß nicht, was die anderen Männer hier im Saal davon halten, aber was mich betrifft, so kann ich Euch auf Anhieb eine ganze Reihe von diesen Taugenichtsen nennen, die ich sehr wohl entbehren könnte.« Er sah sich um und stellte befriedigt fest, daß die Plantagenbesitzer in seiner Nähe ihm zustimmend zunickten. »*Aye*, aber darüber müssen wir uns noch eingehender unterhalten.« Er stieß mit dem Hinterteil den Stuhl zurück und erhob sich, wobei er sichtlich schwankte. Die anderen faßten das als Signal auf, schoben scharrend ihre Stühle zurück und gesellten sich zu den Frauen, die zusammengedrängt unter den Bögen standen, die zum Tanzsaal hinüberführten.

»Noch eingehender . . .« wiederholte Briggs. »Und zwar zu passenderer Zeit.«

»Dann also morgen.«

»Gebt uns bis morgen abend Zeit, Sir. Wir müssen auch untereinander erst ausführlich darüber sprechen.« Briggs nickte, drehte sich um und führte die Gästeschar, unverkennbar erleichtert, dem Klang der Fideln entgegen.

Katherine blieb reglos sitzen. Die Vorstellung, mit einem der angetrunkenen Pflanzer tanzen zu müssen, erfüllte sie mit Abscheu. Über den fahlen Schein einer Kerze hinweg sah sie, wie Hugh Winston nach der offenen Flasche Teufelstöter griff, triumphierend einen Schluck nahm und sie dann heftig wieder auf den Tisch stellte. Erst jetzt merkte sie, daß sie beide allein im Speisesaal zurückgeblieben waren.

Diese Tollkühnheit! Und was für ein Bluff! Das konnte doch keinem entgangen sein. Von vornherein war es ihm nur um die Schuldknechte zu tun gewesen, um nichts sonst. Aber warum nur?

»Ich nehme an, ich darf Euch gratulieren, Kapitän.«

»Verzeihung?« Er hob den Blick, vermochte sie aber durch den Rauch und die flackernden Schatten nicht zu erkennen. »Verzeiht, Madam. Aber ich habe leider nicht mitbekommen, was Ihr sagtet.«

»Herzlichen Glückwunsch! Eure Vorstellung mit der Pistole war sehr überzeugend!«

»Vielen Dank.« Er fuhr sich mit dem Ärmel über den Mund und

sah sie an. »Verzeiht, wenn ich Euch den Abend verdorben habe.«

»Wo habt Ihr so gut schießen gelernt?«

»Ich bin immer ganz gern auf die Jagd gegangen.«

»Habt Ihr jemals einen Menschen erschossen?«

»Nein, soweit ich mich entsinne.«

»Das hatte ich mir gedacht. Dann war es also wirklich nur Bluff.« Sie zog die Augenbrauen hoch. »Darf ich mir dann erlauben, mich zu erkundigen, was Ihr mit den zweihundert Schuldknechten und den Vorräten zu tun beabsichtigt?«

»Oh, Miss Bedford, wenn ich mich nicht irre . . .« Nun, da er sie endlich erkannt hatte, erhob er sich. »Ich glaube nicht, daß wir einander je vorgestellt worden sind.« Er machte einen Kratzfuß. »Hugh Winston, allerergebenster Diener . . . Ich würde mir nie erlauben, eine . . . Dame anzusprechen, es sei denn, ich wäre ihr formgerecht vorgestellt worden.«

Der Hauch von Sarkasmus in seiner Stimme mißfiel ihr, es war eine Provokation.

»Ich kann mich nicht entsinnen, Euch je mit einer *Dame* reden gesehen zu haben, Kapitän.«

Er griff nach der Flasche Teufelstöter und ließ sich wieder auf seinem Stuhl nieder. »Da mögt Ihr nicht ganz unrecht haben. Vielleicht liegt das daran, daß es davon in der Karibik so wenige gibt.«

»Oder auch daran, daß Ihr vielleicht eine Dame nicht von einem Straßenmädchen unterscheiden könnt?« Die Keckheit, mit der er standesgemäßes Betragen gemimt hatte, verleitete nun Katherine zu einem Ton, der ihr selbst nicht behagte.

»Das hat man mir schon öfter gesagt.« Seine Augen blitzten vergnügt auf; der Schlagabtausch machte ihm Spaß. »Andererseits bezweifle ich, daß der Unterschied wirklich so groß ist, wie man gemeinhin annimmt. Zumindest, wenn die Damen anfangen, mich in dieser Beziehung aufzuklären.«

Katherine geschah etwas höchst Seltenes: Ihr fiel keine hinreichend schlagfertige und schneidende Antwort ein. Sie suchte immer noch danach, als er bereits fortfuhr zu reden. Dabei schaute er sie auf dieselbe eindeutige Weise an wie kürzlich unten am Strand.

»Verzeiht, aber ich glaube, Ihr habt mir vorhin eine Frage gestellt. Die Männer und die Vorräte, darum ging es doch, nicht wahr? Rundheraus gesagt, ich habe vor, sie zu nehmen und Barbados dann so schnell wie möglich den Rücken zu kehren.«

»Und wohin wollt Ihr dann mit ihnen segeln?« Sie hatte wieder sicheren Boden unter den Füßen und war nicht gewillt, ihn erneut preiszugeben.

»Sagen wir . . . ich möchte mich in ein kleines Abenteuer stürzen, einen neuen Teil der Welt kennenlernen. Ich habe, offengestanden, von dieser Eurer Insel mehr als genug, Miss Bedford. Genauso wie von der Vorstellung, daß die Sklaverei alle reich machen wird. Ich fürchte, das ist nicht gerade mein Stil.«

»Aber wenn ich recht unterrichtet bin, seid Ihr der Mann, der für die edle neue Ordnung hierzulande verantwortlich ist, Kapitän.«

Er senkte den Blick auf die Flasche, und das Lächeln, das seinen Mund umspielte, schwand. »Das mag zwar stimmen, aber ich bin weiß Gott nicht besonders stolz darauf.«

Endlich hatte sie ihn. Seine ganze Arroganz war wie weggeblasen. Genauso wie damals bei Jeremy, als sie ihn gebeten hatte, ihr doch einmal *genau* zu erklären, was er in der Schlacht bei Marston Moor denn nun eigentlich getan hatte . . . »Es fällt schwer, Euch zu begreifen, Kapitän. Erst helft Ihr ihnen, den Portugiesen in Brasilien Zuckerrohrschößlinge zu rauben, und dann behauptet Ihr, die Folgen nicht zu billigen.«

»Damals war das für mich nichts weiter als ein Auftrag, für den man mich bezahlte, Miss Bedford. Die Dinge nahmen einen anderen Verlauf, als ich gedacht hatte, und so habe ich inzwischen meine Meinung geändert.« Er nahm einen weiteren Schluck, stellte die Flasche dann ab und lachte. »Aber das geht mir offenbar immer so . . .«

»Was meint Ihr damit?«

»Irgendwie ist das die Geschichte meines Lebens. Ich bin letztlich immer ein Spielball der Ereignisse – weshalb ich beschlossen habe, die Sache einmal umzukehren und mir den Lauf der Dinge nicht aus der Hand nehmen zu lassen.«

»Das ist ein merkwürdiger Ehrgeiz. Ich darf also davon ausgehen, daß diese Schuldknechte Euch dabei helfen sollen?« Sie fand ihn plötzlich viel interessanter, als sie zunächst angenommen hatte. »Und jetzt sagt mir noch eines: Daß Ihr das Schießen bei der Jagd gelernt habt, nehme ich Euch nicht so ohne weiteres ab, nicht nach der Vorstellung heute abend. Wo genau habt Ihr es erlernt?«

Er antwortete nicht sofort und überlegte erst, wieviel er sagen sollte. Der Ort, an dem er das schnelle Ziehen und seine Treffsicherheit gelernt hatte, war Tortuga gewesen. Der Name der kleinen Insel vor der Nordküste Hispaniolas hatte inzwischen einen üblen Beiklang. Die Männer, die dort lebten, die ›Rinderjäger‹, verbreiteten Angst und Schrecken unter den Siedlern in der Karibik. Und er hatte es hier mit einer Frau zu tun, die er nicht gern verschrecken wollte. Die zupackende Art, die sie mit ihren Fragen an den Tag legte, sowie die Art und Weise, wie sie seinem Blick standhielt, fingen an, ihm zu gefallen. Vielleicht, so beschloß er, werde ich es ihr später erklären, falls sich noch einmal die Gelegenheit dazu bietet. Aber nicht heute abend. Dazu war die Geschichte viel zu lang und zu schmerzlich und hatte ein allzu schlimmes Ende genommen.

Seine Erinnerungen an Tortuga gingen zurück auf den schwülen Herbst des Jahres 1631. Gerade vor Jahresfrist war die kleine Insel von einer Gruppe englischer Pflanzer übernommen worden – Männern und Frauen, die zuvor versucht hatten, auf St. Christopher Tabak anzubauen, dort jedoch mit den karibischen Indianern und ihren Giftpfeilen Bekanntschaft gemacht hatten. Sie hielten Ausschau nach einer anderen Insel und einigten sich auf Tortuga, wo niemand lebte außer ein paar Leuten, die Jagd auf Wildrinder machten, eben die sogenannten Rinderjäger. Allerdings verbrachten diese Jäger einen Großteil ihrer Zeit jenseits der Meerenge auf der spanischen Insel Hispaniola, weshalb Tortuga so gut wie menschenleer war.

Daß die englische Siedlerkolonie nur wenige Meilen vor der Nordküste einer der bedeutenderen spanischen Domänen Fuß gefaßt hatte, war potentiell weit gefährlicher für sie als ein paar Indianer in der Nachbarschaft. Sie ersuchten daher die Providence Company in London, ihnen gegen einen langfristigen Vertrag über Tabaklieferungen eine Schiffsladung Kanonen zu schicken, und die erst kurze Zeit zuvor von ein paar Puritanern, wahren Möchtegern-Freibeutern, gegründete Gesellschaft kam diesem Ersuchen nur allzugern nach.

Auftritt Hugh Winston: Der junge Mann war von seinen royalistischen Eltern für drei Monate bei der Gesellschaft in die Lehre gegeben worden, und zwar aus Strafe wegen einiger unüberlegter Äußerungen über den zweifelhaften Charakter von König Charles. Lord Winston und seine Gattin, Lady Brett, die sehr wohl wußten, daß ihr Sohn die Puritaner ihres scheinheiligen Getues wegen verachtete, nahmen an, auf diese Weise das ideale Mittel gefunden zu haben, um royalistische Sympathien in ihm zu wecken. Wie es sich ergab, schickte die Providence Company den unwillkommenen siebzehnjährigen Sohn zweier prominenter Monarchisten auf der Fregatte, welche die Ladung Kanonen transportierte, hinaus nach Tortuga.

Auch Gouverneur Hilton von der Puritanersiedlung auf der Insel hatte bald keine Verwendung mehr für den jungen Mann. Was Wunder: Es zeigte sich nämlich schnell, daß er vor den Puritanern auch nicht mehr Respekt hatte als vor der Monarchie. Und so wurde er zusammen mit den Rinderjägern nach Hispaniola geschickt, und dort blieb ihm nichts anderes übrig, als schießen zu lernen, wollte er überleben. Seine Verbannung rettete ihm, wie sich herausstellen sollte, vermutlich das Leben.

Inzwischen waren nämlich die Spanier auf die neue Siedlung aufmerksam geworden, zu der ständig neue Engländer aus London und Bristol hinzukamen. Die Audiencia von Santo Domingo, der großen spanischen Stadt an der Südseite Hispaniolas, beschloß, ein Exempel zu statuieren. Im Januar 1635 traf ein Stoßtrupp von zweieinhalbhundert Fußsoldaten im Hafen von Tortuga ein und unternahm einen Überraschungsangriff. Hinterher brüsteten sich die Spanier, alle Menschen, die ihnen gleich in die Hände fielen, dem Schwert überantwortet und alle Nachzügler aufgeknüpft zu haben. Zum Schluß brannten sie die Siedlung bis auf die Grundmauern nieder und töteten über sechshundert Männer, Frauen und Kinder. Außerdem hängten sie bei dieser Gelegenheit auch ein paar Rinderjäger auf – ein Versehen, das noch einschneidende Folgen zeitigen und den Gang der Geschichte verändern sollte.

Als Jacques le Basque, der bärtige Anführer der Jäger auf Hispaniola, erfuhr, was seinen Männern geschehen war, verkündete er, er werde Spaniens Reich in der Neuen Welt zugrunde richten und vernichten, und nach dem, was man in jüngster Zeit darüber hörte, war er drauf und dran, sein Ziel zu erreichen.

Hugh Winston war dabeigewesen, war Mitbegründer jener Bande von Männern, die man die tückischsten Marodeure hieß, die die Welt je erlebt hatte. Und dies war ein Abschnitt seines Lebens, von dem zu erzählen er bisher keinem Menschen gegenüber imstande gewesen war . . .

»Doch, doch, ich habe viel gejagt. Es ist allerdings Jahre her. Man hatte mich bei einer englischen Siedlung hier auf den Antillen in die Lehre gegeben.«

»Nun, ich muß sagen, für einen Tabakpflanzer schießt Ihr erstaunlich gut, Kapitän.« Sie spürte, daß er ihrer Frage ausgewichen war. »Warum?«

»Ich dachte, das hätte ich gerade erklärt.« Er war bemüht, das Thema zu wechseln. »Vielleicht ist es jetzt gestattet, daß *ich* Euch ein paar Fragen stelle, Miss Bedford. Es würde mich interessieren zu erfahren, was Ihr davon haltet, wie sich die Dinge hier entwickeln. Ich meine, in Eurer offiziellen Eigenschaft als Erste Dame dieser großartigen Siedlung.« Er vollführte eine weitausholende Geste. »Werden denn wirklich alle Leute hier so reich werden, wie sie es behaupten?«

»Einige von den Grundbesitzern werden wohl in der Tat eine Menge Geld verdienen, falls die Zuckerpreise so hoch bleiben.« Katherine überlegte angestrengt, warum er das wissen wollte. Hatte er vielleicht vor, sich selbst auf Barbados niederzulassen? Oder wollte er gar in den Sklavenhandel einsteigen? Letzteres lag ja wohl eher auf der Linie seiner bisherigen Aktivitäten . . .

»Nur einige? Warum das? Inzwischen muß doch wohl jedem der Pflanzer hier ein Stück von diesem urplötzlich so wertvollen Land gehören.«

»Die Ratsangehörigen und die anderen großen Grundbesitzer denken zweifellos daran, die kleineren Freisassen, die keine Zuckermühle besitzen und ihnen deshalb auf Gnade und Ungnade ausgeliefert sind, zu vertreiben.« Die Aussichten, die sie beschrieb, waren ihr selbst plötzlich sehr unheimlich. »Im Grunde ist alles ganz einfach, Kapitän, und da ich den Beruf kenne, dem Ihr nachgeht, nehme ich an, daß Ihr Euch über die Grundprinzipien im klaren seid, auf denen der Handel beruht.«

»Keine kleinen Vermögen? Nur große?«

»Sehr richtig, so ist es. Aber was geht Euch das an? Das Schicksal unserer kleinen Freisassen hier scheint Euch herzlich wenig zu kümmern.«

»Wenn das stimmt, teile ich diese Einstellung vermutlich mit der Mehrzahl derer, die heute hier um diese Tafel versammelt waren. Wenn Briggs und all die anderen darauf aus sind, sich das gesamte Land einzuverleiben, dann müßt Ihr Euch wohl auf stürmische Zeiten einrichten, Miss Bedford.«

»Nun ja, gegenwärtig sind sie noch weit davon entfernt, ihre Pläne in die Tat umzusetzen, das könnt Ihr mir glauben. Unsere Freisassen-Versammlung wird sich ihnen mit allen Mitteln widersetzen.«

»Dann sollte ich Euch, Eurem Vater und Eurer Versammlung wohl viel Glück wünschen. Ihr werdet es gebrauchen.« Hugh Winston hatte die inzwischen leere Flasche Teufelstöter ergriffen und schleuderte sie in den Kamin, wo sie zerschellte. Dann erhob er sich und ging um die Tafel herum auf sie zu. »Und jetzt gewährt Ihr mir vielleicht das Vergnügen, den nächsten Tanz mit Euch zu tanzen.«

Erschrocken sah Katherine auf, als er nach ihrer Hand griff.

»Ich meine, Kapitän, Ihr solltet wissen, daß ich verlobt bin.«

»Mit einem dieser reichen Pflanzer, wie ich annehme?«

»Mit einem Gentleman, falls Ihr wißt, was das ist. Einem Mann überdies, der es nicht besonders freundlich aufnähme, wenn er davon erführe, daß man mich heute abend mit Euch zusammen gesehen hat.«

»Was Ihr nicht sagt . . .«

»Jawohl. Mit Anthony Walrond.«

Winston lachte lauthals auf. »Nun, wie schön für ihn! Er besitzt ja auch bei Steinschloß-Musketen einen hervorragenden Geschmack. Bitte, seid so gut und richtet ihm das aus, wenn Ihr ihn das nächstemal seht.«

»Ich kann mir nicht vorstellen, daß er diese Bemerkung sonderlich amüsant findet. Ihr habt sie ihm gestohlen.«

»So, meint Ihr.« In Winstons Augen blitzte es. »Ach, zum Teufel mit ihm. Aber wenn er etwas noch weniger Amüsantes hören will, dann fragt ihn bei Gelegenheit, *warum* ich diese Musketen an mich genommen habe . . . Aber wie dem auch sei, ich möchte gern mit seiner bezaubernden Verlobten tanzen.« Er griff nach ihrer Hand.

»Ich habe Euch doch schon gesagt . . .«

»Es kommt doch so selten vor, daß es einem Manne vergönnt ist, einer echten Dame zu begegnen.« Sein Lächeln wirkte unvermittelt charmant. »Das sagtet Ihr doch vor wenigen Augenblikken selbst, nicht wahr? Warum nehmt Ihr mich nicht so, wie ich bin? Ihr seid doch wohl nicht sein Privateigentum, oder? Dazu kommt Ihr mir ein wenig zu selbstbewußt und selbständig vor.«

Anthony würde zweifellos außer sich sein, das stand außer Frage. Und dennoch ertappte sich Katherine dabei, daß sie Winstons Lächeln erwiderte. Aber Anthony würde ja nie etwas davon erfahren. Von diesen Puritanern ließ sich kein einziger dazu herab, mit ihm auch nur zu sprechen. Und außerdem — was sollte sie denn sonst tun? Hier sitzenbleiben und die schmierigen Krüge auf der Tafel vor ihr anglotzen? . . . Aber was genau hatte Hugh Winston mit dieser Anspielung auf Anthonys Musketen gemeint?

»Nun ja. Aber nur diesen einen.«

»Ich fühle mich geschmeichelt.«

Durch den Bogengang zog er sie in den Raum nebenan.

Die Fiedeln hatten gerade mit einer neuen Weise begonnen, und die Pflanzer und ihre Frauen stellten sich zum ländlichen *Flaunting Two* so auf, daß sie einander ansahen. Eines nach dem anderen traten die Paare vor und wirbelten nach den Klängen der Musik durch den Raum. Katherine stellte sich am Ende der Frauenreihe auf. Nur wenige Augenblicke später verneigte Hugh

Winston sich artig vor ihr und schwenkte sie dann den wie von ungefähr zwischen der Männer- und der Frauenreihe entstandenen Gang hinunter.

Der Tanz schien kein Ende nehmen zu wollen. Immer wieder stießen nach Schweiß und Teufelstöter riechende Leiber auf der engen Tanzfläche aneinander. Und trotzdem war das Ganze belebend und vertrieb die bösen Ahnungen bezüglich der vor ihnen liegenden Auseinandersetzungen. Katherine hatte das Gefühl, als verliehen ihr die Klänge der Musik neue Energien; alles ist in meiner Hand, dachte sie, es ist wie beim Reiten, wenn ich den Wind an meinen Wangen entlangstreichen spüre. Auch dann kann ich alles vergessen, was mich bedrückt – Anthony, die Versammlung, wirklich alles . . . Warum war nicht alles im Leben so leicht, so frei wie ein Tanz?

Die Fiedler legten nur eine kleine Pause ein, bevor sie mit der nächsten Weise begannen.

»Nur noch einen?« Er beugte sich über sie, sagte irgendwas.

»Wie bitte?« Sie sah zu ihm auf, verstand aber bei dem allgemeinen Lärm seine Worte nicht. Was immer er gesagt hatte, so wichtig konnte es nicht sein. Sie griff nach seiner Hand, der nächste Tanz begann.

Metallen hallte es durch den Raum, so daß die Musikanten erschraken und unversehens aufhörten zu spielen. Katherine fuhr nicht so sehr des unerwarteten Klangs wegen zusammen als vielmehr, weil die Wirklichkeit sie wieder eingeholt hatte. Als sie sich umblickte, sah sie Benjamin Briggs in der Mitte des Tanzsaals stehen und mit einem Schlegel gegen eine große Glocke schlagen.

»Ladies und Gentlemen – wenn ich bitten darf!« Er schrie, obgleich es im Raum längst still geworden war. »Der Augenblick ist gekommen. Die Zuckermühle wird in Gang gesetzt!«

Allenthalben wurde Beifall geklatscht. Briggs wartete, bis der Applaus sich gelegt hatte, und fuhr dann weniger laut fort: »Ich nehme an, die Damen werden sich lieber nach oben zurückziehen, anstatt sich der gefährlichen Nachtluft auszusetzen. Federbetten und Hängematten sind vorbereitet worden, und die Diener werden Wachslichte und Nachtgeschirr bringen.«

Winston gab sich übertrieben aufmerksam, beugte sich dann aber zu Katherine hinüber.

»Dann muß ich Euch wohl Lebewohl sagen, Miss Bedford. Und Euch an würdigere Gesellschaft abgeben.«

Benommen sah sie ihn an. Das Blut rauschte ihr noch in den Ohren, so ausgelassen hatten sie getanzt.

»Ich habe nicht die Absicht, mir diesen großen Augenblick entgehen zu lassen.« Sie rang nach Atem. »Schließlich ist es ein historisches Ereignis, und da möchte ich dabeisein.«

»Ja, da mögt Ihr wohl recht haben.« Er zuckte mit den Achseln. »Aber seid Ihr sicher, daß die Zuckermühle wirklich etwas für Frauen ist?«

»Nicht minder als für Männer!« Sie funkelte ihn herausfordernd an. »Es ist schon eine Frau dort, Kapitän, Briggs' Mulattin. Ich habe ihn sagen hören, sie sei heute in der Siederei und zeige den Sklaven, wie man den Saft eindickt. Wie es heißt, hat sie in Brasilien einmal die Aufsicht über eine solche Siederei geführt.«

»Vielleicht hat sie ihm das nur weisgemacht, um nicht tanzen zu müssen.« Er drehte sich um und sah, wie die Pflanzer durch die breite Hintertür ins Freie traten. »Also kommt, schließen wir uns den anderen an.«

Die kühle Nachtluft auf ihrem Gesicht und ihrem verschwitzten Mieder war herrlich erfrischend.

Auf der gegenüberliegenden Seite des Hofes öffnete Briggs eine schwere Holztür, die in die drei Meter hohe Umfassungsmauer eingelassen war, welche das Haus umgab. »Meiner Treu«, sagte er, »diese Afrikaner gehen ganz anders an die Arbeit heran, das kann man jetzt schon erkennen.« Sein Blick flackerte unstet, als Katherine und Winston an ihm vorübergingen, doch dann folgte er ihnen, gab den Knechten Anweisung, die Tür wieder gut zu verschließen, setzte sich wieder an die Spitze des Zuges und führte die Gäste über einen Feldweg zu der fackelerhellten Zuckermühle, die linker Hand vom Herrenhaus errichtet worden war.

Der Weg war auf beiden Seiten von den strohgedeckten Katen der Schuldknechte gesäumt. Dahinter konnte man gerade noch die Umrisse halbfertiger, kaum kopfhoher Hütten aus Schilf und

Lehm erkennen, die die Afrikaner für sich zu bauen begonnen hatten.

»Mögen sie sonst noch so sonderbar sein, tüchtig sind sie.« Briggs blieb stehen und deutete auf eine große Trommel, die vor einer der Hütten stand. Sie war geformt wie ein Stundenglas; über beide Öffnungen – unten und oben – waren Ziegenfelle gespannt, die ringsum mit Lederschnüren verbunden und festgezurrt waren. »Was haltet Ihr von diesem Apparat? Das erste, was sie taten, war, diese Trommel zu bauen. Und heute morgen, noch vor Sonnenaufgang, trommelten sie darauf herum. War ein Höllenlärm, das kann ich Euch sagen!«

»*Aye*, meine haben genau das gleiche getan«, erklärte Lancaster. »Man hat das Trommeln auf der ganzen Insel hören können.«

Briggs setzte sich wieder in Bewegung. »Sie scharten sich um diesen Atiba, und der hat kleine Muscheln, die auf einem Tablett lagen, geschüttelt und dazu irgendeinen Singsang in ihrem Kauderwelsch von sich gegeben . . .« Fassungslos schüttelte Briggs den Kopf. »Das ist Götzendienerei – schlimmer noch als die der Papisten.«

»Ich hatte eigentlich vor, dem ein Ende zu setzen«, mischte Whittington sich ein. »Die Schuldknechte fangen schon an, sich zu beschweren.«

»Es kann einem aufs Hirn gehen, das gebe ich zu. Aber meinetwegen sollen sie ruhig an ihren Sitten und Gebräuchen festhalten, solange sie nur tagsüber tüchtig arbeiten. Zuviel bekam ich allerdings, als sie anfingen, jeden Abend in meinem Teich zu baden, wo doch jeder Christenmensch weiß, daß Baden gesundheitsschädlich ist; man kann sich ja dabei den Tod holen! Aber eines muß man ihnen lassen: Jeder einzelne von ihnen schlägt so viel Zuckerrohr wie drei Iren zusammen.« Er bedachte Timothy Farrell, der ihnen mit einigen Flaschen Teufelstöter im Arm folgte, mit einem verächtlichen Blick. »Von Sonnenaufgang bis Sonnenuntergang. Gute Arbeiter, einer wie der andere. Wenn sie also trommeln wollen – sollen sie, sag' ich mir. Mir nehmen sie da nichts weg.«

Hugh Winston blieb stehen, hob die Trommel hoch und

drehte sie in den Händen, dabei schüttelte er entgeistert den Kopf.

»Euch scheint die Trommelei zu bekümmern, Kapitän. Warum das?« Katherine sah ihn an; es war ihr, als hätte er ihre Worte gar nicht gehört.

»Ihr seid nie in Brasilien gewesen, nicht wahr, Miss Bedford?«

»Nein.«

»Dann würdet Ihr mir wohl kaum Glauben schenken, selbst wenn ich Euch sagte, was ich von der Sache halte.« Er warf einen Blick zurück auf die Hütten und fuhr, wie im Selbstgespräch, fort. »Gott verdamme diese Engländer! Sie sind wirklich ausgemachte Narren.«

»Das Getrommel ist doch gewiß eine Art afrikanische Musik, oder?«

»Offenbar.« Wieder vermeinte sie, eine Spur Sarkasmus in seiner Stimme zu hören, der ihr so gar nicht gefiel. Doch ehe sie irgend etwas entgegnen konnte, hatte er die Trommel wieder hingestellt, ging weiter und schien alles vergessen zu haben, was ihn eben noch bekümmert hatte. Nach ein paar Schritten drehte er sich nach ihr um. »Dürfte ich fragen, ob Ihr irgendein Instrument spielt, Miss Bedford?«

»Früher habe ich Spinett gespielt.« Sie bückte sich, hob eine kleine Landkrabbe auf, die den Pfad vor ihnen überquerte, und betrachtete das Tier, dessen Beine hilflos durch die Luft ruderten, eingehend; dann setzte sie es zurück auf den Weg. »Aber heute habe ich keinen Spaß mehr daran.«

Versonnen sah er dem Tier nach, das schnell im Gras verschwand. »Dann versteht Ihr also etwas von Musik?«

»Wir sind hier auf Barbados nicht völlig ungebildet, Kapitän.«

»Und was Sprachen betrifft? Habt Ihr diese Yoruba jemals sprechen hören? Ihre Sprache basiert nämlich nicht nur auf Wörtern, sondern auch auf Tonhöhen. Genauso wie ihre Trommeln.«

»Manche von diesen neuen Afrikanern haben in der Tat eine merkwürdige Sprechweise, das muß ich zugeben.«

Mit einem Ausdruck tiefer Bestürzung sah er sie an. »Gott sei uns allen gnädig!«

Vielleicht hätte er noch mehr gesagt, doch als er aufblickte, sah er, daß sie schon ein gutes Stück hinter den anderen zurückgefallen waren. Vor ihnen konnte man im Fackellicht einige Schwarze sehen, die Zuckerrohrbündel herbeitrugen und sie in der Nähe der neuen Mühle stapelten, welche auf dem Kamm einer leichten Anhöhe errichtet worden war. Auch eine Gruppe weißer Schuldknechte schaffte von irgendwo jenseits des fackelerleuchteten Kreises Zuckerrohr herbei. Sie hatten die Bündel auf einen großen zweirädrigen Ochsenkarren geladen.

»Ist es zu glauben, daß dies dasselbe Rohr ist, das wir damals aus Brasilien mitbrachten?« Briggs machte seine Gäste auf ein halb abgeerntetes Feld neben der Straße aufmerksam. »Gesteckt habe ich die Schößlinge im Oktober vor einem Jahr, kurz vor Einsetzen der Herbstregen. Es hat fast auf den Tag sechzehn Monate gedauert, genau wie die Holländer prophezeit haben. Die Schuldknechte haben Unkraut gehackt und Dünger ausgebracht. Für die Ernte wollte ich von vornherein Afrikaner haben, sie sind die geborenen Feldarbeiter. Wenn wir sie jetzt auch noch dazu bringen können, die Zuckermühle zu bedienen, sind sie ein wahres Gottesgeschenk.« Er senkte die Stimme. »Jetzt können wir bald endgültig auf diese weißen Faulpelze verzichten.«

Kurz darauf erreichte die Gruppe, zu der Katherine und Hugh Winston inzwischen wieder aufgeschlossen hatten, das eigentliche Mahlwerk, das sich in der Mitte eines strohgedeckten Hauses befand. Seine Aufgabe war es, das Zuckerrohr zu zerquetschen und den Saft herauszupressen. Es wurde von zwei riesigen weißen Ochsen angetrieben, die eigens per Schiff von Rhode Island herbeigeschafft worden waren.

Das Mahlwerk bestand aus drei senkrechten Messingwalzen, die ungefähr einen Fuß im Durchmesser maßen und am oberen und unteren Ende mittels Zahnrädern ineinanderfaßten. Ein großer Rundbalken bildete die verlängerte Achse der Mittelwalze und war mit zwei langen Querbäumen verbunden, die auf den kreisförmigen Trampelpfad hinausragten, auf dem die Zugtiere ihre Runden drehten. Wurden die Querbäume in Bewegung gesetzt, so drehte sich der Rundbalken in der Mitte und mit ihm die Mittelwalze. Durch Zahnradübertragung bewegten sich schließlich die Walzen am äußeren Rand.

»Die Walzen haben wir erst heute abend eingesetzt. Es gab also bisher keine Gelegenheit, sie auszuprobieren. Aber ich habe den Schuldknechten erklärt, wie es funktioniert, und jetzt wollen wir mal sehen, ob sie es kapiert haben.«

Vor die beiden langen Querbäume war je ein Ochse gespannt. Briggs trat näher und gab seinen Leuten einen Wink. Mit Peitschenhieben trieben die Männer die Tiere an; diese schnaubten, warfen den Kopf hoch und bewegten sich langsam vorwärts. Knirschend begannen die Walzen sich zu drehen, und die Schuldknechte sprangen zurück und verfolgten das Geschehen mit argwöhnischen Blicken.

»Nun, worauf wartet ihr noch?« Briggs herrschte die beiden Männer an, die, je ein Zuckerrohrbündel im Arm, der Mühle am nächsten standen. »Nun fangt endlich an!«

Mit großer Vorsicht ging nun einer der Männer zu den rotierenden Walzen und steckte sein aus etwa einem halben Dutzend Stengeln bestehendes Bündel in das Mahlwerk. Es knirschte und knackte vernehmlich, und nach und nach verschwand das Rohr zwischen den Walzen. Als es zerquetscht am anderen Ende der Mühle wieder zum Vorschein kam, wurde das plattgewalzte Bündel von einem Arbeiter ergriffen und zwischen zwei Walzen gesteckt, die sich genau andersherum drehten. Gleich darauf lief ein kleines Rinnsal hellen Saftes an beiden Seiten der Walzen herunter und floß in eine schmale Rinne, die mit geringem Gefälle durch die Mauer zum Siedehaus hinüberführte.

Briggs trat an die Rinne heran, tauchte einen Finger in den Saft und führte ihn an die Lippen. Er kostete, verharrte einen Moment und blickte dann, Triumph in den Augen, auf, um seine Gäste näherzubitten.

»Probiert nur. Nektar kann nicht süßer sein.«

In regelmäßigem Abstand wurden inzwischen weitere Zuckerrohrbündel zwischen die Walzen geschoben, und vor den Augen der staunenden Pflanzer schwoll das Rinnsal an und floß stetig weiter.

»Es funktioniert, bei Gott!« Marlott stieß einen Freudenschrei aus und tunkte den Finger ein zweitesmal hinein. »Die erste englische Zuckermühle auf der ganzen Welt!«

»Nun sind wir also Zeugen eines großen historischen Augenblicks gewesen, Miss Bedford.« Mit unverhohlener Ironie wandte sich Hugh Winston wieder seiner Begleiterin zu. »Es wird nicht mehr lange dauern, und überall auf Barbados wird es solche wunderbaren Zuckermühlen geben – sie und die Sklaven, die man braucht, um das Rohr zu schneiden. Ich wette, daß es in wenigen Jahren hier mehr Afrikaner geben wird als Engländer. Was wir soeben miterlebt haben, war nicht der Beginn des großen Zeitalters der Englischen Antillen, sondern die Geburt dessen, was man später einmal die Afrikanischen Antillen nennen wird. Wahrhaft ein Anlaß für ein großes Fest!«

Seine Worte gingen unter in den Hochrufen der Pflanzer, die inzwischen den Hügel hinuntergegangen waren, neben der Siederei standen und zusahen, wie der Zuckerseim sich in einem Becken sammelte. Briggs wandte sich ihnen zu und sagte: »Hier wird der Saft mit feuchter Asche verrührt und dann zum Sieden gebracht. So jedenfalls machen es die Portugiesen. Und von hier aus fließt der Saft dann durch diese Rinne« – er zeigte auf ein zweites Rinnsal, das soeben zu fließen begann – »in den ersten Kessel im Siedehaus.« Er machte eine Pause und gab Farrell durch ein Zeichen Anweisung, die Flaschen herbeizubringen. »Ich schlage vor, wir wappnen uns erstmal mit ein paar Schlukken gegen die Hitze, ehe wir hineingehen.«

»Gehen wir weiter?« Winston zeigte den Hügel hinab und lachte. »Oder möchtet auch Ihr erst ein bißchen Schnaps?«

»Bitte!« An ihm vorbei eilte Katherine den Hang hinunter. Beide erreichten sie die Tür des Siedehauses ein gutes Stück vor den Pflanzern, die noch am Auffangbecken verweilten und die Flasche herumgehen ließen. Winston mußte an der niedrigen Tür den Kopf einziehen, um sich nicht zu stoßen. Sie durchschritten einen langen Bogengang, bis sie ein röhrichtgedecktes Geviert erreichten, in dem ein langgestreckter, hüfthoher Ofen aus holländischen Klinkern stand. Im Hintergrund, nur erhellt durch das Licht des Feuers, das aus der offenen Ofentür drang, standen zwei Gestalten: Briggs' neuer Sklave, der Yoruba Atiba, und seine portugiesische Herrin, Serina.

Katherine, die fast vergessen hatte, wie wunderschön die Mulattin war, fiel insgeheim ein Stein vom Herzen, als sie sah, daß Serina durchaus anständig und sittsam gekleidet war. Sie trug einen langen weißen Kittel, der ihre im flackernden Licht des Feuers schimmernde olivfarbene Haut noch betonte. Als die Tochter des Gouverneurs und Kapitän Winston eintraten, war sie gerade in ein Gespräch mit Atiba vertieft. Sie zeigte ihm, wie man getrocknete Zuckerrohrspitzen, also den Ernteabfall, in kleine Öffnungen steckte, die seitlich am Ofen angebracht waren. Als sie die beiden Neuankömmlinge jedoch entdeckte, fuhr Serina zusammen und verstummte mitten im Satz.

Die Hitze, die im Siedehaus herrschte, raubte Katherine im ersten Augenblick den Atem und erschwerte ihr die Orientierung. Dann spürte sie, daß Hugh Winston sie am Ärmel zupfte. Er war sichtlich überrascht von dem, was er sah, doch im ersten Moment konnte sich Katherine keinen Reim darauf machen.

Dann aber war es ihr plötzlich klar: Serina hatte mit dem großgewachsenen, nur mit einem Lendentuch bekleideten Yoruba in einer fremden Sprache gesprochen, die aus einer melodiösen Mischung aus Tönen und Schnalzlauten zu bestehen schien.

Hinter ihnen drängten sich nun die Pflanzer durch die Türöffnung, versammelten sich um die Kupferkessel, die in die Oberseite des langgestreckten Ofens eingelassen waren, und waren voll des Lobes über Briggs' neue Errungenschaften. Vor ihren erwartungsvollen Augen rann ein dünner Strom Zuckersaft vom Auffangbecken herunter und ergoß sich zischend in den ersten der rotglühenden Kessel.

Wieder brachen die Männer in Hochrufe aus und schwenkten die Hüte, und wieder kreiste der Teufelstöter in ihren Reihen. Nachdem er einen tiefen Schluck genommen hatte, wandte Briggs sich an Serina und deutete auf Atiba; er bediente sich eines primitiven Portugiesisch, das dem Abend einen Hauch von Weltläufigkeit verleihen sollte.

»Ele compreendo?«

»Sim. Compreendo.« Sie nickte, griff nach einer Kelle und begann, den ersten Schaum abzuschöpfen, der sich auf der siedenden Flüssigkeit bildete. Diesen schüttete sie sodann in einen Steinkrug, der neben dem Ofen bereitstand.

»Sie soll genau wissen, wie schnell Brennmaterial nachgelegt werden muß, damit die Öfen genau die richtige Temperatur behalten. Und wann der Saft von einem Kessel in den nächsten umgefüllt werden muß – die ganze Kesselreihe entlang.« Sich mit dem Hut Kühlung zufächelnd, trat Briggs vom Ofen zurück. »Die Portugiesen unten in Brasilien tauchen den gereinigten Seim aus dem letzten Kessel in eine Zisterne und lassen ihn so eine Zeitlang abkühlen. Dann wird er in Holztröge gefüllt und in die Trockenstube gebracht, wo er erstarrt.«

»Ist die denn auch schon fertig?« ließ sich eine heisere Stimme vernehmen.

»*Aye*, und ich habe auch bereits genügend Tröge herstellen lassen, so daß wir sofort anfangen können. Wir lassen den Sirup eindicken und den Zucker drei Monate reifen. Dann werden die Tröge ins Klopfhaus gebracht, wo wir sie auf den Kopf stellen und den Zuckerhut aus dem Trog lösen. Spitze und Boden sind braun – das, was die Portugiesen *muscavado* nennen –, der mittlere Teil aber ist rein weiß. Das bringt in London zwanzig Pence das Pfund, während uns unser Tabak nicht mehr einbrachte als drei lumpige Farthings!«

»Gewiß, gewiß . . . Mühle und Siedehaus bilden die Grundvoraussetzung. Wir müssen eine ganze Reihe von ihnen errichten, überall auf der Insel . . .« Thomas Lancaster nahm den schwarzen Hut ab und wischte sich die Stirn, dann stülpte er sich die Kopfbedeckung entschlossen wieder über. »Und wir müssen den Afrikanern möglichst rasch beibringen, wie das alles funktioniert. Diese Hitze kann doch auf die Dauer kein weißer Mann aushalten.«

»Diesen hier dürfte Serina in ein, zwei Tagen eingewiesen haben.« Briggs zeigte mit dem Daumen auf Atiba, der gegenüber der Tür stand und die Pflanzer musterte. »Und dann kann er andere unterweisen.«

»Ihr tätet gut daran, den Burschen genau im Auge zu behalten.« Edward Bayes senkte die Stimme und brummelte in seinen Bart hinein: »An dem ist was dran, das mir nicht behagt . . .«

»*Aye*, er ist aufsässig, das will ich gern einräumen. Aber davon abgesehen, ist er ein aufgeweckter Kerl. Man muß ihn nur zurechtstutzen. Ich habe ihn gleich am ersten Abend auspeitschen lassen, zehn Streiche, weil er sich über die *loblolly*-Grütze beschwerte, die man ihm vorgesetzt hatte.«

»Zehn Streiche, sagt Ihr?« Gouverneur Dalby Bedford, der sich bisher vollkommen ruhig verhalten hatte, machte kein Hehl aus seiner Verwunderung. »Hättet Ihr nicht besser daran getan, mit fünfen anzufangen?«

»Wollt Ihr mir einen Vortrag darüber halten, wie ich meine Afrikaner abzurichten habe?« Zornig funkelte Briggs seinen alten Widersacher an. »Ich habe für die Kerle bezahlt, Sir! Sie sind mein Eigentum, und ich gehe mit ihnen um, wie ich es für richtig halte!«

Nicholas Whittington bekundete murmelnd seine Zustimmung, und die anderen stimmten ein.

»Wie Ihr meint, Gentlemen. Aber wir erwarten allein im Laufe der nächsten zwei Wochen drei Sklavenschiffe. Wenn ich recht unterrichtet bin, sollen die Holländer noch in diesem Jahr weitere dreitausend Schwarze nach Barbados bringen.« Besorgt sah Bedford sich in der Runde um. »Und das wird nur ein Anfang sein, sofern die Zuckererzeugung sich so ausweitet, wie es zu erwarten steht. Vielleicht sollte die Versammlung der Freisassen Gesetze erlassen, die Bestellung und Behandlung der Sklaven regeln.«

»Zum Teufel mit Eurer Versammlung! Wir haben auf Barbados bereits genug Gesetze, die die Eigentumsverhältnisse regeln.«

Wieder bekundeten die anderen Pflanzer ihre Zustimmung. Bedford hörte zu und hob dann die Hand, um Schweigen zu erbitten. Katherine wünschte sich insgeheim, ihr Vater möge ihnen genauso deutlich die Meinung sagen, wie Winston es getan hatte. Manchmal stand dem Gouverneur in Situationen wie dieser seine gute Erziehung im Wege, was man von Hugh Winston beim besten Willen nicht sagen konnte.

»Ich warne Euch! Nehmt die Sache ja nicht auf die leichte Schulter. Keiner in diesem Raum weiß, wie er mit so vielen Afrikanern fertig werden soll. Hat es je einen Engländer gegeben, der für zwanzig, dreißig oder vielleicht sogar für hundert Sklaven verantwortlich gewesen ist? Sie müssen irgendwie gekleidet und verpflegt werden, man muß dafür sorgen, daß sich Paare zusammenfinden, damit die Nachkommenschaft geregelt ist. Und wie steht es mit der Religion, Sir? Einige von den Quäkern, denen wir gestattet haben, sich in Bridgetown niederzulassen, haben bereits erklärt, die Schwarzen müßten getauft und mit der christlichen Lehre vertraut gemacht werden.«

»Das kann doch nicht Euer Ernst sein! Zulassen, daß sie Christen werden – wo soll das denn hinführen?« Ungläubig sah Briggs den Gouverneur an. »Ihr möchtet Gesetze, Sir, Verordnungen, die Eure Versammlung erläßt. Gut, dann mache ich Euch mal einen Vorschlag. Ich meine, das erste Gesetz sollte die Buße festsetzen, die diese sogenannten Quäker zu bezahlen haben, wenn sie versuchen, unsere Schwarzen zu bekehren. Und die Zeit bestimmen, die sie am Pranger zu stehen oder im Stock zu verbringen haben! *Wir* werden solche Mätzchen jedenfalls weder billigen noch dulden.«

Katherine entging nicht, wie Serinas Züge sich verhärteten und ihr Blick starr wurde. Doch die Mulattin sagte kein einziges Wort, sondern fuhr stumm fort, den Schaum von der Oberfläche des im Kessel kochenden Saftes zu schöpfen.

»Die Spanier und Portugiesen unterweisen ihre Neger im katholischen Glauben«, fuhr Bedford ungerührt fort.

»Da eben liegt der Unterschied! Es sind keine Engländer, sondern Papisten . . .« Briggs hielt inne und beobachtete den Zuckerrohrsaft, der aus dem Auffangbecken in den Kessel floß; das Rinnsal war jedoch inzwischen fast versiegt. »Es könnte eigentlich schneller fließen«, meinte der Pflanzer und sah zur Tür. »Die Mühle! Vielleicht liegt dort die Antwort. Wie wär's, wenn wir die Rohrbündel auf den doppelten Umfang erweiterten?«

Einer nach dem anderen verschwanden die Pflanzer durch die Tür in der Nacht, ihrem Anführer hinterher.

»Was meint *Ihr*, Kapitän?« fragte Katherine. »Sollen die Afrikaner zu Christen gemacht werden?«

»Theologie ist nicht gerade mein Spezialgebiet, Miss Bedford. Erlaubt mir die Gegenfrage: Sind die Puritaner Eurer Meinung nach überhaupt Christen?« Winston trat auf Serina zu, die immer noch mit dem Abschöpfen des Schaums beschäftigt war. Sie blickte auf, musterte ihn kurz und wandte sich dann wieder den im Kessel aufsteigenden Blasen zu. Katherine hörte ihn in fließendem Portugiesisch auf sie einsprechen, er schien die Gelegenheit nützen zu wollen, daß kein Pflanzer in der Nähe war.

»Senhora, wie kommt es, daß Ihr die Sprache der Afrikaner beherrscht?«

Wortlos blickte sie auf, aus ihrem Blick sprach tiefe Verachtung. »Auch ich bin eine Sklavin, Senhor, wie Euch sehr wohl bekannt ist.«

»Aber Ihr seid eine Portugiesin.«

»Ihr tätet gut daran, das nie zu vergessen! Ich bin keine von diesen *pretos.*« Es war das portugiesische Wort für Neger; sie spuckte es geradezu aus.

Atiba stopfte in gleichbleibendem Rhythmus Zuckerrohrspitzen in den Ofen.

»Und dennoch habt Ihr vorhin mit ihm in seiner Sprache gesprochen. Es ist mir durchaus nicht entgangen.«

»Er hat mir eine Frage gestellt, und ich habe ihm geantwortet, das war alles.«

»Dann beherrscht Ihr also seine Sprache. Wie das?«

»Ich kann vieles.« Sie hielt seinem Blick stand. »Vielleicht erstaunt es einen *Inglês,* daß eine *mulata* überhaupt sprechen kann. Ich hingegen kann sogar lesen, etwas, was die Hälfte von diesem *branco*-Gesindel, das heute abend hier in der Siederei war, vermutlich nie gelernt hat.«

Katherine, die nur wenig Portugiesisch konnte, verstand den letzten Satz und lächelte, denn die Mulattin kam mit dieser Aussage der Wahrheit vermutlich ziemlich nahe. Von den weißen Schuldknechten konnte mit Sicherheit kein einziger schreiben und lesen, und daß sich viele der Plantagenbesitzer die Mühe gemacht hatten, es zu erlernen, bezweifelte sie.

»Ich weiß, Ihr habt in Brasilien eine gute Erziehung genossen.« Winston ließ nicht locker. »Es ging mir ja nur darum, von Euch zu erfahren, warum Ihr die Sprache dieses Afrikaners sprecht.«

Serinas Gesicht verriet Hochmut, aber auch Betroffenheit. Schon wollte sie etwas sagen, doch dann unterließ sie es.

»Wollt Ihr es mir nicht sagen?«

Sie wandte sich ab und sagte leise, gleichsam als spräche sie zu dem Kessel: »Meine Mutter war eine Yoruba.«

»Aha. Und sie hat Euch die Sprache gelehrt?« Winstons Stimme verriet Skepsis.

»Da war auch noch ein *babalawo*, ein Yoruba-Priester in Brasilien, der es mir beigebracht hat.«

»Was sagt sie?« Katherine trat neben ihn und schirmte mit den Händen ihre Augen von der Hitze ab.

»*Desculpe*, Senhora – verzeiht.« Winston deutete auf Katherine und fuhr, noch immer auf portugiesisch, fort: »Dies ist . . .«

»Ich weiß sehr wohl, wer Miss Bedford ist«, fiel Serina ihm ins Wort.

Katherine starrte sie an; sie hatte kaum etwas verstanden. »Redet sie über mich?«

»Sie sagt, ihre Mutter war eine Yoruba. Und dann hat sie etwas von einem Priester gesagt.«

»Ist sie selbst eine Priesterin?«

»*No, Miss.*« Die Antwort, knapp und bündig, kam auf englisch. Dann wandte Serina sich wieder an Winston und sagte noch etwas auf portugiesisch.

»Sie sagt, das sei sie nicht, obwohl die Frauen aus der Familie ihrer Mutter seit vielen Generationen die Wahrsagekunst praktiziert haben.«

»Die Wahrsagekunst?« Katherine war verwirrt. »Was versteht Ihr darunter?« fragte sie die Mulattin.

Serina sah sie jetzt zum erstenmal offen an. »Es handelt sich um die Art, wie die Yoruba ihre Götter bitten, ihnen die Zukunft zu offenbaren.«

»Und wie geht das im einzelnen vor sich?«

»Da gibt es viele Möglichkeiten.« Serina wandte sich wieder ihrem Kessel zu.

Winston wartete einen Moment, dann sagte er zu Katherine: »Soweit ich weiß, geschieht es mit Muscheln – zumindest ist das eine Möglichkeit. In Brasilien habe ich einmal einen Yoruba-Wahrsager ein Tablett mit kleinen Muscheln schütteln sehen.«

Serina wandte den Kopf und sprach jetzt englisch: »Wie ich sehe, seid ihr ein *Inglês,* der sich die Mühe macht, andere Völker zu verstehen. Von der Sorte habe ich bisher nur sehr wenige kennengelernt. *Felicitacao,* Senhor – meinen Glückwunsch! Jawohl, das Muschellesen ist eine der Möglichkeiten – und zwar diejenige, die den Yoruba am heiligsten ist. Man nennt sie die ›Weissagung der sechzehn Kauri-Muscheln‹. Ein Yoruba-Wahrsager kann aus der Lage der Muscheln auf dem Tablett den Willen der Götter vorhersagen – je nachdem, wie viele Muscheln mit dem Seitenschlitz nach oben liegen.«

»Wer sind denn diese Götter, an die die Yoruba sich wenden?« Katherine empfand den Hochmut der Mulattin als Herausforderung. .

Serina rührte im Kessel. »Ihr könnt sie nicht kennen, Senhora.«

»Aber ich möchte gern von ihnen erfahren.« Ihr Ton war plötzlich sehr scharf, doch Katherine fing sich rasch und fuhr ruhiger fort: »Sind sie so etwas wie der Christengott?«

Serina sah Katherine einen Moment lang sehr aufmerksam an. Dann umflorten sich ihre Augen und erweckten den Eindruck, als schauten sie weit in die Ferne. »Viel weiß ich nicht von ihnen. Ich weiß, daß es einen Gott gibt, der ist wie der Christengott. Er ist der höchste Gott und läßt seine Kräfte nie auf Erden walten. Aber es gibt noch viele andere Götter, und die machen sehr wohl ihren Einfluß geltend. Derjenige, an den die Yoruba sich hauptsächlich wenden, ist Shango, der Gott des Donners und des Blitzes. Sein Symbol ist die doppelschneidige Axt. Außerdem gibt es Ogun, er ist der Gott des Eisens . . .« – sie zögerte – ». . . und der Gott des Krieges.«

Katherine staunte. »Und Ihr selbst?« fragte sie. »Glaubt Ihr an diese afrikanischen Gottheiten?«

»Wer vermag schon zu sagen, was wirklich wahr ist, Senhora?« Mit einer anmutigen Bewegung strich Serina sich das Haar aus den Augen, gleichsam als befände sie sich in einem eleganten Salon; ihre glatte Haut schimmerte im Licht. »Die Yoruba glauben sogar, daß viele unterschiedliche Dinge gleichzeitig wahr sein können. Das ist etwas, das ein Europäer nie begreifen wird.«

»Da gibt es auch etwas, das *Ihr* vielleicht noch nicht begriffen habt, Senhora«, fiel Winston ihr jetzt auf englisch in die Rede. »Dabei solltet Ihr es unbedingt wissen. Der Yoruba in diesem Raum kennt die Sprache der Portugiesen wie Ihr. Hütet Euch also mit dem, was Ihr sagt.«

»Das ist nicht möglich!« Verächtlich sah sie Atiba an und sagte dann laut auf portugiesisch: »Er ist ein Salzwasser-*preto!*«

Ehe Winston noch etwas sagen konnte, tönten aus Richtung der Zuckermühle laute Rufe und Flüche. Sekunden später stürmte Benjamin Briggs durch die Tür und zeigte auf Atiba.

»Sagt dem hier, er soll rauskommen! Ich wette, er kann es ihnen begreiflich machen.« Alle waren wie erstarrt – bis auf Briggs, der jetzt Serina einen Wink gab. »Ich hätte größte Lust, das ganze Pack auspeitschen zu lassen!«

»Was ist denn los?«

»Diese verdammte Mühle! Ich habe den Umfang der Bündel verdoppeln lassen, was ich schon von Anfang an hätte tun sollen, doch jetzt können die Ochsen sie nicht mehr richtig ziehen. Ich möchte die beiden Ochsen vor den einen Querbaum spannen, und vor den anderen zwei Afrikaner. Ich hab' ihnen so 'ne Art Zuggeschirr umschnallen lassen, aber sie weigern sich einfach, sich ins Zeug zu legen.« Noch einmal bedeutete er Atiba, mit ihm zu kommen. »Dieser hier hat mehr Grips im Kopf als alle anderen zusammen. Vielleicht kann ich ihm begreiflich machen, was ich will.«

Serina gab Atiba ein Zeichen, und dieser folgte Briggs durch die Tür in die frische Nachtluft hinaus. Katherine starrte ihm nach, dann wandte sie sich wieder Serina und Winston zu. Die beiden unterhielten sich schon wieder auf portugiesisch, so daß sie dem Gespräch nicht folgen konnte.

»Wollt Ihr mir bitte noch etwas sagen?« fragte Winston.

»Wie Ihr wollt, Senhor.« Serina hob die Augen nicht von dem Kessel.

»Was hatte das gestern abend zu bedeuten? Die Trommel?«

Es war ihr anzumerken, daß sie zögerte. »Ich weiß nicht, was Ihr meint.«

Winston nahm eine Haltung ein, die durchaus bedrohlich wirken konnte. »Ich glaube, Ihr wißt sehr wohl, was ich meine, Senhora. Bitte jetzt keine Umschweife mehr, verdammt noch mal! Was haben sie gesagt?«

Serina reagierte nicht. Durch das Schweigen, das den Raum erfüllte, drangen von der Zuckermühle her plötzlich wieder wüste Beschimpfungen.

Katherine ahnte Schlimmes. Unvermittelt packte sie Winston am Arm und zog ihn zur Tür. Draußen liefen die Pflanzer aufgeregt durcheinander, undeutliche Schatten vor zittrigem Fackellicht. Als sich ihre Augen an die Dunkelheit gewöhnt hatten, erkannte sie, daß Atiba versuchte, das Zuggeschirr, mit denen die beiden Schwarzen an den Querbaum des Mahlwerks gebunden waren, von ihren Körpern zu reißen. Dabei schrie er Briggs auf afrikanisch an. Als sie William Marlott entdeckte, der eine breitklingige Zuckerrohr-Machete schwang und damit auf Atiba losging, umklammerte sie Winstons Arm. Nun sprangen auch einige andere Pflanzer aus den Schatten, packten Atiba bei den mächtigen Schultern und warfen ihn zu Boden.

»Laßt ihn auf der Stelle auspeitschen.« Schweiß lief Marlott über das Gesicht. »Das soll den Burschen eine Lehre sein, die sie nie vergessen werden!«

Briggs nickte ein paar herumstehenden Schuldknechten zu, und gleich darauf waren Atibas Hände gefesselt. Sie zerrten ihn zur Mühle und warfen ihn über das Geländer, sein Kopf hing zwischen den triefenden Walzen. Einer der Knechte lief fort und kam mit einer geflochtenen Reitpeitsche zurück.

Katherine wandte den Blick ab und schaute zurück zum Siedehaus; sie wollte es nicht mit ansehen.

Serina stand in der Tür und starrte blicklos hinüber; ihre Augen schimmerten feucht.

Fast einen ganzen Monat lang hatte sich Atiba, wann immer es möglich war, des Nachts aus dem mauerbewehrten Anwesen hinausgestohlen und den Südteil der Insel, die Küste und das hügelige Landesinnere erforscht. Inzwischen war er sich sicher, daß sie überleben konnten, wenn die Insel erst in ihren Händen war. Die *brancos*, die weißhäutigen Engländer, waren Wilde, die alles zerstörten, was sie berührten, und doch gab es immer noch Spuren von dem, was einst gewesen war. Zwischen den Feldern, auf denen kein Kraut geduldet wurde außer dem Zuckerrohr, hatte er die Früchte der heiligen Erde gefunden und gekostet.

Da gab es Haine wilder Feigen, deren dunkle Früchte süßsäuerlichen Saft bargen, und üppige Kokosnüsse, deren Fruchtfleisch nicht minder zart war als das der Kokosnüsse im Yorubaland. Unten am Strand hatte er Seetrauben-Bäume entdeckt, deren süße, tiefviolette Früchte einem den Mund zusammenzogen, wenn man hineinbiß. Außerdem hatte er palmenähnliche Bäume voller Papayas erspäht und im Innern der Insel dicht beieinanderstehende Bananenstauden. Und noch andere Gewächse hatte er kennengelernt: Orangenbäume mit großen, gelbfleischigen, süßen Früchten, Granatäpfel und Tamarinden, wie er sie schon aus seiner Heimatstadt Ife kannte. Am Boden gediehen saftige Melonen und wilde Gurken sowie die stachligen Früchte der Indischen Feige. Außerdem gab es Kalebassen, jene hartschaligen runden Kürbisfrüchte, die man, wie selbst die *Inglês* bereits entdeckt hatten, aushöhlen und als Trinkschalen und Schüsseln verwenden konnte. Das einzige, was fehlte, war die Yamwurzel, das Grundnahrungsmittel der Yoruba.

Sie würden jedoch nicht allein auf die Früchte der Erde angewiesen sein. Im Unterholz hatte Atiba Wildschweine grunzen und quieken hören, fette Bachen, die den Boden nach abgefallenen Nüssen durchwühlten und von Rudeln kleiner Frischlinge begleitet wurden. Unten am Strand hatte er in der Morgendämmerung Schwärme von fischenden Reihern stehen sehen, die man mit Schlingen fangen und dann rösten konnte. Und wo immer er herumstrich, wimmelte es von Landkrabben,

Nachtjägern, so groß wie zwei Hände, die man auf dem Rückweg zu ihren Schlupflöchern am Strand nur einzusammeln und in siedendes Wasser zu werfen brauchte.

Ihm war unbegreiflich, warum die *branco*-Sklaven, die zusammen mit den Yoruba arbeiteten, zuließen, daß man ihnen Maisbrei zu essen gab. Der Tisch der Natur rings umher war so reichlich gedeckt! Man brauchte doch nur zuzugreifen.

Die Orisa, jene Kräfte der Natur, die am innigsten mit dem Menschen zusammenarbeiteten, gab es auf der Insel nach wie vor. Atiba roch sie förmlich, spürte, wie sie im Holz der Bäume westen. Einst mußte diese geschändete Insel von einem riesigen Wald überzogen gewesen sein, der dem großen Urwald nördlich von Ife ähnlich war. Es bestand die Möglichkeit, sie wieder in diesen Zustand zurückzuversetzen, vorausgesetzt, es gelang, sie den Händen der *Inglês* zu entreißen und den Geist der Orisa, ihrer rechtmäßigen Beschützer, wieder zu befreien.

Das erste Gurren der Waldtauben übertönte den Chor der Frösche, die mit ihrem Quaken das Nahen des Tages verkündeten, und war bis in die strohgedeckte Hütte hinein zu hören. Reglos saß Atiba mit gekreuzten Beinen im fahlen Grau des Morgens auf dem Lehmsitz nächst dem Eingang; er beobachtete, wie die Kauri-Muscheln sich auf dem binsengeflochtenen Tablett vor ihm drehten. Schließlich kamen acht der kleinen Ovale mit der Öffnung nach oben zu liegen und bildeten einen Halbkreis; alle anderen zeigten nach unten.

Der winzige Raum war dicht gefüllt mit Yorubas; ihre baumwollenen Lendentücher waren von der ersten Hitze des Tages bereits schweißnaß. Erwartungsvoll kniffen sie jetzt die Augen zusammen und harrten der Worte des *babalawo*, auf daß er die Verse deute, welche die in den Kauris versteckte Botschaft enthielten.

Bi a ko jiya ti o kun agbon
So wir nicht Leiden ertragen, die einen ganzen Korb füllen,

A ko le jore to kun inu aha
Werden wir nicht einmal soviel Freundlichkeit erfahren, wie in einen Becher hineingeht.

Atiba hielt inne und gab dem hochaufgeschossenen, bärtigen Trommler, der an der Tür wartete, das Zeichen. Dieser Mann hieß Obewole und war einst, vor vielen Regen, der tüchtigste Trommler der ganzen Stadt Ife gewesen. Nickend schob er jetzt das große Instrument – die *iya ilu* der Yoruba –, das an einem breiten Schulterband an seiner Seite hing, nach vorn. Unmittelbar darauf tanzte der hölzerne Schlegel über die straff gespannte Ziegenhaut. Die Verse, die Atiba soeben gesprochen, wurden auf das genaueste wiederholt, und die Trommel veränderte Klangfarbe und Intensität in dem Maße, wie Obewole die Schnüre straffte, welche die beiden Ziegenhäute oben und unten an der Taille der zwischen Arm und Hüfte ruhenden Trommel miteinander verbanden. Schon nach wenigen Augenblicken lebten überall an der Südküste der Insel Trommeln auf und übermittelten die Botschaft weiter ins Landesinnere. Innerhalb einer einzigen Minute kannten sämtliche Yoruba auf Barbados den genauen Wortlaut dessen, was ihr *babalawo* gesprochen hatte.

Atiba sagte noch etwas und schüttelte neuerlich das Tablett. Diesmal kamen fünf Kauris mit der Öffnung nach oben zu liegen, und diesmal bildeten sie einen Stern. Und wieder sprach er, die Augen weit in die Ferne gerichtet:

A se'gi oko ma we oko
Der Baum, der schwimmt wie ein Kanu.

A s'agada ja'ri erin
Das Schwert, das Eisen zerschneidet.

Und wieder verbreiteten die Trommeln das, was gesprochen worden war, in der frühmorgendlichen Stille über die Insel.

Atiba wartete noch einen Moment, dann hob er langsam die Augen und musterte die erwartungsvollen Gesichter um ihn herum. Die Muscheln hatten gesprochen, das stimmte schon, doch war die Botschaft der Götter nicht eindeutig. Offenbar hatte Shango geraten auszuharren, Ogun hingegen Krieg vorausgesagt.

Er allein war Priester, und er allein konnte die widersprüchlichen Aussagen deuten. Im tiefsten Herzensgrunde wußte er, was die Götter wollten, unbedingt wollen *mußten.* Trotz allem rief diese Erkenntnis schmerzliche Erinnerungen wach. Atiba wußte nur allzugut, was Krieg bedeutete. Allzuoft hatte er ihn erlebt – das Aufblitzen des Stahls im Sonnenlicht, das Blut anderer Männer an der Hand, den Tod weiser Väter und kräftiger Söhne.

Am schlimmsten war es gewesen, als er und seine Krieger Schulter an Schulter den altehrwürdigen Königspalast von Ife unter Einsatz ihres Lebens verteidigt hatten, damals, als die Fulani aus dem Norden die hohen Mauern der Stadt durchbrochen und sich dem Palasttor des regierenden Obas genähert hatten – jenen riesigen, über und über mit Schnitzereien bedeckten Torflügeln, die von den beiden heiligen Bronzeleoparden bewacht wurden. An diesem Tag hatten er und seine Männer mehr tapfere Krieger verloren, als Frauen da waren, sie zu betrauern, doch als der Abend sich herniedersenkte, hatten sie diejenigen, die andere Götter verehrten, vertrieben, diese Fremden, die ihnen ihr Land nehmen, ihre Gehöfte plündern und ihnen die samenträchtigen Yams sowie ihre jüngsten Frauen hatten rauben wollen.

Auch um den Verrat wußte er. Den hatte er während der letzten Regenzeit erlebt, als die Trommeln Nachrichten über Fremde in der Südostecke der Welt, eben dem Yorubaland, verbreitet hatten. Er und seine Männer hatten ihre Gehöfte verlassen und waren den ganzen Tag durch den Regen marschiert. Am Abend waren mitten im Wald Sklavenjäger der Benin über sie hergefallen, Männer schwarzer Haut, die den *brancos* dienten, wie eine Frau dem Mann dient, der ihren Brautpreis bezahlt.

Aber die Männer der Yoruba würden nie dazu gebracht werden zu dienen. Dazu waren ihre Götter zu mächtig und ihre Ahnen zu stolz. Den Yoruba war es bestimmt zu herrschen. Genauso, wie sie tausend Jahre lang über das Yorubaland geherrscht hatten. Sie waren ein altes und edles Volk, ganz anders als die halbzivilisierten *Inglês* auf dieser Insel. In der großen Hauptstadt Ife, die von meilenlangen festgefügten Mauern umringt war, hatten die Yoruba seit Generationen auf weitläufigen, aus weißem Lehm errichteten Familienanwesen gelebt, deren Höfe Licht und Luft hereinließen, waren über Straßen geschritten, die mit Ziegeln und Feldsteinen gepflastert waren, hatten reich bestickte Gewänder aus feinster Baumwolle getragen und mit Verlorener Form Bronzeskulpturen von einer künstlerischen Vollkommenheit gegossen, wie sie sich die *Inglês* nicht einmal im Traum vorstellen konnten. Sie hatten nicht in roh zusammengezimmerten Blockhütten geschwitzt wie die *Inglês*-Pflanzer und auch nicht in strohgedeckten Hütte wie deren Diener. Und sie hatten ihre Verehrung Göttern dargebracht, deren Macht weit größer war als alles, was die *brancos* je erlebt hatten.

»Der Himmel hat keine Schatten. Er reicht in alle Richtungen bis an den Rand der Welt. Darin sind die Sonne, der Mond und alles, was ist.« Er hielt inne, wartete auf die Trommeln. Dann fuhr er fort: »Ich bin hinausgegangen ins Dunkel, in jene Leere, die die Nacht ist, und ich bin wiedergekommen, ohne daß mir ein Haar gekrümmt wäre. Ich sage, die Orisa sind hier, und sie sind stark. Wir müssen Krieg führen gegen die *brancos*, auf daß die Orisa wieder freigesetzt werden.« Wieder machte er eine Pause. »Der Todestag eines Menschen läßt sich nicht verschieben. Er ist allen Göttern längst bekannt. Wir haben nichts zu befürchten.«

Nachdem die Trommeln seine Worte über die ganze Insel geschickt hatten, wurde es still in der Hütte. Dann ertönte die Stimme eines kleinen, verhutzelten Mannes, der zur Linken Atibas saß, eines Yoruba, der älter war als alle anderen und dem der Schweiß aus den Runzeln seines langen dunklen Gesichts rann.

»Du bist von königlichem Geblüt, Atiba. Dein Vater Balogun war einer der sechzehn königlichen *babalawo* des Oba von Ife, einer der großen Awoni. Er war es, der dich in seine Kunst einwies.« Der Alte räusperte sich, um die Bedeutung seiner Worte noch zu unterstreichen. »Trotzdem sage ich, du sprichst jetzt wie einer, der zu viele Hörner Palmwein getrunken hat. Wir sind nur Menschen. Ogun wird nicht erscheinen, um unsere Schilde zu tragen.«

»Alter Tahajo, du, der du heute der älteste und weiseste von uns bist, du weißt sehr wohl, daß ich nur ein Mensch bin.« Atiba schwieg eine Weile, um seine Ehrerbietung zu bekunden. Es bekümmerte ihn, daß der alte Mann, der die Hütte mit seiner Gegenwart beehrte, auf einem nackten Lehmsitz sitzen mußte, daß er, Atiba, kein Büffelfell hatte, es von der Wand zu nehmen und für den Gast hinzubreiten, wie es im Familienanwesen daheim in Ife gewiß der Fall gewesen wäre. »Obwohl die Götter mir gestatten, ihre Absicht in den Kauris zu lesen, esse ich immer noch die Speise, die eine Frau kocht.«

»Ich weiß, daß du ein Mensch bist, der Sohn Baloguns, der beste, der je in Ife gezeugt wurde. Ich kannte dich schon, als du noch nicht volljährig warst, bevor du alt genug warst, ein Tuch zwischen den Beinen zu knoten. Ich war da an dem Tag, da dir die Sippenzeichen in die Backe geschnitten wurden, diese drei stolzen Narben, die dich als den Sohn deines Vaters ausweisen. Wohlan, sei sein Sohn, aber heute sprich als Mann zu uns, nicht als *babalawo*. Laß uns deine eigene Stimme hören.«

Atiba nickte und stellte das Tablett beiseite. Dann drehte er sich nach dem Trommler um und griff nach dessen schimmernder Machete. »Da Tahajo es wünscht, werden wir auf eine weitere Gelegenheit warten, Ogun und Shango zu befragen. Jetzt werde ich ein Schwert halten und nur als Mann sprechen.«

Obewole nickte und nahm den Schlegel zur Hand.

»Diese Insel wurde einst von den Orisa des Waldes beherrscht. Jetzt jedoch wächst hier nur Zuckerrohr. Seine Süße schmeckt bitter im Mund der Götter, denn es hat ihnen ihre Heimstatt genommen. Ich sage, wir müssen es ausrotten. Und um das zu tun, werden wir das Feuer des Blitzes herabrufen, das Shango im Himmel aufbewahrt.«

»Wie können wir Shangos Feuer herabrufen?« Wieder sprach der alte Mann. Kein anderer in der Hütte wagte es,

Atiba so mutige Fragen zu stellen. »Keiner der Männer hier ist Shango geweiht. Wir alle sind Krieger, Männer Oguns. Und dessen Macht erstreckt sich nur über die Erde, nicht auf den Himmel.«

»Ich glaube, daß ein Mensch auf dieser Insel weilt, der von Shango abstammt. Eine Frau. Vielleicht weiß sie es nicht einmal selbst. Durch sie werden wir Shango erreichen.« Wieder drehte er sich um und gab Obewole ein Zeichen, die Trommel bereitzuhalten. »Hört mich, Shangos Geist ist hier, auf dieser Insel. Er wird uns helfen, den *Inglês* die Macht zu entreißen.« Atiba wartete, bis die Trommeln verstummten. »Auf dem Schiff habe ich erfahren, daß unser, noch ehe der neue Mond kommt, noch viel mehr auf dieser Insel sein werden. Die anderen Krieger, die von den verräterischen Benin getäuscht wurden, werden sich uns zugesellen. Dann werden wir das Feuer Shangos, das die *Inglês* in der Siederei eingesperrt halten, herausholen und es in tiefer Nacht auf den Zuckerrohrfeldern freilassen. Wir brennen die Anwesen der *Inglês* nieder und bemächtigen uns ihrer Musketen. Und danach befreien wir die weißen Sklaven, die viel zu feige sind, sich selbst zu befreien, sich aber nicht für ihre *branco*-Herren schlagen werden.«

Und wieder wandte er sich zu Obewole um und nickte. »Schicke die Worte aus!«

Unruhig wälzte Winston sich im Schlaf hin und her, fuhr dann plötzlich hoch und rieb sich die leicht schmerzende Narbe. Langsam kam ihm das ferne Trommelgedröhn zu Bewußtsein. Zwischen den einzelnen Sequenzen gab es lange Pausen, dann jedoch wurde es nach ein und demselben Muster die ganze Küste entlang überall wiederholt.

Leise schlüpfte er aus dem Bett und ging ans Fenster, um besser horchen zu können. Doch die Trommeln schwiegen jetzt. Das einzige, was er in der schweißtreibenden Luft der frühen Morgendämmerung hörte, war das Gurren der Waldtauben und das schrille Quarren der Reiher unten an der Brücke. Und natürlich Joans leichtes Schnarchen. Er betrachtete ihr Gesicht und sah, daß die Jahre ihren Tribut forderten. Ihn selbst störte das wenig, sie hingegen, wie er vermutete, sehr.

Nie würde sie ihm zugestehen, daß es eine Chance gab, Jamaika zu nehmen. Vielleicht hatte sie recht, und es gab wirklich keine. Aber zum Teufel mit dieser ewigen Vorsicht! Die Zeit drängte, endlich Nägel mit Köpfen zu machen!

Jamaika! Je länger er daran dachte, desto größer wurde seine Erregung. Man brauchte nur genug Kanonen, dann würden die Spanier es nie zurückerobern können. Nicht ein einziges ihrer Schiffe käme unbeschadet in den Hafen! Es war nicht auszudenken – Jamaika, ein Hort der Freiheit. Ein empfindlicher Schlag für alle, die in der Neuen Welt die Zwangsarbeit propagieren!

Die Zukunft lag taghell vor ihm. Die englischen Siedler auf den Antillen waren im Begriff, die rigoroseste Form der Sklaverei einzuführen, die es je gegeben hatte. Zugegeben, der Mangel an männlichen und weiblichen Arbeitskräften auf den Plantagen war seit jeher das größte Hindernis für die Erschließung unberührten Landes in der Neuen Welt gewesen, insbesondere in Siedlungen, die für den Export produzieren wollten. Aber jetzt hatte Barbados die Afrikaner entdeckt. Was würde als nächstes geschehen? Falls sich herausstellte, daß die Sklaverei auf den Zuckerinseln der Antillen funktionierte, so stand zu erwarten, daß sie sich auch für den Anbau von Baumwolle und Tabak in Virginia eignete. Zwar war sie zunächst auf den Plantagen der Karibik eingeführt worden, doch konnte kein Zweifel daran bestehen, daß ihre eigentliche Zukunft in Nordamerika lag.

Es waren Christen, die das schlimmste denkbare Verbrechen gegen die Menschheit begingen. Wohin sollte das noch führen?

Hugh Winston fragte sich nicht mehr, warum er die Sklaverei so über alle Maßen verabscheute; gleichwohl gab es einen guten Grund. Ein Mensch war ein Mensch. Wenn Briggs seinen Yoruba auspeitschen ließ, so war das genau das gleiche, wie wenn Ruyters einen Matrosen prügelte. Winston hatte die neunschwänzige Katze mehr als einmal selbst zu kosten bekommen. Und in gewisser Hinsicht war es fast noch schlimmer, den Yoruba auszupeitschen, denn ein Seemann konnte im nächsten Hafen von Bord springen . . . Ein Sklave, zumal auf einer so kleinen Insel wie Barbados, konnte nirgendwohin fliehen. Für ihn gab es kein Entrinnen. Noch nicht. Wenn aber erst der Tag gekommen war, da Jamaika ihm gehörte . . .

»Fehlt dir was, Liebling?« Joan war aufgewacht und beobachtete ihn.

»Ich habe den Trommeln gelauscht. Und nachgedacht.« Er drehte sich nicht um.

»Diese verdammten Trommeln! Jeden Morgen! Warum gebieten die Pflanzer dieser Unsitte nicht Einhalt?« Sie richtete sich auf und tupfte sich das Gesicht mit dem rauhen Baumwollaken ab. »Gottverdammte Hitze!«

»Mich kotzt das alles an. Besonders die Sklaverei.«

»Aber dir geht es doch im Grunde nicht um diese Afrikaner, oder? Und das Abenteuer, in das du dich da mit den Schuldknechten stürzen willst, solltest du dir noch einmal gut überlegen.«

»Daran ist nicht mehr zu rütteln. Der Rat hat sich mit den Bedingungen einverstanden erklärt und eine Namensliste aufgestellt. Ich hab' mir längst die Leute rausgesucht, die ich haben will.«

»Und wie willst du sie bewaffnen?« Ihre müde Stimme verriet, daß seine Argumente sie noch immer nicht überzeugten.

Er lachte. »Ich hab' ja einen ganzen Haufen neuer Steinschloß-Musketen auf der *Defiance,* die mir Anthony Walronds Handelsgesellschaft großzügig überlassen hat. Aus Dankbarkeit dafür, daß ich jener Fregatte zur Hilfe geeilt bin, die bei Nevis Island auf Grund gelaufen ist.«

»Davon habe ich gehört. Aber ich habe auch gehört, daß er seine Musketen gern wiederhaben möchte.«

»Er kann mich mal gern haben!«

Sie sah ihn nackt im fahlen Licht der frühen Morgenstunde. Er kam zurück zum Bett. Bewundernd betrachtete sie seine muskulöse Brust und die langen, kraftvollen Beine.

»Außerdem habe ich meine Männer angewiesen, ein paar Spieße zu fertigen«, fuhr er fort. »Aus diesem Grunde haben wir unten an der Bucht eigens eine Schmiedeesse aufgebaut.«

»Und woraus willst du die Schäfte machen, bitte schön?«

»Wir werden eben junge Palmen schlagen müssen.« Er fing ihren Blick. »Ich weiß. Aber was soll ich denn machen? So kurzfristig ist hier kein abgelagertes Holz zu bekommen.«

»Ach du liebe Güte, das wird vielleicht eine wackere Armee, über die du da befiehlst! Glaubst du denn wirklich, diese Schuldknechte kämpfen für dich?«

»Wenn es um ihre Freiheit geht – ja.« Er ließ sich auf dem Bett nieder. »Darauf zähle ich.«

»Wenn du dich da ja nicht täuschst, Liebling! Die meisten von denen sind doch für nichts zu begeistern, denen ist alles egal. Das einzige, was die Kerle interessiert, ist irgendein schattiges Plätzchen, an dem sie sich in Ruhe vollaufen lassen können. Glaub mir, ich kenne sie.«

»Ich biete ihnen etwas, um das zu kämpfen sich lohnt. Anders als hier, wo man sie sich erst halb zu Tode schuften läßt und sie am Ende, wenn sie nicht mehr können, dem Hungertod preisgibt.«

»Ich könnte dir einiges über die menschliche Natur erzählen, was dir vielleicht ein Licht aufstecken würde.« Joan streckte sich und zog das Nachthemd hoch, um sich an einem Moskitostich zu kratzen. »Ich an deiner Stelle würde versuchen, ein paar von diesen Afrikanern zu bekommen. Den Narben nach zu urteilen, die einige von ihnen haben, dürften sie schon manchen Strauß ausgefochten haben. Meine Güte, ich bekomme es schon mit der Angst zu tun, wenn ich sie nur sehe!«

»Mich beunruhigen sie auch.«

»Wie meinst du das, Liebling?«

»Diese Trommelei . . . Unten in Brasilien habe ich erlebt, daß die Yoruba sich mit einer besonderen Art von Trommel untereinander verständigen – einer Trommel, die geformt ist wie ein Stundenglas. Wahrscheinlich können diese hier das gleichfalls – nur ahnt das kein Mensch. Und heute früh hatten die Yoruba einander sehr viel zu erzählen, Joan. Bis jetzt sind die Afrikaner hier ja noch weit in der Minderzahl, aber gesetzt den Fall, sie erheben sich – vielleicht schließen sich die Schuldknechte ihnen an. Und dann . . .«

»Ein paar von denen haben vor einigen Jahren mal einen Versuch unternommen. Ein Dutzend von ihnen büßte dafür am Galgen. Ich kann mir nicht vorstellen, daß sie es noch einmal wagen.«

»Da wäre ich mir nicht so sicher. Weißt du noch, wie damals, als die Spanier die englische Siedlung auf Nevis Island überfielen, die irischen Schuldknechte zum Feind überliefen? Sie sind zu den spanischen Fregatten hinausgeschwommen, haben sie als papistische Brüder begrüßt und ihnen dann haarklein die Befestigungsanlagen erklärt.«

»Aber wie viele Afrikaner sind denn jetzt hier? So viele können es doch noch gar nicht sein.«

»Nach den Sklavenschiffen zu urteilen, die bisher eingetroffen sind, sind es höchstens ein paar Hundert. Aber Woche für Woche treffen neue ein. Kein Mensch weiß, was geschieht, wenn erst einmal drei- oder viertausend auf Barbados sind – oder noch mehr.«

»So schnell geht das nicht.« Joan schlang ihm die Arme um den Hals und zog ihn neben sich. »Reden wir von etwas anderem! Erzähl mir, wie du Jamaika nehmen willst. Beim Blute Christi, ich habe immer noch nicht begriffen, *warum* du das eigentlich vorhast . . .«

»Du hast doch bloß Angst, daß ich es nicht schaffe.« Er gab ihr einen Kuß, zupfte den Ausschnitt ihres Nachthemds herunter und knabberte dann spielerisch an einer entblößten Brust. »Sei doch ehrlich!«

»Vielleicht bin ich das eines Tages. Falls du heil und gesund wiederkommst.« Sie umfaßte sein Gesicht mit den Händen und schob es fort. »Wie mir im übrigen zu Ohren gekommen ist, hast du dich beim Ball ja köstlich amüsiert. Und dann mit diesem Weibsstück getanzt . . .«

»Mit wem?«

»Das weißt du ganz genau, du alter Hurenbock! Mit der hochwohlgeborenen Miss Bedford!«

»Ich hab' eine ganze Menge getrunken. So ganz genau weiß ich also nicht mehr, was da alles passiert ist.«

»Was du nicht sagst! Nun, einige der Ratsherren erinnern sich jedenfalls sehr gut an den Abend. Immerhin warst du nüchtern genug, um ihnen mit deinen spanischen Pistolen einen Heidenschreck einzujagen. Die ganze Insel redet zur Zeit über nichts anderes.« Sie bemerkte, wie sich sein Mund wieder ihrer Brust näherte, und spürte seine Zunge, die die Brustwarze sanft zu umspielen begann. »Jetzt hör mir mal gut zu, mein Freund! Diese Jungfrau ist nichts für dich! Erstens ist sie, soweit ich weiß, verlobt, und zwar mit unserem führenden Royalisten, Sir Anthony, wobei ich partout nicht begreife, was der an ihr findet, das schwöre ich. Der Dame scheint es mehr Spaß zu machen, hoch zu Roß über die Insel zu reiten, als mit einem Mann zusammenzusein. Ich wette, sie wäre im Grunde viel lieber ein Mann als eine Frau.«

»Von Miss Bedford will ich jetzt nichts mehr hören!« Er schob einen Arm unter sie und zog sie an sich. »Ich habe da was anderes im Sinn . . .«

Sie ließ ihre Hand über seine Brust nach unten gleiten. Als sie ihr Ziel erreicht hatte, verzog Joan das Gesicht zu einem breiten Lächeln. »Oho . . . das ist aber recht vielversprechend!«

»Nichts ist so gut, daß es nicht noch verbessert werden könnte. Wenn du dir etwas Mühe gibst . . .«

»Der Himmel weiß, daß ich dich sträflich verwöhnt habe.« Sie setzte sich auf und küßte seine Schenkel, dann umschmeichelte sie ihn mit der Zunge. Da drehte Winston sich wortlos um und strich mit seinem Stoppelbart über die Innenseite ihrer Schenkel. Sie war bereits feucht, von der Hitze und vor Verlangen.

»Himmel, das ist es, warum ich dir immer wieder erlaube zurückzukommen!« Erschaudernd schmiegte sie sich an ihn. »Dabei sollte ich es eigentlich besser wissen . . . Manchmal denke ich, ich habe dir *zu* gut beigebracht, was mir gefällt.«

»Ich weiß, was dir noch besser gefällt.« Er nahm ein weiches Daunenkissen, legte es in der Mitte des Bettes zurecht und griff nach ihr.

Aber Joan entwischte ihm. »Schon möglich«, sagte sie und betrachtete liebevoll den Erfolg ihrer handgreiflichen Bemühungen. Genau so wollte sie ihn haben . . . »Aber es geht eben nicht immer alles nach deinem Gusto.« Mit einer raschen Bewegung war sie über ihm. »Ich bin heute morgen so in Form, daß ich dir mal zeigen möchte, warum diese verklemmte Jungfrau so gerne reitet . . .«

Serina war schon wach, ehe die Trommeln einsetzten. Sie lauschte aufmerksam, um den weichen Fluß der Verse mitzubekommen, wiederholte sie dann stumm und wußte, daß die Kauri-Muscheln gesprochen hatten.

Es war reiner Wahnsinn!

Manchmal ließ Benjamin Briggs sie morgens in sein Zimmer kommen, doch heute würde es nicht geschehen. Sturzbetrunken und fluchend vor Wut über eine Panne an der Zuckermühle, hatte er sie erst kurz nach Mitternacht aus seinem Bett gewiesen.

Wer hatte die Kauri-Muscheln geworfen? Der Große, Starke, den sie Atiba nannten? War es möglich, daß er auch ein *babalawo* war?

Sie hatte die Verse, die zu den Kauris gehörten, schon einmal vernommen, vor vielen Jahren in Brasilien. Es gab deren Tausende, die ihre Mutter ihr im Laufe einer Woche alle aufgesagt hatte, den gesamten Kanon. An einige wenige von ihnen erinnerte sie sich noch heute. Ihre Mutter hatte keinem anderen Menschen anvertraut, daß sie diese Verse kannte, denn Frauen durften die Kauris nicht werfen. Die Männer der Yoruba hatten stets behauptet, die Kauri-Kräfte wären viel zu gewaltig, als daß jemand, der kein echter *babalawo* war, damit umgehen könne. Und selbstverständlich kam eine Frau schon gar nicht in Frage. Frauen durften die Götter nur befragen, indem sie die vier Viertel der Kola-Nuß warfen, und die erlaubten nur Voraussagen zu mehr oder weniger alltäglichen Fragen. Wichtige Dinge wie Staatsangelegenheiten blieben den Kauri-Muscheln vorbehalten – und den Männern. Gleichwohl hatte Serinas Mutter die Verse insgeheim auswendig gelernt – wie ihr das gelungen war, hatte sie nie verraten. Sie hatte ihrer Tochter sogar versprochen, ihr eines Tages die Bedeutung der Verse zu erklären, doch dazu war es nie gekommen.

Als Serina sicher war, daß die Trommeln an diesem Tag nicht mehr sprechen würden, erhob sie sich von der feuchtheißen Strohschütte, die ihr als Lager diente, und tastete im Halbdunkel nach dem glatten Baumwollstoff ihres Kleides. Sie schlüpfte hinein und bürstete sich das lange schwarze Haar; auch in diesem Augenblick erfüllte sie Stolz darüber, daß es immer glatt gewesen war wie die Haare der Portugiesinnen.

Sie schlief allein in einem kleinen Raum im zweiten Stock gleich neben der den Dienstboten vorbehaltenen Hintertreppe. Als sie die Haare gebürstet, zusammengedreht und zu einem einfachen Knoten hochgesteckt hatte – ganz nach Art der Portugiesinnen –, stieß sie den Fensterladen mit den verstellbaren Querstreben auf, um zu sehen, was sich auf dem Hof tat. Wie stets konnte sie auch diesmal nicht umhin, das wenig überlegt konstruierte Haus des Engländers mit dem vornehmen Herrenhaus jener großen Plantage vor den Toren Pernambucos zu vergleichen, auf der sie großgeworden war.

Es war wie die Erinnerung an eine andere Welt – der blendend weiße Raum im Dienstbotentrakt, den sie zusammen mit ihrer Mutter bewohnt hatte. An dem Tag, da ihr der *senhor de engenho*, der Herr der Plantage, eröffnet hatte, sie solle die Schule der schwarzgewandeten Jesuiten besuchen, statt mit den anderen Sklavenkindern auf den Feldern zu arbeiten, war ihre Mutter in Tränen ausgebrochen. Jahrelang hatte sie gedacht, es seien Freudentränen gewesen. Die Mutter hatte gleich am nächsten Tag begonnen, ihr Zimmer neu herzurichten. Sie hatte die Wände frisch getüncht und eine neue Schicht Lehm auf dem Boden verschmiert, auf daß er hart werde und trockne, und zum Schluß hatte sie neben dem Fenster ein Frangipani-Bäumchen gepflanzt. In den Nächten hatten die winzigen roten Blüten den Raum mit einem süßen, fast zu süßen Duft erfüllt, so daß sie jeden Morgen in Wohlgerüche gebadet aufgewacht waren. Jahre später hatte die Mutter ihr gestanden, die Verschönerung des Zimmers und der Duft des Bäumchens hätten in ihr den Wunsch lebendig halten sollen, die stickigen Räume der *brancos* und ihrer Priester zu verlassen und heimzukehren.

Diese frühen Jahre waren es, die Serina am lebhaftesten in der Erinnerung standen. Ihre Mutter pflegte vor Tag aufzustehen und die alte Ashanti-Sklavin mit den knotigen Fingern zu wekken, die das Haus bekochte. Bei ihr holte sie das Frühstück, das der Senhor am Abend zuvor bestellt hatte. Sodann ging sie leise hinunter zu den Sklavenquartieren, um den Vorarbeiter wachzurütteln, dem es dann oblag, die anderen Bewohner der Plantage mit seiner Glocke zu wecken. Später kehrte sie in ihr Zimmer zurück, um ihrer schönen *mulata*-Tochter das Haar zu bürsten, damit es sich ja nie kräuselte und immer seinen schönen Glanz behielt, und um sie fertigzumachen für die Missionsschule, welche die portugiesischen Priester zwei Meilen weiter unten an der Straße errichtet hatten.

Serina erinnerte sich noch genau daran, wie sie barfuß die lange Allee entlanggehen mußte – und hatte auch die jeden Morgen wiederholte Mahnung der Mutter nicht vergessen, ihre Haut nie der Sonnenbestrahlung auszusetzen. In sengender Mittagshitze kehrte sie nach Hause zurück und zerbrach sich unterwegs den Kopf über die merkwürdigen Lehren der Christen und die ›Spanisch‹ genannte neue Sprache, die sie lernen mußte. Die Priester hatten sie gelehrt, im Katechismus zu lesen und die Lebensgeschichten der katholischen Heiligen niederzuschreiben – Geschichten, die sie jeden Abend zu Hause wiedererzählen mußte, wo die Mutter sie dann regelmäßig zu Lügen erklärt und ihr mit einer tüchtigen Dosis Brechnuß gedroht hatte, um damit die Gifte zu vertreiben, die in ihnen enthalten wären.

Manchmal strich ihre Mutter ihr wohl auch über die weiche Haut und erklärte, der falsche Gott der Christen müsse Olorun abgeschaut worden sein, dem obersten Yoruba-Gott und Gott des Alls. Es sei wohlbekannt, daß er der universale Geist sei, der die Welt erschaffen habe, der einzige Gott, der nie auf Erden lebe. Vielleicht hätten die Christen von ihm gehört und gehofft, ihn für ihre eigenen Zwecke beanspruchen zu können. Olorun sei so mächtig, daß sämtliche anderen Götter seine Kinder seien – Shango, Ogun, überhaupt alle Yoruba-Gottheiten der Erde, der Flüsse und des Himmels. Es sei nicht bekannt, daß Yoruba-Priester jemals einen weißen, Jesus genannten Gott erwähnt hätten.

Von den Priestern dieses Jesus hatte Serina indessen eine ganze Menge gelernt. Das Allerwichtigste, was man ihr beigebracht hatte, war die Erkenntnis, daß sie eine Sklavin sei, die dem *senhor de engenho* gehöre. Sie sei genauso sein Eigentum wie seine Ochsen und seine Zuckerrohrfelder. Das war die Essenz der priesterlichen Lehre, und sie hatte diese Lektion nie vergessen.

Diese neuen Salzwasser-Yoruba waren ihrer Ansicht nach

Dummköpfe. Sie gehörten mit Leib und Seele den *brancos*, und nur die *brancos* konnten sie ihnen zurückgeben – den Leib wie auch die Seele. Selbst konnte man sich weder das eine noch das andere nehmen. Es war völlig ausgeschlossen, jemals wieder Herr des eigenen Lebens zu werden.

Sie erinnerte sich an ein Sprichwort der Ashanti: *Ein Sklave wählt sich seinen Herrn nicht aus.*

Ein Sklave hatte nichts zu wählen und nichts zu entscheiden.

Sie dachte wieder an ihre Mutter. Ihre Mutter hieß Dara – das war das Yoruba-Wort für ›schön‹. Sie war wirklich schön, unsäglich schön sogar, hatte sanfte Augen, eine zarte Haut und hochsitzende Wangenknochen. Ihre Mutter Dara hatte ihr erzählt, wie man sie, kaum daß sie eine Woche in Brasilien gewesen war, in das Bett ihres portugiesischen Herrn gezwungen hatte. Das war der *senhor de engenho* gewesen, der vom Trokkenhaus bis zur Küche *mulato*-Kinder gezeugt hatte. Diese waren immer noch Sklaven, doch hatte ihre Mutter gemeint, ihr Kind sei etwas Besonderes, hatte erwartet, das hellhäutige Mädchen, das sie dem *branco* geboren hatte, werde zu einer Freien gemacht werden. Und sie hatte einen Yoruba-Namen für sie gewählt.

Dann hatte jedoch der *senhor de engenho* eines Abends, da er betrunken gewesen war, entschieden, sie solle Serina heißen.

Ein Sklave hatte nichts zu wählen und nichts zu entscheiden.

Auch Daras *mulata*-Tochter wurde nicht die Freiheit geschenkt. Vielmehr wurde diese Tochter in das Haus des Herrn aufgenommen, lernte Flöte spielen und konnte schon mit zehn die Gaillarden des Joao de Sousa Carvalho tanzen, bekam mit zwölf einen orangefarbenen Unterrock und einen Umhang aus blauer Seide und wurde an ihrem vierzehnten Geburtstag ihrem Herrn und Gebieter ins Bett gelegt – ins Bett des eigenen Vaters. Acht Jahre lang hatte sie, sein Eigentum, das Bett mit ihm teilen müssen, dann hatte er sie an einen stinkenden Engländer verkauft – für die fürstliche Summe von einhundert Pfund, wie sie später erfuhr.

Ein Sklave hatte nichts zu entscheiden.

Dennoch – irgend etwas an dem Trotz, der in Atiba steckte,

rührte sie an. Er war kühn. Und er war ein stattlicher Mann, obwohl er ein *preto* war. Sie hatte in den beiden Tagen, da sie zusammen in der Siederei gearbeitet hatten, seinen kräftigen Körper mit wachsendem Begehren betrachtet, hatte sich bei dem Wunsch ertappt, ihn zu berühren und seine Wildheit in sich zu zähmen, ja vorübergehend hatte sein Anblick sie sogar bedauern lassen, daß sie schon vor langer Zeit gelobt hatte, sich nie einem *preto* hinzugeben. Sie war halb weiß, und wenn sie jemals ein Kind bekommen sollte, würde dieses womöglich noch weißer sein als sie. Und weiß zu sein, bedeutete Macht und Freiheit. Auch wollte sie dafür sorgen, daß ihr Kind getauft wurde und als Christ heranwuchs. Der Gott der Christen war vermutlich ein falscher Gott, doch in dieser Welt gehörte den Christen alles. Sie besaßen die Yoruba, und die Yoruba-Götter der Mutter zählten gar nichts. Zumindest hier nicht, in der Neuen Welt.

Sie lächelte verzagt. Auch Atiba würde trotz seiner Kraft und seines Stolzes dieselben Erfahrungen wie sie machen. Zwar konnte er sich an Ogun wenden, auf daß dieser ihm die Zukunft enthülle, doch würde dieser Gott gewiß nicht erreichbar sein, wenn Atiba versuchte, Krieg gegen die *brancos* zu führen. All das hatte sie in Brasilien schon einmal erlebt. Es gab kein Entrinnen.

Ein Sklave hatte nichts zu entscheiden.

Ob man ihm das begreiflich machen konnte? Oder mußte dieser kräftige Körper eines Tages hängen und gevierteilt werden, weil er einen Aufstand angeführt hatte, der unweigerlich zum Scheitern verurteilt war? Sie wußte nicht, ob sie sich die Mühe machen sollte, es ihm zu erklären. Aber sie war auch außerstande, es nicht zumindest auf einen Versuch ankommen zu lassen. Langsam wandte sie sich vom Fenster ab und stieg leise die knarrende Hintertreppe hinunter. Dann schlich sie sich an der Küchentür vorbei und trat auf die Steinstufen hinaus, die zum Hof hinunterführten. Es war immer noch still, nur gelegentlich ließ sich von der Küche her, aus deren Schornstein jetzt ein dünner Faden Rauch in den Morgen stieg, irisches Gekicher vernehmen.

Das Tor ließ sich mühelos öffnen – der Schuldknecht, der es

bewachen sollte, lag schnarchend daneben, die leere Flasche im Arm. Dann war sie draußen auf dem Feldweg, der hinunter zu den strohgedeckten Hütten der Sklaven führte.

Der im Dämmerlicht liegende Weg war ruhig und still. Grüne Eidechsen huschten lautlos durchs Gras und Frösche quakten zwischen den Palmen, doch nichts deutete darauf hin, daß irgend jemand von den weißen Sklaven schon auf den Beinen war. In der Ferne ließ sich die leise Stimme von Atiba vernehmen, der seinen tapferen Yoruba-Kriegern Mut machte.

Diese dummen *pretos* . . .

Sie wußte, daß eine Frau bei ihnen nicht willkommen sein würde; in ihren Augen konnte sie ihren feierlichen Kriegsrat nur entweihen. Und wenn schon! Sollten sie doch bei ihrem Aberglauben bleiben! Das hier war die Neue Welt, Afrika war ein für allemal Vergangenheit. Sie waren keine Yoruba-Krieger mehr, sondern nichts weiter als *preto*-Sklaven, mochten sie noch so stolz tun. Abermals war sie froh, unter den Portugiesen aufgewachsen zu sein und nicht als Yoruba-Frau, der keine andere Möglichkeit blieb, als jeden beliebigen eitlen Mann, dem sie zur Frau gegeben würde, zu ehren und zu lieben.

Unweit der ersten Hütte blieb sie stehen, sah sich um und schüttelte traurig den Kopf. Was würden die Sklaven in Brasilien zu diesen strohgedeckten Verschlägen sagen? Serina wußte es. Sie würden lachen und sich über die Rückständigkeit dieser Salzwasser-*pretos* lustig machen, die von europäischer Lebensart keine Ahnung hatten.

Dann entdeckte sie eine neue Trommel, eine kleine, die gerade eben fertig geworden und jetzt zum Trocknen nach draußen gestellt worden war. Einst hatte sie gehört, wozu diese besonderen Trommeln dienten: Sie wurden bei Zeremonien benutzt, bei denen Männer und Frauen tanzten und in deren Verlauf die Götter in sie einfuhren und Besitz von ihnen ergriffen. Aber hier auf Briggs' Plantage gab es keine Yoruba-Frauen. Der *branco* hatte sich nie dazu durchringen können, für Frauen Geld auszugeben, denn Männer konnten das Zuckerrohr schneller schneiden. Ihr fiel ein, daß die Yoruba-Männer daher ihr Essen selbst kochen mußten, eine Demütigung, die sie womöglich als noch schlimmer empfanden als die Sklaverei als solche. Die Trommel war nichts weiter als die traurige Erinnerung an ein auseinandergerissenes Volk.

Sie besah sich das Instrument genauer. Das Holz, aus dem es geschnitzt war, war von rötlicher Farbe, und die Ziegenhäute waren mit neuen weißen Schnüren verbunden. Sie wischte die Hand an ihrem Kleid ab, hob die Trommel auf, klemmte sie sich liebevoll unter den Arm und spürte die Kühle des Holzes auf der Haut. Vorsichtig hob sie den zierlichen, geschwungenen Schlegel, drückte das Instrument fest an ihren Leib und klopfte einmal, zweimal leise darauf, um zu sehen, wie Tonhöhe und Lautstärke sich je nachdem, wie man an den Schnüren zog, veränderten.

Der eindringliche, nahezu menschliche Laut erweckte in ihr eine weitere Erinnerung an Brasilien, an Nächte, da sie sich zu den Sklavenquartieren hinübergeschlichen und zu Füßen eines mächtigen alten *babalawo* niedergelassen hatte, eines uralten Yoruba-Priesters, den die meisten der neugetauften Sklaven jetzt verachteten. Sie war viel zu jung gewesen, um zu wissen, daß eine *mulata* nicht mit schwarzen *pretos* verkehrte, daß sie vielmehr eine Klasse für sich bildete, die mit den anderen nichts zu schaffen hatte, sondern über ihnen stand.

Atemlos hatte sie gelauscht, wie der *babalawo* Abend für Abend im Sternenschimmer die alten Yoruba-Legenden von der Göttin Oshun erzählt hatte, die die Lieblingsfrau von Shango war. Er hatte ihr schließlich auch beigebracht, wie sie die Geschichte mit Hilfe der sprechenden Trommel nacherzählen konnte.

Sie sah zu der Versammlungshütte, die noch ein Stück entfernt war, und dachte wieder an die Verse der Kauris. Die Trommel fest an den Leib gepreßt, ließ sie den schlanken, gebogenen Schlegel aufs Trommelfell tappen. Mühelos kamen die Worte.

A se were lo nko
Ein Dummkopf zu sein, lernt man.

O ko ko ogbon
Weisheit läßt sich nicht erlernen.

Sie mußte unwillkürlich lachen, als sie die erschrockenen Gesichter der Yoruba-Männer vor der Hüttentür auftauchen sah. Es dauerte nicht lange, und Atiba trat hervor und starrte in ihre Richtung. Sie setzte die Trommel ins Gras und hielt seinem Blick stand.

Nach einer Weile kam er näher, und die Anmut und Kraft, mit der er sich bewegte, erweckte in ihr wieder das Begehren, das sie bereits an jenen ersten Abenden im Siedehaus verspürt hatte. Wie mochte es sein, einen Teil seiner Kraft für sich selbst zu empfangen?

Obwohl sein Gesicht verriet, daß er außer sich war vor Empörung, begegnete sie seinem Blick voller Trotz – eine *mulata* ließ sich nie von einem *preto* einschüchtern.

Als Atiba bei ihr war, packte er die Trommel, hielt sie einen Moment himmelwärts gereckt und zerschmetterte sie unmittelbar darauf an einem Baumstumpf. Einige der noch kaum vernarbten, frischen Striemen auf seinem Rücken brachen unter der Wucht der Bewegung auf. Voller Genugtuung betrachtete er das zerborstene Instrument; zurückgeblieben waren nur ein paar Holzstücke, Ziegenfelle und Schnur. Dann fuhr er herum und sah sie an.

»Eine *branca* rührt eine Yoruba-Trommel nicht an!«

Branca – nie zuvor hatte sie es erlebt, daß jemand sie ›weiß‹ genannt hatte. Und weiß hatte sie doch immer sein wollen. Immer. Und doch . . . jetzt . . . jetzt spie er das Wort aus, als bedeutete es ›unrein‹.

»Eine *branca* kann tun und lassen, was sie will.« Sie funkelte ihn an. »Das ist mit das erste, was du hier auf der Insel wirst lernen müssen.«

»Von dir habe ich nichts zu lernen. Aber vielleicht wirst du bald etwas von mir lernen!«

»Du fängst ja gerade erst an zu lernen.« Ihr war danach, ihn ihre Verbitterung spüren zu lassen. Sie konnte ihn mehr lehren, als er sich träumen ließ. Aber wozu? »Bald wirst du dahinterkommen, daß du ein *preto* bist. Anscheinend weißt du immer noch nicht, was das heißt. Die *brancos* sind es, die auf dieser Insel das Sagen haben. So wird es immer sein. Und du gehörst ihnen.«

»Du bist wahrhaftig eine *branca.* Du magst unsere Sprache sprechen, doch Yoruba-Blut fließt nicht mehr in deinen Adern, es ist vor langer, langer Zeit in dir vertrocknet.«

»Bald wird es dir nicht anders ergehen. Man wird das Zuckerrohr auf dieser Insel mit deinem Blut wässern, falls du versuchst, dich gegen die *brancos* zu erheben.«

»Ich muß mich nicht unterwerfen. Ich kann mich weigern.« Die Härte in seinem Blick erregte sie. War es Verzweiflung? Oder Stolz?

»Dann wirst du dafür sterben.«

»Dann *werde* ich eben dafür sterben. Wenn der *branco* mich heute tötet, kann er es morgen nicht noch einmal tun. Auf jeden Fall sterbe ich als freier Mann.« Die drei Yoruba-Sippenstreifen auf seiner Wange sahen aus wie in Ebenholz geritzt. Atiba drehte sich um und wandte sich wieder den wartenden Männern zu. »Eines Tages, vielleicht bald schon, werde ich euch zeigen, was Freiheit bedeutet . . .«

Fünftes Kapitel

Katherine hielt sich an den Wanten des Besanmasts fest und schützte mit der anderen Hand die Augen vor dem grellen Widerschein der Sonne auf dem Wasser. Hugh Winston trug dasselbe abgewetzte Lederwams und die schäbigen baumwollenen Kniehosen, die er, wie sie sich erinnerte, an jenem ersten Morgen angehabt hatte – und im Bund steckten dieselben Pistolen. Besonderen Wert auf ein würdevolles Äußeres legte er also nicht. Zudem hob das Licht der bereits etwas schräg stehenden Sonne die merkwürdige Narbe auf seiner Wange noch deutlicher hervor. Wie mochte er als Liebhaber sein? Vermutlich nicht so sanft und rücksichtsvoll wie Anthony Walrond . . .

Guter Gott, dachte sie, was werden Anthony und der arme Jeremy sagen, wenn sie erfahren, daß ich auf der *Defiance* war und ganz bewußt diesen Mann aufgesucht habe, der ihnen so sehr verhaßt ist. Wahrscheinlich brechen sie vor Empörung die Verhandlungen über den Ehekontrakt ab . . .

Aber wenn nicht irgend etwas passiert, dann kommt es darauf ohnehin nicht mehr an. Wenn die Gerüchte aus London zutreffen, wird hier auf Barbados bald das Unterste zuoberst gekehrt. Und Hugh Winston könnte uns vielleicht helfen, egal, was man im einzelnen von ihm hält.

Sie dachte an Winstons Verhalten ihr gegenüber, das alles andere als charmant gewesen war. Um so mehr verwirrte es sie, daß sie sich trotzdem so sehr darauf freute, ihn wiederzusehen. Von einer guten Kinderstube und perfekten Manieren, wie sie Anthony auszeichneten, war bei Winston nichts zu spüren, und trotzdem hatte der durch keinerlei Konventionen gebrochene, unbekümmerte Mann etwas an sich, das sie geradezu magnetisch anzog.

Andererseits bedurfte es nicht gerade besonders außergewöhnlicher Eigenschaften, um interessanter zu sein als die meisten der langweiligen Pflanzer auf dieser Insel, wahrhaftig nicht.

Ob er sich wohl auch ein bißchen von *mir* angezogen fühlt? fragte sie sich.

Vielleicht. Sofern er überhaupt daran denkt, muß er sehen, daß wir einiges gemeinsam haben. Katherine wußte, daß er die Puritaner und deren Einstellung zur Sklaverei genauso verachtete wie sie. Und – genauso wie sie – war auch er allein. Das war etwas, das sie verband, ob er es nun wußte oder nicht . . .

Unversehens befiel sie wieder die Angst und schnürte ihr die Kehle zu – jene Angst, die sie vor gerade einer halben Stunde beherzt überwunden hatte, als ihre Stute den Rand des Abhangs erreichte, wo der Weg mit den tief ausgefahrenen Wagenspuren nach einer letzten Biegung hinunterführte zur Bucht. Sie hatte angehalten, noch immer unsicher, ob sie nun Winston aufsuchen sollte oder nicht. Coral zerrte unruhig an der Trense und scharrte mit den Hufen, während der Wind die blutroten Blütenblätter der Bougainvilleas über den Weg blies. Katherine atmete tief durch, und ihr fiel auf, daß ein wunderbarer Wohlgeruch die Luft erfüllte, die aufs Meer hinauswehte. Sie genoß das Panorama der

Carlisle Bay, die sich zu ihren Füßen ausbreitete, und freute sich an den winzigen bunten Vögeln, die pfeilschnell durch den azurblauen Nachmittag schossen.

Jawohl, sagte sie sich, es lohnt sich, dafür zu kämpfen und alles dafür aufs Spiel zu setzen. Diese Insel, meine Heimat, ist es sogar wert, daß ich als Bittstellerin zu Hugh Winston gehe.

»Sehnt Ihr Euch eigentlich manchmal nach England zurück?« Sie war bemüht, ihre Stimme möglichst unbeteiligt klingen zu lassen und durch den Tonfall anzudeuten, daß es ihr ziemlich gleichgültig war, wie seine Antwort ausfiel. Trotz der drückenden Nachmittagsschwüle hatte sie den Reitdreß angezogen, der ihre Weiblichkeit am besten zur Geltung brachte – einen weit sich bauschenden Rock, den sie seitlich raffte, so daß die Rüschen vom Unterrock sichtbar wurden, und dazu ein Mieder mit Schlitzärmeln, das die darunter befindliche gefältelte Seidenbluse erkennen ließ. Auf ihren ausdrücklichen Wunsch hin war das Kleid von den Dienerinnen noch eigens aufgebügelt worden. Anthony fiel das jedesmal auf, und Winston war es nicht anders ergangen, wiewohl er bemüht war, sich nichts anmerken zu lassen.

»An England denke ich immer weniger.« Er nippte an seinem Krug und schien die Brechungen der Sonnenstrahlen in der bernsteinfarbenen Flüssigkeit zu studieren. Gleich nachdem sie an Bord gekommen war, hatte er aus der Kapitänskajüte eine Flasche bringen lassen. »Heute sind die Antillen meine Heimat. England existiert für mich praktisch nicht mehr.«

Jeremy hat wohl recht, dachte sie, wenn er zurückkehrt, werden sie ihn hängen.

Er schwieg einen Moment und fuhr dann fort: »Und Ihr, Miss Bedford, seid Ihr in jüngster Zeit mal wieder dort gewesen?«

»Nein, nicht mehr, seitdem wir von daheim fort sind. Ich war damals zehn Jahre alt. Wir reisten zunächst nach Bermuda, wo Vater zwei Jahre lang Gouverneur und Vorsitzender der Sommers Island Handelsgesellschaft war. Dann kamen wir nach Barbados. An England denke ich kaum noch. Auch ich habe das Gefühl, daß mein Zuhause jetzt hier auf den Antillen ist.« Sie spürte, wie Schweiß unter der Spitze der Rüschenbluse ihren

Rücken herunterlief. »Ehrlich gesagt, ich frage mich manchmal, ob wir England überhaupt jemals wiedersehen werden.«

»Ich lege keinen gesteigerten Wert darauf.« Hugh Winston stand auf und schlenderte übers Deck zum Steuerhaus hinüber. Dann setzte er seinen Krug auf dem Kompaßhäuschen ab und lockerte das Tau, mit dem die Ruderpinne festgezurrt war – eine lange Stange, die dazu diente, das mächtige Ruderblatt zu bewegen.

»Wollt Ihr wirklich an Bord bleiben, wenn wir auslaufen?«

»Das habt Ihr nun vergangene Woche jeden Tag getan, und zwar immer gegen Sonnenuntergang. Ich habe Euch von der Hügelkuppe aus beobachtet und mich gefragt, warum Ihr das macht.« Wie von ungefähr zog sie das Mieder straff, um ihren Busen vorteilhaft zur Geltung zu bringen, bereute es jedoch fast im gleichen Moment und ärgerte sich über sich selbst. Wie konnte sie nur zu derlei plumpen weiblichen Tricks Zuflucht nehmen! Doch wer verzweifelt ist, greift zu verzweifelten Mitteln. »Außerdem habt Ihr die einzige Fregatte im Hafen, die nicht unter holländischer Flagge fährt, und ich wollte die Insel unbedingt einmal von See her sehen. Ich laufe sonst Gefahr zu vergessen, wie wunderschön sie ist.«

»Dann seht sie Euch noch einmal gut an, Miss Bedford«, entgegnete Winston sachlich. »Denn so wie jetzt wird sie nie wieder sein, wenn erst einmal der Zucker hier regiert.«

»Katherine. Ihr könnt mich Katherine nennen.« Sie war bemüht, die innere Spannung zu verbergen, derer sie kaum noch Herr werden konnte – nein, es war wohl eher die Demütigung, die sie empfand und die sie nun aus ihrer Stimme zu verbannen trachtete. »Schon mein Hiersein kompromittiert mich weiß Gott genug, infolgedessen können wir auf überflüssige Förmlichkeiten gern verzichten.«

»Dann also Katherine, Miss Bedford.«

Wieder kein Hinweis darauf, daß er sie überhaupt wahrnahm. Er war angelegentlich damit beschäftigt, das am Boden liegende Tau aufzuschießen. John Mewes, der achtern den Niedergang heraufkletterte, hob immerhin die Brauen, als er ihrer ansichtig wurde. Sein gewaltiger Wanst schwappte bei jedem mühseligen Schritt auf und nieder.

Winston schien den Steuermann gar nicht zu bemerken. »Da Ihr uns beobachtet habt, wißt Ihr wohl auch, was Euch erwartet. Wir machen nur einen Schlag zum Hafen hinaus und segeln hinüber zu den Riffen vor Lookout Point. Dort halsen wir und laufen an der Westseite der Insel entlang nach Norden bis hinauf nach Speightstown. Das dauert mindestens eine Stunde. Sagt also ja nicht, ich hätte Euch nicht gewarnt.«

Sehr gut, dachte Katherine. Genau die Zeit, die ich brauchen werde . . . »Ihr scheint Euch in den hiesigen Gewässern gut auszukennen«, sagte sie, nur um ihn dazu zu veranlassen weiterzureden. Hugh Winston war eine Woche lang jeden Abend die Küste hinaufgesegelt, gleichgültig, welche Windverhältnisse geherrscht hatten und wie die See gewesen war. Die Küste von Barbados war ihm daher inzwischen besser vertraut als allen anderen. Für Katherine war dies einer der Gründe für ihr Kommen. »Schließlich segelt Ihr die Strecke jeden Tag ab.«

»Für mich gehört das zu den letzten Vorbereitungen, Miss Bedford . . . Katherine.« Er wandte sich um und rief den Steuermann: »John!«

»*Aye.*« Mewes hatte die offene Flasche Sack gesehen und sich daraufhin bemüht, möglichst unauffällig im Schatten des Steuerhauses zu bleiben. Ihm hatte Winston keinen Krug angeboten.

»Anker lichten! Ich möchte die Strecke noch einmal ganz hoch am Wind segeln und dann eine Steuerbordhalse machen.«

»*Aye*, wie Ihr befehlt.« Brummig stakste er zur Achterdeckreling und rief mit kollernder Stimme die entsprechenden Befehle nach vorn. Kurz darauf drehten ein paar Matrosen das Ankerspill; ein gleichförmiges Rattern durchbrach die Stille. Die Männer sprachen ein bizarres Kauderwelsch aus Französisch, Portugiesisch, Englisch und Holländisch.

Katherine sah, wie der Anker durch die Wellen brach und an Deck gehievt wurde. Mewes gab weitere Anordnungen, und Sekunden später fiel das Hauptsegel und blähte sich in der Brise. Sanft legte die *Defiance* sich in den Wind, gewann rasch an Fahrt und glitt ruhig an den in Ufernähe ankernden holländischen Kauffahrteischiffen vorüber. Es waren dreimastige *fluyts*, deren Fock- und Großmast weit auseinander standen, um Platz für einen geräumigen Laderaum zu lassen. Fünf Wochen waren seit Eintreffen der *Zeelander* verstrichen, und in dieser Zeit waren bereits vier weitere Sklavenschiffe eingelaufen und lagen nun quer über die Bucht verstreut vor Anker. Die Nachmittagssonne brach sich in der Vergoldung der hohen, schmalen Achterdecksaufbauten, und die runden Hecks spiegelten sich blitzend im Wasser.

Winston sah zu den Segeln der *Defiance* empor und betrachtete sie kritisch. »Was meinst du, John? Sieht aus, als ob sie ganz schön nach Luv giert.«

»Mir hat das nie gefallen, Kapitän, das hab' ich gleich von Anfang an gesagt, und der Meinung bin ich heute noch. Ihr habt Euch eine hübsche, schnelle zweimastige Brigantine genommen, einen der wendigsten Segler, die unter christlicher Flagge fahren, und einen plumpen Rahschoner draus gemacht. Jetzt ist sie nicht mehr so wendig wie mit laufendem Tauwerk.«

Mewes spuckte über die Reling und schob an Katherine vorüber. Er begriff immer noch nicht, warum Winston ihr erlaubt hatte, an Bord zu kommen, ob sie nun die Tochter des Gouverneurs war oder nicht. So was bringt Unglück, sagte er sich. Hübsch aussehen tut sie ja, das muß ich ihm lassen, aber wenn wir jetzt überhaupt schon Schnepfen an Bord nehmen, da wüßte ich welche, die besser hierherpaßten . . . Er warf einen Blick auf die am Ufer angepflockte Schimmelstute. Säße diese Person nur schon wieder auf ihrem Gaul und ritte davon! Es war ohnehin unglaublich: Meistens ritt das Weibsbild wie ein Mann – und nicht im Damensattel, wie sich das für eine Frau gehörte!

Gelassen wies Winston die Einwände des Steuermanns zurück: »Wenn wir den Hafen von Jamaika erreichen wollen, ohne vorzeitig die Bürgerwehr der Spanier zu alarmieren, müssen wir, wenn irgend möglich, unter kurzen Segeln laufen. Und das bedeutet, nur stehendes Gut, aber keine Mars- und Oberbramsegel.«

»*Aye*, und dann ist sie schwerfällig wie ein Gaffellugger.«

»Aber doch nur für kurze Zeit vor der Küste! Solange wir die Männer an Land bringen. Für den Hauptteil der Reise bleibt sie getakelt wie immer.« Er schob die Ruderpinne bis zum Anschlag;

ein Ächzen lief durchs ganze Schiff, und das Heck schwang herum. »Bis jetzt hält sie sich doch ganz gut. Jetzt wird sich zeigen, wie hoch wir an den Wind gehen können. Ich nehme an, um die fünf oder vielleicht sogar sechs Strich.«

Er wandte sich wieder Katherine zu und begegnete ihrem Blick. In ihren Augen lag etwas – ja was war es nur? Fast so etwas wie eine Aufforderung. Aber deswegen kommt sie nicht. Diese Frau weiß genau, was sie will – und du, Hugh Winston, bist das sicher nicht. Aber sei's drum – so wie sie aussieht, fragt man sich in der Tat, ob sie wirklich so wild darauf ist, diesen steifen Royalisten zu heiraten . . . Ach, sei kein Narr! Eine Frau ist im Augenblick wirklich das letzte, woran du denken solltest. Wenn es stimmt, was ich gehört habe, müssen die sich hier schon bald auf einen heißen Tanz gefaßt machen. Und bis dahin muß ich fort sein.

»Tja, dann solltet Ihr mir vielleicht mal sagen . . . Katherine, ja, welchem Umstand ich die Ehre Eures Besuches zu verdanken habe. Ich möchte doch wetten, daß Ihr die Westküste dieser schönen Insel schon hundertmal gesehen habt, und zwar gänzlich ohne meine Hilfe . . .«

»Ist Euch bekannt, was in London passiert ist?« Katherine hielt sich an den Wanten fest und stemmte sich gegen das Rollen des Schiffes an. Sie passierten soeben die *Rotterdam*, die Tags zuvor aus London eingetroffen war. Der Anblick des kleinen holländischen Handelsschiffes entfachte Katherines Ängste von neuem – aber zugleich mit ihrer Angst wuchs ihre Entschlossenheit.

»Ihr meint, was mit König Charles geschehen ist?« Winston sah sie prüfend an und bewunderte insgeheim ihren Mut; sie schien die Hiobsbotschaft mit Fassung zu tragen. »Wahrscheinlich weiß ich es schon länger als Ihr. Als die *Rotterdam* gestern einlief, war ich hier auf dem Schiff und habe gearbeitet.«

»Dann erzählt mir Eure Version. Was genau habt Ihr erfahren?«

»Vermutlich dasselbe wie alle anderen. Englands neues ›Rumpf‹-Parlament, diese wildgewordene Bande blutrünstiger Puritaner, die von Cromwells Armee an die Macht gebracht worden ist, hat den König in den Tower geworfen – in der erklärten Absicht, ihn einen Kopf kürzer zu machen. Und außerdem soll das Parlament Barbados zu einem Rebellennest erklärt haben, da Eure Freisassen-Versammlung das Commonwealth nicht anerkannt hat. Virginia und Bermuda gehören auch zur Liste der Verfemten.« Er blickte zum Bug und legte prüfend eine Hand auf die Ruderpinne. »Und damit, Miss Katherine Bedford, dürften in der Karibik jene stürmischen Zeiten anbrechen, von denen wir mal geredet haben. Nur, daß es sich um einen Sturm handelt, der aus England kommt, und nicht um ein karibisches Eigengewächs.« Er drehte sich um und rief laut: »John, hol die Focks dicht, sobald wir den Point hinter uns haben! Und dann mach alles klar zur Halse hart nach steuerbord!«

Sie verfolgte, wie er die Ruderpinne nach Backbord schob. Die *Defiance* hatte das Ende der Bucht erreicht und mußte die vorgelagerten Riffe passieren. Dann griff er nach dem fettverschmierten Zinnkrug, und Katherine mußte, als sie ihn trinken sah, erneut gegen den in ihr aufsteigenden Abscheu ankämpfen. Diese Unbekümmertheit! Vielleicht war wirklich alles nur ein Spiel für ihn! Vielleicht war nichts geeignet, ihn dazu zu bewegen, überhaupt irgend etwas zu tun.

Die verwitterten Decksplanken knarrten und erfüllten das Schweigen mit einem eigentümlichen, klagenden Laut.

»Mal angenommen, die Gerüchte stimmen, Kapitän – was, meint Ihr, wird geschehen?«

»Ich heiße Hugh, abgemacht? Im übrigen darf ich wohl einen Teil der gegenwärtig auf Barbados herrschenden Demokratie auch für mich in Anspruch nehmen, wie? Jedenfalls, solange die erhalten bleibt . . .« Er zuckte mit den Achseln. »Da Ihr fragt, will ich es Euch sagen: Atmet die Luft der Unabhängigkeit, solange Ihr das noch könnt! Vielleicht habt Ihr die andere Geschichte nicht gehört, die im Hafen umgeht. Die Holländer behaupten, daß ein Parlament, das sich erkühnt, den König zu enthaupten, auch keinerlei Hemmungen haben wird, sämtliche auf die Krone zurückgehende Bestallungen, Freibriefe und Privilegien zu kassieren! Außerdem soll ein ›Navigation Act‹ in Vorbereitung sein, ein Gesetz, das ausschließlich englischen

Schiffe das Recht einräumt, mit den amerikanischen Siedlungen Handel zu treiben. Das trifft natürlich vor allem die Holländer und bedeutet das Ende des freien Handels. In London sprach man sogar davon, daß eine Kriegsflotte ausgesandt werden soll, um dem Gesetz Geltung zu verschaffen.«

»Ja, ich habe das auch gehört. Aber es klingt mir doch recht unwahrscheinlich. An der Themse wird so manch ein Gerücht ausgebrütet.«

»So? Und warum sind dann im Augenblick sämtliche Holländer, die hier vor Anker liegen, darauf aus, so schnell wie möglich Ladung an Bord zu nehmen? Ich sag's Euch: Sie hoffen, noch auslaufen zu können, ehe die englische Flotte den Hafen blockiert und sie samt und sonders versenkt.«

»Keiner in der Freisassen-Versammlung glaubt, daß Cromwell so weit gehen wird.«

»Nun, aber die Holländer rechnen damit. Und man kann sagen über sie, was man will, bloß – Narren sind sie nicht. Die ganze Carlisle Bay ist gegenwärtig eine Versammlung aufs höchste beunruhigter Niederländer.« Er blinzelte in die Sonne. »Und noch was möchte ich Euch sagen, Katherine: Die Holländer sind nicht die einzigen, denen unbehaglich zumute ist – auch ich würde am liebsten so schnell wie möglich auslaufen.«

Spott in den Augen, sah sie ihn an. »Wie soll ich das verstehen? Dem Rat die Stirn zu bieten, hattet Ihr keine Angst, obwohl es lauter wohlbewaffnete Männer waren, denen Ihr gegenüberstandet. Und nun fürchtet Ihr Euch vor einer Kriegsflotte, die einen halben Erdball von uns entfernt liegt?«

Er lächelte verlegen. »Der Unterschied liegt darin, daß der Rat *mir* Geld schuldet. Im Falle England ist das eher umgekehrt . . .«

»Aber das ist doch nicht der wahre Grund, oder?«

»Gut, gut . . . Wie wär's, wenn Ihr einmal folgendes in Erwägung ziehen würdet: daß sich nämlich die englische Kriegsflotte längst nicht mehr einen halben Erdball von hier entfernt befindet?« Er warf einen Blick zur Sonne hinauf und prüfte den Stand der Segel. »Es ist alles andere als ein Staatsgeheimnis, daß ich nicht gerade Mutter Englands Lieblingssohn bin. Je weniger ich von der britischen Navy sehe, desto glücklicher bin ich.«

»Und was werdet Ihr tun, wenn die Flotte eintrifft, solange Ihr noch hier seid?«

»Darüber werde ich mir den Kopf zerbrechen, wenn es soweit ist.« Er blickte achteraus. »Weit besser wäre es zu wissen, was man auf Barbados zu tun gedenkt, wenn eine Flotte die Insel blockiert und versucht, Euch daran zu hindern, aus dem Verband des Commonwealth auszuscheren? Wenn Ihr mich fragt, so steht Ihr da vor einer schwierigen Wahl. Wenn das Parlament den König tatsächlich umbringt, was einigen Hitzköpfen unter den Puritanern durchaus zuzutrauen ist, dann seid Ihr bar jedes rechtlichen Schutzes. Und daß man in London längst über die Zuckergeschichte hier Bescheid weiß, könnt Ihr mir glauben. Meiner Meinung nach betrachten die Puritaner, die jetzt das Parlament kontrollieren, die amerikanischen Kolonien nur deshalb mit so begehrlichen Augen, weil sie einen Teil des unverhofften Reichtums von Barbados für sich haben wollen. Da winken höhere Steuereinnahmen und neue Märkte für die englischen Kaufleute. Mit dem neuen Wohlstand ist die Zeit vorbei, da man Euch nicht beachtet hat.« Er hob den Krug und trank. »Was also wollt Ihr tun? Euch unterwerfen? Oder dem Parlament den Krieg erklären und Euch mit der englischen Flotte anlegen?«

»Wenn alle hier an einem Strang ziehen, können wir ihnen die Stirn bieten.«

»Womit denn?« Er deutete auf die kleine Befestigungsanlage auf dem Lookout Point. »Doch wohl nicht mit diesen Brustwehren dort oben, wie? Ich bezweifle, daß dort jemals auch nur eine einzige Kanone montiert, geschweige denn abgefeuert wurde. Davon abgesehen – es würde mich wundern, wenn es auf der Insel mehr als ein Dutzend ausgebildeter Kanoniere gibt. Die königstreuen Flüchtlinge hier waren in England ja zumeist Offiziere. So, wie die Dinge liegen, sehe ich für Euch keine Chance.«

»Dann müssen wir eben kämpfen *lernen*, oder? Ich nehme an, Ihr versteht etwas von Kanonen.«

»Kanoniere sind vor allem dann sehr nützlich, wenn sie Kanonen haben.« Noch einmal wies er mit dem Daumen zum Point hinauf. »Was ist denn dort oben?«

»Ich nehme an, etwa ein Dutzend Kanonen. Und in den Befestigungen von Jamestown vielleicht noch einmal so viele. Damit wäre die Küste in Lee geschützt. Und weiter im Süden, an der Oistins Bay, gibt es noch eine Befestigung.« Sie hielt inne und betrachtete sein Profil im Gegenlicht. Ungebetene Bilder stiegen vor ihrem geistigen Auge auf: Hugh Winston, Katherine Bedford an seiner Seite – eine Batterie von Kanonen . . . Es war widersinnig und doch erheiternd. »Das sind doch die Stellen, wo man mit einer Landung rechnen müßte?«

»Jedenfalls sind es die einzigen Stellen, wo die Brandung so gering ist, daß ein Truppentransporter sich nähern und mit Leichtern ausschiffen könnte.«

»Damit ist die Verteidigungslinie gegeben. Meint Ihr nicht, das reicht?«

»Nein.« Er sprach fast im Flüsterton. »Ihr habt nicht die schwere Artillerie, derer es bedarf, um eine Landung zu verhindern. Ohne zusätzliche Geschütze könnt Ihr höchstens hoffen, das traurige Ende ein bißchen hinauszuzögern.«

»Angenommen, das stimmt – wo könnten wir weitere Kanonen herbekommen?« Das war der Augenblick, den sie gefürchtet hatte. Selbstverständlich reichte die Artillerie nicht aus. Und wo man jetzt noch weitere Geschütze herbekam? Nun, da gab es nur eine Möglichkeit, und die kannten sie beide . . .

»Tja, da liegt der Hase im Pfeffer, Katherine.« Er verzog das Gesicht zu einem leichten Lächeln und gab ihr damit zu verstehen, daß er wußte, worauf sie hinauswollte. Dann ließ er den Blick wieder zum Ufer hinüberschweifen. Rechterhand von ihnen war die Insel von dichtem, einheitlichem Grün bedeckt, das sich fast bis zum Ufer hinunterzog. Dahinter, am Hang der ersten Erhebung im Binnenland, war es durchsetzt mit einzelnen, unauffällig gefärbten Gebäuden, die zu den Plantagen gehörten. Die *Defiance* durchschnitt jetzt die Wellen in nördlicher Richtung, nur wenige hundert Schritt vom weißen Sandstrand entfernt. »Wißt Ihr, ich bin immer wieder überrascht, was für ein winziges Fleckchen Erde Barbados ist.« Er zeigte hinüber zu einer Ansammlung leichtgebauter Holzhäuser, die, halb unter den Palmen verborgen, am Strand zu erkennen waren. »Wenn man etwas weiter aufs Meer hinausfährt, kann man praktisch die ganze Insel von Nord bis Süd überblicken.«

Sie folgte seinem Blick und sah den palmengesäumten Strand, dann wandte sie sich wieder dem Kapitän zu. »Was wollt Ihr damit sagen?«

Er ging nicht auf ihre Frage ein. »Diese Handvoll Hütten, an der wir gerade vorüberlaufen, ist die großartige Stadt Jamestown. Und wenn ich mich recht erinnere, ist das der Standort jenes Baumes, auf den Ihr alle hier so stolz seid.«

Es stimmte. In Jamestown stand eine massige Eiche, in deren Rinde die Inschrift *James, King of E.* eingeritzt war. Und dazu das Datum *1625*. In jenem Jahre war ein englischer Kapitän namens John Powell zufällig auf einer unbewohnten, bewaldeten Antilleninsel gelandet und hatte beschlossen, sie für seinen König in Besitz zu nehmen.

»Dieser Baum verkündet, daß die Insel dem König von England gehört. Nun, das gilt heute nicht mehr. Der König hat nichts mehr zu sagen. Deshalb sagt mir: Wem gehört die Eiche jetzt?«

»Ich will Euch sagen, wem sie *nicht* gehört: Cromwell und dem englischen Parlament.« Katherine versuchte sich vorzustellen, wie es wäre, wenn ihr Traum in Erfüllung ginge. Sollte es Barbados gelingen, sich zu behaupten, so würde sich die Neue Welt grundlegend verändern.

Als sie am Morgen aufgewacht war und vor dem Fenster, durch dessen nur halb geschlossene Jalousien die Sonne schien, die Vögel sangen, war ihr unvermittelt ein großartiger Einfall, ein geradezu revolutionärer Gedanke gekommen. Mit einer Handbewegung war sie über die Bitten ihrer Dienerinnen, die sie drängten, doch erst einmal zu frühstücken, hinweggegangen und hatte Befehl gegeben, unverzüglich Coral zu satteln. Dann war sie ins Landesinnere geritten, wo hohe Eisenholzbäume und Eichen noch immer den Äxten der Siedler trotzten, und auf moosbedeckten Urwaldpfaden zwischen Schlingpflanzen und Orchideen zu der Überzeugung gelangt, daß ihre Idee die einzig richtige war.

Was wäre, wenn alle Engländer der Neuen Welt sich zusammenschlössen und ihre Unabhängigkeit erklärten?

In jenem knappen Vierteljahrhundert, das Katherine Bedford

jetzt auf der Welt war, hatte sich über Nordamerika und die karibischen Inseln ein unablässiger breiter Strom von Einwanderern ergossen. Je zwei von hundert Engländern hatten auf dieser Seite des Atlantiks eine neue Heimat gesucht. Die Siedlungen in Neu-England – um Plymouth an der Bay von Massachusetts herum – kannte Katherine nicht aus eigener Anschauung, doch wußte sie, daß es sich dabei um Außenposten der Puritaner handelte, die der Ansicht waren, die Anglikanische Kirche schmecke zu sehr nach ›Papisterei‹. König Charles hatten die Kolonisten in Neu-England wegen seiner angeblichen Sympathien für die Katholiken seit jeher gehaßt. Von ihnen stand daher nicht zu erwarten, daß sie auch nur einen Finger rührten – allenfalls würden sie die Hände erheben, um den Fanatikern in England, die die Monarchie gestürzt hatten, noch zuzujubeln.

Bei den Siedlungen an der Chesapeake Bay sah das schon anders aus. Die Gründung der Kolonie Virginia beruhte auf Profitstreben, nicht auf Gebetbüchern. Die dort ansässigen Pflanzer hatten schon 1621 eine gesetzgebende Versammlung einberufen – die erste in der Neuen Welt –, und sie waren unternehmungslustige und begeisterungsfähige Leute, die sich der Diktatur in England nicht so ohne weiteres beugen würden. Außerdem gab es einige Tausend Siedler auf Bermuda, die gleichfalls eine Deputiertenkammer eingerichtet hatten. Neuesten Berichten zufolge hatten sie dafür gestimmt, sämtliche Puritaner von der Insel zu verbannen – es war eine gegen Cromwell gerichtete Vergeltungsmaßnahme.

Hugh Winston, der sich einbildete, über alles bestens informiert zu sein, hatte keine Ahnung, daß Bermuda bereits einen geheimen Abgesandten zu Dalby Bedford geschickt hatte, der den Vorschlag unterbreitete, Barbados möge sich ihnen anschließen und zusammen mit Virginia und den anderen Antilleninseln ein Bündnis gegen das englische Parlament bilden. Bermuda vertrat den Standpunkt, die amerikanischen Kolonien sollten sich geschlossen für die Wiederherstellung der Monarchie einsetzen. Die Versammlung der Freisassen von Barbados neigte gleichfalls in diese Richtung, obgleich sie noch hoffte, eine offene Konfrontation vermeiden zu können.

Diese Zurückhaltung war, wie Katherine an diesem Morgen zu erkennen geglaubt hatte, falsch, grundfalsch sogar. Sah denn niemand die große Chance, die sich ihnen bot? Der Zeitpunkt war gekommen, da die reichsten Siedlungen in der Neuen Welt – Virginia, Barbados, St. Christopher, Nevis und Bermuda – sich von England lossagten und einen eigenen, unabhängigen Staat bildeten!

Katherine hatte bis jetzt noch nicht gewagt, mit dieser Idee an ihren Vater heranzutreten; für den war das vermutlich Aufruhr und Meuterei. Und einem Royalisten wie Anthony gegenüber durfte sie schon gar nichts verlauten lassen. Der schlug sich nur für die Monarchie. Sie selbst aber fragte sich, wozu brauchen wir hier auf den Antillen oder sonstwo in der Neuen Welt einen König, noch dazu einen, der so weit entfernt ist? Wir können unsere eigenen Herren sein!

Zunächst jedoch galt es, Cromwell und seinem illegalen Parlament zu zeigen, daß sich die amerikanischen Siedlungen nicht einschüchtern ließen. Wenn Barbados ihnen die Stirn bot, bekam die Idee der Unabhängigkeit vielleicht eine Chance.

»Ich bin gekommen, Euch zu fragen, ob Ihr uns beistehen und mit uns kämpfen würdet. Sofern sich das als notwendig erweist.« Sie spürte, daß ihre Stimme fest und kräftig klang.

Hugh Winston antwortete nicht sofort, sondern sah sie einen Moment lang schweigend an. Als er dann sprach, war es fast ein Flüstern, das über dem Rauschen des Windes kaum zu verstehen war. »Wer genau ist es, der möchte, daß ich mit Euch gegen England kämpfe? Die Versammlung der Freisassen?«

»Nein, ich.«

»Das hab' ich mir gedacht.« War es Ungläubigkeit oder Entsetzen, das ihn den Kopf schütteln ließ? Er prüfte den Stand des Ruders. Als er sich dann wieder Katherine zuwandte, lag Skepsis in seinem Blick. »Ich wette, kein Mensch weiß, daß Ihr hierhergekommen seid, stimmt's?«

»Ich habe das nicht gerade offiziell verkündet.«

»Und das tief ausgeschnittene Mieder, das hübsche Lächeln? Ist das gewissermaßen – Verhandlungsgegenstand?«

»Ich dachte, es könnte nicht schaden.« Furchtlos begegnete sie seinem Blick.

»Gott der Allmächtige! Das nenn' ich einen Einsatz. Da können Cromwell und seine ›Rundköpfe‹ einem regelrecht leid tun.« Schnell wurde er wieder sachlich. »Ich muß schon sagen, ich bin froh, daß es auf Barbados zumindest einen Menschen gibt, dem klar ist, daß diese Insel sich so, wie die Dinge im Augenblick stehen, nicht selbst verteidigen kann . . . Aber warum kommt Ihr ausgerechnet zu mir?«

Die Antwort war ganz einfach. Hugh Winston war der einzige Mensch in ihrer Bekanntschaft, der England genug haßte, um sich loszusagen; für sich hatte er das längst getan.

»Ihr scheint eine Menge von Kanonen und von der Artillerie zu verstehen«, sagte sie langsam, trat näher an ihn heran und stellte beiläufig fest, daß er nach Seewasser, Leder und Schweiß roch. »Habe ich Euch nicht sagen hören, Ihr wüßtet, wie man unsere Verteidigungsanlagen verstärken kann?«

»Damit wären wir also wieder bei den Geschäften.« Verdrießlich rieb er sich seine Narbe. »Nein, das habe ich nicht gesagt, aber wir wissen schließlich beide, wo man die fehlenden Geschütze herbekommen könnte. Jedes Kauffahrteischiff hier in der Carlisle Bay ist mit Kanonen bestückt. Ihr könntet Euch erbieten, sie den Holländern abzukaufen. Oder Ihr nehmt sie ihnen einfach weg. Aber wozu auch immer Ihr Euch entschließt — säumt nicht zu lange! Sobald auch nur ein einziges englisches Segel am Horizont auftaucht, schießen sie aufs Meer hinaus wie ein Schwarm Fliegender Fische.«

»Und wie steht es mit den Kanonen der *Defiance*? Wie viele habt Ihr?«

»Ein paar.« Er lachte und dachte voller Stolz an sein hervorragend bestücktes Geschützdeck: zweiundzwanzig Feldschlangen, Neunpfünder, die Rohre ganz aus Messing, so daß sie nicht zu heiß wurden. Seine Kanoniere hatte er persönlich ausgebildet, jeden einzelnen von ihnen, und er hatte sich im Laufe der letzten fünf Jahre aus mehr denn einem Hafen den Weg freigeschossen. Seine Geschütze konnten binnen Minuten aus den Stückpforten ausgefahren, geladen und gefechtsbereit gemacht werden.

»Meine Kanonen«, sagte er, »stehen Euch selbstverständlich zur Verfügung. Allerdings müßtet Ihr mich da vorher umbringen.«

»Ich hoffe, so weit kommt es nicht.«

»Nun, dann sind wir uns ja einig . . .« Er prüfte den Stand der Sonne, die sich inzwischen dem westlichen Horizont genähert hatte. Dann befahl er seinen Männern, das Stagsegel zu setzen und sagte zu Mewes: »John, übernimm du das Ruder für eine Weile und sag mir dann, was für ein Gefühl du hast. Ich würde meinen, wir schaffen höchstens sechs Strich höher an den Wind – genau so, wie ich vorhin gesagt hab'.«

»*Aye.*« Mewes hatte nicht begriffen, worum es bei der Unterhaltung gegangen war, hoffte jedoch, der Kapitän kam bei dem Weibsbild gut an. »Ich kann Euch gleich sagen, daß diese neue Takelage, die Ihr Euch da ausgedacht habt, aus der wendigen kleinen Fregatte eine schwerfällige Galeone macht.«

»Na, dann hol sie mal rum!« Am Ufer kam jetzt Speightstown, die Siedlung an der Nordspitze der Insel, in Sicht.

»Aber würdet Ihr uns denn wenigstens helfen, wenn die Insel mit einer Blockade belegt wird?« Insgeheim betete sie darum, daß er ja sagte.

»Katherine, könnt Ihr mir sagen, was diese Insel jemals für *mich* getan hat? Und ganz abgesehen davon: Ich muß wirklich zusehen, daß ich so schnell wie möglich von hier fortkomme. Ich kann es mir einfach nicht leisten, mich auf Eure kleinlichen Streitereien mit dem Commonwealth einzulassen.« Er sah sie an. »Jedesmal, wenn ich Barbados einen Gefallen getan habe, hat es hinterher nichts Besseres zu tun gehabt, als mir Nackenschläge zu versetzen.«

»Dann ist es Euch also egal, was hier passiert.« Die Enttäuschung war bitter. Sie spürte sie am ganzen Leib. Alles war umsonst gewesen! Sollte er doch zur Hölle fahren, der Kerl! »Ich muß zugeben, daß ich doch wohl eine zu hohe Meinung von Euch hatte, Kapitän Winston. Ich habe mich geirrt, es tut mir leid.«

»Ich habe meine eigenen Pläne hier in der Karibik. Und die bedeuten mir wesentlich mehr als die Frage, wer gerade auf Barbados und über seine Sklaven das Sagen hat.«

»Entschuldigt, daß ich je mit dieser Bitte an Euch herangetreten bin.«

Winstons Stimme klang unversehens zornig. »Ich möchte Euch einen Vorschlag machen, Katherine. Wendet Euch doch an Euren Gentleman-Verlobten Anthony Walrond! Nach dem, was ich gehört habe, war er im Bürgerkrieg der Held der Royalisten!«

»Aber er verfügt nicht über ein Geschützdeck voller Kanonen.«

»Das nicht. Aber immerhin über Euch, nicht wahr?« Es war ihm, als habe ihm jemand einen unerwarteten Schlag versetzt. Diese Frau gefiel ihm immer besser — viel besser, als ihm im Augenblick lieb sein konnte. Verdammt, das Mädchen besaß Mumm . . . Unvermittelt gab er ihr einen Kuß auf die Wange. »Kommt, da Ihr nun schon mal hier seid . . . Warum stoßen wir nicht auf den Sonnenuntergang an? Und auf die freien Territorien in der Neuen Welt, deren Freiheit alsbald nur noch Geschichte sein wird?« Er sah, wie sie vor Empörung rot wurde, wandte sich um und rief dem Matrosen, der gerade auf dem Niedergang auftauchte, zu: »Los, bring noch eine Flasche Sack!«

Benjamin Briggs stand in der Tür des Trockenhauses und lauschte dem gedehnten »Swiiii« der Langschwänzigen Fliegenschnäpper, die zwischen den Macahuba-Palmen hin und her huschten. Mit der Abenddämmerung legte sich Stille über die Zuckermühle; Schuldknechte wie Sklaven trotteten müde hinunter zu ihren strohgedeckten Hütten, um ihren *loblolly*-Brei einzunehmen. Weiter unten, in der Nähe des Strandes, flatterten Fledermäuse durch die langen Schatten.

Die Sonne stand wie ein Feuerball über dem westlichen Horizont. Ein Segel durchschnitt ihren unteren Rand und erregte die Aufmerksamkeit des Pflanzers. Das war doch Hugh Winstons auf merkwürdig neue Weise getakelte *Defiance*! Er sah ihr eine Weile nach, drehte sich dann achselzuckend um und verschwand im Innern des Trockenhauses, wo es inzwischen fast dunkel geworden war.

Auf Regalbrettern, die sich über die ganze Länge der Wand erstreckten, lagen kegelförmig ausgehöhlte Abschnitte von

Baumstämmen und starken Ästen, in denen der Zucker reifte. Eine Zeitlang sann er über die Kegel nach, sah, wie die Melasse langsam in die Tröge tropfte, und fragte sich, ob er nicht endlich anfangen sollte, dieselben aus Ton herzustellen. Das war billiger und bedeutete vermutlich einen erheblichen Zeitgewinn. Obwohl die Afrikaner offenbar mit Ton umzugehen verstanden – schließlich hatten sie ihn beim Bau ihrer Hütten verwandt –, wußte Briggs, daß er nur Weißen erlauben durfte, die Formen herzustellen. Höhere Handwerkskünste durften die Schwarzen auf Barbados nie erlernen; man durfte ihnen nur monotone, den Geist abstumpfende Arbeiten überlassen. Gestattete man ihnen mehr, so konnte es passieren, daß man ihnen ein wirtschaftliches Druckmittel an die Hand gab und damit eine potentielle Möglichkeit zum Widerstand gegen die Sklaverei. Die Zeit der billigen Arbeitskräfte wäre dann bald vorüber.

Er ging zurück zur Tür und warf einen Blick auf den dunkler werdenden Horizont, doch war Winstons Fregatte inzwischen seinem Gesichtskreis entschwunden. Hugh Winston war nichts Besseres als ein Gauner und Dieb und endete gewiß irgendwann einmal am Galgen. Trotzdem konnte man ihm eine gewisse Bewunderung nicht versagen. Er war einer der wenigen Männer hier, die begriffen, daß man in der Neuen Welt gelegentlich Mut zum Risiko zeigen mußte. Wer nie das Erreichte aufs Spiel setzte, um noch Größeres zu erreichen, würde nie richtigen Erfolg haben. In der Neuen Welt setzte sich ein neuer, ein natürlicher Adel durch – einer, der nicht auf Geburt beruhte, sondern auf Wagemut und Tatkraft.

Heute abend war mutiges Handeln angesagt, und er, Benjamin Briggs, war bereit. Er hatte sein Leben lang getan, was getan werden mußte.

Zum erstenmal geschah dies, als er einunddreißig Jahre alt war. Er war Tabakimporteur in Bristol, hatte eine hübsche Frau mit kastanienbraunem Haar und zwei blauäugige Töchter und war mit sich und seinem Leben zufrieden. Dann hatte er eines Tages die bestürzende Entdeckung gemacht, daß Mary ihn betrog. Die Tatsache alleine, daß es da einen anderen Mann gab, hätte ihn sicher geärgert, aber doch nicht ganz aus der Bahn geworfen – doch daß es sich bei dem Liebhaber um seinen eigenen Kompagnon im Geschäft handelte, gab ihm den Rest.

Am nächsten Tag verkaufte er die Anteile an seiner Firma, bezahlte seine Gläubiger und bestellte eine Kutsche nach London. Seitdem war er nie mehr in Bristol gewesen und hatte weder Mary noch seine Töchter je wiedergesehen.

In London hatte er von einem Konsortium von Investoren gehört, das unter der Federführung von Sir William Courteen eine Anzahl von Pionieren anwarb, die auf einer unbewohnten Antillen-Insel, für die man vom König gerade die Besitzrechte übertragen bekommen hatte, eine neue Siedlung gründen sollten. Wiewohl Benjamin Briggs noch nie etwas von Barbados gehört hatte, schloß er sich der Expedition an. Er war familiär nicht gebunden, hatte keine Stellung und besaß nur ein paar hundert Pfund. Aber er hatte den Mut, dorthin zu gehen, wohin sich zuvor noch kein Engländer gewagt hatte.

Zu achtzehnt waren sie, als sie im Frühjahr 1627 mit der *William and Mary* auf Barbados eintrafen und entdeckten, daß die ganze Insel von einem dichten Regenwald bedeckt war. Tagaus, tagein brannte die Sonne herunter; keiner von ihnen hatte mit einer solchen Hitze gerechnet. Sie wären samt und sonders an ihrer Unerfahrenheit zugrunde gegangen und verhungert, hätten die Holländer ihnen nicht geholfen. Sie beschafften ihnen einen Trupp Arawak-Indianer aus Surinam, die Samen für Pisangfrüchte und Bananen, für Maïs und Maniokwurzeln mitbrachten. Die Indianer waren es auch, die ihnen den Anbau von Baumwolle und Tabak beibrachten, zwei Erzeugnisse, die sich auch verkaufen ließen. Kaum weniger wichtig war es, daß sie den Abenteurern aus London zeigten, wie man ein *hammock* genanntes hängendes Bett knüpfte, um unbehelligt von den beißenden Ameisen schlafen zu können, und wie man Schwelfeuer anlegte, um die Moskitoschwärme fernzuhalten, die sich sonst Nacht für Nacht über einen hermachten. Trotz dieser Unterstützung starb eine ganze Reihe der englischen Pioniere schon im Laufe des ersten Jahres an Auszehrung und Krankheiten. Zu den wenigen, die überlebten, gehörte Benjamin Briggs. Später gelobte er, diese ersten Jahre nie zu vergessen und sich nie mit einer Niederlage abzufinden.

Die Sonne war inzwischen fast verschwunden; ihre letzten schrägen Strahlen fielen durch das offene Flechtwerk des Trokkenhauses und warfen zitternde Schattenmuster auf den hartgestampften Lehmfußboden. Briggs betrachtete seine schwieligen Hände, verfolgte das Spiel von Licht und Schatten auf der wettergegerbten Haut und dachte an all die viele Arbeit, die er ihnen im Laufe der Jahre zugemutet hatte.

In den ersten drei Jahren hatten seine Hände die Axt geschwungen, Land urbar gemacht – und sich dem Stiel einer Hacke angepaßt. Zusammen mit seinen fünf neuen Schuldknechten baute er Indigo an. Kein Penny war ihm verblieben, als die Indigosträucher in zwei aufeinanderfolgenden Jahren von tobenden Herbststürmen, welche die karibischen Indianer *huracán* nannten, buchstäblich davongeschwemmt wurden. Danach hatte er seine Leute Baumwolle anbauen lassen, binnen fünf Jahren die Verluste durch den Indigo wettmachen und weiteres Land erwerben können. Aber noch immer war Hunger eine durchaus gegenwärtige Gefahr, und noch immer, fast zehn Jahre nach seinem Eintreffen in der Karibik, hauste er in einer Hütte aus gespaltenen Baumstämmen.

Wieder betrachtete er seine Hände und entsann sich, wie sie damals von den Geldverleihern in London hohe Summen geborgt hatten, die gerade dazu reichten, den Übergang von der Baumwolle zum Tabak zu ermöglichen. Mit dem Tabak nun war er ein bißchen besser gefahren, aber mehr als die Rückzahlung des geliehenen Geldes nebst Zinsen war beim besten Willen nicht drin, von Gewinnen noch immer keine Rede gewesen . . .

Wenngleich es ihm im Laufe der Jahre gelungen war, mehr und mehr Land an sich zu bringen – und zwar von Nachbarn, die weniger umsichtig wirtschafteten als er –, hatte er bei aller Mühe und Schufterei nur ein bescheidenes Vermögen vorzuweisen. Er hatte sogar mehrfach daran gedacht, nach London zurückzukehren, um sich wieder dem Handel zuzuwenden, sich dann jedoch jedesmal an sein Gelöbnis erinnert, schließlich erneut Geld geborgt – diesmal von den Holländern – und es ein letztesmal aufs Spiel gesetzt. Auf Zucker.

Er kratzte eine dünne Schicht von einem der Tröge und rieb

die lohfarbenen Kristalle zwischen den Fingern. Endlich hatte er etwas vorzuweisen, war belohnt für zwei Jahrzehnte voller Blasen, Schrunden und Entbehrungen.

Jetzt lag eine Prise Zucker auf seiner schwieligen Daumenkuppe. Er leckte sie ab und ließ die volle Süße auf seiner Zunge zergehen. Das war der Geschmack der Karibik, der Geschmack der Neuen Welt, in der jeder Neuankömmling die gleichen Startchancen hatte.

Über England war in jüngster Zeit ein neuer Geist dahingefahren. Der König war enttrohnt, das Oberhaus des Erbadels abgeschafft worden. Das Volk hatte sich erhoben – und daraus hatte sich eine Reihe neuer Risiken ergeben, mit denen zunächst partout nicht zu rechnen gewesen war: Die Siedlungen in Amerika wurden mit einem Male überschwemmt von Menschen, die England nicht mehr haben wollte. Es waren vor allem verbannte Aristokraten wie die Walronds, die sich ihren Weg nach Barbados erkauft hatten. Und wenn es nach denen ginge, so würden eher heute als morgen die alten Klassenprivilegien in der Neuen Welt fröhliche Urständ feiern.

Ausgerechnet diesen Leuten nun – und das war der Gipfel der Ironie – standen in den amerikanischen Kolonien die neuen demokratischen Institutionen zu Gebote. In der Freisassen-Versammlung von Barbados setzten sie sich lautstark dafür ein, die Oberhoheit des englischen Parlaments nicht anzuerkennen, weil sie auf diese Weise dessen Sturz und die Wiederherstellung der Monarchie zu beschleunigen hofften. Ja, es war noch schlimmer: Die Freisassen-Versammlung, ein schwankendes Rohr im Wind der Rhetorik, war drauf und dran, diesem Wunsch zu willfahren.

Man mochte zu Cromwell stehen, wie man wollte – aber wer sich dem Parlament widersetzte, der schwamm gegen den Strom und riskierte zudem einen Krieg. Die notwendige Zusammenlegung des zersplitterten Landbesitzes auf Barbados sowie die unerläßliche Umstellung der Wirtschaft auf den Anbau von Zuckerrohr und nichts anderem würden unterbrochen und hinausgezögert, ja möglicherweise völlig undurchführbar werden.

Wie hat es nur so weit kommen können? fragte er sich immer wieder. Ausgerechnet jetzt! Wo man endlich die Annehmlichkeiten des Lebens kosten konnte – ein anständiges Haus, gutes Essen, eine Frau, die einem die Nächte erträglich machte . . .

An eine neue dauerhafte Bindung hatte er nie gedacht. Einmal genügte! Gleichwohl hatte er immer dafür gesorgt, irgendein hübsches irisches Mädchen im Haus zu haben, um sich die Mühe und die Ausgaben regelmäßiger nächtlicher Ausflüge nach Bridgetown zu ersparen.

Der kluge Mann ließ bei der Auswahl einer Magd, die auf Barbados eine Strafe abzuarbeiten hatte, nicht minder Vorsicht walten als beim Erwerb einer Zuchtstute. Ein robustes, frisches Mädchen mochte ein paar Shilling mehr kosten, doch war das Geld wohl angelegt, schließlich war die Frau die einzige Entschädigung für all das Elend und die Plackerei.

Die erste, eine Rothaarige, hatte er vor vielen Jahren direkt von einem Schiff aus London gekauft – und war erst zu Hause darauf gekommen, daß er hereingelegt worden war, denn das Weibsbild hatte ganz eindeutig die Franzosenseuche. Zu ihrem Werdegang, so stellte sich heraus, hatten nicht nur das Gefängnis von Bridewell gehört, sondern auch noch die Schenken der Turnbull Street. Er hatte nicht lange gefackelt, sondern sie sofort zur Arbeit auf den Feldern geschickt, um sich drei Monate später eine neue anzuschaffen. Es war eine kaum siebzehnjährige Irin, und diesmal hatte er aufgepaßt. Sie hatte ihre Schuld – fünf Jahre – bei ihm abgedient und dann eine Stelle in einem Wirtshaus in Bridgetown angenommen. Er hatte sie seither nicht wiedergesehen und verspürte danach auch keinerlei Verlangen. Von nun an hielt er sich jedoch stets eine Magd im Haus, die er, sobald er ihrer überdrüssig war, aufs Feld schickte und durch eine andere ersetzte.

So war es gewesen bis zu jener Reise nach Pernambuco. Brasilien war für Benjamin Briggs in mehr als einer Beziehung eine Offenbarung. Eines mußte man den Papisten lassen – vom guten Leben verstanden sie eine ganze Menge. Außerdem hatten sie dort einen sinnlich-südlichen Frauentypus hervorgebracht, die *mulata*. Eine hatte er ausprobiert, in einer Schenke – und sofort danach beschlossen, daß nun der Zeitpunkt gekommen sei, sich wirklich das Beste zu leisten. Ich habe hart gearbeitet, sagte er sich; ich habe es mir verdient.

Ein Kontraktsystem für Knechte und Mägde wie in den britischen Kolonien gab es in Pernambuco nicht, und so hatte er sich dann für erheblich teureres Geld eine Sklavin gekauft. Bis heute ärgerte er sich über diese Dummheit. Widerspenstigkeit bei Kontraktmägden war nichts Neues. Wie man die aus ihnen herausprügelte – sogar aus Irinnen –, das hatte er in der Vergangenheit gelernt. Diese *mulata* jedoch hatte es sich irgendwie in den Kopf gesetzt, Gott habe sie zu Höherem erschaffen, und dazu gehörte auch ihr hochmütig-lusitanisches Getue. Der Plan, sie wieder loszuwerden, lief bereits.

Sie war zusammen mit dem ersten Zuckerrohr aus Pernambuco gekommen; jetzt sollte sie zusammen mit dem ersten Zucker in Bridgetown verkauft werden. Er hatte sogar schon einen Käufer im Auge, der ein Anfangsgebot von achtzig Pfund abgeben würde.

Hugh Winston gegenüber hatte er sogar angedeutet, er könne die *mulata* als Teilzahlung für die Wechsel betrachten, doch Winston hatte nicht angebissen. Ihm gehe es nur um Männer und um Proviant und um sonst gar nichts, hatte er erklärt.

Winston! Daß Gott ihn mit Blindheit schlage . . .

Schritte knirschten auf dem Kies, und als er sich umdrehte, sah Briggs im Dämmerlicht eine Reihe Pflanzer näherkommen, einen hinter dem anderen, allesamt mit dunklen Hüten auf dem Kopf und gekleidet in farblose Röcke. Schnaufend stapften sie den Hang empor. Schnell rechnete er aus, wieviel der nutzbaren Fläche auf der Insel jetzt von ihm und den anderen elf Ratsmitgliedern kontrolliert wurde. Tom Lancaster besaß zwölfhundert Morgen hügeligen Landes im Pfarrsprengel St. George, Nicholas Whittington über tausend Morgen des besten Landes der Pfarrei Christ Church. Edward Bayes nannte über neunhundert Morgen im äußersten Norden der Insel sein eigen, wo er sich erst kürzlich ein neues Herrenhaus errichtet hatte. John Tynes gebot über ein Drittel des urbaren Landes auf der dem Wind zugekehrten Ostküste. Die Güter der anderen waren etwas kleiner; zusammengenommen verfügten die zwölf Ratsmitglieder jedoch über weit mehr als die Hälfte des guten Zuckerlands von Barbados. Was ihnen noch fehlte, war der Rest.

»Euer Diener, Sir!« Die Pflanzer erwiderten seinen Gruß im Chor und betraten das dunkle Trockenhaus. Alle waren sie allein gekommen, ohne Knechte oder sonstige Begleitung, und Briggs seinerseits hatte seiner Dienerschaft befohlen, sich an diesem Abend vom Trockenhaus fernzuhalten.

»Großer Gott, so viel schon?« Voller Bewunderung stieß Bayes einen leisen Pfiff aus und rieb sich die Hängebacken, während sein Blick über die lange Reihe der Trockenmulden glitt. »Ihr habt da ja schon ein kleines Vermögen in diesem Raum liegen, Sir. Vorausgesetzt, das wird tatsächlich alles zu Zucker und bleibt nicht nur Melasse wie bisher.«

»Es wird weißer Zucker sein, verlaßt Euch darauf. Und er wird so fein sein, wie selbst die Portugiesen es kaum fertigbringen.« Briggs holte aus einem Schrank zwei braune Flaschen Teufelstöter und ein Tablett voller Krüge. »Es erhebt sich allerdings die Frage, meine Herren, ob wir erleben werden, wie unser Zucker verkauft wird.«

»Ich verstehe Euch nicht, Sir.« Whittington griff nach einer Flasche und schenkte sich ein. »Sobald wir genügend auskristallisiert haben, verkaufen wir es an die Holländer. Oder wir verschiffen den Zucker selber nach London.«

»Ich nehme doch an, auch Euch sind die Gerüchte zu Ohren gekommen, die unter den Holländern umlaufen? Daß uns ein Embargo droht?«

»*Aye*, Sir, aber das sind doch nichts weiter als Gerüchte. Es wird bestimmt kein Embargo geben, das verspreche ich Euch. Die Durchführung wäre doch viel zu teuer.«

»Leider ist es mehr als nur ein Gerücht. In dem Postpaket, das gestern mit der *Rotterdam* kam, befand sich auch ein Brief von meinem Makler in London. Er erachtete es für nötig, dieses Dokument beizulegen.« Briggs zog eine dünne Papierrolle aus seinem Wams. »Es handelt sich um die Kopie eines Gesetzentwurfs, der vom Staatsrat vorbereitet wurde und so, wie er ist, zur Abstimmung an das Unterhaus geschickt werden soll. Mein Makler hat sie eigens für mich anfertigen lassen.« Er reichte das Papier Whittington, der es entrollte und im flackernden Schein eines Windlichts zu entziffern versuchte. Briggs schwieg einen

Moment und fuhr dann fort: »Dem Gesetz zufolge unterliegt jeder Schiffsverkehr von und nach Barbados dem Embargo, bis die Freisassen-Versammlung per Abstimmung unsere Zugehörigkeit zum Commonwealth bestätigt hat. Cromwell war sich der Verabschiedung des Gesetzes so sicher, daß er schon vorab eine Kriegsflotte ausgeschickt hat, die an Ort und Stelle über die Einhaltung der Bestimmungen wachen soll. Wie man hört, wird die Flotte von der *Rainbowe* angeführt, die das Flaggschiff des Königs war, bis Cromwell sich ihrer bemächtigte. Sie ist mit fünfzig Kanonen bestückt.«

Ungläubiges Schweigen erfüllte den Raum.

Whittington fand als erster seine Stimme wieder. »Und Ihr sagt, das Gesetz wird verabschiedet?«

»Der Entwurf war bereits ans Unterhaus weitergeleitet worden, und der Brief meines Maklers ist vier Wochen alt. Aller Wahrscheinlichkeit nach *hat* man es inzwischen längst verabschiedet. Und während wir hier miteinander reden, ist die Flotte mit der *Rainbowe* an der Spitze vermutlich schon unterwegs.«

»Wenn Cromwell wirklich so weit geht, können wir einpakken.« Tynes rieb sich den Hals und trank einen Schluck. »Was, meint Ihr, bleibt uns zu tun?«

»So, wie ich die Dinge sehe, bleiben uns zwei Wege offen.« Mit einer Handbewegung forderte Briggs die Männer auf, auf einer Reihe von Fässern Platz zu nehmen, die er eigens zu diesem Zweck hatte aufstellen lassen. »Die eine Möglichkeit wäre, die Hände in den Schoß zu legen und abzuwarten. In dem Fall werden die Royalisten schon dafür sorgen, daß die Versammlung der Freisassen sich gegen das Unterhaus ausspricht und für Charles II. Partei ergreift.«

»Das bedeutet Krieg mit England! Gott steh uns bei!« Lancaster nahm den Hut ab und fuhr sich mit der Hand über die Stirn.

»*Aye*. Einen Krieg überdies, der Cromwell *zwingen* wird, eine Armee zu schicken, um die Insel zu unterwerfen – falls er es bislang noch nicht getan hat. Wahrscheinlich werden seine Truppen versuchen, hier zu landen und die Insel zu besetzen, was hinwiederum zur Folge haben dürfte, daß die Versammlung jeden kampffähigen Mann auf Barbados zu den Waffen rufen wird, also die gesamte Bürgerwehr *und* die Schuldknechte. Das Zuckerrohr würde derweilen auf den Feldern verrotten — falls es bis dahin nicht schon zu Asche verbrannt ist.«

»Grundgütiger Jesus!« Whittingtons Gesicht wurde immer länger. »Das könnte uns um Jahre zurückwerfen!«

»*Aye*. Und wer weiß, wie sich die Schuldknechte und die Sklaven verhalten werden? Wer wird in einer solchen Lage noch auf sie aufpassen können? Wenn wir uns hier auf einen Krieg vorbereiten müssen, dann ist auf Barbados kein freier Mann mehr seines Lebens sicher. Zahlenmäßig sind wir diesen irischen Papisten und den Afrikanern weiß Gott weit unterlegen.«

»*Aye*. Je mehr Schuldknechte und Sklaven einer hat, desto gefährdeter ist er.« Lancaster dachte mit Bestürzung daran, wie schlecht es in seinem klapprigen Holzhaus um die Sicherheit bestellt war. Siedend heiß fiel ihm ein, daß er nur über drei einsatzfähige Musketen verfügte.

»Nun, Gentlemen, der andere Weg, der uns offensteht, wäre eine gütliche Einigung mit dem Parlament. Zugegeben, das ist ein bitterer Trank, aber er bewahrt uns vor der Anarchie und möglicherweise vor einem Aufstand.«

»Aber die Freisassen werden sich nie für das Commonwealth entscheiden. In der Versammlung sind die Sympathisanten des Königs in der Mehrheit.«

»Noch besteht Hoffnung, Whittington. Wir könnten auf die Freisassen einwirken.« Briggs wandte sich an Tynes, einen kleinen, tiefgebräunten Pflanzer mit harten Augen. »Wie viele Männer habt Ihr in Eurem Regiment?«

»Dreißig Offiziere und ungefähr zweihundert Mann.«

»Wie lange dauert es, sie in Kampfbereitschaft zu versetzen?«

»In Kampfbereitschaft, Sir?« Er sah Briggs verständnislos an. »Wozu? Wir sind eine Bürgerwehr. Unsere Aufgabe ist es, die Insel gegen Angriffe der Spanier zu verteidigen.«

»Diesmal sind es aber nicht die Spanier, die uns Sorgen machen! Es gibt zur Zeit eine Gefahr, die sehr viel unmittelbarer ist. Ich nehme an, meine Herren, daß wir uns darüber einig sind, oder?« Briggs sah sich um. »Nach meiner Überzeugung vertritt die Versammlung der Freisassen von Barbados nicht mehr die

Interessen dieser Insel. Und zwar aus einer ganzen Reihe von Gründen.«

»Ist ihre Amtszeit nicht ohnehin begrenzt?« Lancaster sah Briggs fragend an. »Ich kann mich an den Wortlaut des Gesetzes nicht erinnern.«

»Gentlemen, wir parlieren hier nicht über die Auslegung von Gesetzen, sondern unterhalten uns über die Zukunft der Insel. Auf der einen Seite besteht Kriegsgefahr. Davon abgesehen, ist es aber auch an der Zeit, endlich einmal darüber zu reden, wie man es schafft, unser Gemeinwesen nach wirtschaftlichen Grundsätzen zu verwalten. Ihr könnt Euch darauf verlassen, daß jeder von uns zu Wohlstand und Reichtum gelangen wird. Voraussetzung ist jedoch, daß wir freie Hand bekommen, ein paar Veränderungen vorzunehmen.« Er trank einen Schluck Teufelstöter und stellte den Krug ab.

»Was wollt Ihr damit sagen?« Verwirrt sah Lancaster ihn an.

»Nun, Sir, unser Hauptproblem ist doch, daß wir im Augenblick eine Interessenvertretung haben, die eindeutig die kleinen Freisassen bevorzugt. Was weiter auch kein Wunder ist, da dank Dalby Bedford jeder Mann volles Stimmrecht besitzt, der fünf Morgen Land sein eigen nennt. Fünf Morgen! Das sind natürlich nicht die Leute, die auf Barbados das Sagen haben dürften. Das weiß ich, und das weiß jeder andere in diesem Raum auch.«

»Trotzdem – sie sind nun mal gewählt worden.«

»Aber das war vor dem Zucker! Überlegt doch mal! Die kleinen Freisassen in der Versammlung kapieren doch überhaupt nicht, daß diese Insel nicht bloß besiedelt worden ist, um einen Haufen Kleingärten anzulegen. Fünf Morgen! Beim Blute Christi, ich selbst habe allein tausend Morgen urbar gemacht. Und als ich das tat, ging ich selbstverständlich davon aus, daß ich eines Tages wissen würde, *wozu* ich das tat. Tja, und heute weiß ich das.«

»Worauf wollt Ihr hinaus?« Bayes besah mit zusammengekniffenen Augen die lagernden Zuckerhüte.

»Nun, seht Euch doch mal um. Diese Insel könnte die beste Zuckerplantage der ganzen Welt sein. Schon heute behaupten die Holländer, sie sei besser als Brasilien. Nur muß das verfügbare

Land möglichst ertragreich genutzt werden. Wenn es uns gelingt, den Besitz der kleinen Freisassen zusammenzulegen, dann können wir die Insel zum reichsten Ort der Erde machen. Und genau das begreift die Freisassen-Versammlung nicht. Die sind imstande und führen lieber Krieg, als daß sie den Versuch unternehmen, hier Wohlstand zu schaffen.«

»Und was schlagt Ihr vor?« fiel Lancaster ihm, plötzlich hellwach, ins Wort.

»Wie wäre es, wenn wir im wohlverstandenen Interesse der Insel das Heft selbst in die Hand nähmen?« Briggs senkte die Stimme. »Wir können unmöglich zulassen, daß die Versammlung gegen das Commonwealth stimmt und uns damit die Navy auf den Hals holt. Diesem Aberwitz muß ein Riegel vorgeschoben werden.«

»Und wie wollen wir das anstellen?« Tynes Stimme verriet Unsicherheit.

»Indem wir den Ereignissen vorgreifen.« Briggs ließ den Blick in die Runde schweifen. »Gentlemen, ich behaupte, es geschähe zum Wohle aller freien Engländer auf Barbados, wenn wir den Gouverneur vorübergehend unter unseren Schutz nähmen. Die Versammlung wäre damit handlungsunfähig, und wir könnten uns darauf konzentrieren, dem Parlament Vernunft beizubringen.«

Tynes trat voller Unbehagen von einem Fuß auf den anderen. »Ihr meint also, wir sollten das Gesetz selbst in die Hand nehmen.«

»Das kommt drauf an, wessen Gesetz Ihr meint. Nach Ansicht des englischen Parlaments entbehrt unsere Freisassen-Versammlung ohnehin jeder legalen Grundlage, da sie die Oberhoheit des Unterhauses bislang nicht anerkannt hat. Wir würden nichts anderes tun, als vollendete Tatsachen respektieren.«

»Ich kann nur sagen, unsere Insel wäre wohl beraten, sich zumindest im Augenblick weder Cromwell noch das Parlament zu Feinden zu machen.« Whittington musterte die Gesichter der Anwesenden. »Und wenn die Versammlung einfach nicht den Weitblick besitzt, um die richtige Entscheidung zu treffen . . .«

»Der Plan läuft darauf hinaus, den Gouverneur zu entmachten

und die Versammlung aufzulösen«, ließ Lancaster sich vernehmen. »Und dazu haben wir keine echte Befugnis . . .«

»Wir haben aber etwas anderes, und das zählt mehr, Sir.« Briggs wich dem sorgenvollen Blick seines Vorredners nicht aus. »Und zwar eine Verpflichtung – die Verpflichtung, für die Zukunft der Insel Sorge zu tragen.«

Was wir im Moment hier brauchen, dachte Benjamin Briggs bei sich, ist eine verantwortungsbewußte Führung. Wenn der Rat die Insel ausliefert, wird uns Cromwell als Quidproquo die interne Handlungsfreiheit einräumen müssen. Wir werden dann so regieren können, wie wir es für richtig halten. Die Freisassen-Versammlung ist vom Parlament nie autorisiert worden, und das ist ganz gut so. Sie ist ohnehin überflüssig wie ein Kropf . . .

Welche Ironie des Schicksals! Barbados kann nur prosperieren, wenn es sich ergibt! Leisten wir Widerstand und kämpfen wir, so können wir die Niederlage allenfalls herauszögern und haben danach nicht mehr die geringste Chance, über die Gestaltung unserer Zukunft mitzuentscheiden. Und auch langfristig gesehen, ist es das beste, für alle von uns, ob reich oder arm. Wo Reichtum ist – und der kommt, sobald wir die kleinen Freisassen ausgebootet und die Insel in eine einzige, leistungsstarke Zuckerplantage verwandelt haben –, profitieren alle davon. So wie die Melasse hier aus den Zuckermulden tropft, wird er nach unten weitergegeben, und selbst für diejenigen, die es gar nicht verdient haben, fällt dabei etwas ab. So und nicht anders müssen sich die Dinge in der Neuen Welt entwickeln, wenn wir überhaupt vorankommen wollen . . . Aber ein Schritt nach dem anderen. Erst mal gilt es, die Sache mit Bedford und der Versammlung zu bereinigen . . .

»Haben wir denn die Männer für ein solches Vorhaben?« Lancaster stellte seinen Krug auf ein Faß und sah zögernd auf.

»Die Bürgerwehr hört bereits auf unser Kommando. Und meiner Meinung nach stehen auch die Offiziere auf unserer Seite, denn das sind lauter Männer mit beachtlichem Landbesitz. Die kleinen Freisassen und andere freie Bürger sollten wir dagegen wohl nicht zu mobilisieren versuchen. Wenn wir noch mehr Leute brauchen, werden wir uns an unsere Schuldknechte halten müssen.«

Whittington holte tief Atem. »Darin liegt eine gewisse Schwierigkeit, Sir. Vergeßt nicht, daß ein Großteil der Leute übermorgen an Winston überschrieben werden soll. Und damit werden die Arbeitskräfte rar. Auf meiner Farm jedenfalls gibt es danach kaum mehr als ein halbes Dutzend Christenmenschen – alles andere sind Afrikaner.«

»*Aye*«, pflichtete Lancaster ihm bei, »auch bei mir wird er sich die besten raussuchen.«

Briggs leerte seinen Krug und griff erneut zur Flasche. »Winston wird warten müssen. Wir werden die Überschreibung vertagen, bis die anderen Dinge geregelt sind. Und wenn ihm das nicht paßt, kann er sich meinetwegen auf den Kopf stellen.«

Sechstes Kapitel

Ein leichter Luftzug bewegte die Querstreben der Jalousien vor dem Schlafzimmerfenster, und über die Rundungen ihres nackten, mandelfarbenen Leibes tanzte das Licht des Mitternachtsmondes. Wie in jeder Nacht entführte sie der Schlaf nach Pernambuco, in jenen weißgetünchten Raum, der nach Frangipani duftete und an dessen Lehmwänden in mondhellen Nächten sanfte Schatten Pirouetten drehten.

Lautlos und langsam verdunkelt sich der Mond, ein Schatten wölkt auf im stickigen Raum und verdichtet sich im Traum zur hochaufragenden Gestalt des uralten *babalawo*. Dann streicht etwas über ihr Gesicht. Es ist wie eine ehrfürchtige Liebkosung, und Sanftheit und Wohlgeruch sind in dieser Berührung wie in einem linnenen Tuch mit einem Hauch Wildbeerenduft daran. Ein honigsüßer Geschmack ist plötzlich in ihrem Traum, und sie spürt, wie sie tiefer und tiefer im Schlaf versinkt, da seine Arme sie umfangen und er sie mit leisen Yoruba-Worten umschmeichelt.

Ihr Leib scheint zu schweben, der Traum sich zu vertiefen, die Welt aus Licht und Schatten winkt sie herbei und verschlingt sie, indes die wohlige Weiche des Bettes entschwindet.

Jetzt spürt sie den weichen Stoff ihres Baumwollkleids an den

Brüsten, und sie ahnt die Hände, die es ihr überstreifen. Und schon wird sie emporgetragen, hinan zum wartenden Mond, lautlos vorüber an den Fensterläden und über das Dach . . .

Sie erwachte, als der Mann, der sie auf den Armen trug, unversehens in den Hof hinuntersprang. Sie blickte zu ihm auf, und einen Moment vermeinte sie, er sei tatsächlich der alte Priester in Brasilien – da waren dieselben Sippenzeichen auf der Wange, die gleichen brennenden Augen . . . Dann aber wurde ihr bewußt, daß dies Gesicht jünger war und zu einem anderen Mann gehörte, der ihr aus jüngeren Träumen vertraut war.

Sie wehrt sich, will fliehen, doch wieder legt sich ihr das Tuch übers Gesicht, das mit einer berauschenden Essenz getränkt ist, und die schwere, erstickende Süße schickt ihre Gedanken zurück in die Leere des Traums. Überragt von der Gestalt, die sie auf den Armen trägt, gleiten die Mauern vorüber, die den Hof umfrieden. Du bist schön wie Oshun, die geliebte Gattin Shangos, sagen ihr seine Yoruba-Worte, und wir werden heute nacht unter den Orisa weilen, den mächtigen Göttern, die im Wald und im Himmel leben . . . Für einen Moment vertreibt die kühle Nachtluft die betörende Süße des Tranks, mit der dieser *babalawo* ihre Sinne trübt, und sie spürt das Spiel seiner Muskeln auf ihrem Körper. Ohne Bedenken klammert sie sich an ihn, Furcht und Verwirrung verschmelzen mit dem uralten Trost, den sein warmer, pulsierender Körper spendet, und nochmals vereint sich ihr Geist mit dem Dunkel der Nacht . . .

Atiba deutete auf das Meer hinunter, eine im Mondlicht schimmernde Weite am Fuß des zum Strand abfallenden Hügels. »In Ife sagen wir: ›Das Dunkel der Nacht ist tiefer als der Dämmerschatten des Waldes.‹ Begreifst du, daß die Ketten an deinem Herzen stärker sein können als die Ketten an deinem Körper?«

Sein Blick verweilte auf dem matten Glanz des Mondlichts in ihrem Haar. Er mußte plötzlich an eine Yoruba-Frau denken, die er einst geliebt hatte, nicht eine seiner Gemahlinnen, sondern eine ungewöhnlich großgewachsene Frau, die im königlichen Hof von Ife Dienst tat. Mit ihr hatte er sich heimlich getroffen, nachdem seine Frauen in den Kriegen getötet worden waren.

Irgend etwas in dem feinen Gesicht der *mulata* ließen die Erinnerungen an die ehemalige Geliebte besonders lebendig werden. Auch sie war von einem starken Willen beseelt gewesen: Ob diese hier wohl auch Shango heilig war . . .?

»Sklave wird man nur, wenn man *sein Volk* aufgibt.« Seine Stimme wurde ganz sanft, war kaum mehr als ein Flüstern. »Wie lautet dein Yoruba-Name?«

»Ich bin keine Yoruba!« Serinas Antwort kam barsch, sie versuchte nicht, ihre Wut zu verbergen. Ihr war kalt, und sie hatte die Knie angezogen und die Arme darum geschlungen. Nun zog sie das Kleid enger um sich und versuchte, einen klaren Gedanken zu fassen. An den Pfad, über den er sie durch Wälder und Felder hergetragen hatte, hatte sie nur noch eine verschwommene Erinnerung, und sie hatte lange gebraucht, bis ihr klar war, daß sie auf einem Hang saßen und weit übers Meer hinschauten. Atiba saß neben ihr, angetan nur mit einem blauen Hemd und dem Lendentuch. Sein Profil bildete eine scharf konturierte Silhouette vor dem Mond.

»Sag das nicht. Man muß wissen, wer man ist. Wenn man es nicht weiß, wird man immer Sklave bleiben.«

»Ich weiß, wer ich bin! Ich bin eine *mulata*, bin Portugiesin und keine Afrikanerin.« Sie senkte den Blick und wünschte plötzlich, ihre Haut wäre weißer. Meine Haut hat die Farbe welken Laubs, dachte sie schamerfüllt, ist von der Farbe unfruchtbaren Bodens. Dann packte sie den Saum ihres Kleids und besann sich wieder ihres Stolzes. »Ich bin keine *preta*. Was sollte mir da ein afrikanischer Name?«

Abermals wallte Zorn in ihr auf und vertrieb das Gefühl der Hilflosigkeit. Dieser unwissende *preto* holt mich da mir nichts dir nichts aus dem Bett, verschleppt mich wie ein Beutetier an diesen gottverlassenen Ort, wo man nichts anderes hört als das Rauschen des Meeres! Welch eine Unverfrorenheit, mich, eine hochgeborene *mulata*, einfach zu rauben! Ich lasse mich nicht mit Schwarzen ein. Ich bin . . . fast . . .weiß!

Ein Windstoß fuhr ihr durchs Haar und wehte es ihr über die Wangen. Die Nachtluft schien ihr plötzlich von Wohlgeruch erfüllt, fast wie er dem Tuch entströmt war, von einem wilden

Duft, der ihren Zorn mäßigte und das Gefühl der Erniedrigung, das sie empfand, vertrieb. Einen Moment lang spürte sie, wie verbotene Gedanken von ihr Besitz ergriffen, Gedanken an Dinge, die in der Nacht möglich waren, an verschwiegene Stunden, in denen die Regeln des Tages ihre Gültigkeit verlieren und geopfert werden können. Und wieder wurde sie sich der Wärme des Körpers neben ihr bewußt, der da hockte und wartete – regungslos wie die Bäume unten am Fuß des Abhangs.

Wenn ich seine Gefangene bin, geschieht nichts, was er mir antut, mit meinem Einverständnis. Wie kann ich ihn daran hindern? Andererseits – worauf wartet er?

»Wer einen Yoruba-Namen hat, besitzt etwas, was die *brancos* nie besitzen werden.« Wieder liebkoste er sie mit den Blikken. Obwohl sie so hellhäutig war, hatte er sie vom ersten Augenblick an begehrt – und das gleiche Begehren in *ihren* Augen erkannt, gebändigt nur von ihrem Stolz. Woher kam er nur, dieser Stolz? fragte er sich. Sie hatte allenfalls Grund, sich ihrer blassen, farblosen Haut zu schämen. In den Höfen von Ife würden die Frauen sich über sie lustig machen und sagen, der Mond werde kommen und gehen, und sie könne nur ihre Füße netzen – unfruchtbar. Kein Mann würde eine schwächliche Albinofrau erwählen, die Schlafmatte mit ihm zu teilen.

Und mehr noch – trotz ihrer feinen englischen Kleider und ihres weichen Bettes war sie doch zehnmal mehr eine Sklavin, als er jemals Sklave sein konnte. Nur – wie machte man ihr das begreiflich?

»Sklave wird man nur, wenn man die Lebensart des eigenen Volkes aufgibt. Selbst wenn dein Vater ein *branco* war – geboren hat dich eine Yoruba-Frau. Auch du kannst noch immer eine Yoruba sein. Dann bist du etwas und hast etwas.« Die kräftigen Hände, die Serina hierhergetragen hatten, spielten jetzt müßig im Gras. »Du bist nicht das Eigentum des *branco*, es sei denn, du *willst* es sein. Wer Sklave sein will, muß sich erst unterwerfen und dem *branco* seine Seele ausliefern. Weigerst du dich und besinnst dich deines eigenen Volkes, dann kann er dich nie zu einer echten Sklavin machen. Dann besitzt er nur deinen Körper und verfügt über die Arbeit deiner Hände.

Erst an dem Tag, da du dies begreifst, wirst du wieder ein Mensch sein.«

»Du irrst.« Sie richtete sich auf. »Hier in der Karibik bist du, was der *branco* dir zu sein befiehlt. Du wirst nie ein Mensch sein, es sei denn, er sagt, du bist's.« Ihr Herzschlag hatte sich ein wenig beschleunigt, und abermals redete sie sich ein, nach diesem *preto* kein Verlangen empfinden zu wollen, weder jetzt noch später, nie. »Und willst du wissen, warum? Weil deine Haut schwarz ist. Für die *Inglês* ist Schwarz die Farbe des Bösen. Sie haben gelehrte Bücher, in denen steht, der Christengott habe die Afrikaner schwarz gemacht, weil sie Ausgeburten des Bösen seien und kaum noch als Menschen zu bezeichnen. Sie behaupten, die Schwärze deiner Haut sei das Spiegelbild deiner schwarzen Seele . . .« Serina wandte den Blick ab, empfand erneut tiefe Scham ob der leichten Tönung ihrer Haut, dieses untrüglichen Zeichens einer Verwandtschaft mit dem *preto* neben ihr. Dann fuhr sie fort und wiederholte mit Bitterkeit im Herzen die Dinge, die die Gottesgelehrten der Puritaner jetzt überall in den Kirchen der Insel verkündeten: »Die *Inglês* behaupten, Afrikaner seien keine Menschen, sondern Wilde, Wesen zwischen Mensch und Tier. Und weil das so ist, erklären ihre Priester, sei es der Wille ihres Gottes, daß sie Sklaven seien . . .«

Es war ihre Absicht gewesen, ihn noch mehr zu ärgern und all die Wut und die Schmähungen an ihm auszulassen, die sie so oft über sich selbst hatte ergehen lassen müssen. Doch die Weichheit der Yoruba-Worte in ihrem Mund ließ alles weit weniger scharf und verletzend klingen, als sie vorgehabt hatte. Atiba lächelte nur, als sie fortfuhr: »Und jetzt befehle ich dir, mich zurückzubringen, ehe Master Briggs meine Abwesenheit bemerkt.«

»Die Sonne ist noch viele Stunden von uns entfernt. Infolgedessen bleibt dir noch eine ganze Weile der Anblick meiner schwarzen Haut erspart.« Er lachte, und ein blasser Schimmer des Mondlichts erhellte flüchtig die drei Narben auf seiner Wange. »Ich bildete mir ein, du habest mehr Verständnis, als man gemeinhin von einer Frau erwartet, und es mag sein, daß ich mich geirrt habe. Wir sagen: ›Der Faden folgt der Nadel; er sucht sich den Weg nicht selbst.‹ Für dich sind bisher die Portugiesen und seit einiger Zeit dieser *branco* Briggs die Nadel gewesen, und du warst nichts weiter als der Faden.« Er packte sie an den Schultern und riß sie herum. »Warum läßt du zu, daß irgendein *branco* dir sagt, wer du bist? Ich behaupte, *sie* sind die Wilden! Sie sind nicht von meiner Hautfarbe; sie sind bleich, daß einem übel wird. Sie verehren nicht meine Götter. Sie beten zu irgendeinem grausamen Gott, der keinerlei Macht auf Erden besitzt. Ihre Sprache ist häßlich und schrill, meine hingegen voller Wohllaut, reich an Versen und alter Weisheit.« Er konnte nicht anders, er mußte lächeln, so aberwitzig war das alles. »Aber du hast mir heute nacht etwas überaus Wichtiges gesagt. Du hast mir erklärt, warum den *Inglês* so sehr daran gelegen ist, mich zu unterwerfen. Wenn sie uns für böse halten, müssen sie uns auch für sehr mächtig halten.«

Plötzlich sprang er auf, tanzte freudig im Kreis um sie herum und stimmte eine tiefe, unheimliche Weise an. Es klang wie ein Triumphgesang.

Serina blieb sitzen und sah ihm zu, bis er fertig war. Dann lauschte sie dem aufgeregten Gezwitscher der Nachtvögel, das aus dem Dunkel am Fuße des Hanges zu ihnen empordrang. Wie war es möglich, daß dieser *preto* begriff, wie sehr sie sich insgeheim schämte? Wie brachte er es fertig, die Lügen zu durchschauen, mit denen sie sich täglich selbst betrog, um weiterleben zu können?

Unvermittelt beugte er sich nieder, schob ihr die Hände unter die Achseln und hob sie zu sich empor. »Das erste, was ich heute nacht tun möchte, ist, dir deinen Yoruba-Namen wiederzugeben. Einen Namen, der etwas bedeutet. Wie hieß deine Mutter?«

»Dara.«

»Unser Wort für ›schön‹.« Ernst betrachtete er ihr Gesicht. »Er paßt auch zu dir, denn wahrlich, auch du bist schön. Wenn du diesen Namen annimmst, dann wird er dich immer daran erinnern, daß deine Mutter eine Frau unseres Volkes war.«

Oh, hätte ich nur die Kraft, seinen warmen Leib zurückzustoßen, ihm ein letztesmal ins Gesicht zu schreien, daß er ein *preto* ist, wie sein Vater einer war, und daß mein Vater ein *branco* ist und daß ich keinerlei Verlangen habe, ihn auch nur zu berühren . . . Doch mit einem Male schämte sie sich, das Wort ›Weißer‹ auszusprechen, und dann war da nur noch Wut, Wut auf ihn, Wut auf sich selbst, Wut auf alle. Mein Leben lang bin ich stolz darauf gewesen, eine *mulata* zu sein, dachte sie. Welches Recht hat dieser ungebildete *preto*, der nicht einmal lesen und schreiben kann, mich so weit zu bringen, daß ich mich dessen schäme?

»Und was bist du?« schrie sie ihn an. »Ein *preto*-Sklave! Ein Sklave, der mich in stockfinsterer Nacht auf einen Hügel schleppt und großspurig von der Freiheit schwadroniert. Schon in ein paar Stunden wirst du wieder Sklavenarbeit verrichten, genauso wie gestern!«

»Was bin ich?« Wütend packte er sie bei den Armen und zog ihr Gesicht vor das seine. Die Empörung in seinen Augen erinnerte sie wieder an den alten *babalawo* in Brasilien; der war von demselben Stolz besessen gewesen – vom Stolz auf sich selbst und auf sein Volk. »Ich bin mehr als jeder *Inglês* auf dieser Insel. Frag sie doch, und du wirst dahinterkommen, daß die Hälfte von ihnen Verbrecher waren oder Männer ohne eigenes Land und ohne Herkunft. In meinen Adern fließt königliches Blut. Ich entstamme einer Familie, die sich über hundert Generationen weit zurückverfolgen läßt. Mein Vater war die rechte Hand des regierenden Oba. Er war ein *babalawo*, so wie ich einer bin, aber er war auch ein Krieger. Ehe er in der Schlacht verraten wurde, war er der zweitmächtigste Mann in Ife. Und ich – ich bin der Sohn meines Vaters!«

»Was ist denn geschehen? Wurde er getötet?« Impulsiv nahm sie seine Hand.

»Eines Tages ist er verschwunden. Viele Märkte später erfuhr ich, daß Männer aus unserem eigenen Volk ihn verraten hatten, weil er in Ife zu mächtig geworden war. Er wurde gefangengenommen, hinuntergebracht ans Meer und an die Portugiesen verkauft. Ich war damals noch sehr jung und hatte erst zwölfmal die Regenzeit erlebt. Aber ich war nicht zu jung, um die Verräter aufzuspüren, die ihn in die Sklaverei verkauft hatten. Sie sind alle durch mein Schwert umgekommen.« Er ballte die Hand zur Faust und entspannte sie langsam wieder. »Doch genug! Heute abend wünsche ich mir nur eines: Ich möchte dich lehren, daß du immer noch frei sein und wieder eine Yoruba sein kannst.«

»Warum liegt dir so viel daran, mich zu ändern?«

»Weil, Dara«, – er sah ihr tief in die Augen – »weil ich will, daß du meine Frau wirst. Hier. Ich werde keinen Brautpreis für dich bezahlen, sondern statt dessen den Mann töten, dem du gehörst.«

Sie war verwirrt, und sie begehrte ihn. Und doch war da noch etwas in ihr, das den *preto* in ihm verachtete.

»Selbst wenn du mich zu einer Yoruba gemacht hast, werde ich immer noch Sklavin des *Inglês* sein.«

»Aber nur noch für ein paar Tage . . .« Seine Miene verhärtete sich, und eine unerhörte Kraft sprach aus seinem Blick. »Warte noch einen Mond, und du wirst erleben, wie meine Krieger diese Insel in ihren Besitz nehmen.«

»Ich will nicht eine von deinen Yoruba-Frauen sein.« Sie wich zurück und verschränkte die Arme vor den Brüsten. Die Nacht war jetzt erfüllt vom Quaken der Frösche und vom Zirpen der Grillen im Gras.

»Bist du lieber die Hure eines *Inglês* als die Frau eines Yoruba?« Fast spie er die Worte aus. »Wenn dem so ist, dann bist du überhaupt nichts.«

»Wenn ihr es schafft, diese Insel in die Hand zu bekommen, dann kannst du so viele Frauen haben, wie du willst. Und gewiß sitzen auch in Ife noch welche, die auf dich warten.«

»Meine beiden Frauen in Ife sind tot.« Er strich ihr übers Haar. »Beide sind vor Jahren schon von den Fulani umgebracht worden. Ich habe nie wieder eine Ehefrau genommen, obwohl viele Familien mir ihre Töchter anboten.«

»Und jetzt willst du schon wieder Krieg und Tod.«

»Ich habe im Land der Yoruba das Schwert gegen meine Feinde erhoben, und das werde ich auch hier tun. Nie wird ein Yoruba sich anderen Herren beugen, weder schwarzen noch weißen.« Sanft fuhr er ihr über die Wange und liebkoste mit warmen Fingern ihre bleiche Haut. »Du kannst auf unserer Seite stehen, wenn wir uns gegen die *Inglês* erheben.«

Seine Berührung war wie ein Brückenschlag in eine längst

vergangene Zeit, die sie aus ihren Träumen kannte und der sie sich noch immer zugehörig fühlte. Sie war nahe daran, ihrer innersten Regung nachzugeben, die Arme um ihn zu legen und ihn an sich zu ziehen.

Wieder streichelte er ihr die Wange voller Zärtlichkeit. Dann sagte er: »Vielleicht wirst du mir glauben, daß du frei bist, wenn ich all die weißen Häuptlinge erschlagen habe. Und daß du Dara heißt und nicht so, wie es irgendeinem Portugiesen irgendwann einmal gefallen hat, dich zu nennen.« Wieder sah er sie an, und diesmal war sein Blick weicher als zuvor. »Willst du mir helfen?«

Sie sah das Mondlicht auf dem Ebenholz seiner Haut. Dieser *preto* öffnete ihr sein Leben, nie hatte ein anderer Mann das getan. Die *brancos* verachteten seine Schwärze noch mehr als die ihre, und doch trug er ihre Verachtung mit Würde und mit Kraft – und größere Kraft war in ihm, als sie jemals in einem Mann gespürt hatte.

Und er brauchte sie. Endlich war da jemand, der sie brauchte! Sie sah es in seinen Augen, erkannte darin ein Bedürfnis, das einzugestehen er noch zu stolz war, erkannte eine Art Hunger, Hunger darauf, mit ihr zusammenzusein und die Tage, die vor ihnen lagen, mit ihr zu verbringen, wenn . . .

Ja.

. . . wenn sie sich an seine Seite stellte, um die *brancos* zu vernichten.

»Gemeinsam . . .« Sanft hob sie die Arme und legte sie ihm um den Hals. Seine schwarze Haut war mit einem Mal etwas überaus Köstliches und Wunderschönes. »Heute nacht will ich dir Frau sein. Willst du mich jetzt in die Arme nehmen?«

Der Wind blies ihm ihr langes schwarzes Haar um die Schultern, und ohne weiteres Zögern hob sie ihm die Lippen entgegen. Er schmeckte nach dem Wald, nach einer verlorenen Welt auf der anderen Seite des Meeres, die sie nie kennengelernt hatte, und der Geruch, der von ihm ausging, war herb und männlich.

Sie spürte, wie er ihr mit dem Daumen über die Wange fuhr, und fühlte die Feuchtigkeit ihrer eigenen Tränen. Wieso liefen ihr hier auf diesem verlassenen Hügel die Augen über? Gehörte das zur Liebe? Und war das Liebe, was sie jetzt empfand – dies gegenseitige und gleichberechtigte Geben und Empfangen?

Sie schob sein offenstehendes Hemd beiseite und strich mit der Hand über die harten Muskeln seiner Brust. Narben waren dort zu fühlen, tiefe Male, die bewiesen, was für ein Krieger er einst gewesen war. Dann jedoch, auf seinem Rücken, ertastete sie unter dem groben Baumwollstoff die kaum vernarbten, geschwollenen Wunden, die die Peitsche ihm geschlagen hatte. Es waren die Zeichen der Sklaverei. Doch jetzt erkannte sie, daß er sie mit dem gleichen Stolz trug wie die Schwerthiebe aus der Schlacht. Sie waren die Zeichen eines Mannes, die zeigten, daß er sich den *Inglês* nicht beugte, so wie die Narben auf seiner Wange die Zeichen seiner Sippe waren. Sie bewiesen, daß sein Geist ungebrochen war.

Sie spürte, wie er nach ihrem Kleid griff, und gebot ihm behutsam Einhalt.

Über die Jahre hatten sich viele Männer ihres Körpers bedient. Jedem weißen Besucher auf der Plantage, der sie begehrte, war sie gegeben worden: Zuerst waren es portugiesische Händler gewesen, Schiffskapitäne, sogar Priester. Dann die holländischen Eroberer, Offiziere der siegreichen Truppen, die einen Teil Brasiliens an sich gerissen hatten. Wohl an die hundert Männer, alle in Europa geboren, alle ungebadet und übelriechend, alles Weiße, die sie verachteten. Und voller Scham und Wut hatte sie diese Verachtung immer wieder zu spüren bekommen.

In dieser Nacht aber wollte sie sich dem schwarzen Yoruba, diesem stolzen Mann, aus freiem Willen und aus Liebe geben.

Sie begegnete seinem Blick, streifte sich dann mit einer einzigen raschen Bewegung das Kleid über den Kopf, warf es von sich und schüttelte das dunkle Haar, das ihr über die Schultern fiel. Nackt vor ihm stehend im Licht des Mondes, empfand sie den Wind, der ihre Haut umfloß, als Vorgeschmack auf die Freiheit und Vorahnung der Liebe, die er ihr versprochen.

Gebannt sah er sie an. Die Schatten ihrer Brüste warfen dunkle Ellipsen auf ihren Leib. Sie war *dara*. Dann umfaßte er ohne Hast ihre Taille und hob sie hoch. Als sie die Beine um seine Hüften schlang, fand er ihre Lippen, ihre Wangen, ihre Augen, und beide lachten sie vor Freude.

Sein nackter Körper war auf ihrer Haut. Das weiche Gras. Die Geräusche der Nacht in ihren Ohren. Der Schrei, der ihr entfuhr, als sie zum erstenmal in ihrem Leben Erfüllung fand . . .

An all das dachte sie später noch oft zurück. Zuletzt empfing sie eine tiefe Ruhe; sie lag in seinen Armen, und seine Kraft war zahm wie die eines Kindes.

Im Morgengrauen brachte Atiba sie zurück, geleitete sie durch den Wald, in dem die Frösche quakten und ein unsichtbarer Chor von Silberreihern schrie. Übers Dach trug er sie zurück in ihr Bett, zurück in eine Welt, die nicht mehr die ihre war.

»Verdammt, Sir, ich nehme an, Ihr habt das Gerede gehört. Und ich sage Euch, ich fürchte das Schlimmste.« Johan Ruyters fuhr sich mit schwieliger Hand über den Mund, schob den Krug über den Tisch und gab zu verstehen, daß man ihm nachschenken solle. Die Kapitänskajüte der *Defiance* war ein Mosaik zuckender Schatten, erhellt nur von dem schwankenden Kerzenlicht über dem großen Eichentisch. »Es könnte sehr wohl das Ende des holländischen Handels mit sämtlichen englischen Siedlungen von Barbados bis rauf nach Virginia bedeuten.«

»Ich nehme an, es besteht noch eine Chance. Und wer will schon sagen, daß all diese Gerüchte stimmen?« Winston griff nach der Flasche Sack und reichte sie Ruyters. Er war erschöpft, dabei aber geistig hellwach, und harrte nun der Dinge, die da kommen sollten. Wir haben es so gut wie geschafft, sagte er sich, und werden fort sein, ehe auf dieser Insel die Hölle losbricht. Das einzige, was uns noch fehlt, ist ein erfahrener Lotse, der uns nach Jamaika bringt. »Eine der Geschichten, die mir zu Ohren gekommen sind, besagt, daß es zu einer Blockade kommen kann, wenn Barbados dem Parlament nicht seine Loyalität schwört.«

»*Aye*. Aber die kann schließlich nicht ewig dauern. Und mir ist es, offen gestanden, ziemlich gleichgültig, wer auf dieser verdammten Insel das Regiment führt, das Parlament oder die selbstgewählte Versammlung.« Mit der Hand vollführte der Holländer eine unbestimmte Bewegung, und seine Miene verdunkelte sich. »Nein, was mich beunruhigt, ist dieses Gerede von einer sogenannten Navigationsakte.«

»Ihr meint diese Geschichte, der zufolge das Parlament daran denkt, den Handel mit den amerikanischen Siedlungen ausschließlich englischen Schiffen vorzubehalten?«

»*Aye* – hoffen wir, daß das alles nur Geschwätz ist. Was stimmt, ist, daß die Londoner Kaufherren auf ein solches Gesetz dringen, dafür haben wir Beweise genug. *Wir* haben gesät, und jetzt kommen diese Herrschaften und wollen die Ernte einfahren.«

»Und was habt Ihr jetzt vor?«

»Was wir vorhaben, Sir? Nun, was können wir schon tun? Die Niederlande wünschen keinen Krieg mit England. Aber wenn London den freien Handel ernsthaft behindert oder gar gänzlich unterbindet, dann kann es dazu kommen.« Er ließ den Blick in die holzgefügte Runde schweifen: Gleich vor den großen achteraus gehenden Fenstern war ein Heckgeschütz auf beweglichem Lafettenbock aufgestellt, und in einem verschließbaren Gestell an der gegenüberliegenden Wand waren Pistolen und Musketen aufgereiht. Warum nur mochte Winston ihn heute abend eingeladen haben? Sie waren einander vom ersten Augenblick an spinnefeind gewesen. »Der größte Teil unseres Handels mit der Neuen Welt wird gegenwärtig mit Virginia und Bermuda im Norden und weiter im Süden mit Barbados und St. Christopher abgewickelt. Sollten wir tatsächlich die Häfen der englischen Siedlungen nicht mehr anlaufen dürfen, so wären wir Handelskapitäne samt und sonders ruiniert.«

»Nun, so wie die Dinge aussehen, wäret Ihr wohl gut beraten, so schnell wie möglich den Anker zu lichten und auszulaufen, bevor es zu irgendwelchen Unannehmlichkeiten kommt. Vorausgesetzt selbstverständlich, Eure Sichtwechsel sind alle in Ordnung.«

»O ja, gewiß, die Unterschriften habe ich alle. Nur frage ich mich, ob ich jemals die Einlösung erleben werde.« Ruyters lehnte sich vor und fuhr sich mit den Fingern durch das schüttere graue Haar. »Wir haben auf der *Zeelander* klar Schiff gemacht und damit begonnen, Baumwolle zu laden. Für mich sollte das die bislang ertragreichste Reise werden. Gott verfluche diesen Cromwell und seine Armee! Solange in England der Bürgerkrieg tobte, hat sich kein Mensch in London um Amerika gekümmert!«

»Da habt Ihr recht. Ihr Holländer seid reich geworden, weil von einer englischen Schiffahrt kaum die Rede sein konnte. Andererseits seid Ihr in gewisser Weise selbst schuld, wenn Barbados sich jetzt England und den englischen Kaufleuten fügen muß.«

»Ich kann Euch nicht folgen, Sir.« Fragend sah er Winston an.

»Ohne die Sklaven, die Ihr ihnen verkauft habt, wäre es doch jetzt wesentlich leichter für sie, sich auf die Hinterbeine zu stellen!«

»Ich muß schon sagen, daß ist eine höchst ungewöhnliche Überlegung, Sir.« Ruyters runzelte die Stirn. »Wie kommt Ihr darauf?«

Winston erhob sich und schlenderte gemächlich hinüber zum bleigefaßten Heckfenster, entriegelte es und ließ es nach außen aufschwingen. Ein Schwall frischer Luft fuhr ihm ins Gesicht. »Ihr Holländer habt ihnen ein paar Tausend Afrikaner verkauft, für die es wahrscheinlich nichts Schöneres gibt als die Vorstellung, daß diese Insel sich wieder mit Urwald bedeckt. Die Siedler werden folglich von außen durch das englische Geschwader und im eigenen Land von afrikanischen Kriegern bedroht. Ich sehe einfach nicht, daß sie in einem Zweifrontenkrieg bestehen können.«

»Wahrhaftig ein sonderbarer Gedanke! Ich weiß wirklich nicht, ob ich Euch da folgen kann. Aber sei's drum – das spielt ja jetzt wohl kaum noch eine Rolle.« Ruyters starrte auf den Tisch. »Was, meint Ihr, wird denn als nächstes geschehen?«

»Ich nehme an, daß die Versammlung Cromwell die Insel nicht kampflos ausliefert. Dafür sorgen hier schon die vielen royalistischen Sympathisanten. Sollte es zu einer Blockade kommen, oder sollte Cromwell versuchen, englische Streitkräfte auf Barbados zu landen, so gehe ich jede Wette ein, daß die Bürgerwehr mobilisiert wird und zurückschießt.«

»Aber womit wollen die denn kämpfen? Sie verfügen doch

kaum über irgendwelche Geschütze, die diesen Namen verdienten.«

»Aber gerade darauf zähle ich ja.« Winston sah ihn mit ernstem Blick an.

»Was soll das heißen, Sir?«

»Der Arme erinnert sich am besten daran, wer ihm mal einen Shilling geborgt hat. Ich gehe davon aus, daß jeder, der ihnen jetzt hilft, später auf Barbados in gutem Ansehen stehen wird – ganz egal, wie die Sache ausgeht.«

»Warum um alles in der Welt solltet Ihr Euch bemüßigt fühlen, ihnen zu helfen? Niemand, der auch nur einen Funken Verstand im Kopf hat, wird in diese Sache reingezogen werden wollen.«

»Ich helfe ihnen und wahre dabei meine eigenen Interessen. Und Ihr könnt das gleiche tun, Ruyters.«

»*Aye*, worauf Ihr Euch verlassen könnt. Nichts anderes habe ich vor. Dennoch gilt meine Frage nach wie vor: Warum um alles in der Welt wollt Ihr Euch mit reinziehen lassen, Sir? Zunächst einmal braucht man Kugeln und Pulver, wenn man schießen will!«

»Für mich gibt's da zunächst einmal das Heute. Und dann das Morgen, wo diese Insel eine einzige Zuckerfabrik sein wird. Und wenn es soweit ist, brauchen sie Schiffskapitäne – und werden gewiß nicht vergessen haben, wer ihnen in der Not beigestanden hat. Investiere ich *heute* ein wenig – etwa indem ich ihnen helfe, den Point zu befestigen –, bin ich *morgen* der erste. Ich denke daran, ein zweites Schiff zu kaufen – bloß für den Zucker.« Winston sah Ruyters an und wollte sich ausschütten vor Lachen. »Warum auch sollen die ganzen Zuckerprofite an euch verdammte Pfeffersäcke gehen?«

»Nun, Sir, Ihr steht nicht mehr unter meinem Kommando. Ich kann Euch nicht daran hindern, es zu versuchen.« Der Holländer räusperte sich sehr geräuschvoll. »Aber sie werden nicht so bald vergessen, wer ihnen in all den Jahren vorher beigestanden hat. Fragt alle Pflanzer auf Barbados, und jeder wird Euch sagen, daß wir diese Insel praktisch am Leben erhalten haben – und nicht nur Barbados! Wir sorgen seit nunmehr zwanzig Jahren dafür, daß die englischen Siedlungen auf den Antillen nicht verhungern.« Der Holländer trank einen Schluck und setzte den Krug nachdenklich ab. »Obwohl es natürlich eine Sache war, die auf Gegenseitigkeit beruhte. England konnte die Menschen entbehren, um Amerika zu besiedeln, dazu wären die Niederlande nie in der Lage gewesen. Aber wir hatten die Schiffe, ihnen zu bringen, was sie brauchten. Das war eine ideale Partnerschaft.« Er begegnete Winstons Blick. »Aber was genau, meint Ihr, könnt Ihr tun – betreffs der Befestigung des Lookout Point?«

»Ich treffe eben ein kleines Abkommen mit ein paar Mitgliedern der Versammlung.«

»Ich frage Euch als Gentleman – was *genau*, klipp und klar gesagt?«

Winston antwortete nicht sofort und kehrte ans Fenster zurück. Der Schein der Lampe tanzte auf seinem zerfurchten Gesicht. »Nun denn, von Gentleman zu Gentleman. Unter uns gesagt, ich überlege, ob ich nicht ein paar von den Geschützen der *Defiance* ausladen und zum Point hinaufschaffen soll. Ich habe doppelt soviel Artillerie an Bord wie die dort oben auf der Schanze. Außerdem denke ich daran, ihnen ein paar Faß Pulver und etliche Kanonenkugeln zu überlassen.«

»Ich glaube, allmählich begreife ich, worauf Ihr hinauswollt.« Ruyters runzelte die Stirn und trank erneut. »Trotzdem ist das vergebliche Liebesmüh. Gesetzt den Fall, sie wären imstande, Widerstand zu leisten – wie lange, meint Ihr, könnten sie durchhalten? Sie stehen doch allein auf weiter Flur!«

»So kann man das nicht sagen. In der Freisassen-Versammlung denkt man wohl an eine Allianz sämtlicher britischen Siedlungen in der Neuen Welt. Die Deputierten halten es für möglich, daß Virginia und Bermuda sich ihnen anschließen, ja eigentlich alle bis auf die Puritaner oben in Neu-England, von denen man mit Fug und Recht annehmen kann, daß sie es mit den Heißspornen im Parlament halten.«

»Der Teufel hole diese Neu-Engländer! Sie waren die ersten, die damit anfingen, ihre Produkte auf eigenen Schiffen zu transportieren. Ich habe gesehen, wie unter ihrer Flagge Bauholz nach den Kanaren und nach Madeira gebracht wurde. Jetzt schicken sie sogar Fisch nach Portugal und Spanien. Dabei verdankten sie es bis vor wenigen Jahren ausschließlich uns, daß sie überhaupt überleben konnten. Vor zehn Jahren wurde der Holländische Gulden in Massachusetts zur gültigen Währung erklärt, weil weitaus der größte Teil ihres Handels durch uns abgewickelt wurde. Aber jetzt sage ich: zur Hölle mit ihnen!« Der Kapitän schwieg betroffen, dann zeigte sich ein Hoffnungsschimmer auf seinem Gesicht. »Aber die Idee mit der Allianz ist gar nicht so übel! Sollte diese Allianz zustande kommen, dann kann ich mir durchaus vorstellen, daß sie Cromwell eine Zeitlang Widerstand leisten können – oder zumindest annehmbare Bedingungen aushandeln. Sie sind auf unsere Schiffe genauso angewiesen wie wir auf sie.«

Winston hob seinen Krug und trank. »Bermuda ist dafür, das habe ich aus ziemlich verläßlicher Quelle. Was Virginia betrifft, so weiß kein Mensch Genaues. Eines jedenfalls ist klar: Keine Siedlung bedarf dringender der Unterstützung als Barbados. Wenn ich ihnen helfe, werden sie sich später erkenntlich zeigen. Ich habe ja ohnehin nicht groß was zu verlieren, sieht man einmal von ein paar Feldschlangen ab.«

Schweigend sah Ruyters ihn an. Das rhythmische Knarren der hölzernen Decksplanken erfüllte die Stille. Schließlich sagte er: »Sprechen wir doch mal offen miteinander. Wieviel bezahlen sie Euch?«

»Das habe ich Euch doch schon gesagt.« Winston griff nach der Flasche. »Ich habe mit Bedford gesprochen. Es geht mir um Zuckerverträge, die natürlich erst ausgeführt werden, wenn hier wieder Ruhe herrscht.«

Ruyters knallte seinen Krug auf den Tisch. »Beim Blute Christi, da hätten sie genausogut mit einem von uns reden können! Ich wette, die holländischen Kauffahrteischiffe hier verfügen über genug Kanonen, um beide Feldschanzen an der Westküste zu bestücken.« Er blickte auf. »Im Augenblick liegt ein gutes Dutzend Kauffahrer in der Bucht vor Anker. Jeder einzelne von ihnen ist mit Kanonen ausgerüstet. Ich habe auf der *Zeelander* sogar eine Batterie von guten Messing-Neunpfündern, die ich den Leuten leihen könnte.«

»Nach meiner Meinung sollten die Engländer erst mal versuchen, mit sich selbst ins reine zu kommen. Es besteht zur Zeit kein Anlaß, Euch Holländer mit hineinzuziehen.« Winston leerte die Flasche in seinen Krug. »So wie ich die Dinge sehe, reicht die Artillerie, die ich an Bord habe, um die Schanzen auf dem Point zu bestücken. Damit müßte es gelingen, Cromwells Flotte eine Zeitlang hinzuhalten und bessere Bedingungen herauszuholen.« Er drehte sich um und schleuderte die leere Flasche zum Fenster hinaus. »Mir werden sie dafür ein paar Verträge unterzeichnen. Danach hole ich meine Kanonen zurück, und Cromwell kann die Insel übernehmen.«

»Schockschwerenot, es geht um die Freiheit des Handels, Sir!« Ruyters Miene verfinsterte sich. Er dachte an die Profite, die ihm der Handel mit den englischen Siedlungen im Laufe der Jahre eingebracht hatte. Er hatte den Kolonisten in Virginia und auf den Antillen Haushaltswaren, Tuche und Branntwein verkauft und von Nordamerika Felle und Tabak sowie von den Antillen Baumwolle und Färbeholz nach Europa geschafft. Wie alle holländischen *fluyts* war sein Schiff so gebaut, daß es mit kleiner Mannschaft auskam. So vermochte er die englischen Reeder ständig zu unterbieten. Außerdem hatte er – wie alle anderen holländischen Kaufleute auch – das Stauen der Ladung zu einer Wissenschaft gemacht und besser auf die Waren aufgepaßt als die anderen. Die Holländer konnten so stets billiger verkaufen, längere Kredite gewähren und niedrigere Frachtraten anbieten als jeder englische Reeder. Und jetzt, da sie Sklaven gegen Zucker eintauschen konnten, lockten erst wahrhaft große Gewinne.

»Ich kann zwar nicht für die anderen Kapitäne sprechen«, fuhr Ruyters nach längerer Pause fort, »aber es würde mir nicht viel Mühe machen, der Insel leihweise ein paar Kanonen zu überlassen . . . Und selbstverständlich wäre auch ich allzugern bereit, als Gegenleistung Zuckerverträge zu akzeptieren. Vielleicht könntet Ihr das Bedford einmal stecken . . .«

»Ich weiß nicht recht, warum ich das tun sollte.«

»Als Gentleman, der einem anderen Gentleman einen Gefallen tut, Sir. Die Aufrechterhaltung des freien Handels ist schließlich auch in Eurem Interesse. Vielleicht könntet Ihr bei Bedford ein gutes Wort einlegen. Sagt ihm, wir könnten irgendwo ein paar Feldschlangen vergessen – vorausgesetzt, er sorgt dafür, daß ein paar Verträge auf uns ausgestellt werden.«

»Und was springt für mich dabei heraus?«

»Treffen wir ein Übereinkommen, Sir.« Ruyters Miene hellte sich auf. »Nehmt mein Ehrenwort, daß ich Euch bei erster Gelegenheit auch einen Gefallen tun werde.«

»Vielleicht könnt Ihr schon jetzt etwas für mich tun . . .«

»Sagt frei heraus, was Ihr wollt, Sir.«

»Ich habe schon länger daran gedacht, daß mir ein guter Bootsmannsmaat fehlt. Wie wäre es, wenn Ihr mir diesen Krüppel, diesen Spanier überlaßt, der auf der *Zeelander* fährt . . . das heißt, falls Ihr ihn noch habt. Wie heißt er doch gleich noch . . .? Ihr wißt doch, der Kerl humpelt, seit er beim Einlaufen in den Hafen von Nevis von der Nock gefallen ist . . .«

»Ihr meint doch nicht Vargas?«

»Armando Vargas, ja genau, den meine ich.«

Ruyters kniff im Dämmerlicht die Augen zusammen. »Das ist einer der geschicktesten Burschen, die ich habe, egal, ob er jetzt humpelt oder nicht. Ein erstklassiger Matrose.«

»Nun, den würde ich gern haben.«

»Ich wußte gar nicht, daß Ihr unterbemannt seid, Sir.«

»Ihr kennt meine Bedingung, Sir.« Winston kehrte zurück ans Fenster. »Überlaßt ihn mir, und ich werde sehen, was ich bei Bedford für Euch erreichen kann.«

»Ich nehme an, Ihr erinnert Euch, daß er bei den Spaniern als Lotse gearbeitet hat. Eines ist sicher: Niemand ist mit der spanischen Schiffahrt und mit den spanischen Befestigungsanlagen drüben auf dem Kontinent so gut vertraut wie er. Auch in der Windward Passage und in den Gewässern vor Jamaika kennt er sich bestens aus.« Ruyters' Augen waren nur mehr schmale Schlitze. »Verflucht und verflixt – was, zum Teufel, führt Ihr im Schilde?«

»Ich kann immer einen guten Mann gebrauchen.« Winston lachte. »Also, wie lautet Eure Antwort?«

»Ihr lügt wie gedruckt, da verwette ich mein Leben.« Ruyters schob seinen Stuhl zurück. »Trotzdem gefällt mir der Handel. Ihr habt den Mann. Jetzt sorgt Ihr dafür, daß Bedford die Sache auf der Freisassen-Versammlung zur Sprache bringt und gut Wetter für uns macht.«

»Ich will sehen, was ich tun kann. Zunächst muß aber das, was wir hier besprochen haben, unter uns bleiben – bis wir sehen, wie viele Kanonen sie überhaupt brauchen.«

»Das versteht sich von selbst.« Der holländische Kapitän erhob sich und streckte Winston die Hand entgegen. »Dann schlagt ein! Die Sache gilt!« Er verbeugte sich. »Euer Diener, Sir.«

Winston schlug ein. Dann stieß er die Kajütentür auf und folgte Ruyters den Niedergang zum Mittelteil des Schiffes hinauf. Die Schaluppe des Holländers war längsseits festgemacht; ihre Laternen warfen ein schimmerndes Licht über die Wellen. Als sie ihren Kapitän kommen sahen, nahmen die Männer an den Riemen Haltung an. Ruyters verneigte sich ein weiteres Mal und kletterte dann schwerfällig das Fallreep hinunter.

Nachdenklich blieb Winston an der Reling stehen, atmete in tiefen Zügen die feuchte Abendluft und verfolgte die langsam in der Nacht verschwindenden Laternen. Schließlich machte er kehrt und schlenderte zum Niedergang, der zum Achterdeck hinaufführte.

Das wird Miss Katherine Bedford erfreuen, sagte er sich. Auf jeden Fall ist es besser, sich von den Pfeffersäcken Kanonen auszuleihen als von mir. Wenn Cromwell eine Kriegsflotte mit ausgebildeten Kanonieren in Stellung bringt, hilft allerdings auch die zusätzliche Artillerie nicht viel. Solange diese Pflanzer hinter den Kanonen stehen, macht die Flotte mit der Insel kurzen Prozeß.

Das Mondlicht brach sich auf den Wellenkämmen. Winston lauschte dem rhythmischen Rauschen der leichten Brandung und ließ den Blick zum Ufer hinüberwandern. Ob Katherine es wirklich wert war, daß man dieser Insel half? Gewiß nicht, wenn dadurch die Antillen zu einer Provinz reicher Sklavenhalter wurden – und das war auf Barbados wohl so sicher wie der nächste Sonnenaufgang.

Bleib bei deinem eigenen Kurs, sagte er sich, und laß die Leute hier selbst auslöffeln, was sie sich eingebrockt haben. Leicht wird es nicht werden, doch bislang fügt sich alles nach Plan zusammen. Die Sichtwechsel liegen immer noch sicher verwahrt in der Kapitänskajüte; die rücke ich erst übermorgen heraus, wenn die Überschreibung der Schuldknechte offiziell vonstatten gegangen ist . . .

Die Umrüstung des Schiffes für den Transport der Männer war so gut wie abgeschlossen. Das Geschützdeck war frei gemacht, die Ersatzfässer mit dem Pulver sowie die zusätzliche Munition hinuntergeschafft worden in den Laderaum. Dies wiederum erlaubte es, Hängematten für die neuen Männer aufzuspannen und Salzfische, Käse und Zwieback zu übernehmen. Im Lagerhaus an der Carlisle Bay lagen alle Vorräte bereit. Außerdem waren zweihundert Spieße geschmiedet, auf Schäfte gesteckt und im Logis neben Anthony Walronds neuen Steinschloßmusketen verstaut worden.

Alles war bereit. Und auch das Lotsenproblem war gelöst. Armando Vargas hatte, als er noch unter spanischer Flagge diente, den Hafen von Jamaika wohl ein dutzendmal angelaufen; er hatte damit immer geprahlt. Einmal hatte er sogar bis ins Detail den Ausguck beschrieben, der irgendwo westlich der Jamaika Bay postiert war. Gelang es, ein paar Mann an diesen Wachtposten vorbei auf den Berg zu bringen, würden Feste und Stadt fallen, ehe die spanische Bürgerwehr auch nur Verdacht schöpfte.

Und dann, so dachte Winston, finde ich vielleicht auch die Zeit, auf den Brief zu antworten, der gerade aus England eingetroffen ist.

Er drehte sich um, nickte seinen Leuten zu und suchte die tröstende Ruhe seiner Kajüte auf. Bald würde er zu Joans Schenke hinaufsteigen, dort einen letzten Krug leeren und ihrem Lachen lauschen, wenn er die Geschichte von Ruyters und den Kanonen zum besten gab. Im Augenblick jedoch verlangte es ihn nach Ruhe und Alleinsein.

Er machte die große Eichentür der Kapitänskajüte hinter sich zu, trat ans Fenster und betrachtete die weite See. Die Antillen waren jetzt sein Zuhause, das einzige, das ihm geblieben war. Hatte es daran zuvor noch irgenwelche Zweifel gegeben, so waren diese durch den Brief, den er erhalten hatte, endgültig zerstreut worden.

Er tastete nach dem kleinen Schlüssel, den er immer in der Hosentasche bei sich trug. Unter einem Paneel der Kajütenwand befand sich ein Brett, das sich beiseite schieben ließ. Dahinter wurde eine doppelt verschlossene, schwere Tür sichtbar. Der Schlüssel glitt glatt in das Metallschloß hinein, und Winston lauschte auf das doppelte leise Klicken, das ihm so vertraut war.

Hinter der Tür lagen die Sichtwechsel; sie waren im flackernden Licht gerade eben zu erkennen. Daneben befand sich ein Stoß Rechnungen und darunter schließlich der Brief. Der Umschlag war unter dem vielen Fett und dem roten Wachs des Siegels, von dem die Hälfte fehlte, kaum noch zu erkennen. Er holte das Schreiben hervor, entfaltete und glättete es. Als er sich hinsetzte, um ihn nochmals durchzulesen, spürte er wieder den Zorn, der in ihm aufstieg.

SIR – nie wieder werde ich das Vergnügen haben, Euch als meinen gehorsamen Sohn anzureden –, nachdem ich Euch viele Jahre für verschollen hielt, ist mir nun Nachricht zugekommen, daß Ihr Euch irgendwo auf den Antillen oder im Karibischen Meer aufhaltet; das war gewissen anderen Menschen zwar seit langem bekannt, mir jedoch bis heute nicht. Aber mir ist jetzt auch klargeworden, warum man mir das so lange vorenthalten hat. Der Ruf, den Ihr Euch erworben, schmerzt mich, erfahre ich doch gerade eben, daß aus Euch ein Schmuggler und Brigant geworden ist.

Winston hielt inne und schaute zum Heckfenster hinüber; dabei sann er darüber nach, wie dieser Brief, der sich im Postsack der *Rotterdam* befunden hatte, an ihn gelangt war. Er datierte zwei Monate zurück und war zusammen mit etlichen anderen Briefen, die an seine Leute gerichtet waren, in Joans Schenke abgegeben worden. Man wußte, daß sie manchmal Barbados anliefen.

Wiewohl ich Euch seit vielen Jahren von der Hand der Spanier umgekommen wähnte, habe ich unablässig zum Herrgott gebetet, daß dem nicht so sein möge. Jetzt, wo ich erfahre, was aus Euch geworden ist, fange ich an, an Gottes Ratschluß zu zweifeln. Denn Ihr habt Schande über mich gebracht und meinen Namen sowie den meiner beiden anderen Söhne, die ich beide als rechtschaffene, pflichtbewußte Kinder kenne, besudelt. Ich bin genauso untröstlich wie sie.

Winston fand die Kraft, sich den Erinnerungen an William und James hinzugeben, die beide älter waren als er. Weder aus dem einen noch aus dem anderen hatte er sich je viel gemacht, und sie ihrerseits hatten dieses Gefühl in vollem Maße erwidert. William war der älteste – dicklich und schwer von Begriff, mit einer ausgeprägten Neigung zum Sherry. Da er als Erstgeborener alles erbte, hatte er inzwischen bestimmt die zweitausend Morgen von Winston Manor übernommen und war zum Landedelmann geworden, der von der Pacht seiner Bauern lebte. Und wie stand es mit James, der seinem Vater Lord Harold Winston wie aus dem Gesicht geschnitten und gewiß genauso ehrgeizig und unnachgiebig war wie dieser? Vermutlich war er inzwischen zu einem reichen *barrister* geworden, zu einem Anwalt also, denn diesem Beruf hatte er sich bereits im Alter von zehn Jahren verschrieben. Aber vielleicht hatte er sich auch ins Parlament wählen lassen, um dort die inzwischen verlorene Fahne von König Charles hochzuhalten . . .

Daß einer meiner Söhne dadurch Berühmtheit erlangen würde, daß er in der Neuen Welt das Gesetz mit Füßen tritt, bekümmert mich mehr, als ich sagen kann. Wiewohl ich Euch mit großer Sorgfalt und unendlicher Geduld erzogen habe, habe ich angesichts Eures liederlichen Lebenswandels und Eures unbeherrschten Wesens oft Grund gehabt zu überlegen, ob jemals etwas Gutes aus Euch werden würde. Jetzt muß ich feststellen, daß Ihr es zu Eurem Beruf gemacht habt, die englische Krone zu betrügen, vor der Ihr von Rechts wegen vor Verehrung auf den Knien liegen solltet, und daß Ihr ehrbare Kaufleute schädigt, welche das Lebensblut dieser christlichen Nation bilden. Man hat mir gesagt, Euer Name sei sogar Seiner Majestät zu Ohren gekommen und habe diese tief bekümmert – zu einem Zeitpunkt, da dem Thron Englands selbst Gefahr droht von solchen, die, gleich Euch, den persönlichen Vorteil höher schätzen als Loyalität und Gehorsam . . .

Winston hörte auf zu lesen. Es reichte ihm. Er zerknüllte den Brief.

England war für ihn erledigt. Aus welchem Grund sollte er jemals dorthin zurückkehren? Die Zeit war gekommen, in der Neuen Welt Wurzeln zu schlagen. Und wo war dies eher möglich als auf Jamaika? Sollte England doch zur Hölle fahren! Abermals wandte er sich dem Heckfenster zu und spürte, wie ein tiefer Friede von ihm Besitz ergriff – nach all der Unrast und dem Unbehagen, das ihn im Laufe der Jahre heimgesucht hatte. Die Würfel waren gefallen.

Doch *nach* Jamaika – was dann? Er war mutterseelenallein.

Eine weiße Wolke glitt vorm Mond vorüber, bizarr geformt wie die Galionsfigur eines Schiffes. Erst sah sie aus wie ein Wasserspeier, dann wie der Kopf eines Schimmels . . .

Er hatte sich wieder umgewandt und hielt noch immer den zerknüllten Brief in der Hand, als er aus der Richtung des Lookout Point das dumpfe Knallen von Detonationen vernahm. Beunruhigt kehrte er zurück zu seinem Geheimtresor, schlug dessen Tür zu und zückte den Schlüssel. Doch dann hielt er mitten in der Bewegung inne.

Die Versammlung pflegte in einem Gebäude unweit des Lookout Point zusammenzutreten, gerade auf der anderen Seite der Bucht. Konnte das noch ein Zufall sein – oder bedeutete es mehr?

Einen lautlosen Fluch auf den Lippen, riß der Kapitän die Tür wieder auf und ergriff das Lederpaket mit den Sichtwechseln, die er gegen die Schuldknechte eintauschen wollte. Darunter lagen noch die anderen Papiere, die er nach kurzem Überlegen ebenfalls einsteckte. Ehe er die Kajüte verließ, schloß er den Tresor ab, nahm im Vorübergehen die Pistolen vom Tisch, prüfte, ob sie geladen waren, und schob sie in den Gürtel.

An der Achterdeckreling blieb er stehen, um nochmals zu lauschen. Kein Zweifel: Oben auf dem Hügel hinterm Lookout Point blitzte es auf. Musketenfeuer.

»Was, meint Ihr, kann das sein, Kapitän?« John Mewes tauchte oben am Niedergang auf.

»Betet, daß es nicht das ist, was ich befürchte. Könnte sein, daß wir selber Pulver und Munition brauchen!« Winston blickte hinüber zum Hügel. »Gebt allgemeinen Alarm. Alle Mann an Deck!«

»*Aye!*« Mewes machte kehrt und lief zum Achterdeck hinüber.

Noch während die Glocke läutete, tauchten Seeleute an der offenen Luke auf, manche nur halb bekleidet und schlaftrunken. Andere murrten, weil sie beim Würfelspiel gestört worden waren. Winston stellte sich ihnen auf dem Hauptdeck.

»Ich werde jetzt Musketen ausgeben.« Er schritt die ganze Reihe ab und inspizierte jeden einzelnen Seemann persönlich. Jeder zweite schien angetrunken zu sein. »Wer nüchtern ist, höre mir zu! Wir gehen an Land, und ihr steht unter meinem Kommando.«

Ein angegrauter Matrose zog die Bänder seiner Kniehosen am Bund zusammen und spähte angestrengt in die Dunkelheit. »Verzeihung, Käpt'n«, sagte er, »aber was soll die ganze Aufregung da drüben? Was hat das zu bedeuten?«

Winstons Antwort hallte übers Deck. »Kann sein, daß wir gerade den Ausbruch eines neuen Bürgerkriegs miterleben, Hawkins. Aber das ist kein Grund zum Verzagen. Wir werden unsere Wechsel einlösen. Noch heute nacht!«

Siebtes Kapitel

Die zerklüftete Halbinsel ›Lookout Point‹ an der Südwestspitze von Barbados trennt den eher stürmischen Atlantik von der ruhigeren, im Windschatten liegenden Westküste. Auf dem Scheitelpunkt einer Klippe, einige Hundert Fuß über dem Zugang zur Carlisle Bay, war die Schanze mit den Bettungen für die Geschütze errichtet worden. Die wenigen dort aufgestellten Kanonen, deren einzige Aufgabe es war, den Hafen zu schützen, waren allesamt auf die Fahrrinne ausgerichtet, die an den Korallenriffen auf der Südseite des Hafens vorbei in die Bucht hineinführte.

Vom Deck der *Defiance* aus, die am jenseitigen Ufer der Bucht unweit der Flußmündung vor Anker lag, gewann man den Eindruck, als käme das Musketenfeuer aus der Richtung der neuen Versammlungshalle. Auf Anweisung von Gouverneur Dalby Bedford errichtet, bildete das strohgedeckte Steinhaus die Tagungsstätte der Generalversammlung von Barbados, die sich aus insgesamt zweiundzwanzig Abgeordneten zusammensetzte; jeder der elf über die ganze Insel verteilten Pfarrsprengel entsandte zwei Deputierte. Alle Freien, die mindestens fünf Morgen Land besaßen, waren wahlberechtigt; die Wahlen wurden in den Pfarrkirchen abgehalten.

Während Winston auf der Back das Musketengestell aufschloß, um Waffen, Pulverbeutel und Munition auszugeben, befahl John Mewes, die beiden Beiboote mittschiffs loszumachen und zu Wasser zu lassen. Die Matrosen nahmen die Musketen in Empfang, schwangen sich dann über die Reling und kletterten über das Fallreep in die Boote. Zum Schluß nahm Winston selbst in einem der Boote Platz und übertrug John Mewes das Kommando über das andere.

Die Männer legten sich in die Riemen. Der Kapitän nutzte die Gelegenheit, die Reihe der hoch oben über der schimmernden See aus der Brustwehr herausragenden Kanonen mit kritischen Augen zu betrachten. Die sind gewiß noch nie abgefeuert worden, dachte er, die Mundwinkel spöttisch herabgezogen – allenfalls, um Salutschüsse abzugeben. Und so was nennen sie hier Hafenbefestigung! Sie sollten Gott dafür danken, daß er die Insel so weit vom Festland entfernt aus dem Meer wachsen ließ! Nur deswegen haben die Spanier sich bisher nie die Mühe gemacht, die Siedlung niederzubrennen . . .

Er saß im Bug des Beibootes und genoß die frische Luft und den Geruch der See. Die Schaumkronen der Bucht blieben im Mondlicht hinter ihnen zurück, als sie die holländischen Kauffahrteischiffe, die in Ufernähe vor Anker lagen, auf der Leeseite passierten. Plötzlich fielen ihm einige auf und ab tanzende Laternen am südöstlichen Horizont auf. Er erkannte, daß es sich um einen Kauffahrer handelte, der wenn er den jetzigen Kurs beibehielt, geradewegs in den Hafen einlaufen mußte. Der Handelseifer der Holländer war in der Tat bewundernswert: Der Kapitän war sichtlich bestrebt, an den Riffen vorbei in den Hafen einzulaufen, obwohl Mitternacht schon längst vorbei war. Ich kann froh sein, daß ich mir den Ehrgeiz, mit den Holländern wetteifern zu wollen, seit langem aus dem Kopf geschlagen habe. Rein wirtschaftlich gesehen, sind die englischen Siedlungen in der Neuen Welt fest in ihrer Hand. Kein Wunder, daß Cromwell nichts Eiligeres zu tun hat, als sie aus dem Geschäft zu drängen.

Die beiden Boote erreichten den Strand unterhalb der Befestigungsanlage, und das Geräusch der Brandung riß ihn aus seinen Gedanken. Er sprang vom Bug herunter und watete durchs kniehohe, wellenbewegte Wasser ans Ufer. Der weiße Sandstrand ging am Fuß der Klippen in dunkles Felsgestein über.

John Mewes kam schwer atmend hinter ihm her, ihm folgte der Erste Offizier, Dick Hawkins, unrasiert, aber springlebendig, die Muskete schußbereit in der Hand, und diesem wiederum auf den Fersen ging Edwin Spurre an Land, der Steuermannsmaat. Er trug zwei Musketen, in jeder Hand eine. Insgesamt waren Winston zwanzig seiner Männer über die Bucht gefolgt. Er befahl, die Boote auf den Strand zu ziehen, rief dann die Männer zusammen und gebot ihnen mit einer Handbewegung Schweigen.

»Sind alle Musketen schußbereit?«

»*Aye.*« Spurre trat vor und hielt seine beiden Musketen in die Höhe wie beim Waffenappell. »Außerdem ist jeder mit einem Extrabeutel Pulver und Munition ausgerüstet. Sollen die Hurenböcke nur kommen – wir sind bereit!« Er warf einen Blick nach oben. Noch immer war ihm nicht klar, warum ihr Kapitän sie hier versammelt hatte. Wie dem auch sein mochte, Hugh Winston legte Wert darauf, daß seine Befehle ausgeführt wurden.

»Gut.« Winston schritt die Kolonne ab. »Verteilt euch nun und bildet am Ufer eine Schützenlinie. Dann wartet. Ich klettere rauf und seh' nach, was die Schießerei zu bedeuten hat. Haltet euch bereit, bis ihr von mir hört. Sobald ihr mich aber die Pistole abfeuern seht, kommt ihr so schnell wie möglich den Hang herauf, ist das klar?«

»Ihr meint, wir gegen das Lumpenpack?« John Mewes spähte den dunklen Hang hinauf. »Aber wie sich das anhört, haben die ihre halbe Bürgerwehr da oben versammelt, Käpt'n.«

»Soll das heißen, daß du meinen Befehl in Frage stellst, John? Du kennst die Regeln an Bord. Die gelten auch für Offiziere.« Damit wandte er sich wieder den anderen Männern zu. »Woll'n wir hier jetzt vielleicht abstimmen?«

»Beim Kreuzestod Christi, nein!« Mewes erinnerte sich an Winstons Vorstellung von Zucht und Ordnung auf der *Defiance*. So etwas wie eine Neunschwänzige Katze, womit die meisten Kapitäne widerborstige Seeleute auspeitschen ließen, besaß er nicht einmal. Er legte niemals Hand an jemanden, der sich etwas hatte zuschulden kommen lassen. Aburteilung und Bestrafung waren vielmehr stets Sache seiner Leute – und deren liebste Freizeitbeschäftigung war das Kielholen all jener, die einem Befehl des Kapitäns zuwidergehandelt hatten. Der Schuldige wurde dabei mit einem Tau um die Hüfte unter den Schiffsrumpf gezogen, bis er halb ertrunken war . . .

»Nichts hab' ich in Frage gestellt. Ich doch nicht! Ich muß wohl im Traum gesprochen haben.«

»Dann gib dir Mühe und wach auf! Ich steige da jetzt rauf, und zwar allein. Nur – wenn ich dich brauche, dann bist du zur Stelle, John, und zwar sofort. Mit den Männern. Das ist ein Befehl.«

»*Aye.*« Mewes' Reaktion mochte als eine Art Salutieren durchgehen, dann spannte er mit großer Geste den Hahn seiner Muskete.

Winston zog die Pistolen im Gürtel ein Stück weit heraus, überprüfte noch einmal, ob er das Bündel mit den Sichtwechseln und den anderen Papieren dabeihatte, und machte sich auf den Weg. Der Zugang zum Lookout Point war menschenleer, doch oben auf dem Hügel, hinter einem Stapel frisch gefällter Baumstämme, erkannte er die verschwommenen Umrisse mehrerer

Personen. Die kaum fünfzig Schritt vor der Versammlungshalle errichtete Barrikade war so gut wie fertig. Bei Fackellicht schlossen die Männer die letzte Lücke mit den bereitliegenden Stämmen. Andere, Offiziere der Bürgerwehr, hatten hinter der Palisade mit Musketen Stellung bezogen und erwiderten das Pistolenfeuer, das aus der halb offenstehenden Tür der Versammlungshalle kam.

Es herrschte ein Höllenlärm, der hin und wieder von der Stimme Benjamin Briggs' übertönt wurde, welcher den Befehl zu führen schien. Der Pflanzer war umringt von Ratsmitgliedern und Offizieren. Der Befehl über die Bürgerwehr war den Besitzern größerer Güter vorbehalten: Ein Major mußte mindestens hundert Morgen Land besitzen, ein Hauptmann fünfzig, ein Leutnant fünfundzwanzig. Wer nicht zumindest fünfzehn Morgen sein eigen nannte, konnte nicht einmal Fähnrich werden.

Die Barrikade war mit Schuldknechten besetzt, die verschiedenen Ratsmitgliedern gehörten und, da die Pflanzer ihnen keine Musketen anvertrauen mochten, nur mit Spießen bewaffnet waren. Viele von ihnen gehörten zu jenen, die zu übernehmen Winston sich bereit erklärt hatte.

Als der Kapitän den Ort des Geschehens erreicht hatte, fielen nur vereinzelt Schüsse. Briggs entdeckte ihn und rief: »Ihr geht am besten aus dem Weg, Sir! Sonst dreht in der Versammlungshalle noch jemand durch und brennt Euch eine Salve Pistolenkugeln auf den Pelz!«

»Ich habe nichts mit Eurem kleinen Krieg hier zu tun.«

»Wahr gesprochen, Sir. Und deshalb können wir auf Eure Dienste heute abend auch verzichten.«

»Wo liegt denn überhaupt die Schwierigkeit?«

»Es geht um die Sicherheit der Insel. Ich habe gesagt, es geht Euch nichts an.«

»Mag sein. Aber diese Schuldknechte hier gehen mich etwas an. Ich will nicht, daß sie erschossen werden.«

»Sagt das der Versammlung, Sir. Wir sind heute abend hier erschienen, um Dalby Bedford in Schutzhaft zu nehmen. Um ihn vor gewissen Elementen auf dieser Insel zu schützen, die entschlossen sind, dem Parlament die Anerkennung zu versagen.

Einige von diesen Hitzköpfen haben indes unsere friedliche Absicht mißverstanden und das Feuer auf uns eröffnet.«

»Vielleicht meinen sie, sie könnten ihn besser ›beschützen‹ als Ihr?«

Wieder pfiff eine Salve aus Richtung der Halle über sie hinweg; die Kugeln schlugen in das Holz der Barrikade. Zwei Pflanzer fluchten und erwiderten das Feuer, worauf die Tür unvermittelt zugeworfen wurde.

»Die Versammlung hat die Herrschaft an sich gerissen, Sir; Ihr seht doch, was hier geschieht! Dabei vertritt sie schon lange nicht mehr die wahren Interessen von Barbados.« Briggs war aufgebracht. »Wir stellen lediglich die rechtmäßige Herrschaft auf der Insel wieder her. Es hätte längst geschehen müssen!«

»Ihr und Euer Rat könnt wiederherstellen, was Euch beliebt. Ich bin bloß gekommen, um meine Schuldknechte zu holen, ehe Ihr sie zu Tode kommen laßt.«

»Noch gehören sie Euch nicht, Sir! Die Lage hat sich verändert. Wir lassen sie nicht ziehen, solange auf dieser Insel Aufruhr und Zwietracht herrschen.«

»Das einzige, was hier Zwietracht sät, sind die Musketen.« Winston griff in die Tasche seines Wamses und holte die lederumhüllten Bündel mit den Sichtwechseln hervor. »Wir werden daher jetzt und hier die Übertragung vornehmen – auf der Stelle!«

»Ich will verdammt sein, wenn Ihr auch nur einen einzigen Mann bekommt! Dies ist nicht der verabredete Zeitpunkt.« Briggs sah sich im Kreis der anderen Ratsmitglieder um. Die hinter ihnen stehenden Schuldknechte hatten die Arbeit eingestellt.

»Die Wechsel sind auf Verlangen zu begleichen. Über die Bedingungen haben wir uns geeinigt, und jetzt fordere ich sie ein.« Winston reichte Briggs das erste Päckchen. »Es sind Zeugen genug vorhanden. Hier sind die Sichtwechsel. Und die von mir erwählten Schuldknechte *gehören* jetzt mir.« Mit diesen Worten zog Winston einen weiteren Stoß Papiere aus der anderen Tasche des Wamses. »Ihr könnt Euch gern die Tratten ansehen. Ich überprüfe inzwischen die Liste meiner Männer.«

Briggs nahm das Lederbündel in Empfang, warf es aber gleich danach auf den Boden. Dann hob er seine Muskete. »Diese Männer unterstehen nach wie vor uns. Bis *wir* ausdrücklich unsere Genehmigung dazu erteilen, wird kein anderer sie bekommen. Nicht einmal . . .«

Eine Salve von Musketenschüssen löste sich aus den Fenstern der Versammlungshalle. Briggs und die anderen Pflanzer hinter der Barrikade sahen sich genötigt, den Kopf einzuziehen. Winston blieb stehen und rief den ersten Namen auf seiner Liste auf.

»Timothy Farrell.«

Völlig verdattert trat der rotgesichtige Ire vor und hockte sich, den Spieß immer noch in der Hand, hinter dem Holzstapel auf den Boden.

»Das ist mein Name, Euer Ehren. Aber Master Briggs . . .«

»Farrell, hier ist der Kontrakt, den wir für die Übertragung deiner Person auf mich aufgesetzt haben.« Winston nahm das erste Blatt Papier von dem Stapel. »Ich habe ihn als bezahlt abgezeichnet und ihn siegeln lassen. Komm her, hol ihn dir ab, dann bist du frei. Du kannst gehen, wohin du willst.«

»Was soll das heißen, Euer Gnaden?« Einen Augenblick später griff Farrell beherzt nach dem Papier und starrte es, ohne seinen Inhalt zu begreifen, im Fackellicht an. »Ich hab' zwar gehört, daß Ihr meinen Kontrakt aufkaufen wollt. Aber nach meiner Rechnung sind meine zwei Jahr noch nicht abgedient.«

»Ich habe den Kontrakt gekauft. Du hältst ihn in der Hand. Du bist ein freier Mann.«

Farrell hockte da, starrte auf das Papier, untersuchte das Wachssiegel und versuchte, das Geschriebene zu entziffern. Das plötzlich einsetzende gespannte Schweigen wurde unversehens wieder von einer Salve Musketenschüsse aus der Versammlungshalle unterbrochen. Nachdem sie verhallt war, fuhr Winston fort: »Nun hör zu, Farrell. Falls du Lust hast, bei einem Unternehmen von mir mitzumachen – wir segeln in ein paar Tagen von Barbados ab –, dann kannst du das tun. Von heute an beträgt dein Lohn fünf Shilling die Woche.«

»Euer Gnaden . . . ich bitte um Vergebung, aber irgendwie versteh' ich nicht, was Ihr da sagt. Ihr habt den Kontrakt aufgekauft? Und habt durch Eure Unterschrift erklärt, daß er abgedient ist?«

»Mit diesen Sichtwechseln.« Winston zeigte auf das Bündel, das neben Briggs auf der Erde lag.

Farrells skeptischer Blick wanderte zu den Papieren und dann wieder zu Winston. »Und jetzt, sagt Ihr, bin ich frei?«

»Das wird durch die Unterschrift und das Siegel auf dem Kontrakt bestätigt. Laß es dir von jemandem vorlesen, wenn du magst.«

»Und ich kann Euer Gnaden gegen Lohn dienen, wenn ich möchte?« Seine Stimme gewann zusehends an Festigkeit.

»Fürs erste fünf Shilling die Woche. Später gibt es vielleicht mehr, falls du . . .«

»Heilige Muttergottes und alle Heiligen! Ich bin frei!« Er stopfte das Papier in die Tasche, sprang dann auf, warf den Strohhut in die Luft und jubelte: »Frei! Nie hätt' ich geglaubt, daß ich so lang' leb', dies Wort noch zu hören!« Rasch warf er einen Blick auf die Versammlungshalle, kam dann jedoch zu dem Schluß, daß von dort keine Gefahr drohe, und tanzte um den Holzstoß herum.

»Am dreckigen Ende der Gasse aus Dreck
Lebt' ein dreckiger Schuster, ein Mann namens Heck . . .«

»Der Mann gehört immer noch mir!« Briggs richtete sich auf und hob die Muskete.

Farrell fuhr herum und fuchtelte mit dem Spieß vor der Nase des Pflanzers hin und her. »In der Hölle könnt Ihr schmoren, Ihr pockenverseuchter Hundsfott! Drei Jahr' hab' ich jetzt von Eurem Maisbrei gelebt, bis ich kaum noch steh'n konnt'. Und hab' mich abgerackert auf Euren sonnenversengten Feldern von früh bis spät, erst Euren verdammten Tabak gehackt und jetzt Euer gottverfluchtes Zuckerrohr. Ohne einen einzigen Farthing dafür zu sehen, nicht mal 'n neues Paar Hosen. Aber Seine Gnaden sagt, er hat mich freigekauft. Und auf diesem Papier hier steht, ich bin frei. Das heißt, genauso frei, wie Ihr es seid. Ich werde jedem Mann diesen Spieß in den Bauch rammen — bei

Gott werd' ich das tun, seht Euch vor –, der noch ein einziges Wort gegen Seine Ehren sagt! Ich werd' ihm dienen, solange ich steh'n kann, sonst soll mich der Schlag treffen, so wahr ich hier stehe!« Er stieß noch einen Freudenruf aus. »Lieber Jesus, der Du einen solchen Durst hast! Ich bin *frei!*«

»Jim Carroll.« Winstons Stimme fuhr mechanisch fort, die Namen vorzulesen, und er ließ sich davon auch nicht abhalten, als sich unter den Schuldknechten ein aufgeregtes Gemurmel erhob.

»Hier, untertänigst zu Diensten, Euer Gnaden!« Ein zweiter Mann bahnte sich mit den Ellbogen den Weg durch die dichtgedrängte Schar und schob ein paar Leute beiseite.

»Hier ist dein Kontrakt, Carroll. Er ist als bezahlt unterschrieben und besiegelt, und es steht dir frei zu gehen, wohin du willst. Aber wenn du möchtest, kannst auch du in meine Dienste treten. Die Bedingungen kennst du ja.«

»Ich würd' Euch auch für einen lausigen Penny im Jahr dienen, Euer Gnaden!« Er nahm das Papier an sich, stieß einen gälischen Freudenschrei aus, und eine Träne rann ihm die Wange herunter. »Für vier Jahr' Plackerei auf den Feldern hab' ich nichts vorzuweisen als Gliederreißen und 'n leeren Bauch. Lieber will ich auf der Stelle tot umfall'n als auch noch 'ne einzige Minute länger diesem Schinder hier dienen!«

»Gott verfluch Euch, Winston!« Briggs riß die Muskete hoch, und man hörte ein unheilverkündendes Klicken. »Wenn Ihr Euch einbildet, daß Ihr mich . . .«

Carroll fuhr herum und hielt Briggs den Spieß unter die Augen. »Frei bin ich, bei Gott! Und eher bringt Ihr mich um, als daß Seiner Gnaden auch nur ein Haar gekrümmt wird – falls ich Euch nicht vorher den Bauch aufschlitz'!«

Briggs wich, die Muskete immer noch umklammert, vor dem Spieß zurück. Die anderen Ratsherren hatten die Waffen erhoben und einen Kreis gebildet.

»Die verdammten Schuldknechte gehören Euch noch nicht!« schrie Nicholas Whittington. »Es war beileibe nicht abgemacht, daß Ihr sie *jetzt* schon bekommt.«

»Ihr habt Eure Sichtwechsel. Und die Bedingungen lauteten:

Begleichung auf Verlangen! Aber wenn Ihr wollt, daß diese Männer bleiben – so befehlt es ihnen doch!« Er warf einen Blick auf die Liste und rief: »Tom Darcy!« Ein ausgemergelter Mann mit einem schäbigen Strohhut trat vor, und Winston wandte sich an die Ratsherren. »Ihr könnt ihnen meinetwegen gern einen Lohn anbieten; vielleicht wollen sie ja bei Euch bleiben. Da aber alle ihre Kontrakte unterschrieben und mit Siegel versehen sind, habe ich in der Sache nichts mehr zu sagen.«

»Ich aber habe sehr wohl was dazu zu sagen, Sir!« Whittington hob die Muskete. »Ich habe größte Lust, diesem Schurkenstreich auf der Stelle ein Ende zu setzen. Noch ein Wort von Euch, und es ist Euer letz . . .«

Winston sah auf und rief der Meute der Schuldknechte zu: »Ich nehme an, ihr wißt, wer auf der Liste steht. Wenn die Betreffenden vortreten wollen, können sie sich ihre Papiere abholen. Eure Kontrakte sind bezahlt, und es steht Euch frei zu gehen. Jeder, der Lust hat, in meine Dienste zu treten, komme zu mir.«

Whittington wurde von den Vorwärtsstürmenden einfach umgerissen, und Strohhüte flogen durch die Luft. Begierig wurden die Papiere, die Winston in der Hand hielt, an die Betroffenen weitergereicht. Der Rat und die Offiziere der Bürgerwehr bildeten einen Kreis, um sich gegenseitig zu beschützen, und hielten immer noch die Musketen im Anschlag.

Bei all dem Durcheinander bemerkte keiner der Anwesenden den Lichtstrahl, der aus der Tür der Versammlungshalle auf den Raum zwischen Halle und Barrikade fiel. Einer nach dem anderen huschten die Angehörigen der Freisassen-Versammlung heraus, um ja nichts von den Geschehnissen zu versäumen. An ihrer Spitze stand Anthony Walrond in brokatenem Wams, die Steinschloßpistole in der Hand. Aus seiner Miene ging hervor, daß er sich keinen Reim auf die Vorfälle machen konnte. Auch Briggs wurde ihrer jetzt gewahr. Er fuhr herum, um seinen Ratsherren mit der Muskete Deckung zu geben.

»Liefert Bedford aus, oder die Hölle bricht los! Das schwöre ich!«

»Nehmt die Muskete runter, Ihr Hundsfott!« Farrell stieß

einen Schrei aus, warf sich über den Lauf des Gewehrs, packte es am einen Ende und steckte es in den Boden. Als die Muskete losging, gab es einen lauten Knall, und aufglühendes Pulver stob in die Nacht.

»Herrgott im Himmel!« Walrond trat ins Dunkel, und etliche Abgeordnete folgten. »Worum, zum Teufel, geht es hier überhaupt?«

»Um nichts, das Euch etwas anginge.« Winston legte die Hand an den Kolben einer seiner Pistolen. »Ich rate Euch, geht wieder hinein in die Halle und wartet, bis ich hier fertig bin.«

»Wir hatten gerade eine Sitzung beendet, Sir.« Walrond musterte Winston mit eisigem Blick und sah dann die Mitglieder des Rates an. »Da kamen diese Schurken herein, hielten die Anwesenden in Schach und erklärten, sie wären gekommen, um den Gouverneur mitzunehmen – ihn zu ›beschützen‹, wie sie sagten. Ich darf annehmen, Ihr steckt mit diesen Leuten unter einer Decke.«

»Ich bin hier, um meine eigenen Interessen zu wahren, was mir genausoviel Recht gibt, hier zu sein, wie Euch. Ich kann mich im übrigen nicht entsinnen, daß Ihr je in diese Körperschaft hineingewählt worden wäret.«

»Ich bin heute in meiner Eigenschaft als Berater hier, Kapitän.« Walrond blickte sich nach den anderen um, die alle schußbereite Pistolen in der Hand hielten. »Um meine Ansichten über die Situation daheim in England vorzutragen . . .« Noch während er sprach, trat Bedford aus der Menge hervor, unmittelbar gefolgt von einer strahlenden Katherine.

Winston wandte sich zu ihr um. Sie war noch viel schöner, als ihm bisher bewußt gewesen war. Selbstsicher, in einem schimmernden Rock mit gepufften Ärmeln, schritt sie durch das dämmerige Fackellicht auf ihn zu.

»Kapitän Winston – haben wir Euch für diese Verwirrung hier zu danken?«

»Nur zum Teil, Miss Bedford. Ich bin nur vorbeigekommen, um mich nach meinen Schuldknechten zu erkundigen. Mir wurde hinterbracht, daß einige von Euren Abgeordneten auf sie schössen.«

Anthony Walrond starrte Katherine an. »Darf ich davon ausgehen, daß Ihr diesen Mann kennt? Das spricht nicht für Euch, Madame das muß ich schon sagen.« Er machte kehrt und ging direkt auf Briggs und die Ratsangehörigen zu. »Und Euch allen kann ich sagen, daß die Angelegenheit, um die es heute nacht ging, noch lange nicht abgeschlossen ist. Ihr werdet darüber noch Rechenschaft ablegen müssen, Gentlemen, verlaßt Euch drauf. Hier ist gegen das Gesetz verstoßen worden.«

»Ihr, Sir, solltet das am besten wissen.« Briggs trat vor und legte die Hand an die im Gürtel steckende Pistole. »Denn Ihr und dieser Haufen royalistischer Aufrührer, der sich Freisassen-Versammlung nennt – Ihr würdet alles daransetzen, um diese Insel unrechtmäßig ins Verderben zu treiben. Der Rat von Barbados ist der Auffassung, daß diese Körperschaft von Stund an aufgelöst werden muß. Neue Wahlen sollen abgehalten werden, um die Voraussetzung dafür zu schaffen, daß die Interessen der Insel wider all diejenigen vertreten werden, die uns in einen törichten Krieg mit dem Commonwealth of England treiben möchten.«

»Damit sprecht Ihr, Sir, jetzt dieselbe Sprache wie die Rebellen in unserem Mutterland. Ich nehme an, Ihr möchtet, daß diese Insel sich den Schurken im Parlament beugt, die gegenwärtig damit drohen, unseren rechtmäßigen König zu köpfen.«

»Gentlemen, bitte!« Dalby Bedford trat zwischen sie und hob die Hand. »Ich dulde diesen Streit nicht. Wir alle sind Engländer und müssen versuchen, uns zu einigen. Ich für meinen Teil hätte nichts dagegen, den Rat aufzufordern, sich mit der Versammlung an einen Tisch zu setzen. Gemeinsam sollten wir versuchen, über die Marschroute zu entscheiden, die einzuschlagen für uns das beste ist.«

»Ich sehe keinen Anlaß dafür, daß der Rat den Tisch mit einem Haufen Aufrührer teilen sollte, die die Knie nicht vor dem rechtmäßigen König von England beugen wollen.« Walrond wandte sich wieder den Mitgliedern der Versammlung zu. »Ich meine, Ihr solltet heute noch eine Ergebenheitsadresse aufsetzen. Jeder Mann, der sich weigert, seiner Majestät die Treue zu schwören, sollte zurückgebracht werden nach England – mag er sich dort ruhig den Verrätern anschließen, die dabei sind, die Monarchie zugrunde zu richten.«

»Nein!« Katherine war vorgetreten und wandte sich direkt an ihn. »Diese Insel ist den ganzen Bürgerkrieg über neutral geblieben. Wir haben nie Partei ergriffen, weder für den König noch für das Parlament. Warum sollten wir das gerade jetzt tun, wo der Krieg beendet ist?«

Erschrocken blickte Walrond auf sie herab. »Weil die Zeit gekommen ist, Farbe zu bekennen, Katherine. Weil wir zeigen müssen, daß auf uns Verlaß ist. Die Rebellen mögen England im Augenblick in der Hand haben – nur ist das noch lange kein Grund, daß auch wir hier in der Neuen Welt dem König den Rücken zuwenden.«

»Aber es gibt noch eine andere Möglichkeit, die uns offensteht.« Katherine holte tief Atem, und Winston sah die Entschlossenheit in ihren Augen, als sie sich nun den Abgeordneten der Freisassen-Versammlung zuwandte. »Denkt gut darüber nach! Wir haben nie England gehört, sondern der Krone. Aber die Monarchie ist abgeschafft, und Privilegien wie die Königlichen Bestallungen sind null und nichtig. Ich meine, wir sollten uns mit den anderen englischen Siedlungen zusammentun und in Amerika eine eigene Nation gründen. Barbados sollte mit gutem Beispiel auf diesem Weg vorangehen und seine Unabhängigkeit erklären.«

»Sapperlot! So etwas habe ich noch nie gehört.« Briggs trat vor und schüttelte die Schuldknechte ab. »Wenn wir das täten, gäbe es mit Sicherheit Krieg. Wir müssen Engländer bleiben, sonst schickt Cromwell eine Armee, uns auszuräuchern.« Er wandte sich Walrond zu. »Rebell oder nicht, Cromwell repräsentiert die Macht Englands! Wir müßten Narren sein, wollten wir uns gegen ihn stellen – sei es als Königstreue oder weil wir einem törichten Traum von Unabhängigkeit nachhängen. Wie kommt Ihr nur auf solche Ideen, Madame? Es würde doch das Ende all unserer Hoffnungen auf Wohlstand und Prosperität bedeuten, wollten wir jetzt Krieg gegen England führen. Wir hätten keinerlei Möglichkeit mehr zu verhandeln.«

»Ihr, Sir, habt in dieser Sache nichts zu melden. Die Wahrscheinlichkeit ist groß, daß man Euch wegen Verrats vor Gericht stellt, noch ehe die Woche zu Ende ist.« Walrond fuchtelte mit seiner Pistole vor Briggs' Gesicht herum, bevor er sich wieder Katherine zuwandte. »England ist seinem König verpflichtet, Madame, genauso – wenn ich Euch das in Erinnerung rufen darf – wie eine Frau ihrem Gatten. Es ist unsere Pflicht, der Monarchie die Treue zu halten und ihr zu dienen.«

»Was mich angeht: Für mich ist der König nichts weiter als ein Mann und ein Mensch. Genauso wie ein Gatte, Sir.«

»Eine Frau nimmt es bei der Hochzeit auf ihren Eid, ihrem Gatten zu gehorchen. Das solltet Ihr nicht vergessen.« Anthony Walrond bedeutete den Ratsangehörigen, sich um ihn zu scharen, stieg daraufhin auf einen großen Baumstamm und fuhr fort: »Ich möchte nochmals betonen, daß nach meinem Dafürhalten noch heute früh von der Versammlung von Barbados ein Treueschwur für König Charles beschlossen werden sollte. Wir müssen wissen, auf welcher Seite diese Insel steht.« Er starrte Dalby Bedford an. »Genauso wie ein Mann gut daran tut zu wissen, was er von der Frau zu erwarten hat, die er zur Gattin nimmt.«

»Es ist nicht Eures Amtes, diese Versammlung zu einer Abstimmung zu nötigen«, ließ Briggs sich speichelsprühend vernehmen. »Ihr seid kein gewählter Deputierter!« Sein Blick wanderte zwischen Walrond und Bedford hin und her. »Genau das zu unterbinden, sind wir ja heute nacht hergekommen, so wahr mir Gott helfe!«

»Und Ihr, Sir, habt kein Recht, Euch in die rechtmäßige Arbeit dieser gewählten Körperschaft einzumischen.« Walrond wandte sich wieder den Mitgliedern der Freisassen-Versammlung zu, die die Köpfe zusammensteckten und sich berieten.

Winston sah Katherine an. Er bewunderte ihren Idealismus – und den Mumm, dem Mann, den sie heiraten sollte, offen die Stirn zu bieten. Walrond, so viel war ihm klar, war es um nichts anderes zu tun als darum, in Barbados eine Exilregierung zu etablieren und damit möglicherweise eine Ausgangsbasis für die Restauration der Monarchie in England. Katherine dagegen war eine nicht nur im politischen Sinne auf Unabhängigkeit erpichte Frau, da durfte man sich nichts vormachen. Sir Anthony Walrond konnte sich auf einiges gefaßt machen, wenn es ihm gelang, seine Zukunftspläne in die Tat umzusetzen – vom Commonwealth *und* dieser Frau!

Immerhin, genau besehen, war die Idee mit der Unabhängigkeit gar nicht so schlecht. Warum, zum Teufel, auch nicht? Sollte England doch zur Hölle fahren!

»Ich meine, der anmaßenden Versuche, die Macht auf dieser Insel an sich zu reißen, sollte für heute genug sein.« Winston trat Walrond herausfordernd entgegen.

»Ihr besitzt die Stirn, Euch hier einfach blicken zu lassen? Wo Ihr doch vor zwei Jahren vor Nevis Island eines meiner Schiffe geplündert habt – eine Ladung feinster Tuche sowie Musketen in großer Zahl!«

»Ja, da Ihr nun schon davon sprecht – Ihr habt recht, ich habe das Leben von gut fünfzig Mann gerettet, die im Begriff standen zu ertrinken, weil sie kein seetüchtiges Beiboot hatten. Und da Ihr an der Ausrüstung so viel gespart hattet, dachte ich, Ihr könntet es Euch leisten, mich für meine Mühe ein wenig zu entschädigen.«

»Es war Diebstahl, Sir – kein Gericht würde es anders bezeichnen.«

»Jedes derartige Gericht kann mir den Buckel runterrutschen!«

»Es verwundert mich nicht, solches von Euch zu hören.« Walrond richtete seine Pistole auf den Kapitän. »Wollt Ihr wissen, wohin Ihr gehört? Ich sage es Euch: nach Tortuga zu Euren Spießgesellen, nicht nach Barbados in die Gesellschaft ehrlicher Männer. Euer Beruf, Kapitän, hat Euch für den Strick prädestiniert.«

»Und wozu hat der Eure Euch prädestiniert?« Hugh Winston wich keinen Fingerbreit von der Stelle. »Laßt Euch in die Versammlung wählen und haltet dann Eure Reden. Ich bin die ewigen Lobeshymnen auf Euren König leid. Ehrlich gesagt, ich hab' nie sonderlich viel von ihm gehalten.«

»Geht nicht zu weit, Sir, ich warne Euch! Eure Unverschämtheiten erreichen das Ohr eines Offiziers Seiner Majestät des Königs. Ich habe in vergangenen Jahren mit so manchem Dieb und Schmuggler kurzen Prozeß gemacht. Es könnte mir in den Sinn kommen, hier und jetzt längst fällige Gerechtigkeit walten zu lassen . . .«

Dalby Bedford räusperte sich und trat zwischen die Streitenden. »Gentlemen, ich meine, es ist heute nacht auf allen Seiten hitziger zugegangen, als nötig gewesen wäre. Wir alle sollten ein oder zwei Tage ins Land gehen lassen und versuchen, einen kühlen Kopf zu bekommen. Ich bin überzeugt, die Versammlung würde sich einem Antrag auf Vertagung anschließen, um uns Zeit zu geben, über den Kurs, den wir einschlagen sollten, nachzudenken. Die ganze Angelegenheit sollte nicht auf die leichte Schulter genommen werden. Ein Krieg gegen England ist kein Kinderspiel.«

». . . eine Aussicht, die gewisse Leute unter uns nicht davon abhalten kann, sich an ihre Grundsätze zu halten, Sir«, ließ Walrond sich neuerlich vernehmen. »Ich verlange, daß diese Versammlung auf der Stelle darüber abstimmt . . .«

»Über gar nichts werdet Ihr abstimmen!« schrie Briggs und zog nun seinerseits die Pistole. Zwei Mitglieder der Versammlung gingen mit den Fäusten aufeinander los – der eine Mann war für, der andere gegen die Monarchie. Sekunden später beteiligten sich andere an der Rauferei, und plötzlich fielen auch Pistolenschüsse.

Guter Gott, dachte Winston, so weit ist es nun mit der berühmten Freisassen-Versammlung von Barbados gekommen! Beiläufig nahm er wahr, daß im Osten das erste frühmorgendliche Grau den Himmel erhellte. Es war eine lange Nacht gewesen. Was wird erst geschehen, fragte er sich, wenn die anderen Inselbewohner im Laufe des Tages erfahren, was sich hier abgespielt hat? Wo soll das noch enden . . .?

»Schluß da!« Vom Strand her übertönte eine laute Stimme das Geschrei.

Als Winston sich umwandte, sah er eine hin und her schwankende Laterne den Hang heraufkommen. Dann erkannte er Johan Ruyters, der keuchend näher kam.

Der Holländer musterte das Durcheinander, das sich seinen Augen bot, und sein Erscheinen wirkte augenblicklich ernüchternd auf die Streithähne. Sie hielten inne und sahen ihn verlegen an. Ruyters ging direkt auf Dalby Bedford zu und legte die Finger an den breitrandigen Hut. »Euer Diener, Sir.« Dann sah er sich um und nickte der Menge zu. »Allerergebenster Diener, Gentlemen, meine Herrschaften.« Wieder an Bedford gewandt, fuhr er fort: »Wiewohl es nicht zu meinen Gepflogenheiten gehört, mich an Euren feierlichen englischen Versammlungen zu beteiligen oder mich gar einzumischen, hielt ich es in diesem Falle doch für angeraten. Ich wollte Euch mitteilen, was ich soeben erfahren habe.« Er holte tief Atem und stellte die Laterne ins Gras. »Vorhin ist die *Kostverloren* aus Amsterdam unten im Hafen vor Anker gegangen, und Kapitän Liebergen hatte nichts Eiligeres zu tun, als uns zusammenzurufen – was sonst so gar nicht seine Art ist, glaubt mir. Er sagte, gestern abend, bei Einbruch der Dunkelheit, sei er mit seinem Schiff gerade noch drei Meilen einer englischen Flotte voraus gewesen!«

»Großer Gott, steh uns bei!« Walrond holte vernehmlich Atem.

»*Aye,* dasselbe habe ich selbstverständlich auch gedacht.« Ruyters blickte sich um. »Wenn Ihr mich fragt, so würde ich sagen, Euer englisches Parlament hat diese Flotte ausgeschickt, meine Herren. Und deshalb wären wir wohl gut beraten, Gott ein wenig an die Hand zu gehen, wenn wir nicht wollen, daß der Hafen schon bei Tagesanbruch eingenommen wird.«

»Großer Gott – und aus wie vielen Fahrzeugen besteht die Flotte?« Bedford fuhr herum und blickte angestrengt zum dämmrigen Horizont.

»Liebergens Ausguck meint, er habe vom Krähennest des Hauptmastes aus mindestens fünfzehn Segel gezählt. Die Hälfte davon sah nach Kauffahrteischiffen aus, der Rest wies eindeutig auf Kriegsschiffe hin, die wohl über je dreißig Kanonen verfügen. Wir waren schon dabei, alles fürs Ankerlichten und Auslaufen vorzubereiten, aber wahrscheinlich ist es jetzt ohnehin zu spät. Ich würde meinen, bei der Artillerie und bei der Leinwand, über die sie verfügen, haben sie den Hafen bis zum Tagesanbruch abgeriegelt.«

»Ich kann das nicht glauben!« Skeptisch wandte Walrond den Blick gen Osten.

»Wie Ihr wollt, Sir.« Ruyters lächelte. »Aber wenn Ihr so gut sein wollt, einen Mann auf die höchste Stelle der Klippe hinaufzuschicken – ich möchte wetten, er kann ihre Mastspitzen bereits sehen.«

Winston hatte das Gefühl, alles Leben sei mit einem Male aus ihm gewichen. Das war das Ende aller seiner Pläne. Wenn der Hafen abgeriegelt würde, würde er es nie schaffen, mit seinen Schuldknechten loszusegeln, und es war nicht auszuschließen, daß es für ihn nie wieder ein Entkommen geben würde.

Unmittelbar unterhalb der grauen Wolkenbank war eine Kette flackernder Nadelspitzen zu erkennen – Mastlaternen! Die Anwesenden starrten erschrocken hinüber. Schließlich ließ sich Bedfords Stimme vernehmen, sie klang hart und entschlossen: »Es bleibt uns nichts anderes übrig, als sich ihnen zu stellen. Die Frage ist nur: Was, zum Teufel, haben sie vor?«

Ruyters hob seine Laterne und blies sie aus. »Nach meinem Dafürhalten solltet Ihr als erstes die Kanonen bemannen, die Ihr auf dem Point stehen habt. Nachforschungen könnt Ihr danach immer noch anstellen. Ihr dürft sie unter keinen Umständen in die Bucht hereinlassen. Wir müssen mit unseren Schiffen manövrieren können, und außerdem haben wir wertvolle Ladung an Bord. Es würde Euch teuer zu stehen kommen, würde ich auch nur Waren im Wert eines Florins verlieren, das laßt Euch gesagt sein.«

Bedford ließ den Blick zu den Kanonenbettungen auf der umbrandeten Klippe schweifen. »*Aye*. Nur meine ich, wir haben sehr wohl allen Grund herauszufinden, warum die Flotte überhaupt kommt. Was wir bis jetzt zu hören bekommen haben, sind doch bloß Gerüchte.«

Briggs war neben ihn getreten. »Sir, ich hörte aus verläßlicher Quelle – nämlich von meinem Makler in London –, daß vor vier Wochen vom Staatsrat ein Gesetz verabschiedet wurde, daß zum Ziel hat, unseren Handel so lange zu unterbinden, bis die Versammlung das Commonwealth durch Abstimmung anerkennt. Er hat mir sogar eine Abschrift zukommen lassen. Die Flotte wurde zu jenem Zeitpunkt bereits zusammengezogen. Ich weiß zwar nicht, wie viele Kriegsschiffe darunter sind, Flaggschiff jedoch soll die *Rainbowe* sein, und die ist mit fünfzig Kanonen bestückt.« Der Pflanzer wandte sich wieder den versammelten Freisassen zu. »Und der sicherste Weg in den Ruin wäre jetzt Widerstand.«

Etliche Versammlungsmitglieder schrien ihn rüde nieder, Königstreue verfluchten das Commonwealth. Verschiedentlich ertönte der Ruf nach Widerstand.

»Nun, wie dem auch sei, zunächst werden wir herausfinden, was sie wollen, ehe wir irgend etwas überstürzen.« Bedford sah sich um. »Wir haben unten hinter der Schanze Kanonen. Ich meine, wir sollten die Flotte zumindest vorläufig daran hindern, in die Bucht einzulaufen.«

»Aber ohne Kanoniere schafft Ihr das nicht.« Ruyters Stimme klang resigniert. »Wer versteht sich denn hier auf dieses Handwerk? Zeigt mir einen Mann, der wenigstens mal eine Lunte in der Hand gehabt hat, und Ihr dürft mich hängen. Meine Leute kann ich Euch nicht überlassen, obgleich ich das von Herzen gern täte. Aber das wäre allzu eindeutig ein kriegerischer Akt.«

Winston starrte zum Strand hinunter auf seine dort wartenden Matrosen. Sollte die englische Navy in die Carlisle Bay einlaufen, wäre das erste Schiff, das sie als Prise nehmen würden, die *Defiance*.

»Gott steh mir bei!« Er zauderte noch einen Moment, dann trat er an den Rand des Abhangs und zog eine Pistole. Der Schuß hallte durch die morgendliche Stille.

Unten am Ufer wurde ein Chor von Rufen laut, und unter der Führung von John Mewes kam, die Musketen schußbereit in den Händen, ein Trupp von Seeleuten die felsige Böschung herauf. Winston wartete, bis sie oben waren, dann winkte er sie heran. »Alle Kanoniere melden sich unten an der Schanze zum Einsatz, und zwar im Laufschritt, verstanden?« Er zeigte auf die Reihe rostiger Kanonenrohre, die auf die Bucht ausgerichtet waren. »Den Befehl übernimmt Oberkanonier Tom Canninge.«

Einige von den Leuten salutierten lässig, machten kehrt und sprangen die Böschung wieder hinunter. Winston sah ihnen nach und wandte sich dann an Bedford. »Wieviel Pulver habt Ihr?«

»Pulver? Keine Ahnung. Wir müssen im Arsenal da drüben nachsehen.« Bedford zeigte auf ein niedriges Gebäude, das hinter der Brustwehr zu sehen und von eigenen steinernen Befestigungen umringt war. »Ich schätze, ein Dutzend Fässer oder so.«

Winston sah Mewes an. »Sieh nach und prüfe, ob es noch zu verwenden ist, John.«

»*Aye.*« Mewes übergab einem der französischen Matrosen seine Muskete, dann war er fort.

»Und der rostige Haufen Kugeln hinter der Schanze? Bessere habt Ihr nicht?«

»Das ist alles, was wir auf dem Point haben. In Jamestown und drüben in Oistins haben wir mehr.«

»Dazu reicht die Zeit nicht.« Winston winkte Ruyters heran. »Erinnert Ihr Euch noch an unsere Abmachung gestern abend?«

»*Aye*, und ich fürchte, uns bleibt gar keine andere Wahl. Jetzt käme ich sowieso nicht mehr rechtzeitig hinaus aufs offene Meer.« Bedauern malte sich in den Augen des Holländers. »Ich werde als erstes Munition heraufschicken lassen und dann anfangen, meine Neunpfünder auszuladen.«

»Alles, was wir im Augenblick brauchen, ist ausreichend Munition. Wir müssen sie glauben machen, es gäbe hier oben eine anständige Batterie. Zusätzliche Kanonen können wir später heraufschaffen.«

»Darf ich die Herren daran erinnern«, wandte Bedford ein, »daß wir nicht vorhaben, einen Krieg vom Zaune zu brechen. Wir brauchen bloß etwas Zeit, um zu versuchen, dem Parlament Vernunft beizubringen.«

Winston war nicht entgangen, daß Briggs und eine Reihe von Ratsangehörigen die Köpfe zusammensteckten und sich mit ernsten Mienen berieten. Wer von ihnen, dachte er, wird im Falle einer Attacke wohl der erste sein, der sich auf die Seite des Parlaments schlägt und die Insel verrät?

Mewes kam wieder den Hügel herauf. »Es sind zwanzig Fässer da, Käpt'n. Ich hab's probiert, und ich wette, es ist trocken und brauchbar.«

Winston nickte und winkte dann Edwin Spurre heran. »Laß von den Männern hier fünf Fässer zum Point runterschaffen, damit die Kanoniere anfangen können, die Feldschlangen zu laden. Und vergewissere dich, daß alle Zündlöcher rostfrei sind.«

»*Aye.*« Spurre bestimmte vier Männer, die ihn zum Arsenal hinunter begleiten sollten. Gerade, als sie aufbrechen wollten, wurden sie von einem Trupp irischer Schuldknechte aufgehalten und umringt.

Timothy Farrell trat auf Winston zu und verneigte sich. »Bitte, Euer Gnaden, wir wollen gern tragen helfen, wenn Ihr uns brauchen könnt. Und wir wär'n auch gern diejenigen, die sie unten am Strand in Empfang nehmen.«

»Ihr könnt euch da raushalten, Farrell. Ich würde sagen, ihr habt nun wahrhaftig wenig genug, euer Leben dafür in die Schanze zu schlagen.«

»*Aye,* Euer Gnaden, das mag schon richtig sein. Aber haben wir richtig verstanden, daß diese Flotte da draußen von diesem erzbösen Hundsfott Cromwell geschickt worden ist?«

»Ja, soweit ich weiß, kommt sie auf seinen Befehl.«

»*Aye.* Als Irland sich weigerte, sich seinem Parlament zu beugen, behauptete er, wir wär'n sowieso alle Papisten und hätten keine Rechte. Er hat seine Puritaner-Truppen auf irischen Boden geführt, Euer Gnaden, und hat unsere Garnisonstadt Drogheda eingeschlossen. Und dann erlaubte er seinen Soldaten, unsere Leute abzuschlachten. Dreitausend Männer, Frauen und Kinder. Und dafür wurde er dann von allen puritanischen Kanzeln in England herab gelobt!« Farrell hielt inne und sammelte sich. »Ein Cousin von mir ist dabei umgekommen, Euer Gnaden, er und seine Meggie. Und einer von Cromwells tapferen Puritaner-Soldaten hat ihr kleines Töchterchen als Schild benutzt, als er dabei half, eine Kirche zu stürmen und in Brand zu setzen, bloß um die Priester umzubringen. Vielleicht bildet der ketzerische Hundsfott sich ein, wir hier draußen hätten davon nichts gehört . . .« Abermals verneigte Farrell sich. »Auf das Laden und Abfeuern der Kanonen versteh'n wir uns nicht, Euer Gnaden, aber wenn Euer Gnaden gestatten, wollen wir zumindest Pulver und Munition hinschaffen.«

»Die Erlaubnis dafür habt ihr.« Mit dem Daumen schickte er sie zu Spurre.

Die Armada der Segel am Horizont war jetzt deutlich zu erkennen und wurde rasch größer. Als die ersten Strahlen der

Morgensonne übers Wasser fielen, konnte man am Flaggschiff die englischen Farben erkennen. Das mächtige Schiff war dunkelbraun und hatte riesige cremefarbene Segel. Es hatte alle verfügbare Leinwand gesetzt, scherte aus dem Flottenverband aus und lief auf den Hafen zu.

Winston sah sich das Kriegsschiff genau an. Er konnte nicht umhin, seine Größe und seine Majestät zu bewundern. Es ist ein Witz, dachte er. Als es darum ging, den eigenen Landsleuten gegen die Spanier zu helfen, hat England nicht ein Kriegsschiff in die Neue Welt geschickt, nicht einmal, nachdem die Spanier schutzlose Siedlungen niedergebrannt hatten. Und jetzt schicken sie das schönste Schiff der gesamten Navy gegen das eigene Volk.

»Zum Teufel mit ihnen, das *ist* die *Rainbowe.*« Bedford kniff die Augen zusammen und spähte zum Schiff hinüber. »Früher war sie König Charles' königliches Admiralsschiff. Sie hat bestimmt gut zweihundert Mann Infanterie an Bord.«

Winston spürte, wie sich ihm der Magen zusammenzog. Plante man möglicherweise mehr als nur eine Blockade? Hatte das Parlament etwa eine englische Truppe ausgeschickt, um die Insel besetzen zu lassen?

»Ich gehe hinunter zur Schanze.« Ein letzter Blick auf Katherine, dann drehte er sich um und kletterte im fahlen Morgenlicht den Hang hinunter.

»Ich glaube, mit diesen Kanonen kommen wir zurecht, Käpt'n.« Canninge stand am ersten Geschütz, das lange Haar klebte ihm an der Stirn. »Ich habe die Zündlöcher gereinigt und die Ladung überprüft, die von den vorhandenen Pulverpfannen gezündet wird. Es handelt sich um Achtzehnpfünder, Feldschlangen, und es sind etliche Kugeln vorhanden, die wohl zu gebrauchen sind und ihren Zweck erfüllen.«

»Dann spannt und ladet sie. Und zwar ein bißchen eilig!«

»*Aye.*«

Mit Hilfe einer langstieligen Ladeschaufel begann Canninge, zusammen mit seinen Leuten genau bemessene Ladungen Pulver – jeweils zwanzig Pfund – in die Mündung einer jeden Kanone einzufüllen. Die Schuldknechte luden sich schwere Kugeln auf die Schulter und schichteten sie dann neben den Geschützen zu Pyramiden.

Winston ließ die näher kommenden Segel nicht aus den Augen. Soll ich etwa der erste Mann in der Neuen Welt sein, der einen Schuß gegen die Flotte des Commenwealth abgibt und damit England den Krieg erklärt? Er blickte sich um und sah Dalby Bedford, Katherine an der Seite, hinter sich stehen.

»Ihr wißt, was es bedeutet, wenn wir das Feuer auf die *Rainbowe* eröffnen?« fragte er den Gouverneur. »Ich nehme an, sie ist jetzt Cromwells Flaggschiff.«

»Das weiß ich sehr wohl. Es bedeutet Krieg. Ich flehe zu Gott, daß es nicht dazu kommt. Ich möchte alles daransetzen, zunächst einmal mit ihnen zu reden. Wenn es uns nur gelänge, sie aus der Bucht herauszuhalten!« Der Gouverneur verzog ingrimmig das Gesicht. »Versucht, ihr einen Warnschuß vor den Bug zu setzen. Vielleicht streichen sie dann das Segel und lassen uns wissen, was sie wollen.«

»Wollt Ihr nicht in der Versammlung darüber abstimmen, ehe wir den ersten Schuß abfeuern? Irgendwie habe ich das Gefühl, daß es nicht der letzte sein wird.«

»Wir haben gerade eben darüber gesprochen. Eine Abstimmung erübrigt sich. Keiner der Anwesenden, ob Royalist oder nicht, will untätig bleiben und die Insel einfach ausliefern. Verhandeln, ja – aber nicht die Hände hochreißen und uns ergeben! Dafür steht zuviel auf dem Spiel.«

Winston nickte und wandte sich an Canninge. »Sie kommt jetzt gleich in Schußweite. Sobald ihr fertig seid, feuert ihr eine vor den Bug. Und dann wartet auf weitere Befehle.«

»*Aye.*« Lächelnd zeigte Cannige auf eine kleine Kanone am Ende der Reihe, deren dunkles Messing im Frühlicht blinkte. »Dafür nehm' ich den kleinen Sechspfünder. Die Achtzehnpfünder heben wir uns für später auf. Gebt mir eine Minute, unser Schätzchen in Position zu bringen, und ich wette, ich setz' der *Rainbowe* eine Kugel zweihundert Schritt vor den Bug.« Er drehte sich um und brüllte einen Befehl hinaus. Seeleute legten sich ins Geschirr und rollten die Kanone in Stellung. Dann lüfteten sie den hinten am Rohr angebrachten Pulversack ein wenig, um die Mündung leicht zu senken, und schoben einen Keil zwischen Geschützrohr und hölzerne Unterlafette, um die Kanone zu richten.

Winston holte tief Atem und warf nochmals einen Blick auf Bedford. »Es könnte sein, daß dies die größte Dummheit ist, die ich je erlebt habe.«

Bedford erklärte mit Grabesstimme: »Es geschieht auf meinen Befehl. Ich übernehme die Verantwortung.«

Winston wandte sich wieder Canninge zu. »Wenn du fertig bist – Feuer!«

Die Worte gingen unter in ungeheurem Krach, als der Kanonier eine brennende Zündschnur in das Zündloch des Pulversacks hielt. Dunkler Dampf wölkte aus der Mündung, und ein ätzender Geruch stieg ihnen in die Nase. Gleich darauf schoß vor dem Bug des englischen Kriegsschiffs eine Fontäne in die Höhe.

Als hätte das Schiff nur darauf gewartet, drehte es nach Backbord ab. Winston erkannte, daß die Geschütze bereits aus den Stückpforten ausgefahren waren. Vom oberen Geschützdeck lösten sich plötzlich schwarze Rauchwölkchen, und gleich darauf schoß unterhalb des Point eine Reihe von Wasserfontänen auf.

»Sie haben gefeuert, als sie gerade in einem Wellental lagen.« Canninge lachte. »Die Artilleriekunst der Engländer enttäuscht mich immer noch.«

Angstvolles Schweigen machte sich breit, und Winston lauschte dem Donner der Kanonen, der über den Point hinwegrollte. »Sie haben vermutlich keine Ahnung, daß wir heute morgen ausgebildete Kanoniere an den Geschützen stehen haben«, sagte er zu Bedford. »Sonst hätten sie in Reichweite unserer Artillerie nie das Feuer eröffnet. Ihre Antwort habt Ihr nun. Wie lautet die Eure?«

»Da gibt es wohl nur eines.« Der Gouverneur blickte sich um und sah sich nach den wartenden Mitgliedern der Freisassen-Versammlung um. Die Männer hatten ihre Kopfbedeckung abgenommen und berieten sich. Nach kurzer Zeit sahen sie auf und nickten. Bedford drehte sich wieder zu Winston. »Was könnt Ihr ausrichten?«

»Soll das ein Befehl zum Feuern sein?«

»Jawohl, das ist ein Befehl!«

»Dann geht alle wieder hinauf auf den Hügel. Und zwar sofort.« Er sah noch zu, wie Bedford die Anweisung an seine Leute weitergab, woraufhin sich die Menge rasch zerstreute. Die irischen Schuldknechte blieben indessen bei Winston. Er winkte ein paar von ihnen heran und hieß sie, beim Ausrichten der Kanonen mitzuhelfen. Dann wandte er sich an Canninge.

»Ist sie nahe genug?«

»*Aye.* In ein paar Sekunden sind auch die anderen Feldschlangen gerichtet.«

Winston hörte Röcke rascheln und wußte, daß Katherine neben ihn getreten war. Er faßte sie am Arm. »Jetzt habt Ihr Krieg, Katherine, ob Ihr ihn nun wolltet oder nicht. Zum erstenmal wird ein englisches Kriegsschiff von einer englischen Siedlung aus unter Beschuß genommen. Es ist wohl der Preis, den Ihr bezahlen müßt, wenn Ihr Euer eigener Herr bleiben wollt. Ich fürchte nur, daß es Euch trotzdem nicht gelingen wird.«

»Vielleicht doch.« Sie legte ihre Hand über die seine auf ihrem Arm, wandte den Kopf und sah hinaus aufs Meer. »Wir müssen es zumindest versuchen.«

Canninge und die Männer trieben gerade den Keil, der sich unter dem Pulversack der Kanone befand, so weit hinein, daß die Höhe stimmte. »Wie sieht's aus?«

»Ich kenn' mich mit den Achtzehnpfündern aus, Käpt'n, als wären sie meine Mutter. Auf diese Entfernung treff' ich diese Hurenböcke an jeder gewünschten Stelle.«

»Wie wär's dann knapp unter dem unteren Geschützdeck, praktisch an der Wasserlinie? Die erste Salve sollte richtig sitzen.«

»*Aye.* Genau so hab' ich sie gerichtet.« Grinsend griff der Kanonier nach einer glimmenden Zündschnur. »Ich hab' ja nicht gedacht, daß wir bloß zum Salutschießen hier sind.«

Zweites Buch

Revolution

Achtes Kapitel

Deklaration

Wir stellen fest, daß diese Gesetze des englischen Parlaments der Freiheit, der Sicherheit und dem Wohlergehen dieser Insel entgegenstehen. Wir, die gegenwärtigen Bewohner von Barbados, haben unter großen Mühen und Gefahren diese Insel besiedelt und auf ihr gelebt. Warum sollten wir nun dem Willen und dem Befehl jener unterworfen sein, die daheim geblieben sind? Warum sollten wir uns der Regierungsgewalt eines Parlaments beugen, in dem wir weder Sitz noch Stimme haben?

Es wird behauptet, daß die Bewohner dieser Insel mit List und Tücke die Macht an sich gerissen und eine unabhängige Regierung aufgestellt hätten. In Wahrheit jedoch handelt es sich bei unserer jetzigen Regierung um dieselbe, die in der Vergangenheit stets anerkannt worden war; sie stimmt in jeglicher Hinsicht mit derjenigen Regierung überein, die zum Zeitpunkt der Besiedlung dieser Insel eingesetzt wurde.

Des weiteren wird durch oben erwähnte Gesetze allen fremden Nationen untersagt, Handel mit den Bewohnern von Barbados zu treiben oder andere Beziehungen mit Ihnen zu unterhalten. Doch alle Bewohner dieser Insel wissen, wie sehr sie den Holländern für ihre Unterstützung verpflichtet sein müssen und wie schwierig es ohne ihre Hilfe gewesen wäre, sich auf den Antillen niederzulassen und hier eine Ordnung zu schaffen. Es wird uns täglich vor Augen geführt, daß wir ihnen unseren Wohlstand verdanken; sie verkaufen ihre Waren beträchtlich billiger, als unsere eigenen Landsleute es tun werden. Dieser Wohlstand würde uns genommen werden von denen, deren Wille uns Gesetz sein soll. Wir können nie so undankbar sein, die Hilfe und den Beistand der Niederländer zu vergessen und dieser oder irgendeiner anderen Nation die Freiheit unserer Häfen vorzuenthalten und den Schutz unserer Gesetze, die jedermann garantieren, auch fürderhin ungehindert mit uns Handel treiben zu können.

Daher erklären wir, daß wir zwar alles daransetzen werden, auch weiterhin gute Beziehungen und Handelskontakte mit unserem Mutterlande zu unterhalten, daß wir jedoch nicht den wahren englischen Tugenden abschwören und unsere Freiheit und die Privilegien, die uns kraft Geburt zustehen, aufgeben und uns dem Willen und den Anschauungen von irgend jemandem unterordnen wollen. Wir sind gewiß, daß es keinen unter uns gibt, der so einfältig oder von so unedler Gesinnung ist, daß er nicht lieber einen ehrenhaften Tod sterben als seine Freiheiten aufgeben würde.

Die Generalversammlung von Barbados

Sir Edmond Calvert studierte im Licht der schwankenden Schiffslaterne das entrollte Dokument und strich sich über seinen Spitzbart. Wieder und wieder las er den kühnen Text durch.

Freiheit oder Tod.

Eine bemerkenswerte Alternative; er konnte sich nicht entsinnen, derartiges je zuvor vernommen zu haben. Ob das Handeln dieser Pflanzer wohl genauso heroisch sein würde wie ihre *Deklaration?*

Oder sollte die Wendung vom ›ehrenhaften Tod‹ nur eine versteckte Anspielung auf die Furchtlosigkeit sein, die König Charles angesichts der Axt des Scharfrichters an den Tag gelegt hatte? Er hatte damit auf ganz England großen Eindruck gemacht. Doch wie sollten diese Menschen hier davon schon gehört haben? Der König war erst vor kurzem enthauptet worden; die Nachricht konnte Barbados noch nicht erreicht haben.

Eines allerdings war klar: Die Versammlung von Barbados hatte gegen das Commonwealth rebelliert. Sie hatte sich der Oberhoheit des Parlaments widersetzt und sich entschlossen, der von dieser Körperschaft erlassenen Navigationsakte, mit deren Hilfe England die wirtschaftliche Kontrolle über seine Siedlungen in der Neuen Welt gewinnen wollte, zu trotzen.

Erschöpft legte Calvert die Papierrolle auf den Tisch und lehnte sich auf seinem Seestuhl zurück. Sein Blick wanderte durch die holzgetäfelte Kapitänskajüte und blieb an einem Gemälde von Oliver Cromwell haften, das neben der Tür hing. Cromwells Gesicht mit seinen teigigen Wangen und schweren Lidern verriet die Inbrunst des puritanischen Eiferers; das kurzgeschnittene, ungebärdige Haar hatte ihm und seinen Anhängern den Beinamen ›Rundköpfe‹ eingetragen. Cromwell hatte den König hinrichten lassen. England – jeder Quadratzoll des Landes – gehörte jetzt ihm und seinem Puritaner-Parlament.

Calvert warf nochmals einen Blick auf die *Deklaration*, die neben dem breiten Schultergurt und der Scheide mit seinem Degen lag. England mag dem Parlament gehören, sagte er sich, die Antillen gehören ihnen ganz offensichtlich noch nicht. Der Ton, in dem dieses Schreiben abgefaßt war, ließ eine Selbständigkeit und einen Mut erkennen, denen er seine Bewunderung nicht versagen konnte.

Doch um Cromwell zu beschwichtigen, muß ich sie zur Kapitulation zwingen. Möge der Herrgott mir beistehen!

Der Admiral der Flotte war ein kleiner, untersetzter Mann aus Lincolnshire, der das obligatorische Gewand der neuen puritanischen Führungsschicht Englands trug: schwarzes Wams mit breitem weißem Kragen und Manschetten. Ein schmaler Kranz aus grauen Haaren zierte den ansonsten kahlen Schädel, und sein Gesicht wurde von einer massigen Nase beherrscht, die für die schlaffen Hängebacken viel zu groß war. Sein schütterer Spitzbart und sein Schnurrbart wirkten im dämmerigen Licht der Laterne vor der bläßlichen Haut wie farbloses Laub.

Sein Vater, George Calvert, hatte ein hohes Amt am Hof von König Charles bekleidet und war deshalb vor vielen Jahren von dem Monarchen in den Adelsstand erhoben worden. Doch Edmond Calvert war schon früh zur See gefahren, war kraft eigener Verdienste aufgestiegen und hatte den König nie unterstützt. Ja, er war sogar einer der wenigen Kapitäne gewesen, die mit ihrem Schiff dem Parlament treu geblieben waren, als sich die Navy während des Krieges zum überwiegenden Teil auf die Seite von Charles geschlagen hatte. In Anerkennung dieser

Haltung war ihm der Auftrag erteilt worden, Cromwells Armee zur Niederwerfung des dortigen Aufstands nach Irland hinüberzubringen. Inzwischen hatte er das Gebaren und das Aussehen eines Mannes, der resigniert hatte und der Kriege und des Kämpfens müde war.

Die Überfahrt in die Neue Welt war nicht nur für seine Männer, sondern auch für ihn selbst sehr beschwerlich gewesen, und er sehnte sich danach, die Sache hinter sich zu bringen, sich an einem Tische niederzulassen, auf dem nicht streitbare Proklamationen lagen, sondern der sich bog unter Hasenpasteten, Blutwurst und honiggereiftem Schinken. Aber ach, das würde wohl noch seine Zeit dauern! Jedenfalls ließ diese *Deklaration* es erwarten.

Calvert drehte den Docht der Laterne herunter; die Schatten über dem Mitteltisch in der Kapitänskajüte vertieften sich. Dann rollte er das Dokument sorgfältig zusammen, stand auf und trat an die zerbrochenen Scheiben der Heckfenster, um einen letzten Blick auf die Insel zu werfen, ehe diese von der rasch hereinbrechenden Tropennacht verhüllt wurde.

Als er die Kajüte durchquerte, mied er vorsichtig die auf den breiten Bodenplanken zurückgebliebenen Glasscherben, die, vermischt mit Splittern vergoldeten Holzes, noch in der Nähe der Fenster lagen. Alle arbeitsfähigen Männer an Bord wurden noch immer an den Pumpen und zum Abdichten der Lecks an der Wasserlinie gebraucht; die Reparaturen in seinen eigenen Räumlichkeiten hatte er vorläufig zurückgestellt. Als er sich in der Kajüte umsah, kam ihm einmal mehr zu Bewußtsein, welch ein Glück er gehabt hatte, beim Beginn der Beschießung oben auf dem Achterdeck gestanden zu haben; dort war er vor den herumfliegenden Splittern sicher gewesen.

Die erste Salve vom Point aus hatte dem Schiff fünf Volltreffer an Backbord verpaßt. Ein englischer Seemann war sofort tot gewesen, elf andere waren verwundet, einige davon schwer. Sie hatten kaum Zeit gehabt, ihrerseits mit einer Salve zu antworten, als bereits eine zweite Salve von der Schanze auf dem Point in das Heck der *Rainbowe*, die gerade gewendet hatte, um ins offene Meer zu entkommen, eingeschlagen war. Dabei war neben den bleigefaßten Fenstern der reich verzierte Achtersteven-Umgang, der unmittelbar an die Kapitänskajüte anschloß, zerstört worden.

Die Insel ist wesentlich besser vorbereitet, als man mir hat weismachen wollen, dachte Calvert bitter. Lord Cromwell wird nicht gerade erfreut sein, wenn er erfährt, welch einen Schaden die Rebellen auf Barbados der schönsten Fregatte der englischen Navy zugefügt haben.

Durch die schartige Öffnung konnte er ungehindert auf die sich hebenden und senkenden Wogen des Karibischen Meeres hinausschauen. Auf See braute sich ein Sturm zusammen – wohl das Pendant zu dem politischen Sturm, der auf der Insel tobte! Im Süden hatten sich hohe dunkle Gewitterwolken aufgetürmt, und schon schlugen schwere tropische Regentropfen spritzend auf der zertrümmerten Reling des Achtersteven-Umgangs auf. Die Luft war schwer von Feuchtigkeit.

Der Kapitän holte tief Atem und fragte sich zum wiederholten Male, warum er sich nur bereit erklärt hatte, in die Neue Welt hinauszusegeln. Er hätte genausogut das Kommando abgeben, in den Ruhestand treten und daheim bleiben können. Daß er jetzt hier war, hatte er sich selbst zuzuschreiben.

Edmond Calvert hatte ein ganzes Jahrzehnt hindurch auf seiten der Puritaner im Bürgerkrieg gekämpft und während der letzten fünf Jahre immer an vorderster Front gestanden. In Anerkennung dieser Leistung hatte man ihm das Kommando über das kühnste Unternehmen anvertraut, das die Engländer bis dato auf militärischem Gebiet durchgeführt hatten.

Alles konnte man von Oliver Cromwell behaupten, nur nicht, daß er keinen Wagemut besessen hätte. Nachdem er den König hatte hinrichten lassen, hatte er diesen Großangriff auf die spanischen Besitzungen in der Neuen Welt ersonnen. Der Plan war streng geheim und trug den Codenamen ›Plan West‹. Es ging um nichts Geringeres als um die Eroberung der reichsten Besitzungen der Spanier. Barbados mit seinem neuen Zuckerreichtum würde eines Tages nur ein verschwindend kleiner Teil des englischen Imperiums in der Neuen Welt sein, das nach Cromwells Vorstellungen von Massachusetts im Norden über Mexiko bis hinunter nach Brasilien reichen sollte.

Zunächst aber galt es, eine vergleichsweise einfache Aufgabe zu bewältigen: Die bereits bestehenden englischen Kolonien mußten wieder botmäßig gemacht werden.

Calvert war sich nie sicher gewesen, ob diese Aufgabe ihm zusagen würde. Jetzt, da ihm klar wurde, welche Schwierigkeiten schon allein damit verbunden waren, diese kleine Insel Barbados wieder in die Gewalt zu bekommen, fragte er sich, ob es nicht besser gewesen wäre, sich auf dieses Unternehmen von vornherein nicht einzulassen.

Er tupfte sich die Stirn trocken, die von der Schwüle schweißnaß war, und fragte sich, ob wohl alle Inseln der Antillen so wären wie diese. Die Antwort, die er darauf fand, war ernüchternd: Wahrscheinlich sind die anderen mindestens genauso schlimm.

Er kannte Barbados erst seit einem Tag, aber das genügte ihm fürs erste. Die Insel war alles andere als einladend. Mörderisch brannte hier die Sonne, der Urwald war nur teilweise gebändigt, die Luft von einem nebligen Grün. Von dem Reichtum, der der Insel zugeschrieben wurde, ließen die strohgedeckten Hütten unten am Ufer nichts erkennen. Ob die Geschichten, die man sich daheim von Barbados erzählte, maßlos übertrieben waren? Oder vielleicht sogar absichtlich in die Welt gesetzte Lügen? Doch all dies spielte im Augenblick keine Rolle. Ob er wollte oder nicht: Barbados mußte wieder in Besitz genommen werden.

Zu seiner Linken erstreckten sich die grünen Hügel der Insel, die freilich im Moment wegen des plötzlich einsetzenden Regens kaum mehr zu erkennen waren. Rechterhand legte sich die Linie der englischen Kriegsschiffe, die, wie befohlen, die Kanonen schußbereit ausgefahren hatten, im Halbkreis um die Zufahrt der Carlisle Bay. Dort hatte er sie am Vormittag Aufstellung nehmen lassen, und nachdem damit alle Vorbereitungen für die Belagerung abgeschlossen gewesen waren, hatte er seinen Vize-Admiral und die anderen Kommandanten zu einer Beratung an Bord der *Rainbowe* zusammenkommen lassen.

Sie hatten gespeist, sich die letzten Kapaune schmecken lassen und die Kapitulationsbedingungen aufgesetzt, die von einem Beiboot an Land gebracht werden sollten. Die Insel war eingeschlossen und abgeriegelt. Die Kapitulation, so hatten sie sich gegenseitig versichert, war nun nur noch eine Frage der Zeit.

Allerdings arbeitete die Zeit auch gegen die Flotte. Die Hälfte der Leute an Bord waren keine Seeleute, sondern Infanteristen, die von Cromwell wahllos aufgegriffen und zu einer Truppe zusammengestellt worden waren. In den Quartieren unter Deck stank es bereits schrecklich, denn die Unterkünfte waren gepackt voll wie Heringsfässer und die Männer in der Mehrzahl zu krank und so sehr vom Skorbut gepeinigt, daß sie sich kaum noch rühren konnten. Tag für Tag mußten weitere Leichen der See übergeben werden. Wenn das so weiterging und es nicht gelang, die Insel binnen vierzehn Tagen zur Aufgabe zu zwingen, dann gab es vermutlich gar nicht mehr genug Leute, in denen noch Kraft zum Kämpfen steckte.

Die *Deklaration* verriet ihm, daß er den Traum von einer leichten Unterwerfung aufgeben mußte. Aber für einen Frontalangriff fehlten ihm die Männer und die Waffen, darüber war er sich im klaren – es war lediglich eine Frage der Zeit, wie lange es wohl noch dauerte, bis auch die Inselbewohner dahinterkamen.

Er hatte eine Truppe von rund achthundert Mann mitgebracht, doch im Augenblick war die Hälfte davon siech und nicht zu gebrauchen. Indes hatte die Insel über zwanzigtausend freie Einwohner, und ihre Bürgerwehr war dem Vernehmen nach nahezu siebentausend Mann stark. Das Schlimmste jedoch war, daß Barbados offensichtlich über erstklassige Artilleristen verfügte, die die Geschützstände an den Ufern besetzten.

Mit Waffengewalt ließ Barbados sich nicht erobern; man konnte es allenfalls durch List oder Einschüchterung wieder zurücktreiben in die Arme Englands.

Als es klopfte, rief Calvert barsch: »Herein!« Der Schatten, der auf ihn zukam, entpuppte sich als James Powlett, der junge Vize-Admiral der Flotte.

»Euer Diener, Sir.« Powlett zog den Hut und strich über den weißen Federbusch. Dann kam er schneidig, doch vorsichtig den auf dem Boden liegenden Glasscherben ausweichend, durch die Kajüte auf Calvert zu. Er war groß und glattrasiert. Seine harten blauen Augen konnten nie ganz verhehlen, wohin sein Ehrgeiz ihn trieb. Er hatte von Anfang an kein Geheimnis daraus gemacht, daß er Edmond Calvert für viel zu unentschlossen für dieses Unternehmen hielt. »Ist die Antwort schon eingetroffen? Ich habe gehört, die Rebellen hätten ein Beiboot mit einem Paket hergeschickt.«

»*Aye*, sie haben geantwortet, aber ich wette, das Lied, das sie singen, ist ganz und gar nicht nach Eurem Geschmack.« Calvert wies auf die *Deklaration* auf dem Tisch. Er faßte seinen Vize-Admiral ins Auge und fragte sich besorgt, wie lange es ihm wohl gelingen mochte, dessen hitziges Temperament durch die eigene kühle Vernunft in Schranken zu halten. »Sie lehnen die Oberhoheit des Parlaments ab. Und sie erklären, daß sie sich der Navigationsakte widersetzen und den Handel mit den Holländern weiter aufrechterhalten werden.«

»Dann bleibt uns keine Wahl: Wir müssen ihnen zeigen, wie wir mit royalistischen Rebellen umspringen.«

»Meint Ihr wirklich, wir sollten das tun?« Der Admiral trat wieder ans Fenster und starrte zu der durch den Regen kaum erkennbaren Bucht hinüber. »Und wie viele Männer könnten wir Eurer Meinung nach im Augenblick an Land werfen? Dreihundert? Vierhundert? Mehr würden wir nicht zusammenbringen – jedenfalls nicht mehr Leute, die noch genügend Kraft haben, eine Muskete oder einen Spieß zu halten. Indes besteht die Bürgerwehr, die auf der Insel in Bereitschaft liegt und uns erwartet, aus Männern – Gott allein weiß, wie viele es sind –, die an diese grauenhafte Hitze gewöhnt und wahrscheinlich wohlgenährt sind wie die Rebhühner.«

»Wie viele wir auch auf die Beine stellen können – mein Wort darauf, es sind genug. Bei den Leuten auf der Insel handelt es sich doch nicht um Soldaten, sondern nur um im Waffengebrauch ungeübte Pflanzer.« Powlett warf einen kurzen Blick auf die *Deklaration* und beschloß, sie erst später zu lesen. Es gab zwei Arten von Menschen auf der Welt, behauptete er immer: diejenigen, die zauderten und diskutierten, und diejenigen, die handelten. »Wir sollten für morgen früh eine Operation vorbereiten und Schluß machen mit Briefen und Erklärungen! Wir brauchen hier im Hafen nur ein Ablenkungsmanöver zu starten und können die Männer dann weiter oben bei Jamestown an Land setzen.«

Calvert zupfte an seinem schütteren Spitzbart und überlegte, wie er Powlett beibringen konnte, daß er ein hitzköpfiger Narr sei. Er beschloß, auf jedwede Diplomatie zu verzichten. »Diese Pflanzer, die nach Eurer Ansicht ungeübt im Waffengebrauch sind, haben es immerhin geschafft, von ihrer Küstenbatterie aus fünf Löcher in dieses Flaggschiff zu schießen. Was also verleitet Euch zu der Meinung, daß sie nicht auch imstande wären, eine Invasion zurückzuwerfen? Und wenn sie es doch täten – was dann, Sir?« Er sah, wie Powletts Miene versteinerte, fuhr aber ungerührt fort: »Ein Invasionsversuch wäre der sicherste Weg, die geringfügige Überlegenheit, die wir noch haben, zu verlieren. Denn diese Überlegenheit, Sir, besteht einzig und allein darin, daß sie noch nicht wissen, wie schwach wir wirklich sind. Wir müssen mit unseren Kräften haushalten und versuchen, Unterstützung auf der Insel zu organisieren. Wir müssen versuchen, mit denjenigen Kontakt aufzunehmen, die das Parlament unterstützen. Sie müssen sich auf unsere Seite schlagen, wenn wir landen.«

Sir Edmond Calvert war immer überzeugt gewesen, daß es unklug wäre, den rechtmäßigen Souverän Englands zu köpfen, und hatte von Anfang an Einwände dagegen erhoben. Die Ereignisse schienen ihm recht zu geben. Solange er gelebt hatte, war König Charles wegen seines arroganten Wesens und seiner papistischen Sympathien überall in England geschmäht worden. Doch nun, nach seinem Tod, hätte man fast glauben können, er sei eine ähnlich strahlende Gestalt wie Elizabeth gewesen, so gut redete man von ihm. Der Stimmungsumschwung datierte vom Tag der Enthauptung, die Hinrichtung hatte ihn zu einem Märtyrer gemacht. Und wenn im Gefolge seines Todes die Sache der Royalisten in England einen so großen Auftrieb erlebte – um wieviel mehr mochte das dann erst hier der Fall sein in der Neuen Welt, die überschwemmt war von königstreuen Flüchtlingen?

Als Calvert fortfuhr, entging ihm nicht, daß sein Stellvertreter vor Zorn immer stärker errötete. »Ich sage Euch, wir bekommen diese Insel nur dann in die Hand, wenn die Bevölkerung in zwei

Lager gespalten ist. Unsere Aufgabe ist, es zunächst mit Argumenten zu versuchen und erst dann, wenn dies nichts fruchtet, zu den Waffen zu greifen. Wir müssen ihnen begreiflich machen, daß nur eine Zukunft an der Seite Englands in ihrem Interesse liegen kann.«

»Nun, Sir, wenn Ihr Euch für diese Strategie entscheidet, könnt Ihr sofort die Probe aufs Exempel machen. Was ist mit den Männern, die den ganzen Tag über zu den Schiffen herausgeschwommen kommen und ihre Hilfe für die Invasion anbieten? Wenn das keine Unterstützung ist!«

»*Aye*, das hat auch mir zunächst Hoffnung gemacht. Aber dann habe ich mit einigen von ihnen geredet und festgestellt, daß es sich zumeist um Schuldknechte handelt. Sie versichern, auf der Insel gehe das Gerücht um, wir wären hier, um sie zu befreien. Die würden sich uns auch anschließen, wenn wir Spanier wären.« Calvert stieß einen Seufzer aus. »Ich habe etliche von ihnen nach den Verteidigungsstellungen ausgehorcht, aber nichts erfahren, was wir nicht schon gewußt hätten. Deshalb habe ich sie allesamt wieder zurückgeschickt auf die Insel. Was wir im Moment brauchen, sind frische Vorräte – und keine weiteren Münder, die gestopft werden wollen.«

Das ist die entscheidende Frage, sagte er sich: Wem werden früher die Lebensmittel ausgehen – der von der Außenwelt abgeschnittenen Insel oder der Blockadeflotte, die kaum genug Proviant an Bord hat, um die nächsten vierzehn Tage zu überstehen?

Er kehrte an den Tisch zurück, griff nach der *Deklaration* und schob die Rolle Powlett zu. »Ich meine, Ihr wäret gut beraten, Euch dies einmal genau durchzulesen, Sir. Der trotzige Ton darin ist höchst beunruhigend. Ich weiß nicht, ob er echt ist oder bloß ein Bluff. Diese verdammten Ungewißheiten sind es, die mir zu schaffen machen.«

Diese Ungewißheiten, so dachte er bei sich, betreffen ja weiß Gott nicht Barbados allein. Nach Cromwells Plan sollte nach der Unterwerfung der größten englischen Antillen-Insel ein Teil der Flotte gegebenenfalls diejenigen anderen Siedlungen anlaufen, die weiterhin unbotmäßig blieben. Allerdings waren Cromwells

Ratgeber der Ansicht gewesen, daß sich derartige Strafexpeditionen wohl erübrigten; sobald Barbados das Commonwealth anerkannt hätte, würden die anderen Kolonien diesem Beispiel folgen. Die Infanterie an Bord von Calverts Schiffen konnte dann durch kampffähige Männer von der Insel verstärkt werden, der Durchführung von ›Plan West‹ stünde nichts mehr im Wege.

Das Fatale an Cromwells Plan war, so erkannte Calvert jetzt, daß Barbados nicht nur im positiven Sinne die Vorreiterrolle übernehmen konnte. Gelang es Barbados, Englands neuer Regierung zu trotzen, so konnte es durchaus sein, daß auch Virginia, Bermuda und die anderen Antillen-Inseln das Commonwealth nicht anerkannten. Es war sogar die Rede davon, daß sie sich Holland anschließen könnten. Dies aber würde das Ende der englischen Steuerhoheit und des englischen Handels überall in der Neuen Welt bedeuten – ausgenommen vielleicht die ärmliche Siedlung fanatischer Puritaner oben in Neu-England. Die Hoffnung, daß das Unternehmen ›Plan West‹ gelingen könnte, wäre dahin, und Edmond Calvert würde in die Geschichte eingehen als der Mann, der Englands reichste Besitzungen verspielt hat.

Während Powlett die *Deklaration* studierte und seine Miene immer skeptischer wurde, wandte sich Calvert wieder dem Fenster zu und blickte auf den Hafen, wo eine Reihe von holländischen Kauffahrteischiffen an den Ankertrossen zerrte.

Guter Gott, das ist die Antwort! Vielleicht schaffen wir es nicht, Infanterie an Land zu werfen. Aber mit Sicherheit gelingt es uns, in den Hafen einzulaufen, diese verdammten holländischen *fluyts* zu kapern und ihre Ladung an uns zu bringen. Die *müssen* doch Proviant an Bord haben. Das ist unsere einzige Hoffnung, die Blockade über längere Zeit aufrechtzuerhalten! Außerdem hätte die Kaperung noch einen weiteren positiven Effekt. Mit ihr verkünden wir allen holländischen Kaufleuten laut und deutlich die Botschaft des Commonwealth: daß der Handel mit den englischen Siedlungen in Zukunft England vorbehalten ist.

»Das hier ist eine Anmaßung, Sir, die eine entsprechende Erwiderung nötig macht.« Der Vize-Admiral warf die *Deklara-*

tion auf den Tisch zurück. »Ich sage nochmals, Pulver und Blei sind die einzig passende Antwort. Es ist schon genug Papier an Land geschickt worden.«

»Noch führe ich den Oberbefehl, Mr. Powlett, ob Euch das nun paßt oder nicht! Die Waffen werden schweigen, bis wir sicher sind, daß außer ihnen nichts mehr hilft.« Calvert trat zurück an den Tisch und ließ sich müde auf seinen Stuhl fallen. Papier und Tintenfaß standen bereits gebrauchsfertig vor ihm. Was, so fragte er sich, soll ich jetzt schreiben? Wie schildere ich am besten die strahlende Zukunft, die sich aus einer echten Partnerschaft zwischen England und den englischen Siedlern in der Neuen Welt ergibt?

Diese Siedlungen auf den Antillen und an der Atlantikküste waren für England ja nur der erste Schritt. Eines Tages würden sie Teil eines riesigen Imperiums sein, das sich über die gesamte Neue Welt erstreckte. Die spanischen Besitzungen, das war abzusehen, würden bald fallen, und danach würde England wahrscheinlich den Niederlanden den Krieg erklären und auch die holländischen Besitzungen übernehmen. In London kursierten bereits Gerüchte darüber. Die Zukunft gehörte England – eine Zukunft in Wohlstand und Größe.

Ich muß sie dazu bringen, diese Zukunft zu sehen: eine Zukunft der Partnerschaft, ohne dauernde Reibereien und hartnäckigen Widerstand. Man muß ihnen begreiflich machen, daß diese *Deklaration* die einzige ihrer Art bleiben muß, die jemals in der Neuen Welt niedergeschrieben wurde.

Er drehte sich um und verabschiedete Powlett mit einem kurzen Kopfnicken. Dann lauschte er eine Weile dem tropischen Regen, der jetzt wild und ungezügelt auf das Deck über ihm trommelte, genauso wie die Geister der Natur, von denen Calvert glaubte, daß sie über der brütenden Landmasse lauerten. Ob diese dunkle, üppige Antillen-Insel wohl auf die Stimme der Vernunft hörte? Oder ob sie so töricht war, den Krieg und damit den Untergang zu wählen?

Gequält seufzte er auf, tauchte den Federkiel in die Tinte und begann zu schreiben.

Noch nie waren in der Versammlungshalle so viele Menschen versammelt gewesen; ein durchdringender Geruch nach verschwitzten Leibern lag in der stickigen Luft. Das Getose des Windes und das Geprassel des Regens an den Fensterläden wurden übertönt von den hitzigen Wortgefechten, die sich die streitenden Parteien über den langen Eichentisch hinweg lieferten. Auf der einen Seite des Tisches saßen die einundzwanzig Mitglieder der Freisassen-Versammlung, ihnen gegenüber die zwölf Ratsherren. Im Hintergrund des Raumes drängten sich andere, die gleichfalls eingeladen worden waren. Winston war ebenso anwesend wie Anthony Walrond und Katherine Bedford.

Dalby Bedford stand am offenen Fenster und versuchte mit zusammengekniffenen Augen, in der Dunkelheit die Mastlichter der Kriegsschiffe zu erkennen, die den Hafen eingekreist hatten. Mit einem großen Taschentuch wischte er sich über das Gesicht, dann drehte er sich um und kehrte an seinen Platz am Kopfende des Tisches zurück.

»Lassen wir's gut sein, Gentlemen! All das haben wir bereits gehört.« Mit der Hand gebot er Schweigen. »Ich möchte versuchen, das Gesagte zusammenzufassen: Unsere *Deklaration* ist übergeben worden, das heißt, wir haben die Bedingungen der anderen Seite zurückgewiesen. Die Frage, mit der wir uns heute abend beschäftigen, lautet: Sollen wir abwarten und ausloten, ob noch irgendein Verhandlungsspielraum da ist, oder sollen wir uns weigern, Kompromisse einzugehen, und uns endgültig auf eine Invasion vorbereiten?«

Katherine lauschte den Worten ihres Vaters und spürte sein Unbehagen. Sie wußte, daß ihm in Wirklichkeit etwas ganz anderes Sorgen machte: Wie lange würde es dauern, bis der wackelige Frieden zwischen Versammlung und Rat in kleinlichem Gezänk auseinanderbrach? Welches Kompromißangebot mochte der Admiral unterbreiten, das imstande war, die Siedlung zu spalten, indem es genügend Pflanzern einen so großen Vorteil versprach, daß sie die anderen verrieten? Und wer würde als erster wanken?

Die ersten von Calvert an Land geschickten Forderungen hatten die Insel getroffen wie ein Keulenschlag. Freisassen-

Versammlung und Rat seien auf der Stelle aufzulösen, hatte es geheißen. Englands Siedlungen in der Neuen Welt würden in Zukunft vom Parlament aus regiert werden. Ein machtloser neuer Rat würde von London aus eingesetzt werden, und zu der nicht weniger ohnmächtigen Versammlung würden irgendwann Neuwahlen stattfinden, deren Anberaumung ganz im Belieben des Unterhauses lag. Beigefügt war der Wortlaut der neuen Navigationsakte, die den Insulanern hohe englische Preise und Frachtraten bescherte. Die Frucht, zu der die Neue Welt gereift war, sollte gepflückt werden.

Die vom Admiral unterzeichneten Bedingungen waren von einem Beiboot an Land gebracht und Dalby Bedford direkt übergeben worden. Die Ratsherren und die Mitglieder der Versammlung hatten sich bereits in der Versammlungshalle eingefunden und waren begierig gewesen, sie vorgelesen zu bekommen.

Katherine war nicht entgangen, wie bekümmert der Gouverneur dreingeschaut hatte, bevor er hinunterging, um das Ultimatum zu verlesen. »Das Wichtigste ist, sie dazu zu bringen, sich auf *irgend etwas* zu einigen. Wenn sie sich erst wieder zu streiten anfangen, sind wir so gut wie verloren.«

»Dann versuch doch, die Frage der Anerkennung des Parlaments zu umgehen.« Sie sah, daß er seinen federgeschmückten Hut suchte, und erhob sich, um ihn von dem Garderobenständer neben der Tür zu holen. »Ich habe den Verdacht, daß die meisten Ratsmitglieder versucht sein könnten, in dieser Frage nachzugeben. Sie möchten Zeit gewinnen, um die diesjährige Zuckerernte einzubringen. Und diese Zeit, so glauben sie, läßt sich dazu nutzen, das Parlament zu bitten, die Bedingungen zu erleichtern.«

»*Aye.* Zucker ist das einzige, was sie interessiert. Da hast du recht: Am besten ist es, wir gehen rückwärts vor.« Er griff nach seinem Stock und prüfte ihn nachdenklich auf den breiten Dielen. »Ich glaube, ich sollte zuerst diejenige Bestimmung in der Navigationsakte anschneiden, die besagt, daß wir keinen Handel mehr mit den Holländern treiben dürfen. Damit wird kein einziger von den Anwesenden einverstanden sein, nicht einmal die Herren vom Rat. Ich werde also per Abstimmung diese Sache ablehnen lassen und sehen, ob uns das genug Geschlossenheit bringt, um den nächsten Schritt zu wagen.«

Wie von ihm vorhergesagt, hatten Rat und Versammlung die neuen Gesetze einstimmig abgelehnt. Nie – gleichgültig, was für Konsequenzen diese Weigerung auch zeitige – könne man zulassen, daß England den Handel der Insel in seinen Würgegriff bekomme.

Sie hatten sofort ihre Antwort auf die Bedingungen des Admirals aufgesetzt und zu der Flotte bringen lassen: eine *Deklaration*, mit der sie die Bedingungen zurückwiesen und sich weigerten, ihnen nachzukommen. Ungelöst geblieben war die Frage, mit der man sich heute abend beschäftigen wollte: Konnte man sich darauf einigen, *überhaupt* mit dem Parlament zu verhandeln?

»Ich behaupte, es gibt nichts zu verhandeln.« Benjamin Briggs erhob sich und wandte sich dem durch Kerzen erhellten Raum zu. »Wenn wir uns darauf einlassen, mit ihnen zu reden, so ist das gleichbedeutend mit der Anerkennung des Parlaments.«

»Wollt Ihr damit sagen, der Rat habe beschlossen, das Parlament *nicht* anzuerkennen?« Bedford konnte seine Überraschung nicht verbergen. Vielleicht hatte die Ankündigung der Puritaner, den Rat aufzulösen, schließlich doch eine Meinungsänderung herbeigeführt.

»Jawohl, das ist der unabänderliche Beschluß des Rates. Wir haben darüber diskutiert und sind nachgerade zu der Meinung gekommen, daß die Idee von der Unabhängigkeit, die vor einiger Zeit hier aufkam, vielleicht doch etwas für sich haben könnte.« Briggs ließ seinen Blick durch den Raum schweifen. »Ich räume ein, daß ich, bevor wir die Bedingungen hörten, anderer Meinung war. Doch jetzt stehen wir fest zu unserem Beschluß. Wenn wir uns der Oberhoheit dieses Parlaments, in dem wir nicht mit einer einzigen Stimme vertreten sind, beugen, müßten wir auch die Navigationsakte anerkennen. Und das wäre das Ende des freien Handels und der freien Märkte. Wir wären gleichsam selber Sklaven.« Er schob den schwarzen Hut zurück; die ledrige Stirn, die zum Vorschein kam, krauste sich sorgenvoll. »Ich wette, daß sich Virginia an unsere Seite stellen wird, sobald die Zeit gekommen ist. Aber die Flotte ist zuerst *hierher* geschickt worden, und folglich müssen wir die Last des Widerstands zunächst allein tragen. Ihr wißt, daß der Rat bereits die ihm unterstehende Bürgerwehr einberufen hat. Sie soll unter Waffen bleiben, bis diese Angelegenheit erledigt ist. Wir würden gern auch jenen Teil der Bürgerwehr mobilisieren, der von der Versammlung kontrolliert wird, und bitten, daß diese Männer bei Tagesanbruch an den Stränden bereitstehen.«

Dalby Bedford musterte die Gesichter auf der gegenüberliegenden Seite des Tisches und wußte, daß der erste Schritt getan war. Der Rat stand hinter ihm. Doch plötzlich fragte er sich: Wie verhält es sich denn mit der Versammlung?

Vorläufig waren lediglich achthundert Mann am West- und am Südufer stationiert worden, Einheiten der Bürgerwehr, die von Ratsmitgliedern befehligt wurden. Die kleinen Freisassen waren noch nicht mobil gemacht worden. Viele von ihnen hatten bereits Vorbehalte gegen einen regelrechten Krieg mit England geäußert, und zwar vor allem deshalb, weil das Ziel eines solchen Krieges nur darin zu liegen schien, die freien Märkte für den Zucker der großen Plantagenbesitzer zu erhalten.

»Ich meine, es ist Zeit, über die Kavallerie zu reden«, meldete Nicholas Whittington sich zu Wort und strich sich über den Bart. Er hob die Stimme, um Wind und Regen zu übertönen. »Ich schätze, es sind mindestens vierhundert Pferde auf der Insel, die wir zusammenziehen könnten.« Dabei sah er auffordernd die Mitglieder der Versammlung an, Männer mit gebräunten Gesichtern und zerschlissenen Westen. »Das bedeutet allerdings: jedes Pferd in jedem Pfarrsprengel. Wir müssen den Eindruck von Stärke erwecken, gerade für den Fall, daß es zu Verhandlungen kommt. Ich schlage vor, wir führen über die Pferde Buch, für jede Pfarrei einzeln. Jeder Mann, der seinen Gaul nicht zur Musterung vorführt, sollte wegen Verrats aufgeknüpft werden.«

Die Mitglieder der Versammlung steckten die Köpfe zusammen und begannen, sich halblaut zu unterhalten. Katherine wurde zum erstenmal bewußt, daß ein Pferd für die meisten kleinen Freisassen einen beträchtlichen Wert darstellte. Dabei schien ihr der Nutzen der Tiere höchst zweifelhaft: Die meisten Pferde auf der Insel waren Ackergäule, die zum Pflügen eingesetzt wurden. Die Kavallerie würde aus nichts anderem als aus Bauern mit rostigen Spießen bestehen.

Während die Debatte fortdauerte, schweiften ihre Gedanken ab. Hugh Winston kam ihr in den Sinn. Der Anblick, wie er mit seinen Geschützen in der frühmorgendlichen Dämmerung auf die englische Navy schoß, hatte all ihre frühere Geringschätzung ausgelöscht. Nie hatte sie einen so entschlossenen und zielstrebigen Mann erlebt. Wieder mußte sie daran denken, wie er sie am Arm gepackt hatte. *Warum* hatte er das getan?

Sie wandte den Kopf, um ihn zu betrachten, sein durchfurchtes Gesicht, das noch immer mit den schmierigen Spuren des Pulverdampfes bedeckt war. Eigentlich, so sagte sie sich, passen wir gut zueinander. Auch ich bin entschlossen und zielstrebig – und wenn er es nicht schon längst weiß, dann wird er es bald erfahren . . .

Im Augenblick war er in ein Gespräch mit Johan Ruyters versunken, den man dazugebeten hatte, um den Standpunkt der holländischen Kaufleute zu vertreten. Die beiden hatten den ganzen Tag über zusammengearbeitet. Winston und seine Männer hatten in der brütenden Hitze, die einem Sturm stets vorauszugehen pflegte, geholfen, die schweren holländischen Kanonen auf rasch zusammengezimmerte Flöße zu hieven, sie an Land zu bringen und dann mit Ochsenkarren zum Point hinaufzuschaffen. Jetzt sah er hundemüde aus, und Katherine spürte fast körperlich, wie arg ihm der Rücken schmerzen mußte.

Auch Anthony hatte während des ganzen Tages gearbeitet, das Ufer abgeritten und die Bürgerwehr inspiziert, die auf verschiedene strategische Schlüsselstellungen an der Küste verteilt worden war.

Warum waren ihre Gefühle Anthony gegenüber plötzlich so zwiespältig? Er war sehr groß, genauso wie Winston. Und er sah gut aus, wesentlich besser als der Kapitän, wenn sie es recht bedachte. Nein, nicht das Äußere reizte sie an Winston, sondern sein ganzes Auftreten war es, das sie beeindruckte. Er war . . . ja, er war gefährlich.

Sie mußte lachen, als sie feststellte, daß sie das reizvoll fand, denn ein solches Gefühl verstieß gegen den gesunden Menschenverstand, den sie im Laufe der Jahre so sorgfältig kultiviert hatte. Und wieder ertappte sie sich bei der Frage, wie Winston wohl als Liebhaber sein mochte . . .

»Und was dann, Sir? Was passiert dann, wenn wir unsere Pferde, unsere Musketen und unsere Knechte für die Bürgerwehr bereitgestellt haben?« Ein Vertreter der Freisassen-Versammlung erhob sich plötzlich und wandte sich an die Ratsherren. Es war John Russell, ein großer, grobknochiger Freisasse, der oben an der Nordseite der Insel fünfzehn Morgen Acker sein eigen nannte. »Wer soll dann unsere Frauen und Kinder beschützen?« Nervös hielt er inne, räusperte sich und blickte von einem der Ratsmitglieder zum anderen. »Offen gestanden, Gentlemen, bekommen wir nachgerade Angst vor den vielen Afrikanern, die einige von Euch gekauft und hier untergebracht haben. Wenn jeder weiße Mann unten an der Küste Dienst tut und wir überdies unsere Pferde und Musketen zur Verfügung stellen müssen, sehen wir keine Möglichkeit mehr, unsere Familien zu beschützen, falls diese neuen Sklaven einen Aufstand anzetteln sollten. Und sagt nicht, daß so was nicht geschehen kann! Denkt nur an den Aufstand der Schuldknechte vor zwei Jahren. Zwar konnten wir den damals rasch niederschlagen, indem wir ein Dutzend von den Aufwieglern aufknüpften – doch diesen Schwarzen fehlt bisher eine solche Lektion. Wer soll sie daran hindern, sich irgendwo in den Bergen zusammenzurotten und uns anzugreifen?« Russell erntete zustimmendes Kopfnicken von einigen anderen Mitgliedern der Versammlung. »Wir sind völlig schutzlos, wenn jeder wehrfähige Mann eingezogen und jedes Pferd an die Küste hinuntergebracht wird.«

»Wenn das alles ist, was Euch Sorgen macht, dann kann ich Euch beruhigen.« Lächelnd schob Briggs seinen Hut aus der Stirn. »Alle Schwarzen haben Befehl, vorläufig ihre Unterkünfte nicht zu verlassen. Außerdem sind sie über die ganze Insel verstreut, so daß sie gar keine Möglichkeit haben, irgend etwas zu organisieren. Ihr braucht kein Angst zu haben. Darauf gebe ich Euch mein Wort. Sie sind unbewaffnet und dabei fügsam wie die Lämmer.«

»Und was ist mit den Zuckerrohrmessern, die man ihnen für die Feldarbeit ausgehändigt hat?«

»Die sind alle eingesammelt worden. Die Afrikaner haben keine Waffen. Sie können nur noch auf diesen Trommeln herumschlagen – und davon machen sie ja in letzter Zeit ohnehin ausgiebig Gebrauch.« Er blickte um sich und stellte erfreut fest, daß der beruhigende Ton, in dem er gesprochen hatte, seine Wirkung nicht verfehlte. »Ich meine, wir sollten uns dringlicheren Problemen zuwenden, zum Beispiel dem Zustand der Feldschanzen hier und an der Küste.« Er wandte sich an Winston. »Ihr habt heute abend noch nicht viel über das Resultat Eurer heutigen Arbeit gesagt, Sir. Ich für meinen Teil wäre Euch sehr über ein Wort zum Zustand unserer Artillerie verbunden.«

Alle Blicke wandten sich Winston zu, der am Fenster stand, einen Fensterladen aufhielt und beobachtete, wie Wind und Regen die Wipfel der großen Palmen beugten. Langsam drehte er sich, wobei seine schlaksige Gestalt noch größer zu werden schien, und sah die Versammelten an. Seine Augen verrieten Katherine, daß er sich Sorgen machte; sie ahnte allmählich, in welcher Stimmung er sich befand.

»Die Geschütze, die die Holländer uns geliehen haben, sind aufgestellt worden.« Mit dem Daumen zeigte er auf Ruyters. »Und dafür, meine ich, sollten wir uns alle bedanken.«

»Richtig!« und »So ist es!« riefen die Pflanzer durcheinander, worauf Ruyters geschmeichelt nickte. Dann flüsterte er Winston rasch etwas zu und verschwand durch die Tür im Regen.

Der Engländer sah ihm kurz nach und fuhr dann fort: »Ihr habt Kanoniere – eigene Leute und Männer von mir – am Point sowie in Jamestown und in Oistins Bay stehen. Das heißt, Ihr habt überall Artillerie, wo sie es wagen könnten, mit einer Fregatte nahe ans Ufer heranzukommen. Nur dort können sie größere Kontingente Soldaten an Land werfen, nur dort sind langsame – und daher überaus gefahrvolle – Landungsunternehmen möglich.«

»Und was ist, wenn sie dennoch versuchen, irgendwo dort zu landen, wo wir keine Kanonen haben, Sir?« ließ Briggs' Stimme sich über dem heulenden Sturm vernehmen.

»Sollten sie es versuchen, müßte Eure Bürgerwehr imstande sein, am Ufer mit ihnen fertigzuwerden und sie zurückzujagen. Dasselbe gilt auch für den Fall, daß sie probieren, mit Hilfe von kleinen Booten immer wieder ein paar Mann auf die Insel zu schmuggeln. Deshalb müßt Ihr die Bürgerwehr bereithalten.« Er schob seine Pistolen zurecht und zog den Rock darüber gerade. »Wenn jetzt nichts weiter zu bereden ist, überlasse ich Euch Euren Beratungen. Ich habe getan, was ich zu tun angeboten habe.«

»Moment, Kapitän, wenn Ihr erlaubt!« Anthony Walrond trat vor ihn hin, als die Menge ihm schon den Weg zur Tür freimachen wollte. »Ich meine, Ihr habt weit mehr getan, als Ihr angekündigt hattet. Denn von einem ist nie die Rede gewesen: davon nämlich, die Insel zu verraten.«

Winston blieb stehen und sah ihn an. »Ich bin so müde, daß ich Euch das durchgehen lasse.«

»Seid Ihr das wirklich, Sir?« Walrond wandte sich dem Tisch zu. »Wir haben Kapitän Winston noch nicht für den anderen Dienst gedankt, den er uns erwiesen hat. Während er ein großes Gewese darum machte, die Kanonen der Holländer aufzustellen, hat er gleichzeitig gut fünfzig von diesen irischen Schuldknechten, die er übernommen hat, angewiesen, zur Flotte hinauszuschwimmen und den Rundköpfen ihre Dienste anzubieten.« Walrond drehte sich um zu den Stehenden. »Das war schnöder Verrat. Und Grund genug für einen hanfenen Strick ... falls es dieses Anlasses überhaupt noch bedurfte.«

»Sir, Ihr könnt zur Hölle gehen!« Winston machte kehrt und zwängte sich zwischen den Pflanzern hindurch auf die Tür zu.

Fassungslos starrte Katherine ihm nach. Dann schob sie sich ihrerseits durch die Menge, holte ihn kurz vor dem Ausgang ein und stellte sich vor ihm hin. »Stimmt es, was er gesagt hat?«

Er strich sich das Haar aus der Stirn und sah auf sie herab. »Das geht Euch wirklich nichts an, Miss Bedford.«

»Ich glaube, Ihr habt einiges zu erklären – wenn schon nicht mir, so doch den Herren hier im Raum.«

»Ich bin heute abend nicht hierhergekommen, um irgendwas zu erklären. Warum ruft Ihr nicht einfach einige von den Männern herein, die zu den Schiffen hinausgeschwommen sind?«

Er zeigte auf die Tür. »Sie sind inzwischen wieder da und warten draußen im Regen – zumindest vorhin haben sie gewartet. Ich bin sicher, es wird ihnen ein Vergnügen sein, Euch alle Einzelheiten zu gestehen. Persönlich habe ich nicht die geringste Absicht, mich von Master Walrond ins Verhör nehmen zu lassen.«

»Dann werden wir sie selbstverständlich hereinrufen.« Energisch machte sich Katherine den Weg zur Tür frei.

Draußen stand eine Schar von Schuldknechten im Regen, darunter Timothy Farrell, der sich selbst zu ihrem Anführer ernannt hatte. Die Pflanzer beobachteten aufmerksam, wie die Gouverneurstochter ihn hereinwinkte.

Unsicher trat er durch die Tür, verneigte sich und nahm dann untertänig den Strohhut ab. »Kann ich Euer Gnaden irgendwie zu Diensten sein?«

»Das werden wir sehen, Sir.« Sie packte ihn am Arm und brachte ihn ans Kopfende des Tisches. »Stimmt es, daß Kapitän Winston Euch und den anderen Männern draußen befohlen hat, zu den Schiffen hinauszuschwimmen und Euch zu erbieten, gemeinsame Sache mit denen zu machen?«

»Verzeihung, Euer Gnaden, wir haben uns nicht erboten, gemeinsame Sache mit denen zu machen. Nein, wahrhaftig nicht. So was würd' ich nie tun, denn schließlich bin ich Christ.« Farrell verzog das Gesicht zu einem breiten Grinsen. »Nein, bei der Heiligen Jungfrau, wir haben ihnen nur uns're Hilfe angeboten.« Lachend sah er zu Winston hinüber. »Und während sie über unser Angebot berieten, haben wir uns gründlich unter Deck umgeseh'n. Wie ich Seiner Gnaden schon gemeldet hab', glaub' ich nicht, daß sie Proviant genug haben, um länger als zwei Wochen durchzuhalten. Und gut die Hälfte von den Leuten an Bord ist so entkräftet vom Scharbock, daß sie Mühe hätten, einen Spieß auch nur durch diesen Raum hier zu tragen. Unter Deck verfluchen sie den Admiral und behaupten, er hätt' sie nur hergebracht, damit sie in dieser pestverseuchten, sonnenversengten Wildnis verhungern.«

Langsam drehte Katherine sich zu Winston um. »Ihr habt diese Leute als Spione rübergeschickt?«

»Wen hätten wir sonst schicken sollen?« Er machte einen weiteren Schritt zur Tür.

»Nun, das hättet Ihr uns doch vorher sagen können, Sir.«

»Damit ein paar von den Puritanern, die auf dieser Insel wohnen, hinter meinen Männern her schwimmen und dafür sorgen, daß sie erschossen oder an die Masten gehängt werden? Den Teufel hätt' ich getan!«

»Aber das schafft ja eine völlig neue Ausgangslage«, fiel Briggs ihm freudig in die Rede. »Nach dem, was dieser Mann sagt, haben sie doch gar nicht die Leute, um eine Landung zu versuchen.«

»Ihr tätet gut daran, nur die Hälfte von dem zu glauben, was Ihr hört.« Winston hielt inne und blickte in die Runde. »Und selbst, wenn alles stimmt, was der Bursche erzählt hat, so heißt das nur, daß sie um so früher angreifen müssen – bevor nämlich ihre Vorräte zu Ende gehen und sie noch mehr Leute verlieren.« Jetzt drängte er endgültig zur Tür. »Verzweifelte Menschen greifen zu verzweifelten Mitteln. Es wird einen Angriff auf diese Insel geben, verlaßt Euch drauf. Und Ihr werdet am besten kämpfen, wenn auch Ihr verzweifelt seid.« Plötzlich blieb er doch noch einmal stehen und sah sich nach Briggs um. »Übrigens frage ich mich, wen Euer Gerede über Eure fügsamen Sklaven täuschen soll. Eure Afrikaner könnten sehr wohl etwas im Schilde führen. Ich bezweifle, daß sie sich darum scheren, wer diesen Krieg gewinnt, Ihr oder Cromwell. Haltet deshalb die Augen offen. Gute Nacht.« Er machte kehrt, gab Farrell einen Wink, ihm zu folgen, und trat dann hinaus in den nächtlichen Regen.

Katherine sah ihm nach, abermals abgestoßen von seinem unverschämten Auftreten. Oder bewunderte sie ihn ob dieser Unverschämtheit? Sie wußte es selbst nicht. Rasch drängte sie sich durch die unruhige Menge, bis sie Dalby Bedford erreichte, neigte sich zu seinem Stuhl hinunter und flüsterte ihm etwas ins Ohr, um gleich darauf wieder zur Tür zu eilen und in die Nacht hinauszuschlüpfen.

Der Regen schlug Katherine ins Gesicht, und der Wind blies ihr das Haar vor die Augen. Winston stieg bereits den Hang hinunter, die Schar der Schuldknechte im Gefolge. Wie ein Wurf Welpen, dachte sie. Er verstand es, mit seinen Leuten umzugehen. Sie raffte ihre langen Röcke, eilte ihm nach und drängte sich dann zwischen den Leuten hindurch, deren Strohhüte und -schuhe längst völlig durchnäßt waren.

»Kapitän, ich glaube, wir müssen uns bei Euch entschuldigen, und ich bin gekommen, das zu tun.« Sie hatte ihn endlich eingeholt und ging neben ihm her. »Niemand außer Euch ist auf den Gedanken gekommen, die Flotte ausspionieren zu lassen.«

»Katherine, kein Mensch da drinnen ist überhaupt auf irgendeinen vernünftigen Gedanken gekommen. Die sind viel zu sehr damit beschäftigt, darüber zu streiten, wer nun einen Ackergaul entbehren kann und wer nicht.«

»Was wollt Ihr damit sagen?« Sie blickte auf. »Was hätten sie denn sonst tun sollen?«

»Zunächst einmal sollten sie alles ausladen, was die holländischen Kauffahrer, die im Hafen eingeschlossen sind, noch an Vorräten an Bord haben. Ruyters hat mir gerade eben versprochen, seine Männer noch heute nacht damit beginnen zu lassen. Nur fürchte ich, es ist schon zu spät.« Durch den Regen starrte er zur Bucht hinunter. »Irgendwas sagt mir, daß die Flotte morgen in den Hafen einlaufen und alle Schiffe beschlagnahmen wird, derer sie habhaft werden kann. Jeder gute Kommandeur würde das tun. Diese Schiffe haben so viel Mehl und Mais an Bord, daß die Insel wochenlang davon leben könnte. Glaubt mir, Ihr werdet diese Sachen brauchen – es sei denn, Ihr richtet Euch darauf ein, von Zuckerrohr und Pferdefleisch zu leben. Bedauerlicherweise ist Barbados viel zu sehr mit internen Querelen beschäftigt.« Er drehte sich um und setzte seinen Weg fort. »Ich gehe jetzt runter und will versuchen, heute abend wenigstens noch meine eigenen Vorräte auszuladen, ehe es zu spät ist.«

Mit gerafften Röcken eilte sie hinter ihm her. »Erlaubt mir, daß ich Euch vorher danke für das, was Ihr für uns getan habt . . . Hugh.«

Er suchte ihren Blick, lächelte sie an und hob die Hand, um sie zu unterbrechen. »Haltet ein! Bevor Ihr fortfahrt – und möglicherweise etwas Törichtes sagt –, solltet Ihr erfahren, daß ich all dies nicht für Eure kleine Insel Barbados tue.«

»Aber Ihr helft uns, ein freies, unabhängiges Gemeinwesen zu bleiben. Wenn wir es schaffen, der Flotte die Stirn zu bieten, können wir uns eine eigene Verfassung geben – die erste hier draußen in der Neuen Welt. Vielleicht wird Virginia unserem Beispiel folgen. Wer weiß, eines Tages werden unter Umständen auch noch andere Siedlungen . . .«

»Ein freies, unabhängiges Gemeinwesen?« Er schnaubte verächtlich. »Freiheit für wen? Für diese raffgierigen Pflanzer? Außer ihnen wird kein Mensch hier frei sein.« Er zog den Umhang enger um sich. »Begreift bitte, daß ich nicht an Eurer Seite kämpfe, um Euch zu helfen, aus Barbados irgend etwas Bestimmtes zu machen. Ich versuche nur nach Kräften, meine Fregatte zu retten. Nebenbei: Barbados wird nie ›frei‹ sein, um dieses Wort zu gebrauchen, das Ihr so zu lieben scheint. Allenfalls werden hier die Herren wechseln. Schaut Euch doch um! Barbados wird für immer eine Gesellschaft von Sklaven und Sklavenhaltern sein, beherrscht und ausgebeutet von einem Rat oder einem Parlament, meinetwegen auch von einem König oder sonstwem – von jetzt an.«

»Ihr irrt.« Warum legte er es nur so sehr darauf an, sie in Wut zu versetzen? »Eine eigene Verfassung wäre doch nur der Anfang. Eines Tages wird es keine Schuldknechte mehr geben, und später werden sie sich vielleicht sogar dazu entschließen, die Sklaven freizulassen.« Sie hätte ihn am liebsten gepackt und ihn geschüttelt, weil er so kurzsichtig war. »Warum weigert Ihr Euch nur zu verstehen? Gibt es denn überhaupt nichts, was Euch etwas bedeutet?«

»Es bedeutet mir etwas, mein Leben auf meine Weise zu leben. Das hört sich vielleicht nicht nach einer großen Sache an, aber ich habe lange gebraucht, um das zu erkennen. Ich habe aufgegeben, darauf zu warten, daß ich eines Tages nach Hause zurückkehren und dort für die Ehre des Namens Winston arbeiten kann. Und ich werde mich auch nicht hier niederlassen und auf einer Zuckerplantage dick und fett werden.« Er erhob die Stimme, um den Sturm zu übertönen. »Ich will Euch etwas sagen: Ich habe genug davon, nach Regeln zu leben, die jemand anders aufgestellt hat. Im Augenblick kommt es mir nur darauf an, hier rauszukommen und an einen Ort zu gelangen, den ich mir selbst aussuche. Und falls ich Barbados nur dann hinter mir lassen kann, wenn ich zunächst einmal Seite an Seite mit Leuten wie Briggs und Walrond kämpfe, dann werde ich das eben tun.«

»Das war ja eine richtige Rede! Wie lange habt Ihr gebraucht, sie einzustudieren?« Sie packte ihn am Arm. »Wenn ich Euch recht verstanden habe, heißt das, daß Ihr vor Schwierigkeiten am liebsten davonlauft?«

»Ihr trefft den Nagel auf den Kopf, und ich wäre Euch sehr verbunden, wenn Ihr die Güte haben wolltet, in dieser Angelegenheit bei dem Admiral der Flotte da draußen ein gutes Wort für mich einzulegen. Sagt ihm doch bitte, da wäre ein allbekannter amerikanischer Schmuggler, der furchtbar gern aus dem Hafen segeln möchte. Ob er nicht die Güte hätte, die Blockade für eine Stunde oder so aufzuheben.«

»Warum fragt Ihr ihn nicht selbst? Vielleicht fiele ihm ein Stein vom Herzen – und sei es nur, weil er dann Euch und Eure Kanoniere los wäre.« Sie wartete, bis ein Donnergrollen verhallt war. »Und wenn Ihr dann fortgesegelt seid – was dann?«

»Ich habe, wie gesagt, vor, meinen eigenen Weg zu gehen. Ich möchte in Richtung Westnordwest segeln und hier in der Karibik einige Dinge ins Rollen bringen. Nur, im Augenblick habe ich wirklich Dringenderes zu tun. Meine Vorräte und die der Holländer dürfen nicht der Navy in die Hände fallen!« Er wandte sich um und stapfte dem Strand entgegen, der wegen des dichten Regens in der Dunkelheit kaum zu erkennen war. »Ihr kehrt jetzt lieber in die Versammlungshalle zurück, Katherine – es sei denn, Ihr wollt die Röcke raffen und mir zur Hand gehen.«

»Vielleicht tue ich genau das.« Sie holte ihn ein und paßte ihre Schritte den seinen an.

»Wie bitte?«

»Da Ihr mich offenbar für ziemlich nutzlos haltet, werdet Ihr es kaum für möglich halten, daß ich Fässer mit holländischem Käse genausogut schleppen kann wie Ihr.« Sie hielt die Röcke in die Höhe, um sie nicht zu beschmutzen. »Und warum sollte ich

Euch nicht helfen? Wir wollen beide das gleiche: die Rundköpfe aushungern. Nur haben wir unterschiedliche Gründe dafür.«

»Das da unten ist kein Platz für eine Frau.«

»Das habt Ihr schon einmal zu mir gesagt. Als wir hinausgingen, uns Briggs' Zuckermühle anzusehen. Offen gestanden, bin ich es leid, das immer wieder zu hören. Warum sucht Ihr Euch nicht einen anderen Vorwand, mir Verhaltensmaßregeln zu geben?«

Er blieb stehen und sah auf sie nieder. Der Regen peitschte ihm ins wettergegerbte Gesicht. »Na schön, Katherine – oder Katy, wie ich Euren Vater Euch habe rufen hören. Wenn Ihr mir helfen wollt, kommt mit. Allerdings müßt Ihr Euch ein paar Hosen anziehen, wenn Ihr nicht ertrinken wollt.« Seine finstere Miene wandelte sich zu einem Lächeln. »An Bord der *Defiance* wird sich schon was Passendes auftreiben lassen. Es wird eine lange Nacht werden.«

»Ihr könnt erzählen, ich wäre einer von Euren Matrosen oder einer von den Schuldknechten.«

Er betrachtete ihr Mieder und brach in lautes Lachen aus. »Ich bezweifle, daß Euch irgendeiner von meinen Leuten für einen Mann halten würde. Aber wäre es nicht das beste, Ihr würdet eine Nachricht hinterlassen, wo Ihr Euch aufhaltet?«

»Was ich zu tun habe, ist meine Sache.«

»Dann also los!« Ein Blitz zuckte über den Himmel und erhellte den Strand vor ihnen.

Die völlig aufgeweichte Straße lief jetzt, wo sie sich dem Ufer näherten, eben aus. Die Wagenspuren, die als kleines Wildwasser den Hügel heruntergekommen waren, wurden zu ruhig dahinströmenden Bächen, die auf kurvenreichem Weg der See zustrebten. Die Mastlaternen der holländischen Kauffahrteischiffe zeichneten helle Bogen in das Dunkel, und am Strand bewegten sich gespenstergleich die Silhouetten holländischer Seeleute, deren Stimmen nur gedämpft herüberdrangen. Dann sah sie die untersetzte Gestalt von Johan Ruyters auf sich zukommen.

»Verdammt, bei diesem Regen und dieser Dünung können wir nicht entladen, schon gar nicht im Dunkeln. Da braut sich zweifellos ein Sturm zusammen, vielleicht sogar ein *huracán.*« Er stutzte und grüßte Katherine mit einem Nicken. »Im Moment läßt sich nicht viel tun, bei meiner Ehre.«

»Nun, ich will Euch sagen, was Ihr tun könnt – sofern Ihr den Schneid dazu habt.«

»Und was sollte das sein, Sir?«

»Einfach alle Schiffe hier auf den Strand auflaufen lassen. Damit verhindert Ihr, daß sie Euch genommen werden. Und sobald der Sturm abebbt, könnten wir sie entladen.«

»*Aye*, das ist eine Möglichkeit, an die ich auch schon gedacht habe. Ich glaube, ich sollte einen Versuch wagen. Es wäre nicht das erstemal, daß die *Zeelander* auf Grund läuft. Ihr Kiel ist aus gesunder Eiche.« Seine Stimme klang düster; begeistert war er wahrhaftig nicht. »Aber ich habe schon rumgefragt, und die meisten anderen Kapitäne scheuen dieses Risiko.«

»Nun, mit dem Regen habt Ihr recht. Und die See sieht auch nicht gut aus. Ich bin auch der Meinung, daß man bei diesem Wetter nicht arbeiten kann. Vielleicht mache ich den Anfang und setz' die *Defiance* auf Grund.« Er blickte zu seinem Schiff hinüber, das jetzt von der Dünung auf und nieder gezogen wurde und an seiner Ankertrosse zerrte. »Nun, da das Wasser so hoch steht hier in der Bucht, bietet sich die beste Gelegenheit dafür.«

»Beim Blute Christi, es ist schon eine vertrackte Sache.« Ruyters drehte sich um und schaute hinaus aufs Meer. Die Mastlaternen der Flotte waren wegen der dichten Regenschleier kaum zu erkennen. »Wenn ich bloß wüßte, was sich in den Köpfen von diesen Hurenböcken abspielt! Höchstwahrscheinlich werden sie ja versuchen, in die Bucht einzulaufen und sich unseren Proviant zu holen, sobald das Unwetter nachläßt. Und wir können uns nicht einmal wehren. Sie haben uns praktisch in der Hand, denn sie wissen ganz genau, daß die Batterie oben auf dem Point nicht das Feuer auf die Bucht eröffnet, solange unsere Schiffe dort liegen.« Er fuhr zu Winston herum. »Oder würdet Ihr etwa trotzdem feuern?«

»Und riskieren, einem der Schiffe hier die Bordwand aufzureißen? Kommt natürlich nicht in Frage.«

»*Aye*, das werden sie sich zweifellos spätestens bis morgen mittag auch überlegt haben. Deshalb ist das Auflaufenlassen vielleicht die einzige Möglichkeit zu verhindern, daß unsere Fregatten in englische Hand fallen. Verflucht, ich sollte mich beeilen, bevor die See noch rauher wird.« Er verneigte sich vor Katherine. »Ergebenster Diener, Madame. Wenn Ihr die Güte hättet, mich zu entlassen . . .«

»Ich hoffe nur, Ihr habt wirklich keine Dummheit vor!« Winston blickte ihn scharf an.

»Was wollt Ihr damit sagen?«

»Glaubt ja nicht, Ihr könntet Euch bei diesem Sturm ein Husarenstück leisten. An den Riffen kommt Ihr nie vorbei.«

»*Aye*, an diese Möglichkeit habe ich selbstverständlich auch gedacht. Hätte ich ein wenig mehr Ballast, könnte die Idee verlockend sein.« Er spuckte aus und schaute dann zurück. »Ich wette, Ihr habt diese Möglichkeit selbst erwogen.«

»Ich hab' den nötigen Ballast auch nicht. Und ich habe den Spanier noch nicht, über den wir uns geeinigt haben. Vergeßt unsere Abmachung nicht!«

»Auf mein Wort ist immer Verlaß, Sir. Allerdings könnt Ihr von Glück reden, wenn Ihr jemals wieder das offene Meer zu sehen bekommt. Und für die anderen von uns gilt dasselbe.« Ruyters stieß einen Seufzer aus. »*Aye*, jeder Christ hier wünscht sich heute abend, er hätte von Barbados nie etwas gehört.« Er nickte zum Abschied und watete zu einem bereitliegenden Beiboot hinaus. Kurze Zeit darauf war er im Regen verschwunden.

»Nun, Miss Katy Bedford, wenn die anderen Holländer nicht denselben Weitblick haben wie Ruyters, dann werden deren Kauffahrteischiffe mitsamt allem Proviant beim morgigen Sonnenaufgang in der Hand der Navy sein.« Er griff nach ihrem Arm. »Aber nicht die *Defiance*. Kommt, wir wollen sehen, daß Ihr was Trockenes anzuziehen bekommt. Und vielleicht findet sich ein Krug Sack, der Euch aufwärmt. Ihr müßt Euch auf eine zwar kurze, aber überaus ungemütliche Fahrt gefaßt machen.«

Sie sah ihn zu den Schuldknechten hinübergehen. Offenbar wies er sie an, sich ein Obdach zu suchen und morgen früh wieder hierher zurückzukehren. Timothy Farrell erwiderte etwas. Winston überlegte einen Moment, zuckte dann mit den

Achseln und suchte in seinen Taschen herum. Dann reichte er ihm ein paar Münzen. Die Iren grüßten stramm wie die Soldaten und machten sich dann auf zu den Schenken bei der Brücke.

»Kommt!« Er kam zurückgestapft. »Das Beiboot ist dort drüben festgemacht, falls es sich nicht losgerissen hat und hinausgetrieben ist.«

»Und wo habt Ihr Eure Leute?«

»Die meisten sind fort. Meine Kanoniere sind bei der Batterie, und alle anderen sind der Bürgerwehr zugeteilt. Nur John und ein paar von meinen Burschen haben den Befehl, an Bord zu bleiben, um auf das Schiff aufzupassen.« Sein Gesicht sah eingefallen aus. »Ihr braucht keine Angst zu haben. Bei diesem Seegang ist es keine Kunst, sie auf Grund zu setzen. Wir brauchen bloß den Anker zu lichten, den Rest besorgt dann die Dünung.«

Als er sie ins Wasser hineinführte und die Brandung ihre Waden umspülte, dachte sie kurz daran, daß das Seewasser ihre Taftunterröcke zerfressen könnte, scherte sich dann jedoch nicht darum. Das Erlebnis dieser Nacht war dieses Risiko durchaus wert.

Nach wenigen Schritten tauchte vor ihnen ein Beiboot auf der kabbeligen See auf. »Rafft die Röcke, dann hebe ich Euch hinein.«

Kaum hatte sie ihren Rock ein wenig hochgezogen, da ging eine große Welle über beide hinweg. Sie stand noch prustend da, im Mund einen salzigen Geschmack, als er sie schon packte und über die Bordwand hob. Sie rang nach Atem, als eine weitere Welle das Boot überspülte. Winston tastete das Haltetau entlang bis zu dem Pfahl im Wasser, an dem das Boot festgemacht war. Er löste es, schob das Boot seewärts und schwang sich so mühelos über die Bordwand, als ließ er sich in eine Hängematte fallen.

Regen peitschte hernieder, als er sich unter Aufbietung aller Kräfte in die Riemen legte, und langsam näherten sie sich dem Rumpf der *Defiance*. Er ruderte auf die Leeseite hinüber, und Augenblicke später stand John Mewes da und griff nach dem Tau, um das Boot längsseits zu ziehen. Als er zu ihnen hinunterspähte und Katherine sah, zeichnete sich Verwirrung auf seinem Gesicht.

»Das ist vielleicht eine Nacht, M'lady, wirklich böse!« Er streckte ihr hilfsbereit die Hand entgegen, als Winston sie hochhob. »Willkommen an Bord. Nicht gerade der geeignete Augenblick für rechtschaffene Leute, mit einem Beiboot übers Wasser zu rudern, will ich meinen.«

»Darum geht es auch nicht, John.« Winston ergriff ein Dodshoofd, zog sich daran hoch und schwang sich übers Schanzkleid. »Ruf die Leute auf ihre Positionen. Ich werde erst mit Miss Bedford in die Kajüte gehen und ihr was Trockenes zum Anziehen raussuchen, dann werden wir den Anker lichten und das Schiff auf den Strand setzen.«

»*Aye.*« Mewes, der die Augen zusammenkniff, um im Regen etwas zu erkennen, strahlte. »Ehrlich gesagt, hab' ich daran auch schon gedacht. Diese Aasgeier von Rundköpfen werden, sobald das Wetter es zuläßt, in die Bucht einlaufen und versuchen, so viele Schiffe wie möglich als Prise zu nehmen.« Er schickte sich an, zum Achterdeck zu gehen. »Aber unsere Schöne kriegen sie nie, so wahr Gott mein Zeuge ist!«

»Versuch, das Sprietsegel zu setzen, John, und sieh zu, ob du es schaffst, den Raum auszufahren.« Er nahm Katherine bei der Hand und half ihr unter den Wanten hindurch. »Hier entlang, Katy.«

»Was habt Ihr denn für mich zum Anziehen?« Sie hielt sich an der Reling fest, denn das schlüpfrige Deck hob und senkte sich mit den Wellen, doch Winston drängte sie weiter. Noch immer ihre Hand festhaltend, führte er sie in den sich unter dem Achterdeck entlangziehenden Gang hinein; er war nur von einer einzigen Laterne beleuchtet, die im Wind schaukelte.

»Für gewöhnlich sind bei uns keine Frauen an Deck.« Seine Worte gingen in Donnerkrachen fast unter. Er stieß die Tür der Kapitänskajüte auf. »Was haltet Ihr von einer meiner Hosen und einem Wams von mir?«

»Was haltet *Ihr* davon?«

Lachend strich er sich das triefnasse Haar aus der Stirn und ließ sie eintreten. »Eigentlich sehe ich Frauen lieber in Kleidern. Aber es bleibt uns wohl nichts anderes übrig, als uns mit unserem Schicksal abzufinden.« Er trat an seine Truhe und klappte den Deckel hoch. Das Schlingern des Schiffes schien er gar nicht wahrzunehmen. »Sucht Euch aus, was Euch gefällt, während ich noch mal nach oben gehe.« Dann wies er mit der

Hand auf das Sideboard. »Da drüben ist Portwein, und ein paar Krüge findet Ihr dort auch.«

»Und wie schnüre ich mir das Mieder auf?«

»Laßt doch Eure Zofe kommen, wie üblich.« Heulend fuhr der Wind durch den Gang draußen, als er die Tür aufriß und dann hinter sich wieder zuknallte. Katherine hielt sich immer noch am Tisch fest und versuchte, sich gegen das Schlingern des Schiffes anzustemmen, während sie von den Decks über sich verhaltene Rufe und Kettengerassel vernahm.

Sie faßte nach hinten und mühte sich mit den verknoteten Schnüren ihres Mieders ab. Die englische Mode – die sie absurd fand auf Barbados mit seinem drückenden Klima – verlangte, daß alle Frauen ihres Standes über dem Untergewand dieses schwere Korsett trugen, das auf dem Rücken bis oben hin zugeschnürt war.

Am Morgen hatte ihr mit Fischbein verstärktes Korsett aus zwei blütenweißen Lagen Leinen bestanden und war mit hübschen Puffärmeln versehen gewesen. Jetzt jedoch war es vollgesogen mit Wasser und schmutzigbraun. Katherine zupfte und zog an dem Stoff herum und wand sich, bis sie es so weit gelockert hatte, daß sie es sich über den Kopf ziehen konnte.

Erleichtert atmete sie auf, als ihre Brüste von dem einengenden Korsett endlich befreit waren, rollte dieses zu einem nassen Bündel zusammen und warf es auf den Kajütenboden. Das feuchte Untergewand klebte an ihrem Leib. Sie sah an sich hinunter, nicht ohne eine heimliche Freude über ihren jungen, reizvoll gerundeten Körper. Dann entfernte sie die Nadel, mit der ihr Rock an einer Stelle kokett hochgenommen worden war, um ihren Unterrock hervorschauen zu lassen.

Erneut schlingerte das Schiff, und der Deckel der Truhe fiel zu. Als sich die *Defiance* wieder beruhigt hatte, wand Katherine sich rasch aus dem pitschnassen Kleid und den Unterröcken heraus und ließ sie auf den Boden fallen. Der einst blaue Taftrock sah im Licht der hin und her pendelnden Lampe grau aus.

Plötzlich neigte sich das Schiff nach hinten, dann ging ein tiefes Ächzen durch den Rumpf, der gleich darauf noch einmal erzitterte und schließlich regungslos liegenblieb. Der Kajütenboden blieb leicht nach achtern gesenkt.

Sie trat an die Truhe und hob den Deckel hoch. Darinnen lagen etliche Segeltuchhosen sowie ein Paar Seidenhosen mit feinen Streifen. Lachend zog sie sie heraus, um sie im flackernden Licht näher zu betrachten. Was er wohl dazu sagen würde, wenn sie sich diese Hosen anzog? Zweifellos zeugten sie von seiner Eitelkeit.

Ohne Zögern schüttelte sie die Hosenbeine aus und zog sich das Stück unter das nasse Untergewand. Obwohl sie keinen Spiegel hatte, merkte sie, als sie die Gürtelbänder zuzog, daß sich der Stoff schmeichelnd um ihre Hüften legte. Die Beinlinge, die ziemlich kurz waren, da sie in Wadenstrümpfe oder hohe Stiefelschäfte hineinpassen sollten, brachten den schönen Schwung ihrer Fesseln besonders gut zur Geltung.

Als nächstes holte sie ein blaues Samtwams hervor, reich bestickt und mit einer Reihe goldener Knöpfe. Einen Moment lang ließ sie anerkennend ihren Blick darauf ruhen, gelinde überrascht, daß er überhaupt so feine Sachen besaß. Dann legte sie das Wams auf den Tisch.

Als sie sich das nasse Untergewand über den Kopf gestreift hatte und ein leichter Luftzug ihre Haut umspielte, wurde sie sich erst bewußt, wie stickig und heiß es in der Kajüte war. Kurzentschlossen trat sie ans Fenster und entriegelte es. Draußen brodelte die See und donnerte gegen den Achtersteven, während in den Achtersteven-Umgang noch immer dunkler Regen hineinprasselte. Sie holte tief Atem, als sie die kühle Brise auf Gesicht und Brüsten spürte, und fragte sich, wie wohl ihr Haar aussehen mochte. Plötzlich riß eine Stimme sie aus ihren Gedanken.

»Ihr habt den Portwein ganz vergessen.«

Sie mußte schlucken, als sie sich umdrehte. Hugh Winston stand vor ihr und reichte ihr einen Krug. »Nun, wollt Ihr ihn nicht jetzt trinken?« Lächelnd ließ er seinen Blick über ihren Busen gleiten.

»Ach, dazu war überhaupt noch keine Zeit.« Sie griff nach dem Krug.

»Ein Schiff auf Grund laufen zu lassen, ist kein Kunststück. Man lichtet einfach den Anker und betet, daß alles glattgeht. Es wieder flott zu machen – *das* ist das Problem.« An den Fensterrahmen gelehnt, hob er den Krug. »Dann also darauf, daß sich der Traum von der Freiheit eines Tages verwirklicht, Katy! Mein Traum und Ihr Traum!«

Erst als sie den Krug zum Trinken ansetzte, wurde sie sich ihres Zustandes bewußt, und sie wandte sich dem Tisch zu, auf dem ihr Unterhemd lag.

»Ich denke, das werdet Ihr nicht brauchen.«

Entschlossen setzte sie ihren Gang fort. »Nun, Sir, ich hingegen denke . . .«

»Ihr braucht Euch nicht zu genieren. Dazu gefallt Ihr mir so, wie Ihr seid, viel zu gut.« Ein Blitz zerteilte den Himmel hinter ihm. Er trank, stellte den Krug hin und kam auf sie zu.

»Ich weiß nicht, was Ihr damit sagen wollt.«

»Nehmt es als Kompliment. Ich hasse Frauen, die sich zieren.« Für einen Moment schien sein Blick durch sie hindurchzugehen. »Ihr schafft es offenbar, immer alles zu bekommen, was Ihr wollt – auf diese oder auf jene Weise, auf jeden Fall aber immer auf *Eure* Weise.« Ein Donner dröhnte durch die offenstehenden Heckfenster. »Außerdem wette ich, daß Ihr ein gerüttelt Maß an Erfahrungen in gewissen persönlichen Angelegenheiten besitzt. Dafür hat man vermutlich Eurem royalistischen Galan zu danken.«

»Das dürfte Euch wohl kaum etwas angehen, wie? Ihr habt keinerlei Anrecht auf mich.« Sie stellte den Krug auf den Tisch, griff nach dem Samtwams – das war wenigstens trocken – und legte es sich um die Schultern. »Auch bezweifle ich, daß ich Derbheiten so zugetan bin, wie Ihr es zu sein scheint.«

»Das ist nun mal meine Art. Ich bin schon zu lange auf den Antillen und mußte zu oft Musketenkugeln ausweichen, um noch mit eleganten höfischen Floskeln aufwarten zu können.«

»Es gibt Derbheit, und es gibt eine gute Kinderstube. Ich vertraue darauf, daß Ihr den Unterschied kennt.«

»Ich nehme an, Ihr denkt, Ihr könnt ihn mir beibringen.«

»Nun, da ich nun mal Eure Hosen anhabe, die offenbar für

einen Gentleman gedacht waren, ergibt sich eine fabelhafte Gelegenheit, Euch zu zeigen, wie man sich als Gentleman einer Dame gegenüber benimmt.« Mit spöttischem Blick trat sie auf ihn zu. »Sprecht mir nach: ›Meiner Treu, Ihr seid von so bezauberndem Wuchs, Madame, daß es mir das Herz erfreut. Und Euer liebreizendes Antlitz könnte einen Engel neidisch machen.‹« Seine Verblüffung war vollkommen. Sie unterdrückte ein Lächeln und fuhr fort: »›Die Blicke Eurer Augen sind so voller Versprechen, daß meine Gedanken zu rasen beginnen, und Eure Lippen sind gleich den Blütenblättern einer Rose . . .‹«

»Beim Blute Christi!« Er packte sie am Revers ihres offenen Wamses und zog sie an sich. »Wenn Ihr denn wollt, daß ich für Euch den Stutzer spiele, könnte es folgendermaßen weitergehen: ›. . . die danach lechzen, geküßt zu werden. Wir schön geschwungen sind sie, wie weich! Doch verstehen sie sich auch auf Zärtlichkeit?‹« Damit schlang er den Arm um sie und drückte sie an seinen nassen Rock.

Nach dem ersten Schrecken merkte sie, daß er nach Salz und Schießpulver schmeckte. Eine plötzlich durchs offene Fenster fegende Regenbö löschte die Laterne. Sie spürte, wie sie sanft auf den schweren Eichentisch in der Mitte der Kajüte gedrückt wurde.

Jetzt war sein Mund hinuntergewandert zu ihren Brüsten. Halb küßte er die Brustwarzen, halb nahm er sie zärtlich zwischen die Zähne – ob aus Begierde oder um sie zu necken, vermochte sie nicht zu sagen. Schließlich streckte sie die Hände aus und zog sein Gesicht an das ihre. »Ich liebe Euch nicht, Kapitän Winston. Und Ihr solltet nie erwarten, daß ich es tue. Nie könnte ich einem Mann diese Macht über mich einräumen.« Sie lachte, als sie seine erschrockenen Augen sah. »Aber ich hätte nichts dagegen, wenn Ihr mich begehrtet . . .«

»Katy, ich will dich seit zwei Wochen.« Er hob den Kopf und sah sie an. »Schon als du das erstemal an Bord warst, war ich versucht, dich einfach nicht wieder gehen zu lassen. Diesmal werde ich denselben Fehler nicht noch einmal machen. Das einzige, was mir an dir nicht gefällt, ist, daß du meine Seidenhosen trägst.«

»Ich finde, sie stehen mir sehr gut.«

»Ich glaube, es ist an der Zeit, daß ich dir zeige, was *ich* finde.« Abrupt zog er sie an sich und griff nach den Bändern an ihrer Taille. Mit einer einzigen schnellen Bewegung riß er sie auf und schob ihr das gestreifte Beinkleid über die Hüften. Mit Bewunderung im Blick sah er sie an und strich mit der Hand ihre langen Schenkel entlang. »Und jetzt möchte ich dir mal zeigen, wie ein Mann, der seine Londoner Manieren vergessen hat, einer Frau den Hof macht.«

Er riß sie an sich und küßte sie noch einmal. Dann griff er ohne ein Wort unter ihre Achseln und hob sie sanft in die Höhe. Er trug sie quer durch die Kajüte und ließ sie behutsam auf der Fensterbank nieder. Ein Blitz erhellte die Narbe auf seiner Wange.

Er hob ihre Beine an und legte sie sich so über die Schultern, daß er Katherine mit seinem Mund berührte. Irgendwo in ihr wallte eine wundersam warme Empfindung auf, als er anfing, sie sanft mit der Zunge zu umschmeicheln.

Verblüfft über die Wonne, die in ihr auflebte, verstärkte sie den Druck ihrer Schenkel.

Die Kajüte löste sich auf, und zurück blieb nichts als ein überwältigendes Gefühl, das sich anschickte, ihren ganzen Körper zu durchfluten. Aber als sie ihm erwartungsvoll ihren Leib entgegenwölbte, hielt er plötzlich inne.

»Hör jetzt nicht auf . . .« Mit verschleiertem Blick sah sie ihn an.

Er lächelte und zog sich zurück. »Wenn du willst, daß ich dich liebe, darfst du nicht nur an dich selbst denken. Ich will, daß wir zusammen sind, Katy Bedford, und nicht, daß du mir voraus bist . . .«

Er erhob sich und streifte sich erst den Rock, dann die rauhen nassen Hosen ab. Er spielte mit ihrer Blüte, bis sie sich ihm ganz öffnete, dann drang er rasch und kraftvoll in sie ein.

Sie vernahm ein Stöhnen und merkte erst kurz darauf, daß es ihr eigenes war. Es war, als hätte sie plötzlich einen verloren geglaubten Teil ihrer selbst wiedergefunden. Für einen Augenblick gab es nichts anderes auf der ganzen Welt. Sie umschloß seine Hüften mit den Beinen und drängte sich an ihn, erwiderte die rhythmischen Bewegungen seines Körpers

Und da war wieder jenes Gefühl von zuvor. Sie umklammerte ihn mit den Armen und stemmte sich seinen Hüften entgegen. Seine Leidenschaft riß ihn fort, seine Bewegungen wurden heftiger und heftiger, und Katherine spürte das Verlangen, in seinem Körper aufzugehen, mit ihm zu verschmelzen . . .

Nach einem Augenblick absoluter Stille schloß er sie wortlos in die Arme. Erst jetzt merkte sie, daß vom Fenster her Salzgischt und Regen sie übersprühten.

»Eine Frau, über die ich nachdenken muß, ist weiß Gott im Moment das Letzte, was ich brauche.« Lächelnd küßte er sie. »Wahrscheinlich wär's das Klügste, dich ins Meer zu werfen, solange ich noch genug Verstand habe, das zu tun. Aber ich werd's wohl doch nicht tun.«

»Das würde ich sowieso nicht zulassen. Ich lass' nicht zu, daß du dich auch nur einen Millimeter weit wegbewegst.« Sie zog seinen Kopf zu sich heran und küßte ihn. »Allenfalls werfe ich *dich* ins Meer, und zwar auf der Stelle.«

»Dann komm! Gehen wir zusammen nach draußen.« Er hob sie durch das offenstehende Heckfenster hindurch auf den Achtersteven-Umgang. Der Himmel schien sämtliche Schleusen geöffnet zu haben.

Sie sah ihn an, streckte die Hand aus und fuhr ihm zärtlich über die vernarbte Wange. »Was war das, was du da gemacht hast – zuerst? Ich habe nie gewußt, daß Männer so was tun.« Ihre Hand wanderte über seine Brust nach unten. »Tun . . . tun Frauen das etwa auch?«

Er lachte. »Man hört heuzutage bisweilen von solchen Dingen.«

»Dann mußt du es mir beibringen. Ich möchte wetten, keine puritanische Frau tut so etwas.«

»Ich hab' ja gar nicht gewußt, daß du eine Puritanerin bist. Die Art, wie du liebst, ist sicher nicht gerade puritanisch.«

»Nein, ich bin keine. Und ich möchte beileibe auch keine sein.« Ihre Lippen suchten ihren Weg über seine Brust nach unten.

»Dann komm mit mir, laß uns fortgehen von hier.« Er glättete ihr das feuchte Haar. »Nach Jamaika.«

»Nach Jamaika?« Entgeistert sah sie ihn an. »Mein Gott, wovon redest du? Die Spanier . . .«

»Mit den Spaniern werde ich schon fertig.« Er zog sie an sich und küßte sie abermals.

»Weißt du, nach diesem Vormittag oben am Point bin ich fast geneigt, dir zu glauben.« Sie hielt inne und schaute hinüber zu den Kriegsschiffen, die im Regen nur als dunkle Schatten zu erkennen waren. »Aber für eine lange Zeit wird niemand von hier fortkommen.«

»Ich *werde* von hier fortkommen. Und die ganze englische Navy wird mich nicht daran hindern können.« Er schlang die Arme um sie und drückte sie an sich. »Warum vergißt du nicht einfach, daß du Anthony Walrond heiraten sollst, und kommst mit? Wir sind uns sehr ähnlich, du und ich.«

»Hugh, du weißt, daß ich nicht fortkann.« Sie drängte ihre Schenkel an die seinen. »Aber jedenfalls habe ich dich heute nacht hier. Ich glaube, ich hab' bereits Gefallen daran gefunden. Vergeuden wir also unsere Zeit nicht mit Gerede.«

Neuntes Kapitel

»Ich habe es mir anders überlegt. Ich mache doch nicht mit.« Serina zerrte an seinem Arm. Im Westen zuckte erneut ein Blitz auf. »Bring mich zurück! Und zwar sofort!« Mit schreiender Stimme versuchte sie, den tosenden Sturm zu übertönen.

Vor ihnen im Dunkel ragte das strohgedeckte Dach der Zukkermühle auf. Atiba legte ihr den Arm um die Taille und drängte sie vorwärts, als hätte er ihre Worte gar nicht gehört. Als sie durch die Tür traten, zog er sie an sich, um ihren Kopf vor dem Wasserschwall zu schützen, der von der Regenrinne herunterstürzte. Der gestampfte Lehmboden im Innern war trocken.

Die Wärme des Raumes ließ sie für einen Moment ihre bösen Ahnungen vergessen; die Dunkelheit war wie ein Umhang, der sie vor dem Sturm schützte. Dennoch erfüllte sie der Gedanke an das, was vor ihr lag, noch immer mit Furcht. Ihre jesuitischen Lehrer hatten sie damals in Brasilien gewarnt: Man kann seine Seele verlieren, wenn man an den heidnischen Ritualen der Afrikaner teilnimmt. Obwohl sie die religiöse Lehre der Jesuiten nie angenommen hatte, hatte sie diese ihre Warnung nie vergessen. Sie war noch nie Zeugin einer echten Yoruba-Zeremonie gewesen, bei denen die Götter beschworen wurden. Zwar hatte man ihr einmal darüber erzählt, doch das war jetzt schon so lange her, daß sie sich kaum mehr daran erinnerte.

Als Atiba an ihrem Fenster aufgetaucht war – eine dunkle Gestalt im Sturm – und sie aufgefordert hatte mitzukommen, hatte sie sich zuerst geweigert. Er hatte daraufhin nur leicht gelacht, sie geküßt und ihr dann flüsternd gesagt – ohne freilich einen Grund zu nennen –, ihre Anwesenheit sei unbedingt notwendig. Er hatte ihr erklärt, warum die heutige Nacht den idealen Zeitpunkt darstellte: Es werde zur Zeit kein Zuckerrohr zermahlen, die Mühle sei leer, die Ochsen stünden im Stall, und sämtliche Farmarbeiter seien angewiesen worden, ihre Unterkünfte aufzusuchen. Zudem seien Benjamin Briggs und die anderen *branco*-Herren in Bridgetown versammelt, um Kriegsrat zu halten wegen der Schiffe der *Inglês*, die bei Sonnenaufgang vor der Insel aufgetaucht waren.

Als sie schließlich nachgegeben und sich bereit erklärt hatte mitzukommen, hatte er darauf bestanden, daß sie ein weißes Kleid anzöge – das weißeste, das sie habe. Und mit kaum vernehmbarer Stimme hatte er hinzugefügt, heute nacht müsse sie in jeglicher Hinsicht besonders gepflegt sein. In dieser Nacht müsse sie eine Yoruba sein ...

»Du hast doch wohl nicht etwa Angst vor Blitz und Donner?« Endlich brach Atiba sein Schweigen, und wieder sprach er in einem leichten Ton, der nicht ganz echt klang. Er bedeutete ihr mit einer Handbewegung, Platz zu nehmen. »Hab keine Angst! Blitz und Donner könnten ein Zeichen von Shango sein. Vielleicht will er uns sagen, daß er bei uns ist. Heute nacht gehört der Himmel ihm.« Atiba drehte sich um und zeigte auf das Mahlwerk. »In diesem Raum, in unmittelbarer Nähe der mächtigen Eisenmaschine der *brancos*, ist die Erde Ogun geweiht. Deshalb wird er heute nacht hier erscheinen, sofern wir ihm in diesem Raum einen würdigen Empfang bereiten.«

Verständnislos blickte sie auf das Mahlwerk. Die Walzen waren zwar aus Messing, aber der Rest des schweren Rahmens bestand aus Eisen, und dieses Metall war Ogun geweiht. Sie erinnerte sich daran, was Atiba ihr kürzlich erzählt hatte: Ein Yoruba, der im großen Palast des Oba von Ife einen Schwur leistet, legt dabei die Hand nicht auf eine Bibel, sondern auf einen riesigen, über dreihundert Pfund schweren und wie eine Träne geformten Klumpen Eisen. Alles Leben hing im Yorubaland vom Eisen ab. Schwerter, Pfeilspitzen und Musketenläufe wurden aus Oguns Metall hergestellt. War aber kein Eisen zur Hand, durfte ein Yoruba auch bei der Erde schwören, denn aus ihr kam das Erz.

»Ach, würdet ihr doch eure Yoruba-Götter in Afrika lassen, wo sie hingehören!« Wieso hatte sie nicht sofort erkannt, welcher Selbsttäuschung diese *pretos* erlegen waren? Mit einemmal wurde ihr klar, daß es der Yoruba viel zu wenige gab und daß sie viel zu schwach waren, um einen Aufstand wagen zu können. Sie wollte ihm sagen, daß er seine Götter und seinen törichten Traum von Rebellion und Freiheit vergessen müsse.

Er blickte sie an und lachte. »Aber unsere Götter, unsere Orisa, können wir nicht zu Hause lassen. Sie sind längst hier. Sie sind hier, weil wir hier sind.« Er wandte den Blick ab und wartete darauf, daß ein Donner verhallte. Plötzlich wurde der Wind für einen Moment schwächer, und nur das Rauschen des Regens war noch zu hören. »Unsere Götter leben in uns. Von Generation zu Generation werden sie weitergegeben. Wir erben sie von unseren Vätern, wie wir auch deren Kraft und Aussehen erwerben. Ob wir frei sind oder Sklaven, unsere Götter werden uns nie verlassen.« Sanft berührte er ihre Hand. »Heute nacht wirst du vielleicht endlich begreifen.«

Als sie ihn ansah, war sie froh darüber, daß die Dunkelheit die Ungläubigkeit in ihren Augen verbarg. Sie hatte niemals irgendwo einen Gott gesehen, kein Mensch hatte jemals einen gesehen. Seine Götter würden nichts daran ändern, daß er – wie sie selbst – ein Sklave der *brancos* war. Sie hätte ihn am liebsten bei den breiten Schultern gepackt und so lange geschüttelt, bis er Vernunft annahm. Heute nacht könnte ›Briggs' Hall‹ ihnen zum erstenmal – und vielleicht auch zum letztenmal – ganz allein gehören. Warum hatte er sie statt dessen für irgendeine absonderliche Zeremonie hierhergebracht? Ihre ganze Enttäuschung brach sich plötzlich machtvoll Bahn.

»Und was ist, wenn ich dir sage, daß ich in Wirklichkeit gar nicht an euren Ogun und euren Shango und all die anderen glaube? Daß ich nicht mehr an sie glaube als an den Christengott mit all seinen Heiligen?«

Er faßte ihr unters Kinn und drehte ihr Gesicht zu sich. »Aber was würdest du sagen, wenn du ihnen selbst begegnetest? Könntest du dann immer noch ihre Existenz leugnen?«

»Die Christen behaupten, ihr Gott habe alles auf Erden erschaffen.« Wieder stieg Zorn in ihr auf; sie fühlte den Wunsch, ihn zu verhöhnen. »Falls das stimmt, dann hat er vielleicht auch eure Götter erschaffen.«

»Der Christengott ist nichts. Wo ist er denn? Wo zeigt er sich? Unsere Orisa erschaffen die Welt jeden Tag aufs neue, bauen sie um, verändern sie, und das unmittelbar vor unseren Augen. Aus diesem Grunde *wissen* wir, daß sie leben.« Sein Blick wurde weich. »Noch ehe die Nacht vorüber ist, wirst auch du an unsere Götter glauben, das verspreche ich dir.«

»Woher willst du das wissen?«

»Ich weiß es, weil einer bereits in dir lebt. Ich kenne die Zeichen.« Er trat zurück und betrachtete sie. »Ich bin gewiß, daß du einem bestimmten Gott, der dir sehr ähnlich ist, geweiht bist – so wie es sein soll.«

Er bückte sich, hob einen kleinen Beutel aus Tuch auf, den er mitgebracht hatte, und zog ein paar lange weiße Kerzen heraus. Schließlich wählte er eine aus, hielt sie in die Höhe und zeigte mit einem wütenden Stöhnen auf die schwarzen Ringe, die in Abständen von jeweils einem Zoll aufgemalt waren.

»Weißt du, was das ist? Es ist eine Bietkerze, wie die *brancos* sagen. Und hast du gewußt, daß sie diese Kerzen auf dem Schiff verwendet haben? Immer dann, wenn die Kerze bis zu einem dieser Ringe heruntergebrannt war, war ein weiterer von uns verkauft. Ich möchte, daß Ogun sie heute nacht zu sehen bekommt.«

Er schlug mit einem Feuerstein an eine Zunderbüchse, entzündete die Kerze und hielt schützend die Hand davor, bis die Flamme groß genug war. Dann drehte er sich um und stellte die Kerze unweit des Mahlwerks an einer windgeschützten Stelle auf den Boden.

Serina beobachtete das flackernde Licht, dessen Schatten ein Muster auf Atibas Wange malten; die drei parallel zueinander verlaufenden Narben traten nun besonders deutlich hervor. Mit glänzenden Augen warf er sich auf die Knie, kramte aus seinem Leibgurt einen kleinen Beutel hervor und entnahm ihm eine Handvoll weißes Pulver. Dann suchte er sich eine Stelle, an der der Boden besonders eben war, und ließ das Pulver langsam aus der Faust herauslaufen. Auf der Erde entstand ein Muster aus ineinander verschlungenen Linien.

»Was machst du da?«

»Ich stelle das Zeichen für Ogun her.«

»Kann man denn deinen Gott mit Symbolen, die in den Dreck gezeichnet werden, anlocken?«

Ohne sie eines Blickes zu würdigen, fuhr er mit seiner Tätigkeit fort. »Hüte deine Zunge!« warnte er sie. »Ich bin dabei, diese Erde hier Ogun zu weihen. Ein Yoruba-Gott läßt sich nicht verhöhnen. Ich habe erlebt, daß Jäger, die die ganze Jagdzeit hindurch unterwegs gewesen waren, mit leeren Händen heimkehrten, bloß weil sie es nicht für nötig gehalten hatten, Opfer darzubringen.«

»Ich verstehe das alles nicht. Die Christen behaupten, ihr Gott sei im Himmel. Wo aber halten sich denn eure Götter nun auf?« Vergeblich versuchte Serina, sich die Geschichten ihrer Mutter Dara und die Erzählungen des alten *babalawo* in Pernambuco in die Erinnerung zu rufen. Allzu viele von ihnen hatte sie ganz bewußt aus ihrem Gedächtnis gestrichen, insbesondere jene Teile, die Afrika betrafen. »Erst behauptest du, sie sind schon in dir, und dann sagst du, sie müssen erst von irgendwoher kommen.«

»Beides ist wahr. In vieler Hinsicht sind die Orisa wie ganz gewöhnliche Männer und Frauen.« Er hielt inne und sah auf. »Wie wir uns voneinander unterscheiden, tun sie es auch. Shango verlangt Gerechtigkeit, und er ist, obwohl Vergehen gerecht bestraft werden müssen, sehr gütig. Ogun hingegen kümmert sich nicht um Gerechtigkeit; er verlangt Rache.«

»Woher weißt du denn überhaupt, was diese Götter wollen? Ihr habt doch keine heiligen Bücher wie die Christen.«

»Die Christen mögen auf ihre Bücher angewiesen sein. Wir sind es nicht. Unsere Götter sind nichts, das wir studieren müßten; sie sind einfach, was wir sind.«

»Warum nennst du sie dann Götter?«

»Weil sie ein Teil von uns sind, der für uns nicht erreichbar ist – es sei denn, *durch* sie. Sie wohnen tief in unserem Innern, in dem Geist, der allen Yoruba gemeinsam ist.« Er blickte wieder auf den Boden und fuhr fort mit der Vervollständigung seiner Zeichnung. »Aber ich kann es nicht beschreiben, denn all dies betrifft einen Teil des Menschen, für den es keine Worte gibt.« Er griff in den Beutel, um noch mehr Pulver herauszuholen. Die Zeichnung erinnerte nun an die Umrisse eines Busches. »Weißt du, bis auf Olorun, den Gott des Himmels, haben alle unsere Orisa einst auf Erden gelebt. Doch anstatt zu sterben, sind sie in das gemeinschaftliche Gedächtnis unseres Volkes eingegangen. Und sobald wir einen der Götter herbeirufen, nehmen wir Verbindung mit diesem gemeinsamen Bewußtsein auf, in dem sie warten. Kommt ein Gott hervor, nimmt er manchmal vorübergehend Wohnung in einem unserer Leiber.« Er machte eine Pause und blickte auf. »Aus diesem Grunde wollte ich, daß du heute nacht hier bist. Ich möchte dir zeigen, was es bedeutet, Yoruba zu sein.« Atiba richtete sich auf und betrachtete seine Zeichnung mit kritischem Blick. Seine Augen verrieten, daß er zufrieden war.

Auf dem Boden war die detaillierte Darstellung eines afrikanischen Kapokbaumes zu sehen – das Sinnbild für Ogun. Der Stamm wurde beidseitig von den Umrissen eines Elefantenstoßzahns flankiert – weiteren Symbolen des Yoruba-Gotts. Atiba schritt um das Bild herum und begutachtete es, dann trat er zu einem Versteck mit heiligen Gerätschaften, das er schon am

Nachmittag hier angelegt hatte, holte ein Bündel Palmwedel hervor und drapierte das Bild links wie rechts sorgfältig mit ein paar Zweigen.

»Es ist fertig. Nun werde ich das Symbol für Shango zeichnen. Es ist einfacher.« Atiba kniete nieder und ließ die Umrisse einer doppelköpfigen Axt entstehen. Die Linien waren gleichmäßig und makellos, und Serina fand Gefallen an den geschmeidigen und kraftvollen Bewegungen seines Körpers. Er war so ganz anders als die *branco*-Künstler, die mit deutlichem Widerwillen die Kathedrale von Pernambuco mit katholischen Heiligen ausgemalt hatten, ständig betrunken durch den übermäßigen Genuß portugiesischen Weins.

»Wo hast du gelernt, diese Figuren zu malen?«

Er lächelte. »Mein Vater hat es mir vor vielen Jahren beigebracht, noch in Ife. Inzwischen habe ich viel Übung darin.«

Schon war das Bild fertig. Er betrachtete es, befand es für gut und legte den Beutel mit dem weißen Pulver zur Seite. Sie nahm ihn auf, öffnete ihn, tauchte einen Finger hinein und führte diesen an die Lippen. Das Pulver hatte den scharfen Geruch und den Geschmack von Maniokmehl.

»Und jetzt stelle ich eine Kerze für Shango auf.« Er suchte eine aus. »In gewisser Weise tu ich es auch für dich, und deshalb soll es eine ganz weiße Kerze sein, keine Bietkerze.«

»Auch für mich? Was soll das heißen?«

Ohne ihr zu antworten, entzündete er eine Kerze und stellte sie neben das Zeichen für Shango. Dann zog er ein weißes Tuch aus seinem Leibgurt. »Ich habe dir etwas mitgebracht. Ein Geschenk. Laß es mich dir umbinden.« Er liebkoste sie, strich mit den Fingerspitzen über ihre zimtbraune Haut und band ihr liebevoll das Tuch um den Kopf. Dazu nahm er ihr langes Haar, das noch naß war vom Regen, zusammen und wickelte es sorgfältig unter dem weißen Tuch auf. Schließlich verknotete er das Tuch nach afrikanischer Art oben auf dem Kopf. »Heute wirst du vielleicht entdecken, daß du wirklich eine Yoruba-Frau bist. Deshalb tust du gut daran, auch äußerlich eine Yoruba-Frau zu sein.«

Plötzlich waren von draußen Schritte zu hören. Serina blickte zur offenen Tür hinaus und erkannte im Dunkel die Silhouetten der Yoruba aus den Sklavenunterkünften. Die drei an der Spitze des Zuges trugen lange Bündel, die zum Schutz vor dem Regen in schwere braune Hüllen eingewickelt waren.

Nacheinander traten die Männer ein. Schweigend nickten sie Atiba zu, dann versammelten sie sich um die Symbole auf dem Boden, vor denen sie sich ehrfurchtsvoll verneigten. Nach einer Weile trugen die drei Männer, die als erste hereingekommen waren, ihre Bündel zu einem leeren Platz neben der Mühle und wickelten sie dort aus. Als die Hüllen entfernt waren, glitzerten die frischen Ziegenfelle dreier neuer Trommeln weiß im Kerzenlicht.

Serina sah zu, wie die Trommler Platz nahmen. Jeder von ihnen hielt sein Instrument unter dem linken Arm, während die Rechte einen geschwungenen Holzschlegel führte.

Ihre Erinnerung kehrte zurück. Sie hatte das alles schon einmal gesehen! Vor Jahren war das gewesen, in Brasilien, als sich alle Yoruba-Männer und -Frauen zu einem Tanz versammelt hatten. Wie jetzt hatte es auch damals drei wie Stundengläser geformte Instrumente gegeben, die während des Trommelns waagerecht unter dem linken Arm gehalten wurden. Die größte der drei Trommeln, die *iya ilu,* war fast drei Fuß lang gewesen und von einem breiten Schulterband gehalten worden – genauso wie die große Trommel, die sie jetzt vor sich sah. Die *bata* war etwas kleiner gewesen und die *go-go* noch ein Stück kleiner; beide waren so leicht, daß für sie kein Trageriemen nötig war.

Obewole war es, dem in dieser Nacht die *iya ilu* anvertraut war. Sein verwittertes kaffeebraunes Gesicht wirkte durch den Kontrast zu dem kurzen grauen Bart besonders dunkel. Seine starken Muskeln zeugten davon, daß er jahrzehntelang ein langes Eisenschwert geführt hatte; auf den Feldern vermochte er mit der Zuckerrohr-Machete genauso kraftvoll umzugehen wie die jungen Krieger. Er schob ein letztesmal den Schulterriemen zurecht, hob den Schlegel und blickte dann Atiba an, erwartete das Zeichen zum Beginn.

Auf ein Nicken von Atiba hin dröhnte ein machtvoller Trommelwirbel über das Brausen des Sturms hinweg. Dann fing

Obewole an, zum Rhythmus der Trommeln zu sprechen. Mit tiefer Stimme rief er feierlich die höchsten Götter im Yoruba-Pantheon an: Eleggua und Olorun.

»Omi tutu a Eleggua, omi tutu a mi ileis, Olorun modupue. . .«

Während die Trommel unmittelbar zu den Göttern sprach, zogen die Männer, einer nach dem anderen, an Atiba vorüber, der sie mit Branntwein aus einer Kalebasse besprengte; die sich von den Fingerspitzen lösenden Tropfen sahen im Kerzenschein wie Kometen aus. Jeder einzelne begrüßte ihn, den *babalawo*, mit dem traditionellen Huldigungsritual der Yoruba: Sich auf die geballten Fäuste stützend, drückte er den Kopf vor Atiba auf den Boden und ließ dann den Oberkörper nach links und nach rechts schwingen, wobei die Wangen den Boden berührten. Im Amt des *babalawo* waren alle Kämpfe, alle Triumphe und aller Stolz des Yoruba-Volkes verkörpert.

Nachdem auch der letzte der Männer Atiba gehuldigt hatte, brachen alle drei Trommeln plötzlich in einen mitreißenden Rhythmus aus, der hinausfuhr in Nacht und Sturm. Obewoles Schlegel zauberte auf der großen *iya ilu* eine dumpfe, feierliche Tonfolge hervor, wieder und wieder: drei Schläge, dann eine Pause — so als klopfe er an die Pforten des Unsichtbaren. Die beiden Männer neben Obewole ließen mit ihren kleineren Trommeln den sonoren Schlägen der *iya ilu* jeweils hellere Schläge folgen. Die in wechselnden Tempi vorgetragene Synkope hatte etwas unnachgiebig Drängendes.

Während die Intensität der Töne stetig zunahm, begannen die Männer, die Zeichnung für Ogun zu umschreiten, wobei sie den Körper schwerfällig und im Einklang mit dem Rhythmus der Trommeln von einem Fuß auf den anderen verlagerten. Es war fast mehr ein Tanzen als ein Gehen.

Atiba schlug nun zwei Eisenstücke, die er mitgebracht hatte, rhythmisch gegeneinander; der dabei entstehende Klang sollte Ogun herbeirufen. Die Männer stampften an ihm vorüber. Ihr Ritual schien das Medium dazu, mit gemeinsamen Kräften Verbindung aufzunehmen zum Zentrum der Natur. Als einzelne hierhergekommen, wuchsen sie jetzt durch den Rhythmus der *iya ilu* zu einem organischen Ganzen zusammen, wurde ihr Geist eins.

Manche von ihnen nickten Obewole zu, wenn sie ihn passierten – eine Würdigung seines überragenden Könnens als Trommler. Obewole jedoch schien sie überhaupt nicht mehr wahrzunehmen. Sein Blick war starr in die Ferne gerichtet, während er dem straff gespannten Trommelfell immer mächtigere Töne entlockte.

»*Ogun ayuba bai ye baye tonu. . .*« Plötzlich erhob sich ein Lied in die Luft. Es wurde angestimmt durch den jungen Krieger Derin, der sein Leben Ogun geweiht hatte. Sein kurzgeschorenes Haar betonte die strenge Linie seiner Wangen und seines kräftigen Nackens. Während er im Einklang mit den Trommeln erst die eine und dann die andere Schulter hob, immer wieder, begann sein schweißbedeckter Körper in der feuchten Luft der Tropennacht zu glänzen.

Atiba hatte die ganze Zeit über neben dem Mahlwerk gestanden und mit seinen Eisenstücken den Takt geschlagen. Als die Männer nun anfingen, sich um die eigene Achse zu drehen, bedachte er sie mit einem zustimmenden Nicken. Ihre bloßen Füße klatschten jetzt auf die gestampfte Erde, und ihre Arme hoben und senkten sich, als betätigten sie einen Blasebalg. Mit diesem Ritus wurde Ogun angerufen, der Krieger und Bearbeiter des Eisens. Ein jeder wirbelte an dem Bild auf dem Boden vorbei und beugte sich tief hinab, mit seinem Gesang Ogun anflehend, er möge erscheinen. Immer wieder tanzten die Männer an dem Symbol vorüber, und die Atmosphäre in der Mühle wurde immer erwartungsvoller.

Plötzlich scherte Derin, sich noch immer drehend, aus dem Kreis aus; seine Augen hatten jetzt einen leeren, scheinbar in weite Ferne gerichteten Ausdruck. Als er an den Musikanten vorüberkam, schwoll deren Getrommel merklich an, und Serina spürte, daß der Raum plötzlich erfüllt war von einer geradezu furchterregenden Spannung. Unvermittelt verstummte das Geräusch der aufeinandergeschlagenen Eisenstücke, und zugleich fühlte sie, daß eine kräftige Hand die ihre packte.

»Ogun wird bald hier sein.« Atiba zeigte auf Derin, dessen

Gesang in ein heiseres Flüstern übergegangen war. »Spürst du, wie der Geist hervorkommt? Es kann sein, daß er gleich Derin besteigt.«

Verwirrt betrachtete sie die Tänzer. »Was meinst du mit ›besteigen‹?«

»Die Orisa können unseren Geist und unseren Körper besteigen, fast so, wie ein Reiter ein Pferd besteigt. Ogun möchte Derins Geist verdrängen und selbst zu der Kraft werden, die seinen Körper beherrscht. Doch dazu muß Derins Seele seinen Körper erst verlassen. Es ist unmöglich, gleichzeitig Mensch und Gott zu sein. Derins eigener Geist versucht, sich zu widersetzen, will den Gott abweisen. Manchmal ist es schrecklich, dabei zuzusehen.« Sie schwiegen eine Weile und sahen den tanzenden Männern zu. »Jawohl, heute nacht wird es Derins Leib sein, dem die Ehre zuteil wird. Er ist der jüngste und stärkste von allen hier Versammelten; es ist ganz natürlich, daß Oguns Wahl auf ihn fällt. Du darfst nicht überrascht sein von dem, was du sehen wirst.« Seine Stimme wurde sehr streng. »Und noch etwas, Dara: Du darfst unter keinen Umständen versuchen, ihm zu helfen – was immer geschehen mag.«

In diesem Augenblick schien das linke Bein des Kriegers am Erdboden festzufrieren, zugleich schoß der Oberkörper nach vorn. Es war, als hätte der Mann seinen Gleichgewichtssinn verloren. Er wurde von heftigen, unkontrollierbaren Zuckungen befallen, die Augen waren starr vor Schreck, der ganze Körper wurde geschüttelt wie unter einer Folge von unsichtbaren Schlägen auf Nacken und Rücken. Derin versuchte immer noch, sich im Rhythmus des Gesangs zu bewegen, verlor jedoch schnell die Balance und stürzte rücklings gegen das Mahlwerk.

Das Getrommel wurde lauter und mächtiger, und Derins Körper schien unter jedem Schlag von Obewoles Schlegel zusammenzuzucken. Er verdrehte die Augen und fuchtelte mit den Armen in der Luft herum, als wollte er ein unsichtbares Netz zur Seite schieben, das seine Schultern umschloß. Als er sich aufraffte und durch den Raum wankte, zeigte sich dort, wo die Zähne des Mahlwerks ihn an der Schulter getroffen hatten, eine lange klaffende Wunde. Er stieß heisere Laute aus, Schreie fast, und bemühte sich, das Gleichgewicht wiederzugewinnen.

»Du mußt dafür sorgen, daß es aufhört!« Serina wollte aufspringen, doch Atiba packte sie schweigend am Handgelenk und zog sie zurück auf den Boden. Von den anderen Männern schien keiner von Derins Zuckungen Notiz zu nehmen. Einige von ihnen begannen nun sogar ebenfalls herumzutorkeln, als hätten sie ihren Gleichgewichtssinn eingebüßt, setzten dabei aber den feierlichen Tanz fort, als wären sie fest entschlossen, der Kraft zu widerstehen, die sich ihrer Leiber bemächtigen wollte.

In diesem Augenblick ging das rhythmische Dröhnen der *iya ilu* in einen unerhört schnellen Trommelwirbel über – ein von Obewole bewußt eingesetztes Mittel, um die Tänzer aus dem Gleichgewicht zu bringen. Durch die plötzliche Rhythmusänderung verlor Derin endgültig die Herrschaft über seinen Körper. Er wankte auf die Trommler zu, stieß blindlings einen Ruf aus, erstarrte plötzlich und drehte sich zu Atiba hin.

Sein Blick war leer, doch seinen schweißüberströmten Körper hatte eine seltsame Ruhe befallen. Einen Moment lang stand er schweigend da und ließ seinen Blick durch das Mühlenhaus wandern, dann griff er nach der langen eisernen Machete, die Atiba ihm hinhielt.

»Obi meye lori emo ofe. . .« Mit kräftiger Stimme kündigte Derin an, er werde jetzt enthüllen, wer er sei.

»Ogun!«

Urplötzlich schwang er die Machete über dem Kopf und sprang dann mit einem Satz auf das Ogun-Symbol, das Atiba auf den Boden gezeichnet hatte.

Aus dem Hintergrund beobachteten die anderen Männer gebannt, wie Derin nun in einen wilden Tanz ausbrach, dabei mit der breiten Klinge die Luft zerteilte und in einem Ton, der aus einer anderen Welt zu kommen schien, einen Singsang anstimmte. Die Trommeln schwiegen, während jetzt alle Anwesenden vor ihm niederknieten – gleich, welchen Alters und welchen Standes sie waren. Der Mensch Derin war nicht mehr unter ihnen, sein Leib gehörte dem Gott, und seine Augen brannten mit einer Feurigkeit und Entschlossenheit, die Serina nie zuvor erlebt hatte.

Mit zitternden Fingern griff sie nach Atibas Hand. Sie war über alle Maßen entsetzt. Es war, als wollte das Trommeln des Regens auf dem Dach sie hinausrufen, hinaus in die Nacht, fort von allem, was hier passierte. Doch dann begann sie zu begreifen, daß die Männer um sie herum keine Sklaven mehr waren; was sie vor sich sah, das waren Yoruba-Krieger, welche die Götter ihres dunklen Landes anriefen.

Derin hatte inzwischen den rituellen Gesang, der ihn als irdische Verkörperung des Gottes Ogun auswies, abgebrochen. Seine Worte waren kaum verklungen, da trat Atiba auf ihn zu und verlangte, er solle zu den Männern sprechen und ihnen Verhaltensmaßregeln für die vor ihnen liegenden Tage an die Hand geben. Da Derin nicht reagierte, sondern mit starren Blick durch ihn hindurchsah, packte und schüttelte Atiba ihn.

Da fing Derin an, eine Reihe kurzer Sätze auszustoßen, die sich förmlich überstürzten und mit einer solch übermenschlichen Gewalt herausgeschleudert wurden, daß Serina ihnen nicht folgen konnte.

»Was sagt er?« Sie umklammerte Atibas Hand noch fester.

»Ogun verlangt, daß wir das Unrecht, das uns angetan worden ist, vergelten. Wir sollen die Schwerter gebrauchen, um unsere Freiheit und unseren Stolz wiederzugewinnen. Er erklärt, daß sein Zorn unbändig ist wie die sengende Sonne, welche die Milch in der Kokosnuß aufsaugt, und daß er uns im Namen der Rache beistehen wird. Der Sieg wird unser sein – aber nur dann, wenn wir bereit sind, bis zum Tode zu kämpfen, wie es echten Kriegern geziemt . . .«

Atiba brach ab, um wieder der tiefen Stimme Derins zu lauschen. Nachdem dieser seine Erklärung beendet hatte, drehte er sich abrupt zu Serina um und trat auf sie zu. Einen Moment lang stand er vor ihr, dann packte er sie bei der Schulter und zerrte an ihrem weißen Kleid. Mit stockendem Atem nahm sie wahr, daß seine Finger kalt und hart waren wie Eisen. Seine Augen erweckten den Eindruck, als könnten sie die Grenzen des

Sichtbaren durchdringen, hineinsehen in eine andere Welt. Sie wollte sich losreißen, doch sein Blick hielt sie gebannt.

»Schickt diese dorthin zurück, wo sie hingehört, zu euren anderen Frauen. Yoruba-Krieger halten keinen Kriegsrat mit Frauen ab. Sie . . . wird euch führen . . . in . . .« Die Stimme schien sich in Derins Leib zurückzuziehen und wie aus weiter Ferne zu rufen. Plötzlich schnellte er einen Schritt zurück, schwang die Machete über dem Kopf und stieß sie dann mit ungeheurer Kraft in die Erde hinein; die Hälfte der Klinge stak im Boden. Verwirrt blickte er hinunter, so als könnte er selbst nicht fassen, was er getan, dann berührte er ängstlich den dunklen Holzgriff. Schließlich barg er das eigene Gesicht in den Händen, wankte zurück, stürzte zu Boden und fiel auf die Überreste der zertrampelten Palmwedel.

Vergebens sprang Atiba auf, um ihn aufzufangen. Einige andere Männer traten mit besorgten Mienen näher.

»Ogun hat uns heute nacht mit seiner Gegenwart beehrt.« Atiba blickte sich im dunklen Raum um, und alle Männer bekundeten mit einem stummen Nicken ihre Zustimmung.

In diesem Augenblick erhellte ein Blitz die offene Tür, gefolgt von einem Donner, der den Pfosten erzittern ließ, welcher das Strohdach trug. Serina spürte auf ihrem Gesicht einen kalten Hauch.

»Das ist die Stimme Shangos. Er verlangt, ebenfalls gehört zu werden. Wir müssen weitermachen.« Atiba wandte sich an Serina. »Obgleich es Ogun mißfällt, ist es von größter Wichtigkeit, daß du heute nacht hier bist. Du wurdest einst Shango geweiht. Vielleicht wurde dir dies nie gesagt. Aber du bist eine Yoruba. Dein ganzes Geschlecht ist ihm geweiht worden.«

»Woher weißt du das?« Sie spürte, wie der kalte Hauch im Raum sich verstärkte.

»Shango belebt unseren Geist. Ich kann es dir als *babalawo* sagen. Es muß prophezeit worden sein an dem Tag, da du geboren wurdest, und bestätigt durch eine Zeremonie, die dem Gott Olorun galt. Es gibt Anzeichen hierfür, aber ich darf dir nicht verraten, um welche es sich handelt.«

»Nein, ich will damit nichts zu tun haben! Das ist heidnisch, es erschreckt mich!« Ein Kälteschauer durchlief sie, und sie schlug die Arme um sich. »Ich bin nur hergekommen, um dir eine Freude zu machen. Ich werde zusehen, aber eure Rituale gehen mich nichts an.«

Atiba gab den Trommlern einen Wink. »Shango läßt sich nicht verleugnen. Du hast nichts zu befürchten. Der größte Teil seines Feuers verzehrt sich heute nacht am Himmel.« Die Trommeln setzten wieder ein, mit einem kaum merklich veränderten Rhythmus. In nächster Nähe fuhr ein Blitz hernieder und erhellte den Raum, als Atiba Serina auf die Tänzer zuschob.

»Wir müssen Shangos Willen erfahren. Nur würde Shango nie kommen und einen von uns besteigen, da wir allesamt Männer Oguns sind. Er wird nur zu dir kommen, weil du ihm geweiht bist.«

Fremde Hände stießen sie vorwärts, und ehe sie sich versah, war sie umringt von halbnackten Leibern, deren Schweiß im Kerzenschein glänzte; Atibas Gesicht verschwand zwischen den vielen Oberkörpern und Armen. Mit Verzeiflung in der Stimme versuchte sie ihm zuzurufen, daß sie sich weigere, doch ihr Schrei verlor sich im Dröhnen der Trommeln und im Rauschen des Regens.

Ehe sie sich bewußt machte, was geschah, begann sie, sich in einer Reihe mit den Männern zu bewegen. Sie hatte den Saum ihres wehenden weißen Kleides in der Hand und schwenkte ihn im Takt der Trommelschläge hin und her. Auf diese Art hatte sie in einem verlorenen Zeitalter getanzt, in einer freudvollen Zeit, die längst vergangen war. Sie war bereit, mit ihrem Tanz ihrer Liebe zu Atiba Ausdruck zu verleihen, doch sie wollte nicht für seine Götter tanzen.

Der Rhythmus der Trommeln wurde immer schneller, und es war, als risse er sie vorwärts. Sie konnte kaum mehr einen klaren Gedanken fassen; nur im Tanz vermochte sie sich noch auf sich selbst zu konzentrieren, nur dadurch, daß sie ihren Körper bog, daß die Bewegung ihrer Hüften sich in ihrem schwingenden Leib fortsetzte, war es ihr noch möglich . . .

Plötzlich sah sie sich selbst in Pernambuco, wie sie von ihrer Yoruba-Mutter sanft vorwärts geschoben wurde, während die

Sklaven in der kühlen Abendluft trommelten. Es war Sonntag, und alle *pretos* hatten sich zum Tanz versammelt, die schwarzen Frauen in reich verzierten portugiesischen Röcken, die Männer in enganliegenden Hosen. Die Trommeln dröhnten, und die Luft auf der Plantage duftete nach den weißen Blüten, die von einem großen Baum herniederrieselten. Der *senhor de engenho* war da, der weiße Herr. Er klatschte in die Hände, machte lüsterne Augen und rief Dara irgend etwas Anzügliches über den neuen Rock ihrer *mulata*-Tochter zu. Er ließ sie nicht aus den Augen und wartete. Bald, sehr bald schon würde er sie nehmen . . .

Wieder erhellte ein Blitz den Raum, und sie spürte seine Hitze an ihrer eisigen Haut. Sie wollte lachen und weinen und in jener fernen Welt bleiben, deren Wärme so verlockend war. Doch jetzt merkte sie, daß ihr eigener Wille immer schwächer wurde. Irgend etwas passierte mit ihr . . .

»Nein, bitte nicht!« Sie grub sich die langen Fingernägel in die Handfläche, und der Schmerz schien ihr etwas von dem Bewußtsein zurückzugeben, das ihr zu entgleiten drohte. Verzweifelt riß sie sich heraus aus dem Tanz und hielt sich an dem Mittelpfeiler der Mühle fest. Nach Atem ringend, grub sie ihre Nägel in das Holz, bis sie spürte, wie einer von ihnen abbrach. Dann riß sie sich das afrikanische Kopftuch herunter, warf den Kopf zurück und wirbelte sich das lange Haar ums Gesicht, bis es sich in ihrem Mund verfing. Mit einemmal war sie durstig und hungrig, sehnte sie sich nach einer dunklen Gestalt, die über ihrem Leib schwebte wie ein Liebhaber.

Wieder rieselten die Blütenblätter aus Pernambuco auf sie nieder, legten sich als winzige Feuerpunkte auf ihr Gesicht. Sie fing an, ein schlichtes portugiesisches Lied zu singen, das sie als Kind gelernt hatte. Es war Frühling in Brasilien, und als sie aufblickte, sah sie das Gesicht des alten Yoruba-*babalawo* vor sich.

»Komm, Dara!« Er reichte ihr die Hand, führte sie fort von ihrem portugiesischen Herrn und erzählte etwas ihr Unverständliches über Shango. Der Anblick seiner traurigen Augen und hohen schwarzen Wangen erfüllte sie mit Liebe.

Sein Gesicht aber überzog plötzlich kraftvolle, jugendliche

Frische. Ihr alter *babalawo* war heute zurückgekehrt; da war die gleiche schimmernde schwarze Haut, waren die gleichen drei Narben auf der Wange, der gleiche eindringliche Blick . . .

Sie mußte nach Luft schnappen, als er sie zurückriß in den Kreis der Tänzer.

Es war Atiba. Diese Sippenmale waren die von Atiba. Und auch die Stimme gehörte ihm. . .

Wieder erhellte ein Blitz den Eingang, und seine Helligkeit überschwemmte alles, löste das Mahlwerk ebenso auf wie die sich bewegenden Leiber und Atibas Gesicht. Als sie zurück zu den Tänzern schwankte, war ihr, als würde ihr Geist sich verflüchtigen, als würde er sich auflösen in hellem Dunst, der sich mit dem Regen vermischte.

»Boguo yguoro ache semilenu Shango . . .« Die Männer an ihrer Seite begannen sich zu bewegen, während sie ihren Gesang anstimmten. Plötzlich erinnerte sie sich der lange vergessenen Yoruba-Verse und wollte mitsingen, doch die Worte trieben ihr davon. Sie befand sich nicht mehr in diesem Raum, sondern sah den Männern aus weiter Ferne, aus einer anderen Welt zu. Keine schwitzenden Leiber waren mehr um sie, sondern der Frangipani-Duft und die Gesichter der *preto*-Sklaven von der Plantage vor den Toren Pernambucos. Es war der Augenblick ihrer Geburt, und sie versammelten sich um sie, um ihre helle Haut zu bewundern. Daras warme, nährende Brust drückte sich an ihre Lippen, und die Welt war hell und neu.

Sie rang nach Atem, aber die Luft war feucht und drückend und legte sich lähmend über sie. Plötzlich schien ihr linkes Bein in einem Schraubstock zu sitzen, schien Teil der tiefen Erde zu sein. Sie verrenkte ihren Körper, um nach unten schauen zu können, da fühlte sie, wie ein Donner ihr auf den Rücken hämmerte. Die Welt hob sich in ihr, ertränkte sie in etwas Weißem . . .

. . . Getragen von Trommeln, schwebt sie – obwohl sich eine schwere Last auf ihrem Rücken niedergelassen und überwältigende Müdigkeit sie erfaßt hat und darauf besteht, daß der Tanz aufhört. Irgendeine Macht treibt sie voran, wirbelt um sie herum, zwingt sie vorwärts. Sie fällt gegen einen der Tänzer, fühlt seine schweißige Haut, doch keine Hände strecken sich aus, um ihr zu helfen. Nur die Trommeln halten sie am Leben. Doch jetzt werden auch sie leiser, verlassen sie, während die Welt anfängt, sich langsam zu bewegen. Eine weiße Leere hat den Platz ihres Verstandes eingenommen. Ihr Atem geht kurz und stoßweise, ihr Herz hämmert, ihre Hände und Füße fühlen sich an wie Eis. Jetzt ist sie bereit, ihren Platz zu räumen, sich zu ergeben, sich besitzen zu lassen. Plötzlich ist da eine Stimme, eine Stimme, die nur sie allein hören kann und die ihr in der Sprache der Yoruba sagt, ihr Verstand dürfe sich jetzt ausruhen und ihr Körper solle sich nicht mehr wehren. Sie öffnet die Augen ganz weit, sieht aber nichts mehr, vor ihrer Stirn ruht eine mächtige weiße Kraft . . .

»Okunrin t'o lagbara!« Eine harte Stimme durchschnitt den Raum und brachte die Trommeln zum Verstummen. *»Shango!«*

Die Yoruba sanken auf die Knie, um der großgewachsenen *mulata,* die von ihnen verlangte, verehrt zu werden, die Füße zu berühren. Ihre Augen strahlten weiß und gaben dem dunklen Raum Licht. Sie streckte den Arm nach Atiba aus und verlangte nach ihrem Szepter.

Wie betäubt durch die Erkenntnis, daß sie nicht mehr Dara war, zögerte er einen Moment lang, erhob sich dann und reichte ihr einen großen Stein, der die Form einer doppelköpfigen Axt hatte. Er selbst hatte ihn angefertigt und dabei immer nur an diesen Augenblick gedacht. Als er ihr das heilige Gerät darbot, schoß ihre Linke vor und packte ihn an der Gurgel. Mit der Rechten ergriff sie die Axt und betrachtete sie kritisch. Dann stieß sie ihn roh von sich und gegen die Mühle. Aufmerksam beobachtet von allen Männern, hob sie die Axt aus Stein über den Kopf empor und begann zu sprechen.

»Opolopo ise l'o wa ti enikan ko le da se afi bi o ba ir oluranlowo. . .«

Shangos Stimme sagte ihnen, die Yoruba müßten sich mit den anderen Afrikanern zusammentun, wenn sie nicht alle als Sklaven sterben wollten. Sonst wären sie, ihre Kinder und ihre Kindeskinder bis zur zwanzigsten Generation nichts anderes als das Vieh für die *brancos.* Trotzdem wolle er nicht, daß unschuldiges Blut vergossen werde. Jedenfalls nicht, solange noch kein Yoruba-Blut geflossen sei. Sie dürften keinen von denjenigen *brancos* töten, die ihnen nichts zuleide getan hätten – nur jene, die ihnen ihre Menschenwürde versagten.

Plötzlich drehte sie sich zu Atiba und blickte ihn zornig an. Die Stimme wurde noch rauher. »Atiba, Sohn des Balogun, *bi owo eni ko te eku ida a ki ibere iku ti o pa baba eni!*«

Das war die uralte Formel, mit der die Männer in Ife zu den Waffen gerufen wurden: ›Ein Mann, der sein Schwert nicht ergriffen hat, kann den Tod seines Vaters nicht rächen.‹ Doch Atiba spürte, daß diese Worte diesmal eine tiefere Bedeutung hatten, daß sich hinter ihnen eine direkt an ihn gerichtete Botschaft verbarg. Die Stimme war jetzt unzweifelhaft zu der von Balogun selbst geworden. Sein Herz raste vor Beschämung.

Ihre letzten Worte hallten noch im Raum nach, als ein Kugelblitz den Mittelpfeiler herabfuhr und am eisernen Mahlwerk zerschellte. Feuerringe tanzten über die Messingwalzen, und dichter, dunkler Rauch stieg in die Höhe. Sie sank nach vorn, und die Steinaxt schlug dumpf auf dem gestampften Lehmboden auf. Atiba war bereits aufgesprungen, um sie aufzufangen.

»*Olorun ayuba bai ye baye tonu . . .*« Hastig begann er, das feierliche Bekenntnis zum obersten Gott der Yoruba zu intonieren. Er half ihr auf, nahm sie in seine Arme und drückte seine Wange gegen die ihre. Dann entließ er die Männer.

Sie wurde nur undeutlich der Tatsache gewahr, daß ihr etwas ins Ohr geflüstert wurde. »Du bist wahrhaftig eine Frau der Yoruba, und heute nacht hast du uns Shangos Kraft gebracht. Mit seiner Hilfe werden wir eines Tages dort unsere Yamwurzeln pflanzen, wo jetzt die *brancos* ihre Ländereien haben.«

Als sie hintereinander den Pfad hinuntergingen, war das Gewitter vorüber. Man hörte jetzt nichts als das sanfte Rauschen des tropischen Regens, der ihnen die verschwitzten Gesichter netzte, während sie eins wurden mit der Nacht.

Zehntes Kapitel

Die Schiffsglocke der *Rainbowe* glaste den Beginn der ersten Wache. Edmond Calvert stand auf dem Achterdeck und betrachtete die schmale Sichel des zunehmenden Mondes am westlichen Himmel. Noch eine Stunde, dann würde sie verschwinden und die dunkle Tropennacht sich herabsenken. Die Zeit war gekommen, das Unternehmen anlaufen zu lassen.

Grimmig dachte er darüber nach, wie es zu der jetzigen Situation gekommen war. Letztlich mußte man dem habgierigen Parlament die Schuld dafür zuschreiben, daran gab es keinen Zweifel. Vor der Abschaffung der Monarchie waren die amerikanischen Siedlungen persönlicher Besitz des Königs gewesen, und das Unterhaus hatte sich nur selten in ihre Angelegenheiten eingemischt. Kein Wunder, daß die Nachricht von Charles' Hinrichtung hier mit so viel Angst und Zorn aufgenommen worden war; erst gestern hatte er gehört, daß die Versammlung von Virginia beschlossen hatte, jeden zu hängen, der die »verräterischen Vorgänge« verteidigte, die sich vor kurzem in England abgespielt hatten. Die Amerikaner fürchteten zweifellos, daß das Parlament versuchen würde, ihre Siedlungen zu übernehmen. Und diese Furcht war durchaus berechtigt. Nebenbei bemerkt, war der beste Happen nicht etwa Virginia, auch nicht Massachusetts, sondern die Zuckerinsel Barbados. Warum sonst sollte er mit seiner Flotte zuerst hierher beordert worden sein?

Wie hatte Oliver Cromwell diese Kolonisten nur so falsch einschätzen können! Er hatte gedacht, man brauchte sie nur etwas einzuschüchtern – und das werde der Navy ja wohl nicht sonderlich schwerfallen. Was er jedoch nicht in Rechnung gezogen hatte, das war das starke Unabhängigkeitsstreben in der Neuen Welt, das sich – besonders ausgeprägt hier auf Barbados – im Laufe der Jahre herausgebildet hatte. Anstatt sich verständig zu zeigen, hatten die Inselbewohner die Flotte mit einer Kanonade empfangen und eine *Deklaration* übermitteln lassen, in der es hieß, sie würden bis zum Tod für ihre Freiheit kämpfen. Und was noch schlimmer war: Sie weigerten sich beharrlich nachzugeben.

Er hatte alles versucht, sie auf dem Verhandlungswege zur Kapitulation zu bewegen. Er hatte einen Propagandafeldzug gestartet, indem er Briefe und Plakate an Land geschickt hatte, aus denen hervorging, daß jeder Widerstand zwecklos und Barbados auf den Schutz Englands angewiesen sei. Dalby Bedfords Antwort hatte jedoch in der Forderung bestanden, daß die Insel auch weiterhin von ihrer gewählten Versammlung regiert werde, obgleich jedem Beteiligten klar sein mußte, daß das Parlament dem nie zustimmen würde. Vierzehn Tage lang hatten sie ihren fruchtlosen Austausch von Briefen, Schmeicheleien und Drohungen fortgeführt, doch keine Seite war bereit gewesen einzulenken.

Was blieb ihm, dem Admiral, jetzt noch anderes übrig? Zu allem anderen kam noch hinzu, daß innerhalb der Flotte der Ruf nach einer Landung immer lauter wurde. Heute morgen hatte er durch Aufziehen der Beratungsflagge die Kapitäne aller Schiffe zu einer letzten Aussprache an Bord der *Rainbowe* gerufen. Die Herren hatten sich an einem Mittagstisch niedergelassen, der sich bog unter dem Fleisch und den Getränken, die man von den vierzehn gekaperten holländischen Kauffahrtei-*fluyts* herübergeschafft hatte, und ansonsten kaum etwas anderes getan, als ruhmredig von ihrem baldigen Sieg zu sprechen. Schließlich hatte er die letzte Hoffnung aufgegeben, das Ganze doch noch ohne Blutvergießen abwickeln zu können, und widerstrebend die nötigen Befehle erteilt. So weit war es nun also gekommen: England und seine bevölkerungsreichste Kolonie in der Neuen Welt führten Krieg gegeneinander.

Die Nachmittagswache hatte er danach in Gedanken versunken auf dem Achterdeck verbracht und dabei den Fliegenden Fischen zugesehen, die in großen Schwärmen über die tiefblaue Oberfläche des Meeres dahinhuschten. Am schwersten zu verdrängen war der Gedanke, daß es sich bei diesen wagemutigen Siedlern schließlich nicht um rebellische papistische Iren handelte – in diesem Falle wäre Cromwell wohl berechtigt gewesen, eine Armee gegen sie auszuschicken –, sondern um protestantische Glaubensbrüder. Hinzu kam ein anderer beunruhigender Gedanke: Falls diese Insel nicht eine ihm bisher unbekannte

Schwäche aufwies, war nicht auszuschließen, daß sie aus dieser Auseinandersetzung als Sieger hervorging.

»Können wir jetzt Musketen, Pulver und Kugeln ausgeben?« Vize-Admiral James Powlett kam den Niedergang herauf; er machte einen sehr entschlossenen Eindruck.

Als Calvert Powletts Frage hörte, beschloß er, die Entscheidung über die Waffenausgabe dem Kommandeur der Invasion, Colonel Richard Morris, zu überlassen, der, angetan mit Brustharnisch und Helm, neben ihm wartete.

Fünfzig Lebensjahre hatten Morris tiefe Falten ins Gesicht gegraben, und die sich ausbreitende Dunkelheit konnte weder seine besorgten Augen verbergen noch das gelegentliche nervöse Zucken seines nach holländischer Mode gestutzten Spitzbarts. Als kampferprobter Armee-Offizier hatte er sich furchtbar darüber geärgert, tagelang darauf warten zu müssen, seine Leute endlich an Land bringen zu können. Während er und seine Infanterie an Bord der Schiffe dem Befehl der Navy unterstanden, würde er an Land Oberkommandierender über alle Streitkräfte auf der Insel sein.

Am Vormittag hatte er persönlich allen Schiffen, die Truppen von ihm an Bord hatten, einen Besuch abgestattet und für die Invasion rund zweihundert kampffähige Männer ausgesucht. Diese Männer waren dann zu gleichen Teilen auf die *Rainbowe*, die *Marston Moor* und die *Gloucester* verteilt worden. Deren Kapitäne hatten ihnen befohlen, sich sofort auf die bereits überfüllten Geschützdecks zu begeben, um dort den Einbruch der Dunkelheit abzuwarten.

»Waffen werden erst kurz vorher ausgegeben.« Morris sah im schwindenden Mondlicht zu Powlett hinüber. »Ich möchte verhindern, daß da unten irgendein Rekrut im Dunkeln eine Zündschnur ansteckt und womöglich ein Pulverfaß in die Luft jagt. Obgleich man niemandem einen Vorwurf daraus machen könnte – bedenkt man die Verhältnisse, die Ihr meinen Leuten zumutet.«

»Offen gestanden, Sir, wir sind es alle ein wenig leid, uns immer wieder Eure Beschwerden über die Unterbringung Eurer Leute anzuhören.« Powlett blickte ihn zornig an. »Darf ich Euch daran erinnern, daß es die Navy war, die dafür sorgte, daß mit Hilfe der holländischen Butterfässer, die hier in der Bucht vor Anker liegen, Wasser und Proviant erneuert wurden? Ihr habt währenddessen nichts weiter getan, als zu murren und zu nörgeln. Schließlich habe ich erst heute nachmittag die Inventur auf der letzten holländischen *fluyt* abgeschlossen und sie die Luken wieder schließen lassen.«

Powlett hielt inne, um zu verfolgen, wie die *Rainbowe* wendete und Kurs auf Norden nahm. Sie sollte die Küste entlang voransegeln und den beiden anderen Kriegsschiffen, die ihr folgen sollten, mit einer einzelnen Laterne am Hauptmast den Weg weisen. Ihr Ziel war die kleine Bucht vor der Siedlung Jamestown, nördlich der Carlisle Bay.

»Eure Navy, Sir, hat es fertiggebracht«, sagte Morris und hob dabei die Stimme, »die Kauffahrteischiffe einer Nation, der England keineswegs den Krieg erklärt hat, an sich zu bringen und auszurauben.«

»Wir brauchen keine Kaperbriefe, um unsere amerikanischen Besitzungen von diesen Holländern zu säubern«, erwiderte Powlett. »Diese Pfeffersäcke sind so dreist und anmaßend geworden, daß es nicht mehr hingenommen werden kann. Wenn wir ihnen nicht endlich Einhalt gebieten, werden sie bald die ganze Neue Welt für sich beanspruchen, so daß keine andere Nation hier mehr Handel treiben kann. Außerdem verdankt Ihr es unserer Aktion gegen die Holländer, daß wir jetzt genug Süßwasser und Fleisch haben, um einige Wochen auszuharren.«

»*Aye*, ich hörte es. Nur haben meine Männer leider von diesem holländischen Fleisch bisher noch keine Scheibe zu sehen bekommen.«

»Wir brauchen Zeit für die Bestandsaufnahme, Sir. Ich habe veranlaßt, daß die Rinder, die wir uns genommen haben, gevierteilt, eingelegt und dann auf unsere Versorgungsschiffe gebracht werden. Die Schweine und Hammel werden in Hälften eingepökelt. Jedenfalls haben wir jetzt genug Proviant, uns einfach hinzusetzen und diese Insel auszuhungern, falls sich das als nötig erweisen sollte.«

Morris biß sich auf die Unterlippe und dachte verbittert an den mittäglichen Kriegsrat an Bord der *Rainbowe*. Die Kapitäne hatten sich den Wanst mit frischem Schweinefleisch und fettem Hammelbraten vollgeschlagen und mit gutem Branntwein und Sack nachgespült – alles Dinge, die sie der Kapitänskombüse der *Kostverloren* entnommen hatten. »Die Behandlung, die meinen Leuten auf dieser Reise zuteil geworden ist, grenzt an ein Verbrechen.« Verärgert setzte er hinzu: »Das stinkt zum Himmel!«

Die Infanteristen hatten während der ganzen Reise das Zwischendeck nicht verlassen dürfen. Sie waren auf verliesartigen Geschützdecks zusammengepfercht worden, die nur von ein paar Kerzen erhellt wurden. Da Kriegsschiffe eine weitaus größere Besatzung brauchten als Kauffahrteifahrzeuge – zur Besatzung gehörten schließlich auch die Geschützmannschaften –, war weniger Raum für zusätzliche Truppen vorhanden, als dies auf gewöhnlichen Kauffahrern der Fall gewesen wäre. Schon eine Fregatte von der Größe der *Rainbowe* verfügte über zwei Wachen von je rund dreißig Mann; hinzu kamen noch fünfundzwanzig Mann, die besondere Aufgaben hatten: Schiffszimmerer, Köche, Kanoniere. Morris sagte sich, daß sich jeder schon vor dieser Reise hätte ausrechnen können, daß auf Schiffen, auf denen zusätzlich noch hundert oder zweihundert Infanteristen an Bord waren, von denen von vornherein feststand, daß sie die ganze Reise über seekrank sein würden, Krankheit und Elend herrschen mußten. Kein Wunder, daß seine Soldaten bald in ihrem eigenen Erbrochenen gelegen hatten, umgeben von schwappenden Koteimern und viel zu entkräftet, um bis zum Bugspriet zu gelangen, auf dessen vorderster Spitze die Seeleute sich hinhockten, um ihre Notdurft zu verrichten. Und verwunderlich war auch nicht, daß immer mehr Männer gestorben waren.

»Wie schätzt Ihr zur Zeit die Stärke des Gegners auf dieser Seite der Insel ein?« Morris wandte sich wieder an Powlett und bemühte sich, den Gestank zu ignorieren, der aus den Luken heraufstieg. »Wobei wir mal davon ausgehen wollen, daß Eure Informanten auf der Insel etwas taugen.«

»Auf Euren herablassenden Ton kann ich verzichten, Sir«,

verwahrte sich der Vize-Admiral. »Wir wissen aus bester Quelle, daß es den Aufständischen gelungen ist, rund sechstausend Fußsoldaten und vierhundert Kavalleristen aufzustellen. Die Bürgerwehr ist über die ganze Küste verteilt. Wo immer wir landen, sind wir – sofern wir keinen Fehler machen – durch den Überraschungseffekt und die zahlenmäßige Überlegenheit im Vorteil. Ihr braucht nur die Feldschanze zu stürmen und ihre Geschütze zu vernageln; das sollte sich in einer Nacht leicht erledigen lassen.«

»Leicht ist gar nichts. Das Problem ist doch, unsere Männer an Land zu bringen, bevor die ganze Insel alarmiert ist.« Morris wandte sich wieder Calvert zu. »Für die erste Angriffswelle brauche ich Steinschloßbüchsen, nicht etwa Luntenmusketen, wenn die Überraschung gelingen soll. Ich habe das Gefühl, wir sollten jeden möglichen Vorteil nutzen.«

»Das läßt sich ohne weiteres machen. Ich schätze, daß wir nahezu zweihundert Steinschloßbüchsen und rund sechshundert Luntenmusketen haben. Ich kann an jeden Eurer Männer eine Muskete und einen Spieß ausgeben, dazu ein Bandelier mit Kugeln und Pulver für zwölf Schuß sowie zusätzlich für die Luntenmusketen sechs Ellen Zündschnur.«

»Heißt das etwa, daß wir zum größten Teil nur Luntenschloßmusketen haben?« Morris' Stimme klang grimmig.

»Die Bürgerwehr hat überhaupt nur Luntenmusketen, verlaßt Euch darauf.«

Das ist zweifellos richtig, gestand Morris sich ein. Es wird ein altmodischer Krieg werden – und ein verdammt blutiger, für beide Seiten.

Seitdem die Muskete allgemein in Gebrauch gekommen war, seit etwa zweihundert Jahren also, war jene Zündungsart am weitesten verbreitet, bei der ein wenig Pulver in der sogenannten ›Pulverpfanne‹, die der eigentlichen Schießvorrichtung vorgelagert war, entzündet wurde, wodurch ein Funke durch ein winziges Loch in den Lauf gelangte und dort das Pulver der Hauptladung zur Explosion brachte. Die Pulverpfanne einer Luntenschloßmuskete wurde durch eine brennende ›Zündschnur‹ oder ›Lunte‹ gezündet, eine mit Pulver imprägnierte Baumwollschnur, die glimmend bereitgehalten werden mußte, wenn man die Waffe abfeuern wollte. Diese Technik unterschied sich kaum von der, mit der eine Kanone abgefeuert wurde. Das glimmende Ende der Lunte wurde am ›Hahn‹ des Gewehrs befestigt und, sobald der Abzug betätigt wurde, in die Pulverpfanne hineingedrückt. Ein Fußsoldat mit Luntenschloßmuskete hatte deshalb stets etliche Ellen Zündschnur bei sich, die er vorsorglich an beiden Enden am Brennen hielt. Luntengewehre waren billig und unkompliziert und bildeten die Hauptbewaffnung der regulären Infanteristen in ganz Europa.

Vor kurzem war allerdings ein besserer Zündmechanismus in Gebrauch gekommen, der von Jägern und anderen Leuten, die reich genug waren, ihn sich leisten zu können, dem Luntenschloß bei weitem vorgezogen wurde: das sogenannte Steinschloß. Die Steinschloßbüchse zündete das Pulver in der vorgelagerten Pulverpfanne dadurch, daß, sobald der Abzug durchgedrückt wurde, Feuerstein und Stahl gegeneinanderschlugen. Da man keine brennende Lunte brauchte, konnte man diese Waffe besser verbergen, außerdem ließ sie sich auch bei Regen gebrauchen. Ein Steinschloßgewehr kostete drei- bis viermal soviel wie die herkömmliche Luntenmuskete und mußte ständig von einem erfahrenen Büchsenmacher gewartet werden. Morris nahm an, daß zwar ein paar der reichen royalistischen Exulanten auf Barbados Steinschloßbüchsen besaßen, die meisten ärmeren Pflanzer indes nur mit billigen Luntengewehren ausgerüstet waren.

»Wir wären wohl auch gut beraten, etwas Proviant an Land zu schaffen – für den Fall, daß wir in die Klemme geraten.« Kühl sah Morris Powlett an. »Ich denke mir, ein paar von den eingelegten Rindervierteln, die Ihr den Holländern abgenommen habt, könntet Ihr leicht entbehren.«

»Alles zu seiner Zeit, Sir. Fürs erste kann ich Euch zwanzig Faß Wasser sowie etwas eingepökeltes Schweinefleisch aus unseren regulären Beständen zur Verfügung stellen.«

»Und wie wär's, wenn ich statt dessen ein paar Fäßchen Brandy bekäme?« Morris wandte sich an Calvert. »Ich bin sicher, daß meine Leute den allem anderen vorzögen.«

Calvert sah Powlett an. Ihm ging durch den Kopf, daß der Vize-Admiral beim mittäglichen Kriegsrat angedeutet hatte, er hätte es lieber, wenn der holländische Branntwein den Seeleuten der Navy vorbehalten bliebe. »Ich glaube, ein paar Fäßchen könnten wir entbehren. Für ein, zwei Tage sollte das genügen. Aber bevor die Feldschanzen nicht ganz in unserer Hand sind, schicke ich die Fässer nicht an Land.«

Inzwischen näherte sich die *Rainbowe* der kleinen Bucht von Jamestown, und der Admiral entschuldigte sich, um Order zum Reffen des Hauptsegels zu geben. Durch das Dunkel waren zwischen den Palmen die Umrisse der durch Fackeln erleuchteten Feldschanze, einer niedrigen Steinbastion, zu erkennen.

Wahrscheinlich ist sie schwer mit Geschützen bestückt, dachte Morris. Und was ist, wenn die Bürgerwehr zwischen diesen verdammten Bäumen im Hinterhalt liegt? Wie viele Männer werde ich verlieren, bis es hell wird?

Er atmete die feuchte Nachtluft ein, dann wandte er sich wieder Powlett zu. »Wir sollten die Männer jetzt an Deck kommen und die Beiboote zu Wasser lassen, sobald wir vor Anker gegangen sind – und bevor die Bürgerwehr hinter der Feldschanze dazu kommt, Verstärkung herbeizurufen.«

Powlett nickte und gab die entsprechenden Befehle an den Steuermann weiter. »Dann werde ich jetzt die Back aufschließen lassen, damit wir Musketen und Bandeliers ausgeben können.«

Zug für Zug, jeweils angeführt von einem Offizier, kamen die Infanteristen vom Geschützdeck heraus. Die Uneinheitlichkeit der Kürasse verriet, um was für einen zusammengewürfelten Haufen es sich handelte. Auch die Helme – nicht alle hatten das Glück, überhaupt einen zu besitzen – stellten ein Sammelsurium dar, das ein ganzes Zeitalter widerspiegelte: Manche wiesen einen flachen Rand auf, bei anderen war dieser vorn und hinten nach oben gebogen; manche waren viel zu groß für ihre Träger, andere hinwiederum zu klein. Waffenröcke gab es in allen Regenbogenfarben; viele hatten altmodische Halskrausen – die meisten waren während des Bürgerkrieges toten oder gefangenen Royalisten abgenommen worden –, alle anderen waren einfach gehalten und wiesen vielfach Flicken aus derbem Material auf, wie man es auf dem Land verwandte.

Der nächtliche Duft der Tropeninsel und der See wurde vertrieben durch den Gestank der heraufsteigenden Soldaten. Die Gesichter waren geschwärzt durch den Ruß von den Balken des Geschützdecks, auf dem man sie untergebracht hatte; außerdem rochen sie durchdringend nach Schweiß und Exkrementen. Während sie mit finsteren Mienen ihre Waffen schußfertig machten, wurde mittschiffs leise eine Reihe von Beibooten zu Wasser gelassen. Die beiden anderen Kriegsschiffe, die hinter der *Rainbowe* Anker geworfen hatten, begannen gleichfalls mit der Ausschiffung der Landungstruppen. Fässer mit Wasser, Pökelfleisch und Schwarzpulver wurden an Deck gestapelt, um nach der ersten Angriffswelle an Land geschafft werden zu können.

Die Kanonen der Kriegsschiffe waren bereits geladen und ausgefahren worden, um den Landungseinheiten notfalls Artillerieunterstützung zukommen zu lassen, wenn die Beiboote sich dem Strand näherten. Doch man hoffte darauf, die Feldschanze stürmen zu können, bevor die Bürgerwehr überhaupt dazu kam, ihre Geschütze einzusetzen. War erst einmal die Bastion von Jamestown außer Gefecht gesetzt, würden die Verteidigungsanlagen der Insel eine erste Bresche aufweisen, die sich nicht so leicht wieder schließen ließe.

Jetzt waren alle Beiboote zu Wasser gelassen worden und dümpelten hintereinander auf der Backbordseite der *Rainbowe*. Fallreeps wurden hinabgelassen, und den Infanteristen wurde Befehl gegeben, sich am Schanzkleid aufzustellen. Als erstes wurden diejenigen in die Beiboote geschickt, die den Angriff anführen sollten und daher mit Steinschloßbüchsen ausgerüstet waren. Hintereinander kletterten sie die schaukelnden Fallreeps hinunter, mit halblauten Flüchen ihre Angst überspielend. An die Männer mit den Luntenschloßmusketen, die für die zweite Angriffswelle vorgesehen waren, wurden Lunten ausgegeben, die sie sich jetzt in Erwartung ihrer Ausschiffung ums Handgelenk wickelten.

Niedergeschlagen sah Edmond Calvert vom Achterdeck aus zu. Mit diesen Männern verließ die letzte Hoffnung auf eine friedliche Einigung das Schiff. Jetzt war der Krieg da – England gegen seine eigenen Siedlungen in der Neuen Welt.

»Katy, ich versuche dir ja nur klarzumachen, daß du, wenn das so weitergeht, alle deine Chancen für eine standesgemäße Heirat verspielst. Ich hoffe nur, du weißt, was du tust.« Dalby Bedford lehnte sich auf seinem Stuhl zurück und betrachtete, hin- und hergerissen zwischen seinen widerstreitenden Gefühlen, den Knauf seines Stockes. Die Nachtgeräusche vom Anwesen – das Zirpen der Grillen, das Gequake der Frösche – drangen gedämpft durch die geschlossenen Fensterläden herein.

Er liebte seine Tochter über alles, und er hatte schon vor langer Zeit gelobt, sie niemals wie ein Kind zu behandeln. Und jetzt, da sie wirklich kein Kind mehr war – was sollte er tun? Jetzt war es zu spät, ihr Vorschriften zu machen. Jetzt war sie eine Frau – und nicht mehr sein kleines Töchterchen.

Sie waren immer die besten Freunde gewesen. Abends hatten sie sich oft im Vorhof des Anwesens getroffen, wo sie – als sie alt genug gewesen war, derlei Dinge zu verstehen – über den neuesten Klatsch aus London gelacht hatten: Welchem aufgeblasenen Lord die Hörner aufgesetzt worden waren und wessen Mätresse bei Hof Anlaß zu einem Skandal gegeben hatte. Es war ihm nie in den Sinn gekommen, sie darauf vorzubereiten, daß sie eines Tages selbst einmal Gefühle und Begierden entwickeln könnte.

Doch obwohl sie erwachsen war, war er immer noch ihr Vater, machte sich ihretwegen immer noch Sorgen, war immer noch darum bemüht, ihr Widrigkeiten vom Leibe zu halten. Und nun schlug sie ihre beste Chance, eine vorteilhafte Ehe zu schließen, einfach in den Wind, einzig und allein um der Gesellschaft eines Mannes willen, dessen ungehobeltes Benehmen er nur ablehnen konnte – obgleich er den Mut und das Können dieses Mannes durchaus bewunderte.

Hugh Winston war das genaue Gegenteil von Dalby Bedford: Er war impulsiv, und er hatte für Recht und Ordnung nichts als Verachtung übrig. Wie konnte Katy sich von ihm nur so angezogen fühlen, wie konnte sie nur so unüberlegt handeln? Hatte sie denn in den gemeinsamen Jahren mit ihm gar nichts gelernt?

Dalby Bedford stellte fest, daß er verwirrt und verstört war — und — jawohl, er mußte es zugeben — auch ein bißchen eifersüchtig.

»Katy, du weißt, daß ich immer versucht habe, mich nicht in deine Angelegenheiten einzumischen. Aber jetzt muß ich dir sagen: Dieser Winston beunruhigt mich sehr. Daß du mit einem Schmuggler rumziehst, ist mit der Stellung, die wir hier einnehmen, kaum vereinbar. Ich fürchte, man redet schon über euch.«

Sie ließ das lederne Zaumzeug sinken, das sie gerade flickte, hob die Augen und erkannte, wie unbehaglich ihm zumute war. »Man sollte meinen, auf der Insel gäbe es Wichtigeres, worüber geredet werden sollte — gerade jetzt.«

»Was mit dir geschieht, ist für mich durchaus von Wichtigkeit — und ich hoffe, für dich selbst auch, junge Frau.«

Sie zog den Rock zurecht, und der Saum ihres Reifunterrocks schimmerte im Kerzenlicht. »Wenn Hugh mit mir zusammen ist, dann ist er ein ›Schmuggler‹, aber wenn die Bürgerwehr jemanden braucht, der einem Haufen Zehn-Morgen-Freisassen beibringt, wie man eine Kanone lädt, dann ist er ›Kapitän Winston‹. Es war doch wohl ›Kapitän Winston‹ und nicht irgendein hergelaufener ›Schmuggler‹, der sich Tag und Nacht abgerackert hat, um dafür zu sorgen, daß die Feldschanzen an der Küste von fähigen Kanonieren bemannt werden, oder?«

»Es hat keinen Zweck, mit dir zu diskutieren, Katy; das habe ich schon vor langer Zeit aufgegeben. Ich will dir ja nur sagen, du sollst auf dich selbst achtgeben.« Er tupfte sich die Stirn ab, die schweißig war von der Hitze des frühen Abends, dann trat er ans Fenster, um den Laden aufzustoßen. Eine leichte Brise raunte durch den Raum und bewegte die Vorhänge. »Ich geb' ja zu, er ist uns eine große Hilfe gewesen, trotz seiner schlechten Kinderstube. Aber was weißt du von ihm? Jemand, der so lebt wie er, kann nicht erwarten, daß man ihn als Gentleman betrachtet. Du bist ein halbdutzendmal mit ihm ausgeritten, einmal ganz bis zu der Feldschanze von Oistins. Dabei mußt du doch ganz nahe an der Plantage der Walronds vorübergekommen sein. Das ist bestimmt nicht unbemerkt geblieben, da kannst du dir sicher sein.«

Aufseufzend lehnte er sich zurück und legte den Stock beiseite. In den letzten Tagen war ihm stärker denn je bewußt geworden, in welchem Maße er Katherine brauchte. »Anthony Walrond ist zwar ein Mann von Welt, aber du darfst auch nicht zuviel von ihm verlangen. Ich sage dir ja nur, du sollst ein bißchen vorsichtig sein und diskret vorgehen. Wenn ich ganz ehrlich sein soll: Mich bekümmert am meisten, daß . . . daß du nicht mehr so viel bei mir bist. Unter uns gesagt, ich glaube, daß uns in Kürze ein Invasionsversuch bevorsteht – wenn nicht heute nacht, dann morgen, spätestens übermorgen. Man hört allerlei Gerüchte. Und wenn wir erst an unseren eigenen Stränden gegen die englische Armee kämpfen müssen, dann gnade uns Gott!«

Er meinte zu spüren, wie die Einheit der Insel langsam, aber sicher zerbrach. Viele von den kleineren Pflanzern bekamen Angst, und die Kampfmoral der Bürgerwehr verschlechterte sich zusehends. Die Hälfte der Männer wäre gewiß froh, wenn es bald ein Ende nähme mit den ständigen Feldübungen und den dahinschwindenden Vorräten. Fleisch war kaum noch zu haben, und das Mehl wurde rationiert und gehamstert. Maniok-Brot, das noch vor vierzehn Tagen allenfalls den Schuldknechten zugemutet wurde, fand nun den Weg auf den Tisch englischer Pflanzer – während die Schuldknechte ihrerseits jetzt noch weniger zu beißen bekamen als zuvor. Wenn nicht ständig Proviant von den holländischen Schiffen auf die Insel gekommen wäre, hätte es auf Barbados binnen Monatsfrist vermutlich die ersten Hungertoten gegeben. Hinzu kam, daß viele von der Bürgerwehr wegen all der Afrikaner, die jetzt auf der Insel waren, zögerten, ihre Familien ohne Schutz zu lassen. Kein Wunder also, daß so viele der kleineren Freisassen offen von Kapitulation redeten.

»Katy, es ist mir schrecklich unangenehm, es dir zu sagen – aber ich wünschte, du würdest von jetzt an daheim bleiben. Das ist bestimmt sicherer, als über die Insel zu reiten, ganz egal, in welcher Begleitung.«

»Ich dachte, ich wäre volljährig. Und ich dürfte daher kommen und gehen, wann es mir beliebt.«

»Natürlich darfst du das. Du bist dreiundzwanzig Jahre alt.

Und du bist zweimal so eigensinnig, wie deine Mutter es je war. Ich möchte dich doch bloß nicht verlieren, so wie ich sie verloren habe.« Er sah sie an, und in seinem Blick lag Furcht. »Manchmal hast du sehr viel Ähnlichkeit mit ihr. Nur hat sie Bermuda wahrhaftig geliebt – was du wohl niemals wirklich getan hast.«

»Mir kam Bermuda immer zu zahm vor.« Sie wußte, wieviel ihm die Erinnerung an die wenigen glücklichen Jahre vor seiner langen Witwerschaft hier auf Barbados bedeutete. »Diese Insel hier hat etwas Ungezähmtes und Geheimnisvolles, sie ist so ganz anders als Bermuda.«

»Nun, du hattest schon immer deinen eigenen Kopf. Was mich betrifft: Ich habe oft genug bedauert, daß ich diesen Posten hier übernommen habe.« Er hielt inne, und seine Miene verdüsterte sich. »Ich bedaure es vor allem dann, wenn ich daran denke, was auf der Überfahrt hierher geschehen ist. Hätte ich deine Mutter doch bloß unter Deck gebracht, als die Schießerei begann – dann wäre sie heute noch bei uns.«

»Aber sie wollte doch unbedingt die Einbäume sehen.« Sie nahm das Zaumzeug wieder zur Hand. »Und ich auch.«

»Nun, du bist für einen langweiligen alten Mann ein Herzenstrost gewesen – nein, versuch bitte nicht, das zu leugnen! An dem Tag, da deine Mutter starb, bist du erwachsen geworden, daran besteht kein Zweifel.« Die Düsterkeit war wieder aus seinem Gesicht gewichen. »Und seitdem du erwachsen bist, tust du immer gerade das, was ich dir ausreden will. Möge Gott dich eines Tages mit einer eigenen Tochter strafen, Katy Bedford, dann wirst du erfahren, was das bedeutet.«

In diesem Augenblick hatte sie keinen sehnlicheren Wunsch, als ihm die Arme um den Hals zu schlingen und ihm zu sagen, daß sie ihm immer eine gehorsame Tochter sein werde. Nur war sie sich nicht mehr sicher, ob das tatsächlich der Wahrheit entsprochen hätte.

»Jetzt sei einmal ehrlich, Katy. Es ist doch nicht der richtige Augenblick, einander etwas vorzumachen. Du bist in diesen Winston verliebt, oder? Ich spüre doch die Veränderung, die in dir vorgegangen ist.« Er beobachtete sie aufmerksam, als sie sich wieder an dem Zaumzeug zu schaffen machte, sichtlich bemüht, sich ihre Überraschung nicht anmerken zu lassen. »Ich bin mir darüber im klaren, daß du nun eine Frau bist. Und ich habe sogar ein bißchen Verständnis dafür, daß ein Mann wie er einer Frau wie dir gefällt. Außerdem ist gegen eine kleine Tändelei ja nichts einzuwenden. In London ist so was heutzutage gang und gäbe. Allerdings ist dein Winston schon ein sehr sonderbarer Bursche, und es gibt da zweifellos eine ganze Menge, was du nicht von ihm weißt – und ich auch nicht.« Er sah sie an. »Ich bin mir sicher, daß deine Mutter damit genausowenig einverstanden wäre wie ich.«

»Was hat sie damit zu tun?« Sie wußte, daß er sich stets auf die vorgeschobenen altmodischen Ansichten der Mutter berief, wenn ihm kein besseres Argument mehr einfiel.

»Vielleicht hast du recht. Was du jetzt tust, ist meine Angelegenheit, nicht die ihre.« Er vermied es, ihrem Blick zu begegnen. »Ich geb' zu, als ich jung war, habe ich mir auch die Hörner abgestoßen. Und ich kann noch nicht einmal behaupten, daß ich es bedaure – ja, ich muß sogar zugeben, daß die . . . Ereignisse jener Zeit zu den wenigen Dingen zählen, an die ich mich jetzt, da ich älter werde, noch erinnere. Andere Erinnungen schwinden mit den Jahren.« Seine Stimme wurde ganz leise. »Und so, wie die Dinge sich jetzt entwickelt haben, könnte es sein, daß diese Tage die letzten sind, an die wir uns . . .« Er hob unversehens die Hand, so als wollte er sich selbst zum Schweigen bringen. Vom Hügel herunter war ein Musketenschuß zu hören, dann noch einer und noch einer. Drei Schüsse!

Beide saßen sie da im schwachen Schein der Kerze und lauschten dem wieder einsetzenden Gezirpe der Grillen und dem Gequake der Frösche.

Schließlich sagte der Gouverneur: »Jetzt ist es soweit.«

Sie stand auf und trat hinter seinen Stuhl. Einen Moment zögerte sie, dann legte sie ihm die Arme um den Hals und schmiegte ihre Wange an die seine. Es gab so vieles, was sie ihm im Laufe der Jahre hatte sagen wollen. Und jetzt schien es beinahe schon zu spät, und noch immer konnte sie die richtigen Worte nicht finden. Sie hätte ihn am liebsten ganz in ihre Arme geschlossen, doch irgend etwas hielt sie zurück.

Schweigend berührte er ihre Hand, griff dann nach seinem Stock und stand auf. »Ich habe befohlen, daß die Kutschpferde ständig angeschirrt bleiben – für alle Fälle.« Auf halbem Weg zur Tür drehte er sich noch einmal um. »Ich glaube, ich fahre am besten noch mal zum Point, bloß um sicher zu sein.«

»Ich möchte mitkommen.« Sie ergriff das Zaumzeug und lief hinter ihm her. Ihn einfach fortzulassen, wo so viele Dinge ungesagt geblieben waren . . .

»Nein, du wirst hierbleiben, und diesmal ist das ausnahmsweise ein Befehl.« Er nahm ihre Hand und drückte sie. »Ich habe dir nicht erzählt, daß sich bereits fünf Mitglieder der Versammlung für eine Kapitulation ausgesprochen haben. Fünf von zweiundzwanzig. Ich bin gespannt, wie viele sich ihnen noch heute abend anschließen werden. Und falls die Versammlung dafür stimmen sollte nachzugeben, bedeutet das für mich, das weißt du ja, Katy, daß man mich aller Voraussicht nach in London vor ein Gericht stellen wird.« Er gab ihr einen Kuß auf die Wange. »Dann wirst du auf dich selbst aufpassen müssen – und reichlich Zeit haben, dich im Dunkeln auf der Insel herumzutreiben.« Er trat einen Schritt zurück. »Und bis dahin solltest du dir darüber klarzuwerden versuchen, was du mit diesem Winston machst. Verlier jedenfalls nicht dein Herz an ihn. Er ist ein Strolch, auf den du dich nicht verlassen kannst – weder du noch sonst irgendeine Frau. Denk an meine Worte! Winston ist bereits verheiratet, und zwar mit seinem Schiff. Und ein Seemann wie er hat in seinem Herzen keinen Platz für eine zweite Frau.«

Sie mußte einräumen, daß er damit wohl nicht ganz Unrecht hatte. Bisher hatte sie es geschafft, die Dinge im Gleichgewicht zu halten. Aber begann sie nicht, ihr Begehren über ihren gesunden Menschenverstand zu stellen? Zum hundertstenmal schwor sie sich, einen kühlen Kopf zu behalten.

»Erstens will ich Hugh Winston nicht heiraten. Um so besser, daß er sein Schiff hat, nicht wahr? Ich weiß nur allzugut, was es mit ihm auf sich hat. Ich werde Anthony heiraten und versuchen, das Beste draus zu machen.« Ihr Gesicht wurde ernst. »Und zweitens werden wir nicht verlieren. Du mußt eben nur verhindern, daß sich die Versammlung für eine Kapitulation ausspricht. Hugh meint, die Bürgerwehr sei in der Lage, die Angreifer zurückzuwerfen.«

»*Aye*, eine Zeitlang können wir schon Widerstand leisten. Wir haben ausgebildete Kanoniere für jede Feldschanze an der West- und an der Südküste. Aber wie lange wird es dauern, bis die ersten Leute von der Bürgerwehr desertieren? Was sollen wir dann tun? Wenn wir den Feind auch noch im Rücken haben. . .« Nachdenklich stieß er die Luft aus. »Um noch einmal auf Winston zu sprechen zu kommen: Mir ist eine Ungereimtheit an ihm aufgefallen. Er scheint weit mehr von Kanonen und Befestigungen zu verstehen, als man von einem Seemann normalerweise erwarten darf. Vielleicht versteht er sogar mehr davon als Anthony Walrond. Hat er dir jemals erzählt, woher er dieses Wissen hat?«

»Er redet nie über seine Vergangenheit.« Winstons Geheimniskrämerei hatte sie zunehmend verwirrt und in letzter Zeit sogar richtig erbost. Die einzige Frau, der er sich jemals anvertraut hatte, schien Joan Fuller zu sein. »Aber manchmal habe ich den Eindruck, daß er vieles von dem, was er weiß, von einem Franzosen gelernt hat. Ab und zu benutzt er für bestimmte Dinge französische Ausdrücke. Ich könnte mir vorstellen, daß er irgendeiner Franzosenbande geholfen hat, irgendwo auf den Antillen Befestigungsanlagen zu bauen.«

Dalby Bedford atmete tief durch und bemühte sich, sein Entsetzen zu verbergen. Die beiden einzigen ›Franzosenbanden‹, auf die diese Beschreibung paßte, waren die Bewohner der kleinen Pflanzersiedlung auf der französischen Seite von St. Christopher und die Rinderjäger auf Tortuga. Und wie ein Pflanzer sah Hugh Winston nicht gerade aus.

»Nun, vielleicht ist es ganz gut so, daß wir es nicht wissen, Katy.« Er griff nach seinem Hut. »Jetzt paß auf dich selbst auf und sorg dafür, daß alle Dienstboten Musketen bekommen. Mach keinem Menschen die Tür auf, wer es auch sei.« Schnell gab er ihr ein Küßchen auf die Wange. »Sei froh, daß die andere Liebe deines Freundes Winston vorläufig auf dem Strand festliegt. Sorge dafür, daß es so bleibt.«

Plötzlich kam James, ihr weißhaariger, vom Alter schon etwas gebeugter irischer Diener aufgeregt von der holzgetäfelten Eingangshalle zur Tür herein. Der Luftzug ließ die Kerzen flackern. »Exzellenz!« Er verneigte sich unruhig. »Verzeiht, Exzellenz. Da ist ein . . . ein Herr, der Euch sprechen möchte. Er ist mit schweißbedecktem Pferd auf den Hof geritten gekommen und behauptet, er komme von Mistress Fullers Haus.«

Die Versammlung hatte per Abstimmung beschlossen, Hugh Winston den Oberbefehl zu übertragen über alle Kanoniere und Geschützstellungen an sämtlichen vier Feldschanzen an der Küste: Lookout Point, Bridgetown und Jamestown im Westen sowie Oistins Bay im Süden. In Ausübung seiner neuen Aufgabe hatte er den Vorderraum von Joans Schenke in einen Befehlsstand verwandelt, wo sich seine Artillerie-Offiziere trafen. Ein paar von Joans wackligen Kieferntischen waren zusammengestellt worden; von diesem behelfsmäßigen Schreibtisch aus teilte er täglich den einzelnen Feldschanzen die Wachen sowie den nötigen Proviant zu. Außerdem hielt er engen Kontakt mit den Kommandeuren der Bürgerwehr, die aus der Gruppe der größeren Pflanzer sowie aus der Reihe der royalistischen Offiziere kamen. Die einzelnen Kommandoposten der Bürgerwehr waren jeweils in den Pfarrkirchen untergebracht.

Die Schenke war ein bequemer Treffpunkt für die Männer, die den Kanonen zugeteilt worden waren. Es handelte sich in der Mehrzahl um Seeleute oder ehemalige Seeleute, die ihre Erfahrungen mit schwerer Artillerie auf Schiffen gemacht hatten. Von Joans Etablissement aus konnte man den Hafen vorzüglich überblicken; außerdem bot es – gar kein Vergleich mit den Pfarrkirchen – das beste Essen und den besten Grog, den man auf der Insel bekommen konnte. Joan kümmerte sich um alle praktischen Dinge und sorgte dafür, daß stets ein gewisser Komfort vorhanden war. Außerdem achtete sie streng darauf, daß sich nicht Leute unter die Besucher mischten, an deren Zuverlässigkeit Zweifel bestanden.

An diesem Abend war die Schenke allerdings so gut wie leer, denn alle Kanoniere waren in Alarmzustand versetzt worden und hatten ihre Posten hinter den verschiedenen Feldschanzen an der

Küste eingenommen. Nur Winston, sein Steuermann John Mewes und sein Erster Offizier Edwin Spurre waren anwesend. Die drei hatten ihre Pferde gesattelt bereitstehen und warteten auf das Signal.

Die Nacht war klar und feucht, und von Süden war gerade eine leichte Brise aufgekommen. Winston lehnte in der Tür, erschöpft von einem ganztägigen Inspektionsritt die Küste entlang. John Mewes stand, einen Krug in der Hand, draußen auf der Veranda und ließ den Wachtposten oben auf dem Lookout Point nicht aus den Augen. Ein System von Laternensignalen sollte die Kommandozentrale in Bridgetown über jede Positionsveränderung der Flotte unterrichten.

»Ich hab' das Gefühl, heute nacht passiert was, Käpt'n. Kurz nach Mittag wurde vom Point gemeldet, daß eine große Versammlung abgehalten wurde an Bord der *Rainbowe.* Dann ist sie zusammen mit der *Gloucester* und der *Marston Moor* etwa eine Meile weit auf See hinausgelaufen.« Mewes saugte hastig an dem langen Mundstück seiner weißen Tonpfeife. »Es scheint so, als wollten sie uns heute nacht eine kleine Überraschung bereiten, vermutlich weiter oben an der Westküste.«

»Ich glaub', dein Gefühl trügt nicht, John.« Winston durchquerte die schmale Veranda und blickte gleichfalls zum Wachtposten am Nordende des Point hinauf. »Wie lautete das letzte Signal vom Point?«

»Das gleiche wie immer. Fünfmaliges Aufblinken zur Viertelstunde, also: ›Nichts gehört und nichts gesehen‹.« Mewes nahm die Pfeife aus dem Mund und klopfte sie am Eckpfosten des Hauses aus. »Ich hab' der Wache gesagt, sie soll heute wirklich über jede kleinste Bewegung Meldung erstatten. Allerdings überblicken sie kaum mehr als diese Bucht hier.«

»Dann bleib du ebenfalls wach und trink nicht zuviel.« Winston nahm die Steinschloßbüchse, die er von der *Defiance* mit an Land gebracht hatte, und prüfte im Schein der Laterne das Schloß. Dann begann er, mit einem Tuch, das er sich von Joan geborgt hatte, den Lauf zu polieren. »Irgendwas sagt mir, daß sie versuchen werden, oben in Jamestown oder sogar noch weiter nördlich zu landen.«

»Sollten wir dann nicht den Kommandeuren der Bürgerwehr den Rat geben, die Wachen an den Feldschanzen da oben zu verstärken?«

»Ich habe heute am späten Nachmittag in Jamestown mit Walrond gesprochen. Wir sind übereinstimmend der Ansicht, daß die Landung dort am wahrscheinlichsten ist. Er hat für heute abend bereits Verstärkung nach Jamestown beordert.« Winston zog ein Stück Musketenleder aus der Tasche und fing an, die verrußte Pulverpfanne zu reinigen.

»Ich hab' aber nicht bemerkt, daß sich Bürgerwehrleute von hier aus auf den Weg gemacht hätten.«

»Bis zum Einbruch der Dunkelheit sollte sich niemand von der Stelle rühren. Die Spione der Puritaner sollen nicht merken, daß wir vorbereitet sind. Wir würden uns sonst selbst der Chance berauben, daß uns ihre Infanterie in die Falle geht.«

»Ehrlich gesagt, wär's mir am liebsten, sie würden ihre Infanterie überhaupt nie landen.« Mewes zog die Hosen am Bund hoch. »Bei zu viel Musketenfeuer können einem leicht die Eier abgeschossen werden.«

Winston zog den Hahn der Muskete zurück und prüfte die Spannung. »Manchmal frag' ich mich, warum ich dich noch behalte, John. Ich würde wetten, die meisten von Joans Mädchen besitzen mehr Kampfgeist als du.«

»*Aye*, ich gebe zu, mir sind die Kämpfe auf der Matratze lieber. Deshalb wäre eher die Frage angebracht, warum *ich* weiter unter *Eurem* Kommando bleibe.«

»Vielleicht, weil du nirgends eine bessere Mannschaft findest als auf dem Schiff, auf dem du zur Zeit fahren darfst.«

»*Aye*, dieser Haufen Galgenvögel ist wirklich ein Muster an Wohlanständigkeit, so wahr ich ein Christenmensch bin.« Er lachte dröhnend, brach dann aber unvermittelt ab. »Beim Blute Christi, war das eben ein Signal vom Point?«

»Sah so aus.« Winston drehte die Muskete um und untersuchte den Lauf. Dann wählte er unter den zwölf kleinen Metallhülsen, die an dem über der Schulter hängenden Bandelier festgesteckt waren, eines aus und schüttete das darin enthaltene Schießpulver vorsichtig in den Lauf. »Dreimal lang, einmal kurz.

Das bedeutet, daß eine Mastlaterne in der Bucht von Jamestown aufgetaucht ist, stimmt's?« Er steckte ein Stück Leder auf den Ladestock und stampfte das Pulver fest. »Das ist vermutlich die *Rainbowe*.«

»*Aye*, darauf haben wir gewartet.« Mewes verstaute die Pfeife in der Rocktasche. »Soll ich jetzt die Musketen holen?«

»Sag Joan, sie soll dir die beiden geben, die hinten in der Ecke stehen. Ich habe sie gerade geladen.«

Mit ein paar Sätzen war Mewes oben an der offenstehenden Tür, die zur Schenke führte. Kurz darauf erschien Joan mit zwei Steinschloßbüchsen in der Hand.

»Was ist los, Liebling?« Ihre geröteten Augen verrieten, wie übermüdet sie war. »Können wir jetzt endlich mit Besuch rechnen?«

»Wie nach Fahrplan. Die Brandung ist den ganzen Tag über ziemlich schwach gewesen. Da hatte ich mir schon gedacht, daß sie es heute nacht versuchen würden.« Er hatte die Kugel in den Lauf befördert und legte jetzt das Gewehr vorsichtig auf die Treppe. »Damit habe ich ja wohl unsere Wette gewonnen.«

»Bei den Wundmalen Christi, ich hätt's nicht für möglich gehalten. Ich hätt' nicht geglaubt, daß sie tatsächlich die Frechheit haben würden, es zu versuchen.« Sie reichte ihm die Musketen. »Dann gibt's jetzt also tatsächlich Krieg. Und ich verwette einen weiteren Shilling darauf, daß ihr sie nicht aufhalten werdet, Liebling. Nur werde ich leider den Gewinn von dir nicht mehr einfordern können.«

»Schluß mit der Wetterei. Die Lage ist zu ernst.« Er reichte eine der Steinschloßbüchsen an John Mewes weiter, spannte dann den Hahn der anderen und zielte hinaus in die dunkle Nacht. »Fertig, John?«

»*Aye*.« Auch Mewes spannte seine Büchse und zielte auf die schmale Mondsichel am westlichen Horizont. »Laßt es uns zur Sicherheit noch mal wiederholen. Das Signal für Jamestown ist: ein Schuß, bis fünf zählen, noch ein Schuß, bis zehn zählen, und dann einen dritten. Richtig?«

»Ganz recht.«

»Dann also: Feuer frei!«

Winston drückte den Abzug durch, und die Pulverpfanne flammte im Dunkeln auf. Fünf Sekunden später feuerte Mewes die zweite Muskete ab, nach weiteren zehn Sekunden Winston die dritte, die er gerade eben geladen hatte.

»Gut, John. Dann hol jetzt die Pferde.«

»*Aye.*« Mewes ging um die Schenke herum und auf den provisorischen Pferdestall zu.

Etwa eine Minute später wurden die drei Musketenschüsse vom Feldkommandoposten Black Rock an der Straße nach Jamestown wiederholt. Und kurz darauf war das gleiche Signal noch einmal zu vernehmen, ganz leise nur und noch weiter aus dem Norden kommend. Das abgesprochene Signal bewegte sich die Küste hinauf.

Mewes tauchte aus dem Dunkel auf, zwei Apfelschimmelstuten am Halfter. Er klopfte der einen begütigend den Hals, lobte sie und übergab dann Winston den Zaum. »Es kann losgehen.«

»Gut, John, wir sehen uns dann in Jamestown. Hier soll Spurre das Kommando übernehmen. Und du reitest rauf zu Bedford und sagst ihm Bescheid. Falls er nicht da ist, versuch's in der Versammlungshalle. Sollten sie gerade eine Sitzung haben, sag ihnen, sie müssen sie vertagen und jeden verfügbaren Mann nach Jamestown schicken, und zwar so schnell wie möglich. Könnte sein, daß wir auf jeden Mann angewiesen sind.«

Mewes brüllte Befehle durch die offene Tür ins Innere der Schenke, dann sattelte er das kleinere der beiden Pferde und schwang sich hinauf. »*Aye*, ich werd' dasein, so schnell ich kann, verlaßt Euch drauf.«

Joan stand neben Winston und beobachtete, wie Mewes im Dunkel verschwand. »Na, das ist ja sehr sonderbar.« Sie warf den Kopf zurück, und ihre Augen funkelten im Licht der Laterne. »Mich wundert, daß du nicht die Gelegenheit wahrnimmst, selbst zu Seiner Exzellenz hinaufzureiten. Wo du doch seit neuestem mit seiner Familie auf so gutem Fuße stehst.«

»Der Kontakt zu ihm gehört zu meinen Pflichten.«

»Deine Pflichten kannst du dir sonstwohin stecken, du Hurenbock! Ich nehme an, sie wird dir schon geben, was du dir durch dein Pflichtbewußtsein verdient hast. Die scheint sich für die

Königin selbst zu halten.« Sie faßte die Zügel, um ihm beim Aufsitzen behilflich zu sein. »Sag nicht, ich hätte dich nicht gewarnt.«

»Ich bin gewarnt.« Während er in den Sattel sprang, trat Edwin Spurre gerade durch die Tür, um die Wache zu übernehmen und auf etwaige weitere Signale zu achten. »Edwin, lade die Musketen und mach sie schußbereit. Kann sein, daß sie versuchen, von zwei Seiten gleichzeitig anzugreifen. Die Signale kennst du?«

»*Aye, aye,* Käpt'n.«

Joan reichte Winston die Zügel hoch. »Viel Erfolg! Weißt du, wenn diese scheinheiligen Puritaner hier auf der Insel das Sagen bekommen, wird eine Menge ehrbarer Ehefrauen die Gelegenheit wahrnehmen, darauf zu drängen, daß endlich mein Laden zugemacht wird. Und das bloß, weil sie nicht wissen, worüber sie sich sonst das Maul zerreißen sollen!«

»Wir gewinnen.« Er sah Joan kurz an und streckte ihr dann die Hand entgegen. Heute abend fühlte er sich fast ein wenig so, als würde er die einzige Heimstatt verteidigen, die ihm geblieben war. Er hatte kein Schiff mehr, und Jamaika schien in immer weitere Ferne zu rücken.

Er neigte sich hinunter und küßte sie. Sie legte ihm den Arm um den Hals, trat dann zurück und zwickte ihn liebevoll in die Wange. »Zeig diesen Hundsfotts von Rundköpfen mal, was Schießen ist, Liebling! Ich verlass' mich auf dich, obwohl ich nicht weiß, warum eigentlich.«

»Halt nur den Sack unter Verschluß, bis ich wiederkomm'.« Er winkte ihr zu und lenkte dann die Stute auf die Straße nach Norden.

Als das Pferd lärmend über die lockeren Bohlen der Straßenbrücke trabte, blickte er den Hügel hinauf zu dem Anwesen des Gouverneurs. Was wird wohl aus Katy und Bedford, wenn es uns nicht gelingt, den Angriff zurückzuwerfen, dachte er und beantwortete die Frage auch gleich. Ihm blüht der Tower und eine Gerichtsverhandlung wegen Hochverrats, man wird ihm vorwerfen, Rädelsführer einer Rebellion gewesen zu sein. Aber was wird aus ihr . . .?

Andere Reiter, Angehörige der berittenen Bürgerwehr, die auf das Signal gewartet hatten, schlossen sich ihm an. Die Entfernung bis Jamestown betrug etliche Meilen, und alle holten das Letzte aus ihren Pferden heraus. Keiner sprach, man nickte sich höchstens grüßend zu; jeder dachte darüber nach, was auf dem Spiel stand.

Wir werden siegen, sagte sich Winston immer wieder und gab der Stute die Sporen. Herrgott, wir *müssen* einfach siegen!

Elftes Kapitel

Jeremy Walrond fuhr mit der Hand über den langen stählernen Lauf seiner Steinschloßbüchse und strich mit den Fingerspitzen über das am oberen Ende eingravierte lateinische Motto *Ante ferit quam flamma micet* – ›Sie schlägt zu, ehe der Blitz zu sehen ist‹.

Sein Bruder Anthony hatte ihm die Waffe zum zwölften Geburtstag geschenkt – ein hervorragendes Stück, in Holland gefertigt, ausgestattet mit einem schönen flämischen Schloß und am Kolben mit einer feinen Elfenbein-Intarsienarbeit versehen, die Jagdszenen darstellte. Mit ihr hatte Jeremy einmal – ein seltener Glücksfall – ein fliegendes Rebhuhn aus der Luft geholt. Eine unglückliche Verkettung von Zufällen war dafür verantwortlich, daß er dieses erlesene Werk der Büchsenmacherzunft nun gegen seine Mitmenschen erheben mußte.

Gewiß, er hatte auch schon auf seiten der Royalisten am Bürgerkrieg teilgenommen, dies aber nur als Regimentsschreiber, der geholfen hatte, den Nachschub zu organisieren. Nie war er den Kämpfen so nahe gekommen, daß er eine Muskete hätte abfeuern müssen, niemals auch war auf ihn selbst geschossen worden. Die Erwartung der Schlacht ließ ihm jetzt die Hände feucht werden und bescherte ihm einen stechenden Schmerz in der Magengrube.

Während sich die Männer neben ihm im Schützengraben, die alle unter seinem Kommando standen, aus der großen Flasche mit selbstgebranntem Teufelstöter Mut antranken, spähte er über die frisch aufgeworfene Erde hinaus auf die See. Daß dort drüben weder eine Laterne noch die verräterischen Punkte glimmender Lunten zu entdecken waren, verschaffte ihm Erleichterung – und unwillkürlich schämte er sich dieser Empfindung.

Die einzigen Lichter, die er sah, waren die hin und her schießenden Leuchtkäferchen, jene merkwürdigen Nachtgeschöpfe, die den Neuankömmlingen auf den Antillen von jeher große Angst einzujagen pflegten. In wenigen Augenblicken würde der Mond am westlichen Horizont verschwinden und dafür sorgen, daß kohlrabenschwarze Nacht Küste und See verschluckte. Danach, so sagte er sich, werde ich wohl nichts mehr sehen und nichts mehr hören, bis die erste Musketenkugel über mich hinwegpfeift.

Der Krieg, so grübelte er, ist die allergrößte Torheit des Menschen. Mit abstrakten Begriffen wie ›Freiheit‹, ›Vaterland‹ und ›Menschenwürde‹ versucht man, diese Torheit zu rechtfertigen. Aber welche Menschenwürde liegt darin, hier mit einer Musketenkugel in der Brust den Tod zu finden? Kein Tier auf Erden bringt einen Artgenossen absichtlich um. So etwas tut nur der Mensch, der sich auch noch die Krone der Schöpfung nennt!

Jeremy lockerte den verschwitzten Spitzenkragen und hoffte, daß die Brise, die vom Süden heraufkam und den durchdringenden Geruch des Hafens von Bridgetown mit sich brachte, ihm ein wenig Kühlung verschaffen würde. Außer dem leisen Klirren der Bandeliers der Bürgerwehrleute und gelegentlichem Gelächter waren nur die üblichen Nachtgeräusche zu hören: das Rascheln der auf Futtersuche befindlichen Landkrabben, das Zirpen der Grillen, das Quaken der Frösche sowie das ferne Rauschen der Brandung. Landeinwärts ragten dunkel und schweigend die grünen Berge von Barbados in den Himmel.

Er schaute noch einmal hinaus aufs Meer und erkannte, daß die Brandung höher wurde; Welle um Welle rollte schäumend den Sandstrand hinauf, der fahl im letzten Mondlicht schimmerte. Irgendwo da draußen lagen die Schiffe, das wußte er. Er glaubte, ihre Nähe geradezu körperlich zu fühlen.

Sowohl die Feldschanze als auch der Schützengraben lagen nicht direkt am Ufer, sondern weiter hinten – dort, wo der Sand in braune Tonerde überging und die ersten Palmen standen, Vorboten der Hartholzdickichte im Landesinnern. Zwischen den Palmenstämmen konnte er nur noch mit Mühe die Umrisse der Kanoniere erkennen, die sich neben ihren schweren Geschützen aufhielten. Sie hielten glimmende Lunten in Händen. Fünfzehn Kanonen waren heute nacht da, die kleinsten waren Neun-, die größten Achtzehnpfünder. Zur See hin waren sie durch kopfhohes Mauerwerk geschützt, das Schießscharten für die Büchsen aufwies.

Die Feldschanze von Jamestown war vor zwei Jahrzehnten gebaut worden, und zwar als Vorsichtsmaßnahme gegen etwaige Überfälle der Spanier. Doch die Angst vor den Spaniern war im Laufe der Jahre immer kleiner geworden. Folglich hatte die Aufmerksamkeit der Pflanzer von Barbados nachgelassen. Sie ließen die Bastion langsam verfallen und scherten sich nicht darum, daß die Kanonen in der Salzluft dicken Rost ansetzten.

Welche Ironie des Schicksals, dachte Jeremy, daß es jetzt ein Angriff seitens der Engländer ist, der zum erstenmal Ausbesserungen nötig gemacht hat. Im Laufe der letzten beiden Wochen waren die alten Kanonen vom Rost befreit und die Pulversäcke gefüllt worden. Außerdem waren neue holländische Bronzegeschütze in mühseliger Arbeit mit Ochsenkarren von der Carlisle Bay heraufgeschafft und in die Bettungen gelegt worden. Heute nun waren sechs Feldschlangen wieder abmontiert und aus Sicherheitsgründen etwas weiter zurück ins Landesinnere verlegt worden.

Er hörte Stimmen, die sich näherten, und als er aufblickte, sah er zwei schattenhafte Gestalten die den Schützengraben absichernde Brustwehr entlangkommen. Eine der Gestalten war großgewachsen und kam mit entschlossener Gewandtheit näher, die andere hatte offensichtlich Mühe, der ersten zu folgen.

»Es wird verflucht dunkel sein, sobald der Mond verschwunden ist. Vermutlich werden sie dann sofort anfangen, ihre Beiboote zu Wasser zu lassen. Der Teufel soll Winston holen, wenn er bis dahin nicht hier ist! Sind seine Männer dort, wo sie sein sollen?« Die harte Stimme von Benjamin Briggs war unverkennbar. Die Silhouette von Anthony Walrond nickte nur zustimmend.

Jeremy erhob sich und stieg auf die Brustwehr, wobei sein Bandelier rasselte. Auf dieses Geräusch hin drehte sich Anthony um, erkannte ihn und winkte ihn zu sich.

»Sind deine Leute bereit?«

»Jawohl, Sir.«

Nachdenklich ließ Anthony einen Moment lang den Blick auf ihm ruhen. »Paß heute nacht gut auf dich auf, Junge!« Er zögerte kurz, dann wandte er den Blick ab. »Ja, gib wirklich auf dich acht.«

Ein paar Sekunden standen sie sich schweigend gegenüber, bevor Jeremy sagte: »Mach' ich. Aber ich hab' keine Angst, wirklich nicht.« Er klopfte auf das Bandelier, um seinen Worten Nachdruck zu verleihen; klirrend stießen die metallenen Pulverhülsen gegeneinander. Er wußte, daß er seinen Fähnrichsrang – für den normalerweise ein Besitz von mindestens fünfzehn Morgen erforderlich war – sowie den Befehl über seinen Zug ausschließlich dem Einfluß seines älteren Bruders verdankte, dem die Freisassen-Versammlung einstimmig den Befehl über die wichtigen Verteidigungsstellungen von Jamestown übertragen hatte.

Jeremys Bürgerwehrmänner – acht an der Zahl – waren durchweg kleine Freisassen mit rostigen Luntenschloßmusketen und ohne jede Kampferfahrung. Vor Scham hatte er es nicht gewagt, Anthony zu gestehen, daß er die Ehre, Offizier zu sein, eigentlich gar nicht wollte. Er fühlte sich verpflichtet, endlich zu beweisen, daß er ein echter Walrond war.

»Jeremy, wir alle kennen die Angst, aber wir lernen, uns über sie hinwegzusetzen. Ich werde heute nacht stolz auf dich sein können, da bin ich ganz sicher.« Er griff an Jeremys Schultergurt mit dem Degen und rückte ihn zurecht. »Jetzt laß deine Leute die Lunten anzünden und das Pulver auf die Pfannen schütten.«

Jeremy bedachte seinen Bruder mit einem ungelenken militärischen Gruß und gab dann den Befehl an die Leute im Graben weiter. Ein brennender Wachsstock wurde vorsichtig von einem Mann zum nächsten weitergegeben; ein jeder hielt das Flämmchen an seine Zündschnur und fädelte dann die glimmende Lunte durch den gewundenen Hahn seiner Muskete. Insgeheim war er froh, eine dieser neuen Steinschloßbüchsen zu besitzen; wenigstens brauchte er nicht zu befürchten, durch das glühende Ende der Lunte verraten zu werden. Einen Moment stand er da und beobachtete, wie seine Untergebenen ihre Luntenbüchsen schußbereit machten, dann wandte er den Blick zurück zu der untersetzten Gestalt des Benjamin Briggs. Was hatte *der* heute nacht hier zu suchen?

Briggs besah sich kritisch die Brustwehr und prüfte dann mit den Füßen, wie fest die Erde war. »Dieser Euer Graben wird den Burschen verdammt wenig helfen, falls es der Navy einfallen sollte, die Feldschanze mit Geschützfeuer einzudecken. Ich bete zu Gott, daß die Mühe des Aushebens und Aufschüttens nicht umsonst war.«

Eine Gruppe von Schuldknechten sowie eine ganze Reihe von Winstons neuen Leuten hatten drei Tage lang rund um die Uhr geschuftet, um den Schützengraben auszuheben. Die Idee dazu hatte Anthony Walrond gehabt.

»Ich wette, es kommt zu einer Invasion und nicht zu einem Artillerieduell.« Anthony nickte Jeremy ein Lebewohl zu und wandte sich dann wieder an Briggs. »Es wäre doch töricht, die großkalibrigen Geschütze gegen uns einzusetzen. Bei dieser Dunkelheit ist es ganz unmöglich, unsere Befestigungen zu treffen. Außerdem haben wir erfahren, daß der Mann, der die Infanterie befehligt, ein Rundkopf-Halunke namens Dick Morris ist, und den kenne ich nur allzugut: Der hält nicht viel von einem riesigen Geschützfeuer, wenn das gesteckte Ziel auch mit ein paar Leuten zu erreichen ist. Der wird einfach versuchen, genug Truppen an Land zu werfen, um unsere Geschützstellungen zu stürmen und sie unschädlich zu machen.«

»Himmelherrgott noch mal, daß es so weit kommen mußte! Ein Krieg mit England ist wirklich das Letzte, das wir brauchen können. Aber wenn es denn nicht anders geht: Wir werden sie angemessen empfangen. Die sollen bloß nicht denken, wir hätten Angst!« An Jeremy vorbei sah Briggs hinunter in den Graben. »Haben diese Männer genug Pulver, Kugeln und Lunte?«

Anthony sah seine Duldsamkeit gegenüber Zivilisten auf eine schwere Probe gestellt. Seit seiner Ankunft in Jamestown hatte der reiche Pflanzer nichts anderes getan, als abfällig über die Wehrhaftigkeit der Bürgerwehr zu reden. »Wir haben gottlob jeden Mann mit Bandelier und ›zwölf Aposteln‹ ausstatten können« – er benutzte absichtlich den respektlosen Soldaten-Ausdruck für die metallenen Pulverhülsen –, »und genügend Lunte haben wir von den holländischen Kauffahrern bekommen, ehe die Rundköpfe ihre Schiffe beschlagnahmten.« Er zog seine Augenklappe straff, ließ den Blick prüfend über die abgerissenen Pflanzer und Schuldknechte im Graben wandern und versuchte, sich vorzustellen, wie sie sich wohl bei einem Angriff verhalten würden. Die Vorstellung war, gelinde gesagt, entmutigend.

Er fragte sich, wie viele von ihnen wohl jemals Musketenfeuer erlebt hatten. Dieser Schützengraben wird vermutlich von der ersten Angriffswelle überrannt werden. Gott strafe Cromwell, daß er ausgerechnet diesen Morris hergeschickt hat. Der ist zäh wie eine englische Bulldogge und listig wie ein Fuchs. Er wird seine besten Leute landen lassen, und wenn sie das Feuer eröffnen, wird diese Bauernkompanie hier höchstwahrscheinlich in Panik geraten und das Weite suchen. Wir sind zwar zahlenmäßig überlegen, doch das sagt gar nichts. Was unseren Leuten fehlt, ist Mut, Erfahrung und vor allem der Wille zu kämpfen. Ich würde wetten, daß nicht einer von zehn Männern hier alle drei Eigenschaften zugleich besitzt.

»Ich würde gern wissen, Sir, was Ihr wirklich von dem Plan haltet, den wir uns zurechtgelegt haben.« Mit diesen Worten wandte sich Briggs erneut an Walrond. Er haßte die Arroganz und die royalistische Borniertheit dieses Mannes, hatte aber gleichwohl Achtung vor seinen militärischen Fähigkeiten. Walrond hatte bei Marston Moor einen Angriff der Königstreuen geleitet, der noch heute als eine der verwegensten Unternehmungen im ganzen Bürgerkrieg galt. »Glaubt ihr, wir schaffen es wirklich, die Landungstruppen in die Zange zu nehmen?«

Anthony trat vom Rand des Grabens zurück. »Alles in allem ist dies die beste Lösung. Gelingt es, ist alles schön und gut – schlägt unser Plan aber fehl, müssen wir wohl . . .«

Jeremy versuchte, auch das Ende des Satzes noch mitzubekommen, doch Anthonys Stimme verklang im Dunkel, als Briggs und er ihren Inspektionsgang fortsetzten.

Die Nacht schloß sich wieder um die Männer im Schützengraben. Da die Flasche Teufelstöter inzwischen leer war, brummten sie gereizt vor sich hin, lungerten im Schützengraben herum und warteten. Wieder lebten die Nachtgeräusche um sie herum auf: das Geraschel und Gequake ebenso wie das eintönige Rauschen der Brandung in der Ferne.

Bestand der Krieg denn hauptsächlich aus Warterei?

Vielleicht werden sie doch nicht landen, dachte Jeremy. Wie absurd dies dann alles wäre! Morgen wache ich in meinem Federbett auf, träume, ich sei wieder daheim in England, und lache über diese Insel hier und ihre zweitrangigen Probleme. Die Vernunft wird die Oberhand gewinnen, die Flotte die Segel hissen . . .

Aus Richtung der Feldschanze ertönte eine Salve Musketenschüsse. Rufe. Dann Unmengen winziger Lichtpunkte, die plötzlich am Strand auftauchten, die glimmenden Lunten gegnerischer Infanteristen.

Die ersten Angreifer hatten die Bastion umrundet und dann auf die Geschützmannschaften gefeuert – und zwar mit Steinschloßbüchsen. Infolgedessen hatte keine glimmende Zündschnur sie verraten können. Die Männer der zweiten Welle hatten es darüber hinaus geschafft, ihre brennenden Lunten so lange zu verhüllen, bis die Beiboote die Brandung erreicht hatten. Jetzt, nach dem Überraschungsangriff ihrer Kameraden auf die Geschützstellung, liefen sie, die Musketen über den Kopf gehoben, durchs seichte Wasser an Land, daß es nur so spritzte.

Jeremy verfolgte, wie die zuckenden Leuchtpunkte am Strand diszipliniert Ketten bildeten, die sich dann auseinanderzogen. Einen kurzen Augenblick lang hatte er das Gefühl, Jamestown werde von Glühwürmchen angegriffen, die aus dem Meer aufgetaucht waren.

»Alles feuerbereit machen!« Er hörte, wie eine Stimme diesen Befehl gab, und war leicht verwundert, als ihm klar wurde, daß diese Stimme seine eigene war.

Im Graben ertönte das Klicken von Pulverpfannen, die geöffnet, und von Hähnen, die gespannt wurden.

»Ziel nehmen!« Das waren die Befehle, die er seit fünf Tagen, nämlich seitdem ihm dieses Kommando übertragen worden war, eingeübt hatte. Doch was jetzt? Worauf eigentlich zielen? Die Glühwürmchen rückten in tödlichen Ketten näher. Das waren ja Hunderte! Hatten sie erst mal den Schützengraben der Bürgerwehr entdeckt, würden sie Feuer speien!

Er wußte, daß der Schießbefehl für die erste Salve von Anthony kommen mußte. Warum zögerte er noch? Die Infanterie der Rundköpfe war höchstens noch fünfzig Schritt entfernt. Er spürte, wie seine Handflächen am Elfenbein des Kolbens feucht wurden, und einen Moment glaubte er, durch den Graben ziehe ein säuerlich-strenger Geruch von Angst.

Im Rücken der Bastion blitzten weitere Musketenschüsse auf, gefolgt von Schreien und Rufen des Sich-Ergebens. In dem Durcheinander von Musketenfeuer und Laternen konnte er erkennen, daß die Feldschanze von Jamestown umzingelt und eingenommen worden war, die Geschützmannschaften überwältigt waren. Die Kanonenrohre wiesen ohnmächtig hinaus auf die dunkle See. Nur zwei Feldschlangen waren abgefeuert worden. Niedergeschlagen beobachtete er, wie die gelandeten Infanteristen, deren Brustharnische im Laternenlicht aufblitzten, die Kanonen erkletterten.

Die Geschützmannschaften waren geopfert worden, und zwar mit voller Absicht. Die Landungstruppen sollten dadurch an einem Punkt zusammengezogen werden. Jeremy spürte, wie Zorn in ihm aufwallte. Im Krieg zählten die Männer, die tatsächlich kämpften und ihren Kopf hinhielten, offenbar gar nichts!

Wo steckte nur der Rest der Bürgerwehr? Warteten sie rechts am Rand, wie vorgesehen?

Er wußte, daß es geplant gewesen war, die Kanonen erobern zu lassen. Doch jetzt, wo es tatsächlich geschehen war, machte sich das entmutigende Gefühl von Mißerfolg und Niederlage in ihm breit. Warum hatten die Kanoniere dem Musketenangriff ausgesetzt werden müssen? Es hätte doch gewiß andere Möglichkeiten gegeben . . .

»Gebt Feuer!«

Als er Anthonys Befehl hörte, machte sein Herz einen Satz. Die Infanteristen waren praktisch in Pistolenschußnähe. Dann mußte die Salve geradezu Mord sein! Der Abzug am Finger fühlte sich kalt an, als er ins Dunkel spähte und direkt auf einen der näher kommenden glimmenden Punkte zielte.

Die Büchse knallte und schlug in die Höhe. Die Brustwehr war plötzlich in helles Licht getaucht, als die lange Reihe der Musketen um ihn herum losging. Der Pulverdampf, der den Graben erfüllte, die verbrennende Holzkohle und der Salpeter schienen ihm den Atem zu nehmen. Die Leuchtpunkte vor ihm führten einen wirren Tanz auf, dann hörte er Schreie.

Der Mann neben ihm, ein ergrauter Freisasse, war die Brustwehr hinaufgeklettert, um einen besseren Blick auf die Kämpfe an der Feldschanze zu haben. Auch dieser Mann hat noch nie eine Schlacht miterlebt, schoß es Jeremy durch den Kopf.

Dann zuckte dort, wo die Leuchtpunkte gewesen waren, eine Reihe von Blitzen auf – ähnlich einer Kette explodierender Raketen, wie sie am St.-Georgs-Tag über der Themse abgefeuert wurden. Der Freisasse neben ihm stöhnte plötzlich auf und flog in hohem Bogen hintüber; seine noch rauchende Muskete grub sich in den lockeren Sand der Brustwehr, während er selbst in den Graben zurück rutschte. Ein anderer Mann, etwas weiter weg von ihnen, schrie unversehens auf und brach über seinem Gewehr zusammen.

»Hahn halb spannen, Lunte rausnehmen«, hörte Jeremy sich plötzlich rufen. »Fertigmachen zum Nachladen!«

Anthony hatte ihm eingebleut, eine der Hauptaufgaben des Feldoffiziers bestehe darin, laut die Befehle zum Nachladen zu erteilen, da die Männer in der Hitze des Gefechts häufig die entscheidenden Handgriffe vergäßen. War beim Nachladen noch eine brennende Lunte am Hahn festgeklemmt, konnte es nur alllzuleicht passieren, daß eine Muskete plötzlich unwillentlich losging.

»Pulver aufschütten!« Er bemühte sich, den allgemeinen Lärm zu übertönen, und begann selbst, aus einer der Hülsen von seinem Bandelier Pulver auf die Pulverpfanne seiner Steinschloßbüchse zu schütten. »Pfanne schließen! Fertigmachen zum Säubern des Laufs!«

Während er und seine Männer rasch die Läufe ihrer Musketen reinigten und dann neues Pulver und Kugeln einfüllten, ließ er die Augen nicht von der feindlichen Infanterie. Sie war stehengeblieben, um ebenfalls zu laden. Mittlerweile konnte er die Umrisse von einzelnen Männern ausmachen und Befehle von Offizieren hören.

Welche Männer waren Offiziere?

Am äußersten Flügel einer Schützenkette stand ein großgewachsener Mann mit Silberhelm, der die Befehle zum Nachladen zu erteilen schien. Das muß einer sein, dachte Jeremy. Er ist beim Nachladen auch schneller als die anderen.

Mit seiner stattlichen Figur und seiner Behendigkeit gäbe dieser Mann gewiß einen guten Jagdkameraden ab, wenn es darum ginge, sich im Frühtau an Moorhühner heranzupirschen. Wenn wir beide jetzt nur daheim in England wären . . .

Aber . . . er ist hier, um mich zu töten.

»Ihr da!« Mit diesem herausfordernden Ruf kletterte Jeremy die Brustwehr hinauf und brachte dort seine Büchse in Anschlag. Die Bürgerwehrleute hinter ihm schrien, er solle herunterkommen, es sei zu gefährlich, doch er hörte sie nicht, wollte sie nicht hören.

Der Offizier mit dem Silberhelm hob den Kopf und entdeckte die Umrisse des tollkühnen Jünglings, der oben auf der Brustwehr stand und mit einer Muskete herumfuchtelte. So was sah er hier nicht zum erstenmal.

Jeremy verfolgte, wie der Mann sein Gewehr hob und auf ihn zielte. Das Gefühl auskostend, dem Tod ins Angesicht zu blicken, wartete er einen Moment, dann legte er selbst sein Steinschloßgewehr an und zielte genau auf die Brust des Mannes.

Er sah es aufblitzen, und etwas pfiff an seinem Ohr vorbei; es hörte sich an wie eine gereizte Bremse, die einem um die Ohren schwirrte.

Dann drückte er ab.

Der Offizier der Rundköpfe öffnete lautlos den Mund und schien rückwärts zu taumeln. Mit fahrigen Bewegungen versuchte er noch, nach seiner Muskete zu greifen, doch die schlug bereits rasselnd auf einem zerklüfteten Korallenhaufen auf. Reglos lag der Mann jetzt auf dem Sand, während sein Helm in trunkenen Sprüngen die Uferböschung hinunterrollte.

»Sir, vergeßt nicht, in Deckung zu gehen!«

In der Erregung des Augenblicks nahm er kaum wahr, daß Hände an seinen Stiefeln zerrten. Er hielt immer noch mit weißen Knöcheln die Muskete fest, als seine Kameraden ihn hinunterzogen in den Graben.

Mit schwerem Atem lag er da, zugleich benommen und überwach, erstaunt über seine eigenen Empfindungen und Gefühle. Das Überraschendste war, daß er ein ganz neues Bewußtsein davon erlangt hatte, was es bedeutete, am Leben zu sein; er bewegte sich in einem neuen Bereich des Geistes, der unbeeindruckt war von dem Höllenlärm des Musketenfeuers, das von allen Seiten auf ihn eindrang.

»Wir werfen die Hurensöhne zurück!« Rufe wie dieser wurden laut, sogar Jubel war vereinzelt zu vernehmen. Der Schlachtenlärm machte seinen Träumen letztlich doch ein Ende.

»Fertigmachen zum Nachladen!« Sein Schrei, mit dem er das Krachen der Musketen um ihn herum zu übertönen versuchte, war mehr für ihn selbst als für die anderen bestimmt. Überall blitzte es auf, ertönte Röcheln und Geschrei. Die Luft im Graben war derart von schwarzem Rauch erfüllt, daß man kaum hindurchsehen konnte.

Er empfand plötzlich eine ganz neue Verbundenheit mit den ärmlichen Pflanzern um ihn herum. Sie waren eine verschworene Gemeinschaft von Männern, die zusammenstanden, um ihr Land zu verteidigen. Warum hatte Anthony ihm nie gesagt, daß der Krieg auch *diese* Seite hatte, daß er nicht nur Haß lehren konnte, sondern auch das Gefühl brüderlicher Verbundenheit?

Er schüttete Pulver auf die Pfanne und merkte, daß seine Hand zitterte, als er die Metallhülse entleerte. Dann sah er zufällig zum Strand und bemerkte, daß weitere leuchtende Punkte aus dem Dunkel der See auftauchten. Ein neues Kontingent gegnerischer Infanteristen war in Beibooten gelandet.

Es hatte keinen Sinn mehr, jeden einzelnen Schritt des Nachladevorganges laut hinauszuschreien. Während manche seiner Leute noch Pulver aufschütteten, waren andere schon dabei, Pulver und Kugeln den Lauf hinterzustoßen oder die Lunte in den Hahn einzuführen; wieder andere schossen bereits. Die ganze Disziplin, die Anthony ihm so sorgfältig eingebleut hatte, spielte plötzlich keine Rolle mehr.

Jetzt merkte er, daß, während die erste Schützenkette stehengeblieben war, um nachzuladen, eine zweite mit schußbereiten Musketen auf die Brustwehr zukam.

»Gebt Feuer, und dann in geordneter Formation zurück!«

Das war die Stimme von Anthony. Der Befehl, den Schützengraben aufzugeben, bedeutete, daß alle gegnerischen Truppen gelandet waren. Jetzt sollten sie mit Hilfe eines vorgetäuschten Rückzugs ins Landesinnere gelockt werden.

Der Plan sah vor, zunächst erbitterten Widerstand zu leisten, bis die gesamte gegnerische Infanterie gelandet war, und ihnen dabei aus dem Schützengraben heraus so große Verluste wie irgend möglich zuzufügen, um sich dann in den Wald zurückzuziehen und die Landungstruppen von ihren Beibooten fortzulokken. Sobald ihre Reihen sich gelichtet hätten, sollte Hugh Winston mittels der Kavallerie einen Keil zwischen sie und die Küste treiben, um ihnen den Fluchtweg abzuschneiden. Danach sollten die Beiboote vertrieben und die Truppen umzingelt, der Gegner durch Störfeuer demoralisiert werden. Vom Rückzug abgeschnitten, sollte den Eindringlingen keine andere Wahl mehr bleiben, als sich zu ergeben. Dann, so die Strategie, würden der Oberkommandierende der Landstreitkräfte und der Admiral der Flotte um Verhandlungen ersuchen.

Blindlings feuerte Jeremy ins Dunkel hinein, erinnerte sich dann seines Spießes, den er nicht im Graben zurücklassen wollte, und langte hinunter, um ihn aufzuheben. Dabei begegnete sein Blick den Augen des sterbenden Freisassen, der neben ihm lag. Blut strömte aus einem Loch im zerschlissenen Wams des Mannes, und Blut rann ihm auch aus seinen Mundwinkeln. Dieser Anblick erfüllte Jeremy plötzlich mit einer unbändigen Wut.

»Nein!« hörte er sich schreien, während er an seinem Bandelier entlangtastete und nach einer Pulverhülse suchte. »Kein

Rückzug!« rief er den erschrockenen Männern zu. »Nachladen, sag' ich. Kein Rückzug!«

»Aber der Befehl lautet auf Rückzug, Euer Gnaden.« Ein bärtiger Angehöriger der Bürgerwehr war bereits die hintere Grabenwand hinaufgeklettert.

»Zum Teufel mit diesem Befehl! Seht ihn Euch doch an!« Er zeigte auf den sterbenden Freisassen zu ihren Füßen.

»*Aye,* das ist Roland Jenkins«, sagte einer der Freisassen. »Gott sei seiner armen Seele gnädig. Jetzt ist es wohl an mir, es seiner Frau beizubringen.« Er ließ seinen Blick noch einmal rasch über den Sterbenden gleiten. »Aber dem ist nicht mehr zu helfen, Euer Gnaden. Und der Befehl lautet: Rückzug!«

»Und ich sag', ich scheiß' auf den Befehl!« Jeremy schrie seine Leute jetzt richtiggehend an. »Hier liegen Männer, die verwundet sind und sterben. Ich bleibe bei ihnen. Was für Soldaten sind wir denn, wenn wir unsere Kameraden hier sterbend zurücklassen? Das ist Unrecht. Es gibt höhere Befehle, denen man gehorchen muß. Wir bleiben hier, sage ich!«

»Dann enden wir alle so wie dieses arme Schwein, Euer Gnaden. Einem Mann, der seinem Gott gegenübertritt, kann keiner von uns mehr helfen.« Der Mann warf seine Muskete auf den Boden des Grabens, machte kehrt und schickte sich an, sich in Sicherheit zu bringen. »Und was mich betrifft: Ich kann gut und gern noch ein paar Jahre drauf verzichten, dem Allmächtigen gegenüberzutreten.«

Jeremy packte seinen Spieß und ging drohend durch den Graben. »Ich schlitz' jedem den Bauch auf, der zu fliehen versucht. *Ich* führe hier das Kommando, und ich sage, wir bleiben und kämpfen. Jetzt ladet nach!«

Fassungslos starrten die Männer ihn an.

»Macht schon, na los!« Grimmig fuchtelte er mit dem Spieß in der Luft herum, warf ihn dann zu Boden und ergriff eine Pulverhülse aus dem Bandelier. Ohne die anderen auch nur eines Blickes zu würdigen, schüttete er das körnige Schwarzpulver in den Lauf seiner Büchse.

Plötzlich war die Welt ein weißes, ohrenbetäubendes Aufbrüllen.

Als Jeremy wieder die Umwelt wahrnehmen konnte, erinnerte er sich vor allem an das Aufblitzen. Ihm wurde klar, daß er es versäumt hatte, den Lauf zu reinigen. So ein dummer Fehler! Jedes Kind hätte es besser gemacht. Er fuhr sich mit der Hand über die versengten Brauen und rieb sich die beißenden Augen, als er plötzlich fühlte, wie ihm die Muskete aus der Hand gerissen wurde. Hilflos tastend versuchte er, ihrer wieder habhaft zu werden, wurde jedoch von rauhen Händen auf den weichen Boden des Grabens gestoßen. Sein Gesicht fiel in die Erde, die immer noch frisch war und nach keimendem Leben roch.

»Wir haben noch einen, Sir«, ließ sich eine Stimme neben ihm vernehmen. »Ein regelrechter Stutzer, dieser Rebell.«

»Daß du es wagst!« Der Traube von Infanteristen kaum bewußt, die sich um ihn herum gebildet hatte, raffte sich Jeremy auf und schlug wild um sich.

»Nimm dich in acht, Bursche!« Mehrere Hände packten ihn und rangen ihn, obwohl er sich heftig wehrte, zu Boden. »Der hier scheint völlig unverletzt zu sein. Der ist springlebendig. Gebt mir was von der Schnur.«

Während von links und rechts Rufe zu ihm drangen, die ihm anzeigten, daß dort überall verwundete Angehörige der Bürgerwehr entwaffnet wurden, fühlte Jeremy, wie ihm die Arme auf den Rücken gerissen und ihm die Handgelenke mit rauher Schnur gefesselt wurden. Er hörte leises Getuschel, dann sagte eine geradezu freundliche Stimme, die er bisher nicht gehört hatte, zu ihm: »Das ist eine erstklassige Vogelbüchse, die Ihr da habt. Mit der habt Ihr gewiß so manches fette Moorhuhn heruntergeholt, hab' ich recht?« Nach einer Pause fuhr die freundliche Stimme fort: »Wie heißt Ihr, mein Sohn?«

»Zur Hölle mit Euch! Wie heißt *Ihr* denn?« In seinem Magen machte sich ein flaues Gefühl breit. Die Angst war jetzt dem Haß gewichen – auf die Gegner und auf sich selbst.

»Im Moment scheint es mir angebrachter, ich stelle die Fragen, und Ihr beantwortet sie.« Die Stimme kam von einem Mann mit einem Silberhelm auf dem Kopf und einem Spitzbart am Kinn. »Warum habt Ihr denn nicht das Hasenpanier ergriffen wie die anderen Rebellen?« Er lachte amüsiert auf und trat näher. Jeremy fühlte, wie sich ihm eine Hand unters Kinn legte und ihm der Kopf hochgerissen wurde. »Meiner Treu! Ich glaube fast, Eure Muskete hat Euch einen Streich gespielt. Ihr seid ja schwarz wie ein Mohr im Gesicht! Ich wette, Ihr wäret ebenfalls weggelaufen , wenn Ihr nur den Weg hättet sehen können. Sollte es also sein, daß Ihr genau so ein Feigling seid wie alle anderen auch, Bürschchen?«

Er wandte sich an einen jungen blauäugigen Mann, der in der Nähe stand. »Wer hätte schon gedacht, Sir, daß es so leicht sein würde? Ihr könnt Admiral Calvert ausrichten, die Insel ist praktisch sein, er braucht sie bloß zu nehmen. Ihre Bürgerwehr ist nichts als ein Haufen behäbiger Pflanzer, die wie die Karnikkel davonwetzen, wenn sie Musketenfeuer hören. Daneben gibt es nur noch ein paar junge Helden wie diesen hier, die sich nicht einmal darauf verstehen, das Pulver aufzuschütten. Es gibt keinen Grund, lange hierzubleiben und diese Stellung zu halten. Wir können ihnen genausogut gleich nachsetzen und sie zurückjagen bis nach Bridgetown, dann haben wir's hinter uns.«

In Jeremy stieg ein Gefühl des Triumphes auf. Sie waren in die Falle gegangen! Sie dachten, Barbados würde sich ihnen kampflos ergeben. Schon in wenigen Minuten würden sie von der Bürgerwehr umzingelt sein und um Gnade betteln. Sobald der Gegenangriff begann, würde er . . .

»Am besten bringen wie diesen Burschen hier wohl aufs Schiff, damit wir herausfinden, wer er ist und ob er etwas weiß.« Diese Worte kamen von dem jungen Mann, der neben dem spitzbärtigen Kommandeur stand. »Es ist zwar eine verdammte Belastung, auch noch Gefangene ernähren zu müssen, aber ich bin überzeugt, spätestens in drei Tagen ist alles vorbei, dann werfen sie ihre Waffen weg und betteln um Frieden.«

»Eure verdammte Überheblichkeit!« Jeremy, der unbemerkt die locker sitzende Handfessel hatte abstreifen können, bückte sich und ergriff seinen Spieß, der unbeachtet neben dem Graben lag. Dann fuhr er zu dem Kommandeur herum. »Ihr werdet nicht einmal zu Eurem Schiff zurückkommen. Heute nacht sind hier Männer gefallen, und das wird nicht ungesühnt bleiben, bei allem, was mir heilig ist!«

»Was sagt Ihr da, Kerl? Und wer, wenn ich fragen darf, will uns daran hindern?« Um den Spieß schien sich der Kommandeur gar nicht zu kümmern. Einigen Infanteristen, die rasch die Musketen auf Jeremy gerichtet hatten, gab er mit einem Wink zu verstehen, sie sollten die Waffen herunternehmen. »Eure mutige Bürgerwehr hat schließlich vom ersten bis zum letzten Mann Fersengeld gegeben. Ein verfluchter Haufen royalistischer Feiglinge.«

»Die Männer auf Barbados sind mutiger, als Ihr annehmt. Ihr werdet mich nicht aufs Schiff bringen – und andere Gefangene auch nicht. Ihr werdet Bridgetown zu sehen bekommen – aber unter vorgehaltener Waffe!«

»Mag schon sein, Bürschchen, aber jedenfalls nicht unter vorgehaltenem Spieß. Legt ihn weg. Unser kleines Duell ist vorbei.« Der Mann mit dem Spitzbart sah ihn mit kaum verhohlener Bewunderung an. »Ihr seid mutig, Bursche. *Zu* mutig, wie ich finde, oder aber zu dumm . . .«

»Ihr geht davon aus, daß hinter dem großmäuligen Gerede von diesem Kerl nichts steckt.« Der andere Mann wandte sich an den Kommandanten. »Aber könnte es nicht sein, daß die Bürgerwehr absichtlich geflohen ist – damit wir ihnen nachsetzen und einem Gegenangriff wehrlos ausgeliefert sind?«

Die Schießerei hatte sich mittlerweile gelegt. Mehrere Gruppen von Bürgerwehrangehörigen wurden zusammengetrieben und unter Bewachung gestellt. Einige Gefangene witzelten mit ihren Bewachern; sie waren offensichtlich erleichtert, die Schlacht hinter sich zu haben. Jeremy mutmaßte, daß manche sich absichtlich hatten gefangennehmen lassen – kleine Freisassen, denen es im Grund egal war, ob Cromwells Flotte die Insel einnahm oder nicht. Plötzlich kam ihm dies alles so furchtbar sinnlos vor, und er schleuderte den Spieß voller Abscheu zu Boden.

»So ist's brav, Bursche!« Der Kommandeur nickte und drehte sich dann zu dem anderen Mann um. »Könnte sein, daß Ihr diesmal recht habt, Vize-Admiral Powlett. Ehrlich gesagt, war mir dieser Verdacht auch schon gekommen. Das Ganze ging einfach zu glatt.«

»Wenn Ihr gestattet, Sir, werde ich diesen jungen Stutzer mit den anderen Rebellen zusammenstecken.« Einer der Infanteristen packte Jeremy am Arm.

»Nein, laßt ihn noch einen Moment hier. Der Bursche ist kein Pflanzer, er weiß zweifellos mehr als die anderen darüber, was hier gespielt wird. Eine seiner Bemerkungen gab mir zu denken.«

»Soll ich die Leute jetzt weiter vorrücken lassen, Sir?« Ein Hauptmann der Infanterie tauchte aus dem Nebel auf, der die Küste jetzt einhüllte.

»Wartet noch eine Weile und haltet die Reihen geschlossen. Es ist mir zu ruhig.«

Jeremy blickte auf und sah den Spitzbart direkt neben sich.

»Nun erzählt mir, was hier vorgeht. Es ist heute nacht genug Blut geflossen, so wahr ich ein Christ bin. Muß es denn noch mehr Tote geben? Wenn Ihr es mir nicht sagt, geht alles weitere auf Eure Kappe, das schwöre ich.«

»Diese Nacht geht ganz und gar auf *Eure* Kappe, Sir, und auf die der Rundköpfe, die die Krone Englands gestohlen haben – und jetzt auch Barbados zu stehlen versuchen.«

Mit einer Handbewegung wischte der Mann die Worte beiseite. »Kerl, für so was bin ich zu alt. Eure royalistischen Phrasen könnt Ihr Euch sparen, sie haben sich sowieso längst überlebt. Ich heiße Morris, und wenn Ihr überhaupt irgend etwas wißt, dann doch wohl das, daß ich den ganzen verdammten Bürgerkrieg hindurch gegen Euch Royalisten gekämpft habe. Aber der Bürgerkrieg ist Gott sei Dank vorüber, und ich habe keine Lust, ihn noch mal aufleben zu lassen. Und jetzt nennt mir Euren Namen.«

»Mein Name geht nur Männer etwas an, die ich respektiere.«

»Eine spritzige Antwort, Bürschchen, bei meiner Ehre. Ihr besitzt wirklich Feuer.«

»Der Name, der auf dieser Büchse steht, lautet Walrond, Sir, wenn ich ihn richtig entziffert habe.« Einer der Infanteristen reichte Morris die Steinschloßbüchse.

»Walrond?« Morris nahm das Gewehr und besah es sich genau, ließ die Hand über den Kolben gleiten und studierte dann den Namen, der auf dem Schloß eingraviert war. »Das ist ein erlauchter royalistischer Name. Seid Ihr zufällig verwandt mit Sir Anthony Walrond?«

»Das ist mein Bruder, und der ist . . .«

»Euer Bruder? Was Ihr nicht sagt!« Morris schien überrascht. Er trat abermals an Jeremy heran und betrachtete eingehend sein Gesicht. »So wahr Gott mein Zeuge ist, das ist wirklich kein Name, dessen Ihr Euch schämen müßtet. Selten hat England einen tapfereren und besseren Soldaten hervorgebracht – ob nun königstreu oder nicht. Ist das heute nacht Euer Befehlshaber? Einen besseren könntet Ihr Euch nicht wünschen.«

»Ich kann mich nicht erinnern, daß mein Bruder jemals gut von *Euch* gesprochen hätte, Sir.«

»Anthony Walrond? Und der soll gut von einem Mann sprechen, der England von seinem geliebten König befreit hat?« Morris lachte. »Eher würde er sich erschlagen lassen. Der hat noch nie in seinem Leben gut von einem Puritaner gesprochen. Gleichwohl ist er ein Gentleman, wie er im Buche steht, und im Feld ein ehrenhafter Soldat.« Er wandte sich an einen Offizier, der in der Nähe stand. »Essex, laßt die Leute neu Aufstellung nehmen. Ich glaube, wir sollten diese Feldschanze vorläufig halten. Es ist mehr als wahrscheinlich, daß Anthony Walrond den Oberbefehl über diese Bürgerwehr hat. Und wenn es tatsächlich so ist, könnt Ihr sicher sein, daß der Rückzug nur die Vorbereitung für einen Gegenangriff darstellt. Ich kenne seinen *modus operandi.* Und seinen Stolz.«

»*Aye,* Sir, wie Ihr wollt.« Der Hauptmann drehte sich um und rief: »Alle Mann in Reih und Glied aufstellen! Schützenlinie an der Brustwehr bilden und nachladen!«

»So, Master Walrond, wenn Ihr unbedingt möchtet, kann ich diese Männer immer noch ins Dunkel hineinmarschieren lassen, wo Eure Bürgerwehr zweifellos auf der Lauer liegt und die Hälfte von ihnen töten wird. Dabei müssen allerdings dann wohl auch hundert von Euren eigenen Leuten ins Gras beißen.

Wollt Ihr wirklich, daß ich das tue? Ist sie wirklich so viel Blut wert, Eure verdammte kleine Insel?«

Jeremy ließ den Blick über die von Musketenkugeln zerfetzten Leiber toter Bürgerwehrleute hingehen. Weiter hinten trugen die Infanteristen der Rundköpfe die eigenen Gefallenen zusammen; unter ihnen befand sich der Mann, den er selbst getötet hatte. Alles schien so sinnlos.

Plötzlich flammte nördlich der Brustwehr Musketenfeuer auf; eine Phalanx wild schreiender Bürgerwehrleute eröffnete von der Nordseite des Strandes aus das Feuer und stürmte näher. Jeremy beobachtete, wie Morris' Gesicht sich schlagartig veränderte. Seine Freundlichkeit war wie weggeblasen. Fluchend befahl er, die Gefangenen in die Beiboote zu bringen und die Verwundeten zum Teufel gehen zu lassen.

Die Infanteristen hinter der Brustwehr erwiderten das Feuer der angreifenden Bürgerwehr, doch waren sie jetzt merklich in der Minderzahl. Jeremy sah, wie ein Mann – von seiner großen Gestalt her konnte es Anthony sein – die Bürgerwehrleute vorwärtstrieb. Dann verschwand er hinter einem Wall vorüberpreschender Männer auf Pferden. Die Kavallerie! Der Mann an ihrer Spitze, der einen Fuchswallach ritt und ebenfalls von stattlicher Gestalt war, trug in jeder Hand eine Pistole.

Die Infanterie, welche die Feldschanze besetzt hielt, begann hastig, sich zum Meer zurückzuziehen, wobei sie vor den von Norden her kommenden Angreifern nach Süden ausweichen mußten. Jeremy sah, daß Morris seinen Leuten befahl, die Beiboote aufzusuchen.

»Vorwärts, Rebell!« Ein Spieß drückte sich ihm in den Rükken, und er wurde zu den anderen Gefangenen gestoßen, die, verwirrt über das, was geschah, in Richtung See getrieben wurden.

Ein Teil der Bürgerwehr von Barbados war bereits auf die verlassene Feldschanze geklettert, während andere mit der Muskete in der Hand versuchten, den Fliehenden den Weg zu den Beibooten abzuschneiden. Tatsächlich gelang es ihnen, einen Teil der auf dem Rückzug befindlichen Infanterie am Strand abzufangen; die abgefeuerten Musketen wurden durch Spieße und Säbel ersetzt, das Geräusch des Büchsenfeuers wich dem Klirren aufeinanderschlagenden Stahls.

Jeremy fühlte, wie das warme Wasser seine Knöchel umfloß, und als er aufblickte, sah er die Umrisse der wartenden Boote. Er und die anderen Gefangenen befanden sich ein beträchtliches Stück südlich der Feldschanze, außerhalb des Kampfgetümmels. Er war jetzt Kriegsgefangener.

Unmittelbar vor ihm wurden im dämmrigen Licht zwei Beiboote durch die Brandung gerudert, breite, schwerfällige Fahrzeuge mit gerefften Segeln. Als er sie näherkommen sah, fiel ihm unvermittelt sein verlorenes Steinschloßgewehr ein, und der Gedanke an den Verlust dieses Geschenks von Anthony ließ ihm die Schamröte ins Gesicht treten.

»Na los, steigt ein!« Mehrere Infanteristen kamen, Wasser aufspritzend, hinter den Gefangenen her und trieben sie mit erhobenen Kurzspießen an. Jeremy spürte, wie ihm das Dollbord des Beibootes gegen die Schulter schlug; dann griffen Hände nach ihm und packten ihn bei den Armen. Er wurde hochgerissen und rutschte, triefend vor Nässe und zitternd vor Kälte, ins Boot hinein.

»Eine falsche Bewegung, und ihr habt einen Spieß im Bauch!« Ein Infanterist begann, den Gefangenen die Hände zu fesseln.

Als Jeremy die rauhe Schnur an den Handgelenken spürte, hob er den Blick und sah über die Bootswand hinweg. Die auf dem Rückzug befindliche Infanterie hatte, knietief im Wasser stehend, einen schützenden Kreis gebildet. Einige schrien herüber, die Beiboote sollten näher herangebracht werden. Etwas abseits von den anderen standen zwei hagere, schwächlich wirkende Soldaten und kämpften wankend gegen die Brandung an. Als eine große Welle sie von hinten erfaßte, wurden sie umgeworfen und lagen dann hilflos in der unruhigen See. Angehörige der Bürgerwehr waren sofort zur Stelle, rissen sie hoch und schleiften sie durch die Brandung zurück an den Strand.

Also gibt es auf beiden Seiten Gefangene, dachte Jeremy erleichtert.

Das Kampfgetöse schien sich jetzt zu legen. Niemand wollte bis zur Hüfte im schäumenden Wasser stehend kämpfen. Die

Bürgerwehrleute ließen von den Flüchtenden ab, machten kehrt und beglückwünschten sich dazu, daß es ihnen gelungen war, die Invasionstruppen zurückzuschlagen. Als schließlich die Beiboote herbeikamen, um die Infanteristen an Bord zu nehmen, ließen die Angehörigen der Bürgerwehr es geschehen und begnügten sich damit, ihren Gegnern über das Brandungsrauschen hinweg Flüche zuzurufen.

»Wenigstens haben wir die meisten ihrer Geschütze vernagelt. Zur Hölle mit den Rebellen!« Zwei Offiziere vorn im Bug unterhielten sich. Jeremy wurde schlagartig klar, daß beide Seiten den Sieg für sich beanspruchten. Er fragte sich, ob Kriege wohl jemals ›verloren‹ wurden.

»Dabei haben wir aber verdammt wenig vorzuweisen für die Strapazen heute nacht«, murmelte einer der Ruderer halblaut unter seiner dunklen Wollmütze hervor. »Höchstens noch ein paar Bäuche mehr, die gefüllt werden müssen.« Unversehens streckte der Mann die Hand aus und riß ein Stück von Jeremys Spitzenkragen ab. »Dieser Geck hier wird bald erfahren, was es heißt, nur von Pökelfleisch und brackigem Wasser zu leben, wie wir es seit langem tun.« Er warf das Stück Spitze Jeremy wieder zu. »Keine leckeren Fleischpasteten und flambierten Puddings mehr, Kerl! Die Seemannskost wird dir das Fett aus deinen dicken Backen treiben. Das wird dir guttun, junger Rebell!«

Vor ihnen ragte im Dunkel der stolze Bug der *Rainbowe* auf; Laternen baumelten an den Masten. Matrosen im Beiboot gingen mittels Enterhaken längsseits vom Mutterschiff, dann wurde ein Fallreep herabgelassen. Nachdem ihm zuvor die Hände losgebunden worden waren, wurde Jeremy das Fallreep hinauf gedrängt, an Deck gezogen und dort auf die Planken geworfen. Sofort war er umringt von Matrosen mit bloßem Oberkörper und Wollmütze auf dem Kopf, die ihn hämisch verspotteten.

»Das da ist er, Sir.« Powlett stand über ihm und deutete mit dem Finger auf ihn. Neben dem Vize-Admiral stand Admiral Edmond Calvert.

»Daß das ein Mann von einer gewissen Bildung ist, ist unverkennbar. Zumindest darin habt Ihr recht.« Im flackernden

Laternenlicht nahm Calvert das reich bestickte Wams seines Gefangenen in Augenschein.

»*Aye.*« Powlett hob seine Stimme. »Es sieht ganz so aus, als ob er der Bruder von Sir Anthony Walrond wäre. Ich schlag' vor, wir reißen ihm das feine Zeug vom Leib und setzen ihn – als warnendes Beispiel für die Königstreuen – unter Deck für schwere Arbeit ein.«

»Kommt überhaupt nicht in Frage, Sir. Jedenfalls nicht, solange ich Oberkommandierender dieser Flotte bin.«

Als ein Matrose Jeremy mit derbem Griff in die Höhe riß, fuhr Calvert ihn ungehalten an: »Du da, laß den jungen Gentleman los – oder möchtest du die neunschwänzige Katze schmecken?« Dann trat er näher und verneigte sich förmlich. »Admiral Edmond Calvert, Sir, Euer ergebener Diener.«

Verwirrt und ungläubig starrte Jeremy den Admiral an. Der lächelte und sagte: »Walrond, nicht wahr?«

»Jawohl, Jeremy Walrond, und . . .«

»Es ist mir eine Ehre.« Er winkte seinen Steuermann heran. »Laßt Brandy in meine Kajüte bringen. Vielleicht möchte Master Jeremy Walrond ein Gläschen mit uns trinken.«

Die Seeleute machten den Weg frei und tippten grüßend an die Mütze, als der Admiral Jeremy über den Niedergang zur Kapitänskajüte begleitete. »Ich kann Euch kaum sagen, Master Walrond, wie froh ich über das Privileg bin, endlich einmal persönlich mit einem Bewohner von Barbados, der von Stand und Bildung ist, reden zu können.« Als Jeremy beim Schlingern des Schiffes zu straucheln drohte, reichte Calvert ihm hilfreich die Hand. Dann lächelte er und überließ ihm höflich den Vortritt, als sie den durch Laternen erleuchteten Gang zum Achterdeck hinuntergingen. »Zuerst werden wir mal sehen, ob wir nicht irgendwo ein Paar trockener Hosen für Euch finden. Und dann gibt's zum Aufwärmen einen Brandy.« Immer noch lächelnd, stieß er die schwere Kabinentür auf. In der Kapitänskajüte hielt sich niemand außer Colonel Richard Morris auf, der an dem großen Mitteltisch saß und Jeremys Steinschloßbüchse säuberte. Als er die beiden eintreten sah, legte Morris die Muskete vorsichtig vor sich auf den Tisch. Calvert lächelte ihm einen Gruß zu und wandte sich dann wieder an Jeremy. »Wenn ich recht unterrichtet bin, habt Ihr die Bekanntschaft unseres Infanterie-Befehlshabers bereits gemacht, Master Walrond.«

Während Morris sich erhob und nickte, wies Calvert auf einen reichverzierten Eichenstuhl. »Sobald wir es uns alle bequem gemacht haben, hoffe ich, daß wir drei uns etwas näher kennenlernen, Master Walrond. Es gibt so viel, worüber wir heute abend reden müssen.« Er warf Morris einen raschen Blick zu und lächelte Jeremy wieder an.

Zwölftes Kapitel

Katherine fiel ein Stein vom Herzen, als sie ihn, Gesicht und Lederwams mit einer dicken, schmierigen Schicht überzogen, zwischen den Kanonieren entdeckte. Wenn irgend jemand wußte, ob an dem Gerücht, daß Jeremy Walrond gefallen sei, etwas dran war, dann war es Hugh. Sie sah ihm eine Zeitlang zu, während sie versuchte, sich von dem anstregenden Ritt von Bridgetown herauf etwas zu erholen. Dann band sie ihre Stute an den Stamm einer von dem Gefecht in Mitleidenschaft gezogenen Palme und machte sich daran, die sandige Böschung zur Brustwehr hinaufzusteigen.

Die Hitze der Nachmittagssonne lag auf der Feldschanze von Jamestown, und die Kanoniere sowie viele Angehörige der Bürgerwehr beklagten sich und meinten, sie bräuchten jetzt endlich eine Pause. Als Katherine sich der Treppe näherte, die zu den Kanonen hinaufführte, hallte die Luft von Hammerschlägen wider – Eisen auf Eisen –, und ihr wurde klar, daß die Männer immer noch damit beschäftigt waren, die Zündlöcher von den Eisennägeln zu befreien, mit denen die Gegner die großen englischen Achtzehnpfünder unbrauchbar gemacht hatten.

Winston schaute zu den drei englischen Kriegsschiffen hinüber, die, kaum zu erkennen im Dunst, in der Bucht auf der Reede lagen. Dann wandte er sich an seinen Oberkanonier Thomas Canninge. »Meiner Meinung nach liegen sie immer noch in Reichweite, Tom. Sobald du fertig bist, feuere doch noch eine Salve ab. Mal sehen, ob du nicht noch einen Treffer landen kannst.«

Canninge und seine Kanoniere mühten sich damit ab, einen der holländischen Neunpfünder zu richten, indem sie unter der Ladeöffnung einen Holzkeil herausschlugen, um die Mündung anzuheben und die Reichweite der Kanone zu erhöhen. »*Aye*, sie scheinen gerade abzudrehen, aber ich glaube, wir können den Hurensöhnen noch eine kleine Kostprobe geben.«

Alle größeren Geschütze waren von der gegnerischen Infanterie außer Gefecht gesetzt worden; ein riesiger Eisennagel war in das Zündloch eines jeden Geschützes hineingetrieben worden – in jenes kleine Loch im sogenannten Pulversack, dem Gegenstück zur Pulverpfanne bei den Musketen, durch welches das Pulver gezündet wurde. Die gesamte Feldschanze wäre wehrlos gewesen, hätte man nicht vorsichtshalber noch kurz vor der Landung des Gegners sechs von den holländischen Neunpfündern fortgeschafft und in einem Palmenhain versteckt.

Nachdem die Invasion zurückgeworfen und die Feldschanze wieder in Ordnung gebracht worden war, hatte Winston Pferdegespanne angefordert, um die kleinen holländischen Geschütze zurückzuholen. Bei den ersten Morgenstrahlen hatten seine Kanoniere dann die drei englischen Fregatten unter Beschuß genommen, die immer noch in Reichweite der Geschütze vor Anker gelegen und sich ihrerseits darauf vorbereitet hatten, Jamestown in aller Ruhe zu beschießen. Die Kriegsschiffe hatten das Feuer sofort erwidert, und es hatte sich ein Artillerieduell entwickelt. Doch nachdem Winstons Kanoniere sich erst einmal eingeschossen hatten, hatten die Schiffe klugerweise die Segel gehißt und waren außer Reichweite gesegelt. Inzwischen – während die Leute von der Bürgerwehr sich bemühten, die Zündlöcher der großen Achtzehnpfünder mit Hammer und Bohrer von den Vernagelungen zu befreien – bestand die Schlacht nur noch aus Lärm und Rauch.

»Katy, mein Gott!« Erst jetzt, als sie oben an der Treppe ankam, bemerkte er sie. Sein erschrockener Blick wandelte sich zu einem freudigen Lächeln. »Das ist aber eine Überraschung!«

»Hugh, ich bin gekommen, um zu erfahren . . .«

»Es ist alles gutgegangen. Zwei von den vernagelten Kanonen haben wir schon fast wieder in Ordnung gebracht, und wenn diese holländischen Feldschlangen uns die Flotte vom Hals halten, müßten gegen Abend eigentlich auch die letzten wieder einsatzfähig sein.« Er kam auf sie zu. »Ich glaube, sie haben aufgegeben, uns zu beschießen. Tom hat mit diesen kleinen Neunpfündern bereits zwei Treffer auf der *Rainbowe* gelandet. Größerer Schaden ist damit vermutlich nicht angerichtet worden, aber zumindest wissen die Rundköpfe, daß wir auf der Hut sind.«

Er blickte gerade zu den Kriegsschiffen hinüber, als vom Geschützdeck der *Marston Moor*, die der Küste am nächsten lag, eine kleine Rauchwolke aufstieg.

»Achtung, Salve!«

Er hatte die Warnung kaum ausgestoßen, da hatten die Männer ihre Hämmer bereits fallengelassen und hinter einem Haufen von Sandsäcken Schutz gesucht. Winston zog Katherine mit sich, riß sie hinter den erdbraunen Säcken zu Boden und bedeckte sie mit seinem eigenen Körper.

»Auf diese Weise überleben wir tapferen Kämpfer . . .«

Eine Achtzehn-Pfund-Kugel krachte gegen den Fuß der Feldschanze und ließ das Ziegelfundament erzittern, auf dem sie standen. Nach wenigen Augenblicken bangen Wartens kletterten die Männer ängstlich unter den Säcken hervor und nahmen ihre Arbeit wieder auf. Katherine klopfte sich immer noch den Staub aus dem Reitkleid, als Winston plötzlich mit verärgertem Gesicht zu ihr herumfuhr.

»Jetzt hör mir mal gut zu, Katy. Du kannst hier nicht bleiben. Es ist immer noch viel zu gefährlich. Wenn du schon mit deinem Leben spielen willst, solltest du dir eine bessere Möglichkeit ausdenken.«

Als zum zweitenmal schwarzer Rauch aus den Stückpforten der *Marston Moor* aufstieg, stand er gerade mit dem Rücken zur See. Ohne lange zu fackeln, riß sie ihn mit sich auf die Erde. Einander umklammernd, rollten sie sich in Sicherheit. Kaum lagen sie neben Bürgerwehrleuten hinter den schützenden Sandsäcken, fuhren mehrere Kanonenkugeln nicht weit von der Stelle, an der sie eben noch gestanden hatten, in die Brüstung der

Feldschanze. Ein tödlicher Schauer von Steinen aus dem Mauerwerk wurde gegen die Sandsäcke geworfen, die teilweise aufrissen und ihren Inhalt über die Schutzsuchenden ergossen.

Er schien ein bißchen verlegen, als er sie unterhakte und wortlos wieder auf die Füße stellte. Die Bürgerwehrmänner um sie herum waren wieder an ihre Arbeit zurückgekehrt. »Ich weiß nicht, ob ich mich bei dir bedanken soll, weil du hierhergekommen bist, Katy, oder ob ich dich dafür einlochen lassen soll. Wie auch immer – du kannst einfach nicht hierbleiben. Deshalb warte bitte oben auf dem Hügel, bis . . .«

Ein helles metallisches Klirren, dem ein kräftiger Hammerschlag vorangegangen war, entlockte der Gruppe von Männern, die an einem der vernagelten Achtzehnpfünder herumgehämmert hatten, laute Jubelrufe.

»Wir haben's geschafft, Euer Gnaden!« rief einer der Männer zu Winston herüber. »Jetzt ist sie so gut wie neu.«

Eilig drängte er sich durch die Menge, um den Pulversack der Kanone zu inspizieren. Nachdem er das entnagelte Zündloch genau untersucht hatte, forderte er den wartenden Kanonier auf: »Schaufelt fünf Pfund Pulver hinein und laßt uns ausprobieren, wie sie schießt.«

Vom anderen Ende der Feldschanze her ließ sich Tom Canninge vernehmen: »Ich habe jetzt bei dem Neunpfünder die entsprechende Höhe eingestellt, Käpt'n. Es ist die beste von allen.«

»Dann sieh zu, ob du nicht noch einen Treffer auf dem Backbord-Geschützdeck landen kannst.«

»Kein Problem, Käpt'n.« Canninge befahl, den Neunpfünder um ein paar Grad nach links zu drehen, ließ sich dann den Luntenstock geben und hielt das brennende Ende an das Zündloch.

Die Kanone brüllte auf und machte einen Satz rückwärts in eine dichte Wolke öligen Rauchs hinein. Die Augen zusammenkneifend und sie gegen die Sonne abschirmend, sahen die Männer, wie am Bug der *Marston Moor*, nur wenig oberhalb der Wasserlinie, ein großes Loch aufbrach. Wenige Augenblicke später ließ ein Maat auf der Rah des Hauptmastes die Topsegel herunter, dann fiel auch das Hauptsegel; offensichtlich wollte die *Marston Moor* offenes Gewässer erreichen.

»Schicken wir ihnen einen Abschiedsgruß hinterher, Leute!« Winston war der erste, der sein »Hurra!« hinüberrief, und während die anderen es ihm nachtaten, wurde Katherine sich bewußt, daß er die Stimmung der Leute zu heben versuchte. Gleich darauf rief er den verschwitzten Männern zu: »Alle mal herhören! Unser guter Oberkanonier Canninge hat uns soeben allen einen Schluck Teufelstöter verdient. Ich glaube, auf einem der Karren, die heute morgen aus Bridgetown eingetroffen sind, ist auch ein Fäßchen mitgekommen. Wir sollten mal nachsehen da oben unter dem großen Baum.« Er wartete, bis die ihm geltenden Hurra-Rufe verebbt waren. »Wenn ich das Kommando hab', trinkt immer erst die Mannschaft, dann kommen die Offiziere dran.« Mit einer Handbewegung schickte er sie zu dem Karren. »Also los, meine Herren.«

Während Kanoniere und Bürgerwehrleute sich aufmachten und auf das Schnapsfäßchen zusteuerten, drehte er sich nach Katherine um und sagte mit gedämpfter Stimme: »Da wir jetzt also beide noch am Leben sind, sollten wir vielleicht einmal miteinander reden. Warum suchen wir uns nicht auch ein schattiges Plätzchen?«

»Du siehst erschöpft aus.« Als sie ihm in das blasse Gesicht blickte, widerstrebte es ihr plötzlich, das Thema Jeremy anzuschneiden. Wahrscheinlich hatte er selbst genug Sorgen.

»›Hundemüde‹ wäre das richtige Wort. Nun haben wir die Flotte wenigstens erst mal außer Reichweite. Jetzt brauchen wir uns nur noch darüber den Kopf zu zerbrechen, was sie sich als nächstes einfallen lassen werden.«

Da sie den besorgten Unterton hörte, legte sie ihm tröstend den Arm um die Taille, als sie die Treppe der verlassenen Feldschanze hinunterstiegen. »Aber die Invasion ist fehlgeschlagen. Die erste Runde ist gewonnen, oder etwa nicht?«

»Wenn man das Massaker von heute nacht ›gewinnen‹ nennen will, dann hast du recht!« Müde seufzte er auf. »Pflanzer sind nun mal miserable Soldaten, Katy. Soweit ich weiß, haben wir achtzehn Gefallene zu beklagen und obendrein zahlreiche Verwundete, von denen bei dieser Hitze zweifellos noch einige sterben werden. Alles, was wir erreicht haben, ist, daß wir die Rundköpfe vorübergehend auf die offene See zurückgetrieben haben – aber um welchen Preis!« Er senkte den Blick. »Sie haben auch ein paar Gefangene gemacht. Zwei Beiboote voll. Wahrscheinlich um die dreißig Mann. Wir wissen allerdings noch nicht genau, wer bloß abgehauen ist, um sich zu verstecken . . .«

»Nun, das werden nicht viele sein.«

»Du wirst recht haben. Wir selbst haben auch ein paar Gefangene gemacht, ein Dutzend etwa . . . Ich weiß nicht, ob du schon davon gehört hast: Jeremy Walrond ist verschwunden. Wir nehmen an, daß auch er in Gefangenschaft geraten ist.«

»Gott sei Dank, dann ist er also nicht tot.« Sie hielt inne. »Aber . . . gefangengenommen? Armer Jeremy! Wahrscheinlich hätte er lieber den Tod gefunden. Er war so stolz.«

»Genau wie sein Bruder, und der nimmt es sich sehr zu Herzen. Als wir hörten, daß Jeremy vermißt wird, erbot ich mich, das Kommando hier zu übernehmen. Anthony ritt nach Bridgetown zurück, um nachzusehen, ob Jeremy vielleicht unter den Verwundeten ist. Als irgend jemand meinte, er habe sich wohl ergeben, drohte Anthony dem Mann, ihn umzubringen.«

Schweigend stand sie einen Moment da, dann wanderte ihr Blick zum Horizont. »Und was, glaubst du, wird geschehen?«

Winston folgte ihrem Blick. »Vielleicht werden beide Seiten versuchen, wieder zu verhandeln. Allerdings machen die Gefangenen alles viel komplizierter. Leider sind uns keine Offiziere in die Hand gefallen, sondern nur einfache Soldaten, die meisten so geschwächt vom Skorbut, daß die Flotte wahrscheinlich froh ist, sie losgeworden zu sein, bevor sie an Bord krepieren.«

»Was wird denn aus Jeremy werden? Sie werden ihn doch nicht etwa hängen?«

»Das bezweifle ich.« Er winkte ab. »Bis jetzt ist es ja ein zivilisierter Krieg. Immerhin könnten sie einen Preis für seine Rückgabe verlangen, falls sie dahinterkommen, daß er Anthonys Bruder ist. Es ist verdammt schlimm.«

»Und was, meinst du, können wir tun?«

»Ich sehe im Augenblick keine Lösung. Vielleicht werden sie zunächst einfach einmal abwarten, um zu sehen, wer den längeren Atem hat.« Er strich ihr mit der Hand ein wenig Schmutz und Sand aus dem Haar. Dann wischte er sich die Stirn ab, blickte zur herniederbrennenden Sonne auf und zog Katherine zu einer kleinen Baumgruppe. »Ich nehme an, jetzt kommt es drauf an, wer das größte Durchhaltevermögen hat.« Er legte ihr den Arm um die Taille und blickte sie an. »Und wie geht es *dir* eigentlich, Katy?«

»Ich denke, mir geht's gut.« Sie lehnte sich an ihn und versuchte, die Blicke einiger seiner Leute und dic Hitze einfach zu ignorieren. Schließlich ließ sie ein gequältes Lachen vernehmen. »Sag, willst du die Wahrheit hören? Ich mache mir mehr Sorgen denn je. Ist das nicht albern – gerade jetzt, wo es so aussieht, als könnten wir ihnen standhalten?« Sie blickte zu ihm auf. »Können wir uns nicht davonmachen? Ich glaube, *deiner* Stimmung würde das auch guttun.«

»Du siehst einen Mann vor dir, der ohne eigenes Zutun zum Kommandeur einer Feldschanze geworden ist – oder sagen wir, zum ›geschäftsführenden Kommandeur‹. Anthony sollte allerdings inzwischen längst wieder hier sein, um mich abzulösen. Sobald er zurück ist, können wir nach Bridgetown reiten – sofern ich ein Pferd auftreibe.« Er half ihr, sich im Schatten der breiten Krone eines Manzinellabaums niederzusetzen, nachdem er ein paar giftige Früchte zur Seite geräumt hatte, die modernd rund um den Stamm lagen. Dann ließ er sich neben ihr zu Boden. »Das ist eine der schwersten Aufgaben, an denen ich mich je versucht habe, Katy: eine Verteidigungsstellung zusammenzuhalten, wo es der Hälfte der Männer egal ist, ob wir gewinnen oder verlieren. Aber ich habe keine Idee, was ich sonst tun sollte. Sag mir, ob dir etwas Besseres einfällt.«

»Ist das alles, worüber du in letzter Zeit nachgedacht hast, Hugh?« Ihre Hand strich über seinen Schenkel.

»Es ist das einzige, worüber ich im Moment nachdenken möchte.«

Sie zog ihre Hand abrupt zurück. »Nun, Herr Kommandant, glaubt ja nicht, ich hätte an nichts anderes zu denken als an Euch.

Aber das bedeutet nicht, daß ich dich vollständig vergessen hätte.«

»Ich hab' dich auch nicht vergessen, Katy. Mein Gott, natürlich nicht!« Er nahm einen kleinen Zweig auf und tippte damit auf eine der Giftfrüchte. »Sag mir, was meint der Gouverneur von Barbados dazu, daß seine Tochter sich mit Leuten wie mir rumtreibt?«

»Ich mache, was mir beliebt.« Sie drückte sich an ihn. »Im übrigen bekümmert mich weniger, was er sagt, als das, was ich mir selber sage. Ich bin bisher immer in der Lage gewesen, meine Gefühle zu kontrollieren. Aber bei dir ist das irgendwie anders. Und deswegen hasse ich mich. Ja, das tue ich wirklich.«

»Dabei bin ich wahrscheinlich alles andere als ein geeignetes Objekt für deine Gefühle.«

Lachend drückte sie seine Hand. »Ach du lieber Gott, als ob ich das nicht schon längst wüßte! Wer hätte jemals gedacht, daß ich mich in jemanden wie dich . . . na, sagen wir richtig: ein bißchen verlieben könnte!«

»Wenn ich mich recht erinnere, hast du mir mal gesagt, du wärest nicht daran interessiert, jemanden zu lieben.« Er gab ihr einen leichten Kuß. »Wahrscheinlich eine sehr praktische Einstellung. Ich weiß nicht, wie viele von uns diese ganze Sache überleben werden.«

Ehe sie darauf etwas erwidern konnte, richtete er sich auf und zeigte auf zwei Reiter, die von Süden herankamen. »Sieht ganz so aus, als bekämen wir Bridgetown heute doch noch zu sehen. Ich glaube, das sind Briggs und Anthony. Es ist merkwürdig, aber das Mißtrauen, das die beiden mir entgegenbringen, ist kaum größer als ihr Haß aufeinander. Und doch sind sie vorübergehend zu Verbündeten geworden. Nun, von mir aus können sie das Kommando über die Feldschanze jederzeit wieder übernehmen.«

»Dann können wir zusammen reiten?«

»Anthony wird das wahrscheinlich nicht gerade gern sehen, aber das ist deine Sache. Gott weiß, daß ich mich inzwischen hüte, dir einen Rat geben zu wollen.«

Sie lachte. »Dann fängst du an, mich besser zu verstehen, als ich annahm.«

»Laß mich mit Anthony nur noch ein paar Worte über den Zustand der Geschütze reden.« Er erhob sich. »Dann ziehe ich mich vielleicht für eine Weile auf die *Defiance* zurück. Sie fehlt mir.« Er bückte sich noch einmal zu ihr herunter und küßte sie auf den Scheitel. »Und du hast mir auch gefehlt.«

Als Anthony zusammen mit Briggs aus dem Wald herauskam, brachte er abrupt seine graubraune Stute zum Stehen und starrte wie benommen zum Strand hinunter. Wo gestern abend ein Durcheinander aus Musketen, Befehlen und Schreien herrschte, war jetzt ein verrauchtes Stück Landschaft zu sehen, auf dem verlorene Helme und Bandeliers verstreut herumlagen und dunkle Flecken jene Stellen markierten, an denen Männer den Tod gefunden hatten. Die friedliche Ruhe ließ das gestrige Gefecht wie einen bösen Traum erscheinen, wie eine Episode aus vergangenen Zeiten, die nur in der trügerischen Erinnerung der Menschen existierte.

Schlachten, so ging es Anthony durch den Kopf, werden fast immer durch Zufälle entschieden. Da denkt man sich tagelang Strategien aus, ersinnt komplizierte Taktiken und versucht, sich darüber klarzuwerden, was man täte, wäre man der Feind — doch letztlich kommt es darauf gar nicht an. Ein Mensch gerät in Panik, oder ein Pferd stolpert, oder eine Muskete geht nicht los — und plötzlich läuft alles ganz anders, als man es sich vorgestellt hat. Mut, Glück und Zufall werden vielleicht zu entscheidenden Größen. Ob man siegt oder verliert, wird von Dingen abhängig, die man überhaupt nicht in Betracht gezogen hat.

In gewisser Weise war es auch gestern nacht nicht anders gewesen. Dick Morris und die Rundköpfe hatten mehr Leute verloren, als sie hätten verlieren dürfen. Da sie nur auf der Feldschanze Verteidiger erwartet hatten, waren sie durch die Brustwehr total überrascht gewesen. Auch hatte es zunächst so ausgesehen, als wären sie auf den vorgetäuschten Rückzug hereingefallen — wie der Fuchs, der von dem hinkenden Vogel mit den nachschleifenden Flügeln vom Gelege fortgelockt wird.

Nur war der Fuchs im gestrigen Fall pötzlich doch klug geworden. Irgendwie hatte der flügellahme Vogel die Sache verpatzt und der Fuchs Lunte gerochen. Daraufhin war ihnen nichts anderes übriggeblieben, als einen blutigen Gegenangriff direkt auf die Feldschanze zu starten.

Jeremy! Sie behaupteten, er sei beim Nachladen seiner Muskete gefangengenommen worden. Er habe die Stellung halten wollen. Aber warum? Er kannte schließlich die Order. Er hatte den Befehl verweigert.

Befehlsverweigerung.

Anthonys Finger krampften sich um die Zügel, die Knöchel waren kalkweiß. Da brach Briggs das Schweigen. »Wie gewöhnlich habe ich gut daran getan, nach dem Rechten zu sehen. Wo sind denn die Leute, die mit der Beaufsichtigung der Feldschanze betraut sind? Das sind doch wohl nicht etwa die, die da im Schatten sitzen und trinken?« Er trieb sein Pferd neben das von Anthony. »Winston hat schon merkwürdige Vorstellungen von Disziplin, das muß ich sagen.«

»Bei diesen Männern handelt es sich nicht um einen Trupp afrikanischer Zuckerrohrschneider, Sir. Winston besitzt genug gesunden Menschenverstand, um zu wissen, daß er sie nicht den ganzen Tag lang in der prallen Sonne schuften lassen kann. Täte er's, wäre jetzt höchstens noch die Hälfte von ihnen hier.«

»Jetzt hört Ihr Euch fast schon so an wie er . . .« Briggs unterbrach sich, als er Winston entdeckte, der vom Strand heraufkam, und wendete das Pferd.

»Ehrlich gesagt, Sir, frage ich mich allmählich, ob man wirklich einem von Euch beiden das Kommando über die Feldschanze überlassen kann.«

»Nun, ich nehme an, nach der gestrigen Nacht könntet Ihr sogar einer Spülmagd das Kommando hier im Jamestown übertragen.« Walrond studierte die Feldschanze, während sie näher heran ritten. »Hier findet bestimmt so schnell kein Landeversuch mehr statt. So töricht könnte kein Befehlshaber in der englischen Armee sein; Morris weiß genau, daß sie das sehr teuer zu stehen kommen würde. Zweifellos war er überzeugt, unsere Geschütze ausnahmslos vernagelt zu haben und in aller Gemütsruhe Jamestown unter Beschuß nehmen zu können. Sieht ganz so aus, als hätten sie heute morgen ein paar Salven gewechselt. Doch inzwischen scheint die Schießerei beendet. Ich nehme an, Winstons Leute haben sich behaupten können.«

»*Aye*, Gott sei gepriesen, daß er uns die Holländer mit ihren Feldschlangen geschickt hat.« Briggs legte grüßend die Hand an den schwarzen Hut. »Ergebenster Diener, Kapitän. Wie sieht es aus?«

»Unsere Kanoniere haben der *Rainbowe* und der *Marston Moor* ein paar Treffer verpaßt, ehe sie die Anker lichteten und auf die offene See flüchteten. Ihr könnt Euch darauf verlassen, daß der größte Teil unserer Geschütze gegen Abend wieder einsatzfähig sein wird.«

Er nickte Walrond grüßend zu. »Habt Ihr was Neues über die Gefangenen gehört?«

»Heute morgen haben alle Feld-Kommandeure Bericht erstattet.« Die Stimme des Royalisten klang ganz sachlich. »Soweit wir die Lage überblicken, sind gestern nacht neunundzwanzig von unseren Leuten auf die *Rainbowe* gebracht worden.«

»Und stimmt es nun, daß Jeremy unter ihnen war, wie einige Leute behaupten?«

»Es hat den Anschein.« Er blickte beiseite, um seine Verlegenheit zu verbergen, und sah zufällig Katherine vom Strand her auf sie zukommen. Zornig zog er seine Augenklappe zurecht und warf einen wütenden Blick auf Winston. Sollte an den Gerüchten doch etwas dran sein? Wenn ja, dann sollte dieser Kerl zur Hölle fahren – und sie mit ihm. »Ich gehe davon aus, daß Miss Bedford bereits unterrichtet wurde?«

»Vor wenigen Minuten.«

»Nun, ich nehme an, daß sie nicht ungetröstet geblieben ist.« Er schwang sich aus dem Sattel. »Ich kann meine Pflichten wieder übernehmen und entbinde Euch damit von Euren Aufgaben hier, Sir. Miss Bedford muß nach Hause gebracht werden. Das hier ist kaum der richtige Aufenthaltsort für eine Dame.«

»Ich habe meinen Männern bloß noch ein paar Anweisungen zu geben. Wenn ich Euch einen guten Rat geben darf: Laßt die Leute noch ein wenig ausruhen, bevor Ihr sie wieder an die Arbeit schickt.«

Winston dreht sich um und half Briggs beim Absteigen. »Und

noch etwas. Ehe ich wegreite, würde ich gern noch ein Wort mit Euch sprechen, Master Briggs. In Anbetracht dessen, was geschehen ist, möchte ich, daß Ihr der Versammlung eine Nachricht von mir übermittelt.«

»Redet nur frei heraus, Sir.«

»Ich habe letzte Nacht beim Sturm auf die Feldschanze drei Männer verloren, gute Männer. Sie werden morgen zusammen mit allen anderen Gefallenen bestattet werden . . .«

»Es war eine schwere Nacht für uns, Sir, für uns alle.«

»Ihr solltet meine Geduld nicht überbeanspruchen, Briggs. Dazu bin ich nicht in der rechten Stimmung.« Er hielt inne, um zu warten, bis Katherine zu ihnen getreten war.

»Katherine, Euer Diener.« Frostig legte Anthony die Hand an den Hut. »Seid Ihr hier, um die Truppen zu inspizieren?«

»Ich bin hierhergekommen, weil ich etwas über den Verbleib von Jeremy herausbekommen wollte.«

»Ich hoffe immer noch, daß ein Irrtum vorliegt.« Unvermittelt wandte er sich ab.

»Und da ich nun alles erfahren habe, was man zur Zeit über ihn weiß, sollte ich wohl wieder zurückreiten.« Sie sah ihn an, wie er dastand, elegant und scheinbar ungerührt selbst in dieser Situation. Eigentlich müßte es mir viel peinlicher sein, daß er mich hier zusammen mit Hugh gesehen hat, sagte sie sich. Was mag er wirklich denken?

»Katy, wartet. Es ist gut, daß Ihr auch hier seid.«

Winston ergriff ihren Arm, ungeachtet Anthonys sorgenvollen Blicks. »Vielleicht könnt Ihr der Versammlung übermitteln, was ich ihr zu sagen habe — auch wenn es möglicherweise nicht viel nützt.« Er wandte sich wieder den beiden zu. »Ich möchte Euch folgendes sagen: Ich bin zu dem Schluß gekommen, daß diese Bürgerwehr unausgebildet, undiszipliniert und vor allem nicht im geringsten daran interessiert ist, bei der Verteidigung von Barbados ihr Leben aufs Spiel zu setzen. Ich habe sie einander fragen hören, warum sie denn überhaupt kämpfen.«

»Aber wir haben die Navy wirklich schön abblitzen lassen, Sir,« fiel Briggs ihm ins Wort. »Ich bin stolz darauf . . .«

»Hört mich bitte bis zum Ende an! Ich sage Euch, wir haben

letzte Nacht mehr Glück als Verstand gehabt. Morris' Leute hätten die Schanze ohne Probleme halten können, wenn nicht einige von ihnen in Panik geraten wären. Könnte sein, daß wir bei der nächsten Runde nicht so viel Glück haben.» Er sah Briggs eindringlich an. »Ihr und der Rat müßt darüber entscheiden, ob ihr bereit seid, alles zu tun, was nötig ist, um zu siegen.«

»Wir tun alles, was wir können.«

»Aber Ihr tut nicht genug. Beim nächstenmal wird Morris zweifellos versuchen, seine Truppen bis auf den letzten Mann an Land zu werfen. Und wenn er mit einer solchen Übermacht kommen sollte, ist fraglich, ob sich die Bürgerwehr überhaupt noch die Mühe machen wird, dem Feind entgegenzutreten.«

»Da kann ich Euch nicht beipflichten, Sir.« Briggs runzelte die Stirn. »Aber ich nehme an, Ihr habt eine Idee, auf die bisher noch keiner gekommen ist.«

»Wollt Ihr sie hören?«

»*Ich* auf jeden Fall.« Anthony Walrond hatte seinem Pferd Fußfesseln angelegt und trat nun wieder zu ihnen.

»Also gut. Ich schlage vor, zuerst einmal alle kleinen Freisassen, die nach Hause wollen, gehen zu lassen.« Er wandte sich an Walrond. »Und dann schafft Euch alle Royalisten vom Hals, die keine Kampferfahrung besitzen. Sie wollen gern befehlen, haben aber keine Ahnung, worum es überhaupt geht. Und das mögen die anderen nicht.« Er machte bedachtsam eine Pause. »Und ich mag es übrigens auch nicht.«

»Ihr seid anmaßend, Sir, wenn Ihr mir dieses Wort gestattet.« Anthony blickte in böse an.

»Eure Worte sind mir egal. Aber wenn Ihr nicht dafür sorgt, daß sich der Kampfgeist verbessert, dann ist dieser Krieg so gut wie verloren.«

»Nun, wir werden ihn *mit Sicherheit* verlieren, wenn wir den größten Teil der Bürgerwehr nach Hause schicken – und darauf läuft Euer Vorschlag doch letzten Endes hinaus.«

»Ich habe nicht behauptet, daß Ihr keine Bürgerwehr braucht. Aber Ihr braucht Männer darin, die bereit sind, standzuhalten und zu kämpfen.«

Briggs musterte ihn mißtrauisch. »Aber wenn wir all diese

Freisassen entlassen würden, dann wären auf dieser Insel so gut wie keine freien Männer mehr übrig für die Bürgerwehr.«

»Das stimmt. Und deshalb müßt Ihr ein paar Männer frei *machen.*« Er deutete vage in Richtung des Hügellandes im Innern der Insel. »Habt Ihr noch nie daran gedacht, daß es hier Hunderte erstklassiger Kämpfer gibt, kampferprobte Männer, die mit Morris' Streitkräften im Handumdrehen fertig werden würden, wenn man sie nur ließe und – was allerdings genauso wichtig wäre – wenn Ihr ihnen etwas gebt, wofür es sich zu kämpfen lohnt.«

»Von wem sprecht Ihr?«

»Ihr wißt genau, daß ich von diesen Afrikanern spreche. Um zu wissen, wie kampferfahren sie sind, braucht man sie sich bloß anzusehen. Ich habe zwar keine Ahnung, wie viele von ihnen jemals eine Muskete in der Hand gehabt haben, ich wette jedoch, es sind nicht wenige. Gliedert sie in Eure Bürgerwehr ein, und Morris' Infanteristen werden nie erfahren, wer sie eigentlich geschlagen hat.«

»Ich wäre verrückt, wenn ich diese Wilden bewaffnen und frei rumlaufen lassen würde! Sie würden die Herrschaft auf dieser Insel an sich reißen, das kann man sich doch an den zehn Fingern ausrechnen. Das wäre das Ende der Sklaverei. Und damit das Ende des Zuckers.«

»Das muß nicht unbedingt so sein. Entlohnt sie doch für ihre Arbeit und fangt an, sie wie Menschen zu behandeln. Dann braucht Ihr sie nicht zu fürchten, sondern könntet auf sie zählen.«

»Das ist doch die verrückteste Idee, die ich jemals gehört habe.« Briggs spuckte in den Sand.

»Ihr habt selbst die Wahl: Sklaverei – oder Unabhängigkeit. Entweder bringt Ihr sie dazu, Euch zu helfen, oder Ihr seid letztlich selbst Sklaven, nämlich Sklaven des Commonwealth.« Er sah Katherine an und dann wieder Briggs. »Dasselbe gilt übrigens auch für Eure Schuldknechte. Wie, zum Teufel, soll sich diese Insel gegen England behaupten, wenn es der Hälfte der Bewohnerschaft ganz gleichgültig ist, wer den Sieg davonträgt? Sorgt dafür, daß die Sklaven und die Schuldknechte im Falle

Eures Sieges nicht leer ausgehen, dann könnt Ihr gut und gern zehn- bis fünfzehntausend Männer unter Waffen stellen, während Morris vielleicht über drei- oder vierhundert verfügt. Dann wird er Barbados nie nehmen. Das ist, was ich Euch dem Rat zu übermitteln bitte.«

»Zu so etwas gebe ich mich nie her.« Briggs machte ein verschlossenes Gesicht.

»Dann übermittelt dem Admiral meine besten Empfehlungen, wenn Ihr ihn trefft, um die Kapitulationsurkunde zu unterschreiben. Ich gebe Euch höchstens noch eine Woche.« Er wandte sich zum Gehen und berührte Katherines Arm. »Katy, wenn Ihr möchtet, daß ich Euch nach Hause bringe, wartet bitte hier im Schatten der Bäume auf mich. Ich möchte nur noch rasch die Geschützwachen einteilen.«

Lautlos schlich Atiba über den nassen Sandstrand, tief geduckt, das Gesicht dem Wind ausgesetzt – genau so, wie er einst im Urwald nördlich von Ife drei Tage lang einen verwundeten Leoparden verfolgt hatte. Dieser Teil des Hafens lag so gut wie verlassen da; nur zwei Fregatten befanden sich hier noch, und beide waren auf Grund gesetzt. Bei der einen handelte es sich um das stinkende Schiff, das ihn an diesen verlorenen Ort gebracht hatte. Er haßte dieses Schiff und hatte sich geschworen, nie wieder einen Fuß darauf zu setzen. Aber seine Decks waren heute abend sowieso voll von zechenden und singenden *brancos*. Er würde sich das, was er brauchte, von dem anderen Schiff holen, von jener Fregatte, die dem großgewachsenen *Inglês* mit dem Mal auf der Wange gehörte.

Es steckte die gestohlene Machete in den Leibgurt und watete ins Wasser hinein. Als die erste salzige Welle über ihm brach, ließ er seinen Körper ins Wasser gleiten. Er wollte um das Schiff herumschwimmen, um sich ihm von der Seeseite her zu nähern.

Er dachte noch einmal über die Aufgabe nach, die er hatte. Er hatte sich nicht nach ihr gedrängt, aber er hatte sich schließlich dazu bereit gefunden, sie zu übernehmen, weil es keine andere Möglichkeit gab, die Ältesten zu beschwichtigen. Bis gestern abend hatte er nicht gewußt, wie groß ihre Angst vor den Waffen der *brancos* war . . .

»Wir müssen sein wie die Binsen und nicht wie das Gras«, hatte Tahajo, der älteste und damit angeblich auch weiseste von ihnen allen, erklärt. »Eine Binsenmatte gibt nach. Eine Grasmatte bricht in Stücke. Sei kein sprödes Gras, Atiba, sei wie die biegsamen Binsen! Tu, worum wir dich bitten.«

»Tahajos Weisheit ist überall in Ife bekannt.« Obewole, der stärkste von ihnen, hatte seine eigene Angst eingestanden. »Vergeßt nicht, daß es heißt: ›Du kannst nicht mit einem Knüppel in der Hand Krieg führen; du brauchst eine Armbrust.‹«

Atiba hatte gewollt, daß dieses Treffen, das gestern abend in seiner Hütte stattfand, der letzte Kriegsrat wäre. Die Nacht war sorgfältig als die günstigste ausgewählt worden. Es handelte sich um die vierte Nacht nach dem Neumond auf der Insel Barbados. In Ife wäre es der vierte Tag eines Neumondes gewesen und damit zugleich der letzte Tag der Woche; eine Woche bestand jeweils aus vier Tagen, von denen jeder einem der vier obersten Götter im Yoruba-Pantheon geweiht war: Shango, Obatala, Orumila und Ogun. Der Zeitpunkt, zu dem der neue Mond erschien, war wichtig, denn von ihm war vieles abhängig. Indem dieser Tag den Beginn des Monats festlegte, entschied er darüber, welche Tage Markttage waren, welche heilig waren und welcher Gott für die Geburt eines Kindes verantwortlich war.

Schweigend hatten sie in der strohgedeckten Hütte gewartet, bis die Zuckerrohrfelder in Zwielicht getaucht waren. Zwischen den hohen Palmen zwitscherten Schwalben, und Fledermäuse schossen im Dämmerlicht hin und her. Die Hitze des langen Tages lastete immer noch auf dem Land. Am fernen westlichen Horizont, wo die See sich in karibischen Dunst auflöste, hatten drei von den großen Schiffen der *Inglês*-Flotte bereits die Segel gehißt. Auch sie schienen das Erscheinen des neuen Yoruba-Mondes zu erwarten.

Atiba begann mit einer Bestandsaufnahme ihrer Waffen. Es gab Schwierigkeiten. Die Zuckerrohrmesser waren aus den Sklavenquartieren entfernt und auf den meisten Pflanzungen in den sogenannten großen Häusern eingeschlossen worden. Um sie zurückzuholen, müßte man in diese Häuser einbrechen; damit würde man den Vorteil der Überraschung aus der Hand geben.

Man könnte auch versuchen, einige von den Spießen in die Hand zu bekommen, welche die *brancos* jetzt bereithielten, um die Insel gegen die Flotte zu verteidigen; dies würde jedoch ebenfalls zu vorzeitigem Aufsehen führen.

Unsicher war auch noch, wie viele sie überhaupt sein würden. Die Yoruba hatten sich ausnahmslos bereit erklärt, an dem Aufstand teilzunehmen, und letzte Vorbereitungen waren auf der gesamten Insel mittels der *iya-ilu*-Trommel in die Wege geleitet worden. Aber was war mit den anderen Afrikanern? Die Ibo nährten einen althergebrachten Haß gegen die Yoruba, und auf den Plan zu einer Erhebung hatten sie dadurch reagiert, daß sie von einem Fuß auf den anderen getreten waren, auf den Boden gespuckt und alles abgelehnt hatten. Außerdem gab es noch Ashanti und Mandingo auf Barbados, und denen traute Atiba noch weniger als den Ibo. Die Schwierigkeiten schienen unüberbrückbar: Es gab zu viele Sprachen, zu viele Treuebande, zu viel alten Groll.

Schließlich waren die Männer in der Hütte übereingekommen, sich nur auf die Yoruba zu verlassen. Wenn der Tag des Krieges kam, vertraute man nur dem eigenen Blut und den eigenen Göttern.

Nachdem der Mond verschwunden war, hatte er die Kauris geschüttelt und gebeten, daß Ogun ihm die Niederlage der *brancos* kundtun möchte. Die Männer brauchten ein gutes Vorzeichen.

Und dieses Omen war ihnen beschert worden. Genau in diesem Augenblick war die Stille der Nacht durch Musketensalven zerrissen worden, die, gerade noch wahrnehmbar, von der Westküste herüberdrangen. Die Salven waren wie Trommelschläge gewesen, die zwar keine Worte übermittelten, deren Botschaft dennoch klar genug gewesen war. Ogun, der Kriegsgott, hatte gesprochen – nicht durch das Muster der Kauris, sondern mit seiner eigenen Stimme.

Plötzlich hatte Angst die Männer in der Hütte überkommen. Warum hatte Ogun die Frage der Kauris auf diese Weise beantwortet? Der Kriegsrat ging in verwirrtes, zielloses Gerede über. Zum Schluß hatten die Ältesten ihre Befürchtungen geäußert.

Es dürfte, hatten sie erklärt, keinen Aufstand gegen die *brancos* geben, es sei denn, der Sieg sei ihnen sicher. Tahajo erinnerte an das berühmte Sprichwort: *Aki ida owo le ohun ti ako le igbe.* — ›Man soll nicht versuchen, etwas aufzustellen, das man nicht heben kann.‹ Die anderen hatten ernst genickt, so als wäre dieser Gemeinplatz ein Ausdruck großer Weisheit.

Dann hatte der junge Derin — ein schamloser Verstoß gegen die ungeschriebenen Gesetze für den Umgang mit den Ältesten — die Stirn gehabt, ein gegenteiliges Gleichnis anzuführen: *Bi eya ba di ekun, eran ni ikpa dze.* — ›Wenn aus der Wildkatze ein Leopard wird, kann sie große Tiere verschlingen.‹ — »Wir müssen wie der Leopard werden«, hatte er gedrängt. »Wenn die *brancos* sehen, wie mutig wir sind, werden sie vor Angst schlottern, wenn wir in den Krieg gegen sie ziehen.«

Tahajo hatte ihm nachsichtig zugehört, ihm dann jedoch entgegengehalten: *Alakatanpo oju ko le ita eran pa.* — ›Wer als einzigen Bogen den seiner Augenbrauen hat, kann kein Wild erlegen.‹

So war es bis tief in die Nacht weitergegangen. Atiba war nichts anderes übriggeblieben, als die Entscheidung der Ältesten abzuwarten. Schließlich waren diese zu dem Schluß gekommen, daß sich Ogun im Krieg nur dann auf ihre Seite stellen würde, wenn sie Waffen hätten, die denen der *brancos* gleichwertig wären. Diese Botschaft hatte in dem Musketenfeuer gelegen, das losgebrochen war, als die Kauris geschüttelt worden waren. Ohne Musketen werde es keinen Aufstand geben. Atiba hatte ihnen versprechen müssen, daß er welche finden werde . . .

Mit kraftvollen Stößen durchschwamm er die Bucht. Jetzt ragte in dunklen Umrissen das verlassene Schiff des *branco* über ihm auf. Bald würde er in den Händen haben, was er suchte.

Er packte das salzverkrustete Fallreep, das an der Bordwand herunterhing, und zog sich aus dem Wasser. Ohne die Sprossen zu benutzen, hangelte er sich in die Höhe.

Geräuschlos sprang er aufs Deck. Ein rascher Erkundungsgang ergab, daß nur ein *branco* als Wache zurückgelassen worden war; er saß oben auf dem Achterdeck auf einem Stuhl und schnarchte.

Die verwitterten Stufen nur mit den Zehen berührend, huschte Atiba den Niedergang hinauf, beugte sich über den Mann und überlegte, ob er ihn töten solle.

Dann aber erinnerte er sich an die Worte, die Shango in jener Nacht in der Zuckermühle gesprochen hatte. Es würde ein schlechtes Vorzeichen sein, unschuldiges Blut zu vergießen, bevor die Rebellion überhaupt angefangen hatte. Shango hatte gefordert, nur Menschen zu töten, die ihnen Schaden zufügten. Außerdem sah Atiba jetzt, daß neben dem schlafenden Mann eine leere Flasche lag, die gewiß das starke Getränk enthalten hatte, das aus dem Zuckertrester gebrannt wurde. Dieser schnarchende *branco* würde so bald nicht wieder erwachen.

Atiba versuchte, das starke Herzklopfen zu unterdrücken, das die Erwartungsfreude in ihm wachgerufen hatte. Falls es hier an Bord Waffen gab, Musketen oder Spieße, so würde es ein leichtes sein, sich ihrer im Augenblick der Erhebung zu bemächtigen. Es wäre dann unnötig, die Plantagenhäuser zu stürmen, um sich Waffen zu verschaffen, und ihre Vorbereitungen würden in aller Heimlichkeit ablaufen können.

Er mußte an das Gerücht denken, daß der *branco*, dem dieses Schiff gehörte, zweihundert weiße Sklaven gekauft, ihnen die Freiheit geschenkt und sie dann sogar noch mit Waffen ausgerüstet hatte, damit sie gegen die Krieger der *Inglês*-Flotte kämpfen konnten. Gewiß besaß er dann mehr Musketen und Spieße als jeder andere der *branco*-Plantagenbesitzer. Wie viele von diesen Waffen mochten noch an Bord sein?

Er zog die Machete aus dem Leibgurt und hob mit ihrer Hilfe lautlos eine schwere Holztür aus den Angeln. Das Holz war alt, und die Nägel ließen sich mühelos herauslösen. Dann legte er die Machete aufs Deck und trat in die Back.

Innen war es dunkel, aber er wagte nicht, ein Licht zu entzünden. Die Gefahr war zu groß, daß hier Schießpulver lagerte, das in die Luft gehen konnte. So tastete er sich im Dunkeln vorwärts. Die Back war vollgestopft mit Gestellen, und in ihnen standen Reihen neuer Spieße und Kurzspieße – zu Hunderten. Dann stieß er mit der Hand gegen eine Reihe langer Stahlzylinder.

Musketenläufe!

Ogun hatte ihre Gebete erhört.

Dieses Schiff besaß ein Arsenal, mit dem man eine ganze Armee bewaffnen konnte – und das ihnen den Sieg sicherte. In genau sieben Tagen, an einem Tag also, der Ogun geweiht war, würde er die Männer herführen, damit sie das Schiff in ihre Gewalt bringen und sich der Waffen bemächtigen . . .

Er hatte sich schon umgedreht, um sich zum Ausgang zurückzutasten, als er die beiden Silhouetten im hellen Rechteck der Tür sah: die Umrisse eines großgewachsenen Mannes und einer *branco*-Frau.

»John, was, in drei Teufels Namen, treibst du da in der Back?« Die Stimme klang müde und verärgert. »Ist das deine Art, Wache zu schieben?«

»Hugh, Vorsicht!« Atiba erkannte die Stimme der *branco*-Frau wieder, die in jener ersten Nacht mit im Siedehaus gewesen war.

Er drückte sich lautlos gegen die Wand und ließ die Hand zu seiner Machete gleiten.

Sie war fort! Er hatte sie draußen liegenlassen, Narr, der er war!

Leise nahm er einen der Spieße aus dem Gestell und schob sich langsam in Richtung Tür.

Durch das Dunkel kam ein Schrei vom anderen Ende des Decks. Der schlafende *branco* war aufgewacht. »Bei den Wundmalen Christi, Käpt'n! Ich bin wachsam wie ein Habicht überm Hühnerstall. Ihr könnt ruhig aufhören.« Der Mann lachte. »Sonst jagt Ihr der Lady noch einen Schrecken ein.«

»John, bist du das?« Die Stimme des Großen klang verwundert und erschreckt. »Wer, zum Teufel, ist dann . . .«

Atiba machte einen Satz auf die Tür zu, den Spieß auf den großen Schatten gerichtet.

Der Mann war bereits in die Wanten zurückgewichen und hatte plötzlich eine Pistole in der Rechten. Mit der Linken schob er die *branco*-Frau in die Wanten, wo sie geschützt war. Atibas Spieß verfehlte ihn, verhedderte sich in einem Wirrwarr von Tampen, die vom Mast herunterhingen, und war damit verloren.

Atibas Blick fiel auf die Machete, die blinkend auf dem Boden lag. Er hechtete in das Dunkel des Decks, rollte sich in Blitzesschnelle zu dem Messer und ergriff es. Wieder auf den Füßen, holte er mit der Machete aus. Da hörte er einen Pistolenknall und spürte einen stechenden Schmerz in seinem Handgelenk.

Die Spitze der Machetenklinge fiel klirrend irgendwo nieder, doch der Stumpf war als Waffe noch gefährlich genug. Nun muß sich der andere auf einen Nahkampf einlassen, sagte sich Atiba, und er war froh darüber. Er sprang die schwarze Silhouette an und versuchte, mit der schartigen Klinge den Hals des großen Mannes zu treffen. Da hörte er ein unerwartetes Klicken vom Hahn der Pistole. Gleich darauf war eine harte Stimme zu vernehmen.

»Nein, bei Gott, das tust du nicht! Sonst puste ich dir den Kopf weg!« Das war so drohend ausgesprochen, daß es keiner Übersetzung bedurfte.

Er spürte die Mündung der Pistole an seiner Wange.

Doch zugleich drückte seine Klinge gegen die Gurgel des Mannes.

»Mein Gott, Briggs' Yoruba!« Der Mann wechselte sofort ins Portugiesische über. »*Felicitacão,* Senhor. Ihr seid genauso schnell, wie ich gedacht hatte. Wollen wir uns auf ein Unentschieden einigen?«

Das war der *branco*, der seine Sklaven freigelassen hatte. Der Letzte auf der Insel, den er umbringen wollte. Shango wäre empört.

»Ich meine, einer von uns muß sterben.« Er drückte die abgebrochene Klinge gegen die Gurgel und glaubte fast, das Blut unter der Haut pulsieren zu fühlen.

»Entweder keiner oder wir beide, so wahr mir Gott helfe. Überlegt es Euch also gut!«

»Ihr habt Eure Pistole aber noch nicht nachgeladen.«

»Seht Euch den Lauf an, und Ihr werdet erkennen, daß es sich um eine doppelläufige Waffe handelt.«

»Soll ich diesen diebischen Bastard einfach ins Jenseits befördern, Käpt'n?« Das war die Stimme des Mannes, der geschlafen hatte. Aus den Augenwinkeln heraus sah Atiba ihn am Fockmast stehen. Er hörte, wie der Hahn einer Steinschloßbüchse gespannt wurde.

»Nein, John. Sonst schlitzt er mir mit dem Rest seiner gottverfluchten Machete doch noch den Hals auf.« Diese Worte waren in englisch gesprochen, gleich darauf wechselte der Mann aber wieder ins Portugiesische über. »Ein Tauschgeschäft, Senhor: Leben gegen Leben.«

»In Ife sagen wir, wir können nicht in einem Haus zusammenleben, ohne miteinander zu sprechen. Aber wenn Ihr mich verratet, werdet Ihr Euch dafür vor meiner ganze Sippe verantworten müssen. Vergeßt das nicht!« Zögernd nahm er die abgebrochene Machete fort und ließ sie aufs Deck fallen.

»Laß die Muskete noch im Anschlag, John. Ich weiß nicht, ob man diesen Afrikanern trauen kann.» Und dann wieder auf portugiesisch: »Leben gegen Leben. Abgemacht.« Er senkte die Pistole und steckte sie sich dann in den Leibgurt. Ruhig zog er eine in den Wanten hängende Laterne herunter und zündete sie mit Hilfe eines Feuersteines an. Ein warmer Lichtschein fiel auf die offene Tür der Back und auf das sonnengebräunte Gesicht der *branco*-Frau. »Und jetzt macht, daß Ihr fortkommt – und ich will vergessen, daß Ihr hiergewesen seid. Wenn Briggs je dahinterkommen sollte, wird er Euch vermutlich so lange auspeitschen lassen, bis Ihr nur noch rohes Fleisch für seine Hunde seid.« Der *branco* schaute ihm in die Augen. »Aber das wißt Ihr vermutlich selber. Ich verneige mich vor Eurem Mut, Senhor! Um ganz ehrlich zu sein: Ich habe schon einmal mit dem Gedanken gespielt, mir von Euch helfen zu lassen.«

»Ich Euch helfen?« Er studierte das Gesicht des *branco*. »Wobei helfen?«

»Wenn Ihr nicht zu eigensinnig wäret, Befehle entgegenzunehmen, hätte ich vorgehabt, einen erstklassigen Kämpfer aus Euch zu machen. Vielleicht hätte ich Euch in einem kleinen Krieg, den ich auf eigene Faust zu führen gedenke, zu meinem Stellvertreter gemacht. Gegen die Spanier.« Die Umrisse des Mannes hoben sich gegen das blasse Licht ab. »Ich hatte gehofft, wir könnten *mit*einander statt gegeneinander kämpfen.«

»Aus dem Munde eines *branco* klingt diese Idee merkwürdig.«

Er betrachtete die Narbe auf der Wange des großen Mannes. »Aber Ihr tragt ein Zeichen auf Eurer Wange, das dem Sippenzeichen der Yoruba ähnelt. Vielleicht hat der Ort, wo Ihr es bekommen habt, Euch auch etwas Brüderlichkeit gelehrt.«

»Das ist schon lange her – aber vielleicht hat er das wirklich getan. Auf jeden Fall weiß ich, daß ich jeden Menschen als Bruder betrachte, der mir gefällt. Zu denen habt Ihr auch einmal gehört, Senhor. Bis Ihr heimlich auf mein Schiff kamt und mich umzubringen versuchtet. Und jetzt wird es wohl das beste für Euch sein, Ihr sagt mir, was Ihr hier macht.«

»Ich wollte mir Euer Schiff ansehen.«

»Nun, das habt Ihr ja jetzt getan. Außerdem habt Ihr ein paar Türangeln losgerissen.«

»Die werde ich wieder anbringen.« Er lächelte. »Wer das Rasiermesser umwickelt, hält es scharf.«

Der Mann stutzte einen Moment lang, dann begriff er. Schließlich drehte er sich um und sagte auf englisch zu dem fetten *branco* mit der Muskete: »John, hol einen Hammer und ein paar Nägel vom Unterdeck. Du weißt doch, wo der Schiffszimmermann sein Werkzeug verwahrt.«

»Meint Ihr das im Ernst, Käpt'n?« Der dicke *branco* rührte sich nicht vom Fleck. »Wollt Ihr wirklich, daß ich nach achtern gehe? Und wer hält unterdessen die Muskete, mit der ich auf diesen Bastard ziele!«

»Die werde ich so lange nehmen.« Die *branco*-Frau trat vor.

»Gib sie ihr.«

»Ihr solltet gut aufpassen, Käpt'n.« Der Dicke zögerte noch. »Ich glaube, der da könnte Euch fast das Wasser reichen.«

»Hol nur den Hammer, John!«

»*Aye.*« Widerstrebend reichte er der Frau die Muskete und ging dann, sich immer wieder umblickend, auf die Luke zu.

Atiba beobachtete, wie er in der Luke verschwand, und drehte sich dann wieder zu Winston. »Ihr besitzt zwar keine Sklaven, Senhor. Aber Ihr unternehmt auch nichts gegen die Leute auf dieser Insel, die Sklaven halten.«

»Die Verhältnisse auf dieser Insel gehen mich nichts an. Andere Menschen können tun, was sie wollen.«

»In Ife sagen wir: Wer dem tanzenden Narren den Takt klatscht, ist selbst nicht besser als der Narr.« Er warf einen Blick zurück auf die Waffen, die hinter ihm gestapelt waren. »Wenn Ihr nichts unternehmt, um ein Unrecht zu sühnen, macht Ihr Euch dann nicht mitschuldig?«

Jetzt erst schien der Mann zu verstehen, was Atiba von ihm wollte. Wortlos ging er hinüber und schob die Tür vor den Eingang. »Ich glaube zu wissen, was Eure ganze Trommelei und das, was heute abend hier passierte, bedeutet: Ihr plant irgendeinen Aufstand. Ich werde Euch nicht helfen, und der Teufel soll mich holen, wenn ich zulasse, daß Ihr meine Musketen benutzt.« Er griff nach der Laterne und stellte sie richtig ein. »Ich habe alles getan, um die Sklaverei zu beenden, aber auf dieser Insel will kein Mensch auf mich hören. Und deshalb: Was immer Ihr tut, es ist Eure eigene Angelegenheit.«

»Aber ohne Waffen haben wir keine Chance, unsere Freiheit zurückzugewinnen.«

»Ihr habt so und so keine Chancen. Wenn Ihr meine Musketen stehlt, wird nur eine Menge Menschen sterben, bevor Ihr Euch ergeben müßt und aufgeknüpft werdet.« Atiba beobachtete, wie der dicke Mann aus der Luke auftauchte. »Ich würde Euch nicht gerne hängen sehen, Atiba der Yoruba.«

»Was hat der Wilde zu seiner Entschuldigung vorzubringen, Käpt'n?« Der Mann hatte einen Hammer in der Hand. »Wollte der etwa eine dieser neuen Steinschloßbüchsen klauen, die wir uns vor Nevis geholt haben?«

»Ich glaube, er war nur auf Erkundungstour, John.« Er sprach jetzt wieder englisch. »Hilf ihm, die Tür wieder einzusetzen, und zeig ihm, wie die Angeln befestigt werden.«

»Wie Ihr wollt, Käpt'n. Aber laßt ihn bitte nicht aus den Augen, sonst bringt der uns noch beide um.«

»Katy, halte ihn in Schach.«

»Mein Gott, der kann einem aber wirklich Angst einjagen. Worüber habt ihr denn geredet?« Sie blickte ihn mit großen Augen an.

»Das erzähle ich dir besser später.« Er warf einen Blick auf Mewes. »John, gib ihm den Hammer.«

Sichtlich widerstrebend übergab der dicke *branco* Atiba den Hammer und setzte dann, stets auf der Hut, die Tür in die Angeln. Nach einigen raschen, kräftigen Hammerschlägen war die Tür wieder eingefügt und ließ sich sogar besser bewegen als vorher.

»Kehrt jetzt zurück auf Briggs' Plantage. Und betet zu Euren Göttern, daß er nie herausfindet, wo Ihr heute nacht wart.« Winston hob die Machete auf und reichte sie ihm. »Nehmt sie. Ihr werdet sie brauchen.«

»Ihr wißt, daß wir mehr brauchen.« Atiba nahm den Machetengriff in die Hand und drehte die zerbrochene Klinge im Licht hin und her, dann steckte er die Waffe wieder in den Leibgurt.

»So ist es recht. Ihr müßt lernen zu warten. Diese Insel ist nahe daran, von der neuen Regierung Englands in die Knie gezwungen zu werden. In gewisser Weise geschieht das auch Euretwegen. Wenn die Regierung dieser Insel stürzt, könnte es sein, daß mit der Sklaverei etwas geschieht – auch wenn ich nicht weiß, wie diese neue Lösung aussehen wird.« Er nahm die Laterne aus den Wanten. »Aber eins versichere ich Euch: Wenn Ihr jetzt anfangt, Weiße umzubringen, werdet Ihr nicht mehr lange leben – ganz egal, wer hier herrscht.«

»Ich will nicht weiter als Sklave leben.«

»Das kann ich gut verstehen. Aber Ihr werdet Euch bei dem Versuch, Euch umbringen zu lassen, nicht meiner Steinschloßmusketen bedienen.« Er beleuchtete das Fallreep mit der Laterne und forderte Atiba mit einer Handbewegung auf, hinabzuklettern in das seichte Wasser. »Versucht nie wieder, Musketen von meinem Schiff zu stehlen! Merkt Euch das!«

Atiba schwang ein Bein über das Schanzkleid und hielt sich an einem Doodshoft fest. »Ich glaube, im entscheidenden Moment werdet Ihr uns doch helfen. Ihr sprecht wie ein Yoruba.«

Wasser spritzte auf, und er verschwand im Dunkel.

»Beim Blute Christi, Käpt'n, der konnte einem ganz schön Angst einjagen.« Unruhig blickte Mewes ihm nach. »Ich hatte das Gefühl, er kannte Euch.«

»Ich hatte ihn bereits ein- oder zweimal gesehen.« Hugh ließ sich von Katherine die Muskete geben und reichte sie Mewes zurück. Dann löschte er die Laterne. »Komm, Katy. Laß uns einen Brandy trinken.«

»Ich könnte zwei gebrauchen.«

Als sie die Kajütentreppe hinaufstiegen, drehte er sich noch einmal zu Mewes um. »Übrigens, John, es wär' vielleicht ganz angebracht, keinem Menschen gegenüber zu erwähnen, daß er hier war. Kann ich mich auf dich verlassen?«

»*Aye*, wie Ihr wollt.«

Er legte Katherine den Arm um die Taille und stieß die Tür zur Kapitänskajüte auf. Drinnen war es heiß und stickig.

»Ich habe das Gefühl, dieser Afrikaner denkt sich, er kann noch mal herkommen und sich die Musketen doch noch holen, Katy. Aber er wird sie nicht bekommen.«

»Und wie willst du es verhindern?« Sie griff nach hinten und nestelte, ein leises Pochen in der Brust, an den Bändern ihres Mieders herum.

»Ich werde dafür sorgen, daß er statt dessen eine Überraschung erlebt.« Er steckte die Lampe an, zog sich dann das verschwitzte Wams aus und warf es in eine Ecke. »Lassen wir das. Jetzt möchte ich erst einmal dich genießen.« Er schlang ihr die Arme um den Körper und zog sie an sich. Während er sie küßte, schnürte er ihr das Mieder auf. »Willkommen wieder an Bord!« flüsterte er ihr ins Ohr.

Dreizehntes Kapitel

Mit jedem Schritt, den Jeremy machte, kam ihm der von Bäumen gesäumte Pfad, der von Oistins Bay landeinwärts führte, gefährlicher und fremder vor. Warum wirkten die Baumstümpfe am Wegesrand heute so beklemmend auf ihn? Wieso erinnerte er sich nicht mehr der Stellen, an denen die Pfützen auch während trockener Perioden nie ganz verschwanden, sondern sich zu stinkendem Schlamm verdichteten? Zu Pferde hatte er diesen Weg viele Male zurückgelegt, doch wo er ihn jetzt zu Fuß bewältigen mußte, die Stiefel noch naß von der Brandung, hatte er das Gefühl, sich fast an nichts mehr erinnern zu können.

Dieses dunkle Gewirr aus Palmen und Dornenranken konnte doch unmöglich der Weg nach Hause sein.

Und doch war es der Weg nach Hause. Die hochgelegene Plantage von Anthony war ein bewaldetes Areal von einhundertundachtzig Morgen, das bis zu einer Meile heranreichte an Oistins Bay – eine buntscheckige Ansammlung von schindelgedeckten Schenken und blockhausähnlichen Tabakschuppen auf der südlichen, dem Wind zugekehrten Seite der Insel. Der kleine Hafen von Oistins sah gelegentlich den Besuch einer holländischen Fregatte oder eines kleinen Kauffahrteischiffes aus Virginia oder Neu-England. Um mehr und größere Schiffe hierherzulocken, hätte es weit mehr Tabak und Baumwolle geben müssen. Für eine Schaluppe, die, von der Flotte kommend, einen einzelnen Menschen an Land setzen wollte, gab es in Oistins Bay dagegen einen idealen Landeplatz.

Jeremy erreichte einen ihm vertrauten Palmenbogen, wo er sich nach rechts wandte. Hier begann der lange Aufstieg über einen kniehoch von Unkraut überwucherten Pfad, der durch Bäume hindurch zum Haus hinaufführte. Die Steinschloßflinte fest in der Hand, lauschte er dem Gezirp der Grillen und dem bedrohlichen Geraschel der Landkrabben. Bekümmert dachte er daran, daß er der einzige Mensch auf Barbados war, der genau wußte, was ihnen bevorstand. Der Befehlshaber der englischen Flotte hatte ihn an Bord der *Rainbowe* präzise darüber informiert. Was Anthony wohl dazu sagen würde!

Er versuchte, sich noch einmal ins Gedächtnis zu rufen, was eigentlich geschehen war. Seinen Anfang hatte es vor zwei Tagen genommen, als Admiral Calvert ihm den ersten Krug über den Tisch geschoben hatte . . .

»Erlaubt mir, Euch zu sagen, daß es mir wirklich eine Ehre ist, mit Euch anzustoßen, Master Walrond.« Calverts Augen hatten vor Entschlossenheit aufgeglüht, als er sich auf dem Stuhl zurückgelehnt und wie abwesend an seinen weißen Spitzenmanschetten herumgezupft hatte. Er hatte ein schwarzes Wams mit breiten weißen Epauletten und einem makellos weißen, mit Spitzen besetzten und flach aufliegenden Leinenkragen getragen.

»Ich freue mich, daß ich endlich einen gebildeten Menschen aus dieser mörderischen Siedlung kennenlernen und mich mit ihm unterhalten darf.«

Jeremy erinnerte sich, vorsichtig einen Schluck Brandy getrunken zu haben in der Hoffnung, daß dieser ihm den Schmerz über die erfahrene Demütigung ein wenig lindern würde. Noch hatte er die Schreie der Sterbenden im Ohr, die Musketensalven und die Flüche der gegnerischen Infanteristen in den Beibooten. Doch der Brandy ließ nur die entsetzliche Erinnerung an den Mann wiederaufleben, den er vor noch nicht einer Stunde getötet hatte – einfach dadurch, daß er mit dem Finger den Abzug seiner Büchse durchgedrückt hatte, die jetzt so unschuldig zwischen ihnen auf dem Eichentisch lag.

»Die Frage, die wir uns alle stellen müssen, lautet doch, wie lange dieser unhaltbare Zustand, daß Engländer auf Engländer schießen, noch anhalten soll.« Calvert hatte diese Frage mehr an sich selbst gerichtet als an die beiden anderen im Raum. Colonel Morris, dessen Gesicht noch verschmiert war von Pulverdampf, hatte nichts gesagt, war aber offensichtlich ungeduldig, weil Verwundete versorgt werden mußten. Jeremy hatte überlegt, warum Morris überhaupt hier war. Und wo war der unverschämte Vize-Admiral, der ihn zu erniedrigender Schwerstarbeit unter Deck hatte verdonnern wollen? Und was verbarg sich eigentlich hinter Calverts nur allzu warmherzigem Lächeln? Der Admiral fuhr jetzt fort: »Der Bürgerkrieg ist vorbei – möge der Allmächtige ihn uns verzeihen –, und es wird allerhöchste Zeit, daß wir anfangen, die Wunden zu heilen.«

Als sich wiederum Schweigen über sie legte, hatte Jeremy auf die Geräusche geachtet, die zu ihm drangen. Zum erstenmal wurde er gewahr, daß die Decksplanken knarrten, während die *Rainbowe* am Anker zerrte. Nach so viel Tod und Sterben, so ging es ihm durch den Kopf, wird man sich der Stille viel deutlicher bewußt. Die Sinne sind geschärft. Ob es den Tieren des Feldes wohl genauso geht wie uns? Empfindet auch ein so einfaches Geschöpf wie der Hase intensiver, wenn die Meute sich bellend auf seine Fährte gesetzt hat und er sich zitternd ins Gras duckt?

Er fragte sich, was er tun würde, wenn die Muskete auf dem Tisch geladen und in seiner Reichweite wäre. Würde ich sie an mich reißen und diesen Mann hier vernichten, der gekommen ist, um den letzten sicheren Ort auf Erden, der mir noch geblieben ist, zu erobern?

Er bemühte sich noch, das schmerzliche Hämmern in seinen Schläfen zur Ruhe zu bringen, als Calvert fortfuhr: »Ich bin nur ein schlichter Seemann, Master Walrond, und spreche, wie mir der Schnabel gewachsen ist. Obwohl mein Vater am Hof Eures verstorbenen Königs Dienst tat und es ertragen mußte, daß seine katholische Königin zwischen ihren halbnackten Isebels einherstolzierte, habe ich mich für diese Dinge nie interessiert. Was mich aber interessiert hat, das waren die vielen, vielen Gefallenen, für die dieser König verantwortlich war – und war er noch so sehr in Samt und Seide gekleidet, und hatte er noch so prächtige Locken.«

Unvermittelt stand Calvert auf, um auch Morris einen Krug einzuschenken. Dann kehrte er auf seinen Platz zurück. »Und jetzt deutet alles darauf hin, daß die leidige Geschichte noch nicht zu Ende ist, daß es vielmehr hier in der Neuen Welt noch mehr Tote geben wird. Aber welchen Sinn hat das? Das frage ich Euch, Sir. Wir beide wissen, daß die Insel nicht für immer standhalten kann. Mit unserer Blockade haben wir ihr die Luft abgeschnürt. Ich weiß, daß es Euch an Fleisch und Brot mangelt, während wir uns eingedeckt haben mit dem Proviant, den diese Holländer dankenswerterweise mit sich führten. Infolgedessen schlagen sich meine Leute den Bauch voll mit Kapaun und Portwein, während Euren Pflanzern der Magen knurrt, weil sich ihre Vorräte auf Tabak und Zuckerrohr beschränken. Ihr habt Euch nie ernsthaft bemüht, auf der Insel Lebensmittel anzubauen, denn die konntet Ihr ja immer von den holländischen Pfeffersäkken kaufen. Jetzt erweist sich das für Euch als Fallstrick.«

Ein sardonisches Grinsen umspielte Calverts Augen. Als Morris sich anschickte, das Wort zu ergreifen, hielt Calvert den Colonel mit einer Handbewegung davon ab. »Allerdings«, fuhr er fort, »haben wir nicht vor, einfach dazusitzen, die Hände in den Schoß zu legen und abzuwarten. Colonel Morris hier wird Euch sagen, daß er nicht mehr ruhig schlafen wird, bis diese Insel sein ist. Bei Tagesanbruch wird er seine erste Beschießung anordnen, und zwar hier in Jamestown, wo er die Artillerie vernagelt hat. Ihr werdet mit eigenen Augen sehen, wie Jamestown in Feuer und Flammen aufgeht und spätestens morgen abend in Trümmern liegt. Nein, Colonel Morris ist anders als ich: Er ist kein geduldiger Angler vom Lande, der dasitzt und darauf wartet, daß ein Fisch anbeißt. Colonel Morris ist jemand, der ohne viel Fackeln ins Wasser steigt und sich seinen Barsch eigenhändig rausholt.«

Calvert seufzte, stand auf und öffnete das Heckfenster. Kühle Luft flutete in den Raum, aber auch das Stöhnen der Verwundeten vom Deck über ihnen war jetzt vernehmbar. Jeremy bemerkte, daß die Fenster durch eine Kanonenkugel stark beschädigt waren und statt mit bleigefaßtem Glas provisorisch mit Holz ausgebessert worden waren. Mit angespannter Miene lauschte Calvert einen Augenblick hinaus, dann schloß er das Fenster wieder und kehrte zurück. »Aber ich frage Euch: Was für einen Sinn soll das alles haben, Master Walrond?«

»Ihr werdet Barbados nie einnehmen, ob mit oder ohne Blokkade.« Jeremy hatte versucht, Calverts finsterem Blick standzuhalten. »Cromwell und seiner Pöbel-Armee werden wir uns nie ergeben.«

»Ach, glaubt mir, Ihr werdet es doch tun, oder ich will kein Christ sein. Die einzige Frage ist, *wann* Ihr Euch ergebt.« Er hielt inne und runzelte die Stirn. »Und auf welche Weise es geschehen wird. Soll ich mich denn gezwungen sehen, dieses Eiland zu demütigen, bis nichts mehr davon übrig ist, soll ich die Häfen mit Artilleriefeuer belegen und die Ernte in Flammen aufgehen lassen? Ich habe das Gefühl, man ist sich hier nicht ganz im klaren darüber, was dieser Insel noch bevorsteht. Deshalb wird es Zeit, daß sich jemand das einmal sagen läßt und gut zuhört. Ich bin mit friedlichen Absichten und in der Hoffnung hergekommen, daß Eure Freisassen-Versammlung und der Gouverneur so vernünftig sein würden, das Commonwealth anzuerkennen. Für den Fall, daß ihr diese Anerkennung verweigert, habe ich Order, Barbados in die Knie zu zwingen und dafür zu sorgen, daß auch das letzte Widerstandsnest ausgeräuchert wird. Und Ihr sollt wissen, daß ich nicht die Absicht habe, ewig hierzubleiben. Nach mir werden andere kommen, und der entschlossene junge Mann, den Ihr auf Deck kennengelernt habt, mein Vize-Admiral, könnte sehr wohl geltend machen, daß die einzige Möglichkeit, geordnete Verhältnisse zu gewährleisten, darin besteht, hier eine ständige Garnison einzurichten. Der macht mit einem Royalisten nicht viel Federlesens; um jemanden aufzuknüpfen, braucht er nicht mehr Zeit als dafür, ein Rebhuhn in die Jagdtasche zu stecken. Macht Euch einmal darüber Gedanken, wie es hier aussehen könnte, wenn Ihr mich zwingt, ihm freie Hand zu geben.«

Jeremy spürte, daß Calvert ihn förmlich mit seinem Blick durchbohrte. »Aber ich bin der Meinung, Master Walrond, daß Barbados und die ganze Neue Welt Besseres verdient haben.« Rasch blickte er zu Morris hinüber. »Und ich bin überzeugt, unser Colonel hier ist mit mir einer Meinung. Keiner von uns beiden möchte, daß Feuer und Schwert hier das Regiment führen. Und ich darf wohl davon ausgehen, daß es auf der Insel niemanden gibt, der anders denkt. Aber die Insel braucht offenbar jemanden, der unsere Entschlossenheit begreift, sich klarmacht, wozu wir hier sind, und auf die Stimme der Vernunft hört — sonst ist Eure Siedlung dem Untergang geweiht, und dem Rest der Neuen Welt wird es nicht anders ergehen.«

»Da wir uns nicht beugen werden, wird es so wohl kommen — falls Ihr denn meint, Ihr habt die Mittel, das durchzusetzen.« Jeremy hatte sich stolz in dem Stuhl aufgerichtet. »Und falls Ihr versucht, noch einmal auf der Insel zu landen, so werden wir Euch gebührend empfangen, so wie heute nacht.«

»Aber warum denn nur so tollkühn, junger Mann? Ich habe doch nichts dagegen, daß es auf der Insel Leute gibt, die für das Commonwealth nichts übrig haben. Ihr sollt wissen, daß wir von der Neuen Welt nichts weiter wollen, als Hand in Hand mit ihr zusammenzuarbeiten; wir wollen keine Knechtschaft.« Er senkte die Stimme. »In Gottes Namen, Sir, diese Insel braucht doch nur dieses aufrührerische Gerede zu beenden und übereinzukommen, das Parlament anzuerkennen, dann können wir auf jedes weitere Blutvergießen verzichten . . .«

Danach hatte Calvert sein neues Angebot umrissen. Die Bedingungen dieses Angebots waren – das hatte er wieder und wieder betont – weit großzügiger, als irgend jemand auf der Insel es erwartete. Besonders nachdrücklich hatte er darauf hingewiesen, daß Jeremy Walrond an der Wasserscheide der Geschichte stand. Auf der einen Seite Krieg, Hunger und Schande, auf der anderen Mäßigung – und eine neue Zukunft . . .

Vor ihm ragten die Holzgiebel des Herrenhauses der Walrond-Plantage aus dem Dunkel auf. Linkerhand waren durch die Bäume hindurch die strohgedeckten Hütten der Schuldknechte zu erkennen. Rauchige Feuer hier und da zeigten ihm, daß einige der Diener oder ihre Frauen noch auf den Beinen waren und Maisbrei fürs Abendessen bereiteten. Auf dem Weg war alles ruhig; die wenigen Truthähne und Schweine, die den Schuldknechten noch geblieben waren, befanden sich schon in ihren Verschlägen. Das einzige Geräusch war das Sirren ganzer Wolken von Moskitos, jenen tückischen Schwirrflüglern, deren Stich Quaddeln hervorrief, die einen mindestens einen ganzen Tag lang belästigten, ehe sie wieder abschwollen. Mit ihren winzigen Hörnern sandten sie ganze Chorgesänge durch die Nacht. Von einem Schweinestall hinter den Wohnungen der Schuldknechte kam in der Abendstille ein feiner säuerlicher Geruch von vermodernden Maiskolben zu ihm herüber; aus der Richtung der kleinen Gemüsegärten weiter hinten trieb der Wind den noch durchdringenderen Gestank menschlicher Exkremente herbei.

Er vernahm gelegentliche Stimmen im Dunkel, Flüche von den Männern und gesummte irische Lieder von den Frauen, doch er passierte den Hof der Schuldknechte, ohne gesehen oder gehört zu werden. Hinter den halboffenen Fensterläden des Herrenhauses schimmerten Kerzen. Das bedeutete, so stellte er erleichtert fest, daß Anthony zu Hause war und den Zinnleuchter über dem Eichenholztisch im Eßzimmer angezündet hatte.

Einen Moment lang blieb er stehen, um sich zu sammeln und Atem zu schöpfen, dann ging er an der Säulenhalle vor dem Haus vorbei zum Dienstboteneingang, der rückwärtig gelegen war. Er hatte guten Grund, seine Heimkehr zu verheimlichen. Was er zu sagen hatte, war für Anthony bestimmt – für ihn und sonst niemanden.

Als er an einem der Fenster vorüberkam, konnte er eine am Tisch sitzende Gestalt erkennen, die einen Krug in der Hand hielt. Der Mann trug einen braunen seidenen Rock mit Puffärmeln und ein weißes Tuch um den Hals. Sein dunkelbrauner Hut lag neben ihm auf dem Tisch, die weiße Feder daran schimmerte im dämmrigen Licht.

Im Weitergehen bemerkte er, daß aus dem Kamin der im hinteren Teil des Hauses liegenden Küche kein Rauch aufstieg. Dies bedeutete, daß Anthony die Dienstboten bereits zur Nacht entlassen hatte. Er hätte zu keinem günstigeren Zeitpunkt kommen können.

Als er den Hintereingang erreicht hatte, stellte er zufrieden fest, daß die Tür nur angelehnt war. Wie gewöhnlich war die Dienerin nachlässig gewesen, als sie sich mit Fleischbrocken von Anthonys Tafel davongeschlichen hatte, um mit ihnen das eigene kärgliche Mahl zu würzen.

Vor der Tür blieb er stehen und blickte zu den Sternen auf. Der Himmel über Barbados erinnerte ihn immer wieder an jenen Abend vor vielen Jahren, da er zum erstenmal aus der Ferne London erblickt hatte – ein Schmuckkästchen mit winzigen Glitzersteinen, verheißungsvoll auf Reichtümer, Intrigen und delikate Geheimnisse hinweisend. Er hatte sich gefragt, was ihn dort inmitten dieser Londoner Lichter, dieser vielen tausend flackernden Kerzen und Kutschlaternen wohl erwartete. Ob es dort wirklich so freudig und beschwingt zuging, wie es den Anschein hatte? Oder sollte es dort auch Elend geben, genauso tief und unabwendbar wie sein eigenes Elend?

Eine Antwort auf diese Frage hatte er nie erhalten. Doch jetzt breitete sich dieser Baldachin aus Sternen über einem Ort des Haders und des Kummers aus . . .

Leise stieß er die aus dicken Bohlen bestehende Tür auf und schlich hinein. Der Flur war schmal und unbeleuchtet, doch ferne Kerzen ließen auf seinen Wänden Schatten tanzen. Er wußte, daß Anthony immer dann, wenn er besonders niedergeschlagen war, zusätzliche Wachsstöcke entzündete, so als könnten die Lichter seine Lebensgeister neu beleben.

Als Jeremy durch den einfach gearbeiteten Türbogen ging, der in den Hauptraum führte, sah er, wie die am Tisch sitzende Gestalt erschrocken zusammenzuckte und nach der auf dem Tisch liegenden Pistole griff.

»Bei Gott, was . . .«

Dann aber wurde der Stuhl zurückgestoßen, und der Mann stürmte mit ausgebreiteten Armen auf ihn zu. »Jeremy! Bei den Wundmalen Christi, du bist es! Wo, in Gottes Namen, hast du gesteckt?« Anthony umarmte ihn. »Wir hörten, Morris und die Rundköpfe hätten dich mitgenommen.« Er trat zurück und schaute ihn an, fassungslos und freudig zugleich. »Geht es dir gut, Junge? Bist du verwundet worden?«

»Ich bin bei Admiral Calvert auf der *Rainbowe* gewesen.« Der Klang seiner eigenen Stimme ließ ihn zusammenfahren.

»Wo bist du gewesen?« Anthonys Augen wurden etwas schmaler. »Dann hast du also fliehen können? Wie? Hast du ein Beiboot entwendet? Um der Liebe Gottes willen, Junge, was ist passiert?«

Ja, was war passiert?

Er wäre fast in Lachen ausgebrochen über diese Frage. Was sollte denn schon ›passieren‹ . . .? Das Leben geht weiter, ganz von sich aus, und es reißt einen mit, ob man will oder nicht.

Wortlos stellte er seine Steinschloßbüchse in die Ecke neben das Regal, in dem bereits Anthonys Gewehre standen, drei Luntenmusketen und zwei Steinschloßbüchsen, und ließ sich auf einen leeren Stuhl am Tisch fallen. »Ich habe Durst.« Verwirrt ließ er den Blick durch den Raum schweifen: Alles erschien ihm so neu. Für die letzten beiden Tage – sie kamen ihm fast wie eine Ewigkeit vor – war das Leben für ihn ein Schiff gewesen. »Haben wir Brandy?«

»*Aye*, im Sideboard steht eine Flasche, wie immer.« Erstaunt betrachtete Anthony ihn. Jeremy trank selten etwas Stärkeres als Madeira-Wein. »Was ist denn, Junge? Um Gottes willen, laß hören!«

Den Krug in der Hand, stellte Jeremy fest, daß ihn der erste

Teil der Erzählung ziemlich mühelos über die Lippen kam: der Hauptmann von den Rundköpfen, den er getötet hatte, der Zorn, das Entsetzen, die mangelnde Disziplin der Männer im Graben. Er schaffte es sogar, unverblümt zu berichten, wie er in Gefangenschaft geraten war: daß er es verabsäumt hatte, den Befehl zum Rückzug zu geben, und daß ihm dann die eigene Muskete ins Gesicht losgegangen war. Schließlich kam er zu jener Stelle, da er Admiral Calvert begegnet war, und hier geriet er ins Stocken.

»Nun, Junge, und was passierte dann? Morris wußte, wer du warst, sagst du?«

»*Aye*, und er hat von dir gesprochen.« Jeremy sah seinen Bruder an. »Mit beträchtlichem Respekt sogar, um der Wahrheit die Ehre zu geben.«

»Ein elender Ränkeschmied, dieser Dick Morris, der nie die Wahrheit sprechen würde, selbst wenn er könnte.« Anthony lehnte sich vor und betrachtete seinen Krug. »Allerdings bekomme ich allmählich Angst, daß er vielleicht doch das letzte Wort in dieser Sache haben wird.« Er blickte auf. »Was hast du über ihre Truppen herausfinden können? Hältst du es für möglich, daß sie einen weiteren Landungsversuch unternehmen?«

»Ja, sie sind dazu imstande. Und sie *werden* ihn unternehmen. Sie haben den Proviant von den Holländern, und Calvert behauptet, sie könnten wochenlang aushalten. Aber er sagt, daß er nicht so lange warten wird. Er plant eine Invasion.«

»*Aye*, das hatte ich schon befürchtet. Wenn er es tatsächlich tut, dann gnade uns Gott! Bei dieser verdammten Bürgerwehr desertieren von Tag zu Tag mehr Leute. Diese Freisassen scheinen seit Jamestown zu glauben, jetzt hätten sie genug getan. Sie sagen: Sollen doch beim nächstenmal andere kämpfen – dabei ist doch sonst niemand da. Wir haben sogar schon Schwierigkeiten, genügend Männer bei der Stange zu halten, um die Feldschanzen bemannen zu können.« Verärgert kratzte er sich an der Augenklappe. »Ich hoffe, wir können sie noch einmal zurückwerfen, falls sie es erneut wagen. Aber diesmal wird es zu einer offenen Feldschlacht kommen, so wahr Gott mein Zeuge ist.«

Jeremy leerte den Krug, stand auf und trat mit wackligen

Beinen ans Sideboard. Die Flasche Brandy war noch halb voll. Am liebsten hätte er sie auf der Stelle ausgetrunken. »Admiral Calvert hat mir erzählt, was sie vorhaben.« Er schenkte sich nach und stellte die Flasche zurück. Nachdem er einen kräftigen Schluck genommen hatte, kehrte er, Anthonys Blick ausweichend, zu seinem Stuhl zurück. »Ich wünschte, alle Mitglieder des Rates und der Versammlung hätten gehört, was er sagte.«

»Was hat dieser verbrecherische Rundkopf getan? Hat er dir gedroht und dich dann in der Hoffnung zurückgeschickt, du könntest mich irgendwie täuschen?« Anthony sah auf. »Jeremy, dieser Mann ist ein gemeiner Schuft, der seinen König verraten hat. Sein Vater hat am Hofe von Charles gedient, und Edmond Calvert wurde einzig und allein deshalb zum Ritter geschlagen, weil er George Calverts Sohn war. Und als sich Prinz Rupert und die Navy für den König erklärten, nahm er sein Schiff und lief zum Parlament über . . .«

»Nein, er hat mir nicht gedroht.«

Plötzlich flossen Jeremys Worte wieder. Präzise gab er Calverts Bericht wieder. Cromwell habe vor, den Rat und die Versammlung aufzulösen und Powlett als Gouverneur einzusetzen, falls sich die Insel nicht ergab. Außerdem würde eine Garnison errichtet werden. Darüber hinaus würde Powlett die Möglichkeit erhalten, treue Puritaner unter den Inselbewohnern mit den Gütern widerspenstiger Royalisten zu belohnen; Anthony Walrond mußte also damit rechnen, abermals sein ganzes Land zu verlieren.

Nachdenklich hörte der ältere Walrond bis zum Ende zu. Dann leerte er langsam seinen Krug. »Das ist die endgültige Demütigung. Cromwell – Gott möge ihn zur Hölle schicken – ist nicht damit zufrieden, daß er Seine Königliche Majestät enthauptet hat. Nein, jetzt muß er auch noch alles daransetzen, die treuen Untertanen Seiner Majestät zu schikanieren.«

»Aber das braucht nicht so zu sein.« Jeremy setzte den Krug ab. Seine Hände zitterten, als wollten sie das Flackern der Wachsstöcke nachahmen.

»Irgend etwas hast du mir bis jetzt verschwiegen, nicht wahr? Du hast noch nicht gesagt, wer dich an Land gesetzt hat. Du bist gar nicht geflohen, oder?« Von plötzlicher Bestürzung erfüllt, starrte Anthony ihn an. »Ich wette, du wurdest zurückgeschickt. Aber warum?«

»*Aye.* Ich werde es dir erzählen.« Er stand auf und griff in die Tasche seines Rockes. Der Brief war noch da, das Wachssiegel drückte sich warm gegen seine Brust. »Das ist für dich.«

Er ertappte sich bei dem Wunsch, er hätte das Schreiben verloren, obwohl er auf der anderen Seite aus ganzem Herzen wünschte, daß diese Botschaft ihre Rettung bedeutete. Sie war ein Geschenk Gottes. Und dennoch schien sie ihm jetzt etwas von einem Teufelswerk an sich zu haben.

»Was ist das, Jeremy?« Anthony starrte auf den Umschlag. »Irgendeine Drohung, um auch mir Angst einzujagen?« Mit entschlossener Miene stand er auf. »Dann können sie sich Tinte und Papier sparen.«

»Admiral Calvert hat mich gebeten, dir dies zu geben. Er und Colonel Morris sagten, zwar wärest du ihr entschiedenster Gegner, aber sie wüßten auch, daß du ein Gentleman bist. Sie sagten, du wärest der einzige auf der Insel, von dem sie glauben, daß sie ihm vertrauen können. Und du wärest der einzige, der verhindern könne, daß Barbados von Cromwell ruiniert und als Folge die gesamte Neue Welt auf Jahre hinaus mit einem mörderischen Krieg überzogen werde. Wobei sie doch nur diese Angelegenheit regeln und dann davonsegeln wollten.«

»Erwarten sie von mir etwa, daß ich die Insel verrate?«

»Sie haben ein Angebot gemacht, dir ganz persönlich. Sie sagen, die Versammlung könne nicht zur Vernunft gebracht werden; eher würde sie die Insel ruinieren, als einem Kompromiß zustimmen.«

»Diese Schurken! Allein der Gedanke, daß ich mich an einem Verrat beteiligen würde!«

»Aber denk darüber nach, Anthony.« Jeremy nahm noch einen Schluck und fühlte seinen Mut zurückkehren. »Warum solltest du dich opfern, um diesen habgierigen Puritanern auf Barbados zu helfen? Der Rat weigert sich, dich anzuhören, und in die Versammlung hat man dich auch noch nicht gewählt. Ich meine, du hast hier von dem Tag deiner Ankunft an nichts als

Verachtung zu spüren bekommen.« Seine Stimme verriet immer größere Erregung. »Du solltest dir nichts vormachen, es wird eine neue Regierung eingeführt werden, sobald die Insel – und irgendwann muß sie es doch tun – die Waffen streckt. Calvert und Morris geht es nur darum zu verhindern, daß dieser Powlett die Insel in die Finger bekommt.«

Anthony drehte den Umschlag in seiner Hand hin und her. »Was also steht in diesem verfluchten Brief von Calvert drin?«

»Nur, daß du ein vernünftiger Mann bist und daß dir bestimmt klar ist, wie verheerend sich ein langer Krieg auf die Insel auswirken würde. Und er bietet dir Bedingungen an, die wahrhaft im Interesse von Barbados liegen. Überzeuge dich selbst davon.«

»Dann darf ich wohl annehmen, daß er dich in diese so überaus großmütigen Bedingungen eingeweiht hat.« Mit verächtlicher Gebärde warf Anthony den Umschlag vor Jeremy auf den Tisch.

»Wenn du deinen Einfluß geltend machst, um für den Frieden zu arbeiten, und dein Regiment hier in diesem Pfarrsprengel überzeugst, will er dafür sorgen, daß Powletts Absichten durchkreuzt werden. Legt die Insel die Waffen nieder, wird es keine Garnison geben. Dafür garantiert er. Außerdem würden alle Pflanzer amnestiert werden.«

»Das sind doch lauter Rundkopf-Lügen! Das ist nicht die Stimme Cromwells, sondern die Stimme eines Admirals, der fürchtet, die Insel nicht mit Gewalt in seine Hand zu bekommen. Deshalb versucht er es jetzt mit List und Tücke.« Anthonys Gesicht wurde rot vor Wut. »Ist dieser Mann denn so unverfroren anzunehmen, ich hätte überhaupt keine Skrupel?«

»Aber er hat noch mehr versprochen. Er würde einen neuen Rat bilden und dich zum Vorsitzenden machen. Die anderen Ratsherren sollt ihr beide gemeinsam ernennen. Selbstverständlich müßten es Männer mit gemäßigten Ansichten sein, die keinen Streit mit England suchen. Aber ihr könntet beide zusammenarbeiten, um zu gewährleisten, daß das Abkommen auch eingehalten wird. Eventuell wird Powlett noch eine Zeitlang als Gouverneur fungieren, aber er könnte keine einzige Entscheidung ohne die Zustimmung deines neu zu bildenden Rates fällen.«

»Das alles ist nichts anderes als ein Täuschungsmanöver, mein Junge.« Nachdenklich seufzte Anthony auf. »Wäre es doch ein ehrliches Angebot! Du bist jung und, wie ich fürchte, noch ein wenig leichtgläubig. Solche Versprechungen werden bei Mondschein gemacht und bei Sonnenaufgang achselzuckend abgetan.«

»Ich bin alt genug, um zu wissen, daß das Töten ein Ende haben muß.« Jeremy schluckte einen Kloß hinunter. »Aber der Brief ist nicht an mich adressiert, sondern an dich. Es kann doch nicht schaden, ihn zu lesen. Morris würde sich gern mit dir treffen, waffenlos, um die Bedingungen zu besprechen.«

»Sich mit mir treffen!« Anthony spie die Worte förmlich aus.

»*Aye*, hier an der Küste bei Oistins. Er wird morgen abend mit einem Beiboot an Land kommen, allein, um zu hören, was du zu sagen hast.« Jeremy nahm noch einen Schluck Brandy, der ihm brennend durch die Kehle rann. »Das kann doch nicht von Nachteil sein. Vielleicht ist es der erste Schritt zu einem Frieden.«

»Junge, denk doch mal nach! Sie werden sich nie an die Bedingungen halten, die du mir beschrieben hast. Wenn die Insel erst einmal die Waffen niedergelegt hat, wird es hier keinen freien Mann mehr geben.«

»Es hat gesagt, er würde dir alles schriftlich geben, mit seiner Unterschrift.« Jeremy wollte aufstehen und sich noch einen Brandy einschenken, doch der Raum drehte sich um ihn. »Das ist deine Chance, merkst du das denn nicht! Wenn Barbados weiterkämpft, wird es keinerlei Zugeständnisse geben, sondern nur weiteres sinnloses Sterben. Wenn du dir die Bedingungen nicht anhörst, machst du dich schuldig an allem, was weiterhin passieren wird.«

»Die Bedingungen interessieren mich nicht.«

»Aber was hat denn der Rat jemals für dich getan? Und was hat vor allem Bedford für dich getan?«

Anthony starrte in den leeren Krug in seiner Hand, und seine Stimme wurde bitter. »Er läßt zu, daß Katherine mit dem Verbrecher verkehrt, der unser Schiff bei Nevis ausgeraubt hat

– und das zu einem Zeitpunkt, da wir einen Heiratsvertrag aushandeln. Er hat mich zum Gespött der Leute gemacht, wenn du es genau wissen willst.« Er blickte auf. »Das ist alles, was Dalby Bedford in letzter Zeit für mich getan hat.«

Jeremys Gesicht rötete sich vor Verlegenheit. »Dann, meine ich, bist du es deiner eigenen Ehre schuldig, daß du dir anhörst, was Morris dir morgen abend anzubieten hat. Sonst wird das Töten kein Ende nehmen. Und in wenigen Tagen wird der Hunger dazukommen. Bitte, denk darüber nach.«

Anthony nahm den Brief erneut zur Hand und betrachtete ihn.

»Freiheit oder Tod.« Seine Stimme klang seltsam gedämpft. »Die Versammlung hat behauptet, daß es nur diese beiden Möglichkeiten gibt. Aber jetzt hat sich herausgestellt, daß das nur leere Worte waren. Ihr Wunsch nach Freiheit ist nicht einmal groß genug, um für diese Freiheit zu kämpfen. Das wird jetzt nur allzu deutlich.«

Anthony drückte das Wachssiegel mit dem Daumen auf und faltete das Papier auseinander. Aufmerksam beobachtet von Jeremy, las er den Brief.

Mein Herr, ich wende mich an Euch als einen Mann, der über sehr viel Vernunft verfügt und sehr wohl weiß, daß über die Insel das Verderben kommt, falls sie noch länger in Halsstarrigkeit verharrt. Erst nach diesem Brief an Eure Lordschaft werde ich behaupten können, meiner Pflicht Genüge getan und alles versucht zu haben, um weiteres Blutvergießen und den Ruin der Insel zu verhindern. Mögen mich manche auch als ihren Feind betrachten, so handle ich doch in Wahrheit als Freund, wenn ich Eurer Lordschaft und den Beratern Eurer Lordschaft dringlichst anempfehle, dem englischen Staate gehorsam zu sein, da Barbados sonst zweifellos in Bälde von einer unaufhaltsamen Woge der Zerstörung verschlungen werden wird, was kein vernünftiger Mensch wünschen kann.

Mein Herr, wißt, daß ich sehr wohl die Interessen der Insel kenne und vor allem weiß, daß ihr Fortbestehen nur unter der Patronage Englands möglich sein wird. Obwohl ich nicht im geringsten daran zweifle, daß Gott uns bei unserem Vorgehen wider diese Insel auch weiterhin beistehen wird, möchte ich Euch beweisen, daß ich alles in meiner Macht Stehende zu tun bereit bin, um Blutvergießen und den Verlust von Ländereien zu verhindern. Ich habe mich dieserhalb dazu durchgerungen, Eurer Lordschaft diesen Brief zu schicken und Euch Bedingungen zu unterbreiten, welche für Euch annehmbar sind und dem Staat keine Unehre machen . . .

Anthony studierte die Bedingungen sehr sorgfältig. Sie stimmten mit den von Jeremy vorgetragenen überein. Calverts Milde war untypisch für Cromwell und die Leute, mit denen der Usurpator sich sonst umgab. Selbstverständlich sollte sich die Insel dem Parlament unterwerfen, aber sie sollte nicht gedemütigt werden.

Plötzlich schoß ihm ein Gedanke durch den Kopf. Was wäre, wenn Charles II. sich eines Tages daranmachen würde, die Monarchie wiederherzustellen? Da könnte diese Insel mit ungebrochener Kraft dastehen, bereit, das Joch Cromwellscher Unterdrückung abzuschütteln. Mit Zufriedenheit stellte er fest, daß dies ein tadelloser strategischer Rückzug im militärischen Sinne war. Wenn Calvert bereit war, diese großmütigen Bedingungen aufrechtzuerhalten, konnte der Kampf später immer noch gewonnen werden. Zumal dann, wenn Anthony Walrond dem neuen Rat von Barbados vorstand.

Vierzehntes Kapitel

»Ich habe sie immer die ›Kleine Insel‹ genannt. Außer mir hat sich niemand jemals die Mühe gemacht, ihr einen Namen zu geben.« Sie brachte ihre Stute zum Stehen und lenkte Winstons Blick auf das Atoll, das sich ein paar hundert Schritte vor der Küste aus dem Meer erhob. Das Wasser unten am Strand leuchtete in der hellen Mittagssonne in einem herrlichen Blau. »Bei Niedrigwasser, so wie jetzt, kann man hinüberreiten.«

»Kommen jemals Menschen hierher?« Er brachte nun ebenfalls seinen Wallach zum Stehen und schaute zu der Insel hinüber. Sie sah ungewöhnlich aus: Während in der Mitte ein hoher Felskegel aufragte – der Ausguck, den Katherine ihm beschrieben hatte –, bestanden die Ufer aus hellem Sand und waren mit Palmen begrünt. Die ›Kleine Insel‹ hatte an der breitesten Stelle einen Durchmesser von noch nicht einmal einer viertel Meile und war wie ein Ei geformt, so als hätte es Gott gefallen, hier an der Südküste von Barbados die Umrisse der Insel noch einmal in verkleinertem Maßstab ins Meer zu zeichnen. Blickte er nach Westen, sah Winston die bewaldete Küste der Mutterinsel, während im Osten die Straße nach Oistins und dem dahinter liegenden Atlantik zu erkennen war.

»Nein, nie. Ich bin wohl ein dutzendmal hiergewesen, aber ich habe nie eine Menschenseele gesehen.«

Er wendete und blickte zur Küste. »Was gibt es sonst hier in der Gegend?«

»Eigentlich nichts weiter. Nur die Walrond-Plantage ein bißchen weiter oben, ungefähr eine Meile von der Küste entfernt, etwa auf halbem Wege zwischen hier und Oistins.«

»Aha! Ich fange an, alles zu verstehen.« Nachdenklich lachte er auf. »Ich möchte wetten, daß du auch mit deinem Galan hierhergekommen bist.« Er grinste sie an. »Hat er sich beim Durchreiten des Wassers nicht seine eleganten seidenen Beinkleider naß gemacht?«

»Hugh, kein Wort mehr! Versuch doch zu verstehen . . .« Sie drehte sich um und sah ihn forschend an. Ob diese gelegentlichen Ausbrüche von Eifersucht ehrlich waren? Sie hatte ihre Zweifel. Vielleicht war das alles nur ein Spiel von ihm, um ihr das Gefühl zu geben, er liebte sie. Aber tat sie selbst denn eigentlich etwas anderes? Vielleicht war es ihr nur darum zu tun, *beides* zu haben, einen Liebhaber und einen Ehemann. Aber warum eigentlich? Außerdem war Hugh bestimmt bald fort auf Nimmerwiedersehen. Warum sollte sie, solange es ihr möglich war, nicht dieses herrliche Gefühl genießen, so verliebt zu sein? »Ich meine das ernst. Und Anthony darf nie erfahren, daß wir zusammen hiergewesen sind.«

Er schwieg einen Moment und lauschte dem monotonen

Rauschen der Brandung. Irgendwie hatte sie es bisher geschafft, mit ihrem kleinen Spiel ungestraft durchzukommen. Anthony Walrond war viel zu sehr damit beschäftigt, seine Königstreuen um sich zu scharen, als daß er für irgend etwas anderes Augen gehabt hätte. Oder vielleicht *wollte* er ja auch gar nichts sehen.

»Katy, ich möchte etwas von dir wissen. Welche Rolle ist mir in dieser ganzen Sache eigentlich zugedacht? Du glaubst, du kannst eine *amour* mit mir haben und dann, wenn ich nicht mehr da bin, einen reichen Royalisten heiraten, nicht wahr? Vielleicht erwartest du, er wird hier eines Tages selbst Gouverneur, und dann brauchst du nicht einmal die Wohnung zu wechseln.«

»Hugh, ich liebe dich. So, nun ist es heraus. Aber heiraten werde ich Anthony. Das ist für mich das einzig Vernünftige. Mit Liebe braucht das nichts zu tun zu haben.« Sie trieb ihr Pferd vorwärts, ein weißer Reiher flog vor ihr auf. Mit einem strahlenden Lachen rief sie ihm zu: »Laß uns rüberreiten. Die Insel ist wirklich ein Paradies, ob du nun von ihr Gebrauch machen willst oder nicht.«

Verblüfft schaute er hinter ihr her. Vielleicht hatte sie recht: Vielleicht war es vernünftig, sich einfach zu nehmen, was sich einem bot. Doch das war ein Spiel, das man auch zu zweit spielen konnte. Aber zurück zum Geschäft. Die Insel.

Die Zeit wurde knapp, so wußte er, und es war nicht mehr möglich, Vorräte auf die *Defiance* zu bringen, ohne daß jedermann in Bridgetown wußte, daß irgend etwas im Gange war. Die Fregatte war direkt vor dem größten Tabakschuppen auf Grund gesetzt worden und jetzt von jeder Hafenschenke aus zu beobachten. Dennoch sah Winston eine Möglichkeit, sie mit allem zu beladen, was gebraucht wurde. Er hatte schon vor Jahren gelernt, wie man so etwas macht: Man trägt seine Vorräte in irgendeinem abgelegenen Hafen zusammen, um sie erst in der Nacht an Bord zu nehmen, in der man sich davonmachen will.

Seit dem Landungsunternehmen bei Jamestown war eine Woche vergangen, und inzwischen hatte ein Nervenkrieg begonnen. Der Befehlshaber der Flotte hatte neue Bedingungen an Land geschickt, Bedingungen, welche die Versammlung abgeändert und dann wieder zurückgeschickt hatte – um zu erleben, daß ihre Änderungswünsche abgelehnt wurden. Danach war Ruhe eingetreten. Sollte Barbados still in der Sonne verhungern?

Oder – so hatte er sich zu fragen begonnen – war irgend etwas anderes im Gange? Vielleicht irgendein Verrat? War es möglich, daß mit den Puritanern sympathisierende Angehörige der Versammlung hinter Bedfords Rücken eine Kapitulation auszuhandeln versuchten? Sogar Katherine war beunruhigt. Und der Gouverneur hatte getan, was er noch nie getan hatte: Er hatte seine Bediensteten bewaffnet. Betrachtete man die Kampfmoral auf der Insel, mußte man eine Wendung zum Schlimmeren für wahrscheinlich halten. Aber Katherine hatte sich ausbedungen, *heute* einmal nicht darüber zu reden.

Sie gab Coral leicht die Gerte zu spüren, und die Stute stieg, froh, den sie umschwirrenden Bremsen zu entkommen, bereitwillig in das kristallklare seichte Wasser. Winston gab seinem Pferd die Sporen und folgte ihr. Wie eine tropische Fata Morgana erhob sich die ›Kleine Insel‹ vor ihnen aus dem Meer.

»In einem hast du recht. Ich will verdammt sein, wenn es hier nicht fast so schön wie im Paradies ist. Auf den ganzen Antillen gibt es keine bezauberndere Insel.« Der Meeresboden bestand hauptsächlich aus Kies; hier und dort sah man eine schmale Sandbank. »Schau, dort drüben! Sieht aus wie ein Schwarm von Engelbarschen.« Er zeigte nach links auf eine gelb und türkis schillernde Masse, die sich unmittelbar unter der Wasseroberfläche bewegte. »Ich hatte ja keine Ahnung, daß es so etwas wie diese Insel hier gibt. Bist du dir wirklich sicher, daß die Strömung auf Lee stark genug ist, um dicht heranzukommen und zu laden?«

»Wenn wir die Felsen dort vor uns erreichen, können wir die Pferde anbinden und den Strand abgehen. Dann, glaube ich, kannst du dich selbst davon überzeugen, Käpt'n.«

Sie verfolgte, wie die schimmernden Fische hin und her schossen. So frei zu sein wie sie! Überall hingehen zu dürfen, alles tun zu können, was man wollte! »Ich erinnere mich an eine Stelle, wo der Meeresboden fast senkrecht abfällt. Dort könntest du vermutlich ohne jede Schwierigkeit ankern.«

»Wie gut, daß wir so früh hergekommen sind!« Er blickte zum

Himmel auf und richtete den Blick dann wieder auf sie. Sie entdeckte ein Lächeln. »Das könnte eine Weile dauern.«

Woran er wohl dachte? Ob er die Freiheit, die hier herrschte, auch so spürte wie sie? Sie fand es schön, allein mit ihm hierzusein. Welch ein Skandal, wenn irgend jemand dahinterkäme! »Vielleicht habe ich dir von der ›Kleinen Insel‹ nur deshalb erzählt, weil ich dich hierher locken wollte. Um dich dann hier festzuhalten und dich ganz für mich allein zu haben.«

Er lachte kurz auf, wurde dann aber plötzlich ganz ernst. »Ich wäre vermutlich leicht gefangenzuhalten – ausweglos in der Zange zwischen dem, was du mit mir vorhast, und den Kanonen der englischen Navy.«

»Um Gottes willen, nun sei doch nicht so traurig und melancholisch. Keine Angst, ich bin gewiß, daß du rasch genug aus Barbados verschwunden sein wirst. Wenn es denn das ist, was du willst.« Sie spürte, daß sie ihn zu sehr bedrängt hatte. »Aber vielleicht denkst du ja hin und wieder mal an mich, nachdem du fortgesegelt bist, um dich von den Spaniern umbringen zu lassen.«

»Nun, noch bin ich nicht fertig mit Barbados, darauf kannst du dich verlassen.«

Was er wohl meinte? Sie wünschte, er hätte weitergesprochen, doch in diesem Augenblick strauchelte sein Pferd, und er blickte abgelenkt nach unten. Als er wieder aufsah, näherten sie sich bereits der seichten Uferzone der Insel.

»Wenn ich einen guten Karren und ein Gespann Pferde bekommen kann, schaffe ich es bestimmt, die benötigten Vorräte hierherzubringen. Wir brauchen vor allem Süßwasser, außerdem vielleicht noch ein paar Fäßchen Pökelfleisch.« Sein Wallach kam aus dem Wasser heraus, warf den Kopf zurück, wieherte und trabte dann fröhlich den Strand entlang. »Das sind höchstens zwei Tage Arbeit, nehme ich an. Am besten lass' ich ein paar Schuldknechte meinen Jungs zur Hand gehen.«

Ihre Stute trabte voraus in den Schatten einer großen Palme, die hinter einer felsigen Böschung stand. Katherine glitt aus dem Sattel und wandte den Blick zurück zu Winston, der immer noch wie verzaubert den Strand entlang schaute.

»Wenn Ihr Euer feuriges Roß anbinden wollt, Käpt'n, können wir einen Spaziergang machen und uns die andere Seite ansehen.«

»Warum schwimmen wir nicht hinüber?« Seine Augen strahlten plötzlich. Er lenkte sein Pferd neben das ihre und sprang herunter in den Sand. Während der Wallach neugierig die salzige Nässe an seinen Beinen beschnupperte, kniete er sich hin, um ihm die Fußfessel anzulegen. »Schaffst du es so weit?«

»Ist dir die Hitze aufs Gemüt geschlagen?« Sie waren allein, weit fort von allem. Hier gab es keine Kanoniere und keine Matrosen; er gehörte ihr ganz allein. Und da hatte er nichts anderes im Sinne, als zu schwimmen? Was für eine einfallslose . . . eine romantische Idee!

Er lachte und legte eine Lederschlaufe um die Vorderbeine ihrer Stute. »Katy, du brauchst dich doch wahrhaftig nicht zu genieren vor mir. Ich bin überzeugt, du kannst schwimmen wie ein Fisch. Wahrscheinlich hast du es schon deshalb gelernt, weil es nicht ›ladylike‹ ist.« Er hatte der Stute die Fessel angelegt, stand auf und sah sie an. Sein Gesicht wirkte wie feines Leder vor dem Blau des Himmels. »Außerdem würde es mir, glaube ich, gefallen, dich ohne dieses Mieder zu sehen.«

»Vergiß nicht, du stehst heute nicht auf deinem Achterdeck. Folglich muß nicht jeder deiner Wünsche mir Befehl sein.« Sie schob die Hand unter sein Wams und fuhr langsam über seine muskulöse Seite. Seine Haut zu spüren, erinnerte sie an ihre erste gemeinsame Nacht. Während ihre Finger zu seinen Schultern glitten, kamen seine Lippen den ihren entgegen.

»Vielleicht wird es so schön sein, daß du dich daran gewöhnst.« Seine Stimme war kaum mehr als ein Flüstern. Während er sie küßte, umfing er sie mit seinen Armen und öffnete mit einem kräftigen Ruck den Knoten an ihrem Mieder. »Sieh zu, daß du aus diesem Ding rauskommst, und laß uns ins Wasser gehen.« Er lockerte die Bänder und zog ihr das Mieder über den Kopf. Sie trug nichts darunter, ihre Brüste schimmerten milchweiß im Sonnenschein. Er betrachtete sie mit unverhohlener Bewunderung. Dann sagte er: »Warum in der Hitze herumstehen, wo doch eine kühle Lagune wartet?«

Er trat zurück, zog das Wams aus und warf es über den Sattel. Als er sich bückte, um die Stiefelschnallen zu öffnen, hinderte sie ihn daran. Sie ließ sich auf die Knie nieder, schlang ihm die Arme um die Taille und schmiegte das Gesicht an seine Schenkel. Dann ließ sie ihn los und beugte sich hinunter. »Laß mich die Schnallen aufmachen.«

»Was?«

»Manchmal macht es mir Spaß, dich zu bedienen.«

Er schien sehr überrascht. Sie hatte ein wenig erwartet, daß er sich wehren würde, doch er ließ es sich gefallen. »Dann komm!« Rasch stieg er aus den Stiefeln, die, wie er feststellte, noch mit den Pulverresten von Jamestown behaftet waren. »Wollen mal sehen, ob wir es schaffen, bis zur gegenüberliegenden Seite der Insel zu schwimmen. Tu mal so, als wär's ein Befehl vom Achterdeck.« Er zog die Pistolen aus dem Leibgurt und band sie an seinem Sattel fest. Dann schnallte er den Leibgurt ab und sah sie an. »Ich weiß nicht, wie du darüber denkst – aber *ich* habe nicht vor, mit den Hosen ins Wasser zu gehen.« Feierlich stieg er aus den Reithosen aus Segeltuch.

Sie beobachtete ihn einen Augenblick lang unschlüssig, dann nestelte sie an ihrem Rock. Irgendwie war es ihr nicht ganz recht, daß er sie so sehen konnte: nackt im hellen Sonnenlicht. Sie mochte ihren Körper – aber ob er auch *ihm* gefiel? Ob er wohl merkte, daß ihre Beine ein wenig zu schlank waren? Oder daß ihr Bauch etwas runder hätte sein können?

Er vornweg, sprangen sie den sanften Abhang zur Lagune hinunter. Der weiße warme Sand federte ihre Schritte ab, als sie durch das ruhige Wasser wateten. Auf der anderen Seite der Insel donnerten die Wellen gegen die Küste, doch hier war die See immer ruhig. Als sie den frischen Wind auf der Haut spürte, war es ihr plötzlich einerlei, was er über ihr Äußeres dachte. Sie kam sich wie die schönste Frau auf der ganzen Welt vor.

Als sie jünger gewesen war, hatte sie genausogut reiten und schießen können wie die jungen Burschen auf der Insel; dann aber war sie eines Tages in ein Gefängnis aus Kurven und Verzierungen gesteckt worden, und man redete ihr die Ohren voll von all den Dingen, die sich nicht mehr in Gegenwart anderer schickten. Das machte sie wütend. Die Männer hatten es da so viel leichter! Warum nur?

Zum Beispiel Winston. Der bewegte sich jetzt mit der gleichen Selbstsicherheit und Unbekümmertheit, mit der er sonst Steinschloßpistolen trug. Seine Schultern waren leicht vorgebeugt, und sein breiter Rücken schien die Schritte auszubalancieren. Mehr aber gefiel ihr der harte Rhythmus seiner Schenkel, das Spiel der geschmeidigen Muskeln beim Gehen. Sie blieb stehen, um zuzusehen, wie er eine Sandbank überquerte.

Gott verzeih mir, dachte sie, aber ich finde ihn wunderschön. Am liebsten würde ich ihn jetzt umschlingen, ihn mit den Armen festhalten – und ihn nie wieder hergeben.

Großer Gott, was sage ich da?

Das Wasser war köstlich und wurde rasch tiefer. Ehe sie sich versah, wurden ihre Schenkel schon vom Wasser umspült.

»Katy, es ist soweit.« Er drehte sich um, ließ eine Sekunde lang seinen bewundernden Blick auf ihr ruhen und spritzte ihr dann etwas Wasser auf die Brust. »Mal sehen, ob du wirklich schwimmen kannst.« Damit neigte er sich vor, tauchte mit einer Schulter ins Wasser und machte einige kräftige Schwimmzüge. Mühelos durch das Wasser gleitend, verschmolz sein Körper mit den leichten Wellen. Ein erschrockener Drückerfisch, orangefarben schimmernd in der Sonne, schoß vorüber. Nach ein paar weiteren Zügen rief er ihr über die Schulter hinweg zu: »Ich bin mir immer noch nicht ganz sicher, ob ich dir alles glauben kann, was du sagst.«

»Ich bin mir bei dir auch nicht sicher, Hugh. Obwohl du ja wenig genug sagst.« Sie ließ sich nach vorn ins Wasser kippen, das frisch und rein ihr Gesicht umspielte. Dann schwamm sie zu ihm. Die See rings um sie herum war eine eigene Welt, frei von den Fesseln der Konvention. Es war richtig gewesen, daß er sie aufgemuntert hatte, mit ihm schwimmen zu gehen. »Deshalb möchte ich, daß du mir heute – gleichsam als Gegengabe dafür, daß ich dir diese Insel gezeigt habe – alles erzählst, was du mir bisher verheimlicht hast.«

»Im Gegensatz zu dir, die du mir nichts verheimlicht hast? Wie diese Insel? Und die Bedeutung, die sie für dich hat?«

Sie ging nicht darauf ein – die beste Art, mit Hugh fertigzuwerden, wenn er so wie jetzt war –, schwamm ein paar Meter voran, um dann auf ihn zu warten und schließlich neben ihm her zu schwimmen. Der weiße Sandstrand bewegte sich langsam vorüber, und hinter ihm nickten die Palmen träge in der Sonne. Katherine drehte sich auf den Rücken, strampelte mit den Beinen und ließ sich dann treiben. Da drehte auch er sich um, ergriff ihre Hand. Gemeinsam glitten sie dahin, wie miteinander verwachsen.

Während sie vor sich hin träumte und sich selbst in der Stille verlor, hob er seinen Kopf. »Wie weit kann man von diesem Felsen dort oben sehen?« Er zeigte auf die zerklüftete Erhebung in der Mitte der Insel. »Ich möchte nachher hinauf und mich mal umsehen.«

»Du möchtest alles über diese Insel wissen, und zwar alles auf einmal! Ist das das einzige, was dich interessiert?«

»Nicht ganz.« Er kam ganz nah an sie heran. »Ich gebe zu, du hast bewiesen, daß du schwimmen kannst, verdammt gut sogar.« Er lächelte gezwungen. »Das ist zweifellos gut zu wissen. Kann ja sein, daß wir bald darauf angewiesen sind, schwimmend das Weite zu suchen.«

»Kein Wort darüber! Vergiß nicht, was du mir versprochen hast.« In ihren Augen blitzte es auf, als sie eine Handvoll Wasser auf ihn warf. Dann schaute sie an ihm vorbei auf den weißen Sand und die Reihe grüner Palmen. »Laß uns ein bißchen an Land gehen. Die Stelle dort oben, wo die Bäume stehen – die ist viel zu schön, um an ihr vorüberzugehen.«

Die Nachmittagssonne stand schon im Westen und warf lange Schatten, als sie das Wasser verließen und den Strand betraten. Er hatte ihr den Arm um die Taille gelegt. Der leichte Wind fuhr ihnen frisch über die Haut. »Hugh, ich liebe dich. Wirklich!« Sie lehnte sich an ihn, um seine Wärme zu spüren. »Ich weiß nicht, was ich tun soll.«

Sie wichen einem Haufen schimmernder Muscheln aus. Still und in sich gekehrt ging er neben ihr her. Dann blieb er stehen und schloß sie in die Arme. »Warum soll ich es dir nicht sagen?

Noch nie habe ich einer Frau solche Gefühle entgegengebracht wie dir.« Er küßte sie zärtlich. »Das Schlimme daran ist nur, daß ich es eigentlich besser wissen sollte.«

Schweigend führte er sie weiter, bis sie den Schatten einer niedrigen Palme erreichten. Sie ließ sich ins Gras fallen und sah zu, wie er sich an ihre Seite setzte. Neben ihnen lag eine große Muschelschale, die wie die Versteinerung einer Blume aussah. Sie hob sie auf, hielt sie vor die Sonne und bewunderte die schillernden Farben. Dann warf sie die Muschel wieder ins Gras und sah ihn an. »Es war ernstgemeint, als ich vorhin sagte, ich möchte, daß du mir alles erzählst.«

Er blickte auf und fuhr mit den Fingerspitzen über die sanft gewölbten Ansätze ihrer weißen Brüste. »Bist du sicher, daß du es alles hören willst?«

»Ja, das bin ich.« Sie glaubte, in seinen Augen eine ganz besondere Zartheit zu entdecken.

Er lehnte sich ins Gras zurück. »Wahrscheinlich denkst du, da wäre viel zu erzählen, aber in Wirklichkeit ist es so gut wie nichts. Erwähnenswert ist nur, daß ich hier auf einer menschenleeren Insel unter einer Palme liege, daß in England ein Preis auf meinen Kopf ausgesetzt ist und daß ich als Ertrag all dieser Jahre so gut wie nichts vorzuweisen habe.« Er schaute hinaus aufs Meer und beobachtete ein Segel am fernen Horizont. »Offenbar bin ich für jeden Menschen etwas anderes. Welche Geschichte willst du also hören?«

»Warum versuchst du es nicht mal mit der Wahrheit?« Sie drückte ihn ins Gras und stützte den Kopf in die Hand, um sein Gesicht zu betrachten. Es wirkt zweifellos älter, als es in Wirklichkeit ist, dachte sie. »Warum erzählst du mir nie etwas über deine erste Zeit hier auf den Antillen? Was bedrückt dich denn aus dieser Zeit immer noch so?«

»Das ist keine angenehme Geschichte. Bevor ich herkam, habe ich wohl kaum einen Gedanken an die Neue Welt verschwendet.« Lächelnd dachte er daran, wieviel sich in dieser Hinsicht geändert hatte. »Alles fing damit an, daß man mich als Lehrling auf die Antillen brachte, bloß weil ich nicht königstreu genug war.«

»Wohin genau?«

»Also . . .« Wie automatisch wich er dieser Frage aus, doch dann rang er sich dazu durch, die Wahrheit zu sagen. »Ehrlich gesagt, nach Tortuga. Zu der Zeit, als die Providence Company noch eine Siedlung auf der Insel hatte.«

»Aber ist die nicht von den Spaniern niedergebrannt worden? Davon haben wir schließlich alle gehört. Und ich dachte, dabei wären sie alle umgekommen. Wie hast du denn überlebt?«

»Wie der Zufall so spielt, war ich damals gerade in einer Art von Verbannung. Da ich mit den Puritanern nicht allzugut zurechtkam, schickten die mich auf die Nordseite von Hispaniola zum Jagen. Und das hat mir wahrscheinlich das Leben gerettet. Denn als die Spanier kamen, war ich gerade drüben.«

»Auf Hispaniola?« Sie starrte ihn an. »Soll das heißen, du warst einer von den . . .«

». . . von den Rinderjägern, ja.« Er sagte das wie beiläufig, wartete aber gespannt auf ihre Reaktion. Doch außer einem kurzen erstaunten Aufleuchten ihrer Augen nahm er nichts wahr.

»Dann stimmt also doch, was einige Leute behaupten. Ich habe es bis jetzt einfach nicht geglaubt.« Sie lachte. »Eigentlich sollte ich wohl entsetzt sein, aber ich bin es nicht.«

Er lachte vorsichtig. »Nun, damals machten sie nur Jagd auf Rinder. Nur ganz zum Schluß wurde es anders.« Er zögerte einen Moment und sah sie dann fest an. »Ja, bei denen bin ich gewesen. Nur soll das nicht heißen, Katy, daß du von nun an alles glauben darfst, was du von den Walronds über mich hörst.«

»Du hast die Rinderjäger verlassen. Das verrät mir schließlich eine ganze Menge über dich.« Sie nahm seine Hand und führte sie zärtlich an ihre Lippen. »Warum hast du dich denn entschlossen, dich von ihnen zu trennen?«

Er zog sie an sich und küßte sie auf den Mund. Dann strich er ihr mit den Fingern über den Körper, abwärts über die glatte Hüfte bis zu dem sanften Hügel zwischen den Schenkeln mit seinem kastanienfarbenen Flaum. »Es gibt etwas, das ich noch nie jemandem gesagt habe, Katy. Und ich weiß auch nicht recht, ob ich es dir jetzt erzählen soll.« Er ließ die Fingerspitzen sanft über ihre Schenkel gleiten.

»Warum willst du es mir nicht erzählen?« Ihre Hand fuhr über seine Brust. Unter der bronzefarbenen Haut spürte sie sein Herz schlagen. »Ich möchte alles über dich erfahren, damit ich darüber nachdenken kann, wenn du fort sein wirst. Wir sind uns so ähnlich in vielen Dingen. Ich finde, ich habe ein Recht darauf, selbst noch die kleinste Nebensächlichkeit über dich zu erfahren.«

»Ich habe versucht, einen von den Rinderjägern zu erschießen.« Er wandte sich von ihr ab und rupfte einen Grashalm aus. Dann zerdrückte er ihn in der Hand und sah weg.

»Nun, ich bin sicher, daß war nicht das erstemal, daß so was passiert ist. Und ich nehme an, du hattest gute Gründe dafür. Schließlich . . .«

»Ich wollte nicht *irgendeinen* von ihnen erschießen.« Er ließ sich ins Gras zurückfallen und starrte zum leeren Himmel hinauf, der von einem tiefen und makellosen Blau war.

»Was willst du damit sagen? Wer war es denn?«

»Du kennst ihn wahrscheinlich nicht.« Er sah sie an. »Oder hast du schon einmal von einem Mann gehört, der sich Jacques le Basque nennt?«

»Großer Gott!« Erstaunt sah sie ihn an. »Ist das nicht der, der seit Jahren in der Windward Passage spanische Schiffe aufbringt und ausraubt, ihre Besatzungen umbringt? In Bridgetown sagen sie, die Spanier nennen ihn den blutrünstigsten Menschen auf den gesamten Antillen. Da wundert es mich, daß er dich hat entwischen lassen.«

»Ganz ungeschoren bin ich nicht davongekommen.« Winston lachte. »Verstehst du, er war damals der Anführer der Rinderjäger. Und er ist es wohl auch heute noch, denke ich.«

»Was ist denn nun passiert, damals?«

»Eines nebligen Morgens hatten wir eine kleine Meinungsverschiedenheit, und ich versuchte, ihn zu erschießen. Leider traf ich nicht.« Er strich ihr das Haar zurück und küßte sie auf die Wange. »Weißt du eigentlich, daß die Farbe deiner Augen sich in der Sonne verändert? Daß sie dann noch blauer werden?«

Sie nahm seinen Arm und zog ihn wieder hoch. »Du versuchst, das Thema zu wechseln. Ich kenne deine kleinen Tricks.

Aber ich falle darauf nicht mehr herein! Erzähl mir jetzt den Rest!«

»Ja, was erwartest du, wie es weitergeht? Nachdem ich versucht hatte, ihn umzubringen, bemühte er sich seinerseits, mir diesen Gefallen zu tun.« Winston fuhr sich mit den Fingern über die Narbe auf der Wange. »Um ein Haar hätte seine Pistolenkugel mir den Kopf abgerissen. Das war der Augenblick, in dem ich zu dem Schluß kam, es wäre meiner Gesundheit wohl zuträglicher, wenn ich mich von ihm und seinen Leuten trennte.« Er strich ihr mit der Zungenspitze über den Körper und umspielte sanft eine Brustwarze, die sich unter der Berührung versteifte und rosig anlief.

»Nein, laß das . . . Noch nicht. Sonst verliere ich die Spuren.« Katherine hätte ihm am liebsten verheimlicht, wie sehr sie das Spiel seiner Zunge und seiner Lippen genoß, denn sie fürchtete, ihm damit zuviel Macht über sich einzuräumen. Ob ich wohl jemals so viel Macht über *ihn* werde ausüben können? fragte sie sich. Sie war begierig darauf, ihn zu küssen – überallhin. Sie hatte es bisher noch nie getan, aber sie spürte, daß sie irgendwann einmal den Mut aufbringen würde. Wie er wohl reagieren wird . . .?

Sie umfing sein Gesicht mit den Händen. Die Zunge ließ langsam von ihrer Brustwarze ab und leckte einen ihrer Finger. Wieder spürte sie, daß sie schwach wurde. Rasch entzog sie ihm die Hand. »Erzähl mir mehr! Sag mir, wie es war, als du ihn umzubringen versuchtest!«

»Wen?«

»Den Mann, von dem du gerade erzählt hast.« Sie legte die Stirn in Falten, wußte sie doch genau, daß er sie jetzt auf den Arm nahm. Jawohl, Hugh Winston verstand sich sehr wohl darauf, andere auf den Arm zu nehmen. In jeder Hinsicht. »Jacques le Basque.«

»Jacques le Basque? Warum ich den umbringen wollte?« Er küßte sie auf die Nasenspitze, und sie spürte eine merkwürdige Anspannung in ihm. »Ich kann mich kaum noch erinnern. Es ist, als ob der Nebel jenes Morgens nie ganz aus meinem Hirn gewichen ist. Woran ich mich noch am deutlichsten erinnere, ist, daß es irgend etwas mit einer Fregatte zu tun hatte.« Er lächelte, und seine Züge wurden ganz sanft. Dann schob er den Arm unter sie und zog sie neben sich. Ihre Haut war warm von der Sonne. »Tage wie der heutige entschädigen für vieles im Leben! Auf dieser Insel zu sein. Zusammen mit dir. Das einzige, was mich beunruhigt, ist, daß ich dir rückhaltlos zu vertrauen beginne, ja, daß ich dir vermutlich mehr vertraue, als ich sollte.«

»Ich glaube, auch ich vertraue dir.« Sie drehte den Kopf zu ihm hin und küßte ihn auf den Mund. Seine Anspannung war gewichen. Seine Lippen kamen den ihren entgegen, preßten sich vor Verlangen heftig gegen die ihren. Vergessen war jetzt alles, was gesprochen worden war. Er hatte gewonnen. Wieder hatte er sie dazu gebracht, sich zu vergessen. »Ich liebe dich auch, und ich kenne dich mittlerweile gut genug, um genau zu wissen, daß das sehr unklug ist.«

Sie schob sich auf ihn. Ihr Busen drängte sich gegen seine Brust. Es gab offenbar irgend etwas, das er nie erzählen wollte – oder erzählen konnte. Ob er es immer für sich behalten würde? Je mehr sie sich ihm hingab, desto deutlicher wurde ihr, daß ihr nur ein Teil von ihm gehörte.

Dann senkte sich die Stille der Lagune über sie. Ihre Körper rückten aneinander in grenzenlosem Vertrauen.

Mit hartem Griff drückte er sie an seine Brust, denn er wußte, daß sie das mochte. Voller Begierde drängte sie sich an ihn, spürend, daß sie bereit war für das Köstlichste von allem. Langsam glitt sie nach unten, während er ihr behutsam entgegenkam. Noch ruhte ihr weicher Busen an seiner Brust.

Sie atmete kaum merklich ein und schloß die Augen, während sie ihn langsam empfing. Sie richtete sich auf, bis ihre Brüste über ihm schwangen wie zwei Glocken. »So möchte ich bleiben, für immer.« Sie küßte ihn auf den Mund. »Sag, daß du dich nie mehr rühren wirst.«

»Auch so nicht . . .?«

Jetzt, da sie ihn umfing und ihre Schenkel an ihn drückte, da er ihren Körper fühlte und ihren Duft wahrnahm, erwachte seine eigene Begierde ganz, ein Verlangen, alles zu geben und alles zu nehmen, und er spürte, daß sie das gleiche heftige Verlangen ergriffen hatte – einander so fremd und doch so ähnlich.

Er merkte, daß ihre Bewegungen immer schneller wurden, und er wußte, daß er in diesem Moment aufgehört hatte, für sie zu existieren, daß er sie an etwas Tieferes verloren hatte. Sie neigte sich ihm entgegen – nicht, um ihn zu umklammern, sondern um ihm ihre Brüste darzubieten, um ihm wortlos zu verstehen zu geben, er möge die harten Knospen liebkosen. Dann ergriff der Rhythmus, der ihren Leib sanft bewegte, von ihren Hüften Besitz, wurde kraftvoll und treibend. Mit erwartungsvollem Stöhnen richtete sie sich wieder auf, stieß unvermittelt einen Schrei aus und faßte seinen Körper mit den Händen, um ihn vollkommen in sich hineinzuziehen.

In diesem Augenblick wußten sie beide: Nichts außer uns ist wichtig. Als er sich zurückzog, drängte sie sich erneut stöhnend an ihn, als wollte sie die dahinschwindende Ekstase ergreifen und festhalten.

Doch die Ekstase war vergänglich. Jetzt waren sie wieder nicht mehr als ein Mann und eine Frau, die engumschlungen unter sich wiegenden Palmen auf dem Sand lagen. Schließlich nahm sie mit verlegenem Blick seine Hände von ihren weichen Brüsten. Er zog sie wieder zu sich und küßte sie sanft, um sie für den verlorenen Augenblick zu trösten.

Dann hob er sie mit kräftigen Armen hoch und legte sie neben sich ins weiche Gras. Er wollte diese Frau, wollte sie mehr als alles andere auf der Welt.

Der Nachmittagshimmel war wie reinster Lapislazuli, gesprenkelt mit weißen Nachmittagswölkchen, die sich im heiteren Wasser der Lagune spiegelten. Er hielt sie in den Armen, während sie, das warme Gesicht auf seiner Brust, eine träumerische Siesta hielt.

»Es wird Zeit!« Wie von fern erreichte sie seine Stimme.

»Was ist, Liebling?«

»Es wird Zeit, daß wir uns ein bißchen umsehen.« Er setzte sich auf und küßte sie. »Wir müssen zurück zu den Pferden und unsere Kleider und Stiefel holen.« Er schaute zu den dunkel aufragenden Felsen in der Mitte der Insel hinüber. »Und danach möchte ich gern mal da hinauf, um eine Vorstellung davon zu bekommen, wie die Küste von Barbados von hier aussieht.«

»Hast du Lust zurückzuschwimmen?« Sie sah zu ihm hinauf und legte zärtlich ihr Gesicht an seine Brust. Als sie aufstand, faßte sie seine Hand, dann tanzte sie fast um ihn herum.

»Schwimm du, wenn du magst. Ich für mein Teil bin, glaube ich, schon ein bißchen zu alt für so was. Wie wäre es, wenn ich einfach am Strand langginge?«

»Na sicher, du bist ja schon so alt. Uralt sogar. Vor allem in deinem Kopf.« Sie griff nach seiner Hand. »Komm!«

»Na gut, einen Teil des Wegs kann ich ja schwimmen.« Ehe sie sich versah, war er aufgesprungen und hatte sie in die Höhe gehoben. Sie in den Armen, wirbelte er im Kreis herum, als wäre sie leicht wie ein Bündel Zuckerrohr. Lachend sah er, wie sie überrascht nach Luft schnappte. »Weißt du, was? Vielleicht bin ich doch noch nicht so gebrechlich, wie ich dachte.« Damit trug er sie zum Wasser hinunter.

»Laß mich runter! Du gibst doch nur an!«

»Das stimmt.« Bereits bis zur Hüfte im Wasser stehend, hob er sie noch höher und warf sie dann in das aufspritzende Naß. Für einen Moment war sie verschwunden, bevor sie wieder prustend auftauchte. »Sei vorsichtig, Katy, sonst erschrickst du noch die Engelfische.« Er duckte sich, als sie eine Handvoll Wasser auf ihn schleuderte, und tauchte kopfüber ins Meer. Gleich darauf kam er wieder an die Oberfläche und schwamm weiter. »Komm, du wolltest doch schwimmen! Wollen wir um die Wette schwimmen?«

»Das wirst du noch bereuen!« Wie ein Delphin tauchte sie hinter ihm ein, und als sie endlich wieder hochkam, war sie ihm ein ganzes Stück voraus. »Bilde dir ja nicht ein, ich lass' dich aus Anstand gewinnen!« rief sie zurück.

Er lachte laut auf und kraulte zu ihr heran. »Von wessen Anstand reden wir – von deinem oder von meinem?«

Und sie schwammen. Er blieb immer eine halbe Länge hinter ihr und schrie, gleich werde er sie überholen, doch als sie die

Stelle erreichten, wo ihre Kleider lagen, hatte sie immer noch einen Vorsprung.

»Und jetzt soll ich Euch wohl an Land tragen, Käpt'n?« Sie ließ ihre Füße den sandigen Meeresboden berühren, drehte sich nach ihm um und wartete auf ihn. »Denn Ihr seid ja vermutlich erschöpft, oder?«

»Verdammt noch mal!« Mit schwerem Atem stand er neben ihr. »Ein Seemann läßt sich niemals im Wasser erwischen. Und jetzt weiß ich auch, warum.« Er ergriff ihre Hand und sah zur Sonne hinüber. Der Nachmittag war bereits zur Hälfte vorüber. »Komm, wir müssen uns beeilen. Ich möchte deine kleine Insel erkundet haben, bevor es dunkel wird.«

Sie zog ihn zurück und küßte ihn, umspült vom Wasser der Lagune. »Hugh, dies ist der schönste Tag in meinem Leben. Ich werde ihn nie vergessen.« Noch einmal küßte sie ihn, und diesmal erwiderte er ihren Kuß. »Können wir wieder herkommen? Bald?«

»Vielleicht. Falls dir die vielen Ehevertragsverhandlungen noch Zeit für so was lassen.« Er ließ die Hand über ihre glatten Gesäßbacken wandern und küßte sie dann fest auf den Mund, unwiderruflich zum letztenmal. »Jetzt müssen wir aber endlich an die Arbeit, Katy. Komm!«

Als sie sich wieder ankleideten, beobachteten die Pferde sie erwartungsvoll und scharrten vor Ungeduld. Sie zog die Bänder ihres Mieders fest, ging dann zu ihrer Stute und flüsterte ihr etwas zu.

»Wir können die Pferde nehmen, wenn du meinst, sie brauchen etwas Bewegung.« Er warf einen Blick zu den Felsen hinüber. »Ich glaube, sie könnten es schaffen.«

»Coral kann überallhin, wo du auch hinkommst.«

»Dann soll sie uns das mal beweisen.« Er bückte sich und löste die Fessel von den Vorderbeinen seines Wallachs. Dann ergriff er die Zügel und schwang sich in den Sattel. »Also los!«

Die Pferde bahnten sich ihren Weg durch das hohe Gesträuch in Richtung Inselmitte. Bis auf das gelegentliche Grunzen von Wildschweinen im Dickicht war alles um sie herum still. Es dauerte nicht lange, bis sie das Buschwerk hinter sich hatten. Die

Pferde trabten im hellen Sonnenschein einen grasbewachsenen Hang hinauf, auf dem ihnen nur hier und da ein Felsen im Weg stand. Als sie am Fuß der felsigen Erhebung anlangten, glitt er aus dem Sattel und band sein Pferd an einem kleinen grünen Baum fest. »Was jetzt kommt, schafft kein Pferd.« Er ergriff Corals Zügel, um Katy beim Absitzen behilflich zu sein. »Laß uns zu Fuß weitergehen.«

Hinter ihnen erstreckte sich jetzt die langgezogene Küste von Barbados bis an den westlichen Horizont. Der südliche Teil der Küste, in Richtung Oistins, wurde von dem Hügel abgedeckt.

»Dort oben könnte ein guter Ausguck sein.« Er nahm sie beim Arm und half ihr über die ersten Felsvorsprünge hinweg. Von jetzt an ging es auf einem gewundenen Pfad ziemlich steil bergan. »Ich bin überzeugt, daß man von dort oben bis zehn Meilen weit in jede Richtung sehen kann.«

»Ich habe mich oft gefragt, wie Oistins Bay von hier oben aussehen mag. Aber so weit bin ich bisher nie gekommen.« Sie legte ihm zärtlich die Hand auf die Schulter. Sein Wams war alt und braun und ganz verkrustet von Schweiß. Offenbar liebte er abgetragene und von Wind und Wetter mitgenommene Kleidung – trotz der Entdeckung, die sie kürzlich in seiner Kajüte gemacht hatte. »Um diese Zeit muß der Hafen wunderschön aussehen.«

»Du kannst vermutlich sogar die Plantage deines Galans Walrond sehen, falls du weißt, wo genau sie liegt.« Er deutete vage nach links. »Hast du nicht gesagt, ungefähr dort?«

Schweigend nickte sie, froh darüber, daß er nicht weiter davon sprach. Sie näherten sich jetzt der Kuppe, einer felsigen Plattform auf der obersten Spitze des Felsens.

»Und jetzt hinauf, Katy!« Er hielt sich an einer hervorstehenden Felskante fest und schwang sich hinauf. Dann reichte er ihr die Hand hinunter, um sie ebenfalls nach oben zu ziehen.

»Das ist ja . . .« Sie verstummte.

»Was?« Er schaute sie verdutzt an.

»O Gott, Hugh! Das kann doch nicht wahr sein.« Sie zeigte hinüber nach Südosten. Alle Farbe war aus ihrem Gesicht gewichen.

Er fuhr herum und spähte mit zusammengekniffenen Augen in den nachmittäglichen Dunst hinaus.

Draußen auf See hoben sich die gelbbraunen Silhouetten von acht englischen Kriegsschiffen vom Blau des Meeres ab. Sie befanden sich mit vollen Segeln auf Kurs Nordnordost, und auf den Decks drängten sich behelmte Infanteristen. Die Schiffe hielten geradewegs auf Oistins Bay zu.

»Die Feldschanze! Warum schießen sie nicht?« Er griff instinktiv nach seiner Pistole im Leibgurt. »Ich habe keinen einzigen Schuß gehört. Was ist denn mit Walronds Regiment los? Die lassen sie einfach landen!«

»Wie können sie das der Insel bloß antun? Sie sind doch Königstreue, die schärfsten Gegner Cromwells. Wieso verraten sie uns?«

»Wir müssen so schnell wie möglich zurück nach Bridgetown reiten, um dort die ganze Bürgerwehr zusammenzuziehen. Außerdem müssen wir versuchen, die Leute von Jamestown herbeizurufen.«

»Ich habe gar keine Warnschüsse gehört.« Sie beobachtete, wie die englischen Fregatten beim Einlaufen in die Bucht die Segel refften, und blickte dann auf seine Pistolen. »Wie lautet das Signal für Oistins?«

»Du hast recht.« Er zog die Steinschloßpistole aus dem Leibgurt heraus und reichte sie ihr. »Vier Schüsse – zwei kurz hintereinander und dann noch mal zwei. Ich bezweifle allerdings, daß irgend jemand unsere Schüsse hören wird.«

»Laß es uns trotzdem versuchen! Eine halbe Meile weiter westlich liegt unten an der Küste die Plantage von Ralph Warner. Der ist Mitglied in der Versammlung.«

Er nahm auch die zweite Pistole aus dem Gurt. »Wenn du den ersten Schuß abgegeben hast, ziehst du diesen kleinen Abzug durch, dann dreht sich der zweite Lauf so herum, daß er schußbereit ist. Aber sieh erst nach, ob auch Pulver aufgeschüttet ist!«

»Das war das erste, was ich getan habe.« Verärgert runzelte sie die Stirn. »Ich bin mir ziemlich sicher, daß ich nicht viel schlechter schießen kann als du. Es wird Zeit, daß du lernst, mir zu vertrauen.«

»Katy, angesichts dessen, was dort drüben passiert, bist du so ziemlich der einzige Mensch auf Barbados, dem ich überhaupt noch vertraue. Bist du fertig?«

Er hob die Pistole über den Kopf, dann knallte es zweimal rasch nacheinander laut auf. Unmittelbar darauf gab Katherine den zweiten Teil des Signals. Als sie ihm die Pistole zurückreichte, deutete sie auf die Siedlung Oistins. »Schau, siehst du sie, dort unten an der Feldschanze? Das müssen doch Leute von Anthonys Regiment sein. Jedenfalls weht da ihre Fahne. Sie scheinen runtergekommen zu sein, um die Flotte zu begrüßen.«

»Dein hübscher Verlobter scheint seine Seele und seine Ehre verkauft zu haben. Dieser Schuft von einem Royalisten . . .«

Er unterbrach sich selbst und faßte sie am Arm. Aus westlicher Richtung hörte man ganz leise zwei Musketenschüsse, dann noch einmal zwei. Das Signal!

»Reiten wir nach Bridgetown zurück, so schnell uns unsere Pferde tragen. Ich übernehme das Kommando über die Bürgerwehr und werde Anthony Walrond zeigen, was eine Harke ist.« Er riß sie hinter sich her. »Komm, beeil dich! Einen fairen Kampf zu verlieren, ist *eine* Sache. Aber verraten zu werden, ist etwas anderes. Mit mir nicht! Das schwöre ich bei Gott!«

Noch nie hatte sie in seinen Augen einen solchen Zorn lodern sehen – einen Zorn, der aus dem tiefsten Grund seiner Seele kam.

Das also trieb ihn wirklich: Ehre. Ein einmal gegebenes Wort mußte gehalten werden. Jetzt endlich wußte sie es.

Sie griff nach dem Sattelknauf, als er sie förmlich auf ihr Pferd hinaufwarf. Die Stute wieherte erschrocken. Eine Sekunde darauf saß auch Winston im Sattel und jagte auf seinem Pferd die mit Gebüsch bestandene Böschung hinunter.

»Hugh, warte!« Sie duckte sich, um einem dicken Ast auszuweichen, und gab Coral dann die Sporen, um sich an seine Seite zu setzen. »Was für einen Grund könnte Anthony haben, so etwas zu tun? Und was ist mit Jeremy? Er wird vor Scham vergehen.«

»Du solltest dir lieber Sorgen um die Freisassen-Versammlung machen. Die ist schließlich das Werk deines Vaters. Meinst du, sie würden ihn verraten?«

»Ein paar von ihnen traten dafür ein, die Waffen zu strecken. Sie haben Angst, daß ihre Pflanzungen verwüstet werden, wenn dieser Krieg sich ausweitet.«

»Nun, du kannst ihm versichern, daß weitergekämpft wird – und wenn ich ganz allein kämpfen muß mit meinen Leuten.«

Er hatte den grasbewachsenen Hang erreicht, der hinunterführte zum Strand, und gab seinem Pferd jetzt die Sporen. Wenig später durchwateten die verängstigten Pferde das seichte Wasser. Vor ihnen lag das grüne Ufer von Barbados. »Bei Gott, es wird einen Krieg geben, wie sie ihn noch nie erlebt haben. Spätestens morgen früh, wenn die Sonne aufgeht, wird diese gottverdammte Insel in Flammen stehen!«

Fünfzehntes Kapitel

»Euer Diener, Sir.« Anthony Walrond stand, die Hand auf dem Degen, im Schatten der Feldschanze von Oistins. Edmond Calvert kam vom Beiboot langsam den Strand herauf, flankiert von James Powlett und Richard Morris. Es war halb vier Uhr nachmittags, genau wie verabredet. Sie mußten noch vor Einbruch der Dämmerung die Männer und die Vorräte an Land bringen; danach sollte sich die Dunkelheit schützend über sie legen. »Ich vertraue darauf, daß Eure Pünktlichkeit ein Indiz dafür ist, daß Ihr auch in wichtigeren Dingen zuverlässig seid.«

»Und der Eure, Sir. Auch ich zähle auf Eure Zuverlässigkeit.« Calvert nahm den dunklen Hut vom Kopf und deutete eine leichte Verbeugung an. Sodann drehte er sich um und deutete auf die beiden Männer hinter ihm. »Vize-Admiral Powlett kennt Ihr ja bereits. Und wenn ich recht unterrichtet bin, ist auch Kommandant Morris Euch nicht gänzlich unbekannt.«

»Ich hatte in der Vergangenheit ein paarmal die Ehre.« Walrond nickte Morris kühl zu, erwiderte jedoch nicht das flüchtige Lächeln, mit dem der Befehlshaber der englischen Infanterie ihn bedachte. Der alte Haß, gewachsen in den Jahren der Kämpfe in England, loderte wieder auf.

»Können wir dann zum Geschäftlichen kommen?« Calvert wandte sich wieder Walrond zu und zog ein Bündel Papiere aus der Weste. »Die Vorräte, über die wir uns geeinigt hatten, stehen bereit. Ich habe meinen Proviantmeister eine Liste aufsetzen lassen, damit Ihr Euch überzeugen könnt.«

Walrond nahm die Papiere entgegen und warf dann einen Blick hinaus zu den Schiffen. Nun ist es also tatsächlich soweit, dachte er wehmütig. Aber so wahr Gott mein Zeuge ist, wir haben alles Menschenmögliche getan. Jetzt gibt es kein Zurück mehr.

Als er das Wachssiegel auf dem Bündel erbrach, nahm er wahr, daß es auf den heutigen Tag, auf Freitag, datiert war. War alles das wirklich in der kurzen Zeit seit Montagabend geschehen, da er sich bei Sonnenuntergang mit Powlett getroffen hatte, um die erste Fassung der Bedingungen von Calvert entgegenzunehmen und mit den Verhandlungen zu beginnen?

Er hatte sein Bestes getan, dem Rat Vernunft beizubringen und zu einem ehrenvollen Abkommen zu kommen, das die Bürgerwehr unangetastet ließ. Doch eine Handvoll von Heißspornen hatte sich für Widerstand um jeden Preis stark gemacht und schließlich im Rat die Oberhand gewonnen. Die einzig verbliebene Chance, die Insel zu retten, lag jetzt darin, sie zu einer schnellen und möglichst schmerzlosen Kapitulation zu bewegen. Der Sieg bestand darin, Kraft zu bewahren bis zu dem Tag, an dem man den Kampf wieder aufnehmen konnte.

Er richtete den Blick noch einmal zur Flotte hinüber und dachte an die Ereignisse, die sie hier zusammengeführt hatten: an den Abfall seines eigenen Regiments, das einst zu den besten des Königs gehört hatte.

Am Montag bei Sonnenuntergang hatte er den Hinterraum der *Dolphin Tavern*, die direkt am Ufer der Oistins Bay stand, in Beschlag genommen, um dort mit Powlett zusammenzutreffen. Die ganze Nacht hindurch waren die Emissäre mit den Vertragsbedingungen hin- und hergerudert zwischen der Taverne und der *Rainbowe*, die draußen vor Anker gelegen hatte. Als das Flaggschiff dann bei Morgengrauen die Segel hißte und aufs offene Meer hinauslief, hatte Anthony Walrond ein von Edmond Calvert unterzeichnetes Dokument in den Händen gehalten. Es hatte das Ende der Blockade vorgesehen, das Recht der Insel, bewaffnet zu bleiben und sich weiterhin in den sie selbst betreffenden Angelegenheiten allein zu regieren, sowie eine Amnestie für alle. Der Preis für all dies – und ohne Gegenleistung ging es ja nun einmal nicht – hatte in der Zusicherung bestanden, das Commonwealth anzuerkennen und gegen die Einsetzung eines neuen Gouverneurs und eines neuen Rats keine Einwände zu erheben.

Am Dienstag hatte er dann einen kleinen, vertrauten Kreis royalistischer Offiziere im *Dolphin* empfangen und ihnen die Kapitulationsbedingungen unterbreitet. Sie hatten eine nach der anderen überprüft, sie heftig diskutiert und waren endlich durch Abstimmung zu dem Schluß gekommen, daß keine besseren Bedingungen zu erreichen wären. Man hatte einen Toast ausgebracht auf die spätere Wiederherstellung der Monarchie unter Charles II. und noch in derselben Nacht ein Boot mit der gegengezeichneten Abschrift des Abkommens zur *Rainbowe* geschickt.

Am Mittwoch hatte Edmond Calvert, wie mit Walrond besprochen, der Freisassen-Versammlung ein Duplikat der Kapitulationsbedingungen zukommen lassen und zu verstehen gegeben, dies sei nun endgültig sein letztes Angebot. Von den geheimen Verhandlungen, aus denen dieses Dokument hervorgegangen war, hatte man nichts verlauten lassen. Im Verlauf der von der Versammlung sofort aufgenommenen Beratungen hatte Dalby Bedford erklärt, er könne es nicht verantworten, daß seine eigenen Machtansprüche auch nur einen einzigen weiteren Tod zur Folge hätten; er werde die Bedingungen akzeptieren und zurücktreten, wenn die Versammlung – die schließlich eine demokratische Körperschaft sei und jetzt entscheiden müsse, ob man weiterkämpfen oder verhandeln wolle – dies so wünsche. Sodann hatte er über das vorliegende Dokument abstimmen lassen. Es wurde mit einer knappen Mehrheit gebilligt; ein ehrenhafter Friede schien greifbar nahe.

Doch dann wurde das so sorgfältig gewirkte Gewebe zerrissen. Es war ein Komitee gebildet worden, das die Antwort der Versammlung abfassen sollte. In der hitzigen Atmosphäre gelang es einigen der eher zum Weiterkämpfen neigenden Mitglieder, eine zusätzliche Klausel in das Abkommen einzufügen, derzufolge *die rechtmäßige Regierung dieser Insel, wie sie eingesetzt wurde nach dem Gesetz und nach unserem Willen, weiterhin im Amt bleiben soll.* Die durch Abstimmung um diesen Satz erweiterten Kapitulationsbedingungen waren dann zu Calvert zurückgeschickt worden – ein Fehdehandschuh, dem Admiral vor die Füße geworfen. Die Gruppe derer, die glaubten, weiterhin trutzen zu müssen, hatte gejubelt und auf den Sieg über jene getrunken, die für die ursprünglichen Bedingungen eintraten.

Noch in derselben Nacht hatte Calvert eine neue Botschaft an Anthony Walrond geschickt und ihn gebeten, sich mit seiner Einheit dem Commonwealth anzuschließen – ein Schritt, der, wie er schrieb, die Versammlung bestimmt zur Vernunft bringen würde. Diese Einladung hatte er mit einem zusätzlichen Angebot verbunden: Er werde sich bestreben, Oliver Cromwell zu bewegen, jedem royalistischen Offizier, der sich ihm jetzt anschließe, die beschlagnahmten Güter in England zurückzugeben.

Am Donnerstag hatte Anthony sich noch einmal mit den Offizieren seines Regiments zusammengesetzt, und diese hatten begeistert dafür gestimmt, zur Flotte überzugehen. Schließlich, so rechtfertigten sie ihr Tun, hatten die Extremisten in der Versammlung einen ehrenhaften Frieden zurückgewiesen. Anthony übermittelte in der darauffolgenden Nacht Edmond Calvert diese Entscheidung und machte nur die Lieferung von Musketenkugeln und fünfzig Fäßchen Schießpulver zu seiner Bedingung.

Heute morgen nun, kurz vor Morgengrauen, war ein Boot von der *Rainbowe* eingetroffen: Calvert hatte die Bedingungen akzeptiert und dies durch seine Unterschrift bestätigt. Beklommen hatte Anthony Walrond Befehl gegeben, die englische Flagge über der Feldschanze von Oistins aufzuziehen; das war das verabredete Signal für Calvert gewesen. Um kein Risiko einzugehen, hatte er befohlen, daß vor Einlaufen der Flotte und Landung der Truppen kein Angehöriger der Bürgerwehr Oistins mehr verlassen dürfe.

Die acht Kriegsschiffe, die am Nachmittag in die Bucht eingelaufen waren, wurden angeführt durch die *Rainbowe*. Edmond Calvert, so hatte Anthony gesehen, war aufs Achterdeck hinaufgestiegen und hatte verfolgt, wie die Kanonen der Feldschanze ins Landesinnere gerichtet wurden; dies hatte zu seinen Bedingungen gehört. Dann hatte der Admiral befohlen, ein Beiboot zu Wasser zu lassen, und war an Land gekommen . . .

»Diese Bestände müssen noch vor Einbruch der Dunkelheit ausgegeben werden.« Anthony studierte noch immer die Liste. »Anderenfalls werden meine Leute nicht einmal dazu gebracht werden können, einen Kurzspieß zu heben.«

Wenn weiter nichts ist, sagte sich Calvert. Ich habe mein Ziel erreicht. Wir sind auf Barbados gelandet. Die Insel gehört uns. »Die erste Ladung Pulver werden wir noch vor Sonnenuntergang an Land gebracht haben. Die Musketenkugeln und die Lunten für Euch sind auf der *Marston Moor*, aber ich nehme an, der größte Teil wird bis dahin ebenfalls ausgeladen sein.«

»Und was ist mit dem Rest des Pulvers, Sir?« Er deutete auf die Liste. »Das brauchen wir am allernötigsten. Einige von den Truppen haben viel zuwenig Pulver, und falls es zu Kämpfen kommt, werden wir wohl auf das Eure angewiesen sein.«

Guter Gott im Himmel! Calvert warf einen bestürzten Blick auf Morris. Hätte ich geahnt, wie schlecht sie ausgerüstet sind, hätte ich vielleicht doch lieber . . .

»Nun, Sir, was ist mit dem Schießpulver?« Anthonys Stimme klang entschlossen. »Wir können die ganze Operation noch in diesem Augenblick stoppen, wenn Ihr . . .«

»Ich habe Befehl gegeben, daß zehn Fäßchen an Land gebracht werden. Das sollte fürs erste reichen. Ich gebe Euch mein Ehrenwort, daß Ihr den Rest bis morgen früh bekommt.« Er blickte zu den Schiffen hinüber. »Wie lange brauchen wir nach Eurer Meinung, um die Infanterie in Stellung gehen zu lassen?«

»Wir haben weniger Zeit als erhofft. Vor einer halben Stunde hörten wir das Oistins-Signal.« Walrond folgte Calverts Blick. Die Sonne stand als feurige Scheibe über dem westlichen Horizont – ein Sinnbild dieser furchtbaren Karibik, das ihn unablässig an das England erinnerte, das er verloren hatte. »Falls die

Bürgerwehr den Kampf mit uns aufnehmen will, werden sich die Männer jetzt wahrscheinlich gerade in Bridgetown versammeln. Möglicherweise schaffen sie es, noch in der kommenden Nacht einen Teil der Truppen in Marsch zu setzen. Das hieße, daß sie bis zum Morgengrauen hier sein könnten.«

»Dann sollten wir jetzt entscheiden, wo wir in Stellung gehen.« Calvert drehte sich um und winkte Morris heran, der mit bekümmerten Augen zugesehen hatte, wie seine abgerissenen Truppen aus den Booten stiegen und an Land wateten. »Was meinen Sie, Sir: Sollen wir uns in Oistins verschanzen, oder sollen wir lieber auf der Küstenstraße in Richtung Bridgetown marschieren, solange es noch einigermaßen hell ist?«

Bemüht, sich seine Gedanken nicht anmerken zu lassen, nahm Morris den Helm ab und schlug mit ihm nach den summenden Moskitos, die in der Abendluft tanzten. War dem Admiral denn eigentlich klar, wie ungeschützt die Männer in diesem Augenblick waren? Konnte man sich denn überhaupt auf die Zuverlässigkeit eines Anthony Walrond und seiner Royalisten verlassen? Das Ganze konnte eine Falle sein, die nur darauf abzielte, die Infanterie an Land zu locken. Er hatte es zwar geschafft, fast vierhundert Mann auf den Schiffen zusammenzubekommen, doch die Hälfte von ihnen war vom Skorbut geschwächt. Selbst ohne die Truppen, die vermutlich von Bridgetown kamen, waren seine Leute in der Unterzahl. Wenn sich Walronds Leute jetzt gegen sie wendeten, wäre der gesamte Einfluß des Commonwealth in Gefahr. Ob sie es überhaupt noch schafften, zurück auf die Schiffe zu kommen?

Vorsicht war im Moment das wichtigste. Und das bedeutete, daß man auf gar keinen Fall Walronds Regiment oder irgendwelche Einheiten der Bürgerwehr eine Stellung einnehmen lassen durfte, aus der sic ihnen den Rückzug abschneiden konnten.

»Wir brauchen eine Garnison für diese Leute, einen Platz, wo sie ihre Zelte aufschlagen können.« Bedachtsam sah er Walrond an. »Ich halte es für das beste, wenn wir unsere Leute fürs erste unter getrenntem Kommando behalten. Jeder von uns kennt seine eigene Truppe am besten.«

»Wie Ihr wollt, Sir.« Anthony witterte, daß Morris auf der

Hut war. Diese Vorsicht beweist, daß er ein guter Befehlshaber ist, sagte er sich, trotzdem soll ihn der Teufel holen! Er weiß genausogut wie ich, daß wir unsere Streitkräfte vereinigen müssen. »Ich schlage vor, daß wir die Männer für die kommende Nacht ein Stück landeinwärts marschieren lassen, zu meiner Plantage. Eure Offiziere könnt Ihr in meinen Tabakschuppen unterbringen, und die Mannschaften können auf dem Feld kampieren.«

»Könnte man dieses Gelände verteidigen?« Noch immer beobachtete Morris mit bangem Gefühl die Boote, mit denen seine Leute an Land gebracht wurden. Helme und Brustpanzer blinkten im Licht der untergehenden Sonne.

»Sollte es sich als nötig erweisen, aus taktischen Gründen einen Rückzug anzutreten, hättet Ihr dort nicht die See im Rücken wie hier.«

»*Aye*, aber das wäre wohl auch so ziemlich der einzige Vorteil.« Morris wandte den Blick zurück zu Calvert. »Ich würde dafür plädieren, so schnell wie möglich einige von den Schiffsgeschützen an Land zu bringen. Wahrscheinlich müssen wir die Stellung hier halten, zumal sie bestimmt mindestens doppelt soviel Reiterei haben wie Walrond.«

»Aber von der Küste der Oistins Bay werdet Ihr die Insel nicht einnehmen können, Sir, so sehr Ihr Euch das vielleicht auch wünscht.« Anthony spürte, wie Enttäuschung in ihm aufstieg. »Wir müssen so schnell wie möglich ins Landesinnere hinein.«

»Ich möchte heute nacht lieber hierbleiben.« Morris bemühte sich, Calvert seine Sorge verständlich zu machen. »Und das wird meine Order sein.«

»Sehr wohl, Sir«, erwiderte Walrond mit Blick auf seine Kavallerie. »Und vergeßt nicht die anderen Punkte unserer Abmachungen! Die Versammlung soll noch einmal Gelegenheit erhalten, die Bedingungen anzunehmen. Ihr seid verpflichtet, Euch noch ein letztesmal an Bedford zu wenden und ihn zu ersuchen, daß er sich als Engländer erweisen und die Versammlung bewegen möge, mit uns zu einer Einigung zu kommen.«

»Wie Ihr wollt, Sir.« Calvert wandte sich ab und verbiß sich eine weitere Bemerkung.

Immer ruhig weitersegeln, dachte er bei sich. Wir haben mehr Zeit als genug, die Insel niederzuringen – und Sir Anthony Walrond mit ihr. Die halbe Arbeit ist schon getan. Nun zum Rest. Wenn wir sie erst einmal kleingekriegt haben, werden wir ihnen schon zeigen, wie das Commonwealth mit seinen amerikanischen Besitzungen umzugehen gedenkt.

»Shango, hörst du mich?« Sie kniete neben ihrer Schlafmatte, ihre Stimme war flehend. Sie fragte sich, wie man wohl zu einem Yoruba-Gott betete. Auf dieselbe Weise, wie man zum Christengott betete?

Aber Shango war mehr.

Er war mehr als nur ein Gott. Er war auch ein Teil ihrer selbst, das wußte sie jetzt. Aber konnte er erst kommen, wenn er gerufen, beschworen wurde? Und mußte er erst von dem Körper eines Menschen Besitz ergreifen, um anwesend zu sein und seinen Willen durchsetzen zu können?

Wieder ertönten die harten Stakkato-Schläge der Trommeln. Ihre Yoruba-Worte, irgendwoher aus der Ferne kommend, trieben über das Dach des Hauses hinweg, überschwemmten sie mit Angst und beschwerten ihr das Herz.

Heute nacht, so sprachen die Trommeln, wird die Insel in Brand gesetzt. Und die *brancos* werden von den Flammen vernichtet werden.

Die Yoruba-Männer aller Plantagen auf der Insel waren bereit. Dies war der Tag, der Ogun geweiht war. Gerade in diesem Augenblick gab Atiba letzte Befehle aus; sie sollten wieder und wieder von den Trommeln über die Insel getragen werden.

Nachdem die flammenden Zuckerrohrfelder die *brancos* in Angst und Schrecken versetzt und bei ihnen ein heilloses Durcheinander hervorgerufen hätten, so sagten die Trommeln, sollten die Plantagenhäuser gestürmt und niedergebrannt werden. Keiner, der einen *preto* besaß, sollte am Leben gelassen werden. Sobald alle mächtigen *branco*-Sklavenhalter tot wären, würden sich die weißen Schuldknechte erheben und sich den Yoruba anschließen. Gemeinsam würden sie dann die Gewalt über die Insel an sich bringen.

»Ach, Shango, bitte!« Sie packte die Ränder ihrer dünnen Schlafmatte. Mach ihm begreiflich, daß kein Weißer ihnen helfen wird! Für die *brancos* sind die stolzen Yoruba-Krieger nichts weiter als *pretos*, schwarz und verachtungswürdig. Mach ihm begreiflich, daß er aus seinen Träumen gerissen werden wird! Sich jetzt zu erheben, würde bedeuten, die eigenen Leute hinzuschlachten. Und es würde bedeuten, daß die Sklaverei hier für immer bestehenbleibt.

In Wahrheit ging es ihr nur um Atiba. Zu wissen, daß er mit an Sicherheit grenzender Wahrscheinlichkeit aufgeknüpft werden würde und hinterher zur Abschreckung vielleicht sogar gevierteilt – das war mehr, als sie ertragen konnte. Sein Aufstand war völlig aussichtslos. Worauf stützte er seine Hoffnungen? Nicht einmal Ogun, der mächtige Kriegsgott, war den Waffen und der Gerissenheit der *brancos* gewachsen. Und auch nicht ihrer Verachtung für jeden, der afrikanisches Blut in den Adern hatte.

Atiba hatte angedeutet, er und seine Männer würden irgendwie Musketen auftreiben. Aber woher?

Am Nachmittag, vor nur wenigen Stunden, hatte sie ein anderes Signal über die Inseln gehen hören: die Musketenschüsse, die sich die *brancos* ausgedacht hatten, um bei einer Invasion Alarm zu geben. Später waren viele Abteilungen Kavallerie an ihr vorbei gen Süden geritten. Bei ihrem Anblick hatte sie traurig daran gedacht, daß Atiba und seine Yoruba-Krieger keine Pferde besaßen.

Hinterher hatte sie von den weißen Bediensteten erfahren, daß die Soldaten von der *Inglês*-Flotte wiederum auf die Insel gekommen waren. Das bedeutete, daß die gesamte Bürgerwehr wieder unter Waffen stand. Vermutlich war jetzt jede Muskete auf der Insel in der Hand eines Weißen; es war undenkbar, daß es noch irgendwo heimliche Waffenverstecke gab. Mindestens genauso schlimm war, daß die Soldaten der Flotte nach der Schlacht – und zwar völlig unabhängig von ihrem Ausgang – den Angehörigen der Bürgerwehr bestimmt helfen würden, Atiba und seine Männer zu jagen und ihrer habhaft zu werden. Wenn es darum ging zu verhindern, daß afrikanische Sklaven die

Insel in ihre Gewalt brachten, würden alle *brancos* zusammenstehen.

»Shango, halte sie auf!« Ogun hat die Yoruba durstig gemacht nach Blut. Aber das Blut auf ihren Lippen wird schon bald ihr eigenes sein!

Betrübt erhob sie sich. Sie zog das weiße Kleid über den Kopf. Dann griff sie unter die Matte und zog die kleine Holzschnitzerei hervor, die sie aus Atibas Hütte entwendet hatte. Sie nahm das Tuch ab, das sie darum gewickelt hatte, und betrachtete noch einmal die aus frischem Holz geschnitzte doppelschneidige Axt. Die Figur an die Brust gedrückt, stieg sie dann auf Zehenspitzen die knarrende Hintertreppe hinab. Sie hatte keine andere Wahl: Sie mußte sich an den einzigen Ort begeben, von dem sie wußte, daß sie Shango dort finden konnte.

»Zur Hölle mit ihrem Brief!« Benjamin Briggs sah dem berittenen Boten aus Oistins nach, der, die weiße Flagge hochhaltend, weiter unten an der von Palmen gesäumten Straße im Dunkel verschwand. »Sollen wir etwa nachgeben und verhandeln? Wo wir jetzt genügend Männer und Pferde bereitstehen haben, um sie ins Meer zurückzuwerfen?«

»Das Schreiben ist an mich gerichtet, aber das ist gewiß nur eine Formalität. Zweifellos ist es für die gesamte Freisassen-Versammlung bestimmt.« Bedford drehte das Bündel hin und her und trat näher an den Tisch mit den Wachsstöcken heran. »Es stammt von Admiral Calvert.«

In dem großen Zimmer von Nicholas Whittingtons Plantagenhaus drängten sich die Offiziere der Bürgerwehr. Es waren nicht viele Helme zu sehen; die meisten Männer hatten die schwarzen Hüte auf, die sie auch auf den Feldern trugen. Musketen sowie Bandeliers mit Pulverhülsen und Kugeln waren in einer Ecke gestapelt. Ab und zu kam durch die Fensterläden ein frischer Windstoß in den von stickiger Luft erfüllten Raum.

Dem Aufruf des Nachmittags waren nicht einmal dreitausend Mann gefolgt; die Bürgerwehr hatte nur noch die Hälfte ihrer früheren Stärke. Sie waren bei Sonnenuntergang von Bridgetown aus nach Westen marschiert und kampierten jetzt auf ehemaligen Tabakfeldern der tausend Morgen umfassenden Whittington-Plantage, die, drei Meilen vom Südwestrand der Walrond-Plantage entfernt, nahe der Südküste lag.

»Nun, wir sind beschlußfähig, da genug Angehörige der Versammlung anwesend sind.« Sich am Bart kratzend, trat Colonel George Heathcott vor. Er war noch immer ganz fassungslos, daß Anthony Walrond zu den Rundköpfen übergelaufen war. »Falls sie uns noch in letzter Minute ein neues Angebot machen sollten, kann sich die Versammlung also noch ganz offiziell mit ihm beschäftigen.«

»Ich bin davon überzeugt, daß die Versammlung ab jetzt jeden Fall von Verrat erkennen wird«, fiel Briggs ihm ins Wort. »Ich habe Euch gewarnt, daß wahrscheinlich genau dies passieren würde. Wenn man ohnehin seiner Rechte verlustig geht, spielt es eben kaum eine Rolle, ob man sie freiwillig oder unter vorgehaltener Muskete aufgibt.«

»*Aye*, ich wette, daß auch diesmal wieder ein Walrond die Hand im Spiel hat, ganz egal, wer die Zeilen verfaßt hat. Das ist doch nur ein weiterer Versuch von ihm, die ehrlichen Männer dieser Insel hinters Licht zu führen.« Tom Lancaster spuckte aus. Er dachte an das Zuckerrohr, das erntereif auf seinen Feldern stand. Fünfhundert Morgen, fast die Hälfte seines gesamten Bodens, waren mit Zuckerrohr bepflanzt – und nun mußte er erkennen, daß eine unzuverlässige Bürgerwehr und eine Versammlung, deren stimmberechtigte Mitglieder zur Hälfte nicht einmal ein Dutzend Morgen ihr eigen nannten, über das Schicksal seiner zukünftigen Gewinne entschieden. »Er hat die Zukunft und die Freiheit dieser Insel für vierzig Silberlinge verkauft.«

»Oder für den Gouverneursposten«, unterbrach Heathcott ihn. »Denkt an meine Worte.«

»Nur über meine Leiche!« Briggs' Gesicht lief im Kerzenlicht rot an. Er fragte sich, was die Eindringlinge wohl mit seinem Zucker machen würden. Ob sie den Zucker beschlagnahmen und ihn selbst damit zugrunde richten werden? »Ich sage, wir kämpfen bis zum letzten Mann – egal, was passiert.«

Dalby Bedford hatte den Brief durchgelesen und sah jetzt

auf. »Ich meine, wir sollten noch ein letztesmal abstimmen. Es gibt . . .«

»Wie lauten die Bedingungen?« wurde er von Briggs unterbrochen.

»Es scheinen dieselben zu sein. Er geht wohl davon aus, daß wir jetzt, wo er gelandet ist, freiwillig die Waffen strecken.« Bedford stockte. Konnte die Unabhängigkeit den Tod von noch mehr Menschen rechtfertigen? Und weitere Tote wären unweigerlich die Folge, wenn sie sich für den Kampf entschieden – für einen Kampf, bei dem jetzt Pflanzer gegen Pflanzer stehen würden. »Aber es sieht so aus, als wäre er bereit zu verhandeln.«

»Dann laßt uns das Angebot hören.« Briggs sah sich im Raum um. »Nur sollte sich jeder Mann hier darüber klar sein, daß wir außer Calverts Wort keine einzige Garantie haben. Jedes Zugeständnis, das er sich vielleicht abringen läßt, müßte erst vom Parlament gebilligt werden.«

»Wenn Ihr gestattet, Sir.« Bedford bat mit einer Handbewegung um Ruhe, nahm die Kerze vom Tisch, hielt sie über das Pergament und las dann mit lauter Stimme den Brief vor.

Mein Herr, ich habe Euch bereits mehrmals die Aufforderung zukommen lassen, Euch unter fairen Bedingungen der neuen Macht zu beugen, die in Eurem Heimatlande regiert, und auf diese Weise Euch und alle Gentlemen dieser Insel vor dem sicheren Ruin zu bewahren, den es für die Insel und für Euch selbst bedeuten würde, wenn Ihr weiterhin in Starrsinn verharrt.

Wiewohl ich nun von einem beträchtlichen Teil der Insel willkommen geheißen wurde, nachdem ich meinen Auftrag, im Namen Englands einen Gouverneur zu ernennen, kundgetan habe, biete ich Euch wie zuvor Gnade und Wohlwollen, denn es kann kein Wechsel des Glücks meiner Verständigungsbereitschaft Abbruch tun. Ich fordere Euch daher auf, Euch wie die anderen auf dieser Insel meinem genannten Auftrag nicht zu widersetzen – in der Erkenntnis, daß wir nunmehr beträchtliche Teile dieser edlen Insel in Besitz haben.

Briggs trat vor. »Es ist schon jetzt unverkennbar, daß sie uns täuschen wollen. Sie halten Oistins und keinen Fußbreit mehr. Mit den Männern und Pferden, über die wir verfügen, können wir sie . . .«

»Laßt mich erst den Rest vorlesen«, fiel Bedford ihm ins Wort. »Es sind nur noch ein paar Zeilen.« Er hielt den Wachsstock höher und las weiter.

Sowohl meine Ehre als auch meine Selbstlosigkeit gebieten mir, mich für Euer Wohlergehen einzusetzen, zu welchem Behufe ich die Bedingungen beifüge, welche das Regiment von Oistins akzeptiert hat. Solltet Ihr Einwendungen gegen einzelne Bedingungen machen wollen, laßt mich selbiges wissen, und ich werde geeignete Personen beauftragen, sich mit ihnen zu befassen. Durch Unterzeichnung dieser Verhandlungsgrundlage werdet Ihr weiteres Blutvergießen verhindern und sowohl Euch als auch Eure Güter vor dem Ruin bewahren.

Solltet Ihr Zweifel an meiner Ermächtigung zum Aushandeln dieser Bedingungen haben, so wisset, daß ich nicht nur mit meiner eigenen Ehre dafür einstehe, sondern auch mit der Ehre Englands – und mehr kann ein vernünftiger Mensch nicht verlangen. Somit verbleibe ich

Euer Diener, Admiral Edmond Calvert

Briggs griff nach dem Brief. »Mein Gott, was soll dieses Geschwätz von Ehre und so weiter! Diese Insel ist gerade von jenen Männern verraten worden, die ununterbrochen das Wort Ehre im Munde führen.« Er sah sich unter den Mitgliedern der Versammlung um. »Sie kennen doch unsere eigenen Bedingungen. Ihre Antwort ist die Invasion. Ich schlage vor, wir lassen die Waffen entscheiden und reden *dann* von Ehre.«

Ein ergrautes Mitglied der Versammlung ergriff das Wort. »Calvert droht mit Krieg, trotz aller beschwichtigenden Worte. Und er behauptet, daß die Einheit von Barbados im Krieg gegen die Macht Englands zerbricht.«

»*Aye*, aber hat man erst einmal die Erfahrung gemacht, daß ein Hund, dem man einen Tritt gibt, beißt, lernt man, sich vorzusehen.« Zum wiederholten Male mußte Briggs an die ertragreichen Jahre denken, die vor ihnen lagen, sofern es ihnen nur gelang zu verhindern, daß ihre Geschicke und ihr Handel von England kontrolliert wurden. »Wir müssen Cromwell nur eine deutliche Lektion erteilen, und er läßt uns künftig in Ruhe.«

»Aber hat dieser Hund, von dem Ihr sprecht, genug Biß, um eine regelrechte Invasion zurückzuwerfen?« Heathcott sah sich im Kreis der anderen Mitglieder um. Die Frage hatte in der Luft gelegen. Schlagartig verstummte die Versammlung. Keiner kannte die genaue Stärke der Invasionstruppen nach ihrer Vereinigung mit Walronds Regiment. Und was noch wichtiger war: Niemand wußte, ob die Bürgerwehr von Barbados überhaupt genug Mut besaß, sich diesen Truppen entgegenzustellen.

»Er ist eingetroffen, Euer Gnaden.« Ein dünner, sehniger Diener in braunem Hemd stand in der Tür. Hinter ihm trat ein anderer Mann in den Raum. Er trug keinen Hut, sein Rock war verschmutzt. Wache Augen blickten aus dem zerfurchten Gesicht.

Hugh Winston war von der Versammlung einstimmig zum Oberbefehlshaber der Bürgerwehr von Barbados ernannt worden.

»Euer Diener, Kapitän.« Bedford begrüßte ihn mit einem Nicken. »Wir warten darauf zu hören, was Ihr in Erfahrung gebracht habt.«

»Meine Jungs sind gerade zurückgekommen. Sie melden, daß die Rundköpfe bis jetzt noch nicht weiter ins Landesinnere vorgedrungen sind. Sie haben ihr Lager am Strand von Oistins aufgeschlagen. Es sind zusammen mit Walronds Regiment nicht mehr als eintausend Mann.«

»Bei Gott, dann können wir sie doch noch aufhalten!« Briggs blickte nachdenklich in das Kerzenlicht. »Was tun sie jetzt? Machen sie sich marschbereit?«

»Es hat nicht den Anschein, jedenfalls noch nicht. Sie bringen gerade von der *Marston Moor* ein paar Geschütze an Land, ihre Neunpfünder. Die Musketen sind bereits an Deck gehievt worden und warten ebenfalls darauf, an Land geschafft zu werden.«

»Da habt Ihr es, Gentleman«, brummte Briggs. »Mit ihrem Gerede über Verhandlungen haben sie uns nur einzulullen versucht. Inzwischen haben sie alles dafür vorbereitet, die Kanonen ihrer Schiffe gegen uns einzusetzen.«

Bedford hielt den Brief in die Höhe. »Wie soll denn nun unsere Antwort lauten? Ich persönlich bin der Meinung, daß wir kämpfen müssen, wenn wir unsere eigenen Herren bleiben wollen.«

Die Männer nickten ernst. Bedford wandte sich an Winston. »Und wie steht es mit der Bürgerwehr?«

»Ich würde sagen, wir haben jetzt alle Männer und Pferde beisammen, die wir überhaupt bekommen können. Ich habe den uns verbliebenen Rest an Pulver und Kugeln verteilen lassen.« Er stand noch immer an der Tür. »Wir müssen noch heute nacht ausrücken und soviel Männer, Pferde und Artillerie wie möglich um sie herum in Stellung bringen; es könnte sein, daß das Wetter morgen früh umschlägt und wir dann nicht mehr so beweglich sind.« Er deutete nach Osten. »Es ziehen dunkle Wolken herauf, die mir gar nicht gefallen. Allerdings kommt im Augenblick auch ein recht starker Wind vom Ozean herüber. Das könnte sie natürlich ein bißchen aufhalten.«

»Was meint Ihr damit?« Briggs sah ihn an.

»Ich will sagen, daß auf der Bucht eine recht kabbelige See herrscht, und das könnte Calvert und seine Offiziere veranlassen, mit der Entladung der schweren Geschütze bis morgen früh zu warten. Dadurch könnten wir gerade die nötige Zeit gewinnen.«

»Dann darf ich also annehmen, Ihr möchtet, daß wir jetzt in der Dunkelheit losziehen?« Heathcott stieß den Laden auf und spähte nervös aus dem Fenster.

»In der Tat. Wir können ein paar Geschütze um sie herum in Stellung bringen und dann im Morgengrauen losschlagen, wenn sie noch nicht auf uns vorbereitet sind, das heißt, bevor sie die Gelegenheit haben, ihre Stellung mit den Schiffskanonen zu verstärken. Sie haben die Bucht im Rücken und fast keine Geschütze zur Verfügung außer denen, die auf der Feldschanze stehen.«

»Dann stelle ich den förmlichen Antrag, daß wir eine Antwort auf diesen Brief aufsetzen und sie durch einen unserer Kavalleristen überbringen lassen. Damit sie nicht glauben, es mangele uns an Entschlossenheit.« Bedfords Stimme klang sehr bestimmt. »Und dann lassen wir Kapitän Winston mit den Männern ausrücken.«

»Ich unterstütze diesen Antrag.« Heathcott stand mit funkelnden Augen auf. »Laßt uns die Antwort auf der Stelle abfassen und dann ans Werk gehen.«

»Sofort.« Whittington wandte sich an ein pummeliges irisches Mädchen, das neugierig in der Küchentür gestanden und zugesehen hatte, wie die Freisassen-Versammlung von Barbados im Wohnzimmer ihres Herrn tagte, und befahl ihr, Federkiel und Papier aus seinem Arbeitszimmer herbeizubringen.

»Gentlemen . . .« Bedford wartete, bis sich das Geraune im Raum gelegt hatte. »Ich schlage vor, wir schreiben etwa wie folgt: ›Ich habe Euer Schreiben erhalten und es sowohl dem Rat als auch der Versammlung bekanntgemacht. Beide Organe erklären hiermit, daß sie nach wie vor höchst verwundert darüber sind, daß ihnen ihr gesetzmäßiges Recht, diese Insel zu regieren, verwehrt werden soll.‹«

»*Aye*«, unterbrach Briggs ihn. »Und erwähnt bitte Anthony Walrond. Er soll ja nicht denken, wir hätten nicht begriffen, daß er die Insel eines persönlichen Vorteils wegen schnöde verraten hat.«

»Geduld, Sir.« Bedford bat mit einer Handbewegung um Ruhe. »Ich würde folgendes hinzufügen: ›Es hat weder der Verrat eines einzelnen Mannes uns so entmutigt noch die Verführbarkeit gewisser anderer durch ihn uns so sehr geschwächt, daß wir uns mit einem unehrenhaften Frieden abfinden würden. Für einen gerechten Frieden hingegen setzt sich niemand mehr ein als die rechtmäßig gewählte Versammlung von Barbados. Euer Diener, Gouverneur Dalby Bedford.‹«

»Trefflich formuliert, so wahr ich ein Christ bin.« Whittington nickte zustimmend. »Darüber können sie meinetwegen die ganze Nacht nachdenken. Aber sie werden auch morgen früh nichts anderes herauslesen können als unsere Entschlossenheit.«

Bedford bat um das Handzeichen. Jeder im Raum war einverstanden.

»Also erledigt.« Er schrieb den Brief rasch nieder, unterzeichnete ihn schwungvoll und reichte ihn dann Whittington. »Laßt den Hauptmann der Kavallerie hereinrufen. Einer seiner Männer soll das Schreiben unverzüglich nach Oistins bringen. Er kann den Geleitbrief mitnehmen, den Calvert beigefügt hat.«

Während Whittington nach dem Diener klingelte, winkte Bedford Winston heran. »Damit habt Ihr also die Genehmigung, mit der Bürgerwehr abzurücken, Kapitän. Ich würde vorschlagen, wir ziehen alle mit.« Er wandte sich noch einmal den versammelten Männern zu, die sich schon zum Abmarsch bereitmachten, ihre Bandeliers umlegten und sich ihre Musketen heraussuchten. »Die Sitzung der Freisassen-Versammlung von Barbados wird hiermit geschlossen. Sollten wir morgen nicht siegen, könnte es sein, daß es die letzte war, die jemals stattgefunden hat. Gott erhalte die Demokratie auf den Antillen! Laßt uns alle ein Gebet sprechen, Gentlemen, und dann losreiten.«

Winston drehte sich wortlos um und trat vor den Männern mit den schwarzen Hüten in die Nacht hinaus. Der Wind aus dem Osten hatte merklich aufgefrischt und brachte etwas Abkühlung nach der drückenden Hitze des Tages. Das Rasseln der Bandeliers brachte Leben in die Nacht. Pferde wieherten und scharrten im Laternenlicht. Winston trat in einen Kreis von Männern, die neben der Zisterne seitlich des Hauses warteten, und rief nach den Offizieren. Er wies die Männer an aufzusitzen und wollte gerade den Befehl zum Aufbruch geben, als unter den das Haus verlassenden Mitgliedern der Versammlung plötzlich große Unruhe entstand.

»Beim Blute Christi, das ist sehr merkwürdig.« Heathcotts Blick war gen Norden gerichtet, in Richtung der weiter im Landesinnern gelegenen Pflanzungen. »So etwas habe ich noch nie gesehen.«

Winston folgte seinem Blick. Ein matter Schein flimmerte am Horizont. Ehe er noch Zeit hatte zu überlegen, was es sein könnte, waren von den Quartieren der Diener, die hinter dem Haus lagen, Rufe zu vernehen.

»Master Whittington! Im Süden, auf Feld sechzig, brennt es! Im Zuckerrohr!«

»Verflucht!« Whittington raste um das Haus herum, um

selbst nachzusehen. Am Fuß des Hügels sah man Flammen in die Höhe züngeln. »Genau das hatte ich befürchtet – wo sich hier so viele unachtsame Kerle von der Bürgerwehr herumtreiben.«

»Die Bürgerwehr lagert aber gar nicht dort unten, Sir.« Briggs war hinter ihm hergegangen und schaute jetzt ebenfalls zu den Flammen hinüber. Plötzlich zuckte er zusammen. »Beim Blute Christi, das dort im Norden ist doch nicht etwa auch ein Feuer?«

Noch immer starrte Whittington zu den Flammen hinüber, als würde er seinen Augen nicht trauen. Doch dann geriet Leben in ihn. »Wir müssen mit ein paar Mann runter und auf dem Zuckerrohrfeld einen Graben ausheben. Wir müssen das Feuer aufhalten, bevor es das Haus erreicht!«

»Ich mache mir mehr Sorgen, daß es unsere Geschütze erreicht.« Winston spähte den Weg hinunter, der zum Lager der Bürgerwehr führte. »Wir müssen sehen, daß wir mit unseren Männern und den Geschützlafetten von hier fortkommen.«

»Ich bestehe darauf, daß ein paar von diesen Tagedieben hierbleiben und mein Zuckerrohr zu retten versuchen.« Whittington zeigte in Richtung des Bürgerwehrlagers. »Die sind zweifellos dafür verantwortlich.«

»Das kleine Zuckerrohrfeld ist gewiß bald ausgebrannt.« Winston hob die Hand. »Wir müssen jetzt endlich aufbrechen. Wir können es uns nicht leisten, Zuckerrohrbrände zu löschen.«

»Gott hat mich verdammt!« Mit schriller Stimme arbeitete sich Briggs durch die Menge zu Winston durch. »Ich habe den Eindruck, der Schimmer dort im Norden stammt ebenfalls von einem Feuer – und er kommt von *meiner* Plantage.«

»Selbst wenn es so ist, können wir nicht viel daran ändern.«

»Verdammt! Warum denn nicht?« Briggs blickte abermals zu dem Lichtschein am Horizont, dann sah er wieder Winston an. »Ich muß mit meinen Leuten hinreiten, und zwar so schnell wie möglich. Vielleicht können wir noch etwas ausrichten.«

»Ihr bekommt kein einziges Pferd und keinen Mann.« Winston hob die Hand. »Sobald ich meine Offiziere instruiert habe, rücken wir nach Oistins vor. Wir müssen noch vor Morgengrauen mitsamt unseren Geschützen in Stellung gegangen sein. Wenn wir sie nicht angreifen, bevor sie ihre gesamte Artillerie entladen haben, verspielen wir unsere – sowieso recht geringe – Chance gegen sie.«

»Seid Ihr wahnsinnig, Sir? Wenn wir uns nicht um diese Brände kümmern, können wir unser gesamtes Hab und Gut verlieren.« Briggs sah zu den Mitgliedern der Versammlung hinüber. »Das Ganze sieht mir nicht wie ein Zufall aus. Vielleicht ist es sogar so etwas wie ein Aufstand – von den Schuldknechten oder sogar von diesen verdammten Afrikanern. Das bedeutet, daß wir unsere Häuser beschützen müssen.«

Erschrocken beobachtete Winston, wie die Männer, unsicher geworden, miteinander flüsterten. Einige riefen schon nach ihren Pferden. Angst breitete sich aus.

»Laßt mich Euch etwas sagen, Gentlemen.« Mit lauter Stimme übertönte Winston das Gemurmel. »Es gibt nur eine einzige Möglichkeit, die Invasion zu stoppen, und die besteht darin, daß wir uns noch heute abend mit unserer Bürgerwehr und unseren Kanonen in Marsch setzen. Ihr müßt Euch entscheiden, ob Ihr das wollt oder nicht.«

»Verdammt, Sir, es geht doch darum, was wichtiger ist.« Briggs schrie Winston fast an. »Wenn alles niedergebrannt wird, kostet es uns Jahre, es wieder aufzubauen. Diese Brände oder sogar ein Sklavenaufstand können viel verheerendere Auswirkungen haben als die Auseinandersetzung mit dem Parlament. Ich verpfände mein Wort dafür, daß auf dieser Insel eine Rebellion im Gange ist wie schon einmal vor ein paar Jahren.« Er band sein Pferd von dem Geländer der Veranda los. »Ich reite heim und nehme meine Schuldknechte mit.« Mit funkelnden Augen sah er Winston an. »Die wenigen, die mir noch geblieben sind. Ich habe ein Haus und eine Zuckermühle – und ich bin fest entschlossen, sie zu beschützen.«

»Ich brauche dieses Pferd.« Winston stand regungslos da. »Heute abend.«

»Dieser Gaul gehört mir, Sir!« Schwerfällig schwang Briggs sich in den Sattel. »Ihr bekommt ihn, wenn ich mit meinen eigenen Angelegenheiten fertig bin – und keine Minute früher.«

Einige kleinere Pflanzer aus den Reihen der Bürgerwehr, die sich inzwischen klargemacht hatten, daß ihre Plantagenhäuser völlig ohne Schutz waren, bestiegen ebenfalls ihre Pferde. Winston fuhr zu Bedford herum. »Können wir das nicht unterbinden? Wenn uns jeder Mann, der ein Haus besitzt, jetzt verläßt, bleiben nur noch meine eigenen Männer übrig. Soll ich denn allein gegen Walronds Regiment und das gesamte Commonwealth antreten?«

»Ich kann sie nicht davon abhalten.« Bedford schüttelte den Kopf. »Vielleicht können wir uns morgen früh wieder versammeln – vorausgesetzt, der Aufstand läßt sich niederschlagen.«

»Aber morgen früh ist es zu spät. Wahrscheinlich wird die See bis dahin ruhiger, und sie können ihre schwere Artillerie an Land bringen.« Winston spürte, wie sich sein Magen krampfartig zusammenzog, als er zusehen mußte, wie die Angehörigen der Bürgerwehr nach und nach im Dunkel verschwanden. »Und wenn ihre Geschütze erst mal in Stellung gebracht sind, werden wir von denen zu Fetzen geschossen, sobald wir einen Angriff wagen.«

»Das hier ist keine Armee, sondern eine Bürgerwehr.« Bedford seufzte auf. »Hier kann niemandem befohlen werden zu kämpfen.«

»Nun, dann ist der Kampf verloren, ehe er noch begonnen hat.« Er grüßte den Gouverneur kurz und ergriff dann die Zügel seines Wallachs. Das Pferd war noch schaumbedeckt von dem Ritt, der ihn am Nachmittag von der ›Kleinen Insel‹ nach Bridgetown gebracht hatte. »Wenn sich denn jetzt jeder um seine eigenen Angelegenheiten kümmert, dann werde ich es auch tun. Sollen sie doch alle zur Hölle fahren. Samt ihrem Zuckerrohr und ihren Sklaven.«

»Wohin wollt Ihr?« Bedrückt sah Bedford ihn an.

»Da unser Krieg so gut wie verloren ist, muß ich meine *Defiance* flottmachen, und zwar so schnell wie möglich.« Mit einem Satz war Winston im Sattel und gab seinem Pferd die Sporen. »Die Antillen haben soeben ihre Freiheit gegen Zucker eingetauscht.«

Sie hatten auf freiem Feld darauf gewartet, daß der Mond am Horizont auftauchte und sein blasses Licht durch die Reihen der Zuckerrohrpflanzen schickte. Der erste Schatten, den der Mond an diesem vierten Tag der Yoruba-Woche – dem Tag also, der Ogun geweiht war – warf, war das Zeichen für den Beginn.

»Möge Ogun dir beistehen, Sohn des Balogun.« Tahajo, uralt und so schwach wie das Rohr um sie herum, beugte sich hinunter und berührte die staubigen Füße Atibas. Seine Stimme übertönte kaum das Gezirpe der Grillen. »Heute abend, als die Dämmerung anbrach und ich die Linien auf meinem Handteller schon nicht mehr erkennen konnte, opferte ich Ogun einen Hahn, auf daß du Erfolg haben mögest.«

Atiba sah ihn an, überrascht und insgeheim verstimmt darüber, daß Tahajo das Opfer ohne sein Wissen dargebracht hatte. Doch der alte Mann besaß nun einmal die Vorrechte des Alters. »Was war aus dem Opfer herauszulesen?«

»Ich konnte es nicht erkennen, Atiba. Die Zeichen waren wirr. Aber sie schienen eine Warnung zu enthalten.« Besorgnis lag im Blick seiner alten Augen. »Wisse, daß es für keinen von uns ein Entrinnen gibt, falls dein Unternehmen erfolglos verläuft. Erinnere dich daran, wie die Ältesten in Ife einst warnend ihre Stimme erhoben, als unsere jungen Männer nach einem Kriegszug gegen die Fulani verlangten. Sie erklärten: ›Die Heuschrecke kann verschwinden – doch wo soll ein Grashüpfer sich verstecken?‹ Wir sind wie die Grashüpfer, mein Sohn: Wir haben weder Häuser noch Frauen, zu denen wir zurückkehren und bei denen wir Unterschlupf finden könnten, wenn wir scheitern.«

»Wir werden nicht scheitern.« Atiba hielt seine neue Machete in die Höhe. Das blank geriebene Eisen blinkte im Mondlicht. »Ogun wird sein Angesicht nicht von uns wenden.«

»Das hoffe ich für dich, Atiba.« Er seufzte. »Du bist wahrlich die Taube, die inmitten der Habichte nach Futter sucht und den Tod nicht fürchtet.«

»Heute nacht, Tahajo, werden *wir* die Habichte sein.«

»Ein Habicht hat Krallen.« Der alte Mann schaute zum Mond hinauf. »Und was hast du?«

»Noch ehe die Sonne zurückkehrt, werden wir Leopardenkrallen haben. Aus Stahl.« Atiba grüßte ihn in der traditionellen Form und wandte sich dann an Obewole. Die Arme des großen Trommlers waren mit Strohbündeln beladen, die angezündet und ins Zuckerrohr geworfen werden sollten.

»Ist alles bereit?«

»Das Stroh ist vorbereitet.« Während Obewole vortrat, blickte er in die erwartungsvollen Gesichter. »Und wir sind es auch. Du allein besitzt den Feuerstein.«

Atiba forderte Ruhe. Dann stimmte er ganz leise einen Bittgesang an, schlug einen Kreis um die Männer und verspritzte aus einer Kalebasse ein paar Tropfen Wasser in die vier Himmelsrichtungen. »Zuerst stecken wir dieses Feld hier in Brand.« Vor ihnen stehend, sah er voller Stolz die Entschlossenheit in ihren Gesichtern. Diese Männer, sagte er sich, gehören zu den besten Kriegern von Ife. Heute nacht wird der *branco* erfahren, wie ein Yoruba für sein Volk kämpft. »Der Westwind frischt auf und wird die Flammen auf die anderen Felder treiben, die in Richtung des aufgehenden Mondes liegen. Dann werden wir das Lagerhaus anstecken, in dem der *branco* den süßen Zucker aufbewahrt, den wir mit unseren Händen für ihn gemacht haben. Danach kommt seine Mühle dran . . .«

Obewole blickte Atiba unruhig an. »In dem Mühlenhaus befindet sich die große Maschine, die aus dem Eisen gemacht ist, das Ogun geweiht ist. Ist es weise, Shangos Feuer an einen Ort zu tragen, der Ogun geweiht ist?«

»Du weißt doch, guter Obewole, daß wir in Ife sagen: ›Erwarte nicht, im Hof eines Palmöl-Machers einen Mann vorzufinden, der ein weißes Tuch trägt.‹ Oguns Geist weilt heute nacht nicht in der Mühle. Er ist hier unter uns.«

Der Trommler verneigte sich mit zweifelnder Miene und fing an, die Strohbündel unter den Männern zu verteilen. Der junge Krieger Derin, der erste in der Reihe, verlangte voller Eifer sogar zwei Bündel. Atiba wartete schweigend, bis alle Männer ihre Strohbündel erhalten hatten, und stimmte dann das letzte Gebet an. Als seine letzten Worte verhallt waren, holte er seinen Feuerstein hervor und schlug ihn gegen die Klinge der Machete. Funken sprangen in das von Obewole gehaltene Strohbündel. Nachdem die Halme knisternd brannten, ging der Trommler langsam von Mann zu Mann, verneigte sich vor jedem und steckte dessen Bündel mit seinem eigenen in Brand.

Vorsichtig stellte Serina die Kerze auf das Eisengehäuse, das die Walzen trug, und verharrte einen Augenblick, um zuzusehen, wie sich der unruhig hin und her bewegende Schatten des Eisengestells auf der Strohdecke des Mühlenhauses abzeichnete. Aus dem Dach über ihr kam das Gezirpe der Grillen, und gelegentlich vermischte es sich mit dem nächtlichen Gurren im Giebel nistender Vögel.

Der Raum strahlte eine gespenstische Friedlichkeit aus und erinnerte sie erneut an das weißgetünchte Heiligtum und den Frangipani-Duft in Pernambuco. Schon einmal hatte der Zauber dieses verlassenen Mühlenhauses sie zurückversetzt in jene längst vergangene Zeit mit ihren lieblichen Nachmittagen, ihren sanften Stimmen und ihrer Unschuld. Wieder lebten die Liebe ihrer Yoruba-Mutter Dara und die Freundlichkeit eines alten *babalawo*, der Atiba so ähnlich war, in ihrer Erinnerung auf.

Shangos Geist hatte sie nach Hause zurückgeführt. In jener Nacht war er hierhergekommen, hatte sie emporgehoben in sein Sein und sie zurückgebracht. Zum erstenmal hatte sie damals seine furchtbare Macht verstanden. Shango, der große, Furcht und Schrecken erregende Gott Westafrikas, weilte jetzt hier auf den Antillen, um sein Volk zu behüten. Eines Tages, sagte sie sich, werden auch die Christen vor ihm auf den Knien liegen.

Behutsam wickelte sie die Holzfigur aus, die sie aus Atibas Hütte entwendet hatte, und stellte sie neben den Wachsstock. Sie zeigte das Fruchtbarkeitszeichen der afrikanischen Frau und darüber die doppelschneidige Axt.

Die Mühle war nicht benutzt worden seit dem Tag, an dem die großen Schiffe der *Inglês* in der Bucht aufgetaucht waren. Noch immer waren auf dem Boden Spuren des weißen Maniokmehls zu erkennen. Im Kerzenlicht suchte sie die Stelle, wo Atiba

Shangos Zeichen gemalt hatte. Gleich neben der Kante des Eisengestells fand sie den Platz. Von dem Symbol war nichts übriggeblieben als einige verstreute Spuren des weißen Pulvers.

Auf der anderen Seite des Raums, gleich neben dem Türpfosten, lag noch der kleine Beutel, dem er das Maniokmehl entnommen hatte. Der Beutel muß wohl während der Zeremonie irgendwie dorthin gelangt sein, sagte sie sich.

Ob er wohl leer war?

Furchtsam hob sie ihn auf und steckte tastend einen Finger hinein. Ein Rest Mehl war noch darin, trocken und fein wie Korallenstaub. Als sie eine Handvoll des Mehls herausholte und durch die Finger rieseln ließ, kam ihr eine Idee – fast so, als hätte Shango sie ihr im Dunkeln zugeflüstert.

Das Bild der doppelschneidigen Axt! War es nicht dieses sein Zeichen gewesen, das ihn in jener Nacht herbeigerufen hatte? Das ihn aus dem uralten Bewußtsein Afrikas herbeigelockt hatte in diesen engen Raum?

Mit kaum vernehmbarer Stimme versuchte sie, ein Gebet zu sprechen. Was hatte Atiba damals getan? Wie hatte das Symbol genau ausgesehen? Mit zittrigen Beinen kniete sie sich hin und begann, mit einer Handvoll des weißen Mehls sorgfältig die erste Linie zu ziehen. Das Mehl floß müheloser, als sie erwartet hatte, auch wenn die Linie nicht so gerade wurde, wie sie es gewünscht hätte, und auch nicht überall gleich stark war. Sie hatte das Symbol, das Atiba gezeichnet hatte, noch deutlich vor Augen. Es war so einfach und dabei so mächtig, daß es sich fast von selbst zeichnete: Die sich kreuzenden Linien, deren Enden miteinander verbunden waren, bildeten zwei Dreiecke, die sich an einem gemeinsamen Punkt trafen; ein kräftiger Strich mitten durch die Dreiecke stellte den Griff dar. Die Zeichnung nahm so mühelos Gestalt an, daß Serina überlegte, ob nicht vielleicht Shango selbst ihr die Hand führte, und ob er es nicht war, der sie dazu trieb, seiner Macht auf diese Weise zu huldigen.

Sie trat zurück, nahm den Wachsstock und betrachtete die Zeichnung zu ihren Füßen. Das Weiß des Mehls schien im flackernden Licht hin und her zu schwingen. Dann stellte sie die Kerze genau in den Mittelpunkt der doppelschneidigen Axt.

Vielleicht war nur ein plötzlicher Luftzug die Ursache dafür, daß das Licht der Kerze mit einemmal heller wurde – oder hatte die Flamme Kraft gezogen aus dem Symbol, das sie erhellte? Alles schimmerte in dem warmen Licht auf, das Mahlwerk, die Wände. War es Einbildung – oder verbreitete die Kerze jetzt tatsächlich den gleichen matten Schimmer, den sie von den lauen Nachmittagen in Brasilien in Erinnerung hatte, wenn im Spätsommer droben am Himmel ein Nachtmittagsgewitter vorübergezogen und ihr Hof bei Dunst und Regenbogen in ein zartes Halblicht getaucht war?

Verstört wich sie zurück und griff nach dem Eisengestell, um Halt zu finden. Sie ließ die Hand über das harte Metall fahren, bis sie die Holzfigur umklammert hielt. Die hölzerene Axtschneide war jetzt sonderbar warm, so als hätte das Eisen sie erhitzt. Aber vielleicht kam die Wärme auch nur von der Kerze.

Sie drückte die Figur gegen ihr Kleid und spürte, wie die Hitze in ihren Leib floß, wie sie zuerst ihre Brüste erglühen ließ und dann immer weiter nach unten wanderte, bis sie sich schließlich in ihren Schenkeln ausbreitete. Es war das Gefühl der vollkommenen Erfüllung, hervorgerufen durch irgend etwas, das von Shango über sie kam.

Sie warf einen Blick auf die flackernde Kerze am Boden, deren gelbgoldenes Licht die Zeichnung erhellte. Wie die Figur schien nun auch diese Kerze ein Teil von ihr zu werden. Es verlangte sie danach, sie zu besitzen, ihre feurige Spitze in ihren Leib hineinzuziehen.

Schweiß rann ihre Schenkel herunter, deren Glühen sie als Beweis für das Begehren Shangos nahm. Als sie die Figur fester an die Brüste preßte, stöhnte sie auf, dann durchlief ein Zittern ihren Körper. Etwas Weißes nahm von ihrem Körper Besitz, drang in sie ein. Ihre Augen fühlten sich so heiß an, als könnten sie jetzt ein Loch in das Dunkel brennen.

Ihre Beine wurden schwer, und sie stellte die Füße weit auseinander, um die Last zu empfangen und zu tragen, die ihre Brüste anschwellen ließ. Der Raum war heiß und kalt und dunkel und hell. Sie sah nichts anderes mehr als Weiße. Dann stieß sie die Figur gen Himmel und rief mit einer tiefen und volltönenden

Stimme, die aus weiter Ferne zu kommen schien: »*E wa nibi! SHANGO!*«

Die Flammen fraßen sich vom Feldrand wie ein roter Teppich den Hang hinauf. Das anfängliche Knistern des Rohrs schwoll zu einem ohrenbetäubenden Prasseln und Krachen an. Ganze Scharen grauer Ratten huschten davon und untermalten das Prasseln des Feuers mit ihren hohen Schreien. Da der nächtliche Westwind auffrischte, wurden die Flammen rasch auf die angrenzenden Felder zugetrieben, die dicht bewachsen und noch nicht abgeerntet waren.

Plötzlich ließ sich vom Haupthof her das aufgeregte Geläute einer Glocke vernehmen, und wenig später tauchten bei den Unterkünften der Schuldknechte – im Halbkreis errichteten strohgedeckten Hütten an dem zur Zuckermühle führenden Weg – die Umrisse einzelner Menschen auf. Es waren Frauengestalten mit Strohhüten auf dem Kopf, die vor dem vom Mond erhellten Himmel zu erkennen waren. In ängstlichem Schweigen beobachteten sie, wie sich das Feuer ausbreitete. Nie zuvor war so unvermittelt ein Brand in den Feldern ausgebrochen.

Atiba wollte zu ihnen hinüberrufen: Es ist soweit! Schließt euch uns an! Zerbrecht eure Ketten! Befreit euch!

Aus Angst, einer der Schuldknechte könnte den Aufstand verraten, hatte er es nicht gewagt, sich ihrer Hilfe zu versichern. Doch jetzt, jetzt würden sie sehen, daß die Freiheit greifbar nah war! Er versuchte, sie anzurufen.

Gib mir die Worte, mächtiger Ogun! Sag mir die Worte, mit denen die *branco*-Sklaven dazu zu bringen sind, sich uns anzuschließen.

Doch seine Bitte wurde nicht erhört. Enttäuscht mußte er sehen, wie sich eine Frau nach der anderen verängstigt in ihre Hütte zurückzog.

Immerhin hatten sie nichts unternommen, um dem vorrückenden Feuer Einhalt zu gebieten. Vielleicht bestand also doch noch Hoffnung. Wenn sie sich der Rebellion schon nicht anzuschließen wagten, so würden sie doch vielleicht wenigstens alles unterlassen, den Reichtum ihres *branco*-Herrn zu retten.

Außerdem waren dies hier nur Frauen. Frauen kämpften eben nicht. Frauen hielten den Kriegern Haus und Hof in Ordnung. Erst wenn die Männer zurückkehrten, würde der Aufstand losgehen. Sie würden ihre Chance ergreifen und ihren *branco*-Herrn erschlagen, der sie als Sklaven hielt. Er gab den anderen Yoruba das verabredete Zeichen, zum Lagerhaus zu laufen, wo die Tröge mit dem weißen Zucker warteten.

Der Himmel hatte eine dunkelrote Farbe angenommen, denn die niedrig hängenden Wolken reflektierten das Ocker der Flammen, die überall auf Barbados wüteten. Von einem Ende der Insel bis zum anderen hatten die Yoruba ihr Gelöbnis erfüllt! Sie hatten sich erhoben.

Atiba spürte den Geschmack des Sieges auf der Zunge und in den Muskeln, jenes Gefühl der Stärke, das sich einstellt, wenn der Gegner, vertrieben von dem eigenen Schwert, das Schlachtfeld geschlagen verläßt. Ein kräftiger Geschmack war das, trokken und beißend, ein Geschmack, den er nicht zum erstenmal auf der Zunge hatte. Da gab es etwas, das sein Blut in solchen Augenblicken in Wallung brachte, etwas, das mächtiger war als er selbst, das ihn beherrschte.

Während er mit den Männern durch die niedrigen Sträucher zur Zuckermühle eilte, hob er unwillkürlich die Hand und betastete die drei flachen Furchen an der Wange, dieses Zeichen, das ihn an sein Volk gemahnte. Auf diese Nacht, so sagte er sich, würden alle Männer von Ife stolz sein.

»Atiba, Sohn des Balogun, ich muß dir meine Gedanken mitteilen.« Der alte Tahajo hatte sich neben ihn gesetzt. »Ich halte nicht für gut, was du jetzt von uns verlangst.«

»Was meinst du?« Atiba verlangsamte seine Schritte ein wenig, so als wollte er damit seine Ehrerbietung zum Ausdruck bringen.

»Ein Yoruba darf den Wald in Brand setzen, um einen feigen Feind herauszutreiben, das gehört zum Krieg. Aber ein Yoruba zündet nicht das Haus seines Feindes an, das Haus, das seine Frauen beherbergt.«

»Das Lagerhaus für den Zucker ist nicht das Frauenhaus des *branco*.« Atiba beschleunigte seine Schritte wieder, um zu verstehen zu geben, daß er der Anführer sei, und um zu verhindern, daß die Männer, die ihnen folgten, Tahajos abwegige Ansicht hörten. »Das Lagerhaus gehört zu den Feldern. Beide ernähren ihn, und deshalb müssen sie gemeinsam vernichtet werden.«

»Aber das hat nichts mehr mit Krieg zu tun, Atiba. Das ist Rachsucht.« Der alte Mann beharrte auf seinem Standpunkt. »Ich habe schon einmal die Felder eines Feindes mit der Fackel in Brand gesetzt. Bevor du geboren wurdest, haben uns die Fulani einmal dazu gezwungen, indem sie die heilige Waffenruhe während des Erntefestes brachen – aber die Yamssaat im Vorratsspeicher seines Feindes wird kein Yoruba freiwillig verbrennen.«

»Dieses Vorratshaus birgt nicht seine Yamssaat, sondern die Früchte unserer Sklavenarbeit.«

»Atiba, du bist wie jener große Gockel auf dem Hof meiner ältesten Frau, der den kleineren nicht erlauben wollte zu krähen. Meine Worte sind wie Wind in deinen Ohren.« Bekümmert seufzte der alte Mann. »Du trittst die Gerechtigkeit, die Shango erwartet, mit Füßen. Was du von uns verlangst, ist furchtbar.«

»Dann will ich Shangos Zorn allein tragen. Ogun will, daß wir es tun, und *er* ist der Gott, den wir heute nacht ehren. Wir müssen unsere Pflicht ihm gegenüber erfüllen.« Er ließ Tahajo schweigend zurück und setzte sich an die Spitze. Das Strohdach des Lagerhauses ragte vor ihnen in den roten Himmel hinauf.

Ohne zu zaudern, öffnete er die Tür und ging voran. Alle Männer kannten den Raum nur zu gut. Vor ihnen standen in langen Reihen die Holztröge, die sie selbst hierhergetragen hatten, beaufsichtigt durch einen *branco*-Aufseher mit einer Peitsche.

»Eure Hände haben sie an diesen Platz gestellt. Und dieselben Hände werden sie jetzt vernichten.« Er blickte auf. »Was könnte gerechter sein?« Er schlug den Feuerstein gegen die Machete, so daß die Funken in ein Strohbündel fielen, und beobachtete schweigend, wie das Feuer aufflammte. Diese Flamme, sagte er sich, wird die angemessene Rache sein.

Rache. Das Wort hatte sich ungerufen eingestellt. Ja, es war Rache. Aber es war auch gerecht, was er tat. Ihm fiel das Sprichwort ein: ›Ein Tag Regen entschädigt für viele Tage Trokkenheit.‹ Eine einzelne Fackel konnte heute nacht für Wochen der Auspeitschungen, des Hungers und der Demütigung entschädigen.

»Hört gut zu!« Das brennende Strohbündel in die Höhe haltend, wandte sich Atiba an die Männer. »In diesen Trögen liegt der letzte Zucker, den ihr jemals auf dieser Insel sehen werdet. Der Zucker und das Rohr, aus dem er gemacht wird, werden verschwinden und nie wiederkehren. Die Wälder der Orisa werden hier von neuem gedeihen.«

Er schleuderte das brennende Büschel an die Strohwand, wo es gegen einen Pfeiler prallte und auseinanderfiel. Alle sahen zu, wie das trockene Rohr im Halbdunkel zu schwelen und zu knistern begann und wie die ersten kleinen Flammen in die Höhe züngelten.

Rasch führte er sie durch die schmale Tür hinaus in die kühle Nacht. Der immer stärker werdende Westwind bog jetzt die Palmen. Die Flammen waren bereits die Wände des Lagerhauses hinaufgekrochen und brachen durch das Strohdach. Es sah aus wie eine üppige tropische Blüte, die sich öffnete.

Als sie sich gerade zur Mühle aufmachen wollten, hörten sie Hufgeklapper durch die Nacht hallen. Kurz darauf ertönten aufgeregte Schreie vom Großen Haus. Es war die Stimme von Benjamin Briggs.

Atiba schickte sie mit einer Handbewegung in die Schatten. Voller Bestürzung sahen sie, wie eine Schar weißer Schuldknechte mit Wassereimern und Schaufeln den Hügel heruntergelaufen kam, um das Feuer auf den Feldern zu bekämpfen.

Fassungslos drehten sich die Yoruba zu Atiba um. Die männlichen *branco*-Sklaven wollten sich nicht erheben! Sie waren zurückgekehrt, um zu helfen, waren bereit, ihre eigene Knechtschaft aufrechtzuerhalten. Atiba fühlte Verachtung und Zorn in sich aufsteigen.

Begriffen sie denn nicht, daß dies der Augenblick war, die Ketten zu zerreißen? Doch anstatt ihre Gewehre auf den Feind zu richten, dessen Haus anzuzünden und sich selbst für frei zu erklären, hatten sich die *branco*-Sklaven feige den Befehlen Briggs' gebeugt. Sie waren nicht besser als ihre Frauen.

»Der *branco*-Häuptling ist auf sein Anwesen zurückgekehrt. So wie er müssen auch alle anderen *branco*-Herren vor Furcht zittern.« Mit schwerem Herzen gab Atiba den Yoruba ein Zeichen, sich auf den Weg zu machen. Endlich begriff er die Weißen. Serina hatte recht gehabt. Die Unterschiede der Hautfarbe wogen bei ihnen schwerer als der Unterschied zwischen Freiheit und Sklaverei. Jetzt waren sie mehr denn je auf die Musketen von dem Schiff angewiesen. »Beeilt euch, wir müssen die Mühle anzünden und uns dann die Musketen holen. Wir haben keine Zeit zu verlieren.«

Die Mühle lag nur ein kleines Stück weiter oben auf dem Hügel. Sie verließen den Weg und drängten zwischen Büschen und Palmen hindurch zur Rückwand des strohgedeckten Gebäudes, das als eine dunkle Silhouette vor dem glühenden Horizont schweigend vor ihnen aufragte.

»Atiba, hierfür haben wir keine Zeit mehr.« Obewole, der zu ihm getreten war, warf unruhige Blicke zum immer dunkler werdenden Himmel empor. Schwere Wolken verdeckten den Mond, und der Wind wurde zusehends stärker. »Wir müssen so schnell wie möglich zu dem Schiff und uns die Musketen der *brancos* holen. Diese Mühle ist unwichtig, wichtig sind allein die Musketen. Die anderen werden schon bald dort sein und auf uns warten.«

»Nein, auch dieses Haus soll brennen. Wir werden für immer die Ketten schmelzen, die uns zu Sklaven machen.«

Er eilte auf das niedrige Gebäude zu. Der aus dem Dach ragende Pfahl war noch immer versengt von dem Blitz, den Shango in der Nacht der Zeremonie zu ihnen heruntergeschickt hatte.

»Dann beeil dich. Den Feuerstein!« Obewole reichte ihm das letzte Strohbündel. »Wir haben nicht genug Zeit, noch hineinzugehen.«

Atiba nickte. Aus seiner Hand schoß ein Funke durchs Dunkel wie ein karibischer Leuchtkäfer.

Shango war bei ihr, war ein Teil von ihr. Als Serina vor seinem Symbol auf dem Boden auf die Knie fiel, wußte sie nicht mehr, wer sie war und wo sie war. Sie bemerkte auch nicht den Glutschimmer, der durch die Tür hereinfiel und immer heller wurde.

»Shango, nibo l'o nlo?« Noch immer auf den Knien, bewegte sie die Lippen. Schweißflecken breiteten sich auf ihrem Kleid aus. Wieder und wieder kamen dieselben Worte – fast wie bei den einschläfernden Gebeten des christlichen Rosenkranzes – und machten sie für alles andere unerreichbar.

Sie hatte nichts gehört – weder die Schreie vom Haupthaus noch das Geläute der Feuerglocke. Doch dann hörte sie leise Yoruba-Worte – und sie wußte, daß Shango da war. Doch gleich darauf waren diese Stimmen wieder verloren, verschwammen in dem fernen Chor prasselnder und knackender Laute, die eine Antwort zu sein schienen auf ihre eigenen geflüsterten Worte.

Die Luft um sie herum war stickig geworden, erstickend. Undeutlich und unter Schmerzen wurde sie sich bewußt, daß die Wände um sie herum zu Feuerwänden geworden waren. Gebannt verfolgte sie, wie Flämmchen tanzend rote und gelbe und goldene Kreise schlugen, dann unversehens einen Satz machten und auf den Sparren des mit Stroh gedeckten Daches Pirouetten drehten.

Shango hatte ihr ein Gesicht geschickt. Das konnte keine Wirklichkeit sein.

Dann stürzte etwas Flammendes neben ihr auf den Boden, und gleich darauf regneten große Stücke brennenden Strohs hernieder. Furcht ergriff sie, und sie versuchte, sich zu erheben, aber die Beine versagten ihr den Dienst. Von Entsetzen gepackt, starrte sie auf die brennenden Wände. Plötzlich fiel ihr die Holzfigur ein, die sie noch immer in der ausgestreckten Hand hielt. Ohne zu überlegen, drückte sie die Figur an die Brust. Als der Raum im Rauch verschwand, schrie sie das einzige Wort hinaus, das sie noch kannte.

»Shango!«

Das Geräusch der hinter ihr zusammenfallenden brennenden Wand übertönte fast das tiefe Donnergrollen, das von draußen hereindrang.

»Verflucht!« Benjamin Briggs ließ den Holzeimer fallen und starrte zu der dunklen Wolkenbank im Westen hinüber, aus der unversehens ein greller Blitz aufleuchtete. Dann grollte ein Donner durch die Nacht, und wenige Minuten später ging – so als hätte der Donner alle Schleusen geöffnet – mit der Wucht eines Vorschlaghammers ein Wolkenbruch auf das Land nieder.

Die Brände am Fuß des Hügels begannen zu sprühen, Dampfschwaden stiegen auf, und wenig später war das Feuer durch den Platzregen gelöscht. Mit einemmal war die Nacht wieder dunkel; nur hier und da zuckte ein Blitz auf.

»Endlich einmal Regen genau im richtigen Augenblick. Der rettet unseren Zucker, bei den Wundmalen Christi!« Er rief den Schuldknechten zu, die Waffen zu ergreifen und sich zu sammeln. »Paßt auf, daß ihr eure Zündschnüre trocken haltet! Wir müssen die Afrikaner zusammentreiben und herauszufinden versuchen, wer für diesen Feuerzauber verantwortlich ist. Noch in dieser Nacht werde ich ein paar von ihnen aufhängen, um ein Exempel zu statuieren, Gott ist mein Zeuge!«

»Ich meine, ein paar von ihnen auf dem Weg zur Mühle hinauf gesehen zu haben, kurz bevor es zu regnen anfing.« Der Regen hatte das Gesicht des Schuldknechts, das eben noch geschwärzt gewesen war vom Rauch, fast schon wieder sauber gewaschen. »Wer weiß, vielleicht haben sie das auch in Brand gesteckt.«

»Zur Hölle mit ihnen allen! Wenn wir die Mühle verlieren, sind wir ruiniert.« Briggs überlegte einen Moment, dann schrie er: »Beim Blute Christi, das Lagerhaus! Ein paar von euch dorthin, schnell! Möglich, daß sie das auch anzustecken versucht haben! Ich hab' dort ein Vermögen an weißem Zucker liegen!« Er deutete auf zwei Männer, von deren Strohhüten der Regen heruntertropfte. »Du und du. Na los, beeilt euch, sonst gerbe ich euch das Fell! Und seht nach, ob nichts fehlt.«

»*Aye*, Euer Gnaden.« Die Männer eilten davon.

»Und jetzt zu euch, Leute.« Briggs wandte sich wieder den anderen zu. Nur ein halbes Dutzend Männer war ihm noch geblieben, alle mit veralteten Luntenschloßmusketen bewaffnet. »Wir machen uns jetzt auf und fangen diese Wilden ein. Paßt auf eure Zündschnur auf!« Er überprüfte rasch das Pulver in der Pfanne seiner Steinschloßbüchse und spannte dann den Hahn. »Wir müssen sie aufhalten, ehe sie versuchen, das Haupthaus anzustecken.« Damit eilte er an der Spitze der Männer den Hügel in Richtung Mühle hinauf. »Und bleibt dicht bei mir. Die wüten wie eine Meute wilder Hunde.«

Irgendwas schlug auf das schwelende Stroh in ihrem Haar, dann spürte sie, wie eine Hand ihr Gesicht liebkoste und sich ein Arm unter sie schob. Der Raum, die Mühle, alles war in dunklen Rauch gehüllt, der nichts mehr erkennen ließ. Sie nahm nichts mehr wahr als die Hitze und die Nähe jener kräftigen Arme, die sie von dem mit Flämmchen übersäten Boden hochhoben.

Dann andere Stimmen, ferne Rufe, alles in derselben wohlklingenden Sprache, in der ihr jemand etwas ins Ohr flüsterte. Ihr war, als galten die Rufe dem Mann, der sie trug, als sollten sie ihn bewegen, sie zurückzulassen und mit den anderen zu fliehen, solange dazu noch Zeit sei. Doch hielt er sie weiterhin auf den Armen, seine Wange an die ihre gedrückt.

Langsam trug Atiba sie durch den Rauch. Sie spürte die Hitze weichen und sanften Regen gegen ihr Gesicht spritzen, als Teile des regennassen Strohdachs um sie herum herunterfielen und den Raum zum Himmel hin öffneten.

Als er die Tür aufstieß, hörte sie ferne Schüsse durch die Nacht peitschen. Sie fühlte, wie er erstarrte, so als wären ihm die Kugeln in die eigene Brust gefahren. Doch die Schüsse waren vom Fuß des Hügels gekommen, von irgendwo an der Straße, die zur Küste hinabführte.

Die kalte Nässe des Regens und die Wärme des Körpers, den sie so gut kannte, weckten sie wie aus einem Traum. »Du mußt fliehen!« Sie hörte ihre eigene Stimme. Warum hatte er sich damit abgegeben, sie zu retten, anstatt seine Männer in Sicherheit zu bringen? Sie war jetzt nichts. Der Aufstand war losgebrochen; sie mußten sich jetzt behaupten oder aber sich töten lassen. »Beeil dich! Ehe die *brancos* kommen.«

Während sie sich bemühte, wieder auf die Füße zu kommen, und ihn dabei drängte, sich in Sicherheit zu bringen, spürte sie unversehens den Wunsch in sich, gleichfalls zu fliehen. Sie wollte mit ihm zusammensein, ganz egal, ob im Tod oder im Leben. Wenn es ihn nicht mehr gab – wofür sollte sie dann noch leben?

»Es ist fehlgeschlagen.« Er liebkoste sie mit seinen traurigen Augen. »Hast du den Donner gehört? Das war die Stimme Shangos.« Er wandte den Blick ab. Eine tiefe Trauer schien seinen Körper zu beugen. »Durch irgend etwas habe ich Shangos Unmut erregt. Und jetzt hat er uns niedergestoßen. Selbst Ogun ist nicht mächtig genug, den Gott zu überwinden, der den Himmeln gebietet.«

»Das war, weil ich dich beschützen wollte.«

Seltsam sah er sie an. »Ich hatte nicht gedacht, daß du in der Mühle warst – bis ich dich laut Shangos Namen rufen hörte! Warum warst du heute nacht dort, allein?«

»Ich habe gebetet.« Sie blickte ihm in die dunklen Augen und wünschte, sie könnte ihm mehr sagen. »Darum gebetet, daß du aufhören würdest, bevor es zu spät ist. Ich wußte, daß du nicht siegen konntest. Ich hatte Angst, sie würden dich umbringen.«

Er umarmte sie und fuhr ihr dann mit den Fingern durch das versengte und nasse Haar. »Manchmal ist es schon ein Sieg, nur einfach das zu tun, was getan werden muß. Ich will nicht als Sklave leben, niemals.« Zärtlich drückte er sie noch einmal an sich, dann wandte er sich ab. »Vergiß nie, daß es gilt, ehrenhaft zu leben und zu sterben. Niemand soll je vergessen, was wir heute nacht zu tun versucht haben.«

Die Machete in der Hand, stieg er jetzt den Hügel hinunter.

»Nein!« Sie lief hinter ihm her, halb blind vom Regen. »Versuch nicht noch mal zu kämpfen. Lauf davon und versteck dich! Wir werden gemeinsam fliehen . . .«

»Ein Yoruba versteckt sich nicht vor seinen Feinden. Ich werde dem Hause meines Vaters keine Schande machen. Ich werde dem Mann, der mir Unrecht getan hat, gegenübertreten und ihm ins Auge sehen.«

»Nein! Bitte!« Sie wollte ihn am Arm festhalten, als eine Stimme aus dem Dunkel ertönte.

»Halt, bei Gott!« Es war Benjamin Briggs, der den Weg

heraufgekommen war und durch den dichten Regen ihre Gestalten erkannt hatte. »Du also warst es! Ich hätte es wissen müssen. Du steckst hinter allem, darauf verwette ich meinen Kopf. Rühr dich nicht, bei Jesus, oder ich leg' dich genauso um wie die beiden anderen, auf die meine Leute gestoßen sind!«

Sie überlegte, ob die Muskete bei strömenden Regen wohl losgehen würde. Dann spürte sie, wie Atiba sie mit der Hand zur Seite schob, und sah seine dunkle Gestalt, die Machete in der Hand, auf den Pflanzer zuschießen, katzengleich, in federnden Sprüngen, Haken schlagend, mit tödlich sicheren Schritten . . .

Ein Musketenschuß zerriß die Nacht. Sie sah, wie Atiba im selben Moment ausglitt und zur Seite fiel. Bei seinem Bemühen, das Gleichgewicht wiederzuerlangen, flog seine Machete klirrend ins Dunkel. Aber er ließ sich nicht von seinem Angriff abhalten. Er erreichte Briggs, wich mühelos dem Kolben der Muskete aus, mit dem der Pflanzer ihn zu treffen versuchte, und legte seine linke Hand dem Gegner um die Kehle. Unter dessen gurgelnden Schreien gingen die beiden zu Boden.

Als Serina bei ihnen war, lagen sie der Länge nach in dem Graben, der neben dem Weg herlief und jetzt voll war von dem schlammigen Wasser, das vom Hügel herunterkam. Atibas rechter Arm hing nutzlos herunter, doch mit dem Knie drückte er den Pflanzer nieder, während die Linke nach wie vor seine Kehle umspannte. Die Schreie waren verstummt; es herrschte ein tödliches Schweigen.

»Nein! Tu es nicht!« kreischte sie. Sie hatte die Arme um Atibas Hals geschlungen und versuchte, ihn fortzureißen.

Verwirrt blickte er zu ihr auf, und der Griff um Briggs' Kehle lockerte sich ein wenig. Keuchend zappelte der Pflanzer im Schlamm.

»Dara . . .!« An ihr vorbei blickend, schrie Atiba ihr seine Warnung zu, da sauste schon der Kolben einer Muskete auf seine Brust nieder. Beide fielen zur Seite, dann stürzten sich drei Schuldknechte auf sie.

»Himmelherrgott, ich knüpf' diesen Wilden eigenhändig auf!« Noch immer keuchend, raffte Briggs sich aus dem

Schlamm hoch. Er würgte, wandte sich ab und erbrach. »Bindet dem Schuft Hände und Füße. Er ist ein tollwütiger Hund!«

»Er hat eine Kugel abgekriegt, Euer Gnaden.« Einer der Schuldknechte blickte auf das Blut an seinen Händen, mit denen er Atiba an der Schulter gepackt hatte. »Sollen wir uns um seine Wunde kümmern?«

»Die Kugel habe ich ihm selbst verpaßt.« Briggs blickte sie böse an. »Mit euch ist ja nicht viel anzufangen! Und dann hat er mich ums Haar erwürgt. Er ist immer noch stark wie ein Stier. Mit der Schußwunde braucht ihr euch nicht lange zu befassen; das Verbandszeug können wir uns sparen.« Er hustete und rieb sich den Hals. »Sobald der Regen nachläßt, bekommt er eine Schlinge um den Hals.«

Briggs trat zu Atiba, der, die Arme auf dem Rücken und einen Spieß auf die Brust gesetzt, am Boden lag. »Mögest du in der Hölle schmoren, Kerl! Ich habe gerade erfahren, daß es dir gelungen ist, mehr als die Hälfte meines Zuckers im Lagerhaus zu verbrennen und unbrauchbar zu machen.« Wieder würgte und spuckte er in den Regen. »Ich wünschte, du könntest verstehen, was ich sage, du Wilder. Jeder Schwarze auf dieser Insel wird es erfahren, wenn ich dich hängen lasse, da kannst du sicher sein. Ich werde solch teuflischen Komplotten ein für allemal einen Riegel vorschieben.«

Serina stiegen die Tränen in die Augen. Sie hatte ihn retten wollen – doch statt dessen hatte sie seinen sicheren Tod herbeigeführt. Und alles war nur aus Liebe zu ihm geschehen. Ob er das jemals verstehen würde?

»Geht es Euch gut, Master Briggs?« Sie wandte sich an den Pflanzer. Mit ihren zimtfarbenen Fingern fuhr sie ihm leicht über den Hals.

»*Aye.* Und das hab' ich wohl zum Teil dir zu verdanken.« Er blickte sie an, verwundert über die versengten Haare, die ihr ins Gesicht fielen. »Ich nehm' an, dieser Wilde hat mit dir durchbrennen wollen, um dich für seine geschlechtlichen Gelüste zu mißbrauchen. Gottlob habe ich ihn aufgehalten.«

»Ich habe Euch zu danken.«

»Nun, du hast deine Schuld ja abgeleistet, das muß ich dir

lassen. Wir sind nun also quitt.« Er sah erst Atiba an und dann wieder Serina. »Sorg dafür, daß diese faulen Schuldknechte ihn fesseln wie einen Stier. Selbst verwundet ist der Kerl noch lebensgefährlich, für dich wie für mich.«

Er hatte seine Worte noch nicht beendet, da sah Serina einen dunklen Schatten aus dem Regen auftauchen. Sie hob den Blick und glaubte die Gestalt von Derin zu erkennen, der die Machete über den Kopf erhoben hatte wie eine Sense. Im Licht der Laternen aufblitzend, sauste das Messer auf den Arm eines der Schuldknechte nieder, der Atiba festhielt. Der Mann schrie auf und krümmte sich.

Was nun geschah, war nur undeutlich in der Dunkelheit zu erkennen. Atiba war auf den Beinen, stieß die anderen beiden Schuldknechte zur Seite, zog mit der Linken die eigene Machete aus dem Schlamm und ging auf Briggs los. Doch ehe er ausholen konnte, fiel Derin ihm in den Arm. Ein paar heftige Worte in der Sprache der Yoruba wurden gewechselt, während Atibas Silhouette wie erstarrt über dem Pflanzer verharrte. Dann wandte sich Atiba plötzlich ab.

»Beim Blute Christi, ich werd' . . .« Briggs zog die langläufige Pistole aus dem Leibgurt, riß sie hoch und feuerte ab, doch die beiden Yoruba-Krieger waren bereits fort, verschluckt von der Nacht.

»Worauf wartet ihr? Hinter ihnen her, verdammt noch mal!« herrschte der Pflanzer die verängstigt im Schlamm kauernden Schuldknechte an. »Kein Mann auf dieser Plantage wird schlafen, bis diese beiden nicht gehängt und gevierteilt sind.«

Als die Schuldknechte ängstlich hinter Atiba und Derin hersetzten, den Hügel hinunter, drehte sich Briggs um und ging, noch immer hüstelnd, mit entschlossenen Schritten den Pfad zum Mühlenhaus hinauf.

Das Dach war durch den Brand völlig zerstört und überließ die erste Zuckermühle auf Barbados, deren mächtige Messingwalzen wie neu blinkten, schutzlos dem Regen.

»Hau . . . ruck!« Winston stand bis zur Hüfte in der Brandung und legte sich mit der Schulter in ein Tau, das am Bug der *Defiance* festgemacht war. »Höher steigt das Wasser bestimmt nicht mehr. Es wird nie einen besseren Zeitpunkt geben, das Schiff wieder flottzumachen.«

Joan Fuller stand an der Reling, hielt sich an den Wanten des Hauptmastes fest und spähte durch den Regen in die Tiefe. Ihre Haube hielt sie in der Hand, so daß ihr das strohblonde Haar in Strähnen am Gesicht klebte. Auf Winstons Bitte hin hatte sie eines ihrer letzten Fäßchen Teufelstöter mit an Deck gebracht. Gut sichtbar am Hauptmast festgezurrt, war das Faß ein Anreiz für die Männer, ihr Bestes zu geben.

»Hau . . . ruck!« ging es durch die Reihe der im Wasser stehenden Matrosen, die sich ächzend ins schlüpfrige Tau legten und nach Leibeskräften zogen. Welle um Welle ging über sie hinweg, so daß sie abwechselnd keine Luft mehr bekamen und fluchten. Aber die durch den Sturm hervorgerufene Flut bedeutete, daß die *Defiance* praktisch bereits wieder flott war. Unter Mithilfe der Männer löste sie sich langsam aus dem Sandschlamm; bei jeder heranlaufenden Welle hob sich ihr Bug und rutschte ein paar Handspannen weiter in die Bucht hinein.

»Sie ist so gut wie flott, Leute!« machte Winston ihnen Mut. »Hau . . . ruck! Es geht um unser aller Leben, so wahr mir Gott helfe!« Er warf einen Blick zurück auf John Mewes und schrie ihm durch den Regen zu: »Wie steht's mit dem Proviant?«

Mewes spuckte einen Mundvoll Salzwasser aus. »Wir haben genug Pökelfleisch und Wasser im Laderaum, um bis nach Nevis Island zu kommen – sofern die verdammte Navy Nevis vorher nicht abriegelt.« Eine Welle platschte ihm ins Gesicht und drückte ihn nach hinten. »Es geht ja das Gerücht, daß diese Hurenböcke nach Norden segeln, sobald sie hier fertig sind.«

»*Aye*, durchaus möglich, daß sie Kurs auf Virginia nehmen. Aber Ihr habt recht, es kann auch sein, daß sie vorher St. Christopher und Nevis einen Besuch abstatten, um wirklich auch den letzten freigeborenen Engländer in der Neuen Welt willfährig zu machen.« Wieder stemmte sich Winston gegen den Meeresboden und sah, wie die *Defiance* um einen Fuß weiter ins Wasser rutschte. »Wenn wir Glück haben, sind wir vor ihnen im Norden.« Er zeigte auf die nur schwach zu erkennenden Mastlaternen der auf der Reede liegenden englischen Kanonenschiffe. »Wir brauchen bloß unbemerkt von diesen Fregatten über die Bucht zu kommen.«

Noch einmal boten die Männer alle Kraft auf. Der verwitterte Bug legte sich zur Seite, und plötzlich glitt die *Defiance* wie aus eigener Kraft in die Brandung hinaus. Ein Hurra stieg in die Luft, und Winston arbeitete sich durch das Wasser bis zum Fallreep vor, das mittschiffs herunterhing. Als er übers Schanzkleid kletterte, wartete Joan schon auf ihn und beglückwünschte ihn.

»Du hast es geschafft. Bei meiner Ehre, ich hatte wirklich geglaubt, dieser verrottete Kahn würde für immer hier auf dem Strand liegenbleiben.« Sie gab ihm einen Kuß auf die Backe. »Obwohl ich mir vorstellen könnte, daß du länger am Leben bliebst, wenn du es *nicht* geschafft hättest.«

Nun schwang sich auch Mewes über die Reling und landete triefend auf dem nassen Deck. Augenzwinkernd sah er Joan an und breitete die Arme aus. »Kein Kuß für den Steuermann, die Lady? Auch ich hab' mich abgeschuftet, beim Blute Christi!«

»Weiter mit dir, du Schmalzfaß.« Sie schlug mit der pitschnassen Haube nach ihm. »Ihr und der ganze Rest dieser nichtsnutzigen Crew bekommt einen Schluck Teufelstöter, wenn ihr Glück habt. Das ist mehr, als Ihr verdient habt, wenn man bedenkt, wieviel manche von Euch mir schon schulden.«

»Versucht, sie noch ein bißchen weiter rauszuziehen, Leute!« Den Enterhaken in der Hand, schrie Winston dies vom Achterdeck herunter. »Sobald wir ein paar Faden Tiefe mehr erreicht haben, werfen wir Anker. Damit hat sich's.«

Während der Rumpf hinaustrieb in die Nacht, kniete John Mewes mittschiffs am Schanzkleid und lotete mit einem knotenbesetzten Tau die Wassertiefe aus.

»Fünfzehn Fuß, Käpt'n, wie's aussieht. Was meint Ihr?«

»Das reicht, um den Anker zu werfen, John. Ich möchte möglichst nah am Ufer bleiben. Die Rundköpfe brauchen ja nicht unbedingt mit der Nase drauf gestoßen werden, daß sie wieder flott ist.«

Mewes rief einen Befehl an die Steuerbordseite der Back hinaus, und ein Matrose ließ Stück für Stück die Ankertrosse durch die Ankerklüse in die Tiefe gleiten. Winston verfolgte, wie sie ins Wasser tauchte, ging dann nach achtern zum Heckumgang und schob einen zweiten großen Anker über die Reling. Aufspritzend nahm das Wasser ihn auf, und die Trosse schlug gegen die Heckreling.

»Das sollte genügen, um zu verhindern, daß sie nicht abdriftet. Könnt' ja sein, daß drüben bei der Flotte jemand im Krähennest sitzt, der gute Augen hat.«

Zwar war gut die Hälfte der Commonwealth-Schiffe wegen der Invasion nach Oistins Bay gesegelt, doch einige der größeren Fregatten waren, ihre Geschütze noch immer auf den Hafen richtend, vor Bridgetown verblieben.

»Alle Mann zurück an Bord! Hinten am Hauptmast wartet auf jeden ein Schluck Teufelstöter«, rief Winston über die Reling den Männern zu, die jetzt in der Dunkelheit das Fallreep zu erreichen versuchten. »Das Ausschenken übernimmt John. Jeder, der Durst hat, soll nach oben kommen. Der Stapellauf muß begossen werden.«

Die Matrosen ließen beifälliges Gemurmel hören und kamen heraufgeklettert. Viele warteten nicht erst ab, bis sie am Fallreep an der Reihe waren, sondern packten einfach die rostigen Dodshoofts, mit denen die Wanten gespannt wurden, fanden mit den Füßen Halt in den geschlossenen Stückpforten und zogen sich dann so weit in die Höhe, bis sie das Schanzkleid oder die Reling erreichten. Winston beobachtete mit Wohlgefallen, wie seine Männer, allesamt mit nacktem Oberkörper, mit katzenhafter Gewandtheit aufs Deck schwärmten. Das sind meine Jungs, so wie ich sie kenne, sagte er sich lächelnd. Sie können ein Schiff entern und in ihre Hand bringen, bevor der Gegner auch nur den Hahn seiner Muskete gespannt hat. Gute Männer, auf die Verlaß ist – und das ist wichtig, wenn man bedenkt, was vor uns liegt!

»Wann, meinst du, wirst du auszulaufen versuchen?« Joan war ihm über den glitschigen Niedergang aufs Achterdeck gefolgt. »Draußen liegt ein halbes Dutzend Fregatten vor Anker, zweifellos alle mit ausgefahrenen und geladenen Kanonen. Ich wette, nichts wär' ihnen lieber, als dich in Lee zu erwischen.«

»Diesem Sturm wird aller Wahrscheinlichkeit nach in ein oder zwei Tagen die Puste ausgehen. Dann warten wir auf eine dunkle Nacht, lichten den Anker und machen, daß wir fortkommen. Bis dahin werden die Rundköpfe wohl in Richtung Bridgetown losmarschiert sein, folglich haben wir nicht viel Zeit zu verlieren.« Er warf einen Blick zu den englischen Schiffen hinüber. »Am liebsten würd' ich's ja schon heut' nacht versuchen. Wenn wir bloß nicht dieses Sauwetter hätten.«

Skeptisch betrachtete sie die leuchtenden Nadelspitzen, die am Horizont auf und ab hüpften. »Glaubst du wirklich, du kommst an ihnen vorbei?«

Er lächelte. »Wollen wir wetten? Ich hab' mir extra einen Satz Kurzsegel machen lassen. Wenn es dunkel genug ist, gelingt es uns bestimmt, unbemerkt an ihnen vorbeizukommen. Und wenn nicht, fahren wir eben die Kanonen aus und schießen uns den Weg frei.«

Joan blickte zum Land hinüber. »Könnte sein, daß du gerade zur rechten Zeit das Weite suchst. Ich sehe dunkle Tage auf uns zukommen. Was wird jetzt deiner Meinung nach mit der Bürgerwehr passieren?«

»Mit den heldenhaften Freiheitskämpfern von Barbados? Ich würde sagen, man wird sie entwaffnen und dann nach Hause schicken. Zurück auf die Tabak- und Zuckerrohrfelder, wo sie wohl in jedem Fall bald wieder gewesen wären. Die ›Große amerikanische Revolution‹ ist vorbei. Heut' nacht, wo es das Wichtigste gewesen wäre, alles, was sie haben, nach Oistins zu werfen, machen sie sich Sorgen wegen ein paar Bränden auf ihren Feldern und lassen die Rundköpfe ihr schweres Geschütz ausladen. Wenn der Regen aufhört und es zu einem Gefecht kommen kann, hat die englische Infanterie bereits ihre schweren Geschütze in Stellung gebracht, und denen hat die Bürgerwehr nichts entgegenzusetzen. Sie lassen sich nicht wieder zurückjagen ins Meer. Es ist aus und vorbei.« Er sah sie an. »Infolgedessen bleibt mir nichts anderes übrig, als hier rauszukommen und, solange noch die Möglichkeit besteht, Kurs auf Jamaika zu nehmen.«

»Ach, diese alte Schnapsidee!« Sie lachte bekümmert auf und strich das tropfende Haar aus der Stirn. »Du wärest besser beraten, eine Zeitlang nach Bermuda oder sonstwohin zu gehen, bis sich die Aufregung hier gelegt hat. Du hast doch gar nicht genug Männer, um dich in so ein Abenteuer zu stürzen.«

»Vielleicht gelingt es mir doch noch, ein paar von meinen Schuldknechten einzusammeln.«

»Ja, ja, vielleicht erlebst du auch noch, wie Puritaner auf einer Papistenhochzeit tanzen«, spottete sie. »Eines laß dir von mir gesagt sein: Diese Schuldknechte werden wie eine Schar Hühner in alle Himmelsrichtungen auseinanderstieben, sobald die Bürgerwehr aufgelöst wird. Die setzen doch nicht ihr Leben aufs Spiel, um mit dir die Festung da drüben in Villa de la Vega zu erobern. Du solltest dir Jamaika aus dem Kopf schlagen.«

»Es ist zu früh zum Aufgeben. Es gibt immer noch eine andere Möglichkeit, die Männer zu bekommen, die ich brauche.« Er trat an die Reling und blickte hinaus in den Regen. »Vielleicht kann ich mir anderswoher Hilfe holen.«

»Und woher, bitteschön?«

»Du wirst nicht viel davon halten, wenn ich's dir sage.« Er begegnete ihrem Blick und erkannte, daß sie seinen Plan bereits erraten hatte.

»Das ist mit Sicherheit eine gewaltige Narretei!«

»Bitte, sei so lieb und laß es unter uns bleiben. Ehrlich gesagt, bin ich mir selbst noch nicht ganz darüber im klaren, was ich mache.«

»Du lügst wie gedruckt, Hugh Winston. Du hast dich doch schon längst entschieden. Aber wenn du dich nicht vorsiehst, sitzt du dort bald schlimmer in der Patsche als hier . . .«

»Entschuldigung, Käpt'n, sieht aus, als kriegen wir Besuch.« Mewes hievte sich den Niedergang zum Achterdeck hoch, spuckte in den Regen und warf voller Unbehagen einen Blick auf Joan. »Ist vielleicht am besten, Ihr kommt runter und gebt selbst die Befehle.«

Winston drehte sich um und folgte ihm aufs Hauptdeck

hinunter. Durch das Dunkel konnte man am Ufer einen Schimmel in Wind und Regen tänzeln sehen. Eine Frau saß im Sattel, offensichtlich unbeeindruckt von dem Wetter, und winkte zum Schiff herüber.

»*Aye*, darf an Bord kommen. Schick ihr 'n Beiboot rüber, John.« Er zeigte auf die kleine Pinasse, die an der Seite des Schiffs herabhing. »Steck aber keine Laterne an.«

Mewes lachte. »Ich würd' dem Mann, der es schaffte, bei diesem Wetter 'ne Laterne anzustecken, hundert Sovereign geben.«

Winston blickte zu Joan zurück und sah sie langsam den Niedergang herunterklettern und zu ihm treten. Schweigend beobachteten sie, wie das Beiboot hinabgelassen und von einigen Männern ans Ufer gerudert wurde.

»Nun, kein schlechter Anblick.« Ihre Stimme klang verächtlich. Unvermittelt strich sie sich übers Haar und versuchte, es zu richten. »Ich hatte gar nicht gewußt, daß sich Gnädigste in Nächten wie dieser hinauswagt.« Sie fuhr herum und blickte Winston mit funkelnden Augen an. »Wenn mir auch zu Ohren gekommen ist, daß sie schon mal bei einem Sturm an Bord der *Defiance* gewesen sein soll.«

»Du scheinst große Ohren zu haben.«

»Groß genug, um hinter deine Eskapaden zu kommen! Glaubst du etwa, deine Jungs halten dicht, wenn sie ein bißchen Teufelstöter im Bauch haben? Du solltest diskreter sein – oder ihnen eine bessere Heuer zahlen.«

»Ich zahle ihnen mehr, als sie im Moment wert sind.«

»Nun, jedenfalls waren sie voll der Bewunderung für deine kleine Eroberung. Oder bist etwa du der Eroberte?«

»Joan, warum läßt du's nicht einfach auf sich beruhen?« Er ging an der Reling nach mittschiffs, um am Fallreep auf Katherine zu warten. »Was ist denn schon passiert? Ausgerechnet in dieser höllischen Nacht . . .«

»Hugh . . .« Katherine wollte sich ihm gerade in die Arme werfen, als sie Joan erblickte. Sie erstarrte für einen Moment, drehte sich dann zu ihr um und nickte kühl und förmlich. »Eure Dienerin, Madame.«

»Allerergebenste Dienerin, Euer Gnaden.« Joan machte einen Knicks und trat mit einer Miene, wie sie eisiger nicht hätte sein können, einen Schritt zurück.

Schweigend maßen sie einander mit den Augen. Dann schien Katherines Interesse an Joan gestillt, und sie wandte sich wieder Winston zu.

»Bitte, komm zurück und hilf uns! Nur noch heute nacht.«

Er griff nach ihrer Hand und merkte, daß sie zitterte. »Euch helfen? Was meinst du damit?« Plötzlich überschlug sich seine Stimme. »Du willst mir doch nicht etwa weismachen, die Rundköpfe wären schon auf dem Weg nach Bridgetown?«

»Soweit wir wissen, nicht. Aber nachdem der Regen die Brände in den Zuckerrohrfeldern gelöscht hat, haben sich Teile der Bürgerwehr mit ihren Pferden neu zu formieren begonnen.« Sie drückte seine Hand. »Vielleicht könnten wir im Morgengrauen doch noch einen Angriff auf die Feldschanze von Oistins wagen.«

»Ihr habt nicht die geringste Chance! Nach diesen Regenfällen könnt Ihr keine Kanonen mehr hinschaffen. Die Straßen sind die reinsten Wildbäche. Die Rundköpfe hingegen verfügen über schwere Artillerie. Sie haben inzwischen bestimmt die Kanonen der Feldschanze umgedreht und können die Straße unter Beschuß nehmen. Wären wir gestern abend losmarschiert, hätten wir selbst ein paar Kanonen hinaufschaffen und sie bei Tagesanbruch, bevor sie überhaupt mit einem Angriff gerechnet hätten, beschießen können. Aber jetzt ist es zu spät.« Er musterte sie betrübt. Ihr Gesicht war eingefallen, und das Haar klebte ihr an den Wangen. »Es ist aus, Katy. Barbados ist verloren.«

»Aber du hast gesagt, du würdest kämpfen, selbst wenn du nur deine eigenen Männer zur Verfügung hättest.«

»Briggs und die anderen haben es geschafft, daß ich es mir anders überlegt habe. Warum sollte ich auch nur das geringste riskieren? *Sie* tun es ja auch nicht.«

Sie stand bewegungslos, seine Hand immer noch in der ihren haltend. »Dann willst du also wirklich fort?«

»Ja, das will ich.« Er sah sie an. »Wenn du dich doch nur entschließen könntest, mitzukommen. Gott weiß . . .«

Unvermittelt zog sie sein Gesicht herunter und küßte seine

Lippen. Sie schmeckte den Regen auf ihrer Zunge. »Ich kann jetzt nicht darüber nachdenken. Aber um Gottes willen, hilf uns bitte heute nacht. Überlaß uns die Steinschloßmusketen, die du hier an Bord hast. Die Infanterie der Rundköpfe ist vermutlich überwiegend nur mit Luntenmusketen ausgerüstet, die zum großen Teil feucht sein dürften. Deine Büchsen sind trocken. Vielleicht gleichen wir so die geringere Mannschaftsstärke aus.«

Skeptisch sah er sie an. »Sag mal, wessen Idee ist das, Katy?«

»Wessen Idee soll das schon sein? Außer mir weiß doch überhaupt kein Mensch, daß du diese Flinten besitzt.«

»Anthony Walrond weiß davon.« Winston lachte auf. »Eines muß ich sagen: Das wäre wahre Gerechtigkeit.«

»Dann rüste mit ihnen unsere Bürgerwehr aus. Mit deinen Musketen schaffen wir es vielleicht . . .«

»Ich brauche diese Steinschloßbüchsen dort, wo ich hinwill.«

Joan Fuller trat stirnrunzelnd zu ihnen. »Laßt mich Euch darauf hinweisen, Madam, daß diese Musketen Hugh gehören und nicht der wertlosen Bürgerwehr dieser Insel.« Sie wandte sich an Winston. »Sei kein Dummkopf! Wenn du diese Steinschloßmusketen an die Bürgerwehr verteilst, siehst du sie nie wieder. Das weißt du genausogut wie ich.«

Schweigend sah er zu dem verschlossenen Backlogis hinüber. »Da hast du recht. Ich müßte von allen guten Geistern verlassen sein . . .«

»Hugh, darf ich dich an all deine Worte über die Ehre erinnern?« Katherine wandte sich zum Gehen. »Und ich dachte, du würdest bis zum letzten kämpfen.«

»Ich habe dir gesagt . . .« Er hielt inne und schaute einen Moment in den Regen hinaus. »Ich glaube, eine ganz kleine Chance besteht doch noch. Wenn ich mit ein paar Männern vor Tagesanbruch hinginge und wir es schafften, die Kanonen auf der Feldschanze zu vernageln. Dann hätten beide Seiten wenigstens gleiche Kampfbedingungen.«

»Würdest du es versuchen?«

Ohne auf Joans stechenden Blick zu achten, nahm er Katherines Hand. »Vielleicht schulde ich Anthony Walrond noch ein kleines Abschiedsgeschenk. Dafür, daß er diese Insel – und mich mit ihr – an die gottverdammten Rundköpfe verschachert hat.«

»Dann kommst du also?«

»Wenn es mir gelänge, mit einigen von meinen Männern vor Tagesanbruch bis Oistins zu kommen und Walrond eine kleine Überraschung zu bereiten, wäre das sicherlich keine schlechte Übung für Jamaika.« Er grinste.

»Dann bleib und hilf uns. Wir können doch nicht aufgeben, solange wenigstens noch eine geringe Chance besteht. Sie können ihre Blockade nicht bis in alle Ewigkeit fortsetzen. Und wenn sie abziehen, sind wir fertig mit England und werden hier als freie Nation leben.«

Resigniert schüttelte er den Kopf, dann drehte er den Kopf nach oben und ließ sich den Regen ins Gesicht peitschen. Eine Zeitlang blieb er so stehen, beobachtet von den beiden Frauen. »Es gibt keine Freiheit mehr auf dieser Insel. Und vielleicht wird es sie nie wieder geben. Aber vielleicht bin ich Anthony Walrond und seinem Regiment eine Lektion in Sachen Ehre schuldig.« Er drehte sich um. »Schön. Aber du solltest das meine Sache sein lassen. Kehre jetzt nach Hause zurück.«

Ehe sie etwas erwidern konnte, drehte er sich um und gab Mewes ein Zeichen.

»John. Schließ die Waffenkammer auf und ruf alle an Deck.«

Dalby Bedford stand im Eingang des provisorisch errichteten Zeltes und spähte ins Dunkel hinaus. Der Sturm ließ noch immer – nur zwei Stunden vor Tagesanbruch – nicht erkennen, daß er abflauen wollte. Dann entdeckte der Gouverneur Winston, der, eine Schar von Seeleuten mit nacktem Oberkörper hinter sich, die zwischen Reihen windgebeugter Palmen hindurchführende Straße heraufkam.

»Bei den Wundmalen des Herrn! Ist er das wirklich?«

»Blut und Pest! Hat der Schuft tatsächlich die Stirn, noch mal zurückzukommen?« Colonel George Heathcott bahnte sich den Weg durch die Gruppe der Bürgerwehroffiziere und stellte sich neben Bedford, um sich selbst zu überzeugen. »Als ob die Lage nicht schon verworren genug wäre.«

Der federgeschmückte Hut und der Rock des Gouverneurs waren durchnäßt. Er hatte das Kommando über die Bürgerwehr übernommen und den kleinen Rest von Männern und Offizieren um sich geschart, die nicht zu ihren Plantagen aufgebrochen waren, nachdem sich die Kunde von den Bränden und dem Aufstand der neuen Sklaven herumgesprochen hatte. Obwohl einige Männer zurückgekehrt waren, hatte die Bürgerwehr zur Zeit nur einen Bruchteil ihrer früheren Stärke. Viele Pflanzer machten noch immer Jagd auf entlaufene Sklaven oder hatten sich samt ihren Familien in ihren Häusern verbarrikadiert. Etliche Plantagenhäuser an der Küste waren niedergebrannt worden, und durch den Regen hörte man hier und da noch Musketenschüsse, mit denen die Sklaven verfolgt wurden. Zwar war der Aufstand niedergeschlagen, doch kleine, mit Macheten bewaffnete Gruppen von Afrikanern durchstreiften noch immer die Insel.

Daß auch diese Sklaven wieder eingefangen wurden, war jetzt nur noch eine Frage der Zeit. Aber genau diese Zeit, das wußte Bedford, konnte über Sieg und Niederlage entscheiden.

»Die Männer, die er bei sich hat, tragen alle irgend etwas.« Heathcott musterte die Matrosen, die Winston folgten. »Bei Gott, das könnten doch wahrhaftig Musketen sein. Vielleicht hat er irgendwo noch ein paar Luntenbüchsen für uns aufgestöbert.« Seufzend stieß er den Atem aus. »Nur sind die bei diesem Regen völlig unbrauchbar, fürchte ich.«

»Euer Diener, Kapitän!« Bedford verbeugte sich knapp vor Winston, als dieser unter der hochgehaltenen Plane ins Zelt eintrat. »Ihr wollt Euch uns anschließen?«

»Ich dachte, wir könnten noch mal für eine gewisse Zeit zurückkommen.« Er sah sich unter den wenigen im Zelt versammelten Offizieren um. »Wer möchte mir helfen, zur Feldschanze runterzugehen und zu vernageln, was sie an Geschützen dahaben? Wenn uns das gelänge, könntet Ihr versuchen, die Schanze zu stürmen, sobald es hell wird – vorausgesetzt, Ihr bekommt genügend Männer zusammen.«

»Aber wir müssen uns darauf gefaßt machen, daß uns fünfhundert mit Spießen bewaffnete Männer gegenüberstehen, Sir, und Anthony Walrond wird sie befehligen.« Heathcotts Stimme verriet Bestürzung. »Das heißt, es stehen drei oder vier von ihnen gegen einen von uns. Wir haben einfach nicht genug Leute, die Feldschanze zu halten – jedenfalls nicht, solange nicht noch mehr von der Bürgerwehr wieder zurückgekommen sind.«

»Aber wenn diese Geschütze nicht bis zum Morgengrauen vernagelt sind, könntet Ihr, anstatt den Kampf aufzunehmen, lieber gleich hingehen und Euch ergeben – dann hättet Ihr es wenigstens hinter Euch.« Er sah sich im Zelt um. »Habt Ihr was dagegen, wenn ich meine Leute aus dem Regen reinkommen lasse, damit sie ihre Musketen laden können?«

»Musketen?« Heathcott musterte ihn. »Ihr werdet sie bei diesem Wetter nicht gebrauchen können. Ich bezweifle, daß man die Lunte lange genug am Brennen halten könnte, um auch nur zu zielen.«

»Ich habe wahrhaftig nicht vor, die Feldschanze mit Spießen zu nehmen.« Winston drehte sich um und winkte den Männern, ins Zelt hereinzukommen. Dick Hawkins, unrasiert, ohne Hemd und im Arm zwei in Wachstuch gewickelte Bündel, machte den Anfang. Danach kam Edwin Spurre, der laut über den Regen fluchte, als er ebenfalls zwei Bündel auf die Erde stellte. Über ein Dutzend weitere Seeleute folgten ihnen.

»Dieses Zelt hier dient als Kommandostand, Sir.« Heathcott trat auf Winston zu. »Ich wüßte nicht, woher Ihr das Recht nehmen könntet, Eure Leute hier hereinzubringen.«

»Wir können aber die Musketen im Regen nicht laden.«

»Sir, Ihr führt hier nicht mehr das Kommando, und wir alle haben wahrhaftig genug . . .« Sein Blick fiel auf das Bündel, das Spurre auswickelte. Die Laterne warf einen goldenen Schimmer auf eine glänzende neue Steinschloßbüchse. Der Lauf war in Gold damasziert, der Kolben bestand aus gutem italienischem Walnußholz und war mit Perlmutt eingelegt. Sowohl der gebogene Hahn als auch die Kolbenplatte wiesen Gravuren auf und waren vergoldet. »Großer Gott, wo habt ihr denn diese Waffe her?«

»Aus meinem persönlichen Arsenal.« Winston sah zu, wie Spurre den Ladestock herauszog, die Büchse lud und Pulver auf die Pfanne schüttete. »Diese Musketen stehen nicht Eurer Bürgerwehr zur Verfügung. Sie sind nur für meine Leute bestimmt, die heute nacht hier sind.«

»Wenn Ihr sie trocken halten könnt« – Heathcotts Stimme überschlug sich förmlich – »vielleicht könntet Ihr dann . . .«

»Eine Runde sollte mindestens möglich sein, bevor das Schloß feucht wird.« Winston blickte Heathcott an. »Jetzt erwarten sie uns bestimmt nicht. Deshalb könnten wir es schaffen, die Kanonen zu vernageln, sofern Eure Leute uns helfen, die Feldschanze so lange zu halten.«

»Und diese Büchsen?« Heathcott bewunderte immer noch die Musketen.

»Die benutzen wir nur im äußersten Notfall.« Winston ging die Reihe der Offiziere entlang. »Es könnte zu Nahkämpfen kommen, wenn die Infanterie dahinterkommt, was los ist, und die Bettungen zu stürmen versucht, während wir noch bei der Arbeit sind. Wie viele von Euren Leuten haben Lust, eine solche Aufgabe zu übernehmen?«

Schweigen machte sich im Zelt breit; nur das Getrommel des Regens war noch zu hören. Die Offiziere waren sich allesamt darüber im klaren, daß der Siegeswille der Bürgerwehr durch Winstons Vorschlag auf eine letzte Probe gestellt wurde. Besaß die Bürgerwehr diesen Willen überhaupt noch? Die Alternative war eine vernichtende und schändliche Niederlage auf dem Feld, der eine bedingungslose Kapitulation folgen würde.

Während sie im Hintergrund des Zeltes die Köpfe zusammensteckten, ein Gedränge von schwarzen Hüten, machten Winston und seine Leute ihre Musketen schußbereit. »Ein verdammt gut gearbeitetes Stück, diese hier.« Edwin Spurre bewunderte den vergoldeten Abzug seiner Muskete. »Hoffentlich schießt sie ebensogut, wie sie aussieht.« Er hob den Blick und sah Winston an. »Ich meine, wir schaffen es, die Pulverpfanne lange genug trocken zu halten, wenn wir uns vorsehen. Jede ist mit einem speziell eingepaßten Verschluß ausgestattet.«

Winston lachte. »Für Sir Anthony war das Beste gerade gut

genug. Er wird schon zu spüren bekommen, wie sehr wir das Können der von ihm bezahlten Büchsenmacher zu schätzen wissen.«

»Es ist ein Risiko, Sir. Ich will verdammt sein, wenn es das nicht ist.« Heathcott kam aus dem Kreis der anderen auf Winston zu. »Aber mit diesen Steinschloßmusketen sind wir vielleicht im Vorteil. Und erwarten tun sie uns im Augenblick wohl kaum. Vielleicht finden wir ein paar Mann, die Euch den Rücken freihalten.«

»Wir könnten diese Hilfe gebrauchen. Aber ich möchte nur Freiwillige.« Winston ließ den Blick über die Anwesenden gehen. »Außerdem dürften es nicht nur Männer ohne Kampferfahrung sein, die in Panik geraten und das Weite suchen, sobald die Rundköpfe die Feldschanze zu stürmen versuchen.«

»Durchaus verständlich.« Bedford nickte und drehte sich dann zu Heathcott. »Ich melde mich als erster freiwillig. Die Zeit wird knapp.«

Winston griff nach einer Muskete. »Dann also los!«

Regen hüllte sie ein, dieser dichte karibische Regen, der die Grenzen zwischen Erde, Himmel und Meer einfach wegwischte. Winston hatte das Gefühl, förmlich zu schwimmen, Wasser klatschte ihm ins Gesicht, durchtränkte sein Lederwams und drang in seine Stiefel. Die Erde schien unter einem gewaltigen ephemeren Fluß zu liegen, der wie ein Pendel zwischen Ozean und Himmel hin und her schwankte. Hier auf den Antillen war das Wasser, das vom Himmel kam, anders als jeder Regen, den er irgendwo sonst kennengelernt hatte. Erst versengte der Himmel, einer brütenden Gottheit gleich, die Inseln mit einer weißglühenden Sonne, und dann vertrieb er die Hitze mit warmen, erbarmungslosen Tränen.

Warum war er zurückgekommen nach Oistins? Um sein Leben noch einmal für die Freiheit zu wagen? Sein Gesicht verzog sich zu einem Lächeln bei diesem Gedanken. Er war sich inzwischen darüber im klaren, daß es in dieser Ecke der Neuen Welt, die sich der Sklaverei verschrieben hatte, niemals Freiheit geben würde. Dafür stand für England zuviel Reichtum auf dem

Spiel; Cromwells Schatzamt konnte es sich nicht leisten, auf diese glänzende neue Münze zu verzichten. Die Puritaner, die England regierten, würden Barbados nicht aufgeben, koste es, was es wolle – und sie würden dafür Sorge tragen, daß die Sklaverei erhalten blieb.

Nein. Daß er hierher zurückgekommen war, hatte persönliche Gründe. Es ging um ein Prinzip. Brach man sein Wort, wovor sollte man dann noch Skrupel haben?

Wenn die Freiheit hier vielleicht auch keine Chance hatte, mußte man den Kampf doch kämpfen, der einem aufgenötigt wurde. Man verriet nicht die eigene Sache, so wie Anthony Walrond es getan hatte.

»Sieht so aus, als brennen dort oben Luntenstöcke, Käpt'n. Sie sind bereit.« Edwin Spurre deutete auf die Umrisse der Feldschanze, die vor ihnen aufragte. Es war ein mächtiger Ziegelbau, der die Funktion hatte, die Geschützbettungen vor etwaigem Kanonenfeuer von der See her zu schützen. Im flackernden Licht der Laternen sah man, daß die Kanonen umgedreht und auf die Straße gerichtet worden waren, die man von dort oben gut einsehen konnte.

»Wir müssen dafür sorgen, daß diese Luntenstöcke nie eingesetzt werden.« Er gab den Männern durch ein Zeichen zu verstehen, daß sie sich im Kreis um ihn herum aufstellen sollten. Ihre Steinschloßbüchsen waren noch in Wachstuch eingeschlagen. »Wir müssen ihnen eine kleine Überraschung bereiten, Leute. Schießt also nicht, bevor es nicht unbedingt notwendig ist. Wir werden sowieso jede Muskete brauchen, wenn die anderen merken, daß ihr hier seid, und es mit einem Gegenangriff versuchen.«

»Meint Ihr wirklich, wir kommen da rauf, Käpt'n?« Vorsichtig setzte Dick Hawkins einen großen braunen Sack ab, in dem sich Bolzen und Nägel, Hämmer und Enterhaken befanden. »Es ist verdammt hoch.«

»Wir müssen einen Bogen um die Schanze schlagen und sie von der Seeseite zu nehmen versuchen. Dort ist sie zwar noch höher, aber da sehen sie uns wenigstens nicht.« Er drehte sich um und betrachtete die hohe Schanze. »Unsere Bandeliers werden zu laut rasseln; deshalb werden wir sie hierlassen. Steckt euch einfach ein paar Pulverhülsen in die Taschen. Für lange Schießereien haben wir sowieso keine Zeit. Und jetzt ans Werk, ehe sie uns entdecken.«

Leise holte Hawkins die Enterhaken heraus und verteilte sie. Die mit Widerhaken versehenen schweren Instrumente, die auf See zum Entern feindlicher Schiffe eingesetzt wurden, waren mit Segeltuch umwickelt, damit sie lautlos ans Ziel gelangten, und mit fünfzig Fuß Leine versehen. Winston nahm einen der Enterhaken zur Hand und prüfte die Umwickelung. Ob sie sich wohl irgendwo festhaken und dann auch halten würden? Vielleicht an der Brustwehr.

Er wartete, bis Hawkins alle Haken unter den achtzehn Männern verteilt hatte. Dann schlichen sie weiter durch die Nacht, um die dem Meer zugewandte Mauer der Befestigung zu erreichen.

Hinter ihnen wartete im Dunkel das erste Kontingent von Freiwilligen aus den Reihen der Bürgerwehr von Barbados. Sobald die Kanoniere von Winstons Männern überwältigt wären, sollten sie vorrücken und helfen, die Feldschanze zu halten, während die Kanonen vernagelt wurden.

Weder Winston noch einer seiner Seeleute bemerkte im Dunkel die Männer, die sich hinter ihnen durch den Schatten schoben – mit einer Haut, so schwarz wie die Nacht.

Sie waren in dieser Nacht zur *Defiance* gekommen, hatten aber feststellen müssen, daß das Schiff ein Stück vom Ufer entfernt vor Anker lag und wieder flott war. Betroffen hatten sie beobachtet, daß Winston eine Schar von Seeleuten in Beibooten an Land brachte und diese Seeleute mit jenen Musketen bewaffnet waren, die sie sich hatten holen wollen. Ob die Musketen wohl bereits geladen und schußbereit waren?

Umsichtig hatte Atiba darauf gedrungen, nicht sofort zuzuschlagen. Sie waren ihnen durch den Regen die ganzen fünf Meilen bis nach Oistins gefolgt – immer auf den richtigen Augenblick wartend. Dann hatten sie geduldig zugesehen, wie Winston sich mit den *branco*-Häuptlingen beraten hatte. Zuletzt hatten sie miterlebt, wie die Musketen schußbereit gemacht wurden. Dies bedeutete: Sie hätten sie sich die ganze Zeit über gefahrlos holen können!

Nun aber wurde die Zeit knapp. Wie sollten sie jetzt noch die Musketen an sich bringen? Es mußte möglichst bald geschehen, denn solange ihnen die Dunkelheit Schutz gewährte, konnten sie leicht entkommen und sich verstecken. Atiba beobachtete, wie sich Winston und seine Männer leise zu der dem Meer zugewandten Seite der Feldschanze schlichen und die Leinen ihrer Enterhaken abwickelten. Plötzlich begriffen sie, was die *brancos* vorhatten.

Vielleicht gab es dann doch noch eine Möglichkeit, an die Musketen heranzukommen . . .

»Wartet und haltet euch bereit!« Er schickte seine Leute zurück in den Schatten eines Palmenhains. Dann schnellte er durch den Regen vorwärts.

Winston schwang gerade den ersten Enterhaken, der den Schlußstein ganz oben auf der Feldschanze erreichen sollte, über seinem Kopf, als er ganz nahe an seinem Ohr leises portugiesisches Geflüster hörte.

»Es wird nicht gelingen, Senhor. Die *Inglês* werden es hören, wenn Eure Haken gegen den Stein schlagen.«

»Himmelherrgott!« Er fuhr herum und sah einen großen Schwarzen mit einer Machete in der Hand hinter sich stehen.

»Ein Leben für ein Leben, Senhor. Wart Ihr es nicht, der das gesagt hat?« Atiba blickte um sich. In wortlosem Erstaunen starrten die Seeleute ihn an. »Wollt ihr die großen Kanonen oben auf der Festung an Euch bringen? Dann laßt meine Männer das für Euch tun. So was geht am besten auf Yoruba-Art.«

»Wo zum Teufel kommt Ihr her?« Die flüsternde Stimme Winstons ging im Rauschen des Regens fast unter.

»Aus dem Dunkel. Vergeßt nicht, meine Haut ist schwarz. Manchmal ist das ein Vorteil – selbst auf einer Insel, die den weißen *Inglês* gehört.«

»Briggs bringt Euch um, wenn er Euch hier sieht!«

Atiba lachte. »Heute nacht hätte ich *ihn* umbringen können, aber ich entschied mich zu warten. Denn ich möchte es auf *Inglês*-Art tun: mit einer Muskete.« Er steckte die Machete in den Leibgurt. »Ich bin gekommen, um mit Euch einen Handel abzuschließen.«

»Was meint Ihr damit?«

»Blickt Euch um.« Atiba drehte sich um und winkte ins Dunkel hinaus. Zwischen den Palmen kam eine bedrohliche Reihe mit Macheten bewaffneter schwarzer Männer hervor. »Das sind meine Leute. Wir könnten Euch jetzt alle töten, Senhor, und einfach Eure Musketen an uns nehmen. Ihr aber seid einmal wie ein Bruder zu mir gewesen, und so will ich redlich mit Euch handeln, als wäre heute Markttag in Ife. Anstatt zuzusehen, wie Ihr bei dem Versuch umkommt, die *branco*-Festung an Euch zu bringen, werden ich und meine Männer sie jetzt an Eurer Stelle nehmen und sie Euch als Freundesgabe übereignen – im Austausch gegen die Musketen.« Er lächelte finster. »Ein Leben für ein Leben, wißt Ihr noch?«

»Euer Aufstand ist so gut wie niedergeschlagen, und ich habe Euch das prophezeit.« Winston spähte durch den Regen. »Ihr werdet jetzt keine Musketen mehr brauchen.«

»Vielleicht ist er niedergeschlagen. Aber wir werden nicht als Sklaven sterben, sondern als Yoruba. Und viele *brancos* werden mit uns sterben.«

»Aber nicht durch meine Steinschloßbüchsen.« Winston bemerkte einen dunklen Blutfleck an der Schulter des Yoruba.

Atiba zog die Machete wieder heraus und winkte die anderen Männer heran. »Dann will ich Euch zeigen, was geschieht, wenn wir statt dessen diese benutzen.« Er zeigte auf seine Machete. »Das könnte Euch bewegen, Euch eines Besseren zu besinnen.«

Ehe Winston noch antworten konnte, drehte sich Atiba um und flüsterte den wartenden Schwarzen mit rascher Zunge ein paar Anweisungen zu. Sie steckten ihre Macheten in die Leibriemen und begannen im Handumdrehen, die Feldschanze hinaufzuklettern.

»Beim Blute Christi, Käpt'n, was, zum Teufel, hat das zu bedeuten?« Dick Hawkins trat neben Winston, der noch immer Enterhaken und Wurfleine in der Hand hielt. »Wollen diese Wilden etwa . . .?«

»Ich will verdammt sein, wenn ich das weiß. Aber gefallen tut es mir nicht.« Er ließ die Augen keinen Moment von den schwarzen Gestalten, die im Regen kaum zu unterscheiden waren von den Steinen der Schanze.

Es schienen nur wenige Augenblicke vergangen, bis Atiba und kurz darauf auch seine Männer die Brustwehr oben auf der Schanze erreicht hatten. Winston sah kurz Macheten aufblitzen – dann war nichts mehr zu erkennen.

»Um Gottes willen, hoffentlich gibt es kein unnötiges Blutvergießen.« Er warf seinen umwickelten Enterhaken hinauf und gab seinen Männern ein Zeichen. »Klettern wir hinauf, los!«

Das Klirren der Enterhaken, die gegen die Brustwehr schlugen, wurde plötzlich übertönt durch erstickte Rufe der Überraschung, die von oben zu ihnen drangen. Dann waren gedämpfte Schreie durch den Regen zu hören. Die Laute erstarben ebenso plötzlich, wie sie eingesetzt hatten. Zurück blieb nur das sanfte Rauschen des Regens.

»Sie gehört Euch, Senhor.« Als Winston die portugiesischen Worte hörte, blickte er zur Brustwehr hinauf und sah dort Atiba stehen. »Aber beeilt Euch. Einer ist uns entkommen. Ich fürchte, er wird die anderen warnen. Es werden bestimmt gleich weitere *brancos* auftauchen.«

»Himmelherrgott!« Winston ergriff die Leine seines Enterhakens, machte eine kurze Probe und zog sich dann die Steinmauer hinauf. Das Klirren anderer Enterhaken war zu vernehmen, und nach und nach folgten die Männer Winston in die Höhe.

Die Szene oben auf der Feldschanze nahm ihm für einen Augenblick den Atem. Vor ihm lagen die Kanoniere mit durchschnittenen Kehlen, jeder dort, wo ihn das Schicksal ereilt hatte. Einer hing sogar über dem Geschützlauf eines Neunpfünders; in der Hand hielt er noch einen Zündstock, und der ölgetränkte Lappen an der Spitze schwelte nutzlos im Regen vor sich hin. Die Yoruba-Krieger standen zwischen den Leichen und wischten das Blut von den Macheten.

»Guter Gott im Himmel!« brach es aus Winston heraus, als er Atiba zwischen den dunklen Gestalten erkannt hatte. »Es gab doch überhaupt keinen Grund, all diese Männer zu töten. Es hätte genügt, sie zu entwaffnen.«

»Es ist besser so.« Atiba blickte ihn herausfordernd an. »Es waren *branco*-Krieger. Geziemt es sich für einen Krieger nicht, bereit zu sein zu sterben?«

»Du blutrünstiger Wilder!«

Atiba lächelte. »Dann sagt mir, wozu all diese großen Kanonen der *Inglês*, die hier stehen, dienen sollen. Ist es ihre Aufgabe, Leben zu retten? Oder sollen sie Männer zu Hunderten töten – Männer, deren Gesicht man nie gesehen hat? Mein Volk tut so etwas nicht. Wer also ist der Wilde, mein *Inglês*-Freund?«

»Verflucht, es gibt schließlich Kriegsregeln!«

»Oh ja, *Ihr* seid zivilisiert.« Er schob seine Machete in seinen Leibgurt. »Irgendwann müßt Ihr mir diese Regeln erklären, die Ihr für das zivilisierte Töten ersonnen habt. Vielleicht sind sie etwas Ähnliches wie die Regeln, die ihr Christen euch ausgedacht habt, um die Versklavung meines Volkes zu rechtfertigen.«

Winston ließ den Blick über die Leichen wandern. Es war jetzt nichts mehr zu ändern. Das beste war, die Kanonen nun so schnell wie möglich unbrauchbar zu machen. »Hiev den Sack mit den Nägeln hoch, Dick, und dann rasch an die Arbeit.«

»*Aye.*« Hawkins ging an den Rand der Brustwehr und ergriff das Tau, das an seinem Leibgurt festgebunden war und an dessen anderem Ende der braune Segeltuchsack mit den Bolzen, den Nägeln und den Hämmern befestigt war, der unten im Schlamm lag.

Wenige Augenblicke später hallte die Luft von den Hammerschlägen wider, mit denen die Seeleute kleine nagelähnliche Bolzen in die Zündlöcher der Kanonen trieben. Das war für die Bürgerwehr von Barbados das Signal, sich von der Landseite aus der Feldschanze zu nähern, um Winston und seinen Männern Feuerschutz zu geben.

»Ein Leben für ein Leben, Senhor.« Atiba trat dicht neben Winston. »Wir haben Euch einen Gefallen getan. Jetzt ist es an Euch, Euren Teil der Abmachung einzuhalten.«

»Von meinen Steinschloßmusketen bekommt Ihr keine einzige – falls es das ist, was Ihr meint.«

»Zwingt uns nicht, sie uns mit Gewalt zu nehmen.« Atiba legte die Hand an den Griff der Machete.

»Und zwingt *uns* nicht, Euch zu zeigen, wie gut wir mit ihnen umgehen können.« Winston rührte sich nicht. »Es ist heute nacht genug getötet worden.«

»Dann seid Ihr also doch nicht ein Mann, der sein Wort hält. Ihr seid auch nicht mehr als ein *branco.*« Langsam zog er die Machete aus dem Leibgurt.

»Ich hab' Euch nicht mein Wort gegeben. Und ich würde Euch nicht raten . . .« Winston schob die Schöße seines Wamses zur Seite und gab den Blick auf seine Pistolen frei.

Aus der Dunkelheit kamen einige Pflanzer mit selbstgemachten Spießen die Steinstufen herauf. Colonel Heathcott führte sie an. »Gute Arbeit, Kapitän, bei meiner Seele.« Er strahlte unter seinem grauen Hut hervor. »Wir haben keinen Piep gehört. Aber Ihr wart ja auch verdammt schnell. Bedford stellt gerade die nächste Abteilung der Bürgerwehr zusammen. Er braucht . . .«

Kaum hatte er die letzte Stufe hinter sich, stolperte er über einen gefallenen Infanteristen. Ein Blechhelm rollte scheppernd über die Steine.

»Bei den Wundmalen Christi! Was . . .« Er blickte um sich und erkannte im schwachen Licht der Laterne die anderen Leichen, die über die ganze Feldschanze verstreut waren. Mit zornigem Blick sah er Winston an. »Ihr habt die Burschen einfach abgeschlachtet?«

»Wir hatten Hilfe.«

Heathcott blickte Winston verständnislos an, dann bemerkte er Atiba und erstarrte. Noch einmal in die Runde spähend, sah er jetzt an der Brustwehr die Traube von Afrikanern, die noch immer ihre blutigen Macheten in den Händen hielten.

»Guter Gott!« Er machte einen Schritt zurück und winkte seine Männer heran. »Antreten! Hier oben sind entlaufene Schwarze. Sie sind bewaffnet.«

»Vorsicht . . .« Ehe Winston weitersprechen konnte, hörte er einen Befehl in der Sprache der Yoruba und sah, wie Atiba seine Machete erhob und sich auf Heathcott stürzen wollte.

»Nein, bei Gott!« schrie Winston auf portugiesisch. In Sekundenschnelle hatte er dem Yoruba eine gespannte Pistole an die Schläfe gesetzt. »Ich habe gesagt, es ist schon genug Blut geflossen! Zwingt mich nicht, Euch umzubringen!«

Die Totenstille, die für einen Moment herrschte, wurde durch einen Schießbefehl unten am Strand unterbrochen. Mehrere Blitze zuckten auf, dumpfe Schläge folgten. Zwei Pflanzer auf den obersten Stufen stöhnten auf, drehten sich um sich selbst und sanken mit blutenden Fleischwunden gegen die Brustwehr. Dann ertönte ein zweiter Schießbefehl durch den Regen. Es war unüberhörbar die Stimme Anthony Walronds.

»Beeilt euch, Jungs! Jetzt fängt das Feuerwerk an.« Winston drehte sich um und rief in Richtung der Seeleute, die immer noch Bolzen in die Zündlöcher trieben: »Spurre, wickle die Steinschloßbüchsen aus und macht euch bereit. Sieht aus, als verfügte Walrond ebenfalls über ein paar trockene Musketen.«

»*Aye*, Käpt'n.« Er gab denjenigen Matrosen, die mit ihrer Arbeit bereits fertig waren, ein Zeichen, zu ihm zu kommen, und ging dann mit ihnen hinter der niedrigen Brustwehr auf der Landseite der Feldschanze in Deckung. Heathcott und die Pflanzer schlichen mit den Spießen in der Hand ängstlich hinter ihm her.

Winston bemerkte plötzlich eine Bewegung, drehte sich um und sah, wie Atiba zur Seite entwich. Er konnte gerade noch der Machete ausweichen und ließ dann den Kolben seiner Pistole mit ganzer Kraft auf Atibas Schädel niederfahren. Der Yoruba stöhnte auf und wankte rückwärts gegen die hinter ihm stehende Kanone.

Dabei stieß er den Leichnam des Commonwealth-Infanteristen herunter, der, den schwelenden Luntenstock noch immer in der erstarrten Hand, über dem Geschützlauf gehangen hatte. Der Kanonier rutschte langsam auf den Pulversack zu und sackte schließlich neben ihm zu Boden, wobei sich der Griff der Hand lockerte und der Luntenstock hinausglitt.

Später erinnerte sich Winston, daß er wie gelähmt war vor Entsetzen, als er sah, daß der Luntenstock gegen den Pulversack der Kanone rollte und dabei Funken versprühte. Als der Griff gegen das Eisen schlug, fiel der ölgetränkte Lappen an der Spitze des Luntenstocks auseinander, und ein brennender Stoffetzen flog gegen das geschützte Zündloch.

Eine Stichflamme loderte auf, und ein Blitz zerriß die Nacht, der für einen Moment die Feldschanze illuminierte, als sei es heller Tag.

Sie waren alle wie benommen. Dann wurde die Stille durch überraschte Rufe aus Richtung des englischen Lagers beendet; niemand hatte dort mit einem Kanonenschuß gerechnet. Kurze Zeit später waren von der Straße her mehrere Salven Musketenfeuer zu hören. Die anrückenden Leute von der Bürgerwehr nahmen an, sie wären von der Feldschanze aus beschossen worden. Da sie nun ihre Position verraten hatten, wurde ihr Feuer umgehend vom Regiment Anthony Walronds erwidert.

Plötzlich rief einer der Yoruba einige unverständliche Worte, rannte zur Brustwehr und begann, sie zu überklettern. Weitere Rufe folgten, und im Handumdrehen taten die anderen es ihm nach. Vergeblich rief Atiba, der neben der Kanone zu Boden gegangen war, ihnen nach, sie sollten bleiben. In Sekundenschnelle hatten sie die Brustwehr überwunden und die schützende Nacht erreicht.

»Ihr habt uns verraten, Senhor.« Er sah zu Winston auf. »Dafür werdet Ihr mit Eurem Leben bezahlen.«

»Aber nicht heute nacht.« Winston hielt noch immer die Pistole in der Hand und betete, daß sie nicht zuviel Feuchtigkeit abbekommen habe.

»Heute nacht nicht. Aber bald.« Mit unsicherer Hand schob Atiba die Machete in den Leibgurt zurück. Winston merkte, daß er Schwierigkeiten hatte, auf die Beine zu kommen. Doch als er es geschafft hatte, schien seine Kraft rasch wieder zurückzukehren. »Unser Krieg ist nicht vorbei.« Während auf der Feldschanze noch immer große Verwirrung herrschte, machte er kehrt und kletterte behende die landwärts zeigende Mauer hinunter. Winston beobachtete, wie er im Regen verschwand.

»Wie viele müssen denn noch vernagelt werden, Jungs?« rief er zu den Männern mit den Hämmern hinüber. Weiteres Musketenfeuer ertönte von unten.

»Bis auf zwei sind alle fertig, Käpt'n«, erwiderte Hawkins. »Diese verdammten Neunpfünder! Für sie sind unsere Bolzen zu groß.«

»Dann zur Hölle mit ihnen. Wir haben geschafft, was wir uns vorgenommen hatten.« Dann rief er zu Heathcott hinüber: »Laßt uns Schluß machen und sehen, daß wir verschwinden! Möglichst schnell.«

»Gute Leistung, das muß ich schon sagen.« Mit einem breiten Grinsen gab Heathcott den sich ängstlich duckenden Pflanzern ein Zeichen, den Rückmarsch anzutreten. »Jetzt werden wir es doch noch schaffen, sie aufzuhalten.«

Unter dem Feuerschutz der Seeleute krochen die Männer von der Bürgerwehr die schlüpfrigen Stufen hinunter. Als die Leute des Oistins-Regiments, die unter dem Befehl von Anthony Walrond von See her anmarschierten, erkannten, daß ihre Gegner bewaffnet waren, spritzten sie augenblicklich auseinander, um Deckung zu suchen. Wenig später hatten Winston und Heathcott ihre Leute sicher zur Straße geführt. Dort stießen sie auf den vom Regen ziemlich durchnäßten Haufen Bürgerwehrmänner, die zurückgeblieben waren.

»Ihr könnt jetzt umkehren, Gentlemen.« Heathcott grüßte den Offizier an der Spitze, der neben einem Gefallenen kniete. »Ihr habt uns guten Feuerschutz gegeben. Alles ist erledigt. Die Geschütze sind vernagelt, und bei Sonnenaufgang werfen wir die Rundköpfe zurück ins Meer.«

»Guter Gott!« Die Stimme des Offiziers zitterte, als er aufsah. Der Regen rann ihm übers Gesicht. »Wir sollten einfach um Frieden bitten und damit allem ein Ende machen.«

»Was?« Heathcott sah ihn an. »Was ist in Euch gefahren?«

»Er hat uns angeführt. Dalby Bedford. Er wurde in die Brust getroffen, als die Soldaten vom Oistins-Regiment das Feuer eröffneten.« Er schien vor Entsetzen kaum mehr Luft zu bekommen. »Die Insel hat keinen Gouverneur mehr.«

Achtzehntes Kapitel

Über der breiten Hügelkuppe war der Morgenregen vorübergehend zu feinem Nebelgespinst geworden – zu einem goldenen Hauch, der den Horizont verhüllte. Eine einsame Gestalt, barhäuptig und in einen verschmutzten Lederrock gekleidet, stieg langsam den von tiefen Wasserrinnen gefurchten Weg hinauf, der zu dem Anwesen des Gouverneurs von Barbados führte. Hinter ihm lagen die sanft gewellten grünen Hügel der Insel, jenseits derer, eingehüllt von Sprühregen und Nebel, das sonst so heitere und stille Karibische Meer brodelte.

Der Weg war bedeckt mit Palmwedeln, die der wütende Sturmwind in der Nacht abgebrochen hatte. Während er dahinstapfte, fuhr erneut eine Bö durch die Bäume und trompetete seine tiefe Trauer hinaus. Dann zuckte es über den Quellwolken im Westen hell auf, und der Himmel verdunkelte sich aufs neue. Bald würden wieder Regen und Sturm kommen, sagte er sich, und sie würden die Insel und das Meer bis in die Nacht hinein überziehen.

Er betrachtete den Himmel und ließ nachdenklich an sich vorüberziehen, was geschehen war. Wenn der prasselnde Regen doch nur alles wegwaschen könnte, so wie ein Schauer die Londoner Straßen von Stroh und Abfällen reinigte! Doch es gab keinen Weg, alles ungeschehen zu machen. Jetzt blieb nur die Möglichkeit, einen Neuanfang zu versuchen – weit, weit weg von hier.

Ob sie das verstehen würde?

Das Tor des Anwesens war verschlossen und verriegelt, als gelte es, die Welt ringsum auszuschließen. Er zog den Griff der schweren Messingglocke. Das Läuten klang wie eine böse Prophezeiung.

»Sir?« Die Stimme, die sich von innen vernehmen ließ, hörte sich aufgeregt und ängstlich an. Er wußte, daß sie James gehörte, dem irischen Diener mit dem schütteren Haar und den wäßrigen Augen, der seit über einem Jahrzehnt bei Katherine und dem Gouverneur diente.

»Ich möchte zu Miss Bedford.«

»Bei allen Heiligen, Kapitän Winston! Seid Ihr es wirklich, Sir? Die junge Dame hat gesagt, Ihr wäret wieder nach Oistins rüber.«

»Ich komme gerade von dort.«

»Wie steht's mit den Kämpfen? Wir haben von Seiner Exzellenz nichts mehr gehört, seit er gestern abend einen Boten hergeschickt hat. Und danach hat die junge Dame . . .«

»Bring mich zu Miss Bedford.« Er schnitt dem alten Diener einfach das Wort ab, weil er fürchtete, sonst einen eingehenden Bericht über alles, was sich im Laufe der letzten vierzehn Tage hier getan hatte, über sich ergehen lassen zu müssen.

Wie sollte er es ihr nur beibringen? Es ist das Ende von allem, was sie hatte, und von allem, was sie sich erhofft hatte, sagte er sich. Für sie gibt es hier jetzt keine Zukunft mehr.

»Erwartet sie Euch, Kapitän?« Mit düsterem Blick stieß James die schwere Holztür auf, die in die Halle führte. »Ich bete darum, daß Seiner Exzellenz nichts . . .«

»Nein, sie erwartet mich nicht. Sag einfach, ich sei da.«

»*Aye*, Euer Gnaden, wie Ihr wünscht.« Er zeigte auf einen Stuhl im Empfangsraum und wandte sich dann zur Treppe.

Katherine kam bereits die breiten Mahagonistufen herunter. Sie trug ein Mieder aus ungebleichtem Kattun und dazu einen langen Rock. Ihre feuchten Locken waren unordentlich, und ihre blutunterlaufenen Augen verrrieten Winston, daß sie in der vergangenen Nacht keinen Schlaf gefunden hatte.

»Hugh, was ist? Warum bist du zurückgekommen?« Verwirrt blickte sie ihn an. Dann weiteten sich ihre Augen vor Entsetzen. »O Gott, was ist passiert?«

»Katy, es gab ein paar Schüsse . . .!«

Und er sagte es ihr. Zuerst, daß Dalby Bedford tot war, und dann, wie es passiert war. Danach unterrichtete er sie davon, daß die Versammlung – da die Insel ja jetzt keinen Gouverneur mehr hatte – sich entschlossen habe, die vom Admiral der Navy aufgesetzten Bedingungen voll und ganz zu akzeptieren. All das erzählte er so schnell wie möglich, in der Hoffnung, dies könnte ihren Schmerz irgendwie lindern. Sie hörte ruhig zu, ihr Gesicht verriet keinerlei Regung. Als er geendet hatte, ließ sie sich in einen hohen, ungefügen Stuhl fallen und blickte um sich – so als wolle sie dem Raum Lebewohl sagen.

»Vielleicht ist es besser so.« Sie senkte ihren Blick. »So bleibt ihm wenigstens die Demütigung des Tower und des öffentlichen Gerichtsverfahrens durch Cromwell erspart.«

Erstaunt blickte Winston sie an. Noch immer gab es keine Spur von einer Träne. Nur ihre Augen verrieten ihren Schmerz, als sie fortfuhr: »Ist es nicht merkwürdig, daß beiden das gleiche widerfuhr? Schon vor Jahren meiner Mutter, und jetzt ihm . . . Getötet von einer Kugel, wo sie der Welt doch nichts mehr wünschten als Frieden.« Sie versuchte zu lächeln. »Es haben gefährliche Zeiten begonnen in der Neuen Welt. Du hast schon recht, wenn du deine Pistolen immer schußbereit im Gürtel trägst.« Sie wandte das Gesicht ab, und er wußte, daß sie weinte. Die Diener, James und die beiden Frauen, hatten sich versammelt und drückten sich, unfähig zu sprechen, in der Nähe der Treppe herum.

»Katy, ich bin so schnell wie möglich hergekommen, um es dir zu sagen. Niemand weiß, was jetzt geschehen wird – aber du kannst nicht hierbleiben. Sie werden nicht lange brauchen, um dahinterzukommen, daß du bei der ganzen Sache deine Hand im Spiel gehabt hast. Du wirst bestimmt verhaftet.«

»Ich habe keine Angst – nicht vor ihnen und nicht vor Cromwell.« Noch immer blickte sie auf den Boden.

»Das solltest du aber.« Er trat zu ihr und kniete neben ihrem Stuhl nieder. »Es ist aus. Die Pflanzer, für die wir gekämpft haben, haben die Insel verraten, und deshalb zum Teufel mit ihnen! Die Neue Welt besteht nicht nur aus Barbados.« Er hielt inne. Schließlich hob sie den Kopf und sah ihn an. Feuchte Spuren zeichneten ihre Wangen. »Vielleicht willst du ja jetzt mit mir kommen. Wir werden irgendwo anders ein Zuhause für uns schaffen.«

Sie blickte ihm in die Augen und biß sich schweigend auf die Lippen. Es kam ihm so vor, als hätte er sie bis zu diesem Augenblick nie richtig gesehen. Sein ganzes Herz bot er ihr, als er fortfuhr: »Ich möchte, daß du bei mir bist. Es wird für uns eine andere Insel geben, Katy, wenn du mir helfen willst, sie zu nehmen.«

»Ich kann unmöglich . . .« Sie schien nicht recht zu wissen, was sie sagen wollte. Einen Moment lang sah sie ihn noch an, dann ließ sie den Blick durch den Raum und über die Diener gehen. Schließlich senkte sie den Kopf wieder und schwieg abermals.

»Katy, ich kann dich nicht zwingen, mitzukommen. Und ich kann dir auch nicht versprechen, daß es leicht werden wird. Aber du mußt dich jetzt entscheiden. Du hast keine Zeit, darauf zu warten, daß . . . ich weiß nicht auf was. Wir müssen beide hier raus. Ich werde jetzt von meinen Schuldknechten so viele wie möglich einsammeln, und in der kommenden Nacht werde ich versuchen, die Blockade zu durchbrechen – egal, ob es regnet oder stürmt. Niemand weiß, ob ich es schaffe, aber es ist meine letzte Hoffnung.« Er stand auf. Seine dreckigen Stiefel hinterließen dunkle Spuren auf dem Teppich. »Und ich bin mir sicher, du weißt ganz genau, daß es auch *deine* einzige Chance ist.«

Sie sah auf. »Wir haben es versucht, nicht wahr? Wir haben es ernsthaft versucht.« Ihre Stimme war fast wie ein Flüstern.

»Man kann der Neuen Welt keine Freiheit geben, wenn diese Puritaner sie nur für sich selbst haben wollen. Sie muß für jeden Menschen da sein . . . Erinnerst du dich noch, was ich dir gesagt habe? Sie hätten die Afrikaner freilassen und sich damit ihrer Hilfe versichern können – dann hätten sie gesiegt. Wenn ich daran jemals gezweifelt haben sollte – dann tue ich es nach dem, was ich heute nacht erlebt habe, nicht mehr. Aber sie wollten Sklaven haben, und man kann nicht eine Insel mobil machen, die nur zur Hälfte aus Freien besteht. So haben sie bekommen, was sie verdienen.« Er trat an das Sideboard, auf dem eine Karaffe Brandy und zwei Gläser standen, und schenkte sich müde ein. Dann drehte er sich zu ihr um und hob das Glas. »Wir haben getan, was wir konnten, doch allein konnten wir es nicht schaffen. Hier auf Barbados jedenfalls nicht.« Er leerte das Glas und schenkte sich nach.

»Gib mir auch einen.« Sie zeigte auf die Flasche. Er goß das zweite Glas voll und reichte es ihr. Die Diener sahen verwundert zu, wie sie es in einem Zug leerte. Dann wandte sie sich wieder Winston zu. »Wie könnte ich gerade jetzt fortgehen? Seine Papiere sind hier, und alles. Was er getan hat, darf doch nicht in Vergessenheit geraten. Er hat ein demokratisches Gemeinwesen geschaffen, mit einer gewählten Versammlung und allem, was dazugehört – und das hier in der Neuen Welt. Eines Tages . . .«

»Das interessiert jetzt keinen Menschen mehr.« Er trat mit

der Karaffe in der Hand auf sie zu und schenkte ihr nach. »Du mußt hier raus. Hier werden sie doch zuallererst nach dir suchen. Du kannst bei Joan warten, bis wir fertig sind zum Absegeln.«

»Joan?« Ungläubig sah sie ihn an. »Du meinst Joan Fuller?«

»Sie ist der einzige Mensch auf der Insel, dem ich noch vertraue.«

»Sie verachtet mich. Sie hat es schon immer getan.«

»Sie hat dich nicht mehr verachtet als du sie. Spring doch einfach über deinen Schatten.«

»Ich . . .«

»Katy, wir haben keine Zeit mehr zum Streiten. Die verdammten Rundköpfe werden heute nacht bestimmt in Bridgetown sein. Und ich muß zurück aufs Schiff und dort noch einiges erledigen, ehe es wieder zu regnen anfängt. Wir müssen Proviant übernehmen und uns zum Ankerlichten bereitmachen, bevor es zu spät ist.«

Er beobachtete, wie sie schweigend trank, nachdenklich, ihren Blick in die Ferne gerichtet. Schließlich fügte er hinzu: »Wenn du willst, schick' ich dir Joan her, damit sie dir beim Packen hilft.« Er trank das zweite Glas Brandy aus und stellte es aufs Sideboard. Als er sich wieder zu ihr umdrehte, lächelte er leicht. »Ich glaube, ich war mir ganz sicher, daß du mitkommst. Einfach deshalb, weil ich es mir so sehnlich wünsche. Nun, wie steht's?«

Wieder sah sie zu den Dienern hinüber und ließ den Blick dann durchs Zimmer gehen. Schließlich sah sie Winston an. »Nimm mich in die Arme!«

Langsam ging er zu ihrem Stuhl, zog sie hoch und nahm sie in seine Arme. Als er ihr mit den Fingern durch das nasse Haar fuhr, bot sie ihm ihren Mund zum Kuß dar. Jetzt endlich sprach er wieder. »Heißt das, du kommst mit?«

Wortlos nickte sie.

»Dann muß ich jetzt gehen. Pack einfach ein, was du brauchst. Bloß nicht zu viele Seidenblusen und Mieder, die brauchst du dort, wo ich hinwill, wirklich nicht. Bring lieber ein paar von deinen Reithosen mit.«

Sie drückte sich an ihn. »Ich mußte gerade an unsere ›Kleine Insel‹ denken. Wann war das?«

»Gestern. Ja, erst gestern. Aber es gibt viele Inseln in der Karibik.«

»Gestern.« Sie trat einen Schritt zurück und sah ihn an. »Und morgen?«

»Morgen um diese Zeit sind wir schon auf See. Oder aber draußen in der Bucht auf dem Meeresboden.« Er küßte sie. »Ich werde Joan herschicken, so schnell es geht. Also beeile dich!«

Ehe sie noch etwas sagen konnte, trat er hinaus in den Regen und war verschwunden.

Der Sand am Strand war naß und schwer vom Regen. Die Quellwolken, die er bereits vorher mit Sorge betrachtet hatte, verdeckten jetzt die Sonne. Wieder peitschte Regen über den Strand. Vor ihm konnte er im Düstern die Umrisse seiner Seeleute erkennen, die Frischwasser-Fäßchen von dem Lagerhaus, das am Kielholplatz neben der Flußmündung stand, zu einem Beiboot brachten, das dort auf den Wellen tanzte. Nach dem Sturm auf die Feldschanze von Oistins hatte er ihnen befohlen, geradewegs nach Bridgetown zurückzukehren und das Laden des Proviants abzuschließen. In dem grellen Licht eines Blitzes konnte er gerade erkennen, daß die *Defiance* mit gerafften Segeln noch immer sicher verankert auf der Dünung dümpelte.

Joan. Sie hatte nichts gesagt, als er sie bat, zu Katherine zu gehen und ihr beim Packen zu helfen. Zwar hatte sie ihm mit einem wütenden Blick ihr Mißfallen zum Ausdruck gebracht, doch dann hatte sie sich von dem Mädchen ihren Umhang bringen lassen. Joan hob sich ihre Gedanken für später auf, das wußte er. Er würde schon noch einiges zum Thema Katherine zu hören bekommen.

Das einzige, was man jetzt hörte, war das Rauschen des Regens und gelegentliches Donnergrollen. Er war so sehr damit beschäftigt, seine Männer zu beobachten, daß er gar nicht die weißgekleidete Gestalt bemerkte, die sich ihm näherte. Als jemand hinter ihn trat, fuhr er herum und griff nach der Pistole.

»Senhor, *desculpe.*« Der in einen Regenumhang gehüllte Schatten machte einen Knicks. Auf portugiesische Art.

Er erkannte, daß es eine Frau war. Briggs *mulata.* Die Sklavin, die Joan offenbar so sehr mochte. Ehe er noch den Gruß erwidern konnte, ergriff sie ihn am Arm. *»Faça o favor,* Senhor. Würdet Ihr uns helfen? Ich bitte Euch.« Ein eisiger Nachdruck lag in der Art, wie sie ihn festhielt.

»Was macht Ihr denn hier?« Noch immer erschrocken, musterte er sie. Ihr langes schwarzes Haar klebte ihr in zerzausten Strähnen im Gesicht, und ihr weißes Kleid wies vorn frische dunkle Flecken auf.

»Ich habe Angst, daß er stirbt, Senhor. Und, wenn sie ihn fangen . . .«

»Wen?« Erfolglos versuchte Winston, sich ihrem Griff zu entwinden.

»Ich weiß, er wollte Eure Musketen an sich bringen. Aber sie sollten uns ja helfen, die Freiheit zu erkämpfen. Er wollte Euch nichts Böses antun.«

Guter Gott, dann war sie ebenfalls daran beteiligt gewesen! Fast hätte er laut losgelacht, als er daran dachte, wie Benjamin Briggs von all seinen Sklaven getäuscht worden war, selbst von seiner halb-afrikanischen Geliebten. »Ihr meint Atiba, den Yoruba? Sagt ihm, er soll zur Hölle fahren! Wißt Ihr eigentlich, was er und seine Leute gestern nacht getan haben?«

Mit fragenden Augen sah sie auf.

»Nein, Ihr wißt es nicht. Woher auch?« Er zuckte mit den Achseln. »Es spielt jetzt auch keine Rolle mehr. Aber er verabschiedete mich vor ein paar Stunden mit der Drohung, mich umzubringen. Deshalb sage ich: zum Teufel mit ihm!«

»Er ist ein Mensch. Nicht mehr als Ihr, aber auch nicht weniger. Er ist frei geboren, und doch ist er jetzt ein Sklave. Wie alle seine Leute Sklaven sind.« Sie hielt inne. Ein fernes Donnergrollen verschmolz mit dem Rauschen des Regens. »Er hat getan, was er tun mußte. Für sein Volk – und für mich.«

»Das einzige, was er und sein Volk getan haben, ist, daß sie dem Commonwealth geholfen haben, diese Insel in die Knie zu zwingen.«

»Wieso? Weil er die Yoruba in einen Aufstand gegen die Sklaverei führte?« Sie packte ihn noch fester am Arm. »Wenn er geholfen hat, die Pflanzer zu schlagen, dann bin ich sehr glücklich darüber. Vielleicht bedeutet das letzten Endes doch das Ende der Sklaverei.«

Winston lächelte traurig. »Nein, jetzt beginnt dieser verfluchte Sklavenhandel erst richtig. Wer weiß, vielleicht hätte er ihn unterbinden können, wenn er gesiegt hätte. Aber er hat verloren. Und damit ist das Ende besiegelt. Für ihn ebenso wie für Barbados.« Er riß sich los und wandte sich eilig zum Gehen.

»Aber Ihr könnt ihn retten.« Sie hielt ihn erneut am Arm fest. »Ich weiß, daß Ihr fortwollt. Nehmt ihn mit!«

»Er gehört Briggs.« Er drehte sich um zu ihr. »Genauso wie Ihr. Daran kann ich nichts ändern. Ich nehme an, der gute Master Briggs ist inzwischen fest entschlossen, ihn aufzuknüpfen.«

»Wenn sein Leben hier niemandem etwas wert ist, dann nehmt ihn doch mit als freien Mann.«

Ein Blitz zuckte auf. Für einen Moment konnte er undeutlich die hohen Masten der *Defiance* erkennen, die wie Symbole der Freiheit vor dem dunklen Himmel hin und her schwankten.

Zum Teufel mit Euch, Benjamin Briggs! Zum Teufel mit dieser Insel von Sklavenhaltern!

»Wo ist er?«

»Derin hat ihn in ein Versteck gebracht, nicht weit von hier. Er hat ihn dorthin getragen, nachdem Atiba sehr viel Blut verloren hatte und ohnmächtig geworden war.« Sie drehte sich um und deutete vage auf die Insel. »In einem Hain, wo die *brancos* ihn nicht finden können. Dann ist er zu mir gekommen, damit ich ihm helfe.«

»Wer ist dieser Derin?«

»Einer der Yoruba, die mit ihm zusammen waren.«

»Und wo sind die anderen? Das heute morgen in Oistins war doch mindestens ein Dutzend.«

»Ein paar von ihnen wurden in der Nähe der Feldschanze getötet. Und die anderen wurden gefangengenommen. Derin hat mir erzählt, sie seien von der Bürgerwehr angegriffen worden.

Atiba sei nur deshalb entkommen, weil er ohnmächtig wurde und Derin ihn in Sicherheit bringen konnte. Die anderen wollten bei ihm bleiben und ihn mit ihren Musketen schützen – und wurden gefaßt.« Ihre Stimme wurde rauh. »Ich habe Master Briggs sagen hören, daß alle, die eingefangen wurden – Obewole und die anderen –, morgen bei lebendigem Leibe verbrannt würden.«

»Bei lebendigem Leibe verbrannt?«

»Die Pflanzer stimmen alle darin überein. Das soll fortan auf Barbados die Strafe für jeden Sklaven sein, der sich erhebt, so daß alle anderen Afrikaner in Zukunft immer Angst vor den *brancos* haben werden.«

»So etwas würde auf englischem Boden nie erlaubt werden!«

»Aber, wir sind hier nicht in England, Senhor. Dies hier ist Barbados. Wo die Sklaverei zum Lebensblut des Reichtums geworden ist. Sie werden es tun.«

»Bedford würde nie zulassen . . .« Er unterbrach sich und spürte, wie sich ihm das Herz zusammenzog. »Guter Gott! Wer kann sie jetzt noch daran hindern? Zur Hölle mit diesen blutrünstigen Puritanern!« Er blickte sie nachdenklich an. »Könnt Ihr ihn hierherschaffen? Ohne daß es jemand sieht?«

»Wir werden es versuchen.«

»Wenn es Euch gelingt, nehme ich ihn mit.«

»Und Derin auch?«

»Mit gefangen, mit gehangen.« Er lächelte bitter. »Ich nehme sie beide.«

»Senhor!« Sie fiel vor ihm auf die Knie. »Sagt mir, wie ich Euch dafür danken kann.«

»Macht, daß Ihr fortkommt, bevor meine Jungs Wind davon bekommen.« Er zog sie in die Höhe und sah zu den Matrosen hinüber, die im Regen die Wasserfäßchen zum Beiboot schleppten. »Gefallen wird es ihnen nicht, da könnt Ihr sicher sein. Und ich habe weiß Gott schon Sorgen genug.«

»*Muito, muito obrigado,* Senhor!« Regungslos stand sie da, die Tränen liefen ihr über die Wangen.

»Geht jetzt!« Er ließ sie stehen und ging hinunter zu dem vertäuten Beiboot, wo seine Männer arbeiteten. John Mewes stand neben dem Boot und überwachte die Matrosen beim Stauen, soweit das überhaupt nötig war. Unter Winstons eigene Leute hatten sich mehrere von den irischen Schuldknechten gemischt.

»Dieser verdammte Sturm, Käpt'n. Bevor der nicht nachläßt, werden wir nicht loskommen. Das ist kein Wetter, das einen Christenmenschen aufs Meer hinauszieht, das kann ich Euch sagen.«

»Ich nehme an, daß der Sturm gegen Einbruch der Nacht schwächer werden wird.« Noch einmal musterte er die Wolken. »Was brauchen wir noch?«

»Sobald diese Fuhre hier rübergebracht ist, haben wir mehr als genug Wasser an Bord.« Er wischte sich den Regen aus den Augen und sah zum Himmel hinauf. »Die ganze Insel hat weiß Gott mehr als genug Wasser. Fehlt bloß noch, daß sie davonschwimmt. Was wir jetzt noch brauchen, ist Pökelfleisch und Schiffszwieback.«

»Können wir Maniokmehl bekommen?«

»Das ist kaum zu haben. Die Insel ist halb verhungert, Käpt'n.«

»Habt Ihr in allen Lagerhäusern nachgefragt?«

»*Aye*, wir haben uns erlaubt, selbst nachzusehen und mitzunehmen, was wir finden konnten. Aber außer schimmeligen Tabakballen, die auf die Verschiffung warten, ist nur noch jämmerlich wenig da.«

»Verflucht. Dann müssen wir eben mit dem vorliebnehmen, was wir haben.« Winston drehte sich um und blickte den Strand hinunter. Seit Eintreffen der Flotte war kein Proviant aus Europa mehr ausgeladen worden. Es lagen auch keine Schiffe mehr im Hafen außer der *Defiance* und der *Zeelander*.

Die *Zeelander*!

»Wann hast du Ruyters zum letztenmal gesehen?«

»Heute morgen, wenn ich mich recht entsinne. Er schnüffelte hier rum und wollte wissen, wieso sie denn wieder flott wäre. Daraufhin hab' ich ihm gesagt, das muß wohl die Flut gewesen sein, die sie wieder ins Wasser gebracht hat.« Mewes drehte sich um und spähte durch den Regen zu der holländischen Fregatte hinüber. »Warum fragt Ihr?«

»Ich habe gerade daran gedacht, daß er mir noch einen Mann

schuldet, den ich mir abholen muß, einen Spanier namens Vargas.«

»Dieser verdammte Pfeffersack wird Euch bestimmt keinen Gefallen tun, das schwöre ich.«

»Egal, wir haben eine Abmachung getroffen. Ich möchte, daß du dir ein paar von den Jungs nimmst, rüberfährst und dich darum kümmerst.« Mit dem Daumen zeigte er auf die *Zeelander*, die keine zweihundert Schritt weiter auf Strand lag. »Ich gehe inzwischen noch mal zu Joan und hole . . . ein paar Sachen. Sieh zu, daß du Ruyters findest! Bring mir den Spanier hierher, wie auch immer. Und bei dieser Gelegenheit kannst du ja mal sehen, ob der Holländer uns nicht was von seinem Schiffszwieback überläßt.«

»*Aye*, ich werd's versuchen.« Er wandte sich zum Gehen.

»Und, John . . .« Winston winkte ihn noch einmal zurück.

»*Aye?*«

»Möglich, daß wir ein paar Gäste bekommen, bevor wir die Anker lichten. Erinnerst du dich noch an den Yoruba, den wir kürzlich nachts an Bord erwischten?«

»*Aye*, und ob ich mich an diesen Heiden erinnere. Gott sei Dank hab' ich ihn seither nicht wieder gesehen, obwohl ein paar von den Jungs behaupten, in Oistins wäre jemand dabeigewesen, der verdammt stark an ihn erinnerte.«

»Ja, er war dabei. Ich habe vor, ihn mitzunehmen, und vielleicht noch einen. Aber sag den Jungs noch nichts. Laß ihn an Bord, wenn er auftauchen sollte.«

»Ihr seid der Käpt'n. Allerdings hätt' ich lieber 'ne Viper an Bord als einen von diesen gottlosen Wilden. Die Männer erzählten, er und seine Leute hätten heute morgen ein gutes Dutzend Engländer abgemurkst.«

»Nun, Schwamm drüber. Sorg einfach dafür, daß er an Bord kommt und daß die Jungs es nicht an die große Glocke hängen.«

»Sie werden nicht besonders erfreut sein, da könnt Ihr Gift drauf nehmen.«

»Das ist ein Befehl.«

»*Aye.*« Mewes drehte sich achselzuckend um, pfiff ein paar Matrosen herbei und machte sich dann auf den Weg zu der auf Strand gesetzten *Zeelander*.

»Sie ist hier, Liebling.« Joan kam ihm an der Tür entgegen. »Hinten bei den Mädchen.«

»Und wie geht es ihr?« Winston nahm seinen nassen Umhang ab und griff nach dem Krug Teufelstöter, den sie ihm reichte.

»Ich glaube, sie beginnt allmählich zu begreifen, daß er tot ist. Das hat eine ganze Weile gedauert. Aber jetzt wird es Zeit, daß du mir auch ein paar Dinge erzählst. Warum nimmst du sie mit? Tust du das, weil du Angst hast, die Rundköpfe könnten sie heimschicken, damit sie gehängt wird?«

»Möchtest du von mir hören, daß dies der Grund ist?«

»Verflucht noch mal, Hugh Winston. Du liebst sie, stimmt's?«

Er lächelte und nahm einen Schluck aus dem Krug.

»Du solltest dich vor ihr vorsehen, Liebling.« Sie seufzte. »Die ist nichts für dich. Die ist zu unabhängig. Und ich bezweifle manchmal, daß sie überhaupt immer weiß, was sie tut.«

»Und was denkst du über mich? Meinst du denn, ich weiß immer, was ich tue?«

Er zog einen Stuhl heran und setzte sich rittlings darauf.

»Wenn man weiß, was du als nächstes vorhast, könnte man daran allerdings auch zweifeln.« Sie ließ sich auf einen Stuhl fallen. »Aber ich hab' deine Sachen zusammengepackt, du Hurenbock. Den Mädchen tut's jetzt schon leid, daß ihr alle fortwollt. Ich habe das Gefühl, daß sie sich in ein paar von deinen Jungs richtig verliebt haben.« Sie lachte. »Aber dich mögen sie am meisten. Der Himmel weiß, daß ich Tag und Nacht auf die Frauenzimmer aufpassen mußte.«

Er drehte sich um und schaute in den Regen hinaus. »Vielleicht entschließt du dich eines Tages, auf Jamaika eine Pinte aufzumachen. Barbados sieht schweren Zeiten entgegen.«

Sie lehnte sich zurück und schenkte sich selbst einen Krug ein. »Das sind Narrenträume. Aber in einem hast du recht: Auf uns hier kommen schlechte Zeiten zu. Wer weiß, wie sich das alles entwickelt.«

Der Wind schien mit der Tür der Schenke zu spielen. Plötzlich ging sie auf, und ein Windstoß fegte herein und trieb feinen Regen über die Tische.

»Winston, ich will verdammt sein, wenn ich nicht wußte, daß ich Euch hier finden werde.« Benjamin Briggs trat in den Raum, schüttelte sich den Regen von dem breitkrempigen Hut und angelte sich einen Stuhl. »Man hat mir gesagt, Ihr wärt der letzte gewesen, der meinen Yoruba gesehen hat. Soll fast wie ein vorbereiteter Mordversuch ausgesehen haben.«

»Er war in Oistins, das stimmt schon.« Winston sah auf.

»Das hat man mir erzählt. Es wird behauptet, er und die Wilden, die er dabei hatte, hätten einige von Cromwells Infanteristen grausam niedergemetzelt.« Er schüttelte seinen Hut ein letztes Mal und warf ihn dann auf den Tisch. »Wir müssen ihn dingfest machen. Vielleicht habt Ihr eine Ahnung, wo er sein könnte?«

»Er hat sich nicht die Mühe gemacht, mich zu benachrichtigen, was er vorhat.«

»Tja, er ist eben ein echter Wilder, bei meiner Seele. Eine Gefahr für jeden Christen auf dieser Insel.« Mit einem Seufzer sah er Winston an. »Ich weiß nicht, ob Ihr schon davon gehört habt, aber die Rundköpfe haben bereits angefangen, unsere Bürgerwehr zu entwaffnen. Bald werden wir keine Möglichkeit mehr haben, uns gegen diese Wilden zu verteidigen. Ich meine zwar, ich habe ihn gestern flügellahm geschossen; aber dieser Heide bringt es trotzdem fertig, uns beide abzuschlachten, wenn wir ihn nicht zur Strecke bringen, solange wir noch die Möglichkeit haben.« Er senkte die Stimme. »Ich hab' da von Euren Steinschloßbüchsen gehört. Und hatte gehofft, Ihr würdet vielleicht ein paar von Euren Jungs nehmen, und wir könnten uns an seine Fersen heften, solange drüben in Oistins noch alles drunter und drüber geht.«

Winston zuckte mit keiner Miene. »Erinnert Ihr Euch noch, was ich Euch neulich sagte? Daß es besser wäre, diese Afrikaner freizulassen? Nun, heute sage ich: Fahrt zur Hölle! Behandelt Eure Sklaven, wie Ihr wollt – aber meine Steinschloßbüchsen bekommt Ihr dafür nicht.«

»Eine solche Haltung bringt weder Euch noch mich im Augenblick weiter.«

Briggs gab Joan zu verstehen, daß er ebenfalls einen Krug

Teufelstöter haben wolle. »Sonderbar, in was für einer Gesellschaft Ihr Euch in letzter Zeit bewegt, Mistress Fuller. Man könnte glauben, der Kapitän hier gäbe keinen Pfifferling für sein eigenes Leben. Nun, wie dem auch sei: Wenn es sein muß, werde ich diesen Wilden auch ohne ihn aufspüren.« Er holt tief Atem und sah sich im leeren Raum um. »Aber damit mein Ritt hierher nicht ganz umsonst war, sollten wir die Gelegenheit nutzen, den Handel perfekt zu machen, über den wir uns neulich geeinigt haben.«

Joan schob Briggs einen vollen Krug über den Tisch. »Ihr sprecht von der Frau, die Ihr besitzt?«

»*Aye*, von dem Mulatten-Mädchen. Ich denke, Euer Angebot von hundert Pfund ist akzeptabel. Soll sie dann zur Hölle fahren.«

»Ich hatte aber achtzig gesagt.« Joan sah ihn kühl an.

»*Aye*, achtzig oder hundert, wer weiß schon, ob es ein Shilling mehr oder weniger war. Sagen wir neunzig, und das Geschäft ist abgeschlossen, was meint Ihr?«

Joan blickte ihn ruhig an. »Achtzig habe ich gesagt. Obwohl ich vielleicht auch über fünfundachtzig mit mir reden ließe. Aber keinen Farthing mehr.«

»Ihr seid ein harter Brocken, wenn es ums Handeln geht, bei meiner Ehre.« Briggs trank einen Schluck und setzte den Krug wieder ab. »Also einverstanden, fünfundachtzig, aber nur unter der Bedingung, daß wir das Geschäft sofort hinter uns bringen. Ich will keinen Tag länger das Futter an sie verschwenden.«

Winston blickte Joan an, dann Briggs. »Wißt Ihr, wo sie ist?«

Der Pflanzer runzelte die Stirn. »Oben in meinem Anwesen. Wo, in Gottes Namen, sollte sie sonst sein?«

Winston trank und schaute durch die Tür hinaus in den Regen. »Wie ich höre, hat man sie heute morgen hier in dieser Gegend gesehen. Vielleicht ist sie weggelaufen.« Er wandte sich an Joan. »Ich würde dir raten, erst bei Lieferung zu zahlen.«

»Verflucht, Sir, unser Handel gilt!« Briggs stellte den Krug mit einem lauten Geräusch auf den Tisch. »Ich hab' nie versprochen, sie mit einer Kutsche und vier Pferden zu liefern.«

Schweigend hatte Joan zugehört. Jetzt ergriff sie wieder das

Wort. »Ihr solltet es Euch dreimal überlegen, bevor Ihr mich übers Ohr zu hauen versucht. Ich mache jetzt eine Anzahlung von fünf Pfund – aber bevor sie mir übergeben worden ist, bekommt Ihr von dem Rest keinen Penny zu sehen.«

»Wie Ihr wollt.« Er drehte sich um und spuckte in die Ecke. »Ihr werdet sie bekommen, mein Ehrenwort.«

Joan sah Winston kurz an, dann stand sie auf und verschwand durch die Tür, die ins Hinterzimmer führte.

Briggs blickte ihr nach und wandte sich dann an Winston. »Ihr, Sir, habt mir nichts als Scherereien gemacht, seit Ihr hier Anker warft.«

»Für gewöhnlich bestimme *ich* die Spielregeln.«

»Nun, Sir, ich würde meinen, zur Zeit ist es Cromwell, der die Regeln bestimmt – für die kommende Runde jedenfalls. Wollen mal sehen, wie Ihr mit dem fertig werdet.«

»Cromwell kann mir gestohlen bleiben. Ich regle meine Angelegenheiten selbst.«

»Wie wir alle, das solltet Ihr nicht verkennen.« Briggs griff wieder zum Krug und trank. »*Aye*, wir werden das schon hinter uns bringen. Spätestens in einem Jahr verkaufen wir den Holländern wieder unseren Zucker. Sie können diese Flotte schließlich nicht für immer und ewig hierlassen. Und sobald sie fort sind, macht Ihr Euch am besten auch aus dem Staube, Sir. Merkt Euch das!«

»Ich werd's nicht vergessen.«

Joan kam zurück. »Fünf Pfund.« Sie reichte Briggs einen kleinen Stoffbeutel. »Zählt nach, wenn Ihr wollt. Aber damit gehört sie mir. Den Rest bekommt Ihr, sobald ich sie hier in diesem Raum sehe.«

»Der Handel gilt.« Briggs prüfte mit seinen dicken Fingern den Inhalt des Beutels. »Laßt uns darauf trinken.« Noch ehe er den Krug geleert hatte, erhob er sich, setzte den breitkrempigen Hut auf und trat ganz dicht an Winston heran. »Und Ihr, Sir, solltet darüber nachdenken, ob Ihr mir nicht doch helfen wollt, solange noch Zeit dazu ist. Dieser Wilde könnte Euch schon bald die Kehle durchschneiden, wenn wir ihn nicht aufspüren . . .«

». . . und ihn dann verbrennen, so wie Ihr es mit den anderen auch vorhabt?«

Briggs wurde wütend. »Das geht Euch nichts an, Sir. Wir werden tun, was wir müssen. Auf welche Weise sollen wir es denn sonst schaffen, daß diese Afrikaner in Zukunft fügsam sind? Irgendwas muß gegen diese Unbotmäßigkeit doch unternommen werden.« Mit diesen Worten fuhr er herum und strebte auf die Tür zu, die im selben Augenblick von außen aufgestoßen wurde. Auf der Türschwelle stand eine heruntergekommene Gestalt mit verwirrtem, gehetztem Blick. Es dauerte einige Sekunden, bevor sie Jeremy Walrond erkannten. Sein seidener Rock war schmutzig und durchnäßt, sein triefendnasser Kavaliershut hing ihm schlapp ins Gesicht.

Bevor Jeremy ein einziges Wort sagen konnte, hatte Briggs seine Pistole in der Hand. »Keinen Schritt weiter, Bankert und Hurensohn, sonst schick' ich Euch zur Hölle!« Seine Stimme dröhnte über das Heulen des Sturms hinweg. »Gott soll mich verdammen, wenn ich Euch nicht das Lebenslicht ausblase – es sei denn, ich komme zu dem Schluß, daß mir Pulver und Kugel zu schade sind für Euch.« Er spähte durch die offene Tür. »Wo ist Anthony? Er soll hervorkommen und sich mir wie ein Mann stellen, dieser royalistische Verbrecher!«

Angst malte sich auf Jeremys Gesicht. »Er . . . er wurde auf die *Rainbowe* gebracht. Das schwöre ich.« Seine Stimme schien fast zu versagen. »Powlett war es.«

»Wer?«

»Ein Mann namens Powlett, der Vize-Admiral. Ich glaube, er soll der neue Gouverneur werden.«

»Ach, verflucht seien sie beide.« Vorsichtig senkte Briggs die Pistole und schob sie zurück in den Leibgurt. »Zweifellos hocken sie jetzt zusammen und brüten darüber, wie sie noch mehr Geld aus unserem Zuckerhandel herausquetschen können.«

»Ich . . . ich weiß nicht, was eigentlich vorgeht. Das Oistins-Regiment haben sie entwaffnet und praktisch in Gefangenschaft genommen. Colonel Morris führt seine Infanterie in diesem Augenblick nach Bridgetown.« Beherzt betrat Jeremy jetzt den Raum. »Ich bin gekommen, weil ich Miss Bedford suche. Bei ihr zu Hause sagte man mir, sie könnte . . .«

»Ich bezweifle, daß Katherine Zeit für Euch hat.« Winston

blickte von seinem Stuhl auf. »Deshalb solltet Ihr lieber nach Oistins zurückkehren, bevor ich mich entschließe, diesen kleinen Krieg noch mal von vorn anzufangen.«

»Um der Liebe Gottes willen, laß doch den Jungen in Ruhe«, mischte sich Joan an. »Er trägt ja nicht mal einen Degen.« Sie winkte Jeremy heran. »Laßt Euch von diesen Prahlhälsen keine Furcht einjagen, mein Lieber! Tretet ein und trocknet Euch ab.«

»Ich muß Katherine warnen.« Es war, als suchte er Schutz bei Joan. Seine Stimme zitterte immer noch. »Das hatten wir nicht erwartet. Wir haben mit ihnen Bedingungen ausgehandelt. Sie haben gesagt . . .«

»Sie haben gelogen!« Winston zog eine seiner Pistolen und legte sie vor sich auf den Tisch. »Und Euer abgefeimter und ehrgeiziger Royalistenbruder hat ihnen geglaubt. Glücklicherweise haben andere Leute hier auf der Insel eigene Vorsichtsmaßnahmen getroffen. Katherine ist in Sicherheit, Ihr könnt also beruhigt zu Euren Rundköpfen zurückkehren. Sagt ihnen, es ist sinnlos, sie zu suchen. Sie werden sie niemals finden.«

»Ich wollte ihr kein Leid zufügen. Ich wollte für uns alle doch nur das Beste, das schwöre ich. Und ich möchte, daß sie das weiß.« Er setzte sich an den Tisch und barg den Kopf in den Armen. »Nie hätte ich mir träumen lassen, daß es so ausgehen würde.« Er sah auf. »Wer hätte das schon für möglich gehalten?«

»Das spielt jetzt keine Rolle mehr.« Mit freundlicher Stimme trat Joan zu ihm. »Ihr braucht Euch keine Vorwürfe zu machen. Sir Anthony war es, der den Treuebruch begangen hat. Immer sind es diese alten Narren, die uns so etwas einbrocken. Er hätte schließlich wissen müssen . . .«

»Aber Ihr wißt nicht, was wirklich geschehen ist! *Ich* war es, der ihn dazu drängte, ihn geradezu dazu überredete! Weil Admiral Calvert mir hoch und heilig versprochen hatte, daß nichts von dem geschehen würde, was jetzt geschehen ist.«

»Ihr habt das mit Calvert ausgeheckt?« brüllte Briggs ihn an. »Zusammen mit diesem verdammten Rundkopf? Ihr habt Euch dazu benutzen lassen, Walrond und sein Regiment zum Verrat zu verleiten?«

Jeremy unterdrückte einen Schluchzer und wandte sich dann

an Joan. Seine blauen Augen sahen sie flehend an. »Würdet Ihr Katherine bitte sagen, daß ich nur dem Töten ein Ende machen wollte? Keiner von uns beiden hat gewußt . . .«

»Jeremy!« In der Tür, die in den hinteren Teil des Hauses führte, stand Katherine. »Stimmt es wirklich, was Ihr da gerade gesagt habt?«

Ungläubig starrte er sie an, und für einen Moment versagte ihm seine Stimme. Dann aber sprudelten die Worte aus ihm heraus. »Katherine, Ihr müßt hier fort!« Er wäre am liebsten zu ihr gestürzt, doch irgend etwas in ihren Augen hielt ihn zurück. »Bitte, hört mich an! Ich glaube, Powlett will Euch verhaften lassen. Jedenfalls habe ich ihn davon reden hören. Wir können nichts daran ändern.«

»Ihr und Anthony habt ja noch das Oistins-Regiment.« Voller Verachtung sah sie ihn an. »Ich denke doch, Ihr seid Eure eigenen Herren. Bestimmt wird er sich jetzt zum Gouverneur ernennen lassen, so wie er sich's vermutlich die ganze Zeit über gewünscht hat.

»Nein! Er hat nie . . . Ein Mann namens Powlett, der Vize-Admiral, wird neuer Gouverneur. Morris ist bereits im Anmarsch. Ich bin heimlich hergekommen, um Euch zu warnen.«

»Ich wurde bereits gewarnt.« Sie wandte sich bereits wieder zum Gehen. »Lebt wohl, Jeremy. Ihr wolltet hier immer etwas Besonderes sein, und vielleicht ist Euch das ja jetzt gelungen: Ihr habt unserer Zukunft Euren Stempel aufgedrückt. Ihr habt England die Karibik zurückgegeben. Herzlichen Glückwunsch. Vielleicht läßt sich Cromwell demnächst zum König krönen und schlägt Euch dann zum Ritter . . .«

»Katherine, das ist nicht mein Ziel.« In jammerndem Ton fuhr er fort: »Ich schäme mich so. Ich bin nur hergekommen, um Euch um Verzeihung zu bitten. Und um Euch zu warnen. Ihr müßt fort.«

»Das hab' ich bereits gehört.« Sie drehte sich zu ihm um. »Und jetzt verschwindet!«

»Aber was wollt Ihr tun?« Er wollte auf sie zugehen, blieb aber wie angewurzelt stehen.

»Das geht Euch nichts an.« Ihre Augen funkelten ihn an. »Eine viel bessere Frage ist: Was wollt Anthony und Ihr jetzt tun, nachdem Ihr uns alle verraten habt? Von Euch, Jeremy, hatte ich mehr Ehrgefühl erwartet. Und von Anthony auch.«

Für einen Moment tat er, als hätte er ihre Worte nicht begriffen. Dann aber trat er auf sie zu. »Wie könnt *Ihr* von Ehrgefühl reden – und das in Zusammenhang mit Anthonys Namen! Nach allem, was Ihr ihm angetan habt. Einen Narren habt Ihr aus ihm gemacht!«

»Jeremy, Ihr kennt mich lange genug, um zu wissen, daß ich tue, was mir gefällt. Auch Anthony mußte das begreifen; es war, weiß Gott, an der Zeit.«

»Nun, er hätte schon vor Wochen die Verlobung lösen sollen. Und er hätte es auch getan, wenn er nicht fest daran geglaubt hätte, daß Ihr wieder zur Vernunft kommen und endlich anfangen würdet, Euch wie eine Dame zu benehmen.« Er warf einen Blick auf Winston. »Wie ich sehe, hat er sich getäuscht.«

»Ich *bin* zur Vernunft gekommen, Jeremy. Gerade noch rechtzeitig. Hughs Ehrgefühl ist mir tausendmal lieber als das von Anthony.« Mit diesen Worten machte sie kehrt und verschwand durch die Tür.

Entgeistert sah Jeremy ihr nach, dann wandte er sich Winston zu und schrie ihn an: »Ihr sollt verdammt sein! Ihr bildet Euch ein, ich wüßte von nichts. Ihr seid der . . .«

»Ich hielte es für das beste, Ihr würdet jetzt gehen.« Langsam stand Winston auf. »Eine Empfehlung an Sir Anthony. Sagt ihm, ich rechne damit, ihn in der Hölle wiederzusehen.« Er holte eine Musketenkugel aus der Tasche und warf sie Jeremy zu. »Und gebt ihm die von mir – als Dank dafür, daß er diese Insel und mein Schiff den Rundköpfen ausgeliefert hat. Die nächste, die er von mir bekommt, wird ihm freilich nicht in die Hand . . .«

Die Tür der Schenke flog auf, und draußen im Regen stand ein englischer Offizier. Hinter ihm waren drei behelmte Infanteristen zu sehen, die Steinschloßbüchsen trugen.

»Euer Diener, Gentlemen.« Der Mann sah sich im Raum um und fügte, nachdem er Joan erblickt hatte, hinzu: »Und

Ladies . . . Ihr habt sicherlich gehört, daß Eure Bürgerwehr sich bereit erklärt hat, die Waffen niederzulegen. Und das betrifft natürlich auch diejenigen, die sich, statt zu dienen, feige in einem Bordell verstecken. Um Eurer eigenen Sicherheit willen werden wir sämtliche Waffen einsammeln, bis die Ordnung wiederhergestellt ist. Sie werden gekennzeichnet und später wieder ausgehändigt.« Er bedeutete den drei Infanteristen mit einem Wink, an der Tür Aufstellung zu nehmen. »Wir werden zunächst Eure Namen aufschreiben.«

Schweigen herrschte im Raum. Es waren nur noch der heulende Wind und der gegen die Fensterläden prasselnde Regen zu hören. Draußen wurde es langsam dunkel, und der Schankraum wurde nur mehr von einem einzelnen Wachslicht erhellt, das in einem Kerzenhalter an der Rückwand steckte. Der Offizier ging auf Joan zu und zog seinen Hut. »Mein Name ist Morris, Captain Morris, Madam. Und Ihr, nehme ich an, seid die . . .«

»Ihr habt uns hereingelegt!« Jeremy schrie diese Worte fast heraus. »Ihr habt gesagt, wir dürften unsere Musketen behalten. Und wir dürften . . .«

»Master Walrond, seid Ihr das?« Morris drehte sich um und versuchte, in der Düsterkeit etwas zu erkennen. »Mein Gott, Kerl, was macht Ihr denn hier? Ihr habt keine Erlaubnis, Oistins zu verlassen.« Er hielt inne und faßte Jeremy genauer ins Auge. »Wie ich sehe, tragt Ihr keine Waffe. Gut, ich werde vergessen, daß Ihr mir über den Weg gelaufen seid. Aber Ihr müßt sofort nach Oistins zurückkehren und beim Regiment bleiben, sonst kann ich keine Verantwortung übernehmen.« Er wandte sich an Briggs. »Und wer seid Ihr, Sir?«

»Mein Name ist Benjamin Briggs, Sir. Ich bin der Vorsitzende der Versammlung von Barbados, und ich verspreche Euch, daß ich mich in aller Form beim Parlament über diesen Zwischenfall beschweren werde. Ihr habt kein Recht, hier einfach hereinzuplatzen und . . .«

»Gebt mir Eure Pistole, und Ihr werdet keinen Ärger bekommen. Gerade Hitzköpfe wie Ihr machen solche Maßnahmen erforderlich.« Morris griff zu Briggs' Leibgurt und zog mit einem Ruck die lange Steinschloßpistole heraus, deren vergoldeter Schaft im Kerzenlicht funkelte. Morris leerte die Pulverpfanne und reichte die Waffe an einen der Infanteristen weiter. »Diese Pistole wird unter dem Namen . . .« Er wandte sich zurück. »Briggs, Sir, wenn ich nicht irre?«

»Verdammt, ich lass' mir eine solche Behandlung nicht bieten! Ich brauche meine Pistole.« Briggs wollte vortreten, resignierte dann aber angesichts der musketenbewehrten Infanteristen.

»Wir bedauern genauso wie Ihr, daß dies notwendig ist.« Morris gab den drei hinter ihm stehenden Soldaten einen Wink. »Während ich hier alles erledige, durchsucht ihr die hinteren Räume. Und seht euch genau um. In einem Haus wie diesem muß man unter jedem Unterrock mit einer Muskete rechnen.«

Winston lehnte sich auf seinem Stuhl zurück. »Die Mühe könnt Ihr Euch sparen. Es gibt hier keine weiteren Waffen. Bis auf meine.«

Erschrocken sah Morris ihn an. Dann fiel sein Blick auf Winstons Steinschloßpistole, die auf dem Tisch lag. »Ihr gebt hier nicht die Befehle, wer immer Ihr seid. Und wenn Ihr gestattet, nehme ich diese Pistole jetzt an mich.«

»Ich ziehe es vor, sie zu behalten. Und weil dem so ist, verschwindet Ihr jetzt am besten. Es könnte sonst Ärger geben.«

»Diese aufrührerische Bemerkung genügt, um Euch zu verhaften, Sir.« Morris ging auf den Tisch zu.

Winston sprang auf. Der Stuhl, auf dem er gesessen hatte, rollte über den Boden. »Ich sagte, Ihr sollt verschwinden.«

Ehe Morris etwas erwidern konnte, tauchte an der hinteren Tür eine Frau auf. »Ich erspare Euch die Suche nach mir. Ich habe keine Angst vor Cromwell – und vor Euch schon gar nicht.«

»Katherine! Nicht!« Jeremys Stimme klang flehend.

»Und wer seid Ihr, Madam, wenn ich fragen darf?« Überrascht sah Morris sie an.

»Ich bin Katherine Bedford, Sir. Und ich nehme an, Ihr wollt auch mich unter Arrest stellen.«

»Seid Ihr die Tochter von Dalby Bedford?«

»Er war mein Vater. Und vermutlich der letzte rechtmäßig eingesetzte Gouverneur, den diese Insel je gehabt haben wird.«

»Dann muß ich Euch leider sagen, daß ich in der Tat Order habe,

Euch festzunehmen. Es gibt gewisse Anzeichen dafür, daß Ihr Eurem Vater dabei geholfen habt, diese Rebellion anzuzetteln. Der Sachverhalt wird in London geklärt werden müssen.«

»Katherine!« schrie Jeremy verzweifelt. »Ich habe Euch gewarnt . . .«

»Seid Ihr deshalb hier, Walrond? Um eine mutmaßliche Verbrecherin zu warnen?« Morris wandte den Kopf. »Dann muß auch gegen Euch Anklage erhoben werden, fürchte ich.« Er blickte zu Briggs. »Ihr könnt gehen, Sir. Nur Eure Pistole werde ich vorläufig behalten müssen. Und die anderen Herrschaften hier nehmen wir in Gewahrsam.«

»Ihr werdet weder Miss Bedford noch sonst jemanden in Gewahrsam nehmen.« Winston schlug seinen durchnäßten Rock zurück; im Leibgurt konnten alle Anwesenden die zweite Pistole sehen.

Morris starrte ihn an. »Wer, zur Hölle, seid Ihr, Sir?«

»Nehmt die Liste der zur Fahndung ausgeschriebenen Verbrecher zur Hand und sucht den Namen Winston.« Er saß noch immer ganz ruhig auf dem Stuhl. »Es ist anzunehmen, daß Ihr ihn darauf finden werdet.«

»Heißt das, Ihr seid Hugh Winston, Sir?« Morris' Augen verengten sich zu schmalen Schlitzen. Sichtlich nervös vergewisserte er sich seiner drei Männer, die noch immer, die Musketen in der Hand, hinter ihm standen. Dann sah er wieder nach vorn. »Dann haben wir in der Tat Order, Euch zu arretieren. Ihr seid als Befehlshaber der Rebellen-Kanoniere identifiziert – ganz zu schweigen von den Anklagen, die in England gegen Euch vorliegen. In erster Linie geht es mir zwar um Miss Bedford, doch wird es mir ein Vergnügen sein, auch Euch festzunehmen.«

»Schön. Seht Ihr die Pistole dort?« Mit dem Daumen wies Winston auf den Tisch. »Seht sie Euch genau an. Sie hat zwei Läufe, beide sind geladen und schußbereit. Exakt die gleiche Pistole befindet sich in meinem Leibgurt. Das bedeutet: vier Pistolenkugeln. Wer es wagt, Miss Bedford festzunehmen, bekommt eine von ihnen. Aber wenn ich erst mal Spaß am Schießen gefunden habe, dann ist nicht auszuschließen, daß ich mich vergesse und erst wieder aufhöre, wenn Ihr alle mausetot seid. Ich rate Euch daher angelegentlich, zu verschwinden und alles zu vergessen, was Ihr hier gesehen habt.« Er blickte sich kurz nach Katherine um. »Ich bin sicher, Miss Bedford ist gern bereit zu vergessen, daß sie *Euch* gesehen hat. Sie hat einen sehr anstrengenden Tag hinter sich.«

»Eure Frechheit wird Euch teuer zu stehen kommen, Sir!« Morris gab seinen Männern ein Zeichen. »Macht schon, nehmt sie fest!« Einer der Infanteristen richtete die Steinschloßmuskete auf Katherine und forderte sie wortlos auf vorzutreten.

»Nicht!« Jeremy stürzte sich auf den Soldaten. »Ihr könnt unmöglich . . .«

Der Schuß hallte in der Enge des Raums wie ein Donnerschlag wider. Schwarzer Rauch kräuselte aus der Mündung der Muskete. Jeremy stand wie angewurzelt da, Fassungslosigkeit spiegelte sich in seinen Augen wider. Er drehte sich langsam zu Katherine um, sah sie reuevoll an, dann sank er zu Boden. Auf seiner Brust breitete sich ein roter Fleck aus.

Der Schuß war kaum gefallen, da hatte Winston schon seine Pistole aus dem Leibgurt gezogen und gespannt. Sie bellte auf, und der Infanterist, der geschossen hatte, stürzte zu Boden; ein rotes Rinnsal lief ihm über die Stirn. Als der Soldat hinter ihm die eigene Muskete heben wollte, klickte die Pistole leise, der Lauf drehte sich, und dann spie sie erneut Feuer. Der Mann torkelte rückwärts gegen die Wand, und seine nicht abgefeuerte Steinschloßbüchse fiel mit lautem Geschepper zu Boden.

Ehe sich jemand versah, hatte Winston seine zweite Pistole in der Hand. Der wacklige Tisch, auf dem sie gelegen hatte, flog auf die Tür zu und riß den dritten Infanteristen, der gerade seine Waffe heben wollte, zu Boden. Seine Muskete schleuderte gegen den Fensterladen und fiel dann auf die Erde.

Als Morris den Blick wandte, sah er, daß Winston die Pistole auf seine Schläfe richtete.

»Laß uns gehen, Katy.« Winston winkte ihr voranzugehen. »Wahrscheinlich werden wir gleich mehr Gesellschaft bekommen.«

»Ihr seid nicht besser als ein Mörder, Sir.« Morris fand endlich die Stimme wieder.

»Den ersten Schuß habe nicht ich abgegeben. Aber ich kann Euch versprechen, daß ich es sein werde, der den letzten abgibt.« Rasch blickte er sich um. »Katy, ich habe gesagt, wir müssen gehen. Nimm mit, was du willst, nur beeile dich!«

»Hugh, sie haben Jeremy umgebracht!« Reglos stand sie da, Entsetzen im Gesicht.

»Er wollte mich nicht auf meine Weise mit der Situation fertig werden lassen.« Winston ließ Morris nicht aus den Augen. »Doch jetzt ist es zu spät.«

»Er hat sie aufzuhalten versucht. Er wollte es für mich tun.« Sie schluchzte. »Ach, Jeremy, warum, in Gottes Namen?«

»Katy, komm jetzt endlich!« Winston sah sich wieder um. »Joan, hol ihre Sachen. Wir müssen hier raus.«

Joan machte kehrt und bahnte sich ihren Weg durch die Traube irischer Mädchen, die sich ängstlich im Hintergrund drängten.

»Dafür werdet Ihr hängen, Sir.« Morris starrte die auf ihn gerichtete Pistole an. Der einzige ihm noch verbliebene Infanterist saß, den Rücken gegen die Wand, auf dem Boden. Seine Muskete lag geladen neben ihm.

»So wie auch Miss Bedford hängen sollte.« Winston gab Briggs einen Wink. »Würdet Ihr die Freundlichkeit besitzen, diese Musketen für mich einzusammeln?«

»Ich hab' mit der ganzen Sache nichts zu tun, Sir.« Der Pflanzer machte keinerlei Anstalten, sich zu erheben. »Ihr habt Euch weiß Gott den Strick verdient.«

»Ich mach' es.« Katherine trat über Jeremys Leiche hinweg und sammelte die drei Musketen der Infanteristen ein. Dann trat sie vor Morris.

»Sir, Ihr habt geholfen, die Freiheit auf dieser Insel zu zerstören. Ich kann Euch gar nicht sagen, wie sehr ich Euch und all das, wofür Ihr steht, verachte. Ich würde Euch töten, wenn Gott mir den Mut dazu gäbe. Vielleicht erledigt Hugh es für mich.«

»Ich werde Euch beide hängen sehen, Madam, oder ich will kein Christ sein.«

»Wohlan, versucht es.«

Joan kam mit einem riesigen Bündel unter dem Arm in den

Raum zurück. Sie legte das Bündel auf einen Tisch nahe der Tür und sagte zu Winston: »Das sind die Sachen, die wir heute nachmittag vom Anwesen des Gouverneurs geholt haben.« Traurig betrachtete sie die drei Toten auf dem Boden. »Master Jeremy war ein guter Junge. Vielleicht hat er es jetzt endlich geschafft, daß sein Bruder stolz auf ihn ist. Ich bin sicher, daß das immer sein sehnlichster Wunsch war.« Sie streckte sich. »Guter Gott im Himmel, hoffentlich bringen sie mich wegen dieser Geschichte hier nicht um.«

»Du hast damit ja nichts zu tun.« Mit der freien Hand hob Winston das Bündel hoch. »Katy, kannst du die Musketen tragen?«

»Und wenn ich sie durch die Hölle schleppen müßte.«

»Dann laß uns gehen!« Er richtete die Pistole auf den am Boden sitzenden Infanteristen. »Aufstehen. Ihr und Euer Colonel werdet uns Gesellschaft leisten.«

»Wohin könnt Ihr denn Eurer Meinung nach gehen? Sie werden die ganze Insel nach Euch durchkämmen.«

»Auf dieser Insel können sie uns lange suchen.« Er stieß Morris die Pistole in die Rippen. »Gehen wir, Colonel.«

»Überall draußen sind meine Leute.« Morris funkelte ihn an. »Ihr werdet nicht weit kommen.«

»Wir kommen schon weit genug.« Das Bündel drohte ihm aus dem Arm zu rutschen, und er mußte nachfassen.

»Gute Reise, Liebling! Glaub mir, du wirst mir fehlen.« Joan gab ihm einen Kuß auf die Wange und wandte sich dann an Katherine. »Und Ihr – gebt gut acht auf ihn. Dort, wo Ihr hinwollt.«

»Auf Jamaika?«

»Nein. Er weiß schon, was ich meine.« Sie sah Winston an. »Es gibt keinen schlimmeren Ort in der ganzen Karibik.«

»Keine Sorge. Du hörst wieder von mir.« Winston küßte sie ebenfalls auf die Wange und stieß Morris vorwärts.

»Paß auf, daß du am Leben bleibst.« Sie folgte ihnen bis an die Tür. »Und mach keine Dummheiten.«

»Ich überleg's mir immer zweimal.« Er drehte sich um und gab ihr einen letzten Kuß. Dann waren sie fort.

Winston und Katherine führten ihre Gefangenen langsam zum Strand hinunter. Vor dem dunklen Himmel waren die Umrisse der *Defiance* zu erkennen, die an ihren Ankertauen zerrte. Die See war bewegt, und Winston verfolgte, wie sein Schiff auf und ab schaukelte. Sie hatten das Wasser fast erreicht, als er John Mewes entdeckte, der mit dem Beiboot wartete.

»Ahoi, Käpt'n«, brüllte er durch den Regen. »Was treibt Ihr denn da? Überredet Ihr Rundköpfe zu einer Seereise mit uns? Wir haben doch bereits fast fünfzig von Euren verdammten Schuldknechten.«

»Sind sie an Bord?«

»*Aye,* die und unsere eigenen Leute auch. Nur Ihr fehlt noch.« Verwirrt sah er Katherine und Morris an. »Das allerdings hätt' ich nicht erwartet, daß Ihr in so feiner Gesellschaft kommt.«

»Dann lichten wir Anker.«

»Bei diesem Sturm?« fragte Mewes ungläubig. »Wir können unmöglich Leinwand setzen; die würd' uns doch sofort von den Rahen gerissen.«

»Es bleibt uns aber nichts anderes übrig. Die Rundköpfe sind schon auf dem Marsch nach Bridgetown. Wir versuchen's eben mit den neuen Kurzsegeln.« Winston drängte Morris mit der Pistole vorwärts und wandte sich dann wieder an Mewes. »Irgendwas von dem Afrikaner gesehen, von dem wir gesprochen haben?«

»Keine Spur von ihm.« Er blickte flüchtig den Strand hinauf in der Hoffnung, Winston würde sich damit zufriedengeben. Da der Regen sich wieder verdichtet hatte, waren die Hügel nicht zu erkennen. »Den Spanier von Ruyters habe ich allerdings bekommen, diesen Vargas.« Er lachte. »Allerdings mußte ich den alten König der Pfeffersäcke erst dazu überreden, die Sache auf unsere Weise zu sehen; ein paar von unseren Jungs und einige Musketen halfen mir dabei.«

»Gut. Ist er jetzt an Bord?«

»Er ist sicher untergebracht. Und er ist, um der Wahrheit die

Ehre zu geben, heilfroh, von dem verdammten Holländer runter zu sein. Behauptet, der Gestank auf der *Zeelander* sei nicht zum Aushalten gewesen, wo sie jetzt zu einem Sklavenschiff umgebaut worden ist.«

»Dann zum Teufel mit dem Afrikaner. Wir können nicht länger warten.«

»Um so besser – wenn Ihr meine Meinung hören wollt.« Mewes trat zu Morris und rückte dessen Helm zurecht. Dann legte er spöttisch die Hand salutierend an die Mütze und freute sich diebisch darüber, daß das Gesicht des englischen Kommandeurs vor Wut puterrot anlief. »Ihr wollt diese beiden verdammten Rundköpfe doch nicht etwa mit an Bord nehmen, oder?«

Morris ignorierte Mewes, funkelte dafür aber Winston an. »Hol Euch der Teufel!« Dann aber blickte er auf die Pistole. Eine doppelläufige Handfeuerwaffe wie diese hatte er nur einmal zuvor in seinem Leben gesehen – bei einem spanischen Diplomaten in London, einem Dandy, der sich weit besser darauf verstand, eine *bourrée* zu tanzen, als mit seiner Waffe umzugehen. Doch ein solches Spielzeug in der Hand eines Meisterschützen – nichts könnte gefährlicher sein. »Es reicht jetzt ...«

»Steigt in das Beiboot!«

»Mitnichten werde ich das tun.« Morris wich einen Schritt zurück. »Ich habe nicht die Absicht, mit Euch zu fahren, ganz gleich, wohin Ihr wollt.«

»Ich sagte: Steigt ein! Wenn es Euch hier so gut gefällt, könnt Ihr ja an Land schwimmen, sobald wir den Anker gelichtet haben.« Winston warf das Bündel in das Beiboot, packte den zappelnden Morris beim Rock und schickte ihn hinterher. Dann sagte er zu dem Infanteristen: »Und du steigst auch ein!«

Ohne ein Wort kletterte der Mann hinein. Winston holte tief Luft, nahm Katherine dann die Musketen ab und reichte sie Mewes. »Katy, dies ist wahrscheinlich für lange Zeit das letzte, was du von Barbados zu sehen bekommst.«

»Bitte, laß uns nicht darüber reden.« Sie raffte ihre nassen Röcke und kletterte über die Bordwand. Winston half ihr dabei mit einer Hand. »Ich muß wohl irgendwie gedacht haben, ich könnte alles haben. Ich wurde eines Besseren belehrt.«

Er sah sie einen Moment lang verlegen an, dann wandte er sich um und ließ seinen Blick ein letztes Mal über den dunklen Strand wandern. »Na schön, John, wir können ablegen.«

»*Aye.*« Mewes machte die Bugleine los und warf sie ins Beiboot. Zu zweit schoben sie das heftig stoßende Fahrzeug samt Insassen in die Brandung hinein.

»Wie heißt du?« Winston winkte den Soldaten heran, nachdem er sich über das Schandeck gehievt hatte.

»MacEwen, Euer Gnaden.« Er nahm den Helm ab und warf ihn auf die Planken. Er hatte sandfarbenes Haar, und die Gesichtszüge verrieten den Schotten.

»Dann nimm einen Riemen, MacEwen, und pull!«

»*Aye,* Sir.« Ohne auf die wütenden Blicke von Morris zu achten, nahm der Schotte seinen Platz ein.

»Auch Ihr könnt mit anpacken, Colonel!« Winston winkte mit der Pistole. »Barbados ist eine Demokratie – für ein paar Stunden jedenfalls noch.«

Morris verzog das Gesicht, sagte aber nichts und griff nach einem Riemen.

Katherine legte ihr Gesicht an Winstons Schulter und blickte wehmütig zurück ans Ufer. »Alles, was wir geschaffen haben, werden sie jetzt kaputtmachen. Alles, wofür mein Vater und ich und all die anderen so hart gearbeitet haben.«

Er hielt sie in seinen Armen, während das Boot durch die Brandung auf das Schiff zulief. Es schien nur wenige Augenblicke gedauert zu haben, bis sie das Heck der über ihnen aufragenden *Defiance* erreicht hatten.

»John, laß die Jungs das Kurzsegel setzen und den Anker lichten, sobald wir an Bord sind. Mit dem Westwind, der jetzt von Land rüberweht, sollten wir rasch Fahrt gewinnen und an der Blockade vorbeikommen. Wir segeln hart am Wind, bis wir am Point vorbei sind, und dann setzen wir etwas mehr Leinwand.«

»Wenn wir's schaffen, bei dieser See um den Point rumzukommen – und dann noch im Dunkeln –, grenzt das an ein Wunder.« Mewes stützte sich vorn im Boot auf die Bordwand.

»Sobald wir an Bord sind, übernehm' ich das Ruder. Und du sorgst sofort dafür, daß die Segel gesetzt werden.«

»*Aye.*« Er griff nach oben und hielt sich an einer Keep unter einer Stückpforte fest. Dann zog er das Boot unter die Dodshoofds, an denen die Wanten des Hauptmasts befestigt waren. Während er das Fallreep hinaufkletterte, warf er das Bugseil durch den Regen nach oben.

Winston hatte Katherine gerade am Arm genommen, um ihr hinaufzuhelfen, da pfiff etwas an seinem Ohr vorbei. Dann war durch den Regen schwach der Knall einer abgefeuerten Muskete zu hören.

»Bei den Wundmalen Christi!« Er drehte sich um und versuchte, in der Dunkelheit etwas zu erkennen. Verschwommen sah er im Regen einige behelmte und mit Musketen bewaffnete Infanteristen am Ufer stehen. Sie bildeten keine geordnete Einheit und hatten offenbar keinen Kommandeur. Doch neben ihnen stand, Befehle hinausschreiend, ein äußerst beleibter Mann mit einem breitkrempigen Hut. Benjamin Briggs.

»Er hat uns verraten. Er hat sie sofort runtergebracht an die Bucht. Ich frage mich, was er wohl dafür von ihnen zu bekommen glaubt. Bestimmt erhofft er sich einen Sitz in der neuen Regierung. Wir müssen . . .«

Ehe er noch ausreden konnte, ergriff Katherine seinen Arm und zeigte zur Mündung des Flusses hinüber. »Hugh, warte! Siehst du das? Da steht jemand in der Brandung. Mir war doch schon vorhin, als hätte ich etwas gesehen.«

»Noch mehr von diesen verdammten Infanteristen?« Er folgte ihrem Blick. »Die würden aber kaum auf die Idee kommen, hinter uns herzuschwimmen. Die würden auf Boote warten.«

Jetzt sah er eine weiß gekleidete Gestalt, die bis zur Hüfte im Wasser stand und offenbar ein großes Bündel hinter sich her zog. »Das ist kein Rundkopf. Ich wette, daß ist Briggs' *mulata.* Leider hat sie sich etwas verspätet. Ich habe eine große Lust, sie ihrem Schicksal zu überlassen.« Er sah, wie die Gestalt von einer Welle erfaßt wurde und rückwärts taumelte. Wieder pfiff eine Kugel an seinem Kopf vorbei, und er hörte die anfeuernden Rufe von Benjamin Briggs. »Aber vielleicht bin ich einem gewissen Pflanzer noch einen letzten Dienst schuldig.«

»Käpt'n, wir müssen diesen Kahn auf See hinaus bringen.«

Mewes beugte sich über das Schanzkleid der *Defiance* und blickte zu Winston hinunter. »Diese verdammten Rundköpfe drüben haben momentan zwar nicht viele Musketen, aber sie können jeden Augenblick Verstärkung bekommen. Ich mein' daher, wir können es uns nicht leisten, die ganze Nacht zu warten.«

»John, wie steht's mit den Ankern?«

»Den am Bug hab' ich schon lichten lassen«, rief er hinunter. »Sagt das Nötige, und wir brauchen bloß den kleinen Heckanker noch hochzuziehen.«

»Vielleicht haben wir noch genug Zeit«, sagte er zu Katherine. Er stieß das Beiboot von der Bordwand der *Defiance* ab und griff nach dem Riemen. In diesem Augenblick riß sich Morris den Helm vom Kopf und sprang in die Dünung. Mit kräftigen Zügen schwamm der Kommandeur in Richtung Ufer.

»*Aye*, der ist weg, Euer Gnaden. Dem kann's wahrhaftig nicht schnell genug gehen.« Der schottische Infanterist blickte ihm flüchtig nach und legte sich dann in den Riemen. »Dem braucht Ihr nicht nachzuweinen, bei meiner Ehre.«

»Und was ist mit dir?«

»Wenn Euer Gnaden erlaubt, würde ich gern bei Euch bleiben. Wohin Ihr auch wollt, mir soll's recht sein.«

»Was warst du denn früher? Ein Seemann?«

»Nein, eine Landratte, Euer Gnaden, ich geb's zu. Ich bin bei der Schlacht von Dunbar in Gefangenschaft geraten, wurde in die Armee der Rundköpfe gepreßt und dann gezwungen, mit hierher in die Karibik zu fahren. Aber ich hab' die Schnauze voll von diesen Rundköpfen und ihren stinkenden Truppenschiffen, das schwör' ich. Meine Schweine daheim haben's besser gehabt als wir an Bord. Ich würd' Euch dienen, als wärt Ihr der König selbst, wenn Ihr es mir erlaubt.«

»MacEwen, war das nicht dein Name?«

»*Aye*, Euer Gnaden, zu Diensten.«

»Dann pull!« Winston legte sich in den anderen Riemen. Durch das Dunkel hindurch konnten sie mit Mühe die Mulattin sehen, die inzwischen fast bis zum Hals im Wasser stand und offenbar eine andere Gestalt umfangen hielt.

»Senhora!« rief Winston ihr durch den Regen zu.

Die Frau drehte sich um und starrte sie ausdruckslos an. Sie schien völlig erschöpft und nicht zu wissen, wo sie war.

»*Espere un momento.* Wir kommen ja schon«, rief er ihr auf portugiesisch zu.

Eine Musketenkugel prallte vom Rumpf des Beiboots ab; etliche Infanteristen waren ihnen am Ufer gefolgt. Der Schotte duckte den Kopf, ruderte aber kraftvoll weiter auf die aus dem Wasser ragenden Köpfe zu.

»Hier, Senhora.« Winston streckte die Hand aus und packte den Mann, den Serina in den Armen hielt. Es war Atiba. Während Katherine die Frau übers Schandeck zog, half MacEwen Winston, den bewußtlosen Yoruba ins Boot zu hieven. Er blutete noch immer und atmete nur schwach.

»Er ist fast tot, Senhor. Auch Derin haben sie getötet.« Serina hatte viel Wasser geschluckt und war fast erstickt. »Erst hatte ich Angst, ihn überhaupt herzubringen. Doch dann stellte ich mir vor, was sie mit ihm machen würden, wenn er ihnen in die Hände fiele, und da wußte ich, daß ich . . .« Sie begann, unzusammenhängende Worte zu murmeln, beugte sich über den wie leblos daliegenden Yoruba und drückte ihren Mund auf den seinen, als gälte es, ihm Luft in die Lungen zu blasen.

»Katy, bring ihn gleich in meine Kajüte, sobald wir an Bord sind, und sieh zu, ob du ihm ein bißchen Brandy einflößen kannst. Vielleicht hilft das.«

»Ich werde es versuchen, nur fürchte ich, es ist bereits zu spät. Aber laß uns jetzt so schnell wie möglich auf dein Schiff kommen.« Sie blickte zur *Defiance* hinüber, auf deren Deck inzwischen eine Reihe von Matrosen mit Musketen aufgetaucht war. Von Land kamen jetzt nur noch sporadisch Schüsse. Die Infanteristen zogen sich zurück, weil sie vermeiden wollten, vom Schiff aus beschossen zu werden. Inzwischen war es auch Morris gelungen, an Land zu kommen und sich mit seinen Leuten in Sicherheit zu bringen.

Nachdem das Beiboot wieder hochgehievt und mittschiffs festgezurrt worden war, befahl Mewes, auch den zweiten Anker zu lichten und das Großsegel zu setzen. Währenddessen brachte Katherine Serina in die Kapitänskajüte; Matrosen trugen Atiba hinter ihnen her. Dann ächzte der Mast, als sich das Segel mit Wind füllte, ein Seemann auf dem Achterdeck band die Ruderpinne los, und wenige Augenblicke später machte das Schiff Fahrt.

»Das hätten wir.« Mewes spuckte in Richtung Land aus, zog dann seinen Leibgurt hoch und blickte zurück auf das sich entfernende Ufer.

»Möglich, daß Morris uns nur die Fregatten auf den Hals hetzen wollte.« Winston betrachtete die sich hin und her bewegenden Mastlaternen auf Backbord. »Er meint wahrscheinlich, daß die dort das Musketenfeuer hören und merken, daß irgendwas los ist.«

»Die haben selbstverständlich mehr als genug Geschütze. Mindestens ein Kriegsschiff mit zwei Kanonendecks liegt hier noch vor Anker, die *Gloucester*. Auf der bin ich mal gefahren, als mir die verdammte Navy noch Eindruck gemacht hat, zweiundzwanzig Jahre ist das jetzt her. Sie ist zwar schon eine betagte Dame, aber Kanonen hat sie genug an Bord.«

»Dann meine ich, wir sollten die Backbordgeschütze gefechtsbereit machen, für alle Fälle. Ich glaube, wenn wir erst mal den Point umrundet haben, sind wir außer Gefahr. Dann können wir nämlich einen nördlichen Kurs laufen und bis rauf nach Speightstown den Westwind ausnutzen. Vielleicht können wir dort sogar beidrehen, bis der Sturm etwas nachläßt.« Damit drehte er sich um. »Ich gehe nach achtern und übernehme das Ruder. Scheuch die Leute auf die Wanten, trotz des furchtbaren Wetters. Ich will, daß die Großbrahmrah und sämtliche Brassen bemannt sind.«

»*Aye*, man kann ja nie wissen.« Mewes brüllte durch die offene Luke den Befehl für die Kanoniere nach unten und marschierte dann übers Deck, um der Mannschaft Anweisungen zu geben.

Auf dem Weg zum Achterdeck traf Winston Katherine, die oben am Niedergang stand, der zur Kapitänskajüte führte. Sie packte ihn am Arm. »Ich hab' den Afrikaner und die Mulattin bei dir untergebracht. Sie phantasiert wie im Wahn. Und er scheint kaum noch zu leben. Er hat eine furchtbare Wunde in der Schulter, von einer Musketenkugel.«

»Selbst wenn er jetzt stirbt, ist das weniger schlimm als das, was passiert wäre, wenn Briggs und die Pflanzer ihn in die Finger bekommen hätten.« Er sah ihr in die Augen und verdrängte das plötzlich aufsteigende Verlangen, sie in die Arme zu schließen – nur um sich zu vergewissern, daß sie endlich sein war. »Aber sieh zu, ob du seine Wunde mit Brandy reinigen kannst. Es wäre ärgerlich, ihn zu verlieren, nachdem wir so viel Mühe hatten, ihn an Bord zu bringen.«

»Warum hast du das überhaupt getan, Hugh? Schließlich hat er dich einmal zu töten versucht, hier auf diesem Schiff. Hast du das ganz vergessen?«

»Wer begreift schon, warum wir dieses oder jenes tun? Vielleicht gefällt mir seine Unverfrorenheit. Kann aber auch sein, daß ich schon gar nicht mehr weiß, aus welchem Grund.«

Er ließ sie stehen und kletterte den Niedergang hoch.

Serina legte ihre Wange an die seine. Ihre salzigen Tränen vermischten sich mit dem Salzwasser in seinem Haar. Die Wunde an seiner Schulter hatte sich geöffnet, und ein kleines Blutrinnsal lief ihm über die Brust. Sein Atem ging unregelmäßig.

Shango, hörst du mich noch . . .?

»Versucht, ihm die Wunde hiermit zu reinigen.« Katherine beugte sich, eine Brandy-Flasche in der Hand, im dämmerigen Licht der Laterne über sie.

»Warum helft Ihr mir, Senhora?« Serina sah auf. Ihre Worte waren ein Gemisch aus Englisch und Portugiesisch. »Er bedeutet Euch nichts. So wenig, wie ich Euch bedeute.«

»Ich . . . ich möchte es einfach.« Unbeholfen zog sie den Korken aus der Flasche, und die feurigen Brandydünste hüllten sie ein.

»Weil der Senhor gesagt hat, Ihr sollt es tun. Das ist der wahre Grund.« Endlich streckte sie die Hand aus und nahm die Flasche. »Er ist ein guter Mann. Er hat sein Leben für uns aufs Spiel gesetzt. Er hat es nicht tun müssen. Kein anderer *branco* auf dieser Insel hätte das getan.«

»Dann entgeltet es ihm, indem Ihr tut, was er sagte. Er hat gesagt, die Wunde muß gereinigt werden.«

Serina stellte die Flasche auf die Planken neben der Schlafkoje, beugte sich dann vor und küßte die Sippenzeichen auf Atibas

Wange. In diesem Augenblick schlingerte das Schiff heftig. Rasch griff sie nach der Flasche und hielt sie fest, bis das Schiff sich wieder aufgerichtet hatte. Sie blickte Katherine an. »Ich glaube, wir müssen es gemeinsam tun.«

»Gemeinsam?«

»Kein Sorge, Senhora. Atibas schwarze Haut wird Eure weißen *Inglês*-Hände nicht beschmutzen.«

»Davor habe ich auch keine Angst.« Katherine griff nach dem Saum ihres Rockes, riß kurzentschlossen einen Streifen Stoff ab. Dann nahm sie die Flasche und drückte seinen Arm nach hinten. Während Serina seine Schulter anhob, netzte Katherine die Wunde mit Branntwein und tupfte mit dem Tuch das verkrustete Blut ab. Seine Haut war weich und geschmeidig wie Leder, sie fühlte die kräftigen Muskeln darunter.

Der brennende Schmerz, den der Brandy hervorrief, ließ Atiba unwillkürlich zusammenzucken. Er öffnete die Augen und versuchte erschrocken, sich in dem düsteren Raum zurechtzufinden.

»Nur nicht bewegen.« Rasch beugte sich Serina über ihn und flüsterte ihm ins Ohr: »Du bist gerettet. Du bist auf dem Schiff des *branco*.«

Er wollte etwas sagen, doch gerade in diesem Augenblick krachte eine Welle gegen das Heck, und das Schiff kippte zur Seite. Seine Augen waren starr vor Schreck, und seine Lippen formten ein Wort: »Dara . . .«

Serina legte ihr Gesicht ganz dicht neben das seine. »Nicht sprechen. Bitte! Ruhe einfach aus.« Sie versuchte, ihm etwas Brandy einzuflößen, doch mit den Augen wies er ihn zurück. Dann kamen weitere Worte, doch sie waren so leise gesprochen, daß sie bei dem Heulen des Windes und dem Ächzen des alten Holzes der *Defiance* nicht zu verstehen waren. Schließlich wurde er wieder bewußtlos.

Katherine sah zu, wie Serina seinen Kopf behutsam auf ein Kissen legte, dann auf die Knie fiel und in einer ihr unbekannten Sprache zu beten anfing . . . Portugiesisch war es jedenfalls nicht. Ihr wurde immer unbehaglicher zumute; irgend etwas an den beiden war widernatürlich, beunruhigend. Schließlich stand sie auf und trat ans Fenster, um einen Blick auf das Meer zu werfen. Obwohl sich die Wellen immer bedrohlicher auf den Heckumgang stürzten und der Sturm merklich an Stärke zunahm, verlangte es sie danach, den Wind im Gesicht zu spüren. Sie mußte an den ersten Abend denken, den sie mit Hugh verbracht hatte; einander umschlungen, hatten sie gemeinsam zu diesem Fenster hinausgeschaut. Wie mochte es sein, jetzt, wo Wind und Wellen derart wüteten, die See vom Umgang aus zu betrachten? Mit einem Seufzer schob sie den Riegel zurück.

Was sie erblickte, nahm ihr den Atem.

Von Backbord her kam die Silhouette eines hochmastigen englischen Kriegsschiffs mit zwei Geschützdecks auf sie zu.

Vom Achterdeck über ihr erklangen laute Rufe, dann hörte sie Fußgetrampel vom Niedergang her. Er hat die Gefahr schon erkannt und die Geschützmannschaften zu den Kanonen beordert.

Wasser spritzte ihr ins Gesicht, und eisige Kälte drang in die Kajüte. Sie schloß das Fenster, versuchte einen Moment lang, den Riegel wieder vorzuschieben, gab es dann auf und hastete in Richtung Kajütentür. Wenn wir alle sterben müssen, schoß es ihr durch den Kopf, dann will ich in der Stunde des Todes oben bei Hugh sein, auf dem Deck. O Gott, was wird jetzt geschehen? Nach allem, was wir schon hinter uns haben?

Als sie an der Laterne vorüberkam, bemerkte sie Serina, die, noch immer fremdartige Worte murmelnd, neben dem Afrikaner kniete.

»Wißt Ihr, was jetzt jeden Augenblick über uns hereinbricht? Kommt her und seht es Euch an!«

Als die Mulattin sie mit glasigen Augen anstarrte, wie aus weiter Ferne, faßte sie ihren Arm, riß sie hoch und führte sie zum offenstehenden Fenster. Plötzlich hörte sie, wie ein tiefes Aufstöhnen durch den Rumpf der Fregatte ging, und da wußte sie, daß jetzt die Geschütze ausgefahren wurden. Hugh bereitete eine Verzweiflungstat vor: ein mögliches Geschützduell zwischen der *Defiance* und einem Kriegsschiff, das mindestens doppelt so schwer bestückt war wie sie. Der starke Wellengang machte das Richten der Kanonen zu einem gewaltigen Risiko.

Wenn sich auch nur ein einziges Geschütz von ihren Taljen losriß, durch die Schiffswand brach und ein Loch aufriß, konnte so viel Wasser ins Schiff dringen, daß die Gefahr bestand, innerhalb weniger Minuten zu sinken.

»Seht Ihr, Senhora?« Sie lenkte Serinas Blick durch das offene Fenster. »Wenn Ihr schon beten wollt, dann betet, daß dieses Kriegsschiff uns nicht erwischt. Euer Afrikaner ist vielleicht ohnehin bald tot, zusammen mit Euch und mir.«

»Was . . . werden sie tun?« Die Mulattin hatte ihren Blick auf das näher kommende Kriegsschiff gerichtet, doch schien sie es überhaupt nicht richtig wahrzunehmen.

»Ich nehme an, sie werden längsseits gehen, wenn sie können, dann ihre Kanonen ausfahren und . . .« Sie spürte, wie ihre Stimme zu zittern begann.

»Dann will ich für uns beten.«

»Bitte, tut das.« Wütend fuhr sie herum und verließ die Kajüte. Als sie den schlüpfrigen Niedergang zum Achterdeck hinaufstieg, eilte John Mewes an ihr vorüber und brüllte Befehle nach oben. Als sie den Kopf hob, sah sie Männer im strömenden Regen auf den Rahen hocken, die, sich an dünnen Tauen festklammernd, die Bramsegel lösten. Die *Defiance* setzte alle Leinwand, die sie hatte – bei einem Wetter, bei dem jeder andere erfahrene Seemann alle Segel gestrichen und beigedreht hätte!

»Guter Gott, Katy, warum gehst du nicht wieder unter Deck! Die *Gloucester* muß unser Segel entdeckt haben, als wir um den Point herumliefen.« Winstons Stimme hallte durch den Regen. Die Schulter gegen die Ruderpinne gestemmt, steuerte er das Schiff jetzt ganz allein. Backbord kam das englische Kriegsschiff, ein riesiger grauer Kasten mit hoch emporragenden Masten, rasch immer näher an sie heran.

»Hugh, ich möchte hier oben sein, bei dir.« Sie griff nach einer Want, um sich festzuhalten. »Sie wollen versuchen, uns zu versenken, nicht wahr?«

»Ja, falls wir nicht beidrehen. Aber ich habe nicht die Absicht, ihnen diesen Gefallen zu tun. Also werden sie uns schon versenken müssen, wenn sie uns stoppen wollen. Und ich würde sagen, sie werden alles dransetzen, das zu tun. Schau!« Er zeigte durch den Regen. Jetzt wurden die Stückpforten auf dem oberen Geschützdeck geöffnet. »Sie machen sich bereit, ihre Achtzehnpfünder auszufahren.«

»Und was können wir tun?«

»Erst mal setzen wir alle Leinwand, die wir haben. Und dann machen wir unsere Geschütze gefechtsklar. Wenn wir ihnen nicht entkommen können, werden wir eben kämpfen.«

»Meinst du, wir haben eine Chance?« Sie faßte das Schiff genauer ins Auge. Es schien doppelt soviel Segel zu haben wie die *Defiance*, dafür war es aber auch schwerer und ungefüger. Bis auf die *Rainbowe* hatte Cromwell nicht gerade seine besten Schiffe in die Karibik geschickt. Durchaus möglich, daß die *Gloucester* schon genauso viele Jahre auf dem Buckel hatte wie die *Defiance*.

»Ich bin schon so manchem Kriegsschiff davongesegelt. Allerdings nicht bei einem Wetter wie diesem.«

»Dann möchte ich hier oben bleiben. Ganz abgesehen davon, daß mir diese Mulattin, die du an Bord genommen hast, fast genauso unheimlich ist wie dies hier.«

»Dann bleib. Fürs erste wenigstens. Aber wenn sie so nah herankommen, daß sie uns beschießen können, möchte ich, daß du unter Deck bist.« Er hob den Blick. Die Männer auf den schwankenden Rahen hatten gerade das Marssegel festgemacht. Je schlimmer der Sturm wütete, desto mehr Blitze zuckten im Westen, und die Seeleute fluchten und beteten. »Schlimmer könnte das Wetter gar nicht sein. Nie hab' ich die *Defiance* bei einem solchen Wetter unter vollen Segeln gehabt. Ich hoffe, daß das auch nie wieder nötig ist.«

Kaum waren die Bramsegel gesetzt und festgemacht, nahm die *Defiance* merklich Fahrt auf. Die *Gloucester* befand sich immer noch backbord, doch so weit achteraus, daß sie ihre Kanonen nicht benutzen konnte. Und sie kam nicht mehr näher heran.

»Ob wir ihnen wohl entkommen können?«

»Wir haben eine gute Chance.« Er hielt das Schiff jetzt auf geradem Kurs. »Allerdings haben sie noch nicht alle Leinwand gesetzt. Sie wissen natürlich genau, wie riskant das ist.« Er wandte den Blick zurück zum Kriegsschiff. In seinen Augen sah sie Hoffnung aufschimmern. »Bei gutem Wetter könnten sie es schaffen. Aber bei einem Sturm wie diesem vielleicht nicht.« Wieder zuckte ein Blitz auf. »Wenn sie sich allerdings dazu entscheiden sollten, auch noch ihre anderen Segel zu riskieren . . .«

Sie lehnte sich gegen die Pinne, um die *Gloucester* besser sehen zu können. Da sah sie, daß auch auf dem Kriegsschiff die Topsegel gesetzt wurden. Und der nächste Blitz ließ erkennen, daß die *Gloucester* auch auf dem zweiten Geschützdeck die Stückpforten geöffnet hatte und nun die Kanonen ausfuhr, während sich die Entfernung zwischen den beiden Schiffen wieder verringerte.

»Sieht ganz so aus, als wollten sie auch noch den Rest ihrer Takelage riskieren, Katy. Ich halte es für das beste, wenn du jetzt wieder unter Deck gehst.«

»Nein, ich . . .«

Winston drehte sich zum Hauptdeck hinunter: »John, gib den Befehl! Sobald sie in Reichweite der Backbordgeschütze sind, soll Canninge einfach drauflos feuern. Genauso wie damals, als die Zollfregatte *Royale* bei uns längsseits gehen wollte. Vielleicht kann er ihre Geschützdecks so lange kampfunfähig machen, bis wir ihnen im Dunkeln entwischt sind.«

»*Aye.*« Mewes' Ruf war durch den heulenden Regen nur schwach zu vernehmen.

»Hugh, ich liebe dich.« Sie legte die Hand auf seinen Arm. »Ich glaube, ich weiß inzwischen sogar, was das bedeutet.«

Er sah sie an, wie sie da mit zerzaustem und vom Regen verklebtem Haar neben ihm stand. »Katy, ich liebe dich so sehr, daß ich dich jetzt lieber unter Deck wissen möchte. Nebenbei gesagt: Ganz so weit, daß wir uns Lebewohl sagen müssen, ist es nun doch noch nicht.«

»Ich weiß, was auf uns zukommt. Sie werden sich in Lee neben uns legen und uns beschießen. Sie werden uns die Takelage zerfetzen, bis wir manövrierunfähig sind, und dann durchlöchern sie unsere Bordwand, bis wir so viel Wasser übernehmen, daß wir untergehen.«

»So leicht wird das nicht sein. Vergiß nicht, daß wir selbst auch ein paar Kanonen haben. Bete darum, daß sie ihre eigenen bei dieser See nicht richten können.«

Blitze erhellten die Kanonen des englischen Kriegsschiffs. Sie waren jetzt nahe genug, um abgefeuert werden zu können, und Katherine sah hinter den offenen Stückpforten Luntenstöcke glimmen.

»Lieber Gott, laß uns wahrhaft dankbar sein für das, was wir jetzt bekommen werden!« John Mewes kam aufs Achterdeck herauf, um besser sehen zu können. »Sieht aus, als ob's soweit wär', Käpt'n.«

»Bete nur weiter, John. Und dann wieder runter mit dir. Ich möchte, daß jede Handbreit Leinwand gesetzt wird, die wir haben.«

»*Aye*, das möcht' ich auch, nur weiß ich nicht, wo ich mehr hernehmen soll, es sei denn, ich stelle mein Bettlinnen zur Verfügung.« Er bekreuzigte sich und verschwand wieder über den Niedergang.

Plötzlich leuchtete ein Geschütz auf der *Gloucester* auf, und eine achtzehnpfündige Kugel sauste durch die Topsegel der *Defiance*, nur wenige Zoll am Hauptmast vorbei. Dann noch eine, und diesmal wurde die Back getroffen, Holzteile flogen übers Deck.

»John! Sag Canninge, er soll sofort schießen, wenn er sie im Visier hat. Und, verdammt noch mal, er soll sie auch treffen!« Er hatte kaum ausgesprochen, da ertönte auch schon ein ungeheurer Krach von unten heraus, und das Deck wiegte sich ruckartig zur Seite. Katherine sah, daß mehrere Kugeln in die Bordwand der *Gloucester* schlugen, zwischen dem oberen und dem unteren Geschützdeck.

»Verdammt, viel hat nicht gefehlt.« Winston besah sich den Schaden. Wieder zuckte ein Blitz auf, in größerer Nähe jetzt, ein unregelmäßiges Spinnennetz, das über den Himmel gespannt war. Katherine sah den Kapitän der *Gloucester* auf seinem Achterdeck stehen und nervös in die Höhe schauen.

»Katy, geh jetzt bitte nach unten. Hier wird es langsam ungemütlich. Wenn sie dieses Deck treffen, fliegen überall die Splitter rum. Ganz zu schweigen von . . .«

Die Geschütze der *Gloucester* spuckten wieder Feuer. Sie spürte, wie das Deck erzitterte, als eine Kugel in der Nähe des Bugs in die Bordwand krachte.

»John, bete noch ein bißchen!« schrie Winston hinab. »Und sag Canninge, er soll ihr noch eine Runde verpassen, sobald er die Rohre gereinigt hat. Wenn er nicht bald das obere Geschützdeck trifft, wird das 'ne lange Nacht für uns.«

»Hugh, können wir nicht . . .« Sie unterbrach sich selbst, als sie eine Gestalt in einem blutbefleckten weißen Kleid den Niedergang heraufkommen sah.

»Himmel!« Auch er hatte sie gesehen. »Katy, sieh zu, daß du sie vom Achterdeck runterschaffst, damit sie hier nicht im Weg rumsteht.«

Während er, die Schulter gegen die Pinne gestemmt, Mewes weitere Befehle aufs Hauptdeck hinunter schrie, kam Serina geradewegs auf sie zu, ihre Augen waren noch glasiger als vorher.

»Kommt nach unten, Senhora.« Katherine streckte ihr die Hand entgegen. »Ihr könntet verletzt werden.«

Die Hand der *mulata* schoß vorwärts und umklammerte mit eisernem Griff ihren Arm. Katherine merkte, wie plötzlich der Boden unter ihren Füßen schwand, und im nächsten Augenblick wußte sie, daß sie zur Seite geschleudert worden war, gegen die straff gespannten Wanten.

»*E pada nibi.*« Ihre Stimme klang tief und wie aus Eis. Die Frau drehte sich um und kam in drohender Haltung auf Winston zu.

»Gott verdamm Euch!« Er stieß sie zurück und streckte die Hand aus, um Katherine aufzuhelfen. »Katy, alles in Ordnung? Nimm dich vor ihr in acht. Ich bin überzeugt, sie ist wahnsinnig geworden, nach allem, was sie durchgemacht hat. Sobald wir etwas Zeit haben, laß ich einen von den Jungs raufkommen und sie nach unten bringen.«

Abermals flammten die Geschützmündungen der *Gloucester* auf, und ein Geschoß durchbrach nicht weit von der Stelle, wo sie standen, die Reling. Entsetzt starrte Serina auf die zersplissene Reling und dann auf das englische Kriegsschiff. Ihre Augen schienen leer, so als sähe sie durch die Dinge hindurch.

»Bei den Wundmalen Christi, Katy, sieh dir diesen Himmel an!«

Winston spürte, wie sich sein Magen zusammenkrampfte, als wieder ein Blitz zuckte. »Der Wind wechselt. Das fühle ich. Irgendwas passiert. Wenn wir eine Rah verlieren oder wenn ein Segel reißt, haben sie uns im Handumdrehen eingeholt. Der Wind braucht nur plötzlich umzuspringen, die Segel stehen unter zu großer Spannung, und schon . . .«

Wie in Reaktion auf seine Worte ging ein Zittern durch den Rumpf. Dann hob sich das Heck, und Katherine hörte es irgendwo in der Takelage dumpf knacken.

»Himmel!« Winston blickte nach oben, der Regen peitschte ihm ins Gesicht.

Sie folgte seinem Blick. Der Großmast war gespalten, direkt unterhalb des Großmarssegels. Dieses war nach vorn gestürzt, in den Fockmast hinein, und hatte die Fock zerrissen.

Ein erschrockener Matrose hing hilflos von der Rah herunter, an der er sich festklammerte. Dann krachte es noch einmal, und der Mann schlug auf das Deck. Einige entsetzte Matrosen, die sich in der Nähe der Tür zum Logis aufhielten, spritzten auseinander.

»Ich hab's gewußt, daß wir bei diesem Wetter nicht alle Leinwand setzen durften. Jetzt ist die Hälfte davon verloren.« Er wandte den Blick zurück. »Du mußt jetzt nach unten. Bitte! Und versuch, diese Frau irgendwie mitzunehmen. Wir stecken in Teufels Küche. Wär' ich ein frommer Mann, würd' ich jetzt auf die Knie fallen und beten.«

Wieder sprachen die Geschütze der *Gloucester*, und eine Kugel durchschlug ganz in ihrer Nähe den Heckumgang. Holzteile flogen durch die Luft.

»Atiba!« Serina starrte, über die Reling gebeugt, hinunter auf das Loch, das die Kugel in die Wand der Kapitänskajüte gerissen hatte.

Sie wandte den Blick zum Kriegsschiff, und dann erhob sie wieder ihre tiefe Stimme: *»Iwo ko lu oniran li oru o nlu u li ossan?«* In ihren Augen leuchtete es auf, und sie schrie in den Sturm hinaus: *»Shango. Oyinbo l'o je!«*

Und wieder zuckte ein Blitz auf.

Später fragte er sich, ob er nicht womöglich tatsächlich gebetet hatte. Er erinnerte sich, wie der Blitz den Hauptmast der *Gloucester* heruntergefahren war und dann, die Oberbramsegel in Rauch hüllend, scheinbar das gesamte Großsegel erfaßt hatte. Sodann hatten sich Flammen um die Wanten des Großmastes geringelt. Innerhalb weniger Augenblicke hatten die Topsegel, wie von brennenden Pfeilen getroffen, Feuer gefangen. Kurz darauf hatte sich eine Flamme bis zum Großsegel gefressen und ließ es auflodern. Danach fingen die Wanten an zu schwelen.

Die Matrosen hatten sofort angefangen, die anderen Segel zu reffen. Außerdem waren sämtliche Stückpforten zugeworfen worden, um zu verhindern, daß brennende Leinwandfetzen in die Geschützdecks geweht wurden. Als nächstes hatte sich der Rudergänger in dem Bemühen, die *Gloucester* aus dem Wind zu nehmen, mit seinem ganzen Gewicht gegen die Pinne gestemmt.

Sie machte immer noch Fahrt, hielt wie ein loderndes Feuerschiff auf sie zu, und einen Moment lang glaubte Winston, sie wären jetzt in noch größerer Gefahr als zuvor. Doch dann, als die Wanten ihm keinen Halt mehr gaben, knickte der Großmast der *Gloucester* um, fuhr in die übriggebliebene Takelage hinein, und das Schiff legte sich auf die Seite. Wegen des Regens war nicht zu erkennen, was weiter geschah, doch wenig später trieben brennende Spieren an ihnen vorüber.

»Das war die Hand der Vorsehung, so wahr ich ein Christ bin.« John Mewes kam ernst und gefaßt das Achterdeck herauf. Eine ganze Traube von Seeleuten folgte ihm, um von hier aus besser mitzubekommen, was sich achteraus tat. »Diese Hurenböcke von Rundköpfen haben das Schicksal herausgefordert. Sie hätten es besser wissen müssen. Bei diesem verdammten Wetter mit voller Topbesegelung zu fahren! Das hätt' ich ihnen sagen können, bei Gott!«

Von allen Seiten kam Zustimmung. Sie standen da, priesen Gott in seiner Güte und beobachteten, wie der letzte brennende Mast achteraus im Regen verschwand.

Nachdem Winston die Ruderpinne festgezurrt und Befehl gegeben hatte, die Segel zu kürzen, ließ er sich am Kompaßhäuschen zu Boden gleiten.

»Es war ein Wunder, Hugh.« Katherine legte einen Arm um ihn. Ihr Mieder war durchnäßt vom Regen und vom Schweiß. »Ich glaube, ich habe gebetet. Dabei hatte ich gar nicht mehr gewußt, wie man das macht.«

»Ich hatte von so was schon gehört, aber mit eigenen Augen gesehen habe ich es nie. Mein Gott, überleg doch: Wären unsere Masten höher gewesen, hätten wir selbst den Blitz anziehen können.«

Jetzt hob die Stimmung sich, und die Männer beglückwünschten einander dazu, die Gefahr überstanden zu haben. Erst jetzt bemerkte Katherine das weiße Kleid zu ihren Füßen. Die Mulattin lag wie tot neben dem Kompaßhäuschen.

»John, laß jemanden diese Frau hinunterbringen.« Winston blickte zu ihr hinunter. »Sieht aus, als wäre sie ohnmächtig geworden.«

»*Aye*, ich selbst war auch nahe dran, wenn du die Wahrheit wissen willst.«

Winston raffte sich auf und musterte seine Leute. »Ich sage: Gut gemacht, Männer, und zwar alle miteinander. Laßt uns daher dem Allmächtigen danken . . . und nachsehen, ob sich nicht irgendwo noch ein Fäßchen Brandy findet. Den hat diese Mannschaft sich wahrhaftig verdient.«

An ihn gelehnt, sah Katherine den Leuten nach, die jetzt hinunter aufs Hauptdeck strömten. »Wohin können wir jetzt noch gehen, Hugh? Bald wird überall in den englischen Siedlungen ein Preis auf unseren Kopf ausgesetzt sein, von Virginia bis Bermuda.«

»Wenn ich mir unsere Takelage ansehe, würde ich meinen, heute kommen wir nirgends mehr hin. Wir werden wohl beidrehen und besseres Wetter abwarten müssen. Danach können die Jungs versuchen, die Segel zu flicken. Und dann sollten wir, meine ich, am besten gen Norden steuern. Bei Nevis können wir sie kielholen und den Muschelbewuchs abkratzen. Vielleicht können wir dort auch etwas Proviant übernehmen.«

»Und dann willst du wirklich versuchen, deinen Jamaika-Plan auszuführen? Mit der Handvoll Männer, die du an Bord hast?«

»Nicht sofort. Du hast recht, wir haben einfach noch nicht

genug Männer.« Er senkte die Stimme. »Und deshalb, denke ich, müssen wir zuvor noch woanders an Land gehen.«

»Wo?«

»Ich kenne nur einen einzigen Ort, wo wir bekommen können, was wir brauchen.« Er legte ihr den Arm um die Hüfte. »Eine kleine Insel vor der Nordküste von Hispaniola.«

»Du meinst doch nicht etwa Tortuga? Die Rinderjäger . . .«

»Ach, Katy, es wird Zeit, daß du erfährst, wie diese Männer auf jener anderen Seite des Karibischen Meeres genannt werden. Ich weiß, die Engländer hier auf den Antillen nennen sie Rinderjäger, aber dort, dort kennt man sie von jeher nur unter dem französischen Namen.«

»Und wie lautet der?«

»Das ist schon ein seltsamer Name. Verstehst du, seitdem wir unser Fleisch wie die Indianer zu konservieren begannen, auf jenen Holzrosten, die sie *boucans* nennen, kennen uns die meisten Seeleute unter dem Namen *boucaniers.* Und dieser Name wurde auch beibehalten, als sie anfingen, gegen die Spanier zu segeln.«

»Soll das heißen . . . Bukaniers, das sind doch Freibeuter . . .«

»Richtig.«

DRITTES BUCH

Tortuga / Jamaika

Zwanzigstes Kapitel

Die Sonne stieg über dem fernen Rand des Meeres empor und brannte sich durch den feinen Nebel, der den Horizont verschleierte. Katherine stand an der höchsten Stelle des Achterdecks, ganz hinten an der Heckreling, um sich den Ostwind, der ihr Haar zerzauste und mit den Baumwollärmeln ihrer Matrosenbluse spielte, ins Gesicht blasen zu lassen. Eine fast vollkommene Ruhe lag über dem Schiff; man hörte nichts als das rhythmische Aufklatschen des Bugs auf den Wellen und ein gelegentliches Stöhnen der Masten.

An Deck zu stehen und die heraufkriechende Morgendämmerung zu verfolgen, war ihr lieber, als in der stickigen und düsteren Kapitänskajüte zu schwitzen. Als das erste Licht des Tages heute die Heckfenster erhellt hatte, war sie leise aus ihrer engen Koje herausgekrochen und hatte Hugh zufrieden schnarchend zurückgelassen. Dann war sie zum Achterdeck hinaufgeklettert, wo John Mewes, der die Aufgabe hatte, die verwitterte und im Augenblick auf einen geraden Westkurs festgezurrte Pinne zu beaufsichtigen, neben dem Steuerhaus döste.

Jetzt blickte sie hinaus auf die Dünung, hinweg über weiße Schaumkronen, die hier und da wie kleine Tupfer auf dem Blau saßen, und genoß die kühle, feuchte Luft. Im Laufe der Reise hatte sie gelernt, die Form der Wellen zu deuten, die bisweilen launischen karibischen Winde richtig einzuschätzen und zu erkennen, was die unterschiedlichen Farben von Wolken und Sonnenstrahlen zu bedeuten hatten. Sie hatte sogar zu lernen begonnen, wie man mit Hilfe des Quadranten die Position feststellen konnte.

Unversehens tauchte am Bug ein Tümmler auf, dann ein

zweiter, und gemeinsam begannen sie im Kielwasser des Schiffes einander zu umkreisen und miteinander zu spielen wie ausgelassene Füllen. Gab es irgendwo auf der Welt einen Ort, der so war wie die Karibik? Nie wurde sie müde, den Schwärmen Fliegender Fische zuzusehen, die wie aufgescheuchte Moorhühner durch die Wasseroberfläche brachen, in wilder Jagd, wie es schien, hinter einem jener großen Barrakudas her, die manchmal aufblitzend am Bug zu sehen waren. Und in der Nähe kleinerer Inseln, wo die flachen Riffe die Küstengewässer tiefblau färbten, hatte sie riesige Wasserschildkröten gesehen, grüne Leder- und rostbraune Karettschildkröten, die sich, groß wie Badezuber, träge auf der Oberfläche treiben ließen.

Die Wildnis der Inseln und des Meeres hatte angefangen, eine reinigende Wirkung auf ihr Gemüt auszuüben. Frische Morgen wie dieser schienen ihr nicht nur einen neuen Tag zu verkünden, sondern überhaupt ein neues Leben — so wie die raschen, goldfarbenen Sonnenuntergänge die heißen Umarmungen Hughs erahnen ließen.

Als sie sich, von Barbados kommend, der kleinen, aus Blockhäusern und Bretterhütten bestehenden englischen Siedlung am Südufer von Nevis Island genähert hatten, hatte der Himmel endgültig eine kristallene Durchsichtigkeit angenommen — das Ende der Herbstregen war gekommen. Nahezu drei Wochen lang hatten sie sich in dem von Riffen umringten Hafen der Insel aufgehalten. Winston hatte die *Defiance* kielgeholt, ihren Rumpf von Muscheln befreit und die unter Wasser gelegenen Planken mit brennenden Zweigen erhitzt, um die Pfahlwürmer zu vertilgen. Danach waren lecke Nähte kalfatert, also mit Werg und Pech ausgefüllt worden. Zum Schluß hatten sie Pökelfleisch, Schiffszwieback und Frischwasser übernommen. Sie hatten gerade alle diese Arbeiten abgeschlossen, als ein holländisches Kauffahrteischiff mit der Nachricht eingelaufen war, daß die Navy Vorbereitungen getroffen habe, Barbados wieder zu verlassen.

Sie hatten sich gefragt, warum Cromwells Kriegsschiffe so rasch aufbrachen. Welches Ziel würden sie jetzt anlaufen?

Wie auch immer der nächste Bestimmungshafen der englischen Flotte heißen würde – die Rebellion in der Neuen Welt war beendet. Nachdem in Nevis und St. Christopher bekanntgeworden war, daß Barbados kapituliert hatte, war bei den Pflanzern von Widerstand nicht mehr die Rede. Wenn die größte englische Siedlung in der Karibik nicht standhaft bleiben kann, sagten sie sich, dann können das die kleineren erst recht nicht. Eine Ergebenheitsadresse und Treuebekundung dem Unterhaus gegenüber wurde von der Versammlung der beiden Schwesterinseln an die Flotte geschickt. Dieser Schritt würde, so hoffte man, Calvert und seine hungrige Armee dazu bewegen, Nevis und St. Christopher links liegenzulassen und geradewegs nach Virginia zu segeln, von deren zunächst sehr großspurig daherredenden Royalisten allgemein angenommen wurde, sie würden jetzt ebenfalls klein beigeben.

Gleichviel – nachdem sie erfahren hatten, daß die Flotte sich bereitmachte, wieder auszulaufen, waren Katherine und Winston übereinstimmend der Meinung gewesen, die Gefahr, hier auf Nevis überrascht zu werden, sei zu groß. Wer wollte genau wissen, ob die Kriegsschiffe des Commonwealth nicht doch eines Tages am südlichen Horizont auftauchen würden? Also lichteten sie gleich am nächsten Morgen den Anker, liefen zunächst zweihundert Seemeilen nach Norden und segelten dann einen geraden Westkurs. Das war vor sechs Tagen gewesen . . .

»Ihr seht bezaubernd aus heut' morgen, M'lady.« John Mewes' verschlafene Stimme durchbrach die Stille. Er erhob sich, streckte sich und kam dann in wiegendem Gang übers Achterdeck an die Reling hinüber, an der sie stand. »Ich würd' sagen, das da hinten ist sie, so wahr ich Christ bin.« Er zeigte nach Süden, wo sich am Horizont eine graugrüne Landmasse verschwommen aus dem dunklen Wasser hob. »Der Stolz der Spanier.«

»Was ist das, John?«

»Nun, das kann nichts anderes als Hispaniola sein, Euer Gnaden. Daran gibt es nichts zu deuteln.« Er drückte seinen Schmerbauch an die Reling und gähnte. »Scheint sich um keine Handbreit von der Stelle bewegt zu haben, seit ich sie zum letztenmal geseh'n hab'.«

Sie lächelte. »Dann müßten wir uns jetzt also Tortuga nähern. Der Karte nach muß sie ein kleines Stück vor der Nordküste liegen, um den dreiundsiebzigsten Längengrad herum.«

»*Aye*, sie wird jeden Augenblick auftauchen, die alte Schildkröte. Doch um der Wahrheit die Ehre zu geben: Ich bin nicht grade scharf drauf, das Nest wiederzuseh'n.«

»Warum?«

»Weil Tortuga Schlupfwinkel der abgefeimtesten Galgenstricke ist, denen Ihr westlich des Newgate-Gefängnisses begegnen könnt. Daran ist nicht zu rütteln.«

»Wollt Ihr damit behaupten, daß Ihr schon mal dort gewesen seid, John?« Sie musterte ihn genau. John Mewes, das war ihr längst klargeworden, war nie um eine schöne Geschichte verlegen; freilich gab es fließende Übergänge zwischen Wahrheit und Seemannsgarn.

»Nun, das ist schon ein paar Jährchen her, wie's so schön heißt. Der Kauffahrer, auf dem ich mal Steuermann war, machte hier für eine Woche zum Kielholen fest.« Er spuckte ins Meer und zerrte seine Hosen hoch.

»Wie hast du sie denn in Erinnerung?«

»Eine Brigg aus Portsmouth. Ein dicker Zweimaster, dessen Nähte so weit aufklafften wie die Ritze einer holländischen Hure – bitte um Verzeihung, Euer Gnaden –, weswegen wir hier festmachen mußten, um sie zu kalfatern.«

»Ich meine nicht das Schiff, sondern Tortuga, John.«

»*Aye*, wie ich schon sagte, sie ist das Sodom der Antillen, da gibt's nichts. Hübsch anzuseh'n aus der Ferne, das will ich gern zugeben. Aber wehe, man wagt sich in den Hafen; da findet man bald heraus, daß sie die natürliche Heimat für allerlei Halsabschneider ist, mit denen man sich am besten nicht an einen Tisch setzt, zumal dann, wenn man nicht eingeladen ist. Ihr werdet Euch fragen, warum sich dieses Nest von Freibeutern so lange direkt unter der Nase der pockenverrotteten Spanier hat halten können. Stellt Euch einmal vor, die ganze Insel mißt von einem Ende bis zum anderen kaum mehr als zwanzig, dreißig Meilen; die Nordküste besteht aus steilem Fels, während der Rest nichts weiter ist als flacher Sand und Mangrovendickicht. Auf der ganzen Insel gibt's nur eine Bucht, in die man mit einer Fregatte einlaufen kann – das heißt, wenn's einem gelingt, die Riffe zu umschiffen, zwischen denen die schmale Fahrrinne hindurchführt. Hat man's aber geschafft, ist's ein recht annehmbarer Hafen. Feiner Sandgrund und so tief, daß selbst eine Siebzig-Kanonen-Brigg gut dort ankern kann. Basse Terre heißt er, liegt ganz im Süden.«

»Das ist also der Grund, warum die Rinderjäger . . . die Bukaniers die Insel haben halten können? Weil es dort nur eine Stelle gibt, an der die Spanier versuchen könnten, Infanterie zu landen, und um dorthin zu gelangen, müßten sie durch eine enge Passage, die man leicht mit Kanonen bestreichen kann?«

»Genau so ist es. Kein Pott geht in Tortuga vor Anker, wenn die Halsabschneider vorher nicht ausdrücklich *aye* gesagt haben.« Er wandte sich ab und belegte einen Tampen, der von einer Want des Besanmastes herunterhing. »Aber dafür, daß sich hier allerlei Gesindel eingenistet hat, ist auch die Lage der Insel wichtig. Versteht Ihr, Euer Gnaden, Tortuga liegt genau quer vor der Windward Passage, zwischen Kuba und Hispaniola, und das ist eine der Hauptschiffahrtsrouten der Spanier. Könnte gar nicht günstiger liegen, wenn man drauf aus ist, ab und zu ein spanisches Kauffahrteischiff aufzubringen . . .«

Mewes brach ab, als er Winston oben am Niedergang auftauchen sah, noch halb verschlafen und ohne Hemd unter dem Rock. Ihm folgte Atiba in einem Paar schlechtsitzender Seemannshosen. Seine nackten Schultern glänzten im Schimmer der aufgehenden Sonne. Als er Mewes entdeckte, neigte er auf Yoruba-Art feierlich den Kopf.

»*Ku abo,* Senhor.«

»*Aye, qu ava.*« Mewes nickte ihm zu und wandte sich dann wieder an Katherine. »Nur zu Eurer Erbauung: Das heißt ›Seid gegrüßt‹ oder so ähnlich. Seitdem ich ihm Englisch beibring', bekomm' ich den einen oder andern eleganten Ausdruck von sei'm afrikanischen Kauderwelsch mit, was ja kein Wunder ist bei meiner natürlichen Sprachbegabung.«

»Himmel, Ihr lernt wirklich schnell, Senhor Mewes.« Atiba lächelte. »Und da Ihr meine Sprache so trefflich beherrscht, könnte ich Euch auch gleich ein paar von unseren Sippennarben in die Visage ritzen. Das ist eine verdammt feierliche Zeremonie in meinem Land.«

»Gift und Galle auf Eure feierlichen Zeremonien!« Mewes machte sich an der Want zu schaffen. »Ich laß mein hübsches Gesicht lieber so, wie's ist. Trotzdem verbindlichsten Dank!«

Winston küßte Katherine verschlafen auf die Stirn. Sie drückte ihn innig und zeigte dann nach Süden. »John behauptet, das da ist Hispaniola.«

»Unverkennbar. Die Königin der Großen Antillen. Schau sie dir gut an, Katy. In den Wäldern dort drüben bin ich auf Rinderjagd gewesen. An dem Bergzug dort in der Mitte der Insel sehe ich, daß Tortuga jetzt jeden Augenblick auftauchen muß.« Er wandte sich um, machte die Pinne los und winkte Atiba heran. »Wollt Ihr versuchen, eine Zeitlang das Ruder zu übernehmen, damit Ihr ein Gefühl für das Schiff bekommt?«

»Meine verfluchte Schulter ist wieder in Ordnung, Senhor. Kein Problem, damit eine Pinne zu halten – oder ein Schwert zu führen.«

»Das werden wir früh genug feststellen.« Er sah zu, wie Atiba die lange hebelartige Hartholzpinne packte, mit der das Ruder bewegt wurde. »Könnte gut sein, daß ich Euch mitnehme, damit Ihr mir helft, ein Wörtchen mit meinem alten Freund Jacques zu reden.«

»Hugh, erzähl mir noch ein bißchen mehr über ihn. Wie ist er?« Katherine warf noch einen Blick zu den im Dunst verschwimmenden Umrissen von Hispaniola und stellte sich dann neben die beiden Männer.

»Jacques le Basque?« Winston lächelte und versuchte, sich an alles zu erinnern. Kein Mensch wußte, wo Jacques herstammte und wer er eigentlich war. Alle waren sie ja als Flüchtlinge hierhergekommen, und so trugen die meisten falsche Namen; er selbst, Hugh Winston, war einfach *l'Anglais* gewesen. »Ich nehm' an, er ist Franzose, doch ich hab' nie viel von ihm gewußt, obwohl wir gute drei Jahre hindurch ständig Seite an Seite gejagt haben.« Mit dem Daumen zeigte er zu den grünen Bergen hinüber. »Eines jedoch kann ich dir mit Gewißheit sagen: Jacques le Basque hat in Nord-Hispaniola und auf Tortuga eine ganz neue Gesellschaft geschaffen.«

»Was willst du damit sagen?«

»Katy, du hast von einem unabhängigen Gemeinwesen in der Neuen Welt gesprochen, von einem Land, auf das Europa nicht seinen Daumen hält, ja? Nun, er hat hier so etwas geschaffen. Die Bukaniers bildeten in gewisser Weise so etwas wie eine eigene Nation – bestehend aus Schiffbrüchigen sowie aus entlaufenen Schuldknechten. Auf die Hälfte von ihnen wartete in irgendeiner anderen Siedlung das Gefängnis oder der Strick. Aber jeder, der Lust hatte, konnte kommen oder gehen, wie es ihm beliebte.«

Katherine betrachtete sein verwittertes Gesicht. »Hugh, irgendwann hast du mir mal erzählt, du hättest einmal versucht, Jacques zu töten, wegen eines Mißverständnisses. Aber du hast mir nie gesagt, worum es damals eigentlich genau ging.«

Winston verfiel in Schweigen. Man hörte zwar noch das Geräusch der gegen den Bug schwappenden Wellen. Vielleicht, dachte er, ist dies jetzt der richtige Zeitpunkt. Er holte tief Luft. »Erinnerst du dich, daß ich dir gesagt habe, die Spanier wären gekommen und hätten die englische Siedlung auf Tortuga, die von der Providence Company, niedergebrannt? Zufälligerweise war ich damals gerade zusammen mit Jacques drüben in Hispaniola; sonst wäre ich vermutlich heute nicht hier. Nun ja, die Spanier blieben rund eine Woche und machten sich ein Vergnügen daraus, ein paar von Jacques' Leuten aufzuknüpfen, die zufällig mit einer Ladung Felle einliefen. Als uns das zu Ohren kam, berief er eine große Versammlung ein, um zu beratschlagen, was wir nun tun sollten. Alle Jäger kamen – Franzosen, Engländer, sogar ein paar Holländer. Alle, die wir da waren, haßten wir die Spanier, und so beschlossen wir, alle Geschütze, die uns verblieben waren, in Basse Terre zusammenzuziehen, für den Fall, sie würden noch einmal zurückkommen.«

»Und?«

»Nach ein paar Wochen kam Jacques auf die Idee, wir sollten nicht einfach nur auf sie warten, sondern am besten gleich zum Gegenschlag ausholen. Er ließ auf der Nordseite von Hispaniola ausstreuen, jeder, der sich uns anschließen wolle, solle zu ihm nach Tortuga kommen. Als alle versammelt waren, erklärte er, wir müßten uns organisieren, wie es die Spanier auch getan hatten. Dann stach er ein Faß Brandy an und taufte uns *Les Frères de la Côte*, ›Die Bruderschaft von der Küste‹. Nachdem wir alle einen Krug oder auch zwei getrunken hatten, erklärte er, er wolle versuchen, ein spanisches Schiff zu kapern.«

»Das war also eine Art Kriegserklärung an Spanien?«

»Ja, darauf lief es wohl hinaus.« Winston lächelte. »Jacques sagte, wir hätten jetzt lange genug Jagd auf die Rinder der Spanier gemacht; jetzt würden wir die spanischen Hurensöhne selbst jagen. Wir sollten unter unserem alten Namen Bukaniers segeln, und er schwor, wenn wir mit dem, was wir uns vorgenommen hätten, durch wären, würde kein Mensch sich mehr daran erinnern, daß dieser Name einst nichts weiter als Rinderjäger bedeutete. Wir würden die Spanier unter dieser Bezeichnung schon das Fürchten lehren.«

John Mewes blickte angestrengt am Bugspriet vorbei gen Westen. Dann verknotete er unvermittelt einen letzten lockeren Tampen, eilte den Niedergang hinunter und hastete an den Seeleuten vorüber, die in der Nähe des Großmastes gelangweilt herumlungerten.

»Und so wurden aus Rinderjägern Seeräuber und Piraten?« Aus irgendeinem Grunde bereitete ihr die Geschichte Unbehagen. »Und du hast es miterlebt? Hast mitgemacht?«

»Ich habe es miterlebt.« Winston hielt inne und sah zu Mewes hinunter.

»Und du . . . du hast dich ihnen angeschlossen?«

»Es gab keinen Grund, es nicht zu tun. Die verdammten Spanier hatten gerade ein paar von uns umgebracht, Katy, von den sechshundert englischen Siedlern ganz zu schweigen. Und ich sagte mir: Warum ihnen das nicht heimzahlen, damit sie merken, wie das ist? Außerdem sah das Ganze nach einem verlockenden Abenteuer aus. Wir brachten also so viele Waffen zusammen, wie wir bekommen konnten, Musketen und Äxte, und dann stachen wir in See. Wir gegen die Spanier . . .«

»Käpt'n, ob Ihr wohl mal herkommen und einen Blick darauf

werfen würdet?« Mewes deutete auf den dunkelgrünen Buckel, der gerade am Horizont aufgetaucht war. »Sieht aus, als ob sie's wäre.«

Winston drehte sich um und ließ den Blick den Horizont entlang schweifen. Direkt vor ihnen war sie zu sehen – tiefgrün wie eine Lederschildkröte.

»*Aye*, vielleicht solltest du für die Nachmittagswache alle Mann auf Station befehlen, John.« Er gab Katherine einen flüchtigen Kuß. »Katy, der Rest dieser kleinen Geschichte wird warten müssen. Wir müssen uns jetzt bereitmachen. Ehrlich gesagt, weiß ich nicht ganz genau, ob sich mein alter Freund Jacques freuen wird, mich nach all den Jahren wiederzusehen.«

Als sie ihm nachsah, wie er den Niedergang hinunterkletterte, fühlte sie eine sonderbare Mischung aus Aufregung und Unbehagen in sich aufsteigen. Mit einemmal fragte sie sich, ob es wirklich richtig war, erfahren zu wollen, wie Hugh damals gewesen war. Vielleicht, so sagte sie sich, gab es da Dinge, die man lieber nicht der Vergessenheit entreißen sollte.

»Bon soir, Capitaine.« Ein junger Mann mit einer Laterne in der Hand stand am Rand des Wassers, um sie zu begrüßen, als sich Winston, John Mewes und Atiba sowie eine Eskorte von fünf mit Steinschloßmusketen bewaffneten Seeleuten mit dem Beiboot dem Ufer näherten. »Tibaut de Fontenay, *à votre service, Messieurs*. Wir haben Eure Mastlaterne von der *Forte* aus entdeckt. Da Ihr die Riffe zu kennen schient, nahmen wir an, daß Ihr nicht zum erstenmal hier wärt. Seid willkommen.«

Er schien Anfang Zwanzig zu sein und war auffallend gekleidet – ein federbuschbesetzter Hut zierte seine Ringellockenpracht, seine lange Samtweste war verwegen aufgeknöpft, um den Blick auf ein makellos weißes Halstuch zu lenken, und glänzend gewienerte Stiefel gaben seinen Waden Form. Der matte Schein der Laterne erleuchtete ein fast unterwürfiges Grinsen.

Rings um sie her waren die dunklen Umrisse von einem Dutzend Fregatten zu erkennen, die auf der leichten Dünung schaukelten, während gischtende Wellenkämme, die im Mondlicht schimmerten, den Strand hinaufliefen. Die *Defiance* war das letzte Fahrzeug, das den schmalen Zugang zur Bucht von Basse Terre passiert hatte, bevor sich nach kurzer karibischer Dämmerung die Nacht herabgesenkt hatte.

»Mein Name ist Winston, Kapitän der *Defiance.*« Er ließ sich über das Schandeck des Beiboots gleiten und durchwatete die leichte Brandung. »Wir kommen aus Barbados, über Nevis.«

»*Bienvenu.*« Der Mann musterte ihn kurz, reichte ihm dann lächelnd die Hand und wechselte zu einem Englisch mit starkem französischen Akzent. »Woher Ihr kommt, Kapitän, geht uns selbstverständlich hier nichts an. Jeder, der in friedlicher Absicht kommt, ist im Namen Seiner Majestät König Louis Quatorze von Frankreich willkommen auf La Tortue.«

»Da juck' mich doch der Teufel!« Winston zog die Hand zurück und blickte zu der von Laternen erleuchteten Ansammlung von Trinkstuben am Ufer hinüber. »Tortuga ist jetzt französisch?«

»*Mais oui,* den größten Teil des Jahres über. Der Gouverneur von St. Christophe – von der französischen Seite der Insel – hielt es für erforderlich, bewaffnete Fregatten herzuschicken und die Insel unter seine Herrschaft zu nehmen. Die Engländer, die hier Pflanzungen angelegt hatten, wurden fortgeschickt, und sie können von Glück sagen, daß wir es dabei beließen. Die Schiffe aller Nationen sind uns dagegen stets willkommen. Sie kaufen unsere feinen Felle auf oder Brasilholz zur Herstellung von Färbstoff oder die saftigste *viande fumée,* die man westlich von Paris findet.« Er verneigte sich mit einem freundlichen Lächeln. »Oder wenn Ihr so wollt: westlich von London. Des weiteren haben wir ein überaus großes Angebot an spanischen Goldwaren zum Verkauf stehen – und haben erst vor kurzem eine ganze Schiffsladung bezaubernder junger Damen aus Marseille erhalten, welche die verseuchten englischen Huren ablösen sollen, die den guten Ruf dieses Hafens fast zugrunde gerichtet hätten.«

»Wir brauchen keine Waren, und für die Unterhaltung haben wir diesmal auch keine Zeit. Die *Defiance* ist nur auf der Durchfahrt zur Windward Passage. Ich dachte, ich mach' rasch für eine Nacht fest und trink' einen Brandy mit einem alten Freund. Jacques le Basque. Wißt Ihr, ob er noch auf dieser Insel ist?«

»Mein Herr?« Der Mann hob rasch die Laterne, um Winstons Gesicht eingehender zu mustern. »Für gewöhnlich empfängt er in der *Forte* keine Besucher, aber Ihr könnt ihm durch mich Grüße und Empfehlungen ausrichten lassen. Es wird mir ein Vergnügen sein, ihm zu melden, ein Kapitän Winston . . .«

»Wovon, zum Teufel, redet Ihr überhaupt? Was soll das für ein ›Fort‹ sein?«

»Die *Forte de la Roche*, das Felsen-Fort dort oben.« Er drehte sich um und zeigte ins Dunkel hinauf. Auf einem Hügel über dem Hafen beleuchteten flackernde Fackeln eine Batterie von Achtzehnpfündern, die auf einer hohen steinernen Bastion standen.

»Wann ist denn das gebaut worden? Früher war das doch nicht da.«

»Erst vergangenes Jahr, Kapitän. Die *Forte* gehört zu unseren neuen Befestigungsanlagen. Sie ist die Residenz unseres *commandant de place*.«

»Von Eurem *commandant de* . . .« Winston hielt irritiert inne. »Ihr habt hier jetzt einen Gouverneur?«

»*Mais oui.*« Er lächelte. »Und Ihr habt Glück, denn dieser Gouverneur ist kein anderer als Euer Freund Jacques. Dazu ist er erst letztes Jahr vom Chevalier de Poncy aus St. Christophe, dem Verwalter sämtlicher französischen Siedlungen in der Karibik, ernannt worden.« Er blickte forschend zu den Männern im Beiboot, wobei sein Blick auf Atiba, der ein blitzendes Entermesser im Leibgurt stecken hatte, länger verweilte. »Darf ich davon ausgehen, daß Ihr Jacques le Basque gut kennt?«

»Jedenfalls habe ich ihn in den alten Tagen sehr gut gekannt – lange bevor er sich zum Gouverneur hat ernennen lassen. Aber ich sehe, die Zeiten haben sich geändert.«

»Vieles hat sich geändert, Kapitän.«

»Das kann man wohl sagen.« Winston gab Atiba ein Zeichen, er solle aus dem Boot klettern. »Aber mein Freund und ich werden zu diesem Fort hinaufsteigen und dem Kommandanten le

Basque einen Besuch abstatten, dann könnt Ihr Euch das Überbringen von Botschaften und das ganze diplomatische Hin und Her sparen. Er weiß, wer ich bin.«

De Fontenay wurde ganz steif und wußte nicht recht, wie er sich verhalten sollte. Als er gerade antworten wollte, kam eine Rotte von Seeleuten aus dem Dunkeln und torkelte über den sandigen Strand auf sie zu, in den Händen Laternen und Krüge, auf den Lippen ein englisches Shanty.

. . . We took abord the Captain's daughter,
And gave her fire 'twixt wind and water . . .

Manche gingen paarweise, den Arm um die Schultern des anderen gelegt. Ihre Kleider waren ein schreiend buntes Sammelsurium europäischer Mode; goldene Ringe und Medaillons, den Passagieren spanischer Kauffahrteifregatten abgenommen, blitzten im Licht der Laternen. Die meisten von ihnen trugen feine lederne Seestiefel; einige wenige gingen barfuß.

Der Mann an der Spitze trug ein großes Faß unterm Arm. Als er das dümpelnde Boot erblickte, hieß er die Männer stehenbleiben, warf das Fäßchen in den Sand und brüllte eine Einladung herüber.

»Willkommen, Leute. Dies hier ist ein jungfräuliches Fäßchen spanischen Branntweins, dem wir jetzt die Unschuld nehmen wollen. Wir würden es Euch nicht verargen, wenn Ihr mithalten wolltet.«

Er zog eine mit Gold verzierte Pistole aus dem Leibgurt, hieb mit dem Kolben gegen den hölzernen Zapfen im Spundloch und trieb ihn hinein.

»No, Monsieur. Merci. Bien des remerciements.« De Fontenays Stimme zitterte ein wenig. »Bedauerlicherweise haben wir keine Zeit. Diese englischen Herren hier . . .«

»Ich hab' *dich* doch nicht gefragt, du arschleckende französische Schwuchtel.« Die Miene des Mannes mit der Pistole verfinsterte sich, als er de Fontenay erkannte. »Von mir würd'st du nicht mal den Schweiß von meinen Eiern krieg'n, und wenn du am Verdursten wärst.« Er wandte sich an Winston. »Aber Ihr und Eure Jungs, Ihr seid willkommen, Sir, wer immer Ihr auch seid. Ich will wetten, kein anständiger Engländer hat je abgelehnt, in guter Gesellschaft einen Becher zu leeren. Ich bin Guy Bartholomew, und wenn Ihr auch nur die geringste Ahnung von diesem Nest habt, braucht man Euch nicht zu sagen, daß ich Käpt'n der *Swiftsure* bin, der schönsten Brigg im ganzen Hafen.«

Winston musterte ihn im flackernden Licht. Tatsächlich, es war Guy Bartholomew. Er war einer der allerersten Bukaniers gewesen, und er hatte Jacques von Anfang an nicht ausstehen können.

»Gestattet, daß ich Euch Kapitän Winston von der *Defiance* vorstelle, Messieurs.« De Fontenay bemühte sich, Bartholomews Pistole zu ignorieren. »Er hat mich gebeten, ihn . . .«

»Winston? Von der *Defiance*? Bei den Blutmalen des Herrn!« Bartholomew riß sich den schwarzen Hut vom Haupt. »Laßt mich auf Eure Gesundheit trinken, Käpt'n.« Er machte eine Pause, um seinen Krug mit der dunkelbraunen Flüssigkeit aus dem Fäßchen zu füllen, hob ihn dann und brachte einen Toast aus.

»Erinnert Ihr Euch nicht mehr von früher an mich, Bartholomew? Wißt Ihr nicht mehr – drüben auf Hispaniola?«

Betrunken schaute der Bukanier ihn an. »Nein, Sir, kann ich wirklich nicht behaupten. Doch Euer Name ist weithin bekannt in diesem Teil der Erde, das steht fest. Wollt Ihr diesen Hafen künftig zum Ausgangspunkt Eurer Unternehmungen machen? Es würd' uns eine Freude sein, Euch in unserer Mitte zu wissen.«

»Monsieur« – de Fontenay drängte zum Aufbruch – »Kapitän Winston ist ein alter Freund unseres *commandant*, und wir dürfen . . .«

»Ein Freund von Jacques?« Bartholomew studierte Winstons Gesicht. »So eine verdammte Lüge über einen redlichen Engländer wie Euch, Sir, würd' ich nie glauben.«

»Ich kannte ihn vor vielen Jahren, Bartholomew. Hoffentlich erinnert er sich besser an mich als Ihr. Obwohl ich nicht sicher bin, ob er mich heute noch als seinen Freund betrachtet – nach der kleinen Meinungsverschiedenheit, die wir damals hatten.«

»Nun, Sir, ich kann Euch nur sagen, daß sich hier vieles

verändert hat seit den alten Tagen. Damals hat er nur die pockenzerfressenen Spanier ausgeraubt. Doch jetzt beraubt er uns alle – zusammen mit diesem französischen Bastard de Poncy. Sie beanspruchen einen Teil der gesamten Beute, die wir bei den Spaniern machen, und außerdem verlangt Jacques noch weitere zehn Prozent als ›Landegebühren‹. Er hat sogar die Felle, die die Jäger von Hispaniola rüberbringen, um sie hier zu verkaufen, mit einer Abgabe belegt.«

Wütend funkelte de Fontenay ihn an. »Steuern müssen überall gezahlt werden. Jacques ist jetzt *commandant*, und der Chevalier de Poncy hat . . .«

»*Commandant?*« schnaubte Bartholomew verächtlich. »Meine Jungs haben da eine andere Bezeichnung für ihn, Sir. Wenn er sich je traute, hier runterzukommen und sich uns zu stellen, würden die Engländer in diesem Hafen um das Recht losen, ihm die Kehle durchzuschneiden. Er nutzt es aus, daß wir von keiner anderen Siedlung auslaufen können. Hätte er nicht diese Kanonen da oben in diesem Fort, mit denen er die ganze Bucht bestreichen kann, und die vielen verdammten Wachen, dann wäre er schon längst um die Ecke gebracht worden.« Er wandte sich wieder Winston zu. »Dieser Hund hat dort oben im Felsen sogar ein unterirdisches Verließ einbauen lassen, das nennt er ›Fegefeuer‹. Lehne dich gegen ihn auf, und du endest dort. Nur wenige sind lebendig wieder herausgekommen, das kann ich Euch sagen.«

De Fontenay trat nervös von einem Fuß auf den anderen und spielte mit einer Locke. »Das Fegefeuer wird nicht für immer dort bleiben, das verspreche ich Euch.«

»Das behauptet Ihr. Aber wer weiß, vielleicht landet Ihr selbst bald darin, Sir, und dann wird man vermutlich ganz andere Töne von Euch hören. Und das, obwohl Ihr heute sein *matelot* seid, oder, wie man wohl korrekter sagen sollte, seine Hure.«

»Wie ich zu Jacques stehe, geht Euch nichts an.«

»*Aye*, ich vermute, wenn die redlichen Schiffseigner hier im Hafen erführen, was dort im Fort vor sich geht, würde ihnen das die Schamröte ins Gesicht treiben. Aber wir sind schließlich nicht blind, Sir. Ich weiß, Ihr hofft darauf, von diesem Franzmann de

Poncy zum *commandant* von Tortuga ernannt zu werden, falls Jacques einmal nicht mehr hier sein sollte. Bloß weil der Kodex der Bukaniers Euch zu seinem Erben macht. Aber so weit wird es nicht kommen, Sir, bei meinem Leben. Niemals!«

»Genug, Monsieur. *Suffit*!« De Fontenay spie diese Worte förmlich aus. Dann wandte er sich wieder Winston zu. »Wollen wir nun zur *Forte* hinauf?« Er deutete auf den vor ihnen liegenden Felsen. »Oder beabsichtigt Ihr, die Nacht im Gespräch mit diesen englischen *cochons* zu verbringen?«

»Mein Freund, seid auf der Hut vor dem alten Schuft!« Mit warnendem Blick ergriff Bartholomew Winstons Arm. »Allmächtiger Gott, ich könnte Euch Geschichten über ihn erzählen. Er ist übergeschnappt. Ich hätt' diesem Hafen längst den Rücken gekehrt, wenn ich nur wüßte, wie ich es anstellen kann.«

»Er hat mich bereits einmal umzubringen versucht, Master Bartholomew, bei einem kleinen Zwischenfall, an den Ihr Euch eigentlich erinnern müßtet, wenn Ihr Euren Grips ein bißchen anstrengt. Aber wie Ihr seht, habe ich's gut überstanden.« Winston nickte ihm ein Lebewohl zu und blickte dann wieder zum Beiboot hinunter. John Mewes saß nervös da und wartete, eine Steinschloßmuskete im Arm. »John, rudere zurück und warte auf uns. Atiba kommt mit mir. Und keinen Landgang für unsere Männer bis zum Morgen.«

»*Aye.*« Mewes warf noch einen Blick auf die betrunkenen Seeleute und schob das Boot dann zurück ins Wasser. »Paßt auf Euch auf, Käpt'n. Wenn Ihr bis Sonnenaufgang nicht wieder zurück seid, schick' ich die Jungs, um Euch zu holen.«

»Bis dann.« Winston gab Atiba ein Zeichen mitzukommen, dann forderte er de Fontenay auf: »Gehen wir.«

»*Avec plaisir, Capitaine.* Diese Engländer, die für uns segeln, können überaus gefährlich sein, wenn sie zuviel Brandy getrunken haben.« Der junge Franzose blieb stehen und warf einen unsicheren Blick auf den großen Afrikaner an Winstons Seite. »Soll Euer . . . *gentilhomme de service* Euch begleiten?«

»Er kommt mit mir.«

»*Bon.*« Er räusperte sich. »Wie Ihr wollt.«

Er nahm seine Laterne auf und begann, Bartholomews Leute

singend am Strand zurücklassend, den schlammigen Weg hinaufzusteigen, der zwischen den vielen Schenken hindurch, die das Herz des Handelszentrums von Basse Terre ausmachten, zu der Bastion führte.

»Wann habt Ihr uns zum letztenmal die Ehre gegeben, Kapitän?« De Fontenay warf einen Blick zurück. »Ich bin jetzt schon fast drei Jahre *matelot* von Jacques, doch ich erinnere mich nicht, vor dem heutigen Abend bereits einmal das Vergnügen gehabt zu haben, Euch begrüßen zu dürfen.«

»Es ist schon einige Jahre her. Jedenfalls lange bevor Jacques sich zum Gouverneur hat ernennen lassen.«

»War dies hier denn einmal Euer Zuhause, Senhor?« fragte Atiba. Er betrachtete die Schaufenster, in denen Berge von Seidenstoffen und Geschmeide feilgeboten wurden, die einst den Passagieren spanischer Kauffahrteischiffe gehört hatten. Aus den rasch zusammengeschlagenen Trinkstuben und Freudenhäusern zu beiden Seiten des verschlammten Pfades dröhnten mißtönende Lieder, Flüche und kratzende Fidelmusik ins Freie hinaus.

Winston lachte. »Nun, damals sah hier alles ganz anders aus. Da gab es hier strohgedeckte Hütten und Stapel von Fellen und Rauchfleisch für den Tauschhandel. Das einzige, was man damals zu trinken bekam, war vielleicht ein Krug billigen Teufelstöters. Aber den größten Unterschied zu damals macht das Fort dort oben aus. Ich muß sagen, das stellt eine wirklich bemerkenswerte Verbesserung dar gegenüber den verrosteten Feldschlangen, die wir in jenen Tagen unten am Strand stehen hatten.«

»Das muß aber wohl schon sehr lange her sein, Monsieur, daß Ihr zum letztenmal hier wart.« De Fontenay eilte zielstrebig an den windschiefen Tavernen vorbei geradewegs auf die von Palmen gesäumte Straße zu, die zum Fort hinaufführte.

»Wahrscheinlich sind's rund zehn Jahre her.«

»Dann frage ich mich, ob Jacques sich überhaupt noch an Euch erinnert.«

Winston lachte. »Das nehme ich an.«

Hurtig führte sie de Fontenay die Straße hinauf. Etwa sechshundert Schritt vom Ufer entfernt begann der lange und beschwerliche Anstieg. Als sie die Hälfte hinter sich hatten, war der junge Franzose schon ganz aus der Puste.

»Dieses Fort ist verdammt schwer einzunehmen, Senhor, selbst mit Kanonen.« Atiba spähte den Hügel hinauf der Reihe von Fackeln entgegen. Mit nackten Sohlen bewegte er sich leichtfüßig auf dem rauhen Felsgestein der Stufen.

»Man könnte es von unten stürmen, so viel ist sicher.« Winston blickte zurück. »Aber wir sind nicht hier, um diese Festung zu nehmen. Von mir aus kann er Tortuga behalten und sie schröpfen, soviel er will. Ich möchte bloß ein paar von den Männern haben, die wir heute abend gesehen haben. Falls sie bereit sind, sich von ihm zu trennen . . .«

»Diese Hurensöhne können nicht kämpfen. Das sind Trunkenbolde.« Atibas Stimme klang verächtlich.

»Sie können genausogut kämpfen, wie sie trinken können.« Winston lächelte. »Laßt Euch durch den Brandy nicht täuschen.«

»Ihr *brancos* seid schon eigenartig, Senhor«, brummte er. »Ich bin gespannt darauf zu sehen, wie meine Leute hier leben, die Sklaven.«

»Die Bukaniers schneiden kein Zuckerrohr, und folglich haben sie auch keine Sklaven.«

»Dann trinke ich vielleicht doch einen Krug mit ihnen.«

»Das solltet Ihr aber unterlassen, bis wir mit Jacques fertig sind, mein Freund.« Winston blickte zum Fort hinauf. »Haltet nur Euer Entermesser griffbereit.«

Die Stufen führten nun in einer Kurve durch den bogenförmigen Zugang zur Festung. Über ihnen ragte eine aus dem Felsen gehauene Wand in den dunklen Himmel hinein, und ganz oben stand, von Fackeln erhellt, eine Reihe von schweren Geschützen. Mit Steinschloßbüchsen bewaffnete Wachen, den Helm auf dem Kopf und gekleidet in prachtvolle spanische Röcke, versperrten ihnen den Zugang, bis de Fontenay sie zur Seite winkte. Die Wachen drinnen entriegelten das eiserne Tor, und die drei Männer stiegen die letzte Treppe hinauf.

Winston erkannte, daß das Fort auf einem natürlichen Plateau errichtet war und Terrassen barg, die es mehreren hundert

Musketenschützen erlaubten, die Siedlung unten mit Büchsenfeuer zu belegen, ohne von dort gesehen zu werden. Irgendwo im Hintergrund hörte er einen Brunnen plätschern – und das bedeutete eine stetige Versorgung mit Frischwasser, eines der ersten Erfordernisse einer guten Festung.

Jacques hatte eine natürliche Bergfeste gefunden und sie vorzüglich ausgebaut. Jetzt lag die gesamte Siedlung samt Hafen unter seinen Kanonen. Überragt wurde die Forte de la Roche lediglich durch einen hinter ihr liegenden Berg, eine steile Klippe.

»Senhor, was ist das?« Atiba zeigte auf den massiven Felsen, etwa fünfzig Fuß breit und dreißig hoch, der in der Mitte des Hofes in die Höhe ragte, wie von Gottes Hand dort abgesetzt.

Winston musterte ihn verwirrt. Doch dann bemerkte er auf dem Felsen eine Plattform mit etlichen Kanonen. Stufen führten an der Seite halb bis nach oben und endeten dann unvermittelt. Als sie am Fuß dieser Treppe angekommen waren, wandte sich de Fontenay zurück an Winston.

»Die Zitadelle dort oben, das ist Jacques' persönliche Residenz; er nennt sie seinen ›Taubenschlag‹. Ihr werdet hier warten müssen, bis ich ihn gebeten habe, die Leiter herabzulassen.«

»Die Leiter?«

»*Mais oui*, eine Vorsichtsmaßnahme. Ohne seine Erlaubnis darf niemand nach oben.«

Er rief hinauf, gab seinen Namen an, und nach einer Weile erschienen die ersten Sprossen einer schweren Eisenleiter durch eine Öffnung in der Plattform. Langsam wurde sie herabgelassen bis auf die oberste Stufe der Treppe.

De Fontenay zögerte. »Vielleicht wäre es das beste, wenn ich voranginge, Messieurs. Jacques mag keine Überraschungen.«

»Die hat er noch nie gemocht.« Winston gab Atiba ein Zeichen, in seiner unmittelbaren Nähe zu bleiben.

De Fontenay hängte die Laterne an einen Messinghaken neben der Treppe und kletterte behende die Leitersprossen hinauf. Auf der Plattform oben standen zwei Musketenschützen, ihre Büchsen im Anschlag. Er grüßte sie und verschwand dann.

Während Winston wartete, hörte er eine schwache menschliche Stimme, ein tiefes Aufstöhnen, das irgendwoher zu ihm heraufdrang. Er blickte hinunter und bemerkte eine Tür am Fuße des Felsens, die offenbar in eine Höhle hineinführte. Die Tür bestand aus dicken Bohlen und wies in der Mitte eine kleine vergitterte Öffnung auf.

Ob das wohl das Verlies war, das Bartholomew als ›Fegefeuer‹ bezeichnet hatte?

Plötzlich stieg Wut in ihm auf. War war aus Jacques geworden? Er hatte seine eigene Sache verraten! Sein Name hatte einst für die Freiheit gestanden.

Winston wollte sich gerade umdrehen, um das ›Fegefeuer‹ aus größerer Nähe in Augenschein zu nehmen, da vernahm er von oben ein polterndes Willkommen.

»*Mon ami! Bienvenu, Anglais. Mon Dieu, il y a très longtemps!* Gute zehn Jahre, *n'est-ce pas?*« Ein bärtiges Gesicht spähte herab, und eine tiefe Stimme dröhnte vor Vergnügen. »Vielleicht hast du in all den Jahren endlich richtig schießen gelernt. Komm rauf und laß dich ansehen!«

»Und vielleicht zielst du heute genauer, Jacques. Deine letzte Pistolenkugel hat dir kein Fell eingebracht.« Winston griff nach der Leiter.

»*Oui,* wahrhaftig nicht, *Anglais.* Wie nahe am Ziel war ich denn?« Er streckte ihm eine rauhe Hand entgegen, als Winston hochkam.

»Nah genug.« Winston betrat die Plattform der Zitadelle.

Im flackernden Fackellicht erkannte er den alten Anführer der Bukaniers wieder. Allerdings war er merklich beleibter geworden, und sein dichter Bart, einst onyxschwarz, war von weißen Fäden durchzogen. Er trug ein rüschenbesetztes Hemd aus roter Seide und hatte die dunkle Baumwollhose in Kanonenstiefel aus feinem spanischen Leder gesteckt. An den Goldringen, die mehrere seiner Finger schmückten, blitzten Edelsteine, und das Feuer in seinen Augen hatte etwas Tiefes und Tückisches.

Le Basque umarmte Winston, trat dann einen Schritt zurück und betrachtete die Narbe auf seiner Wange. »*Mon Dieu,* dann bin ich doch näher herangekommen, als ich gedacht hatte. *Mes condoléances.* Ich muß noch verschlafen gewesen sein an jenem

Morgen, denn ich hatte weiß Gott die Absicht, dir den Kopf wegzupusten.«

»Wie wär's mit einem Krug von deinem französischen Branntwein, du alter Halunke? Für mich und meinen Freund. Allem Anschein nach kannst du es dir leisten.«

»*Vraiment*. Branntwein für den *Anglais* . . . und seinen Freund.« Der Bukanier nickte wachsam, als er Atiba oben an der Leiter auftauchen sah. Nach einer kurzen Pause brach er wieder in ein kehliges Lachen aus. »Wahrhaftig, ich kann mir *alles* leisten. Die alten Tage sind vorbei! Ich bin reich. So mancher Spanier hat bezahlt – für das, was sie uns damals angetan haben.« Er drehte sich um und erteilte de Fontenay barsch einen Befehl. Der junge Mann verbeugte sich und verschwand mit geschmeidigen Bewegungen durch die schwere Eichentür, die in Jacques' Residenz führte. »Weißt du, von Zeit zu Zeit hör' ich ja von dir, *Anglais*. Aber gesehen hab' ich dich hier noch nie, oder? Wie ist es dir ergangen?«

»Gar nicht so schlecht. Und du bist auch nicht untätig gewesen, wie ich sehe.« Winston betrachtete das Ziegelhaus, das Jacques genau in der Mitte des Felsens errichtet hatte. Den Namen Zitadelle trug es zu Recht, stellte er fest. Rings um die Plattform war eine Reihe von Neunpfündern aufgestellt. »Und was hat es mit dem Gerücht auf sich, du hättest die englischen Pflanzer vertrieben?«

»Sie ärgerten mich. Und du weißt ja, das ist noch niemandem bekommen. Da habe ich beschlossen, ihnen den Garaus zu machen. Es ist besser so; La Tortue muß französisch bleiben. Ein paar von ihnen erhielten die Erlaubnis, hierzubleiben und für mich zu segeln.« Er nahm sich einen Krug von dem Tablett, das de Fontenay herumreichte. »Ich konnte unseren Gouverneur oben auf St. Christophe bewegen, ein paar Fregatten herzuschikken, die mir bei der Übernahme dieser Insel halfen.«

»Ist das der Grund, warum du Männer in das Verlies hier oben sperrst? So etwas haben wir damals nicht gekannt.«

»Mein kleines Fegefeuer?« Er reichte Winston einen Krug und bot auch Atiba einen an. Die Antwort des Yoruba war ein kalter Blick. Jacques zuckte mit den Achseln, nahm einen Schluck und fuhr dann fort: »Du begreifst doch wohl, wie wichtig Zucht und Ordnung sind. Wenn diese Männer sich mir widersetzen, kann ich das nicht ungeahndet lassen. Sonst vergessen sie, wer hier das Sagen hat.«

»Wenn ich mich recht entsinne, hatten wir damals vor, nur gegen die Spanier vorzugehen – aber nicht gegen unsere eigenen Leute.«

»Aber ich habe das Sagen, *Anglais*. Erinnerst du dich noch, wie ich erklärt habe, eines Tages würden sie sich noch in die Hosen machen, wenn sie das Wort Bukanier hören? Nun, heute ist es soweit. Meistens haben diese feigen Hunde von Spaniern eine solche Heidenangst, daß sie nicht mal eine Muskete spannen, wenn meine Männer eine ihrer Handelsfregatten entern.« Er lächelte. »Alles, was wir damals wollten, haben wir erreicht. Rache ist süß!« Er streckte die Hand aus und strich geistesabwesend über de Fontenays Arm. »Aber sag mir, *Anglais*, hast du denn heute eine Frau? Oder einen *matelot*?« Er warf einen Blick auf Atiba.

»Eine Engländerin begleitet mich. Sie ist unten auf der *Defiance*.«

»Auf der *Defiance*?«

»Meine spanische Brigg.«

»*Oui*, selbstverständlich. Ich habe gehört, wie du sie an dich gebracht hast.« Lachend strich er sich über den Bart. »*Alors*, morgen mußt du diese *Anglaise* mitbringen, damit ich sie kennenlerne. Und damit ich ihr zeigen kann, wie weit es dein alter Freund gebracht hat.«

»Wollen mal sehen. Ich dachte, wir leeren heute abend einen Krug oder auch zwei und reden ein bißchen miteinander.«

»*Bon*. Nichts wäre mir lieber.« Er gab de Fontenay mit einem Wink zu verstehen, daß er nachgeschenkt haben wolle, und der junge Mann trat dienstfertig mit der Flasche vor. »Heute nacht wollen wir uns an alte Zeiten erinnern.«

Winston lachte. »Könnte sein, daß es in diesen alten Zeiten ein paar Dinge gibt, die wir besser nicht ausgraben sollten. Deshalb möchte ich mich lieber an deinen edlen Brandy halten und von dir hören, wie du heute zurechtkommst mit unseren guten Freunden, den Spaniern.«

»Ach, *Anglais*, nicht schlecht, nicht schlecht. Ich hab' bestimmt für jeden, den sie damals von uns erschlagen haben, ein gutes Hundert von diesen Schurken mit der Garrotte erdrosselt – und ihnen genug abgenommen, um dafür ein Königreich zu kaufen. Weißt du, wenn ihre Nueva España Armada, die das Silber von ihren Minen in Mexiko nach Europa bringt, auch nur eine Woche auf den Kanarischen Inseln überfällig ist, können der König von Spanien und all seine Gläubiger von Italien bis Frankreich nicht scheißen vor lauter Angst, ich könnte sie gekapert haben. Und eines Tages, mein Freund, tue ich das sogar.«

»Gott. Darauf trink' ich.« Winston hob seinen Krug. »Auf die Spanier!«

Jacques lachte. »*Oui.* Und darauf, daß immer welche kommen, auf daß ich auch weiterhin reich bleibe.«

»In diesem Zusammenhang, alter Freund: Ich hab' da einen Plan. Ich habe immer gedacht, vielleicht leih' ich mir ein paar von deinen Jungs aus, überfalle eine gewisse spanische Siedlung und plündere sie.«

»*Anglais*, warum willst du dir die Mühe machen? Glaub mir, es gibt keine einzige Stadt auf dem Festland, die ich nicht morgen im Handstreich nehmen könnte, wenn ich nur wollte. Aber bei den meisten lohnt es sich nicht.« Er erhob sich und schlenderte an den Rand der Plattform hinüber. Unten im Hafen blinkten überall die Mastlaternen, und aus den Schenken drang Musik. »Bis du in eine eingedrungen bist, haben die Spanier alles, was sie besitzen, in den Urwald geschafft, und die Stadt ist leer.«

»Da muß ich dir beipflichten. Aber hast du jemals daran gedacht, eine von ihren Inseln zu nehmen? Sagen wir . . . Jamaika?«

»*Mon ami*, der Erlös eines jeden Unternehmens muß den Einsatz der Mittel und das Risiko lohnen.« Jacques kam zurück und ließ sich in einen tiefen Ledersessel sinken. »Was gibt's denn dort drüben – außer einer Bürgerwehr?«

»Sie haben eine Festung und eine Stadt, Villa de la Vega, und dort gibt es mit Sicherheit Münzen und vielleicht sogar etwas Silber. Aber der Hafen ist das eigentliche . . .«

»*Oui, peut-être*. Vielleicht findet man dort irgendwo einen

Sou oder auch zwei. Aber wozu sich mit ihrer verdammten Bürgerwehr anlegen, wo doch Tag für Tag irgendein Kauffahrteischiff die Windward Passage befährt? Randvoll mit Silber, mit Perlen von ihren Austerbänken unten in Margarita und sogar mit Seidenstoffen, die von Acapulco kommen, wo ihre Galeonen aus Manila anlaufen . . .«

»Du weißt, daß ein englischer Kapitän namens Jackson vor ein paar Jahren die Festung von Jamaika besetzte und gegen Zahlung von zwanzigtausend Pesos wieder freigab. Das sind einhundertsechzigtausend Reales.«

»*Anglais*, ich weiß aber auch, daß sie in dem Fort eine Batterie Kanonen haben, mit der sie den ganzen Hafen bestreichen können. So einfach dürfte es nun doch nicht sein, es zu stürmen.«

»Ich habe zufällig einen Lotsen dabei, der diesen Hafen besser kennt als du deinen eigenen, und ich spiele mit dem Gedanken, einfach einmal hinzusegeln und mich umzusehen.« Winston nahm noch einen Schluck. »Ich nehme gern ein paar von deinen Leuten mit, wenn du willst. Ich würde sie an allem Münzgeld und Silber zur Hälfte beteiligen.«

»Vergiß es, *Anglais*. Keiner von diesen Männern wird . . .«

»Moment, Jacques. Sie sind nicht deine Leibeigenen. So was hat es hier nie gegeben. Wenn ein paar von diesen Jungs Lust haben, sich mir anzuschließen, ist das also ihre eigene Sache.«

»Mein Freund, warum bin ich deiner Meinung nach hier *commandant de place*, wenn nicht, um zu befehlen? Hast du die Feldschlangen direkt unter uns gesehen, die auf die Bucht ausgerichtet sind? Gegen meinen Willen läuft keine Fregatte in den Hafen von Basse Terre ein — und keine verläßt ihn. Nicht einmal deine, *mon ami*. Vergiß das nicht.«

»Ich dachte, du hättest dazugelernt, Jacques.«

»Versuch mich nicht noch mal herauszufordern, *Anglais*!« Jacques' Hand war langsam zu der in seinem Leibgurt steckenden Pistole geglitten, doch jetzt zögerte er, einen raschen Blick auf Atiba werfend. »Obwohl es nicht zu meinen Gewohnheiten gehört, einen Mann zu töten, der meinen Branntwein mit mir trinkt.« Plötzlich brach er die Spannung mit einem lauten Lachen und lehnte sich zurück. »Ich würde nur meinen Ruf ruinieren, ein guter Gastgeber zu sein.«

»Wenn ich in hoffentlich nicht allzu ferner Zeit in der Festung über der Jamaika Bay sitze, werde ich daran zu denken versuchen, einen Krug auf dein Wohl zu trinken.«

»Du meinst wirklich, du schaffst es, was?« Er wurde plötzlich ganz nüchtern und sah Winston an.

»Es ist zu leicht, als daß es schiefgehen könnte. Aber ich habe es dir ja gesagt, wir könnten es gemeinsam machen.«

»*Anglais*, ich durchschau' dich. Du hast nicht genug Männer, es allein zu schaffen. Und da hoffst du nun, ich geb' dir ein paar von meinen mit.«

»Ich will ja nicht, daß du mir was schenkst, du alter Hurenbock! Ich habe gesagt, wir könnten es gemeinsam tun.«

»Vergiß es! Ich habe Besseres zu tun.« Er lächelte. »Doch wie dem auch sei – es ist immer schön, einen alten Freund wiederzusehen. Bleib ein bißchen hier, *Anglais*. Wie wär's, wenn wir morgen abend schmausen und zechen würden wie in alten Zeiten, nach Art der Bukaniers? Warum führst du deiner *femme* nicht mal vor, wie wir früher so gelebt haben?«

»Jacques, wir haben genug Proviant auf der *Defiance*.«

»So, dafür also hältst du mich?« Er seufzte demonstrativ. »Für jemanden, der sich die Gelegenheit entgehen läßt, alte Zeiten wieder lebendig werden zu lassen? Bring deine *petite Anglaise* herauf und laß sie die Bekanntschaft deines alten Freundes machen. Ich hab' dich schon gekannt, da wußtest du noch nicht, wo bei einer Muskete vorn und wo hinten ist. Ich habe miterlebt, wie du deinen ersten Wildeber zur Strecke brachtest. Und jetzt, wo ich dich und die Deinen mit offenen Armen willkommen heiße, schlägst du meinen Großmut verächtlich in den Wind?«

»Das Thema Spanier haben wir aber noch nicht abgeschlossen, mein Freund.«

»Gewiß. Vielleicht denk ich noch mal darüber nach. Wir können morgen abend ja eingehend drüber sprechen, während wir gemeinsam ein paar Krüge Branntwein trinken und uns an einer *barbacoa* gütlich tun, ganz wie in alten Zeiten. Was hältst du davon? Nie wird mir etwas besser schmecken als eine *barba-*

coa.« Er gab de Fontenay mit einer Handbewegung den Befehl, die Eisenleiter hinabzulassen. »Wir werden uns daran erinnern, wie wir früher gelebt haben. Ehrlich gesagt, glaube ich, manchmal fehlt mir das. Das Leben war so viel einfacher damals.«

»Nun, einfach scheint es hier in Basse Terre in der Tat nicht mehr zu sein, Jacques.«

»Aber wir können uns erinnern, mein Freund. Bescheidenheit – das ist es, was unser Herz braucht.«

»Dann auf die alten Zeiten, Jacques.« Er leerte seinen Krug und winkte Atiba. »Morgen also.«

»*Oui, Anglais.* Bis morgen. Und meine beste Empfehlung an deinen Freund mit dem Entermesser hier.« Lächelnd sah er ihnen nach, wie sie die Leiter hinunterstiegen. »Warum bittest du ihn morgen nicht, unten zu bleiben? Ich scheine alt zu werden, denn dieses Entermesser macht mich ganz nervös. Und wir wollen doch nicht, daß irgend etwas unsere kleine *fête* stört, nicht wahr, *mon frère?*«

Katherine stand neben Serina an der Reling und sah zu den schimmernden Lichtern hinüber, die sich unweit des Ufers auf dem Wasser bewegten. Es waren die Laternen der Boote, die zwischen den Bordellen auf Tortuga und den im Hafen liegenden Schiffen hin und her pendelten.

Die Bukaniers, die Freibeuter . . . Sie lebten in einer Welt, die so gar nichts mit dem zu tun hatte, was Katherine in ihrem Leben bislang kennengelernt hatte. Rufe, Flüche, Lieder und Musikfetzen drangen an ihr Ohr, untermalt vom leisen Rauschen der Brandung. Die Siedlung hier war zur Heimstatt von Briganten geworden, die an keinem anderen Ort der Welt geduldet worden wären – obgleich sie gegenwärtig wie harmlose, nette Kinder wirkten.

Neben der *Defiance* lagen ein paar von den schwerstbewaffneten Brigantinen der Neuen Welt; kein Schiff hier war mit weniger als dreißig Kanonen bestückt. Und die Männer waren Mörder, die jeden Spanier bedenkenlos über die Klinge springen ließen – egal, ob es sich nun um einen Zivilisten handelte oder um einen Infanteristen. Jacques le Basque herrschte über die gefürchtetste Seemacht in der Neuen Welt. Er war der anfällig gewordenen spanischen Wirtschaft inzwischen gefährlicher als alle protestantischen Länder zusammen. Wurden sie noch stärker, konnten die paar hundert Mann auf dieser winzigen Insel sehr wohl die lebenswichtige Verbindung zwischen dem spanischen Mutterland mit den Silberminen Mexikos durchtrennen und damit das einstmals mächtigste Reich in Europa in den Bankrott treiben.

Von irgendwoher am Strand waren Pistolenschüsse zu hören, dann Freudenschreie und weitere Schüsse. Ein paar Männer in spanischem Aufzug feuerten in die Nacht, um den Beginn einer improvisierten Feier bekanntzugeben. Während sie sich um ein Schnapsfäßchen versammelten, kreischte eine Schar betrunkener Huren aus den Schankstuben, die sich sichtlich wohl fühlten in dem Gedränge.

»Dieser Ort macht mir Angst, Senhora.« Serina schob sich erschauernd an Katherine heran. Das Haar hatte sie – wie schon die ganze Reise über – auf afrikanische Art unter einem Kopftuch versteckt. »Solche *brancos* wie diese habe ich noch nie erlebt. Sie scheinen verrückt zu sein, so gewalttätig.«

»Seid nur froh, daß wir keine Spanierinnen sind, sonst würden wir womöglich am eigenen Leib erfahren, wie gewalttätig sie wirklich sind.«

»Ihr wißt, daß ich früher in Brasilien gelebt habe. Dort haben wir Geschichten über Tortuga gehört.«

»Ein toller Anblick, nicht wahr, Euer Gnaden?« John Mewes kam in schaukelndem Seemannsgang auf sie zu und stellte sich neben sie an die Reling, um nach Winston Ausschau zu halten. »Eine schlimmere Crew von Gaunern und Halsabschneidern werdet Ihr nie kennenlernen. Es ist schon schlimm um uns bestellt, daß wir darauf angewiesen sind, hier Leute anzuwerben.«

»Meint Ihr, es geschieht ihnen nichts an Land, John?«

»*Aye*, Euer Gnaden, was das betrifft, würde ich mir keine unnötigen Gedanken machen.« Mewes spielte an der Muskete herum, die er unterm Arm hielt. »Ihr hättet ihn damals sehen soll'n, in Curaçao, als einer Bande von holländischen Schiffern unser Preisangebot für eine Ladung Teufelstöter, über die wir irgendwo gestolpert waren, gar nicht gefallen wollte. Sie drohten, an Bord zu kommen und uns zu versenken. Da beschlossen der Käpt'n und ich, ein paar Neunpfünder an Deck zu hieven und'n kleines Übungsschießen zu veranstalten – auf eine Boje, die im Hafen schwamm. Nachdem wir sie mit'n paar Salven eingedeckt und in die Luft geschossen hatten, waren die Pfeffersäcke . . .«

»John, was ist das für ein Licht dort drüben? Ist er das nicht?«

Mewes unterbrach sich und spähte hinüber. Direkt ihnen gegenüber am Strand ging eine Laterne immer wieder an und aus.

»*Aye*, Euer Gnaden, das ist das verabredete Signal, kein Zweifel.« Er lächelte. »Hab' ich Euch nich' gesagt, Ihr braucht Euch keine Sorgen zu machen?« Er atmete erleichtert auf. Dann befahl er rasch, das Beiboot zu Wasser zu lassen, schickte vier Mann an die Riemen und befahl vier weiteren, sich mit Steinschloßbüchsen zu bewaffnen und gleichfalls einzusteigen.

Das Boot verweilte kurze Zeit am Strand und näherte sich wenig später wieder der *Defiance*. Winston und Atiba befanden sich an Bord.

»Ihnen scheint nichts passiert zu sein, Senhora.« Serina stand immer noch die Besorgnis im Gesicht geschrieben. »Vielleicht sind diese *brancos* hier viel besser als die auf Barbados.«

»Nun, wenigstens haben sie, soweit ich weiß, keine Sklaven, falls es das ist, was Ihr meint. Aber das ist auch das einzige, was sich an Gutem über sie sagen läßt.«

Wenige Augenblicke später kam das Beiboot längsseits, und Winston, gefolgt von Atiba, kletterte über das Schanzkleid.

»Katy, hol die Krüge heraus. Ich denke, wir kommen mit Jacques zurecht.«

Er umarmte sie. »Er ist völlig übergeschnappt: hat die Insel übernommen und alle englischen Siedler davongejagt. Aber es gibt eine Menge englischer Bukaniers, die nichts lieber täten, als von hier irgendwohin zu segeln.«

»Ist er bereit, uns zu helfen?«

»Selbstverständlich nicht. Du müßtest ihn kennen. Es ist

genau so gelaufen, wie ich erwartet habe. Als ich ihn in unseren kleinen Plan einweihte, hat er rundweg abgelehnt. Aber er weiß natürlich genau, daß es hier Männer gibt, die sich uns liebend gern anschließen würden. Also wird er morgen behaupten, die Idee wäre von ihm – und fordern, daß er den dicksten Brocken von dem erhält, was wir uns holen.«

»Morgen?«

»Ich gehe gegen Sonnenuntergang noch mal rauf zum Fort, um mit ihm über die Einzelheiten zu sprechen.«

»Ich wünschte, das würdest du nicht tun.« Sie ergriff seine Hand. »Warum nehmen wir nicht einfach so viele Leute, wie wir bekommen können, an Bord und segeln davon?«

»Das würde Kampf bedeuten.« Er gab ihr einen flüchtigen Kuß. »Keine Sorge. Ich komme schon mit Jacques zurecht. Wir müssen bloß einen kühlen Kopf behalten.«

»Nun gut, dann möchte ich aber mitkommen.«

»Ehrlich gesagt, hat er sogar darum gebeten, daß du mitkommst. Aber das kommt gar nicht in Frage.«

»Es ist für mich nicht gefährlicher als für dich. Wenn du noch mal hingehst, komme ich mit . . .«

»Katy, nein . . .«

»Hugh, bisher haben wir alles gemeinsam gemacht. Wenn du Männer von hier haben willst, werde ich dir dabei also helfen. Und wenn ich dir dadurch helfen kann, daß ich einem Wahnsinnigen und Verbrecher um den Bart gehe, dann muß ich das eben tun.«

Nachdenklich sah er sie an, dann lächelte er. »Na ja, ehrlich gesagt, bin ich mir nicht sicher, ob eine Frau ihn noch vom Hocker reißt. Aber du kannst es ja immerhin mal versuchen.«

Serina näherte sich ihnen und berührte leicht Winstons Hand. »Senhor, war Euer Kriegsrat ein Erfolg?«

»Ich denke schon. Alles zu seiner Zeit.«

»Die *brancos* hier sind sehr seltsam. Stimmt es, daß sie keine Sklaven haben?«

»Nein, Sklaven haben sie nicht. Aber eine gewisse Art von Dienern haben sie; doch auch das ist ganz anders als auf Barbados.«

»Inwiefern, Senhor?«

»Nun, hier auf Tortuga hat es nie viele Frauen gegeben. So kam es, daß ein Bukanier sich früher einen *matelot* zulegte, um einen Gefährten zu haben, und im Laufe der Jahre verbesserte sich der Status dieser *matelots*. Heute sind sie mehr so etwas wie jüngere Brüder als etwa Schuldknechte. So sind sie zum Beispiel erbberechtigt, denn die meisten Bukaniers haben ja keine Familie. Ein Bukanier und sein *matelot* haben jeweils ein Anrecht auf das Eigentum des anderen, falls der stirbt.« Er sah zum Ufer hinüber. »Auch hat kein Mann mehr als einen *matelot*. Ja, es ist sogar so, daß, wenn ein Bukanier heiratet, auch sein *matelot* eheliche Rechte auf die Frau hat.«

»Aber Senhor, wenn der jüngere Mann, der *matelot*, alles erbt, warum bringt er dann den älteren nicht einfach um? Um so seine Freiheit zu gewinnen – und den Besitz des anderen zu bekommen?«

»Das Ehrgefühl hindert ihn daran.« Er lehnte sich achselzuckend gegen die Reling und sog die würzige Inselluft ein. Gedankenverloren verweilte er einen Moment, dann wandte er sich an Katherine. »Katy, vergiß nicht, daß dieser Hafen nicht irgendeiner ist. Von manchen Männern da draußen weiß man, daß sie einen anderen nur wegen eines Kruges Brandy erschossen haben. Und im Grunde ist Jacques nicht anders als alle anderen. Wenn er sich besonders herzlich gibt, muß man besonders auf der Hut vor ihm sein.«

»Ich möchte trotzdem mitkommen.« Sie trat neben ihn. »Ich möchte dem Mann, der dich einst umzubringen versucht hat, von Angesicht zu Angesicht gegenüberstehen.«

Einundzwanzigstes Kapitel

Ockerfarbenes Dämmerlicht lag über der Insel und verlieh dem tiefen Grün der bewaldeten Hügel, die die Forte de la Roche umgaben, einen warmen Hauch. Im innersten Hof der Festung, unmittelbar unterhalb des ›Taubenschlags‹, lagerten zwischen der Reihe der schweren Geschütze uniformierte Wachen und sahen hinab auf die auf und ab tanzenden Mastlichter der Fregatten und Brigantinen, die unter dem wolkenlosen Himmel vor Anker lagen.

Tibaut de Fontenay hatte kein Auge für die besondere Schönheit des Abends. Er war vollauf damit beschäftigt, sich um das altmodische *boucan* zu kümmern, das Jacques gleich hinter den Kanonen hatte aufbauen lassen. Wiewohl der Wind in die andere Richtung ging, brachte ihn der Rauch, der aufstieg, über den Taubenschlag hinaus, und auf den dahinterliegenden Hügel zutrieb, gelegentlich zum Husten. Das *boucan* bestand aus einem rechteckigen Holzrahmen, der auf vier Astgabeln ruhte und einen Rost aus frischem Holz trug. Über dem Rost war eine Art Dach aus Bananenblättern errichtet, das verhindern sollte, daß der würzige Duft der darunter schwelenden Sapotillzweige allzu rasch verflog. Mehrere Rinderlenden lagen auf dem Rost, und jetzt überzog das Feuer sie mit einer saftigen roten Hülle. Es handelte sich um die *barbacoa*, die traditionelle Methode der Taino-Indianer, Fleisch zu garen und haltbar zu machen – von den Bukaniers schon vor Jahrzehnten übernommen.

Jacques le Basque lehnte sich, den Zinnkrug in der Hand, auf das Geländer am Rande der darüberliegenden Plattform, strich sich zufrieden über den Bart und blickte über den Hafen hinweg. Er genoß das Schauspiel des flammenden Sonnenuntergangs, der sein Reich in ein feines bernsteinfarbenes Gespinst einhüllte.

Mit einem zufriedenen Murmeln drehte er sich schließlich um und bat Katherine mit einer Handbewegung, sich zu ihm zu gesellen. Diese sah sich zuerst unsicher nach Winston um, trat dann jedoch beherzt neben ihn.

»Der Duft des *boucan*, Mademoiselle, war für uns immer das Zeichen dafür, daß der Tag zu Ende ging.« Er deutete über die weite Bucht hinüber zu den grünen Bergen Hispaniolas. »Waren wir mit den Jägern drüben, waren wir um diese Zeit meistens dabei, die letzten Felle sauber zu schaben, während unser *boucan* das am Tag Erlegte haltbar machte, damit wir es in unserer *ajoupa* aus Bananenblättern lagern konnten.« Ein warmes Lächeln umspielte seinen Mund, dann senkte er den Blick, um nachzusehen, ob ihr Krug nachgefüllt werden müsse. »Aber wir hatten selbstverständlich nie eine so bezaubernde *Anglaise*, die unserer rauhen Gesellschaft hätte Glanz verleihen können.«

»Ich hätte gedacht, Monsieur le Basque, daß Ihr einer Französin gewiß den Vorzug gegeben hättet.« Katherine sah ihn genau an und versuchte sich vorzustellen, wie er damals gewesen sein mochte, als er zusammen mit Hugh durch die Wälder gestreift war. Jacques le Basque strahlte trotz der rauhen Schale eine aufregende Sinnlichkeit aus. Sie spürte sein Verlangen nach ihr, wie er so neben ihr stand, und als er ihre Hand streifte, ertappte sie sich dabei, wie sie unwillkürlich erzitterte.

»Ihr tut mir unrecht, Mademoiselle, wenn Ihr andeutet, ich würde mich erdreisten, ein solches Urteil zu fällen.« Er lachte. »Für mich sind die Frauen wie die Blumen: Eine jede besitzt ihre eigene Schönheit. Welcher Mann wäre so dumm, das blutvolle Rot der Rose mit der zarten Blässe der Lilie vergleichen zu wollen? Beider Blütenblätter sind weich, und beide öffnen sich verlockend unter der Berührung.«

»Öffnen sie sich tatsächlich immer so leicht, Monsieur le Basque?«

»Ach, Ihr müßt Jacques zu mir sagen.« Er strich ihr eine Haarsträhne aus der Stirn und hielt inne, um ihr Gesicht im Widerschein des Sonnenuntergangs zu bewundern. »Es ist nun einmal die Aufgabe eines jeden Mannes, die Schönheit, die in einem Frauenleib schlummert, zu erwecken und zum Erblühen zu bringen. Viel zu viele herrliche Geschöpfe begreifen nie, wie bezaubernd sie sind.«

»Gehören für einen Mann auch hübsche Knaben zu den bezaubernden Geschöpfen?« Sie blickte hinunter zu de Fontenay, dem die langen Ringellocken über die zarten Schultern fielen.

Nachdenklich nahm Jacques einen Schluck aus seinem Krug. »Mademoiselle, alles in Gottes Schöpfung birgt irgendwelche Schönheit. Welche Ahnung hat der Mensch vom Wein, wenn er nur das Erzeugnis eines einzigen Weinbergs kostet?«

»Eine Frau könnte darauf entgegnen, Jacques, daß dies davon abhängt, ob man Blumen lieber mag oder Wein.«

»*Touché*, Mademoiselle. Aber manche von uns dürstet es

nach der ganzen Fülle des Lebens. Unsere Jahre hienieden sind so kurz.«

Während sie neben ihm stand, wurde sie sich wieder der kurzläufigen Steinschloßpistole bewußt, die sie sich, ohne daß Winston davon wußte, aus dessen Seekiste geborgt hatte und die jetzt in der Taille ihres Unterrocks gleich unter ihrem tief ausgeschnittenen Mieder verborgen war. Wie töricht ihr dies jetzt vorkam. Warum hatte Hugh Jacques als unberechenbar und gefährlich hingestellt? War der Grund vielleicht, daß der alte Bukanier ihm in ihrem Pistolenduell überlegen gewesen war? Vielleicht lag hier die Erklärung dafür, daß er immer ihrer Frage auswich, was denn damals eigentlich vorgefallen war.

»Dann werdet Ihr mir gewiß sagen, wie viele dieser kurzen Jahre Ihr mit der Jagd zugebracht habt.« Sie drehte sich um und wies auf die diesige Küste jenseits der Bucht. Der Rauch vom *boucan* unter ihnen ließ die Wälder von Hispaniola endlos und undurchdringlich erscheinen. »Da drüben auf der großen Insel.«

»Ach, Mademoiselle, wenn man jetzt daran zurückdenkt, kommt es einem vor, als hätten wir eine Ewigkeit lang dort gejagt. Vielleicht war es tatsächlich eine Ewigkeit.« Er lachte heiter, sah dann zu Winston hinüber, der am anderen Ende der Plattform stand, und rief: »*Anglais*, wollen wir deiner bezaubernden Mademoiselle davon erzählen, wie wir damals gelebt haben, in den alten Tagen?«

»Du kannst ihr erzählen, was du willst, Jacques, nur gib acht, daß du bei der Wahrheit bleibst.« Winston studierte die Schiffe unten in der Bucht. »Du weißt doch, wir wollten heute abend kein Blatt vor den Mund nehmen.«

»Dann will ich mich bemühen, es nicht allzu romantisch klingen zu lassen.« Jacques gluckste vergnügt in sich hinein und wandte sich wieder Katherine zu. »Da der *Anglais* darauf besteht, will ich genau sein. Zunächst muß ich dann zugeben, daß es ein ziemlich hartes Brot war, Mademoiselle. Wir sind wochenlang ununterbrochen unterwegs gewesen. Für gewöhnlich waren wir zu sechst oder auch zu acht – schon um uns schützen zu können, falls wir zufällig der spanischen Kavallerie in die Arme liefen, die regelmäßig die Insel durchstreifte, weil man uns loswerden wollte. Ehrlich gesagt, wußten wir meistens nicht, wo wir am nächsten Tag das Haupt zur Ruhe betten würden . . .«

Winston hörte nur mit halbem Ohr hin, da er die Musketenmänner unten im Hof beobachtete. Sie machten einen nervösen Eindruck, so als stünden sie unter irgendeiner Spannung. Störte sie vielleicht der Rauch des *boucan*? Oder war es mehr? Lag irgendein Verrat in der Luft? Jedenfalls nahm er sich vor, besonders auf der Hut zu sein; er durfte sich von Jacques' berühmtem höflichem Betragen nicht einlullen lassen. Vielleicht war es ein Riesenfehler, Atiba nicht mitgebracht zu haben – trotz Jacques' Bitte, ihn zurückzulassen.

»Meistens standen wir im Morgengrauen auf, luden die Musketen und machten uns dann auf, Wild aufzustöbern. In der Regel ging einer mit unseren Hunden voraus. Ehe *l'Anglais* zu uns stieß, fiel diese gefahrvolle Aufgabe mir zu, weil ich am genauesten schießen konnte.« Er nahm die Flasche mit französischem Branntwein zur Hand und füllte ihren Krug, ohne auch nur einen einzigen Tropfen zu verschütten. »Wenn man sich an den wilden Stier, den *taureau sauvage*, anpirscht, tut man gut daran, ihn gleich mit dem ersten Schuß zu erlegen – oder aber dafür zu sorgen, daß ein kräftiger Baum in der Nähe steht, auf den man sich in Sicherheit bringen kann.« Lächelnd deutete er auf Winston. »Aber nachdem *l'Anglais* sich uns angeschlossen hatte, einigten wir uns rasch darauf, daß es das beste wäre, ihm die Ehre zu überlassen, mit den Hunden vorauszugehen. Wir hatten nämlich bald entdeckt, daß er der geborene Schütze war.« Er trank Winston zu. »Hatten die Hunde einen wilden Stier gestellt, erlegte *l'Anglais* ihn meistens mit einem Schuß. Hinterher blieb einer von unseren Männern zurück, um ihn zu zerlegen und das Fell abzuziehen, während der Rest weiter hinter ihm her zog.«

»Und dann?« Sie hatte ja keine Ahnung gehabt, daß Winston eigentlich der Anführer gewesen war, der beste Schütze von allen.

»Nun, Mademoiselle, nachdem *l'Anglais* für jeden der Männer einen Stier zur Strecke gebracht hatte, schafften wir Fleisch und Felle zum Jagdlager, zum *rendezvous*. Dort bauten wir dann ein *boucan* auf – genau so eines, wie Ihr es da unten seht – und fingen an, das Fleisch zu räuchern und gleichzeitig die Felle abzukratzen.« Er lächelte durch seinen ergrauten Bart hindurch. »Hättet Ihr uns damals gesehen, dann hättet Ihr uns kaum wiedererkannt, Mademoiselle, weder *l'Anglais* noch mich. Denn meistens waren unsere Hosen dermaßen mit Blut verschmiert, daß es aussah, als hätte man uns geteert.« Er warf einen Blick hinüber zu der Insel. »Wenn es dunkel wurde, war die *barbacoa* im allgemeinen beendet. Wir aßen davon, salzten den Rest ein und lagerten ihn zusammen mit den Fellen in einer *ajoupa*. Schließlich legten wir uns zum Schlafen nieder, und zwar neben dem Feuer des *boucan*, dessen Rauch die Moskitos vertrieb, und gehüllt waren wir in Segeltuchsäcke, der Ameisen wegen. Sobald der Morgen graute, standen wir wieder auf und zogen weiter.«

»Und dann verkauftet Ihr Euer . . . *barbacoa* und die Felle hier auf Tortuga?«

»Richtig, Mademoiselle. Wie ich sehe, hat mein alter Freund *l'Anglais* Euch doch schon von jener Zeit erzählt.« Lächelnd sah er in ihre Augen. »Jawohl, alle paar Wochen kehrten wir hierher zurück und trieben Tauschhandel mit den Schiffen, die anlegten, um Proviant zu übernehmen. Aber manchmal verkauften wir auch gleich dort drüben. Hatten wir genügend Fleisch und Felle zusammen, hielten wir Ausschau nach einem Segel, und sobald wir sahen, daß sich ein Schiff der Küste näherte, paddelten wir in unseren Kanus hinaus . . .«

»Kanus?« Die Nacht schien plötzlich eisig zu werden. Eine längst vergessen geglaubte Szene stand vor ihr: bärtige Männer, die auf ihr Schiff schossen, ihre Mutter, die stürzte . . .

»*Oui*, Mademoiselle, Einbäume. Etwas anderes besaßen wir damals überhaupt nicht. Wir bauten sie selbst, indem wir mit Hilfe von Feuer Baumstämme ausbrannten, so wie es die Indianer auf Hispaniola machten.« Er nippte an seinem Branntwein und wandte sich dann an Winston. »Sie waren recht seetüchtig, *n'est-ce pas*? So seetüchtig, daß wir sie sogar bei unserem ersten Überfall benutzten.« Er wandte sich wieder Katherine zu.

»Später waren wir selbstverständlich nicht mehr auf die Kanus angewiesen. Da hatten wir spanische Schiffe.«

»Und wo . . . fand Euer erster Überfall statt, Monsieur le Basque?« Sie merkte, daß sie den zinnernen Griff ihres Kruges unwillkürlich fester packte.

»Hat Euch *l'Anglais* diese kleine Episode nie erzählt, Mademoiselle?« Er lachte sarkastisch. »Nun ja, vielleicht erinnert er sich daran nicht besonders gern. Wir hatten damals geglaubt, uns auf ihn verlassen zu können. Ich sagte ja schon, daß keiner von uns besser schießen konnte als er. Wir wollten, daß er den ersten Schuß abgab – so wie bei der Jagd. Wir setzten ja die größten Hoffnungen auf ihn.« Er trank wieder – eine mächtige Silhouette vor dem Panorama des Sonnenuntergangs.

»Er hat mir erzählt, wie Ihr Euch zusammentatet, um gegen die Spanier zu kämpfen, aber . . .«

«So, hat er das? *Bon.*« Er unterbrach sich, um einen prüfenden Blick auf das *boucan* unter ihnen und dann auf die Männer zu werfen. »Das war der Beginn der Sage von den Bukaniers, Mademoiselle. Ihr könnt stolz darauf sein, daß *l'Anglais* mit dabei war. Es leben heute nur noch wenige, die das von sich behaupten können.«

»Was ist aus den anderen geworden, Jacques?« Winstons Stimme hatte plötzlich eine ungewohnte Schärfe, als er sich jetzt neben eine der Sechspfünder-Feldschlangen stellte. »Wenn ich mich recht erinnere, waren wir damals um die dreißig Mann. Guy Bartholomew zum Beispiel war auch mit von der Partie. Ich bin ihm gestern abend da unten begegnet. Ich habe viele dieser Männer sehr gut gekannnt.«

»*Oui.* Du hattest viele Freunde. Aber nachdem du . . . uns verlassen hattest, kam es zu ein paar unglücklichen Zwischenfällen.«

Winston wirkte angespannt. »Ist das Schiff . . .?«

»Ich mußte erkennen, was es bedeutet, wenn man nicht richtig organisiert ist, *Anglais*. Aber ich muß alles der Reihe nach erzählen. Gewiß erinnerst du dich noch an die Insel, auf der wir unser Lager aufgeschlagen hatten. Nun, in der Hoffnung, daß weitere Schiffe vorbeikämen, warteten wir noch ein paar Wochen auf diesem gottverlassenen Eiland. Aber ach, wir entdeckten nichts. *Rien.* Dann eines Tages endlich, um die Mittagszeit, als man vor Hitze kaum atmen konnte, entdeckten wir ein spanisches Segel – weit, weit draußen auf dem Meer. Wir hatten mittlerweile unsere Vorräte so gut wie aufgebraucht und waren völlig verzweifelt. Also schoben wir unsere Kanus ins Wasser und schworen, entweder dieses Schiff in unsere Gewalt zu bringen oder aber unterzugehen.«

»Und habt ihr es bekommen?« Winston hatte seinen Krug auf dem Geländer abgestellt und lauschte aufmerksam.

»*Mais oui.* Wie hätte es auch anders sein sollen. Verzweifelten mißlingt selten etwas. Später erfuhren wir, daß der Kapitän, als er unsere Kanus näher kommen sah, nur spottete: Was sollten schon ein paar Kanus gegen seine Kanonen ausrichten. Für diese Fehleinschätzung bezahlte er mit dem Leben. Wir warteten bis zum Einbruch der Dunkelheit, dann enterten wir das Schiff. Nach wenigen Minuten war es unser.«

»Gratuliere.«

»Nicht so rasch, *Anglais.* Unglücklicherweise ging danach nicht alles glatt. Vielleicht war es gut so, daß du nicht bei uns warst, *mon ami.* Selbstverständlich warfen wir die Spanier, Mannschaft wie Passagiere, über Bord. Und dann brachten wir das Schiff, eine Dreihundert-Tonnen-Brigantine, hierher nach Basse Terre. Sie hatten einiges an Silber an Bord – vielleicht hatte es der Kapitän heimlich gehortet – und eine beträchtliche Summe Münzen von den Passagieren. Doch als wir dann den Anker warfen, kam es zum Streit darüber, wie das alles aufgeteilt werden sollte.« Bekümmert seufzte er auf. »Es gab Probleme. Und die führten zugegebenermaßen zu einigem Blutvergießen.«

»Was soll das heißen?« Winston funkelte ihn an. »Ich dachte, wir hätten uns damals darauf geeinigt gehabt, sämtliche Prisen gleichmäßig unter allen Männern zu teilen?«

Er lächelte geduldig. »*Anglais,* denk doch mal nach. Wie hätte das möglich sein sollen? Ich war der Kommandant, und meine Position war mit gewissen Verpflichtungen verbunden. Und um diese Frage ein für allemal zu klären, setzte ich eine Satzung auf, die unter anderem besagte, daß der Kapitän und die Offiziere stets Anspruch auf einen größeren Anteil hatten. Aus den Artikeln dieser Satzung geht genau hervor, was jeder einzelne zu bekommen hat, vom Großmast bis zum Kiel . . .

»Und wie haltet ihr das jetzt?« fiel Winston ihm ins Wort. »Jetzt, wo ihr Franzosen Tortuga übernommen habt? Mir ist zu Ohren gekommen, jetzt gibt es eine neue Regel für die Verteilung der Prisen, welche die Männer hereinbringen. Und zu den Nutznießern gehört neben dir der Chevalier de Poncy.«

»*Oui*. Die Verhältnisse haben sich leicht geändert. Aber das verstehen die Männer alle.«

»Was sie verstehen, das sind die schweren französischen Geschütze hier oben. *Mes compliments*. Das muß für euch beide ja überaus profitabel sein.«

»Aber wir tragen ja auch große Verantwortung.« Er deutete auf die Siedlung unter ihnen. »Mein Einfluß erstreckt sich über viele Menschen.«

»Indem du diesen Ort übernommen hast und *commandant* geworden bist, hat sich hier aber vieles geändert gegenüber früher, als jeder noch für sich selbst arbeitete. Jetzt gibt es hier eine französische Verwaltung. Und das bedeutet Erpressung, auch wenn ihr es Besteuerung nennt.«

»*Naturellement.*« Er hielt inne und beobachtete de Fontenay, der an den Rand der Brüstung getreten war und zum Berg hinter dem Fort aufschaute. »Aber heute abend wollten wir der alten, der glücklichen Zeiten gedenken, *Anglais* – an die Zeit, bevor die Last der ganzen Regiererei meinen unwürdigen Schultern aufgebürdet wurde. Deine *jolie demoiselle* scheint sich sehr für das zu interessieren, was damals geschah.«

»Mich würde interessieren, was damals bei Eurem ersten Überfall geschah.« Katherine schaltete sich wieder in das Gespräch ein. »Ihr sagtet, er habe den ersten Schuß abfeuern sollen.«

»*Oui.*« Jacques lachte. »Und er war in der Tat der erste, der den Abzug durchdrückte. Es tat mir von Herzen leid, ihn ausgerechnet in einem Augenblick zu verlieren, in dem wir eigentlich einen gemeinsamen Sieg erringen wollten. Aber wir hatten Meinungsverschiedenheiten, wie ich leider sagen muß, die es notwendig machten . . .«

»Was für Meinungsverschiedenheiten?« Sie bemerkte das Unbehagen, mit dem sich Hugh umblickte, und hatte den Verdacht, es wäre ihm lieber, diese Geschichte würde nicht erzählt.

»Wir hatten sehr sorgfältig eine Falle vorbereitet, um ein Schiff anzulocken, Mademoiselle. Oben in den Grand Caicos, wobei wir uns eines Feuers am Strand bedienten.«

»Wo?«

»Auf ein paar nördlich von hier gelegenen Inseln. Die Spanier machen dort jedes Jahr Station. Unser Plan schien auch wunderbar zu funktionieren. Unserem *Anglais* sollte die Ehre zuteil werden, die erste Kugel abzufeuern.« Jacques nahm einen Schluck aus seinem Krug. »Doch als man auf dem Schiff tatsächlich auf unser Feuer hereinfiel, nahm das Ganze einen blutigen Ausgang. Ein paar von meinen Leuten kamen dabei um, und wenn ich mich recht erinnere, auch jemand auf dem Schiff, eine Frau. Zu meinem Leidwesen muß ich sagen, daß hierfür der *Anglais* verantwortlich war.«

»Hugh, was . . . hast . . . du . . . getan?« Ihr Krug schlug auf das Geländer auf.

»Zu seiner Ehre sei noch gesagt, daß er uns wenigstens half, den Köder auszulegen, Mademoiselle.« Jacques lächelte. »Nicht wahr, *Anglais*?«

»Das habe ich getan, jawohl. Nur war es ein englisches Schiff, das anbiß, und kein spanisches.«

Guter Gott, nein! Katherine stockte der Atem. Dieser eiskalte Hund! Wie gut, daß ich eine Pistole mitgebracht habe. Nur, daß sie jetzt nicht mehr für Jacques le Basque bestimmt ist. »Ich glaube, den Rest euer kleinen heldenhaften Geschichte erspart ihr mir lieber, ehe ich . . .«

»Aber Mademoiselle, *l'Anglais* war unser bester Schütze. Er konnte einen Wildeber aus dreihundert Schritt Entfernung zur Strecke bringen.« Er trank Winston abermals zu. »Vergeßt nicht, wie gut ich ihn ausgebildet hatte. Wir *wollten* ja, daß er den ersten Schuß abgab. Darauf zumindest solltet Ihr stolz sein – auch wenn das weitere ihm nicht gerade zur Ehre gereicht.«

»Hugh, du solltest mir jetzt lieber die Wahrheit sagen. Und zwar auf der Stelle.« Vor Zorn bebend, trat sie auf ihn zu. Ihre Hand legte sich um den Kolben ihrer Pistole, als sie vor Winston stand, dessen vernarbtes Gesicht ganz ruhig wirkte. »Hast du auf das Schiff geschossen?«

»Mademoiselle, was spielt das heute noch für eine Rolle? Alles das ist längst vergangen, oder?« Lächelnd trat Jacques zu ihnen. »Heute abend sind *l'Anglais* und ich wieder *Frères de la Côte*, Brüder in der ehrenwerten Vereinigung der Bukaniers.« Er klopfte Winston auf die Schulter. »So ist es doch, *n'est-ce pas*? Und gemeinsam werden wir das größte Unternehmen starten, das die Welt je gesehen hat: den Überfall auf die spanische Insel Jamaika.«

Winston war innerlich noch immer mit dem plötzlichen Zornesausbruch Katherines beschäftigt, als er allmählich begriff, was Jacques da eben gesagt hatte.

Dann, so dachte er, will der alte Schuft mir also doch die Männer geben. Genauso, wie ich es mir vorgestellt habe. Jetzt ist es an der Zeit, sich über die Einzelheiten zu verständigen.

»Gemeinsam, Jacques. Aber vergiß nicht, daß ich derjenige bin, der den Lotsen hat, der uns in den Hafen hineinbringen kann. Das bedeutet, daß ich die Bedingungen stelle.« Er nahm einen Schluck und spürte, wie ihm der Brandy in der Kehle brannte. »Und da es dir offenbar hier so gut gefällt, werde ich den Hafen für mich behalten. Wir brauchen uns also nur darüber zu unterhalten, wie wir es mit dem Rest halten.«

»Aber selbstverständlich, *Anglais*. Ich habe mir das schon überlegt. Vielleicht machen wir es folgendermaßen: Du behältst, was immer du in der Festung findest, und meine Leute holen sich die Beute aus der Stadt.«

»Moment mal. Die Stadt birgt ja vermutlich die reichste Beute, das weißt du doch ganz genau, Jacques.«

»*Anglais*, wie wollen wir das vorher genau wissen? Ich gehe doch jetzt schon ein großes Risiko ein . . .« Lächelnd drehte sich Jacques um und ließ den Blick über die Bucht schweifen. In diesem Augenblick flog das Geländer an der Stelle, an der er eben noch gestanden hatte, in die Luft, und Holzsplitter wirbelten umher. Als er sich erschrocken umsah, erklang von dem Hügel oben leise der Knall einer Muskete.

Die Zeit schien stehenzubleiben, als zornige Erkenntnis in die alten Augen des Bukaniers trat. Er warf einen prüfenden Blick auf die noch immer herabgelassene Eisenleiter, dann schrie er den Wachen unten zu, sie sollten die Luntenstöcke für die Kanonen anzünden und die Musketen schußbereit machen.

»Katy, geh in Deckung.« Winston packte sie am Arm und drückte sie gegen die Hauswand, so daß sie von dem Hügel oben nicht mehr zu sehen war. »Möglicherweise ist der *commandant* bei gewissen Leuten doch nicht ganz so beliebt, wie er meint.«

»Ich kann sehr wohl auf mich selbst aufpassen, Käpt'n. Im Moment könnte ich euch beide umbringen.« Sie riß sich los und eilte am Rand der Zitadelle entlang.

»Katy, was . . .?« Während Winston ihr verständnislos nachschaute, schlug eine zweite aus dem Dunkel kommende Musketenkugel in den Pfeiler neben Jacques ein. Er stieß einen rauhen Fluch aus, zog die Pistole aus dem Leibgurt und begab sich unter das schützende Dach. Im selben Moment tauchte eine der Wachen von unten – mit schwarzem Hut und schwarzem Wams – an der Eisenleiter auf, die vom Hof heraufführte. Jacques schrie ihn an, er solle sich beeilen.

»Verdammt noch mal, *vite*, da sitzt irgendein Trottel mit einer Muskete oben im Berg und . . .«

Bevor er den Satz beenden konnte, hob der schwarz gekleidete Mann eine lange Steinschloßpistole und feuerte.

Die Kugel riß einen Teil des Spitzenkragens ab, der Jacques' Schultern zierte. Das Mündungsfeuer war kaum erloschen, da hatte Jacques schon die eigene Pistole gespannt. Gelassen zielte er und schoß der Wache mitten ins Gesicht. Der Mann rutschte durch die Öffnung zurück und fiel nach hinten, so daß man ihn nicht mehr sehen konnte.

»*Anglais*, heute abend hast du das Vorrecht genossen, einmal mit eigenen Augen zu sehen, wie ich diesen *cochons* klarmache, wer das Sagen auf dieser Insel hat.«

Noch während er sprach, tauchte de Fontenays Lockenkopf an der Öffnung auf. Als Jacques ihn sah, winkte er ihn zu sich.

»Komm rauf und zieh die Leiter hinter dir hoch. Zu viele Tote könnten meinen Gästen den Appetit verderben.«

Langsam setzte der junge Franzose den Fuß auf die Plattform, dann ließ er die Rechte in seinen reich verzierten Rock gleiten und zog eine Pistole heraus. Er betrachtete sie einen Moment lang, bevor er auch mit der Linken in den Rock griff und eine zweite Pistole zum Vorschein kam.

»Ich hab' gesagt, zieh die Leiter hoch, verdammt noch mal. Das ist ein Befehl!«

De Fontenay schob sich rückwärts an dem Geländer entlang und blickte Jacques dabei unverwandt an; Angst und Unsicherheit zeichneten sich in seinen Augen. Schließlich nahm er allen Mut zusammen. »Du bist eine Bestie, Jacques.« Seine Stimme zitterte, und Schweißperlen traten ihm auf die glatte Stirn. »Wir werden jetzt das Fegefeuer aufmachen und die Männer herauslassen, die du dort hineingesteckt hast. Gib mir die Schlüssel, oder ich bringe dich eigenhändig um, das schwöre ich.«

»Du tätest gut daran, die Pistolen wegzustecken, du kleiner *fou*. Und zwar, bevor ich ärgerlich werde.« Einen Moment lang sah Jacques in wütend an, dann drehte er sich zu Winston um und sagte mit ganz ruhiger Stimme: »*Anglais*, reich mir doch bitte eine von deinen Pistolen. Sonst bin ich gezwungen, diese kleine *putain* und all die anderen mit bloßen Händen zu erwürgen, und es würde mir leid tun, sie mir schmutzig zu machen.«

»Das hier ist deine Sache, Jacques. Ich behalte meine Pistolen. Nebenbei bemerkt, solltest du dein Verlies da unten wirklich aufmachen. So etwas haben wir in den alten Tagen nie gebraucht.«

»Gott verdamm dich, *Anglais*!« Seine Stimme wurde härter. »Ich hab' gesagt, du sollst mir eine Pistole geben!«

In diesem Augenblick tauchte noch eine Wache oben auf der Leiter auf. Einen Fluch auf den Lippen, ging Jacques auf ihn zu und stieß ihm mit seinem schweren Stiefel ins Gesicht, so daß der erschrockene Mann rückwärts hinunterfiel. Dann packte er die Eisenleiter und zog sie hoch. Ohne de Fontenay eines Blikkes zu würdigen, wandte er sich wieder Winston zu.

»Willst du dich mir widersetzen, *Anglais*? *Bon.* Bevor diese Nacht zu Ende ist, soll unsere Rechnung beglichen werden.«

»Jacques, *mon ami.*« Winston lachte. »Und ich hatte gedacht, wir wollten wieder *frères* werden.« Er wurde ganz ernst. »Obwohl ich es vorziehen würde, einen Mann zum Partner zu haben, der mit seinen eigenen Leuten fertig wird.«

»Du meinst den Kleinen da?« Mit dem Daumen zeigte er auf de Fontenay. »Glaube mir, er hat nicht den Mut . . .«

De Fontenay hob die Pistole in seiner Rechten und sagte mit bebender Stimme: »Ich sagte, gib die Schlüssel raus, Jacques! Du bist zu weit gegangen.«

»Darauf kannst du lange warten, mein kleiner *matelot*, daß du mir sagen darfst, was ich zu tun habe. So lange wirst du nicht leben.« Jacques machte einen drohenden Schritt auf ihn zu. Erschrocken wich Fontenay zurück, und Jacques brach in brüllendes Gelächter aus. Dann wandte er sich wieder Winston zu. »Siehst du, *Anglais*? Feiglinge bleiben eben immer Feiglinge. Weißt du noch, wie *du* mich umbringen wolltest? Du hattest mich klar vor dem Rohr, und doch hast du mich verfehlt. Jetzt hat sich diese kleine *putain* das gleiche vorgenommen.« Er faßte Winston am Rockaufschlag. »Gib mir eine von deinen Pistolen.«

»Nein!« Der Ruf kam von Katherine, die am anderen Ende der Zitadelle stand. Sie hielt die Pistole, die sie mitgebracht hatte, mit beiden Händen und zielte auf die beiden Männer. Langsam kam sie auf sie zu. »Am liebsten würd' ich euch beide los! Welchen von euch soll ich umbringen?«

Der alte Bukanier starrte erst sie an, dann Winston. »Deine *Anglaise* hat den Verstand verloren.«

»*Ich* war auf dem Schiff, das ihr damals angegriffen habt.« Jetzt richtete sie die Steinschloßpistole auf Winston. »Hugh, die Frau, die du getötet hast – das war meine Mutter!«

Ein Pistolenschuß knallte durch die Nacht, und Jacques zuckte überrascht zusammen. Ohne zu begreifen, betrachtete er den roten Fleck, der sich an der Seite seines Seidenhemds immer weiter ausbreitete. Dann sah er de Fontenay an.

»Das war ein schlimmer Fehler, mein kleiner *ami*. Einer, den zu bedauern du keine Zeit mehr haben wirst.«

Die rauchende Pistole aus de Fontenays Hand fiel lärmend zu Boden, während die andere gehoben wurde. »Ich hab' gesagt, gib mir die Schlüssel, Jacques, oder ich bringe dich um, das schwöre ich!«

»Du bildest dir ein, ich könnte getötet werden? Von *dir? Jamais*!« Er lachte, dann griff er unvermittelt zu, entrang Katherine die Pistole, die sie in der Hand hielt, und schob die Frau zur Seite. »Jetzt paß auf, *mon ami* . . .«

Ein leises Klicken ertönte, ohne daß etwas geschah. Die Pistole hatte versagt.

»Ich will es nicht tun, Jacques, wirklich nicht.« De Fontenay begann zu zittern. Dann spuckte die Pistole, die er noch in der Hand hielt, plötzlich eine kleine rosarote Flamme aus.

»*Anglais* . . .« Jacques zuckte leicht zusammen, ein zweiter roter Fleck breitete sich auf seinem hellen Hemd aus. Fluchend brach er auf die Knie.

Zaudernd trat de Fontenay auf ihn zu. »Vielleicht versteht Ihr jetzt, *mon maître*, was für ein Mann ich sein kann.«

Fassungslos sah er zu, wie Jacques vor seinen Füßen langsam zu Boden rutschte. Dann trat er noch näher an den alten Bukanier heran, beugte sich über ihn und riß ihm das schwere Schlüsselbund vom Leibgurt. Einen Augenblick hielt er es triumphierend in die Höhe, dann senkte er plötzlich den Blick. Ungläubig schaute er auf den vor ihm liegenden Körper. »*Mon Dieu*, er ist tot.«

Mit einem Schrei der Reue kniete er neben der leblosen Gestalt nieder und strich ihr liebevoll den blutbefleckten Bart. Schließlich erinnerte er sich und sah zu Winston auf. »Es scheint, als hätte ich vollendet, was Ihr begonnen habt. Er hat mir heute erzählt, wie Ihr Euch einst gestritten habt. Wir haben ihm beide nichts bedeutet – weder der Freund noch der Liebhaber.« Er zögerte, dann schaute er Winston flehend an. »Was machen wir jetzt?«

Winston starrte immer noch Katherine an; er war entsetzt über den Zorn, den er in ihren Augen hatte lodern sehen. Schließlich jedoch wandte er sich de Fontenay wieder zu. »Da Ihr seine Schlüssel habt, könnt Ihr hingehen und sie runterwerfen. Ich nehme an, Ihr habt vor, das Verlies zu öffnen.«

»*Oui*. Er hatte angefangen, ohne Grund Männer hineinzuwerfen. Gestern hat er sogar einen . . . einen besonders guten Freund von mir hineingeworfen. Das war zuviel.« Er trat an den Rand der Plattform und warf den Ring mit den Schlüsseln auf den Boden des Forts hinunter.

Nachdem das Klirren der auf dem Steinboden aufschlagenden Schlüssel die Stille durchbrochen hatte, schrie er: »Das Fegefeuer gibt es nicht mehr. Jacques le Basque schmort in der Hölle.« Dann drehte er sich abrupt um und schob die Leiter hinunter. Im Hof unten brach ein infernalischer Lärm aus.

Augenblicklich donnerte ein Kanonenschuß durch die Nacht, ein zweiter und gleich darauf ein dritter folgten. Es dauerte nicht lange, und jubelndes Musketenfeuer ertönte überall in der Siedlung, die Menschen liefen auf die Straße, Fackeln und Laternen leuchteten auf.

»Mein Gott, Katy, ich weiß nicht, was du vorhin gedacht hast – aber darüber sprechen wir uns am besten später aus. Im Augenblick ist es das Wichtigste, hier rauszukommen.« Zögernd ging Winston zu ihr. »Irgend jemandem wird es jetzt bestimmt einfallen, die Zitadelle unter Beschuß zu nehmen.«

»Nein, ich will nicht . . .«

»Katy, komm!« Er packte sie am Arm.

De Fontenay stand am Geländer am Rande der Plattform, als könne er das Ungeheuerliche dessen, was er getan hatte, immer noch nicht fassen. Unter ihm wurde eine Reihe von Gefangenen, mit Ketten aneinander gefesselt, aus dem Verlies unter dem ›Taubenschlag‹ herausgeführt.

Winston zog Katherine jetzt mit Gewalt die Leiter und dann die daran anschließenden Steinstufen hinunter. Wachen waren bereits dabei, das *boucan* mit Hilfe der Kolben ihrer Musketen zusammenzuschlagen, und Funken stoben auf in die Nachtluft.

Dann wurde das Eisenportal der Festung aufgestoßen, und eine Horde von Seeleuten ergoß sich grölend und mit ihren Pistolen fuchtelnd auf den Hof. Einer von ihnen entdeckte Winston auf der Treppe und bahnte sich durch die Menge hindurch den Weg zu ihm.

»Bei den Wundmalen Christi, ist es wahr?«

Winston erkannte Guy de Bartholomew. »Jacques ist tot.«

»Und alle sagen, Ihr hättet es getan. Ihr wäret heraufgekommen und hättet den Bastard erledigt. Alle wollten es im Grunde, doch nur Ihr habt es tatsächlich fertiggebracht.« Er schüttelte ihm ausgiebig die Hand. »Vielleicht nehmt Ihr jetzt einen Krug von mir an. Meiner Treu, ich meine, Ihr solltet der neue *commandant* dieses Scheißlochs werden, schon deshalb, weil Ihr dafür gesorgt habt, daß Basse Terre und ganz Tortuga ihn los sind.«

»Ich habe ihn nicht getötet, Bartholomew. Diese ›Ehre‹ gebührt seinem *matelot.*«

Der aufgeregte Seemann machte kaum eine Pause. »Das spielt keine Rolle, Sir. Diese kleine Schwuchtel ist ein Nichts. Eines jedenfalls weiß ich: Jeder Engländer hier wird für Euch segeln, oder ich will kein Christ sein.«

»Vielleicht können wir ein paar von den Kapitänen zusammenrufen und uns mal anhören, was sie jetzt vorhaben.«

»Ihr braucht nur einen Zeitpunkt zu nennen, Sir. Und noch was möchte ich Euch sagen: Hier wird sich jetzt einiges ändern, dafür lege ich meine Hand ins Feuer.« Er sah sich nach den anderen Männern um, von denen einige den Gefangenen Branntwein aufnötigten. Einige französische Wachen, denen gerade Jacques' Schnapsvorräte eingefallen waren, hasteten jetzt an ihnen vorbei die Leiter hinauf. Es dauerte nicht lange, und sie warfen Branntweinflaschen herunter.

Bartholomew drehte sich um und ließ den Blick über die Mastlaternen unten wandern. »Es gibt hier kaum einen Engländer, der diesem Hurensohn nicht schon längst alles vor die Füße geschmissen hätte. Nur gibt es leider für unsereinen außer Tortuga keinen Ort auf Erden, wo wir Anker werfen könnten. Aber wo er jetzt nicht mehr ist, können wir . . .«

»Bis auf weiteres steht diese Insel unter meinem Befehl als Stellvertreter des Chevalier de Poncy, *gouverneur de St. Christophe.*« De Fontenay war oben an der Treppe aufgetaucht und bemühte sich, den Tumult zu übertönen und sich Gehör zu verschaffen. Seine Locken flatterten im Wind. »Nach dem Codex der Bukaniers, dem *Telle Etoit la Coutume de la Côte,* bin ich Jacques' legitimer Erbe. Dies bedeutet, daß ich das Amt des *commandant de place* für mich in Anspruch nehmen darf . . .«

Bartholomew brüllte zu ihm hinauf: »Ihr könnt von mir aus in Anspruch nehmen, was Ihr wollt, Schwuchtel. Aber kein Engländer wird für Euch fahren, da könnt Ihr Gift drauf nehmen. Und wenn Ihr daran glaubt, irgendeinen der alten Tricks anwenden zu können, dann vernageln wir die Kanonen hier. Eine neue Zeit ist angebrochen, bei allem, was heilig ist.«

»Was soll das heißen?« De Fontenay schaute herunter.

»Das soll heißen, daß künftig jedermann für denjenigen segelt, für den er segeln will.«

»Ihr habt gesehen, daß ich ihn erschossen habe, Monsieur«, wandte sich de Fontenay an Winston. »Sagt es ihnen.« Er wandte den Blick wieder Bartholomew zu. »Dieser Mann hat Jacques besser gekannt als irgendeiner von euch. Er ist ein Freund noch aus den allerersten Tagen der Bukaniers, *l'Anglais*. Er wird Euch bestätigen, daß ich es bin, der laut Codex . . .«

»*Anglais*!« Bartholomew blickte Winston einen Moment lang an, dann erhellte ein Lächeln sein düsteres Gesicht. »Guter Gott, ich glaube es. Ihr seid aber mächtig alt und erwachsen geworden, Bürschchen, bei meiner Ehre. Bitte, verargt es mir nicht, daß ich Euch nicht gleich erkannt habe.«

»Es ist lange her.«

»Beim Blute Christi, keiner von uns hat jemals gewußt, wie Euer richtiger Name lautet. Wir alle haben Euch für tot gehalten, nachdem es zu der kleinen Schießerei zwischen Jacques und Euch gekommen war.« Er ergriff Winstons Hand. »Wißt Ihr eigentlich, wie stolz wir alle auf Euch waren? Ich sage Euch, wir alle haben mit Euch gezittert, als Ihr die Pistole zogt und auf diesen Hund feuertet. Vielleicht wißt Ihr es nicht, Sir, aber nur Euch ist es zu verdanken, daß diese französischen Schurken der englischen Fregatte keine Gewalt angetan haben. Alle Engländer unter uns waren dagegen, aber wir hatten ja keine Chance.« Er lachte. »Wahrhaftig, Sir, mit dieser englischen Fregatte hat das ganze Elend hier angefangen. Wir sind danach nie gut mit diesen verdammten Franzosen ausgekommen, daran konnte le Basques Satzung auch nichts ändern.«

»Hugh, was sagt er da?« Katherine starrte ihn an.

»Was meinst du?«

»Stimmt es, daß du Jacques und seine Männer davon *abgehalten* hast, unser Schiff zu kapern?«

»Wir hatten uns ja vorgenommen, nur Spanier umzubringen, keine Engländer. Denn von denen hatte keiner uns etwas getan; das hätte gegen unsere Ehre verstoßen. Als Jacques sich in diesem Punkt nicht meiner Ansicht anschließen wollte, wurde es ein wenig brenzlig. Und da fing irgend jemand an, auf das Schiff zu schießen.«

»*Aye*, dieser verdammte Franzmann«, fiel Bartholomew ihm in die Rede. »Ich war schließlich dabei, Sir.«

»Tut mir leid, daß wir anderen keine Chance hatten, Euch damals zu warnen.« Winston legte den Arm um sie.

Plötzlich hatte sie das Verlangen, ihn fest in ihre Arme zu schließen. »Du weißt doch, daß du mir das Leben gerettet hast? Sie hätten uns alle umgebracht.«

»Das hätten sie zweifellos getan. Früher oder später.« Er zog sie an sich und küßte sie, dann hielt er sie von sich und betrachtete sie. »Katy, ich muß dir ein Geständnis machen. Ich glaube mich erinnern zu können, dich angesehen zu haben. Als ich in dem Boot lag und versuchte, euer Schiff zu erreichen. Ich glaube, an diesem Morgen habe ich mich in dich verliebt. In das tapfere Mädchen, das da an der Reling stand, während die Musketenkugeln um sie herum pfiffen. Das habe ich nie vergessen, all die Jahre hindurch. Guter Gott, sich vorzustellen, daß *du* das warst.« Er drückte sie wieder an sich. »Was aber auch bedeutet, daß ich dir und den deinen dafür danken muß, daß ihr mich umzubringen versuchtet, als ich dorthin gelangen wollte, wo ihr wart.«

»Der Kapitän hat eben einfach angenommen, du wärest einer von *ihnen*. Ich habe ihn das sogar sagen hören. Wer konnte denn ahnen ...« Sie drückte ihn. »Du und deine ›Ehre‹. Du hast mein Leben verändert.«

»Du und dieses Schiff habt weiß Gott das meine verändert. Nachdem ich mich in dich verliebt hatte, bin ich in dem lecken Boot vor lauter Durst fast verreckt. Und dann hat Ruyters mich ...«

»Kapitän, bitte sagt ihnen, daß ich es war, der Jacques erschossen hat. Und daß ich jetzt *commandant de place* bin.« Mit flehender Stimme unterbrach de Fontenay die beiden. »Und daß ich ermächtigt bin, ihnen zu befehlen . . .«

»Nichts werdet Ihr befehlen, Himmel noch mal! Ich werde den französischen Befehlen hier und jetzt ein Ende machen.« Bartholomew nahm ein brennendes Scheit vom *boucan* und schleuderte es hinauf auf die Veranda des ›Taubenschlags‹.

Ein »Hurra« stieg auf von den englischen Seeleuten, die sich um sie drängten, und ehe Jacques' französische Wachen sie daran hindern konnten, warfen sie Fackeln und flammende Holzscheite zur Zitadelle hinauf.

»Messieurs, nicht doch! Bitte! *Je vous en prie. Non!*« Schrekken im Gesicht, starrte de Fontenay hinauf.

Flammen züngelten am Rande der Plattform hoch. Einige Wachen warfen die Musketen hin und schrien, man solle Wassereimer vom Brunnen hinter dem Felsen holen. Dann jedoch besannen sie sich eines Besseren und stürmten durch die Eisentore aus der Festung hinaus und den Hügel hinunter.

Die anderen Wachen, welche die Schnapsvorräte zu plündern begonnen hatten, kamen die Leiter herunter; de Fontenay wurde einfach zur Seite gestoßen.

Als Winston Katherine in Richtung der Tore drängte, stand der junge *matelot* immer noch verloren an der Treppe und starrte zu dem brennenden ›Taubenschlag‹ hinauf. Er war einer der letzten, die der Forte de la Roche den Rücken kehrten und zur Siedlung hinunterstiegen.

»Senhor, was geht hier vor?« Atiba kam die Treppe heraufgerannt, die zum Tor der Befestigung führte; in der Hand hielt er sein Entermesser. »Ich bin an Land geschwommen und so schnell, wie ich konnte, heraufgekommen.«

»Hier oben hat es eine kleine Revolution gegeben, mein Freund. Und noch etwas will ich Euch sagen. Vermutlich lagert in der Zitadelle einiges an Pulver, für die Feldschlangen nämlich. Ich habe keine Ahnung, wie viele Fäßchen es sind, aber wie ich Jacques kenne, dürften es nicht gerade wenige sein.« Er nahm Katherine bei der Hand. »Damit dürfte das Ende für die Forte de la Roche gekommen sein.«

»Hugh, was ist mit dem Plan, seine Männer zu nehmen?«

»Wir müssen eben abwarten, wie die Dinge sich hier entwikkeln. Vielleicht ist noch nicht einmal alles vorüber.«

Sie gingen den zwischen Bäumen hindurchführenden Weg hinunter. Die Nachtluft war würzig und frisch. Über der Glut des Feuers stand der Mond wie eine Laterne in der Tropennacht.

»Du weißt, daß ich ihm keine Minute getraut habe. Ich habe es wirklich nicht getan.« Sie legte den Arm um Winston. »Jetzt wird mir klar, daß er irgendwas im Schilde führte und versuchen wollte, uns beide heute abend umzubringen. Gott sei Dank, das ist vorüber. Warum versuchen wir nicht einfach auszulaufen, solange wir noch können?«

»Nun, Sir, eine neue Zeit ist angebrochen.« Guy Bartholomew tauchte aus der Menge auf; im Widerschein des Feuers war zu erkennen, daß er lächelte. »Ich hab' mit ein paar von meinen Leuten gesprochen. Warum machen wir nicht einfach kurzen Prozeß mit diesen Franzosen und beanspruchen die Insel für uns?« Fröhlich rieb er sich die Bartstoppeln am Kinn. »Kein Engländer hier gibt sich mehr dazu her, jemals wieder einem Franzosen die Taschen zu füllen, das verspreche ich Euch.«

»Ihr könnt ja versuchen, Tortuga englisch zu machen, wenn Ihr wollt – aber dann müßt Ihr darauf verzichten, mit mir zu segeln.«

»Was soll das heißen, Sir?« Bartholomew war verwirrt. »Das ist doch *die* Gelegenheit, die Insel zu übernehmen und zu behalten. Schließlich gibt es so gut wie keine andere Insel, wo wir unser Hauptquartier aufschlagen könnten.«

»Ich kenne eine, die einen besseren Hafen hat. Und eine bessere Festung, die diesen Hafen bewacht.«

»Wo soll denn das sein?«

»Habt Ihr jemals an Jamaika gedacht?«

»Jamaika, Sir?« Überrascht sah er auf. »Aber Jamaika gehört doch den pockenzerfressenen Spaniern.«

»Nicht mehr, wenn wir es ihnen weggenommen haben. Und wenn wir das getan haben, kann jeder englische Freibeuter, der möchte, den dortigen Hafen benutzen.«

»Nun, Sir.« Bartholomew blieb stehen. »Das ist natürlich

etwas völlig anderes. Wir hatten gedacht, Ihr würdet uns helfen, unser kleines Geschäft weiterzuführen, die verfluchten Spanier mit ihren Schiffen auszuplündern. Ihr hattet bisher nichts davon gesagt, daß Ihr vorhabt, diesen Hurenböcken eine ganze Insel wegzunehmen.«

»Genau dies plane ich, mein Freund.« Winston setzte sich wieder in Bewegung, Atiba neben sich. »Und so Gott will, bin ich sicher, daß ich das auch schaffe.«

»Ein kühnes Vorhaben, das muß ich Euch lassen.« Er blickte Winston skeptisch hinterher, dann folgte er ihm grinsend. »Bei meiner Seele, das ist die fetteste Prise, an die sich ein Engländer in der Karibik jemals herangetraut hat.«

»Ich bin überzeugt, es ließe sich machen.«

»Nun, ich will offen zu Euch sein, Sir. Ich weiß nicht, wie viele von den Männern hier bereit sind, ihre Haut für ein solches Abenteuer aufs Spiel zu setzen. Soweit ich weiß, haben die Spanier eine Bürgerwehr da drüben, die vielleicht an die tausend Mann stark ist. Es heißt sogar, sie hätten Kavallerie aufgestellt.«

»Dann könnt Ihr Engländer ja alle hierbleiben und für den nächsten *commandant* segeln, den der Chevalier de Poncy herschickt, um Tortuga zu übernehmen. Er wird alles daransetzen, daß La Tortue französisch bleibt, das sollte Euch doch klar sein. Mit Sicherheit sind nicht alle Abgaben, die Ihr entrichten mußtet, in Jacques' Tasche geblieben. Einen großen Teil mußte er bestimmt an die Franzosen von St. Christopher abführen.«

»Wir wollen nicht, daß die Franzosen Tortuga wiederbekommen. Das werden wir nicht zulassen, Sir.«

»Und wie, glaubt Ihr, könnt Ihr das verhindern? Bis diese Festung wieder aufgebaut ist, das wird Wochen dauern, und de Poncy wird seine Flotte herschicken, sobald er Wind davon bekommt, was hier geschehen ist. Ich bin der Meinung, Tortuga hat keine andere Wahl, als französisch zu bleiben.«

»Mir leuchtet allmählich ein, was Ihr da sagt.« Bekümmert blickte er zurück zu dem brennenden Fort. »Wenn Tortuga in der Hand der Franzosen bleibt – und ich muß zugeben, es sieht ganz danach aus –, dann hat ein gottesfürchtiger Engländer hier wohl kaum noch eine Zukunft. Also werden wir für irgendeinen anderen französischen Schurken segeln – oder aber wir suchen uns einen anderen Hafen.«

»So sehe ich die Lage auch.« Winston schritt weiter den Hügel hinab in Richtung Hafen. »Warum trommeln wir die Männer nicht zusammen und lassen darüber abstimmen, Master Bartholomew? Vielleicht hat doch der eine oder andere von ihnen Lust, etwas ganz Neues zu beginnen.«

Zweiundzwanzigstes Kapitel

Irgendwo in den dunklen Spalten der Mauer, welche die beiden Männer umgab, zirpte eine Grille – ein schrilles, immer wiederkehrendes Crescendo in der Nacht. Für den älteren der beiden war es ein willkommenes Zeichen dafür, daß alles in Ordnung war, während der jüngere nicht weiter darauf achtete – abermals schlug er mit dem Stahl gegen den Feuerstein, Funken sprühten und verschwanden im Wind. Schließlich stieß er einen spanischen Fluch aus, hielt inne und zog sein Wams aus Ziegenfell dichter um sich.

Hipolito de Valera hatte nicht damit gerechnet, daß hier oben auf dem dachlosen Wachturm die volle Kraft des Windes zu spüren war, der von der Bucht her blies. Er wartete einen Moment, dann schlug er in der kurzen Stille zwischen zwei Böen noch einmal gegen den Feuerstein. Ein ganzer Schauer von Funken flog über den kleinen Haufen aus Heu und kleinen Zweigen, der vor der Mauer aufgeschichtet war, dann – endlich! – fing der Zunder an zu glimmen. Nach einer Weile loderten die Flammen auf, Hipolito warf ein Bündel größerer Zweige hinein und lehnte sich dann zurück.

Im flackernden Schein des Feuers wirkten seine Züge merkwürdig weich. Hipolito de Valera hatte eine Adlernase und die dunklen Augen der Kastilier. Er stammte aus dem spärlich besiedelten Bergland im Norden, wo sein Vater Don Alfonso de Valera fünfundvierzig Morgen Reben unter Kultur genommen hatte. Das Weinkeltern war in den spanischen Besitzungen in

Amerika verboten, doch der Einfuhrzoll auf spanischen Wein war hoch und Spanien weit . . .

»*Tenga cuidado!* Die Flamme muß niedrig bleiben, also nur langsam nachlegen!« Juan José Pereira kannte sich, wie Hipolito schon wiederholt an diesem Abend festgestellt hatte, in vielen solchen Kleinigkeiten aus. Ein langes Leben im Freien – ungezählte Stunden im Sattel unter der gnadenlosen jamaikanischen Sonne – hatten in seinem Gesicht tiefe Spuren hinterlassen. Er war *vaquero* bei dem Eigentümer der größten Rinderherde der ganzen Liguanea-Ebene. Von Hipolito hatte er seine eigene Meinung: Der jüngste Sohn eines Weinbauern mochte vielleicht wissen, welcher Tag der geeignetste war, um Trauben für einen guten Roten zu ernten, aber wie man eine *chocolate* richtig zubereitete, davon hatte ein grüner Junge wie er nicht die geringste Ahnung . . .

Juan José beobachtete das Feuer. Als es genau die richtige Stärke hatte, holte er vorsichtig einen abgewetzten Lederbeutel aus der Tasche, wobei seine Hände zielsicher zupackten wie die eines alten *conquistador*, und ließ einen braunen Brocken in den Kupferkessel fallen, den er zuvor über das Feuer gehängt hatte. Er gab noch zwei grüne Tabasco-Pfeffer-Körner hinein und fügte aus seiner Feldflasche einen guten Schuß Ziegenmilch hinzu. Ganz zuletzt rührte er noch ein sorgfältig bemessenes Lot *muscavado*-Zucker darunter. Er verdankte ihn seinem Schwestersohn Carlos, dem das Siedehaus auf der Zuckerplantage in Guanaboa Vale unterstand; Carlos war einer von insgesamt nicht mehr als sieben auf der Insel, die über eine eigene, von Pferden betriebene Zuckermühle verfügten.

Während die sämige Flüssigkeit allmählich zu kochen begann, gab Juan José dem jüngeren Mann zu verstehen, er möge wieder die Steintreppe bis ganz oben an den Rand ihres Postens hinaufklettern, der *vigia*, die den Hafen der Jamaika Bay überblickte. Bis es Tag wurde, waren es noch viele Stunden. Zwar war nichts weiter zu sehen als ein zur Hälfte gerundeter Mond, doch enthob sie das nicht der Pflicht, aufmerksam in die Dunkelheit zu spähen und nach Mastlaternen Ausschau zu halten.

Im Grunde machte es Juan José nichts aus, gelegentlich einmal für die Bürgerwehr Nachtwache zu schieben, zumal hier oben in den Bergen. Er liebte die Sterne und die kühle Luft, die so anders war als die stickige Schwüle in einer strohgedeckten Hütte auf der Ebene, und er freute sich über die mit der Aufgabe verbundene Bestätigung, daß seine Augen immer noch genauso scharf sahen wie an jenem Morgen, da er getauft worden war – und das war mittlerweile mehr als fünfzig Jahre her.

Der aufsteigende Schokoladenduft beflügelte auch Hipolitos Gedanken.

Elvita. Wäre es nicht der Himmel auf Erden, wenn *sie* heute nacht hier wäre – statt dieses dreckigen alten *vaquero* Juan José? Wieder mußte er an ihre Mandelaugen denken, daran, wie sie während der Heiligen Messe verstohlen zu ihm herüberspähte, das war ihm nicht entgangen . . . Auch nicht die Art, wie sie jedesmal mit gespielter Züchtigkeit die Lider senkte, wenn er ihr mit eigenen Blicken sein Begehren zu verstehen gab . . .

Er sann darüber nach, wie wohl sein Vater reagieren würde, wenn er ihm gestand, daß er hoffnungslos in Elvita de Loaisa verliebt sei. Die Antwort kannte er schon: Don Alfonso würde sofort darauf hinweisen, daß Elvitas Vater Garcia de Loaisa nur zwanzig Morgen tiefliegendes Baumwolland unter dem Pflug hatte. Eine Familie von Faulpelzen! Was war von denen schon für eine Mitgift zu erwarten?

Was tun? Einfach von ihr träumen, solange der Mond . . .

»Deine Schokolade.« Juan José stand neben ihm und reichte ihm eine Zinnschale, von der ein winziger Dampffaden aufstieg, der sogleich von der Brise ergriffen und hinweggeweht wurde. Der alte Mann wartete, bis Hipolito sie ihm abgenommen hatte, setzte sich dann, die eigene Schale in der Hand, auf die Bank und lehnte sich gegen die Mauer.

»Du hast zum Mond aufgeschaut, mein Sohn.« Er bekreuzigte sich und schlürfte geräuschvoll das heiße Getränk. »Die Stelle, auf die du aufpassen sollst, ist die Spitze des Cayo de Carena da drüben.« Er zeigte nach Süden. »Jede Protestantenflotte, die uns angreifen will, muß zunächst diese Spitze umrunden.«

Der alte Mann trank rasch aus, leckte den Rand der Schale sauber und stellte sie beiseite. Das würzig-süße Gebräu schmeckte ausgezeichnet, das ließ sich nicht leugnen – es war eine der höchsten Genüsse Spanisch-Amerikas. Doch jetzt verlangte es ihn nach etwas Stärkerem. Er kramte in seiner Rocktasche, zog eine Flasche Pimentschnaps hervor, entkorkte sie mit den Zähnen und nahm zwei tüchtige Schlucke. Dann erhob er sich und spähte über die Steinbrüstung hinweg.

Tief unter ihnen erstreckte sich zu ihrer Rechten friedlich und leer die Jamaika Bay mit der langgestreckten, flachen, Cayo de Carena genannten Sandinsel, welche die Bucht praktisch umschloß. Juan José war von jeher der Meinung gewesen, daß man den Wachtturm eigentlich auf dem Cayo hätte errichten müssen, aber der Gouverneur Don Francisco de Castilla behauptete, es sei kein Geld da, um einen zweiten zu bauen. Sah man davon ab, war die Bucht von Jamaika der beste Hafen in der Neuen Welt, und trotzdem lebten auf der ganzen großen Insel nicht mehr als höchstens viertausend Seelen. Sogar die riesigen Galeonen nutzten auf ihrer Reise von Cartagena nach Norden die Gelegenheit zu einem kurzen Aufenthalt und zum Handel. Ihr Eintreffen bildete stets den Höhepunkt des Jahres – die Zeit, da Jamaika seine Felle und sein Schweinefett für Havanna bereithielt, um sie gegen jungen Wein, Olivenöl, Weizenmehl und sogar Tuche aus der Heimat einzutauschen. Don Fernando, der Besitzer des Rinder-*hato*, drang stets darauf, daß seine Felle im Spätfrühling gegerbt und gebündelt für die *galeones* bereitlagen.

Doch Don Fernandos Ledergeschäfte interessierten Juan José nur am Rande. Was sollte ein *vaquero* wie er schon mit weißer Spitze aus Sevilla anfangen? Er trank; der Schnaps war ein wahrer Rachenputzer. Zu seiner Linken schimmerte die dunkelgrüne Ebene im Licht des Mondes. Das war das Jamaika, an dem ihm lag; dort war die Erde so fruchtbar, daß sie alles, was er brauchte, hervorbrachte: Baumwolle für die Frauen zum Spinnen, Rinder und Maniokwurzeln zum Essen, Wein, Kakao und Zuckerrohrschnaps zum Trinken, Tabak zur Besänftigung der Seele . . .

Ihm fiel ein, daß er seine Pfeife im ledernen Schnappsack unten vergessen hatte. Aber mochte sie ruhig noch ein wenig dortbleiben, die Vorfreude war die schönste Freude . . . Bei dem jungen Hipolito war das ja nicht viel anders. Der träumte gewiß von irgendeiner Señorita. Wenn ein junger Mann sich nicht länger als eine Minute auf das konzentrieren konnte, was zu tun ihm aufgetragen war, so mußte es wohl an der ersten Liebe liegen . . .

Sein Blick fiel auf die Caguaya, das Fort eine halbe Meile weiter links am Rio Cobre, der von Villa de la Vega herunterströmte. Das Fort war – und darauf war man sehr stolz – mit zehn großen Kanonen bestückt und Tag wie Nacht von der Bürgerwehr bemannt. Lief ein fremdes Schiff in die Bucht ein, so wurde Caguaya von der *vigia* aus alarmiert, und zwar mit Hilfe zweier von der Kirche gestifteter Glocken. Sobald sie erklangen, machte man im Fort die Kanonen schußbereit, um jeden ketzerischen *luterano*, der in räuberischer Absicht Jamaika anlief, einen feurigen Empfang zu bereiten.

Die Pfeife. Er blickte zu Hipolito hinüber, der jetzt mit demonstrativer Aufmerksamkeit zur Spitze des Cayo de Carena hinüberblickte, und dachte flüchtig daran, ihn hinunterzuschikken. Dann kam er jedoch zu dem Schluß, das Treppensteigen würde seinen Beinen guttun und ihn auch sonst in Schwung halten – denn Schwung brauchte Juan José für seine samstäglichen Schäferstündchen mit Margarita, Don Fernandos Oberköchin. Wiewohl diese genug Schwung und Ausdauer für sie beide hatte, Heilige Muttergottes! Er gluckste stillvergnügt in sich hinein, nahm noch einen letzten feurigen Schnaps und ergriff dann die Zinnschalen.

»Meine *pipa*. Und schlaf ja nicht ein, du Mondsüchtiger, während ich unten bin.«

Der junge Mann bekam im Dunkeln einen puterroten Kopf. Mehr noch als zuvor versuchte er den Eindruck bemühter Aufmerksamkeit zu erwecken, und Juan fragte sich, ob er sich selbst vor gut dreißig Jahren in ähnlichen Situationen genauso schlecht verstellt hatte. Dann drehte er sich um und stieg hastig die Treppe hinunter; der Klang seiner Absätze auf den Steinen hallte durch die Nacht.

Der Schnappsack hing an einem Haken unweit der Tür. Als Juan José sich darüberbeugte und nach dem tönernen Mundstück seiner Pfeife suchte, bemerkte er einen reglosen Schatten auf der Schwelle.

»*Que pasa?*« Selbst wie erstarrt, wartete er auf eine Antwort.

Schweigen. Der Schatten rührte sich nicht.

Die beiden Musketen, seine und Hipolitos, lehnten neben der Treppe an der Wand gegenüber . . .

Da kam ihm eine Idee. Unendlich vorsichtig öffnete er die Schnalle des Schnappsacks und tastete nach dem Messer, jenem mit der langen Klinge, das er zum Abbalgen zu benutzen pflegte. Seine Finger schlossen sich um den beinernen Griff, und vorsichtig zog er es aus der Scheide. Leise und behutsam erhob er sich, gleichsam als pirsche er sich an ein scheues Kalb an, und drückte sich an die Mauer. In diesem Moment bewegte sich der Schatten wieder, und eine schwarze Silhouette wurde im Türrahmen sichtbar.

Un negro!

Wem mochte er gehören? Es gab nicht mehr als vierzig oder fünfzig Sklaven auf Jamaika; sie waren schon vor Jahren hergebracht worden. Doch die Zuckerplantagen, auf denen sie arbeiteten, waren weit entfernt – sie lagen westlich des Rio Minho und weiter im Landesinneren. Die einzigen *negros,* die man im Gebiet der Bucht von Jamaika zu sehen bekam, waren Haussklaven.

Vielleicht war es ein Maroone, ein entlaufener Sklave? Eine Gruppe von freien *negros* lebte oben in den Bergen, doch die zogen es vor, für sich zu bleiben, und kamen nicht herunter in die Ebene, um zu stehlen.

Der Schwarze stand vor ihm und starrte ihn an. Er rührte sich nicht, sondern beobachtete Juan José, ohne das geringste Zeichen von Furcht. Plötzlich blinkte eine breite Klinge im Mondlicht – ein Entermesser. Der *negro* war kein Dieb. Was wollte er?

»Halt, Señor! Ihr seid nicht befugt, hier einzutreten.«

Der *negro* kam durch die Tür, als verstünde er nicht. Langsam hob er die Waffe.

Juan José holte tief Luft und sprang vor . . . Dann war es ihm, als schwebe er, getragen und umgeben von Margaritas sanftem Busen, und die Welt kippte um. Seine Knie schlugen auf dem harten Steinboden auf und schmerzten, und vorübergehend beherrschte ihn der merkwürdige Gedanke, sie könnten steif sein, wenn er morgen die Stute bestieg. Dann aber verspürte er einen dumpfen, warmen Schmerz seitlich am Hals, und die Wärme war die seines eigenen Bluts. Er merkte, wie ihm das Messer entfiel und, für ihn unerreichbar, auf den Steinboden klapperte, und dann sah er den Mond klar und frisch am weiten Himmel hängen. Neben dem Mond kauerte Hipolito, seine angstvoll geweiteten Augen spähten von oben die Treppe herunter. Die Augen des jungen Mannes erschienen Juan José sekundenlang braun, dann wurden sie rot, dann schwarz.

»*Meu Deus*, du hast ihn getötet.« Die Frau sprach portugiesisch; sie trat nun hinter dem großgewachsenen *negro* durch die Tür.

Vor Entsetzen gelähmt, beobachtete Hipolito die Szenerie; er wagte kaum zu atmen. Hinter dem *negro* und der Frau kamen noch vier weitere Männer herein, wechselten ein paar geflüsterte Worte auf englisch miteinander, die Musketen schußbereit in der Hand. Hipolito dachte mit Schrecken an die beiden Büchsen, die unten an der Wand lehnten.

»Der Schuft hat versucht, mich zu erstechen.« Der Mann hob das Entermesser und wischte das Blut am Lederrock des Getöteten ab, der vor ihm auf dem Boden lag.

»Wir sollen nur im äußersten Notfall Menschenleben opfern! So lauten die Befehle.«

Der *negro* gebot Schweigen, trat gleichmütig über den Leichnam hinweg und ging auf die Treppe zu.

Heilige Muttergottes, *no*! Hipolito wich zurück, wollte schreien, wollte fliehen, aber er saß in der Falle wie ein Tier.

Warum, schoß es ihm durch den Kopf, haben sie eine Frau dabei? Das können keine gewöhnlichen Diebe sein, das sind *corsarios luteranos*, ketzerische protestantische *filibusteros*, Freibeuter! Wieso habe ich ihr Schiff nicht gesehen? Gewiß sind sie in Esquebel gelandet, der kleinen Bucht am Westufer, und von dort aus dann zu Fuß heraufgekommen. Das sind nur fünf Meilen und geht recht schnell, wenn man den Weg kennt . . .

Doch woher kennen sie den Weg, der zur *vigia* heraufführt?

Und wenn schon diese hier sind – wie viele sind außer ihnen noch gelandet und bereiten nun einen Angriff auf Fort Caguaya vor? Die Glocken . . .!

Schritt für Schritt wich Hipolito zurück und näherte sich dem kleinen Glockenstuhl, blind tastete er nach dem Seil. Doch da hatte der Schatten ihn bereits bemerkt und kam auf ihn zu, Stufe um Stufe. Der Wind fuhr Hipolito ins Haar, die Strähnen wehten ihm ins Gesicht, und er war unfähig, sie zurückzuschieben, konnte sich nicht mehr bewegen. Auf seiner Zunge schmeckte er seine eigene Angst; ihm war, als hätte er einen kleinen Kupfer-*tlaco* im Mund.

Der Mann hob das Entermesser. Wo war das Seil? Heilige Muttergottes!

»*Não*!« Die Frau war dem *negro* gefolgt, fiel ihm in den Arm und zog ihn zurück. Hipolito verstand genug Portugiesisch, um zu begreifen, was sie sagte. »*Suficiente*! Ein Toter genügt!«

Der Mann hielt inne, versuchte, die Frau abzuschütteln. Dann sagte er etwas, das wie ein herber Fluch klang.

Hipolito fühlte, wie seine Knie nachgaben. Er ließ sich auf den Boden niederfallen und spürte den harten, kalten Stein an seiner Wange.

»Fessle ihn doch einfach!« Wieder die Stimme der Frau. »Das ist doch noch ein ganz junger Bursche!«

Der Mann antwortete in einer fremden Sprache, und Hipolito meinte, die Klinge in seinem Nacken zu spüren. Immer hatte er davon geträumt, eines Tages einen stolzen Heldentod sterben zu können und Elvita durch seinen Mut zu ehren, und jetzt lag er da auf dem Boden und wand sich wie ein Wurm. So würde man ihn finden, er sah bereits, wie die Männer im Weinberg ihn verspotteten und sagten, er habe wie ein Hund vor den protestantischen Räubern gekuscht . . .

»Ich bleibe hier und paß' auf. Laßt mir zwei Musketen hier.« Wieder war es die Frau, die sprach und dann auf englisch irgend etwas rief. Auf der Treppe wurden Schritte hörbar, und andere Männer kamen herauf.

»Was ist denn das für ein Knabe . . .«, sagte eine erstaunte Stimme. »Und so was soll Männerarbeit verrichten?«

»Auch ein Knabe kann uns verraten. Wahrscheinlich ist es ein leichtes, das Fort zu alarmieren. Und genau das wird er tun, wenn wir ihn nicht . . .«

»Señor, wie alarmiert ihr das Fort?« Die Frau sprach jetzt spanisch und zog ihn hoch. »Sagt es rasch. Ein Wink von mir, und die Männer bringen Euch um.«

Resigniert deutete Hipolito auf die beiden Glocken in dem kleinen Glockenstuhl hinter ihm.

»Nehmt die Klöppel raus und fesselt ihn«, sagte die Frau, die jetzt wieder englisch sprach, in sehr bestimmten Ton. »Und ihr anderen, haltet die Laternen bereit.«

Die Einbäume waren bereits zu Wasser gelassen und dümpelten neben den beiden Fregatten, die auf der dem Meer zugewandten Seite des Cayo de Carena verankert warten. Direkt vor ihnen lag die hochgelegene Spitze, welche die Zufahrt zur Bucht von Jamaika beherrschte.

Katherine spürte die goldene Einlegearbeit auf dem Musketenlauf an den Fingerspitzen und versuchte, ihren Pulsschlag zu dämpfen. Angestrengt spähte sie durch die mondhelle Nacht. Oben auf dem Achterdeck, am Niedergang, besprachen Winston und Guy Bartholomew von der *Swiftsure* die letzten Einzelheiten. Alle blickten sie immer wieder auf einen Punkt am jenseitigen Ufer der Bucht, gleich unterhalb der *vigia*. Von dort aus sollte die Vorausabteilung mit Laternen signalisieren, daß der Weg frei sei.

Der letzte Monat war keine leichte Zeit gewesen. Nach dem Tod von Jacques le Basque war auf Tortuga für etwa zwei Wochen die Hölle los gewesen, denn englische und französische Bukaniers hatten sich in Basse Terre leidenschaftlich über die Zukunft der Insel gestritten, und beinahe wäre es sogar zu einer bewaffneten Auseinandersetzung gekommen. Schließlich hatten sich Bartholomew und an die hundertfünfzig Seeleute dafür ausgesprochen, zusammen mit Winston auf Jamaika ein – diesmal englisches – Freibeuterlager zu errichten. Sie verlangten aber auch das Recht, Villa de la Vega zu besetzen und auf diese Weise ein Lösegeld zu erpressen, wie Jackson es vor vielen Jahren schon einmal getan hatte. Es war vor allem der Traum von ungeahnten Reichtümern, der die meisten von ihnen reizte; jeder einzelne von ihnen sah sich bereits als kleiner Krösus. Schließlich hatten Winston und Bartholomew in bester Bukanier-Tradition Artikel aufgesetzt, in denen die Verteilung der Beute festgelegt wurde.

Die letzten Vorbereitungen hatten zwei weitere Wochen in Anspruch genommen. Musketen und Pulvervorräte wurden zusammengetragen. Für die Landung hatten sie bei den Rinderjägern auf Hispaniola gegen viele Fäßchen Teufelstöter zehn breite Einbäume erworben – ein jeder über sechs Fuß breit und imstande, fünfzehn bis zwanzig Mann zu transportieren. Nachdem diese Einbäume an Deck der beiden Schiffe gehievt und mittschiffs festgezurrt worden waren, hatte der Attacke nichts mehr im Wege gestanden.

Eine Vielzahl von Gerüchten kursierte inzwischen auf der Freibeuterfeste. Gerüchte, die von anderen Inseln herübergedrungen waren. Am beunruhigendsten war die Meldung, eine französische Kriegsflotte sei vom Chevalier de Poncy auf St. Christopher nach Süden ausgeschickt worden; sie habe Befehl, die französische Oberhoheit über Tortuga wiederherzustellen und einen neuen französischen *commandant de place* zu ernennen.

Eine andere Geschichte, die unter den spanischen Pflanzern auf Hispaniola die Runde machte, besagte, eine englische Armada habe versucht, die Stadt Santo Domingo an der Südküste zu stürmen, sei jedoch zurückgeworfen worden und habe dabei Hunderte von Gefallenen zu beklagen gehabt.

Doch am meisten alarmierte die englischen Bukaniers die Geschichte mit der französischen Flotte, und so schlossen sich noch zwei weitere Dutzend Männer der Jamaika-Expedition an. Was das Gerücht von einem fehlgeschlagenen Angriff auf Santo Domingo betraf, so tat man es rasch als einen weiteren Versuch der *audiencia* dieser Stadt ab, von der für sie peinlichen Frage abzulenken, warum sie es nicht schaffte, Tortuga anzugreifen. Nie hatte es einen besseren Zeitpunkt für die Erstürmung der Insel gegeben, und doch hatten die hasenfüßigen Spanier wieder einen Vorwand gefunden, das Treiben der Bukaniers zu dulden. Man behauptete einfach, die Streitkräfte würden zur Verteidigung der Hauptstadt benötigt.

Frisch und strahlend kam der Morgen ihrer Abfahrt, und am späten Nachmittag hatten sie bereits das Kap Nicholao an der Nordwestspitze von Hispaniola erreicht. Da die Windward Passage direkt vor ihnen lag, refften sie einen Teil ihrer Segel, liefen bis zum Einbruch der Dunkelheit einen westsüdwestlichen Kurs und beschlossen dann sogar, beizudrehen und bis zum Morgen zu warten, um nicht zu früh ans Ziel zu gelangen. Als der Tag graute, segelten sie weiter und sichteten kurz vor Einbruch der Dunkelheit wie geplant die Ostspitze von Jamaika. Ihr Ziel war fast erreicht, und Winston gab den Befehl, die erste Phase des geplanten Landeunternehmens einzuleiten.

Die Fregatten liefen an der Südküste entlang, bis sie sich der Spitze des Cayo de Carena näherten, der langgestreckten flachen Insel vor der Zufahrt zur Bucht von Jamaika. Während die *Swiftsure* zurückblieb, um gegebenenfalls feindliche Boote abzufangen, die sonst hätten Alarm schlagen können, ließ Winston die neuen Segel der *Defiance* setzen und segelte an der Inselspitze vorüber weiter die Küste entlang. Der Angriffsplan sah vor, daß zunächst eine Vorausabteilung über Land vorstieß und die *vigia* auf dem Hügel ausschaltete. Die Männer benutzten eine Landkarte, die ihr spanischer Lotse, Armando Vargas, ihnen gezeichnet hatte. Winston bestimmte Atiba zum Anführer des Kommandos, und Serina begleitete sie als Dolmetscherin.

Sie waren zwei Stunden vor Mitternacht an Land gegangen; vier Stunden, so meinten sie, sollten genügen, die *vigia* unter Kontrolle zu bringen. Sobald der Stoßtrupp seine Aufgabe erledigt hatte, würde er mit drei Laternen vom Ufer unterhalb der *vigia* aus signalisieren, daß alles planmäßig verlaufen sei.

Kaum war Atibas Trupp den Pfad hinauf verschwunden, da gesellte sich die *Defiance* wieder zur *Swiftsure*. Winston befahl, das Backlogis aufzuschließen und Steinschloßbüchsen sowie Bandeliers mit Pulverhülsen und Kugeln auszugeben. Während die Männer ihre Musketen prüften und schußbereit machten, befahl er, Ersatzpulver und -kugeln sowie Lang- und Kurzspieße in die Einbäume zu laden.

An Deck herrschte geschäftige Unruhe, neue Musketen blinkten im Mondlicht auf, und alle konnten sie es kaum erwarten, endlich spanisches Gold in die Finger zu bekommen . . .

Katherine zwängte sich durch die Menge und kletterte den Niedergang zum Achterdeck hinauf. Winston hatte gerade mit Bartholomew gesprochen und ihn auf die *Swiftsure* zurückgeschickt. Der alte Bukanier gluckste noch vor Vergnügen über einen Scherz Winstons. »Ihr solltet vorsichtig sein mit der Muskete, Euer Gnaden.« Zwinkernd lüpfte er den Hut, als er an ihr vorüberging. »Sie hat die Eigenart, daß sie losgeht, wenn man es überhaupt nicht erwartet.«

Katherine nickte lächelnd und zog den Hahn von der Pfanne; es klickte unheilverkündend, und sie sah auf.

»Dann sagt mir, Guy, ist es dies Ding hier, das sie feuern läßt?«

»Bei den Wundmalen des Herrn, Euer Gnaden!« Bartholomew eilte an ihr vorüber und sah sich dann noch einmal unsicher nach ihr um, als er über die Reling kletterte und sich anschickte, über das schwankende Fallreep auf die Schaluppe hinunterzuklettern, die längsseits lag.

»Hugh, wie lange, meinst du, dauert es, bis das Signal kommt?«

»Hoffentlich nicht zu lange. Sonst bleibt uns keine Zeit mehr, die Bucht vor Tagesanbruch zu überqueren.« Durch das Dunkel spähte er zum Hügel hinüber. »Wir müssen am Hafen vorbei und die Mündung des Rio Cobre erreichen, solange es noch dunkel ist, sonst sehen sie uns vom Fort aus.«

»Und wie weit flußabwärts liegt das Fort?«

»Vargas behauptet, es sei nicht weiter als eine Viertelmeile. Sind wir aber erst mal auf dem Fluß, können ihre Kanonen uns nicht mehr erreichen. Gefährlich ist lediglich die Überquerung der Bucht.«

»Und was ist mit der Bürgerwehr?«

»Vargas meint, wenn sie niemanden erwarten, sei sie nur leicht bemannt. Und sobald wir sie überwältigt haben, sind wir im Besitz ihrer Kanonen – zusätzlich zu der Artillerie, die wir ohnehin schon haben. Sonst gibt's auf der ganzen Insel nichts außer ein paar Luntenschloßmusketen.«

»Und ihre Kavallerie?«

»Die ist höchstens mit Lanzen oder Spießen bewaffnet.« Er legte ihr den Arm um die Taille. »Nein, Katy, sobald wir das Fort genommen haben, schaffen die Spanier es nicht mehr, uns rauszuwerfen, weder von Land noch von See aus. Wenn uns der Hafen gehört, gehört uns auch die ganze Insel.«

»Das klingt, als wär's ein Kinderspiel.« Sie schmiegte sich an ihn und wünschte sich die gleiche Zuversicht, die auch ihn auszeichnete. »Aber wenn es uns wirklich gelingen sollte, das Fort zu nehmen – was ist dann mit Villa de la Vega?«

»Früher oder später muß die Stadt sich ergeben. Sie werden ja keinen Hafen mehr haben – und ohne Hafen ist die Insel nicht lebensfähig.«

Katherine seufzte und sah zum Ufer hinüber. Dunkelblau und schweigend erhoben sich die Berge Jamaikas über der Bucht. Ob sie wohl dereinst ein Symbol der Freiheit sein würden – so wie Tortuga es einst gewesen war?

Sie spürte, wie Winstons Körper sich anspannte, und blickte auf. Er spähte angestrengt zum jenseitigen Ufer, wo plötzlich ein fahles Licht aufgetaucht war. Da flackerte auch schon ein zweites und drittes auf.

»Du ahnst ja nicht, Katy, wie lange ich auf diesen Augenblick gewartet habe, nachgedacht, Pläne geschmiedet habe. Und immer dachte ich, ich würde es ganz allein tun. Aber daß du heute nacht dabei bist . . .« Er hielt sie an sich gedrückt und rang nach Worten. »Das, was wir in dieser Nacht gemeinsam unternehmen, wird die Neue Welt von Grund auf verändern.«

Die Ruder tauchten in die Dünung, und das dunkle Wasser der Bucht schwappte gegen den borkebekleideten Bug – ein altvertrautes Geräusch, an das er sich noch von jener langen Reise gen Norden erinnerte, die nunmehr bereits zehn Jahre zurücklag. Wo waren all die Jahre nur geblieben?

Hinter ihm kam die Kette der Einbäume, eine tödliche Prozession bewaffneter Seeleute mit grimmig-entschlossenen Mienen. Alles Männer von Tortuga, darunter nicht ein einziger, der in irgendeiner englischen, französischen oder holländischen Siedlung in der Karibik willkommen gewesen wäre.

Ob es möglich war, mit Männern wie diesen noch einmal einen neuen Anfang zu wagen? Ein neues Gemeinwesen zu gründen, eine neue Nation?

»*Mira*«, flüsterte Vargas über das rhythmische Geräusch der Riemen hinweg. Seine dunklen Augen leuchteten, als er auf den Hafeneingang zeigte, eine breite Zufahrt zwischen der Spitze des Cayo de Carena und dem Festland. Um sie herum schimmerte die sanfte Brandung im Mondlicht. »Ist dieser *puerto* nicht der schönste auf den gesamten Antillen? Kein Sturm kann diesem Hafen etwas anhaben. Selbst die kleinsten Schiffe finden hier noch Zuflucht, sogar bei einem *huracán*.«

»Es ist genau so, wie ich es mir vorgestellt habe. Der Ort, an dem wir unsere Kanonen aufstellen müssen, ist tatsächlich hier auf der Spitze des Cayo. Dann kommt nie wieder ein ungebetener Gast in die Bucht.«

Vargas lachte. »*Si*, das stimmt. Hätten die Spanier hier Kanonen postiert, dann kämen wir nie vorbei. Aber Jamaika ist eine arme Insel. Bislang genügte das Fort drüben am Fluß. Man hielt Angreifer so lange hin, bis die Stadt evakuiert und Frauen und Kinder in Sicherheit waren. Und was sonst besitzen sie, das zu stehlen sich lohnt?«

»Hugh, ist dies die Stelle, über die du mit John gesprochen hast?« Katherine betrachtete die breite Spitze des Cayo.

»Genau. Das ist der Grund, warum ich ihn auf der *Defiance* zurückgelassen habe – mit ein paar von den Jungs.«

»Hoffentlich schafft er es.«

»Er wird bis Sonnenaufgang warten. Bis wir das Fort in unsere Hand gebracht haben.«

»Ihr habt recht, Señor«, fuhr Vargas fort, als sie um die Spitze des Cayos herum steuerten. »Ich habe mich oft selbst gefragt, warum es hier draußen keine Hafenstadt gibt. Vielleicht liegt das daran, daß es auf der Insel nichts weiter gibt als dumme *agricultores*.«

Ihre winzige Armada aus Einbäumen glitt rasch durch die enge

Durchfahrt, hielt sich dann dicht am Ufer und steuerte auf die Mündung des Rio Cobre zu. Kurz darauf befanden sie sich direkt unterhalb der *vigia*. Zwischen den Bäumen und Büschen am Ufer erschienen plötzlich fünf Gestalten und wateten durch das seichte Wasser auf sie zu. Winston gab augenblicklich den Befehl, das Rudern einzustellen.

Atiba grinste, als er sich über die Bordwand hievte. »Es war ganz einfach. Die *vigia* war nur mit zwei spanischen Halunken besetzt.«

»Und wo ist Serina?« Katherine hielt vergeblich Ausschau nach der Mulattin. »Ist etwas passiert?«

»Sobald einer Frau gestattet wird, zusammen mit den Kriegern im Rat zu sitzen, kommt es unweigerlich zu Unruhe und Unfrieden.« Atiba half einem der englischen Seeleute an Bord. »Sie wollte nicht, daß wir wie Männer handelten, und verhinderte, daß wir auch den zweiten Kerl niedermachten . . . Sie ist noch immer oben auf dem Hügel und hält eine Muskete in der Hand.«

»Durch Mord und Totschlag werdet Ihr kein besserer Mann, Atiba!« Katherine bedachte ihn mit einem wütenden Blick. »Hat man eine Stellung eingenommen, so braucht man sie nur zu halten.«

»Das ist die schwache Denkweise der Frau, Senhora.« Die Riemen schimmerten im Mondlicht, und Atiba blickte zum Hügel hinüber. »Ein Krieger denkt anders.«

Winston verzerrte das Gesicht zu einer Grimasse, sagte aber nichts. Er wußte, daß es nicht bei einem einzigen Toten bleiben würde.

Nach wenigen Minuten hatten sie die Flußmündung erreicht. Als die Einbäume in den Rio Cobre einliefen, blieben die weißen Schaumkronen der Brandung zurück, und es begleitete sie nur noch sanftes Wellengeplätscher. Die Tide war gerade umgeschlagen, das Wasser lief hinaus aufs Meer. Auf der glatten Oberfläche strahlte ein makelloses Spiegelbild des Mondes. Das Flußufer war mit Palmen bestanden, dahinter erstreckten sich dichte Wälder. Da die Regenzeit vorüber war, führte der Rio Cobre nicht viel Wasser, und es galt, große Sandbänke zu umschiffen.

»Jamaika, endlich!« Winston lächelte und tauchte eine Hand in die kühlen Fluten.

Katherine spähte zum Fort hinauf, dessen Silhouette vor ihnen in den Nachthimmel ragte. Jede Ecke war mit einem Turm sowie einer Brustwehr versehen, hinter der eine Reihe von Achtzehnpfündern herausschaute. »Ich bete darum, daß unsere Begrüßungsfeier nicht allzugut besucht ist«, flüsterte sie.

Im Osten zeigte sich das erste fahle Licht des Tages. Katherine begriff, daß es jetzt auf rasches Handeln ankam. Auch wenn die *vigia* zum Schweigen gebracht worden war – um das Fort herum waren zweifellos Schildwachen aufgestellt, so daß es, falls den Spaniern nur Zeit blieb, die Bürgerwehr im Fort zu alarmieren, noch immer zu einem blutigen Nahkampf kommen konnte. Ein einziger Wachtposten brauchte nur Alarm zu geben, und der ganze Überraschungseffekt wäre dahin.

Bartholomew prüfte mit einem Ruder die Tiefe des Wassers. »Am besten gehen wir hier irgendwo an Land. Wir haben höchstens noch einen halben Fuß Wassertiefe.«

Winston gab nickend seine Zustimmung. »Wenn wir noch weiter rudern, entdecken sie uns womöglich noch. Außerdem wird es bald hell. Gebt den Jungs hinter uns ein Zeichen, damit sie wissen, daß wir an Land gehen.«

»*Aye.*« Er drehte sich um und winkte mit dem Riemen. Lautlos glitten die Einbäume ans Ufer, und die Männer kletterten hinaus. Sie wateten – ein jeder mit Steinschloßmuskete und Spieß bewaffnet – durch den Schlamm, zogen die Boote ans Ufer und verbargen sie im Gebüsch.

Die Männer nahmen Aufstellung, und Winston schritt die Reihen ab. »Es geht, wie ihr wißt, darum, dieses Fort zu nehmen, ohne gleich die ganze Insel zu wecken. Gelingt uns das, bleibt den Spaniern keine Zeit, die Stadt zu evakuieren. Und denkt daran: Alles, was uns in die Hände fällt – sowohl im Fort als auch in der Stadt –, wird so aufgeteilt, wie es in den Artikeln festgeschrieben ist. Wer seine Beute nicht teilt, über den sitzen die anderen zu Gericht – und da kann ich nur sagen: Gnade ihm Gott!« Hugh Winston drehte sich um und schaute den Hang hinauf. »Also los, Leute. Bringen wir es hinter uns!«

Während sie den Hang hinaufstiegen und die Männer sorgfältig darauf achteten, daß ihr Bandelier nicht klapperte, konnten sie das Fort deutlich über den Bäumen aufragen sehen. Plötzlich flackerten an der Brustwehr Fackeln auf, gleich darauf waren aufgeregte Stimmen zu vernehmen.

Armanda Vargas stand neben Winston; sein wettergegerbtes Gesicht unter dem Helm verriet Zorn. Er lauschte noch einen Moment, dann flüsterte er: »Ich fürchte, es ist doch etwas schiefgelaufen, Señor.«

»Was sagen sie denn?« Winston prüfte seine Pistolen.

»Ich glaube, sie geben Befehl, die Kanonen auszufahren.« Wieder lauschte er. »Ob sie etwa doch unsere Masten hinter dem Cayo entdeckt haben? Oder vielleicht ist von der *vigia* doch Alarm gegeben worden?« Er schaute vielsagend zu Atiba hinüber. »Vielleicht hat es doch nicht so gut geklappt, wie man uns hat glauben machen wollen.«

Die Seeleute hinter ihnen hatten angefangen, ihre Musketen schußbereit zu machen. Sie waren keine unerfahrenen Rekruten wie die Männer der Bürgerwehr auf Barbados, sondern kampferprobte Männer mit viel Erfahrung im Umgang mit Waffen. Rasch und leise setzten sie ihren Weg fort. Nun, da der Tag anbrach, verblaßte der Mond, und als sie sich dem rückwärtigen Teil der Festung näherten, konnten sie die Einzelheiten der Anlage erkennen. Die äußere Umwallung war nur wenig höher als mannshoch und ließ sich im Notfall mit Hilfe von Greifhaken leicht überwinden.

Als sie unter den Bäumen hervortraten, fiel Winston auf, daß das schwere Holztor an der Rückseite des Forts nicht fest verschlossen, sondern nur angelehnt war.

Grundgütiger Himmel, wir brauchen ja bloß reinzuspazieren!

Er drehte sich um und winkte die Männer heran. »Es ist soweit, Leute. Vargas meint, sie haben hinter dem Cayo vielleicht doch unsere Mastspitzen entdeckt und machen jetzt ihre Geschütze schußbereit.« Seine Stimme war kaum mehr als ein Flüstern. »Auf alle Fälle sollten wir uns sputen. Ich gehe mit meiner Gruppe voran. Sobald wir drinnen sind, kommt ihr nach und räumt auf. Erst überwältigen wir die Schildwachen und wer immer sonst noch

Posten steht, danach kümmern wir uns um die Kanoniere, die aller Wahrscheinlichkeit nach gar nicht bewaffnet sind.«

Aus dem Innern der Festung ertönten weitere Rufe. Vargas gebot mit einer Handbewegung Ruhe und sah Winston an. »Ich höre, wie einer von ihnen sagt, sie müßten jetzt nach der Kavallerie schicken.«

»Warum?«

Er hielt inne. »Ich weiß nicht, was los ist, aber sie haben große Angst da drinnen, Señor.«

»Mein Gott, wenn sie es schaffen, die Stadt zu alarmieren, dann können wir unseren Beutezug in den Wind schreiben.«

»Hugh, mir gefällt das ganz und gar nicht.« Katherine starrte zur Festung hinauf. Nirgends waren Schildwachen zu sehen. »Vielleicht ist das Ganze eine Kriegslist. Uns ist irgendein übler Fehler unterlaufen.«

»Ehrlich gesagt, mir gefällt es auch nicht.« Er spannte den Hahn seiner Pistole und winkte die Männer voran. »Gehen wir's an, Leute!«

Etwa fünfzig Schritt trennten sie von dem angelehnten Tor. Davor lag ein freier Platz, den sie im Sturmangriff überwinden mußten. Im Fort erklang das Rumpeln von Kanonenlafetten auf Steinplatten – die Geschütze wurden in Stellung gebracht.

Nur noch wenige Schritte. Ob das Tor offenblieb? Warum gab es kein Musketenfeuer?

Auch als Winston die Steinstufen hinaufsprang, die zum Tor hinaufführten, welches aus behauenen Holzbohlen mit Eisenmontierungen bestand, blieb der erwartete Alarm aus. Man hörte nur Rufe von der Vorderseite des Forts, wo hinter der Brustwehr offensichtlich die Kanonen geladen wurden. Winston packte den Griff und schob das Tor weit auf. Dann gab er den anderen ein Zeichen, ihm zu folgen. Atiba, das Entermesser in der Hand, stand bereits neben ihm.

Jetzt liefen sie einen dunklen, steinernen Gang entlang; ein spitzer gotischer Bogen wölbte sich über ihnen, und die Musketen in den Ständern entlang der Mauern waren unberührt.

Mein Gott, dachte er, sie sind nicht einmal bewaffnet. Nur noch ein paar Schritte . . .

In diesem Moment erschütterte eine ohrenbetäubende Explosion die Festigungsanlage, unmittelbar gefolgt von einer zweiten und einer dritten. Schwarzer Rauch wölkte auf, und von den Kanonen her ertönte ein Schrei. Die Geschütze waren abgefeuert worden.

Als sie das Ende des Korridors erreicht hatten und auf den rauchigen Hof hinaustraten, rollten Angehörige der spanischen Bürgerwehr bereits die Geschütze zum Nachladen zurück. Als sie die Eindringlinge erblickten, erstarrten die Kanoniere wie vom Donner gerührt.

»*Ingleses, demonio!*« Einer fand die Sprache wieder und warf sich bäuchlings auf die Steinplatten, mit denen der Hof gepflastert war. Die anderen folgten seinem Beispiel. Nach wenigen Sekunden stand nur noch ein einziger Mann aufrecht da, ein großgewachsener Offizier mit Silberhelm auf dem Kopf. Winston nahm an, daß es sich um den Artilleriekommandanten handelte.

Er zog den Degen, eine lange Toledanderklinge, und trat Winston und seinen musketenbewaffneten Männern entgegen.

»Nein.« Winston winkte mit der Pistole. »Es ist sinnlos.«

Der Kommandant zögerte, trat dann zurück und fluchte auf seine am Boden liegenden Kanoniere. Mit dem Ausdruck unendlicher Demütigung in den Augen schob er langsam den Degen zurück in die Scheide.

Ein Hurra löste sich von den Lippen der Seeleute, und etliche machten kehrt, um das Innere der Festung zu erkunden und nach Beute zu suchen. Inzwischen stürmte bereits die zweite Welle der Angreifer durch den Gang.

»Katy, es ist vorüber.« Winston winkte sie heran und verneigte sich zeremoniös. »Jamaika ist . . .«

Ein Krachen unterbrach ihn; der Festungshof erbebte, und ein Kragstein von einem der Ecktürme zersplitterte auf dem Hof. Harte Kalksteinbrocken flogen ihnen um die Ohren.

»Grundgütiger Himmel, wir werden von unten beschossen!« Es dauerte einen Moment, bis Winston sich wieder gefangen hatte; die erschrockenen Seeleute gingen in Deckung. Schon fuhr eine zweite Kanonenkugel in das Mauerwerk. Diesmal wurde die Brustwehr getroffen, und die Platten, auf denen sie standen, erzitterten.

»Leute, in Deckung!« Ihm fiel ein, daß er Mewes mit einigen Leuten zurückgelassen hatte. »Wenn John befohlen hat, daß die Schiffe in die Bucht einlaufen und das Feuer eröffnen, zieh' ich ihm bei lebendigem Leib das Fell über die Ohren.«

Bartholomew stand neben ihm. »Bei dem Krach wird ihre verdammte Kavallerie bald hier sein, um uns willkommen zu heißen. Am besten versperren wir das Tor und bereiten uns auf ihren Angriff vor.«

»Gebt Befehl, daß das getan wird.« Winston ging zwischen den Kanonieren hindurch und trat, Katherine neben sich, an die Brustwehr heran. Als sie an dem spanischen Offizier vorüberkamen, wich dieser zurück, verneigte sich und sprach sie in gebrochenem Englisch an.

»Ihr könnt meinen Degen haben, Señor, wenn Ihr dafür das Leben meiner Männer schont. Ich bin Capitàn Juan Vicente de Padilla und biete Euch die bedingungslose Kapitulation an. Bitte hißt Eure Flagge und signalisiert Euren Kriegsschiffen, daß wir uns ergeben.«

»Wir haben keine Flagge.« Winston blickte ihn an. »Noch nicht. Aber bald werden wir eine haben.«

»Was meint Ihr, *mi capitán*? Ihr seid Engländer.« Sein Blick verriet Verwirrung. »Selbstverständlich habt Ihr eine Flagge. Sie flattert doch an Euren Schiffen unten in der Bucht.«

»Hugh? Wovon redet er? Hat John etwa die englische Flagge gesetzt?« Rasch lief Katherine an den rauchenden Kanonen vorbei zum Rand der Brustwehr und beugte sich hinaus.

Unten in der Bucht wurde es langsam hell. Einen Moment verharrte Katherine reglos, dann drehte sie sich um und winkte mit schreckgeweiteten Augen Winston heran. Der steckte seine Pistole in den Leibgurt und trat neben sie.

Weit über die Bucht verteilt lag eine Reihe von Kriegsschiffen mit ausgefahrenen Kanonen. Dem Ufer am nächsten und bereits im Begriff, Boote mit Infanteristen zu Wasser zu lassen, ankerten die *Rainbowe* und die *Marston Moor;* das rote Georgskreuz auf weißem Grund flatterte an der Spitze des Besanmasts.

»Der Himmel steh uns bei! Das ist also aus dem stolzen ›Plan West‹ des Lord Protektors geworden! Man darf gar nicht daran denken! Jetzt greifen wir diese rückständige Insel hier an . . .« Edmond Calvert sprach nicht weiter, sondern schaute verdrossen zu den blaugrünen Bergen hinüber. Dann wandte er sich Colonel Richard Morris zu, der neben ihm auf dem Achterdeck stand. »Keine Silberminen, keine Pflanzungen, vermutlich nichts weiter als Wildschweine und Krokodile.«

»Nun, zumindest hat die Navy meine Leute diesmal an die vorgesehene Stelle gebracht.« Morris faßte das Fort ins Auge, das über ihnen aufragte. Mittschiffs wurden längsseits liegende Beiboote mit behelmten Infanteristen besetzt, die ihre Musketen schußbereit im Arm hielten. »Ihre Feldschlangen scheinen zu schweigen. Wenn die Stadt nicht besser befestigt ist, dürfte es keine große Schwierigkeit sein, sie zu nehmen.«

»Genau dasselbe, Sir, habt Ihr auch gesagt, als wir vor kaum vierzehn Tagen Santo Domingo sichteten – bevor Eure strammen Hasenfüße, die Ihr eine Armee nennt, zurück ins Meer gejagt wurden . . .«

Morris' Augen wurden ganz schmal. »Wenn einmal die Rechnung für Hispaniola aufgemacht wird, Sir, dann wird ganz ohne Zweifel dabei herauskommen, daß das Debakel auf die Unfähigkeit der englischen Navy zurückzuführen ist.«

»Gleichviel – am besten nehmt Ihr jetzt Eure Horde von Feiglingen und seht zu, was Ihr *hier* ausrichten könnt.« Mit einem förmlichen Gruß entließ Calvert den Colonel. Was halfen jetzt noch böse Worte? Was verloren war, war verloren.

Und was verspielt war – darüber war sich der Admiral sehr wohl im klaren –, das war die größte Chance, die sich England je geboten hatte. Eine solche Gelegenheit, den Spaniern einen großen Brocken ihres Besitzes in der Neuen Welt zu entreißen, würde kaum je wiederkehren. Oliver Cromwells ehrgeiziger ›Plan West‹ war an den sonnenversengten Gestaden von Hispaniola kläglich gescheitert.

Wieder mußte Calvert an die Zuversicht denken, mit der der

Lord Protektor sowie sein neuer Staatsrat vor kaum vier Monaten die Instruktionen des Geheimauftrags gutgeheißen hatten.

Der ›Plan West‹ Seiner Hoheit zielt darauf ab, England jenen Teil von West-Indien einzuverleiben, der sich augenblicklich in spanischem Besitz befindet; um selbiges zu bewerkstelligen, übermitteln wir Euch unsere Überlegungen.

Euer erstes Ziel sollte es sein, bestimmte spanische Inseln in Eure Gewalt zu bringen, insonderheit Hispaniola. Besagtes Eiland weist im Süden außer dem Ort Santo Domingo keine nennenswerte Siedlung auf. Diese Stadt ist auch nicht schwer befestigt und läßt sich zweifellos ohne große Schwierigkeit erobern. Das getan, kann die gesamte Insel botmäßig gemacht werden.

Von dort aus, das heißt, nach Eurer Landung dortselbst, schickt Streitkräfte zur Inbesitznahme von Havanna aus, einer Stadt, die auf der Insel Kuba gelegen ist und die gleichsam die Hintertür der Antillen darstellt; von dort aus läßt sich die Fahrt der spanischen Silberflotte nach Europa unterbinden.

Sobald Ihr diese Inseln in Eure Gewalt gebracht habt, fahrt sogleich weiter nach Cartagena, welchselbige Stadt Sitz unseres Vorhabens sein soll und von wo aus England Herrin sein wird über die Schätze des Spaniers, die, via Panama im Süd-Meer aus Peru kommend, nach Porto Bello oder Nombre de Dios im Nord-Meer gelangen . . .

Wie anmaßend sich das alles, von hier aus gesehen, ausnahm! Ja, schlimmer noch: Der Staatsrat hatte sich nicht einmal die Mühe gemacht, Jamaika auch nur zur Kenntnis zu nehmen, diese ungenügend verteidigte Wildnis, die jetzt ihre letzte Chance war, überhaupt noch spanischen Besitz in ihre Gewalt zu bringen.

Am bedrückendsten war jedoch, daß Cromwell gewiß nicht im entferntesten daran dachte, auch nur einen einzigen Shilling für die Männer und die Waffen auszugeben, die man brauchte, um eine solche zweifelhafte Prise auch zu behalten. Und das hieß, daß die Spanier in dem Augenblick, da die englische Flotte wieder in See stach, einfach zurückkommen und alles wieder für sich beanspruchen würden.

Natürlich war Cromwell sich darüber im klaren, daß die Flotte bei weitem nicht über genügend ausgebildete Soldaten verfügte, um erfolgversprechend spanische Stützpunkte anzugreifen. Das hatte sogar sein Staatsrat begriffen. Nur hatten sie sich eingebildet, daß die Pflanzer von Barbados, nachdem die Insel mit Gewalt wieder dem Commonwealth eingegliedert worden war, pflichtschuldigst kampffähige Männer, Waffen und Kavallerie zur Verfügung stellen würden.

Niemand im Staatsrat wäre auch nur im Traum darauf gekommen, daß die Inselbewohner den ehrgeizigen territorialen Wünschen Oliver Cromwells vollkommen gleichgültig gegenüberstanden. Die Pflanzer von Barbados, so hatte sich herausgestellt, wollten nichts mit der Eroberung von Spanisch-Amerika zu tun haben; für sie bedeutete eine Erweiterung der englischen Kolonien in der Neuen Welt nur, daß eines Tages aller Wahrscheinlichkeit nach noch mehr Zucker angebaut werden würde und andere ihnen ihre Monopolstellung im Zuckerhandel streitig machen könnten. Und auf dem Zucker ruhte ihre ganze Hoffnung. Die Rekruten, die Morris auf Barbados ausgehoben hatte, setzten sich dabei fast zur Gänze aus entlaufenen Schuldknechten zusammen, die glaubten, auf diese Weise ihren Herren und Gläubigern zu entkommen – ein liederliches und heruntergekommenes Gesindel, das allenfalls dann Mut bewies, wenn es galt, irgendwelchen Unfug zu machen.

Calvert wurde das Herz schwer, wenn er daran dachte, wie die sorgfältig ausgeklügelte Strategie zur Eroberung von Hispaniola zum Teufel gegangen war. Sie hatten beschlossen, den kartographisch nicht aufgenommenen Hafen von Santo Domingo zu meiden und fünf Meilen weiter unterhalb an Land zu gehen. Wie das Unglück es wollte, wurden durch widrige Winde aus den fünf Meilen dreißig, und zu allem Überfluß unterließ es Morris, seine Truppen mit ausreichenden Vorräten an Wasser und Proviant auszustatten. Den ganzen ersten Tag lang begegnete seiner Infanterie keinerlei Widerstand, ja, die puritanischen Infanteristen nahmen sich sogar in aller Ruhe die Zeit, die papistische Kirche zu schänden und Bildnisse der Jungfrau Maria als Zielscheibe ihrer Schießübungen zu mißbrauchen.

Die Spanier hatten mittlerweile eine Gegenstrategie entwikkelt. Sie hatten die gesamten Savannen vor ihnen in Brand gesteckt, um das Vieh fortzutreiben, und hatten den Eindringlingen nichts als verbranntes Gelände zurückgelassen. Bald waren die Vorräte von Morris aufgebraucht gewesen, Hunger und Durst hatten eingesetzt. Die Infanteristen begannen, der Kavallerie die Pferde zu stehlen, um sie zu braten und zu vertilgen – und zwar mit einer solchen Gier, daß die Spanier – wie man später erfuhr – annahmen, Pferdefleisch müsse bei den Engländern eine besondere Delikatesse sein.

Dann kam es zu einer weiteren Katastrophe: Aus lauter Tollerei brannten die Truppen ein paar armselige Strohhütten nieder, die den berüchtigten Rinderjägern auf Hispaniola gehörten. Bald hatte sich eine Schar von rachedurstigen Jägern in den Wäldern links und rechts von der Vormarschstraße der Armee zusammengefunden und die Engländer aus dem Hinterhalt mit langläufigen Musketen beschossen. Von da an hielten die englischen Wachen, die nie zuvor Glühwürmchen kennengelernt hatten, selbige, wenn sie des Abends auftauchten, für brennende Lunten der Rinderjäger-Musketen und fingen an, in die Nacht hinein zu feuern. Ergebnis war eine allgemeine Panik, bei der so manch ein fliehender Soldat zu Tode getrampelt wurde. Auch hörte sich das Gerassel der nachts auf Beutesuche gehenden karibischen Landkrabben für die Ohren der nervösen englischen Infanteristen an wie das Gerassel von Bandeliers. Es wurde Alarm gegeben – »Die Rinderjäger sind da!« –, Soldaten rannten blindlings in den Urwald und gerieten auf der Flucht vor den vermeintlichen Verfolgern in tödliche Sümpfe.

Als sie Santo Domingo schließlich erreichten, stürmten Morris und sein demoralisierter Haufen mutig gegen die Mauern an und versuchten, sie zu erklimmen, woraufhin die Spanier einfach mit ihren Feldschlangen herunterfeuerten, und Hunderte von Angreifern den Tod fanden. Zurückgeworfen, behauptete Morris, es handele sich nur um einen taktischen Rückzug, doch als er es dann noch einmal versuchte, machte die spanische Kavallerie einen Ausfall, streckte zahlreiche Soldaten mit ihren Lanzen nieder und kehrte erst dann wieder um, als sie des Tötens müde geworden war. Es war die demütigendste Niederlage, die eine englische Armee je hatte einstecken müssen – und das ausgerechnet durch die Spanier, von denen stets behauptet wurde, sie seien samt und sonders Feiglinge, und die nomadisierenden Rinderjäger von Hispaniola.

Wieder auf See, wurde ihnen klar, wie vermessen es wäre, Havanna oder Cartagena anzugreifen, und so sahen sie sich vor die Wahl gestellt, entweder mit leeren Händen nach England zurückzukehren und sich der zügellosen Wut Cromwells zu stellen oder aber alles daranzusetzen, eine leichtere spanische Prise in ihre Gewalt zu bringen. So waren sie denn auf Jamaika gekommen – zugegebenermaßen kleiner als Hispaniola und für Spanien ohne größeren Nutzen, dafür aber auch kaum befestigt ...

»Nun, Sir, ich nehme an, die Schießerei ist vorläufig beendet. Vielleicht sieht Eure Pöbel-Armee sich diesmal imstande, standhaft zu bleiben und zu kämpfen, wie es sich für Engländer geziemt.« In schwarzem Hut und angetan mit einem Baumwollwams, kam jetzt einer der wenigen Pflanzer aus Barbados, die sich erboten hatten, an der Expedition teilzunehmen, vorsichtig den Niedergang herauf. Er blickte erst zu der nunmehr sonnenerhellten Festung empor und dann zu den grünbewaldeten Hängen im Hintergrund. »Wenn ich mir das so ansehe, frage ich mich, ob es sich überhaupt lohnt, eine Salve dafür abzufeuern. Es wirkt genauso verdammt wild und unkultiviert wie Barbados, als ich erstmals den Fuß auf die Insel setzte.«

»Ich denke, Colonel Morris kennt seine Pflicht, Sir.« Calvert wurde förmlich. »Und ich würde meinen, einen Teil dieses Landes kann man schon bald unter den Pflug nehmen.«

Warum, so fragte sich Calvert, ist der Pflanzer mitgekommen? Er hat sich nicht erboten, der Infanterie zu helfen. Nein, höchstwahrscheinlich hat er sich nur deshalb freiwillig gemeldet, weil er darauf spekulierte, die besten spanischen Pflanzungen auf Hispaniola in seinen persönlichen Besitz bringen zu können. Vielleicht aber kann er sich auch nicht mit dem Gedanken abfinden, daß ihm ein Sitz im neuen Rat von Barbados versagt worden war. Jawohl, das muß wohl der Grund sein. Warum sonst kann sich ein Zuckeranbauer, der bekanntermaßen so erfolgreich ist wie Benjamin Briggs, entschieden haben, sich uns anzuschließen?

»Unter den Pflug?« Briggs wandte sich ihm zu. »Ich sehe, Ihr habt keine Ahnung, wie man eine Plantage bewirtschaftet, Sir. Wo sind denn die Arbeitskräfte, die man dazu braucht?«

»Vielleicht entschließen sich einige von den Infanteristen, hier zu siedeln. Wo es doch überall Spanier gibt, braucht die Insel . . .«

»Ihr meint doch nicht etwa diese Faulpelze, mit denen wir es hier zu tun haben? Ich bezweifle, daß auch nur einer von hundert imstande wäre, eine Maniokwurzel von einer Yamswurzel zu unterscheiden – vorausgesetzt, er brächte überhaupt den Fleiß auf, vorher die Hacke zu schwingen, um beides aus dem Boden zu holen.« Briggs trat an die Reling und ließ den Blick über die breite Ebene dahingehen, die sich vom Hafen aus ins Landesinnere erstreckte. »Gegenwärtig ist dieses Land hier jedenfalls keinen Twopence wert, so viele Stubben müßten gerodet werden, ehe man ans Pflanzen denken kann.«

Insgeheim beurteilte Benjamin Briggs die Aussichten gar nicht so negativ. Wenn man es nur richtig anfängt und gleich ein paar Afrikaner herschafft, kann Jamaika durchaus eine Zukunft haben, dachte er. Genügend kräftige Schwarze, und diese Savannen und Wälder lassen sich ohne weiteres in fruchtbare Äcker verwandeln. Und wenn vielleicht nicht direkt hier an der Küste, dann doch weiter oben im Landesinneren. Die Berge sehen so grün aus wie die von Barbados vor dreißig Jahren. Zum Teufel mit Hispaniola! Diese Insel hier, Jamaika, könnte der ideale Ort dafür sein, den Beweis zu erbringen, daß ich schon immer recht gehabt habe . . . Barbados hat bewiesen, daß sich mit Zucker ein Vermögen verdienen läßt. Doch was man dafür wirklich braucht, ist Land, sehr viel Land, und auf Barbados befindet sich die Hälfte der guten Lagen nach wie vor in der Hand von Fünf- oder Zehn-Morgen-Freisassen. Männer, die in der Neuen Welt Erfolg haben wollen, müssen aber in großen Maßstäben denken. Ich sollte meine Plantagen auf Barbados verkaufen, die Zuckermühle hierherbringen und mich bei hinreichend in der Ferne liegendem

Zahlungsziel mit den Holländern über die Lieferung von erstklassigen Negern einigen . . . Das wäre doch eine Idee . . .

Voraussetzung ist allerdings, daß es uns gelingt, diese paar Spanier nach Hause zu schicken. Danach kann diese Insel zu einer wahren Goldmine werden.

»Verzeiht, Mr. Briggs, aber ich muß jetzt an Land.« Calvert nickte und wandte sich dem Niedergang zu.

»Wie Ihr wollt, Sir. Und ich glaube, ich schließe mich Euch an. Will mal sehen, wie groß der Fisch ist, der uns da an die Angel gegangen ist, und was wir damit anfangen können!«

»Vielleicht wäre es klug zu warten, bis die Spanier kapituliert haben.«

»Nun, Sir, ich sehe da unten in der Ebene keine Spanier, die uns auflauern.« Er folgte Calvert den Niedergang hinunter. »Ich bin Zivilist, und das bedeutet, daß ich für mich selbst verantwortlich bin.«

»Hugh, wollen wir einfach herumstehen und tatenlos zusehen, wie diese Hunde uns alles wegnehmen?« Katherine hielt zornig ihre Muskete umklammert. »*Wir* haben dieses Fort erobert – und nicht Morris und seine Rundköpfe.«

Winston starrte hinunter auf die Kriegsschiffe. Warum, zum Teufel, waren sie ausgerechnet hierher gekommen? Cromwell hatte doch wohl Besseres mit seiner Flotte im Sinn, als ein paar spanische Pflanzer auszuplündern.

Was immer sie wollen, sie werden dafür kämpfen müssen, das schwöre ich . . .

»Nie haben meine Augen Verdammenswerteres erblickt, Sir.« Guy Bartholomew war neben ihn getreten. »Wer weiß, vielleicht war doch was dran an dem Gerücht, daß die Flotte Santo Domingo hat erobern wollen. Und als das nicht klappte, hat man beschlossen, statt dessen Jamaika zu plündern.«

Neben Bartholomew stand jetzt Timothy Farrell und bedachte die Schiffe mit irischen Flüchen. »*Aye*, bei der Heiligen Jungfrau, mag geschehen sein, was geschehen ist, eines steht fest: Ein Lösegeld für die Stadt bekommen wir nie zu sehen.« Er schien untröstlich. »Das sacken jetzt alles die verdammten Engländer ein, und die haben von Teilen und Abgeben noch nie etwas gehört, das könnt Ihr mir glauben.«

»Aber was wollen sie schon aus einer leeren Stadt herausquetschen?« Winston wandte sich Bartholomew zu. »Warum lassen wir dieser Navy nicht mal ein Zeichen unseres Dankes zukommen? Lassen wir doch diese Spanier frei, damit sie zurückkehren und sehen, daß sie ihre Sachen aus Villa de la Vega herausbekommen. Wenn die verdammten Rundköpfe dann dort erscheinen, finden sie nichts weiter als leere Hütten.«

»Gar kein schlechter Gedanke, Sir, das muß ich Euch lassen. Andererseits könnten wir versuchen, ob wir nicht vor ihnen hinkommen, um nachzusehen, ob nicht doch irgendwelches Gold da ist. Diese römischen Kirchen der Spanier sind für gewöhnlich mit allerlei Tand vollgestopft.« Der Bukanier sah wieder nach unten. Eine Reihe von Booten nahm jetzt Kurs quer über die Bucht auf eine Uferstelle unterhalb des Forts. Er warf einen Blick zurück auf seine Leute. »Was sagt ihr, Jungs?«

»Es hat keinen Sinn, Käpt'n, so wahr ich 'n Christ bin.« Einer der ergrauten Bukaniers hinter ihm ergriff das Wort. »Es sind 'ne Menge Jungs hier, die früher in der englischen Navy Dienst getan haben, und ich bin einer von ihnen. Ihr könnt Gift darauf nehmen, daß wir nie auch nur mit einer einzigen spanischen Golddublone an diesen Fregatten vorüberkämen! Das einzige, was uns sicher wär', wenn wir jetzt versuchten, die spanische Stadt zu plündern, wär' der Strick; sie würden uns als Diebe aufknüpfen! Wenn ein redlicher Seemann jemandem eine Uhrkette abknöpft, gilt er als Dieb; stiehlt aber ein General ein ganzes Land, nennt man das Kriegsbeute. Nein, Sir, die Erfahrung, die ich mit dem sogenannten englischen Recht gemacht hab', die genügt mir. Ich für mein Teil finde, das Beste, was wir tun können, wäre, schleunigst hier rauszukommen, solange das noch möglich ist. Sollen die Hurensöhne doch bekommen, was sie suchen. Wir haben den Platz einmal genommen, und – bei Gott – wir schaffen's auch ein zweitesmal.«

Zustimmendes Gemurmel erhob sich. Ein paar von den erfahrenen Seeleuten spähten bereits den steinernen Gang entlang und dachten an die häufig von der englischen Navy geübte

Praxis, jeden körperlich gesunden Mann, dessen sie habhaft werden konnte, zwangsweise zu rekrutieren, sofern sie knapp an Mannschaften war.

»Nun, Sir, was Ihr da sagt, hat etwas für sich.« Bartholomew nickte nachdenklich. »Vielleicht wären wir wirklich am besten beraten, wenn wir alle Leinwand auf unseren Briggs setzen, ehe die Flotte unsere Ankerplätze auf der anderen Seite des Cayo aufspürt.«

»Das wäre sicher das beste, glaubt mir«, ließ der Schotte MacEwen sich vernehmen. »Und wenn diese Spanier Lust haben, währenddessen diese verdammten Rundköpfe zu beschäftigen, dann würde ich ihnen mit Freuden jeden Kanonier zurückgeben und soviel Zündschnur wie sie wollen obendrein. Was in der Stadt ist, kann mir gestohlen bleiben.«

»Dann abgemacht.« Winston winkte den spanischen Kommandanten heran. Capitán Juan Vicente de Padilla trat zögernd vor.

»Wollt Ihr jetzt meinen Degen, Capitán?«

»Nein, Ihr könnt ihn behalten – und macht, daß Ihr hier rauskommt. Kehrt zurück nach Villa de la Vega und sagt Eurem Gouverneur Bescheid, die englische Flotte sei gelandet.«

»Capitán, ich verstehe nicht, was Ihr meint.« Verwirrt sah er Winston an. »Ihr sprecht englisch, und doch gehört Ihr nicht zu diesen *galeones* dort unten?«

»Wir sind keine Engländer. Und ich kann Euch versprechen, daß Jamaika uns nicht zum letztenmal gesehen hat.« Winston zeigte auf den Gang. »Und jetzt macht, daß Ihr hier rauskommt. Ich weiß nicht, wie lange es noch dauert, bis diese Rundköpfe kommen.«

Unendlich erleichtert, verneigte Capitán de Padilla sich, drehte sich um und rief seine Leute zusammen. Gleich darauf stürmten die spanischen Kanoniere den Gang entlang; jeder wollte der erste sein, seine Familie und sein Hab und Gut aus Villa de la Vega fortzubringen.

»In Gottes Namen, Hugh, sag mir jetzt bloß nicht, du hättest vor, das Fort einfach auszuliefern . . .« Katherine spähte immer noch auf den Strand hinunter, wo Infanteristen Marschkolonnen bildeten und sich anschickten, den Hang heraufzumarschieren. »Ich für mein Teil gedenke zu bleiben und zu kämpfen, solange Pulver und Kugeln reichen.«

»Keine Sorge, *wir* haben die schweren Geschütze. Und ihre verdammten Kriegsschiffe sind ihnen auf Gnade und Ungnade ausgeliefert.« Er gab Tom Canninge, dem Oberkanonier der *Defiance*, einen Wink. »Laß die Jungs Pulver aufschütten, laden und die Geschütze ausfahren. Wir müssen schußbereit sein.«

»So gut wie gemacht.« Canninge rief einen Befehl, seine Männer spannten sich vor die Lafetten, welche die Spanier verlassen hatte, und rollten die Eisenkanonen zum Laden zurück.

Inzwischen befand sich die Infanterie auf dem Vormarsch den Hügel herauf. Winston erkannte Richard Morris an ihrer Spitze. So treffen wir uns also wieder, Rundkopf! Aber diesmal bin ich es, der zuerst feuert!

»Leute, gebt uns mit euren Musketen Feuerschutz.« Er bedeutete Katherine, ihm zu folgen, und gemeinsam liefen sie auf den steinernen Gang zu. Dort war es inzwischen heller geworden, das blasse Gold der frühen Stunde erfüllte die Festung. Das schwere Eichenportal am Ende hatten die davoneilenden spanischen Kanoniere halb offenstehen lassen.

Als sie in den Sonnenschein hinaustraten, tauchte plötzlich Atiba neben ihnen auf. Seine Miene war besorgt. »Senhor, ich glaube, es ist nicht mehr sicher in der verdammten *vigia* oben auf dem Hügel. Ich muß noch einmal hinauf.«

»Schön.« Winston winkte ihm nach. »Aber seht zu, daß Ihr Euch beeilt.«

»Ich bin ein Mann der Berge. Wenn ich will, bin ich zu Fuß schneller als ein Spanier mit einem Pferd.« Er sprang über den freien Platz vor der Feste und lief auf die Bäume zu.

»Katy, trenne dich auf keinen Fall von dieser hier.« Winston zog eine seiner Pistolen aus dem Leibgurt und reichte sie ihr. »Erst werden wir es mit Reden versuchen. Sollten wir aber schießen müssen, so geht es vor allem darum, Morris auszuschalten. Dann stieben sie in alle vier Himmelsrichtungen auseinander.«

Sie bogen um die Ecke. Vor ihnen tauchte an der Spitze seiner

Infanteristen Colonel Richard Morris aus dem Wald auf. Er sah sie und erstarrte. Der verdutzte Kommandeur hob die Muskete und stand im Begriff, Feuerbefehl zu geben, doch da verzog sich sein Gesicht zu einem ungläubigen Grinsen.

»Beim Blute des Herrn! Kein Mensch hat mir gesagt, daß Ihr beschlossen habt, bei diesem Unternehmen mit uns zusammenzuarbeiten.« Morris blickte zur Brustwehr empor, wo eine Reihe von Seeleuten mit Steinschloßbüchsen im Anschlag aufgetaucht war. Irgend etwas schien ihn zu verwirren. Unsicher wandte er sich wieder Winston zu. »Ich nehme an, ich sollte Euch beglückwünschen. Wir hatten ja keine Ahnung, daß Ihr und Eure Männer es waren, die ihre Kanonen zum Schweigen gebracht hatten . . . Ihr habt uns zweifellos eine größere Artillerieschlacht erspart. Verdammt gut gemacht, muß ich schon sagen.« Er senkte die Muskete und kam auf Winston zu, war aber offensichtlich immer noch auf der Hut. »Was habt Ihr denn mit all den Spaniern gemacht?«

»Sie sind jetzt fort.« Winstons Hand ruhte auf dem Pistolengriff.

»Dann gehört die Festung uns!« Morris drehte sich um und winkte die Infanteristen heran. »Schon verdammt komisch, daß ich . . . daß ich Eure Fregatte unter unseren Schiffen nicht erkannt hab'. Auf Hispaniola hätten wir Euch gut brauchen können.« Er versuchte zu lächeln. »Ich würde meinen, das bedeutet einen Monatssold extra für Euch und Eure Leute, selbst wenn Ihr Euch uns, wie ich glaube, zu spät angeschlossen habt. Aber ich werde mich persönlich dafür einsetzen.«

»Die achtzehn Shilling könnt Ihr Euch sparen, Colonel. Wir haben vor, das Fort zu behalten – und die Insel vielleicht auch. Aber dafür könnt Ihr die Stadt plündern, wenn Ihr meint, da gäbe es noch etwas zu finden.«

»Ihr habt vor, *was* zu halten, Sir?« Morris machte bedachtsam einen Schritt rückwärts.

»Die Insel, auf deren Boden Ihr jetzt steht. Jamaika heißt sie. Wir sind als erste hier gewesen, und wir sind gesonnen, sie zu behalten, so sehr sie Euch ins Auge stechen mag.«

»Nun, Sir, das ist aber höchst ungebührlich! Doch ich sehe,

von Eurer Frechheit habt Ihr nichts eingebüßt . . .« Morris packte den Lauf seiner Muskete. »Ich habe Euch bereits einen Bonus für außergewöhnliche Tapferkeit angeboten. Aber wenn Ihr meint, jetzt gegen mein Kommando rebellieren zu können, dann sieht es wohl eher so aus, als wolltet Ihr Euch den Strick um den Hals verdienen.«

Winston drehte sich um und rief laut zu Canninge hinauf: »Tom, sobald ich den Befehl gebe, deckt ihr die *Rainbowe*, die du da unten im Hafen vor Anker siehst, mit ein paar Salven ein; zielt vor allem auf das Achterdeck. Vielleicht veranlaßt das Colonel Morris, sich die Sache noch einmal zu überlegen.«

»Grundgütiger Himmel!« Morris erbleichte. »Soll das ein Witz sein?«

»Ihr könnt den Spaniern abnehmen, was immer Ihr wollt. Aber dieser Hafen gehört mir. Oder wollt Ihr riskieren, daß Cromwells Flaggschiff versenkt wird?«

»Dieser Hafen?«

»Ganz richtig. Wir behalten den Hafen. Und die Festung. Jedenfalls so lange, bis wir zu einer Übereinkunft gelangt sind.«

Hinter Morris tauchte der letzte Zug Infanterie zwischen den Bäumen des Waldrands auf. An ihrer Spitze schritt Admiral Edmond Calvert, und neben ihm stapfte ein schwergewichtiger Mann mit breitrandigem schwarzem Hut einher. Sie schritten durch die Reihe silberbehelmter Infanteristen, die ehrerbietig ihrem Admiral die Gasse öffneten. Sie hatten den freien Platz vor der Festung schon gut zur Hälfte überquert, da bemerkte Benjamin Briggs Winston und Katherine.

»Ja, zum Teufel!« Er blieb stehen. »Seid ihr beiden hergekommen, euch hängen zu lassen, so wie ihr es verdient habt?«

»Ich würde mich vorsehen, Master Briggs.« Winston blickte den Hang hinunter. »Meine Jungs da oben könnten Euren Humor mißverstehen.«

Briggs sah hinauf zur Brustwehr und dann wieder zurück. »Ich möchte wissen, welch ungesetzliches Vorhaben euch beide an diesen gottverlassenen Ort bringt!«

»Stellt Euch doch diese Frage selbst.«

»Ich bin hier, um die Interessen Englands zu wahren.«

»So wie ich Euch kenne, meint Ihr damit Eure eigenen Interessen. Demnach sind wir wohl mehr oder weniger aus den gleichen Gründen hier . . .«

»Ich darf davon ausgehen, daß die beiden Gentlemen einander kennen.« Vorsichtig kam Calvert näher. »Was für herzliche Bande Euch auch immer früher verbunden haben, es bleibt uns viel Zeit, das weitere Schicksal dieses Platzes zu bestimmen, sobald er uns erst einmal gehört. Im Moment streiten wir uns um den Pelz, bevor der Fuchs gefangen ist. Außerdem ist es der Lord Protektor, der . . .«

Von der Brustwehr oben erscholl ein Ruf, und Calvert hielt inne, um hinaufzublicken. Tom Canninge stand neben einer der grauen Feldschlangen und winkte Winston zu.

»Käpt'n, es kommt eine Menge Reiter die Straße von der Stadt herauf.«

»Ob sie einen Gegenangriff planen?«

Der Kanonier beobachtete die Straße. »Von hier sieht das nicht so aus. Sie reiten ganz langsam, ihre Pferde gehen fast im Schritt. Und es sind auch ein paar Schwarze dabei, die eine Art von Hängematte zu tragen scheinen.«

Auch Morris sah jetzt die Straße nach Villa de la Vega hinunter. Er besprach sich kurz mit Calvert und befahl dann seinen Leuten, am Waldrand in Deckung zu gehen.

Jetzt tauchte eine Reihe spanischer Reiter auf, mit langen Lanzen und silberbeschlagenen Sätteln. Die Pferde tänzelten hinter einem sich vorwärtsbewegenden Pulk von Männern, die alle nach der neuesten Mode Sevillas gekleidet waren. An der Spitze schaukelte eine offene Sänfte, die von einem samtenen Sonnensegel vor den heißen Strahlen geschützt wurde; die Sänfte selbst wurde an ihren vier Ecken von je einem älteren Neger in blauseidenem Lendentuch auf der Schulter getragen.

Katherine hörte es an ihrem Ellbogen rascheln, und als sie sich umdrehte, sah sie, wie der Admiral sich verneigte. »Edmond Calvert, Madame, ergebenster Diener.« Rasch warf er einen Blick zu den Spaniern hinüber, ehe er fortfuhr: »Colonel Morris hat mir eben gerade gesagt, Ihr wäret Dalby Bedfords Tochter.

Bitte gestattet, daß ich Euch mein herzlichstes Beileid ausspreche.«

Sie nickte leicht und sagte nichts, sondern umfaßte nur den Kolben der Pistole fester. Calvert betrachtete sie einen Moment, um sich dann Winston zuzuwenden: »Und Ihr, so hat man mir berichtet, Sir, habt die Artillerie von Barbados befehligt.«

Winston antwortete nicht, sondern musterte den Admiral wortlos.

Calvert räusperte sich. »Nun, Sir, wenn das zutrifft, so habe ich allen Anlaß, einen exzellenten Seemann in Euch zu sehen. Ich darf dann annehmen, daß Ihr es irgendwie geschafft habt, der *Gloucester* davonzusegeln.« Er machte eine Pause und fuhr dann vorsichtig fort: »Als das geschah, wart Ihr ein gesuchter Gesetzesübertreter, doch nach den heutigen Ereignissen sind Zugeständnisse wohl durchaus angemessen. Recht bedacht, möchte ich Euch hier und jetzt ein Offizierspatent anbieten – vorausgesetzt, Ihr könntet Euch bereitfinden, unter mir zu dienen.«

»Verbindlichsten Dank, aber ich suche keine Anstellung.« Winston sah sich nach der näher rückenden Kavallerie um. »Was ich suche, habe ich . . . will sagen, haben *wir* hier, denn Miss Bedford und ich beabsichtigen, Jamaika zu unserer Heimat und zum Ausgangspunkt aller weiteren Unternehmungen zu machen.«

Calvert lächelte. »Nun, Sir, wenn Ihr daran denkt hierzubleiben, so bin ich sicher, es findet sich ein Platz für Euch. Ich möchte mein Wort verpfänden, daß die Spanier uns diese Insel nicht ohne Gegenwehr überlassen werden. Bald schon wird eine spanische Flotte ausgesandt werden, deren Auftrag es sein wird, Jamaika zurückzuerobern. Wir müssen uns also sofort um die Verteidigung kümmern, ja möglichst unverzüglich ein paar Geschütze von der *Rainbowe* und der *Marston Moor* zur Festung hinaufschaffen. Es ist viel zu . . .«

»Was sagt Ihr da?« Katherine starrte ihn an. »Ihr wollt Jamaika *behalten*?«

»Für England.« Er blickte sie ernst an. »Ich stimme Euch zu, das wird nicht leicht sein, Madame, aber wir wollen unser Bestes tun, darauf gebe ich Euch feierlich mein Wort. Und wenn Ihr und die Männer in Eurer Begleitung uns dabei helfen wollten, so würde ich das Seine Hoheit wissen lassen. Ich fürchte, wir werden schon bald erfahrene Artilleristen brauchen.«

Wie vor den Kopf geschlagen blickte Katherine ihn an. Benjamin Briggs trat herzu und flüsterte Calvert ins Ohr: »Admiral, was den Ausbau der Verteidigung betrifft, so sollten wir wohl erst einmal in Erfahrung bringen, was diese verdammten Spanier im Sinne haben . . .«

»Das kann nur eines bedeuten, Master Briggs. Sie wollen verhandeln . . .« Calvert faßte den Zug, der sich jetzt dem Rand des Platzes näherte, erneut ins Auge. »Denn nicht einmal Spanier greifen aus einer Sänfte heraus an.«

Langsam kam die seltsame Karawane zum Stehen. Während die Reiter ihre Pferde zügelten und in der Sonne warteten, redete einer der Männer, die neben der Sänfte einhergeschritten waren, mit der im Schatten unter dem Sonnensegel ruhenden Gestalt. Schließlich griff er hinein, empfing ein langes in Seide gehülltes Bündel, trat dann um die Träger herum und kam auf die Engländer zu.

Er trug eine Seidenweste und einen federgeschmückten Hut, und als er sich den vier bei der Brustwehr Stehenden näherte, wußte er im ersten Augenblick offensichtlich nicht, was tun. Seine olivfarbene Haut wirkte im Licht des frühen Morgens bläßlich, und sein üppiger Schnauzbart hing beiderseits traurig herab. Schließlich blieb er ein paar Schritte vor ihnen stehen und stellte sich ihnen vor.

»Ich bin Antonio de Medina, Generalleutnant unseres Gouverneurs Don Francisco de Castilla, der gekommen ist, Euch zu begrüßen. Er bedauert, daß sein Gesundheitszustand es ihm nicht erlaubt, Euch seinen Degen persönlich zu überreichen.« Er hielt inne und warf einen Blick zurück auf die Sänfte. Dort reckte sich ein matter Arm und winkte. »Seine Exzellenz sind sich über die Lage im klaren und haben sich in höchsteigener Person herbegeben, um von Euch zu erfahren, was Ihr verlangt. Sollte es Euch um Lösegeld gehen, so ist es mein Auftrag, Euch darauf hinzuweisen, daß wir nur arme Leute sind und außer unserem ehrlichen, guten Namen nicht viel besitzen.«

»Ich bin Admiral Edmond Calvert und nehme seine Begrüßung im Namen von Englands Lord Protektor entgegen.« Calvert musterte die verhangene Sänfte mit einiger Verwirrung. »Vielleicht habt Ihr die Güte, Don Francisco de Castilla davon zu unterrichten, daß wir nicht eines Lösegeldes wegen hier sind. Wir sind hier, um diese Insel im Namen Seiner Hoheit, Oliver Cromwell, für England in Besitz zu nehmen.«

»Señor, ich verstehe nicht.« Medina legte die Stirn in Falten. »Englische *galeones* sind in der Vergangenheit immer wieder einmal hier aufgekreuzt, und wir haben stets das geforderte Lösegeld aufgebracht, so schwer es uns auch gefallen ist. Wir werden . . .«

Jetzt ergriff Benjamin Briggs das Wort. »Diesmal, Sir, geht es um etwas anderes. Der Admiral hat Euch gerade zu verstehen gegeben, daß wir hier sind, um zu bleiben. Übermittelt das Eurem Gouverneur.«

»Aber Ihr könnt doch nicht einfach von dieser Insel Besitz ergreifen, Señor . . . Sie gehört seit über hundertundvierzig Jahren Spanien.«

»Und wo habt Ihr den Kaufvertrag, wenn ich fragen darf? Wir sagen, die Insel gehört dem, der den Mut hat, sie in seine Gewalt zu bringen. Die Spanier haben den Heiden die halbe Welt entrissen – jetzt ist England an der Reihe.«

»Aber die Insel wurde unserem König von Seiner Heiligkeit, dem Papst, in Rom zugesprochen.«

»*Aye,* Euer Papst war schon immer großzügig, wenn es darum ging, Land zu verschenken, das ihm nicht gehörte.« Briggs grinste breit. »Wenn ich mich recht erinnere, hat sein Vorgänger zu König Heinrichs Zeit England einem jeden angeboten, der Lust hatte, bei uns einzufallen. Nur hat keiner von Euren papistischen Königen sich die Mühe gemacht zuzugreifen . . .« Das Grinsen verschwand. »Diese Insel hier ist von heute an englisch, und Eure purpurne Hure in Rom kann uns gestohlen bleiben.«

»Señor, protestantische Gotteslästerungen werden . . .«

Ehe Medina weitersprechen konnte, mischte Hugh Winston sich ein. »Vorsicht, Briggs! Zieht keine eiligen Schlüsse! Wer sagt denn, das Jamaika *England* gehört? Im Moment zumindest gehört die Festung mir und meinen Leuten.«

»Nun, Sir, wenn Ihr meint, Ihr könnt Euch hier irgend etwas aneignen, was von Stund' an England gehört, dann möchte ich mal wissen, wie Ihr das bewerkstelligen wollt.«

»Ich brauche mir gar nichts anzueignen und habe auch gar nicht vor, das zu tun. Was ich wollte, besitze ich bereits. Während wir hier reden, haben meine Leute unten auf der Spitze des Cayo de Carena Geschütze von der *Defiance* aufgestellt. Von diesem Augenblick an wird jedes Schiff, das aus- oder einlaufen will, an diesen Geschützen vorbeimüssen. Der Hafen mit allem, was dazugehört, befindet sich also in meinem Besitz. Und das Fort hier selbstverständlich auch.«

»Vielleicht sagt Ihr mir, was Ihr vorhabt, Sir.« Calvert sah zu der Brustwehr auf, deren eiserne Kanonen nach wie vor auf die Schiffe unten in der Bucht gerichtet waren.

»Vielleicht läßt sich eine Übereinkunft erzielen . . .«

»Was wollt Ihr damit sagen?«

»Die Männer, die mit mir segeln, sind Bukaniers – Ihr nennt sie Rinderjäger –, und wir brauchen diesen Hafen. Wir haben die Absicht, in Zukunft von Jamaika aus zu operieren. Es wird hier einen freien Hafen geben, und jeder, der sich uns anschließen will, ist willkommen.«

»Wollt Ihr damit sagen, Ihr hättet vor, Euch mit den Freibeutern auf dieser Insel niederzulassen?« Calvert überlegte fieberhaft, welche Konsequenzen sich aus dem, was er soeben gehört hatte, ergaben. Konnte es sein, daß Cromwell nicht nur Jamaika bekam, sondern obendrein auch noch schwerbewaffnete Schiffe, bemannt mit den einzigen Männern in der Karibik, welche die Spanier fürchteten? Vielleicht war das eine Chance, Jamaika langfristig zu halten. Vielleicht war der ›Plan West‹ nach allem doch noch nicht verloren . . .

»Nun, Sir, ehrlich gesagt, braucht diese Insel ja alle waffenfähigen Männer, die wir bekommen können, um sich gegen die Spanier zu verteidigen.« Calvert wandte sich an Briggs. »Wenn seine Freibeuter hier ihr Hauptquartier aufschlagen wollen, so kommt uns das doch wie gerufen.«

»Ihr wollt die Sicherheit dieser Insel dieser Bande von Schurken und Halsabschneidern anvertrauen?« Briggs ahnte Schlimmes, und seine Miene verdüsterte sich. »Moment mal, Sir . . . Soll das etwa heißen, Cromwell wird dieser Insel nicht den Schutz seiner Flotte zuteil werden lassen?«

»Seine Hoheit wird zweifellos so handeln, wie es im besten Interesse Englands liegt. Nun wird er wohl nicht gerade mit großem Vergnügen dazu bereit sein, Steuergelder für die Befestigung und Bewachung einer leeren spanischen Insel auszugeben. Ich würde mich nicht auf die englische Flotte verlassen . . .«

»Aber diese Insel muß doch Verteidigungsanlagen bekommen! Wir sind hier doch nicht auf Barbados. Barbados liegt ziemlich weit abseits und hat die Spanier nie interessiert. Mit Jamaika ist das etwas anderes. Es grenzt an einen der Hauptschiffahrtswege der Spanier, die Windward Passage. Ihr müßt also eine Garnison und einige bewaffnete Schiffe hierlassen, wenn Ihr vermeiden wollt, daß die Spanier einfach zurückkommen und die Siedlung an sich reißen, wann immer ihnen der Sinn danach steht.«

»Dann solltet Ihr Euch einmal Gedanken darüber machen, wie Ihr die entsprechenden Zusagen und Garantien aus London bekommt.« Calvert wandte sich wieder an Medina. »Habt doch bitte die Güte, Seiner Exzellenz zu übermitteln, daß ich sie persönlich sprechen möchte.«

Der Generalleutnant verneigte sich kurz und kehrte, sichtlich aufgeregt, zu der Sänfte zurück. Nachdem er sich mit dem darin Liegenden besprochen hatte, befahl er den Trägern, näher heranzukommen.

Sie erblickten ein kleines, verhutzeltes, kahlköpfiges Männchen, fast völlig verzehrt von der ›Franzosenkrankheit‹, das nun den Vorhang beiseite schob und die Augen vor der Morgensonne beschattete.

Wieder ergriff Calvert das Wort. »Wie ich bereits gesagt habe, Exzellenz, wir freuen uns über Euer Willkomm. Wir werden vorläufig Abstand davon nehmen, Villa de la Vega zu plündern, doch dafür werdet Ihr die Güte haben, uns umgehend dreihundert Stück Mastvieh für die Flotte zu liefern, dazu Maniokbrot und anderen Proviant.«

Nach einem raschen Wortwechsel wandte Medina sich mit traurigen Augen an sie. »Seine Exzellenz erklären, daß ihr nichts anderes übrigbleibt, als sich zu fügen.«

»Schön. Aber ich bin noch nicht ganz am Ende. Ich tue Euch hiermit unmißverständlich kund und zu wissen, daß wir von der Insel Jamaika Besitz ergriffen haben. Ich werde mir erlauben, Euch morgen früh die Kapitulationsbedingungen zu übersenden. Damit ergebt Ihr Euch offiziell England.«

Winston trat vor und wandte sich an Medina. »Bitte richtet Seiner Exzellenz aus, daß noch ein Punkt zu den Bedingungen hinzukommt. Alle Sklaven, die hier stehen, sowie alle anderen Sklaven auf der Insel sind auf der Stelle freizugeben.«

»Señor, sämtliche *negros* auf dieser Insel sind kraft Proklamation von heute morgen bereits frei. Damit sie uns helfen, Widerstand zu leisten. Haltet Ihr uns denn für Narren? Unsere *negros* sind *católicos*. Sie und unsere Maroonen werden Seite an Seite mit uns kämpfen, wenn wir Euch Ketzer von der Insel vertreiben müssen.«

»Maroonen?« Calvert sah ihn fragend an.

»*Si*, so heißen die freien *negros*, die hier in den Bergen leben.« Er trat auf Calvert zu, »Und wisset dieses, Engländer: Sie stehen nicht mehr allein. Der König von Spanien wird nicht zulassen, daß Ihr diese Insel raubt, und wir auch nicht. Schon jetzt haben alle unsere Landsleute in Villa de la Vega ihre Habseligkeiten genommen und sind in die Berge gezogen. Von dort aus werden wir gegen Euch Krieg führen, für lange, lange Zeit, wenn es sein muß. Ihr könnt diese Insel nicht wider das Gesetz Gottes an Euch reißen; wenn Ihr es aber dennoch tut, so werden unsere Leute ihre *hatos* leeren und ihr Vieh in die Berge treiben. Eure Armee wird verhungern, die Insel wird zu Eurem Sarg werden. Das versprechen wir Euch.«

»Es bleibt abzuwarten, Sir.« Calvert betrachtete ihn kalt. »Wenn Ihr Euch unseren Bedingungen nicht anbequemt und der Armee kein Fleisch liefert, dann nehmen wir uns einfach, was wir wollen.«

»Dann wünschen wir Euch einen guten Tag.« Medina trat zurück, um sich mit dem Gouverneur zu beraten. Kurz darauf luden die Träger sich die Sänfte wieder auf die Schulter, drehten sich um und schritten die Straße hinab. Die tänzelnden Pferde der Kavallerie folgten ihnen.

Voller Unbehagen sah Calvert ihnen nach. »Ehrlich gesagt, ich fürchte, daß dies hier genauso blutig enden könnte wie Hispaniola. Wenn diese Spanier unsere Übergabebedingungen nicht anerkennen und sich in die Berge zurückziehen, wird es Jahre dauern, bis englische Siedler auf Jamaika sicher leben können.«

Die Infanteristen unter der Führung von Morris waren inzwischen aus dem Wald herausgekommen und nahmen auf dem freien Platz Aufstellung. Gleich darauf kam Guy Bartholomew um die Ecke der Festung. Sein Gesicht wirkte im Morgenlicht verstört. Verwirrt sah er dem in der Ferne verschwindenden Zug der Spanier nach. Dann wandte er sich an Winston: »Worüber ist geredet worden?«

»Es wird hier zu einem Krieg kommen, und zwar bald. Damit wollen wir nichts zu tun haben. Deshalb gehen wir jetzt am besten hinüber zur Spitze des Cayo. Der gehört uns, oder die Hölle bricht los. John hat meine Artillerie ausgeladen und sollte sie inzwischen schußbereit machen. Diese Kanonen hier brauchen wir nicht mehr. Holt unsere Leute und laßt uns gehen.«

In diesem Moment kamen Atiba und Serina über den freien Platz auf Winston zu. Der Yoruba hatte das Entermesser noch immer an der Seite, und Serina, deren weißes Kleid vom Marsch durchs Unterholz zerrissen und verschmutzt war, trug eine spanische Steinschloßbüchse. Als sie Briggs erblickte, zögerte sie erschrocken, ging dann jedoch entschlossen auf ihn zu.

»Mein verdammter Nigger!« Der Pflanzer griff nach seiner Pistole. »Der Kerl, der mich umbringen wollte und dann mit meiner *mulata* auf und davon ist . . .«

Serina spannte im Gehen den Hahn und sagte: »Laßt Eure Waffe, wo sie ist, Master Briggs, es sei denn, Ihr wollt, daß ich Euch eine Kugel durch die Brust schieße. Atiba ist jetzt frei.«

»Er ist ein entlaufener Sklave!« Briggs zögerte. »Und ich nehme an, du steckst mit ihm unter einer Decke. Nun, ich werde nicht zulassen, daß ihr beiden hier auf der Insel frei herumlauft, das verspreche ich euch.«

»Auch ich bin jetzt frei«, erwiderte Serina, und ihre Stimme klang klar und fest. »Ich werde nie wieder Eure Sklavin sein.«

»Das werden wir, verdammt noch mal, sehen! Ich habe gutes Geld für euch bezahlt . . .«

»Hier auf der Insel gibt es viele freie *pretos*. Wer schwarz ist, ist hier nicht unbedingt ein Sklave wie in einer englischen Siedlung. Der Spanier in der *vigia* hat mir erzählt, daß es hier sogar freie Menschen meines eigenen Volkes gibt.« Atiba war, die Hand am Griff seines Entermessers, neben sie getreten. »Ich weiß nicht, warum Ihr gekommen seid, *branco*«, fuhr er fort, »aber wenn Ihr versuchen solltet, irgend jemanden von den Angehörigen meines Stammes, die hier auf dieser Insel leben, zu Sklaven zu machen, dann erheben wir das Schwert gegen Euch genauso wie auf Barbados.«

»Es wird Sklaven geben, und zwar viele, worauf du dich verlassen kannst. Das wird ja immer besser! Ein entlaufener Schwarzer will einem Engländer sagen, was er zu tun und zu lassen hat. Ja, es wird Krieg geben, gewiß, da sind wir uns ausnahmsweise einig. Und der wird so lange dauern, bis jeder entlaufene Sklave aufgeknüpft und gevierteilt ist. Und ganz besonders du . . .«

Prasselndes Musketenfeuer im Wald hinter ihnen unterbrach den Pflanzer. Mit einem Fluch fuhr er herum. Aus dem Dickicht trat, zusammen mit einem Zug Schwarzer, eine Reihe spanischer Milizsoldaten. Schwarze wie Weiße waren mit Musketen bewaffnet. Sie trugen hohe Helme, gingen Reihe um Reihe in die Knie und nahmen die englische Infanterie methodisch unter Beschuß. Briggs sagte kein Wort mehr, wandte sich um und suchte in gebückter Haltung Deckung.

»Hugh, wir müssen raus hier! Sofort!« Katherine packte ihn beim Arm und zog ihn hinter die schützende Brustwehr.

Überall ertönten jetzt aufgeregte Rufe und Geschrei, Helme und Brustpanzer blinkten auf, die englischen Infanteristen sprengten auseinander. Morris hatte sofort seine Muskete gespannt und das Feuer erwidert. Er traf einen spanischen Musketenschützen, befahl dann jedoch seinen Leuten, in Deckung zu gehen. Von einem Augenblick auf den anderen war die klare Morgenluft von grauem Pulverdampf verschleiert. Die Infanteristen verbargen sich zwischen den Bäumen und begannen, provisorische Barrikaden aus herumliegenden Stämmen und Zweigen aufzutürmen.

»Senhor, ich glaube, der verdammte Krieg hat bereits angefangen«, schrie Atiba Winston zu. Er und Serina hatten gleichfalls hinter der Brustwehr Schutz gesucht.

»In der Tat, Atiba, und was mich betrifft, so will ich damit nichts zu tun haben.« Winston blickte zurück. »Katy, was meinst du, sollen wir uns nicht einfach mitsamt unseren Leuten auf den Cayo zurückziehen? Soll doch Morris zusehen, wie er zurechtkommt.«

Sie lachte, mußte aber des Pulverdampfes wegen husten. »Von mir aus können sie allesamt zur Hölle fahren! Ich weiß nicht einmal mehr, auf wessen Seite ich stehen möchte.«

Während Briggs und Calvert gemeinsam mit Morris hinter einer Barrikade kauerten, die von den englischen Infanteristen aufgetürmt worden war, liefen die vier rasch um das Fort herum und brachten sich in Sicherheit.

Bartholomew wartete zusammen mit den Seeleuten an der Eichentür. Die Festung war leer; draußen jedoch lieferten sich die Spanier und Engländer ein Musketengefecht.

»Ich hab's den Jungs gesagt«, rief er über den Lärm hinweg. »Sie wollen nichts lieber als hier raus, das könnt Ihr mir glauben! Es besteht doch nicht mehr die geringste Chance, die Stadt zu überrumpeln. Ich würde sagen, wir ziehen uns auf den Cayo zurück und sehen uns mal an, was wir damit anfangen können.«

»Gut.« Winston winkte sie voran.

Auf dem steilen Pfad den Hang hinunter zupfte ihn jemand am Ärmel. Es war Atiba.

»Ich glaube, wir verlassen Euch jetzt, mein Freund.« Das Gesicht des Yoruba war sehr ernst. »Dara meint, wenn es zu einem Krieg mit den *Inglês* kommt, sollten wir dabeisein. Und diesmal, glaube ich, taugt der Rat einer Frau.«

»Ihr wollt an diesem Scharmützel teilnehmen?«

»Scharmützel? Das kann Jahre dauern! Nein, ich möchte diese Maroonen kennenlernen, meine Brüder, die bereits als freie Menschen in der Karibik leben.«

»Aber wir werden den Hafen nehmen. Ihr könntet . . .«

»Ich bin kein Mann des Meeres, mein Freund. Wir sind Menschen der Wälder. Im Wald kenne ich mich aus, und dort möchte ich leben. Und von den Wäldern aus werde ich die englischen Sklavenhalter bekämpfen, solange ich lebe.«

»Nun, dann viel Glück. Aber paßt auf Euch auf – es können schlimme Zeiten für Euch kommen.« Winston sah ihn an. »Wir sind auf dem Weg zum Cayo. Ihr seid dort stets willkommen.«

»Auch ich wünsche Euch viel Glück. Wahrscheinlich wird auch Euer Weg nicht einfach sein. Diese verdammten *Inglês* könnten versuchen, Euch wieder alles wegzunehmen.«

»Das sollen sie nur wagen! Sie werden was erleben! Nein, es ist mein fester Wille, ein freies Gemeinwesen zu schaffen. Und merkt Euch, der Tag wird kommen, da Sklavenhalter wie Briggs von allen Engländern als Schandfleck empfunden werden. Die einzigen, deren man sich aus dieser Zeit mit Stolz erinnern wird, werden die Bukaniers sein.«

»Das nenne ich ein hehres Ziel.« Atiba lächelte und sah dann Serina an. »Ich gäbe viel darum zu wissen, was dereinst aus dieser Insel wird.«

»Ich will es Euch sagen.« Sie nahm die Muskete in die andere Hand. »Wir werden diese *Inglês* in die Knie zwingen. Eines Tages werden sie zu uns kommen und zu Kreuze kriechen.« Sie gab Katherine einen Kuß, dann strich sie Winston leicht über die Hand. Kurz darauf waren sie und Atiba zwischen den Bäumen verschwunden.

»Hugh, ich weiß wirklich nicht, ob mir das gefällt.« Katherine faßte neben ihm Schritt, Bartholomew hatte sich an die Spitze der Bukaniers gesetzt und war beiden bereits ein ganzes Stück voraus. »Ich dachte, wir besetzen eine ganze Insel – und jetzt bekommen wir nur ein winziges Stück davon, das heißt, nur einen Hafen, dafür haben wir all diese Halunken am Hals.

»Katy, was hast du neulich gesagt – als du meintest, nicht alles haben zu können?«

»Ich habe gesagt, das Leben hat mich eines Besseren belehrt. Daß man sich mit dem zufriedengeben muß, was möglich ist.« Sie sah zu ihm auf. »Aber ich war ja nicht die einzige, die einem Traum folgte. Du wolltest vielleicht eine andere Art von Unabhängigkeit – hochfliegende Träume hattest du allemal!«

»Was ich wollte, war Jamaika. Ich wollte ein freies Land daraus machen. Nach den heutigen Ereignissen wird das Schicksal der Insel noch lange ungewiß bleiben, und niemand wird wissen, wer hier eigentlich das Sagen hat.«

Katherine hob den Kopf und sah zwischen den Bäumen den Fluß schimmern, ein glitzerndes Band in der Morgensonne. »Warum machen wir nicht einfach das Beste aus dem, was wir haben – dort unten auf dem Cayo? Nur für uns?«

Er legte ihr den Arm um die Taille und zog sie an sich. »Wollen wir den Versuch wagen?«

Epilog

London

Bericht des Gremiums für Auslands-Plantagen an die Handelsherren vom Geheimen Kronrat betreffs der Zustände in Nord-, Süd- und Mittelamerika nebst Empfehlungen für die Förderung der Interessen unserer Kaufleute.

. . . Nachdem wir nun Barbados, Virginia und Maryland und Neu England beschrieben haben, möchten wir uns nun den Zuständen auf Jamaika zuwenden, wie sie sich nach dem Ableben des (von niemandem beklagten) Oliver Cromwell sowie der Wiedereinsetzung Seiner Königlichen Majestät Charles Stuart II. auf den Thron von England darbieten.

Im Gegensatz zu Barbados, wo es nunmehr 28 515 schwarze Sklaven gibt und wo der Grund und Boden dreimal soviel kostet wie der fruchtbarste Ackerboden in England, bleibt auf der Insel Jamaika noch abzuwarten, ob der Zuckerrohranbau den erwünschten Wohlstand bringt. Wiewohl zu erwarten steht, daß die Produktion dortselbst (schon aufgrund der Größe der Insel) eines Tages sogar die von Barbados übersteigen dürfte, hat die Verwaltung der Insel bisher immer nur Ärger gebracht; um diesem Zustand ein Ende zu setzen, erlauben wir uns, gewisse Empfehlungen vorzutragen.

Man erinnert sich noch gut, daß – nachdem Jamaika den Spaniern entrissen wurde – der Admiral sowie der Infanterie-Kommandeur (deren Namen hier nicht grausam genannt werden sollen) beide zum Lohn für ihr gesetzwidriges Handeln im Rahmen des ›Planes West‹ von Oliver Cromwell in den Tower geworfen wurden. Des weiteren erwies sich, daß es sich bei den englischen Infanteristen, die dort als Garnison zurückgelassen wurden, um niedrige und verkommene Subjekte handelte, die keinerlei Neigung zeigten zu graben oder zu pflanzen, ja die nach kurzer Zeit, da sie nichts mehr zu essen bekamen, versuchten, zu den Spaniern überzulaufen. Welchselbige Spanier danach ihr Vieh grausam auseinandertrieben und die Engländer dazu zwangen, sich von Hunden und Schlangen zu ernähren, woraufhin über zwei Drittel von ihnen schließlich elendiglich am Hunger zugrunde gingen.

Die Spanier zogen sich samt ihren Negern in die Berge im Landesinneren zurück, von wo aus sie viele Jahre hindurch alle gegen sie ausgeschickten englischen Streitkräfte bekriegten, ehe sie schließlich bei ihren papistischen Brüdern auf Kuba Zuflucht suchten. Danach bot Oliver Cromwell jedem Protestanten in England, der willens war, dortselbst zu siedeln, in seiner Eigenschaft als Großsiegelbewahrer kostenlos Land an, was jedoch nur wenig Widerhall fand. Sein Anruf an die Neu-Engländer, sich dort als Pflanzer niederzulassen, stieß genausowenig auf Interesse.

So ist Jamaika viele Jahre hindurch ein Dorn im Fleische Englands gewesen. Trotzdem glauben wir, daß bestimmte Möglichkeiten auf dieser Insel bald die Ausgaben rechtfertigen könnten, welche für die Insel bis dato aufgebracht worden sind.

Und zwar aus folgenden Gründen: Es gilt längst als ausgemacht, daß der für England einträglichste Aspekt unserer Siedlungen in Amerika der Handel ist, welcher sich für unsere Kaufleute ergibt. Was man in der Neuen Welt am meisten benötigt, sind Arbeitskräfte auf den Plantagen, ein Bedarf, dem wir nunmehr entsprechen zu können glauben. Es ist zur Gründung der Königlichen Afrika-Gesellschaft gekommen (Seine Majestät König Charles II. sowie sein gesamter Hof sind daran beteiligt), und mittlerweile ist an der Guinea-Küste eine Reihe von Forts für die Sklavenjagd angelegt worden. Bis dato hat die Gesellschaft 60783 Afrikaner nach Amerika verschifft, von denen ganze 46396 überlebt haben und auf den Markt gebracht werden konnten, was zur Folge hatte, daß die zuletzt ausgeschüttete Dividende der englischen Anteilseigner fast 300% betrug.

Seine Majestät haben zur Erinnerng an unseren Erfolg in diesem überaus lohnenden neuen Geschäftszweig der Prägung einer hochgeschätzten Münze aus reinstem westafrikanischen Gold zugestimmt, die zutreffenderweise ›Guinea‹ genannt wird.

Nun, da die Vertretungen Virginias und Marylands glücklicherweise Gesetze erlassen haben, welche zum Einsatz von Negersklaven in Nord-Amerika ermutigen, dürfen wir erwarten, daß dieser Handel sich beträchtlich ausweitet, zumal es eine Tatsache ist, daß sich die Schwarzen auf englischen Plantagen für gewöhnlich nicht in dem Maße fortpflanzen, wie sie sterben.

So könnte es sich herausstellen, daß die edelste Plantage in der Neuen Welt eines Tages die Insel Jamaika sein wird, und zwar dank des reichlich zur Verfügung stehenden fruchtbaren Ackerlandes; allerdings bedarf es dazu der Behebung zweier Mißstände, die einer vollen Entwicklung bislang entgegenstehen.

Beim ersten handelt es sich um eine Bande flüchtiger Schwarzer und Mulatten, welche die Spanier ›Maroonen‹ nennen und die sich erdreistet haben, in den Bergen besagter Insel ein eigenes, gottloses Volk zu bilden. Da ihnen jeder Sinn für Moral abgeht, werden sie den christlichen Pflanzern gegenüber von Tag zu Tag unverschämter und gefährlicher, fordern sie doch deren Schwarze zur Widersetzlichkeit und Rebellion auf. Durch ihre Unternehmungen haben sie bislang die Kultivierung großer Flächen erfolgversprechenden Ackerlandes verhindert, was sich auf die Steuereinkünfte Seiner Majestät höchst nachteilig auswirkt. Alle Versuche, diese Schwarzen (von denen es heißt, sie lebten genauso wie in Afrika und hätten ihre eigenen Formen von Gottesdienst) zu unterwerfen und zu vernichten, sind bislang wegen der Unzugänglichkeit ihrer Bergfesten (die es auf Barbados glücklicherweise nicht gibt) fehlgeschlagen. Aus unseren Unterlagen geht hervor, daß bislang rund 240 000 Pfund Sterling für die fruchtlosen Bemühungen ausgegeben worden sind, die Maroonen zu unterwerfen. Es gilt, sie entweder zu vernichten oder aber zu einer Art Übereinkunft mit ihnen zu kommen, weil sonst viele Menschen auch weiterhin davon abgeschreckt werden, auf dieser Insel zu siedeln.

Da es den englischen Regimentern, die bisher gegen sie ausgeschickt wurden, nicht gelungen ist, dieser Maroonen (welche über alle, die sich in die Nähe ihrer Bergfesten wagen, herfallen und sie umbringen) Herr zu werden, liegt der Schluß nahe, selbige Versuche in eine andere Richtung zu lenken. Wir sollten daher dem Gouverneur der Insel, Sir Benjamin Briggs, Anweisung geben, dem Anführer, einem heidnischen Schwarzen, der auf den Namen Etiba hören soll, ein Abkommen anzubieten, demzufolge die beiden Völker fürderhin in Eintracht nebeneinander leben können.

Die zweite Ursache, die sich der vollständigen englischen Beherrschung der Insel hinderlich entgegenstellt, ist die Stadt, die an der Zufahrt zur Bucht von Jamaika aufgeblüht ist. Sie wird von den Spaniern Cayo de Carena genannt und bei uns zu Ehren der Wiedereinsetzung Seiner Majestät Port Royal. Besagter Hafen wird seinem Namen kaum gerecht, da er niemandem verpflichtet ist außer dem eigenen Wohle. Die Stadt ist die Heimstatt jener ursprünglich aus Tortuga kommenden Freibeuter der Meere, welche sich Bukaniers nennen, eine eigenwillige Sorte Mensch, die weder irgendeiner Religion noch irgendwelchen weltlichen Mächten anhängt. Sie segeln, wohin ihnen der Sinn steht, und leben von Überfällen auf den Spanier (dem sie Millionen von Peso Schaden zufügen) und halten niemandem die Treue außer dem Königreich des Meeres.

Anders als die Plantagen auf Jamaika erfreut dieser Hafen sich eines großes Erfolges (freilich ganz besonderer Art). Keine in der Neuen Welt gegründete Stadt ist schneller gewachsen als diese; auch hat keine ein ähnlich hohes Maß an Wohlstand erreicht. Port Royal hat mehr Einwohner als jede andere Stadt in Amerika mit Ausnahme von Boston – und hat eine Bedeutung erlangt, der allenfalls noch von ihrem schlechten Ruf der Rang abgelaufen wird. Bei der Jagd nach geraubten spanischen Reichtümern, die täglich dortselbst angelandet werden, zahlen Kaufleute für Verkaufsstände und Schaufenster am Hafen drunten mehr als im Herzen von London. Da Süßwasser knapp ist, trinken die Bewohner dort vornehmlich starke Branntweine, und unsere Volkszählung ergibt, daß in diesem Hafen auf zehn dort wohnhafte Männer je eine Schenke kommt, wobei (wie man uns gesagt hat) die größte Anzahl von Schanklizenzen an eine gewisse schlecht beleumundete Frau entfallen, die ursprünglich aus Barbados kommt, aber zwecks Ausübung ihres anrüchigen Gewerbes dorthin übergesiedelt ist.

Wenngleich besagter Hafen den Namen Englands dadurch besudelt hat, daß er diesen frechen Freibeutern eine Heimstatt bietet, so muß hervorgehoben werden, daß es zweifelhaft ist, ob die Insel überhaupt noch im Besitz Seiner Majestät wäre, entzündeten nicht eben diese Freibeuter Furcht in den Herzen der Spanier. Letztere hätten anderenfalls gewiß längst wieder Besitzansprüche auf die Insel angemeldet.

Der Oberanführer dieser Freibeuter, ein Engländer, den alle kennen, hat den Spaniern (und während des jüngsten Krieges auch den Holländern) viel Ungemach zugefügt und wird seiner Verdienste um England (und um die eigene Person) willen von Seiner Majestät wie ein hochstehender Gentleman behandelt, obwohl er sich auf höchst unterschiedliche Weise immer wieder als Quertreiber erwiesen hat, wenn es darum ging, die lästigen Maroonen in ihre Schranken zu weisen.

Dementsprechend hat Seine Majestät dem Rat seinen Wunsch kundgetan, wir möchten die Dienste dieses Mannes dahingehend in Anspruch nehmen, daß er seine Freibeuter (zu denen auch eine nicht minder berüchtigte Frau gehört – seine Ehefrau, wie es heißt –, die gleichfalls mit diesen Marodeuren in See sticht) bewegt, für die Insel und den Hafen die englischen Gesetze anzuerkennen. Sollte dieser Plan so verlaufen, wie es Seine Majestät wünschen, so steht zu hoffen, daß man ihn (dadurch, daß der König, wie er es gern sähe, diese Ritter der Klinge zu den Verwaltern seiner Einnahmen macht) gut zu nutzen versteht. Zu diesem Behufe wird es Seiner Majestät zur Freude gereichen, daß wir im kommenden Jahre Sir Benjamin Briggs (dessen Ehrlichkeit Seine Majestät nie recht getraut hat) abberufen und uns bemühen, diesen Bukanier zu bewegen, den Posten des Gouverneurs von Jamaika anzunehmen.

Nachwort

Ich habe im Vorhergehenden versucht, den Wein der Geschichte zu einer Art Branntwein zu destillieren, gleichwohl jedoch soviel authentisches Aroma beizubehalten wie möglich. Viele der in diesem Roman erzählten Episoden beruhen auf tatsächlichen Begebenheiten, die freilich in konzentrierter Form wiedergegeben wurden. Zum überwiegenden Teil haben auch die Romanfiguren historische Vorbilder. Die Handlung erstreckt sich über mehrere Jahre – von der ersten größeren Sklavenauktion auf Barbados, von der man annimmt, daß sie kurz vor der Jahrhundertwende stattgefunden hat, bis zur Eroberung Jamaikas durch die Engländer im Jahre 1655. Die Bevölkerung und die Wirtschaftsgrundlagen in den englischen Kolonien in der Karibik veränderten sich in dieser kurzen Zeitspanne auf höchst dramatische Weise; es handelte sich um eine soziale Umschichtung von einem Ausmaß, die alle anderen mir bekannten übertrifft. Die Hinrichtung von König Charles und der Unabhängigkeitskrieg der Insel Barbados fanden gleichfalls in diesen entscheidenden Jahren statt.

Sämtliche Dokumente, Briefe und Flugschriften, die im Roman zitiert wurden, sind im wesentlichen wortgetreu wiedergegeben, ausgenommen lediglich die beiden, die sich unmittelbar auf Hugh Winston beziehen.

Selbstverständlich trugen den Gang der Ereignisse danach viel mehr Menschen, als ein Roman fassen könnte. Hugh Winston ist ein Kompositum aus verschiedenen Persönlichkeiten und Charakteren jener Zeit (wie etwa Thomas Tryon), an deren Ende selbstverständlich der berühmte Freibeuter Sir Henry Morgan steht, der später in Anerkennung seiner Erfolge bei der Plünderung spanischer Schätze zum Gouverneur von Jamaika ernannt wurde. Gouverneur Dalby Bedford stellt eine Kombination aus Gouverneur Philip Bell und seinem Nachfolger, Francis Lord Willoughby, dar. Allerdings fand keiner der beiden während der Revolution auf Barbados den Tod. Der Aufstand brach zusammen, als – nachdem Überläufer die Streitkräfte des Parlaments an Land willkommen geheißen hatten – ein fünf Tage währender Regen die Pflanzer immobilisierte. Eine verirrte englische Kanonenkugel durchschlug die Tür des Plantagenhauses, in dem die Anführer der Bürgerwehr versammelt waren, und streckte eine der Schildwachen nieder – ein Ereignis, welches die Aufständischen dermaßen entmutigte, daß sie sich ergaben.

Die Gestalt der Katherine Bedford wurde inspiriert von Gouverneur Bells Gattin, »welche aufgrund ihres lebendigen und emsigen Wesens eine entscheidende Kraft in der Regierung bildete«. Benjamin Briggs vereinigt in sich die Charakterzüge vieler Siedler aus jener frühen Zeit. Der Bau der ersten Zuckermühle auf der Insel und die Errichtung einer Schutzmauer um sein Anwesen bezieht sich auf die realen Vorbilder James Drax und ›Drax Hall‹, während sein späterer Werdegang nicht unähnlich dem von Thomas Modyford verlief, eines wohlhabenden Pflanzers aus Barbados, der in späteren Jahren Gouverneur von Jamaika wurde.

Anthony und Jeremy Walrond erinnern entfernt an die prominenten Royalisten Humphrey und George Walrond. Edmond Calvert wurde in einigen Teilen der Erzählung dem Bild von Sir George Ayscue nachgezeichnet, in anderen dem Vorbild von Admiral William Penn. Richard Morris stellt eine Kombination von Kapitän William Morris und General Robert Venables dar, und James Powlett erinnert an Vize-Admiral Michael Pack. Die meisten Mitglieder des Rats und der Freisassen-Versammlung von Barbados, die im Roman auftauchen, gehörten tatsächlich diesen Körperschaften an, und meine Joan Fuller soll eine Huldigung an die berühmte Bridgetowner Bordellbesitzerin gleichen Namens sein; ich hoffe aufrichtig, vor allem ihrem Gedenken gerecht geworden zu sein.

Jacques le Basque ist einer ganzen Reihe früher Bukaniers

nachempfunden – von Pierre le Grand, dem ersten, der (übrigens mit Hilfe von Einbäumen) ein spanisches Schiff in seine Gewalt brachte, bis hin zu dem vielgehaßten Freibeuter-König Le Vasseur, der die Forte de la Roche samt ihrem ›Taubenschlag‹ erbaute. Tibaut de Fontenay war ein Neffe dieses Mannes, der ihn unter ähnlichen Umständen wie den im Roman beschriebenen einer gemeinsamen Geliebten wegen umbrachte.

Während Serina, Mulattin und ›Bettwärmer‹ von Benjamin Briggs, in der Frühzeit keinem besonderen Prototyp entsprach (etwas, das sich – sehr zum Leidwesen der englischen Ehefrauen daheim – bald ändern sollte), geht Atiba auf die Gestalt eines von der Goldküste stammenden Sklaven namens Coffe zurück, der im siebzehnten Jahrhundert an der Spitze einer glücklosen Sklavenrevolte auf Barbados stand und dem die Errichtung eines unabhängigen schwarzen Gemeinwesens nach afrikanischen Stammestraditionen vorschwebte. Zur Strafe wurden er sowie etliche andere »bei lebendigem Leibe verbrannt, nachdem man sie zuvor an den Scheiterhaufen gekettet hatte«. Als ihm das Urteil verkündet wurde, soll er erklärt haben: »Wenn Ihr mich heute röstet, könnt Ihr mich morgen nicht mehr rösten.« Eine zeitgenössische Flugschrift, in der die Affäre dargestellt wurde, fand in London lebhaften Absatz. Atibas spätere Laufbahn als Anführer der Maroonen, mit denen die Engländer schließlich zu verhandeln gezwungen waren, basiert auf verschiedenen historischen Vorbildern, unter anderem dem schrecklichen Cudjoe, dem Oberhaupt des kriegerischen Volkes freier Neger, das die englischen Pflanzer auf Jamaika fast noch achtzig Jahre nach seiner Ergreifung in Angst und Schrecken versetzte.

Es gibt heute kaum noch irgendwelche Relikte aus diesen Jahren. Auf Barbados kann man ›Drax Hall‹ besuchen, sonst steht jedoch kaum noch etwas. Auf Tortuga habe ich mir den Weg durch den Dschungel buchstäblich freigeschlagen und auch tatsächlich den Ort gefunden, wo Le Vasseurs Forte de la Roche samt ›Taubenschlag‹ stand. Ein paar Grabungen legten etwas Mauerwerk von der äußeren Umwallung frei. Das einzige, was vom ›Taubenschlag‹ geblieben ist, war eine nahezu dreieinhalb Jahrhunderte alte gemauerte Stufe, die einst zur unteren Treppe gehörte und jetzt fast zur Gänze bedeckt ist von den knorrigen Wurzeln eines Banyanbaumes, der auf der riesigen Felsklippe wächst, auf der der ›Taubenschlag‹ danach errichtet wurde. Auf Jamaika scheint überhaupt nichts erhalten geblieben zu sein, sieht man einmal ab von ein paar Überbleibseln aus der Glanzzeit von Port Royal. Nur die Menschen auf diesen Inseln, die Kinder einer riesigen afrikanischen Diaspora, bilden das lebendige Erbe der europäischen Zuckergier im siebzehnten Jahrhundert.

Die Geschichte speist sich aus vielen Originalquellen. Besonderen Dank schulde ich der hervorragenden Bibliothek und dem Rare Book Room der Columbia University, dem Rare Book Room der New York Public Library, den Archiven von Barbados und dem Institute of Jamaica, Kingston. Informationen über Yoruba-Kultur und Yoruba-Kulte, die ja in weiten Teilen Brasiliens und in der Karibik noch heute überaus lebendig sind, verdanke ich Dr. John Mason vom Yoruba Theological Seminary, dem Caribbean Cultural Center of New York und Freunden auf Haiti, die mir im Laufe der Jahre immer wieder Zugang zum haitischen Voodoo-Kult vermittelten. Viele Informationen über Tortuga und die Bukaniers, darunter wichtige Einzelheiten über die Forte de la Roche, verdanke ich dem Archäologen Daniel Koski-Karell; für die liebenswürdige Gastfreundschaft, die dem neugierigen Romancier entgegengebracht wurde, danke ich Les frères des écoles chrétiennes – Missionaren der Christlichen Brüder – auf der Isle de la Tortue, Haiti. Dankbar bin ich auch Dr. Gary Puckrein, dem Autor von *Little England,* für seine Einsichten bezüglich der Rolle der Sklaverei bei dem unter ungünstigen Vorzeichen stehenden Versuch der Bewohner von Barbados, die Unabhängigkeit zu erlangen.

All jene Freunde, die das Manuskript oder zumindest Teile davon mit dem Bleistift in der Hand durchgesehen und wertvolle Kritik beigesteuert haben, nenne ich in alphabetischer Reihenfolge: Norman und Susan Fainstein, Joanna Field, Joyce Hawley, Julie Hoover, Ronald Miller, Ann Prideaux, Gary Prideaux und Peter Radetsky. Ohne sie hätte ich es nie geschafft, den Roman fertigzustellen.

Sehr verbunden für unermüdliche Ermunterung und Hilfe bin ich zudem meiner Agentin Virginia Barber und meiner Lektorin Anne Hukill.

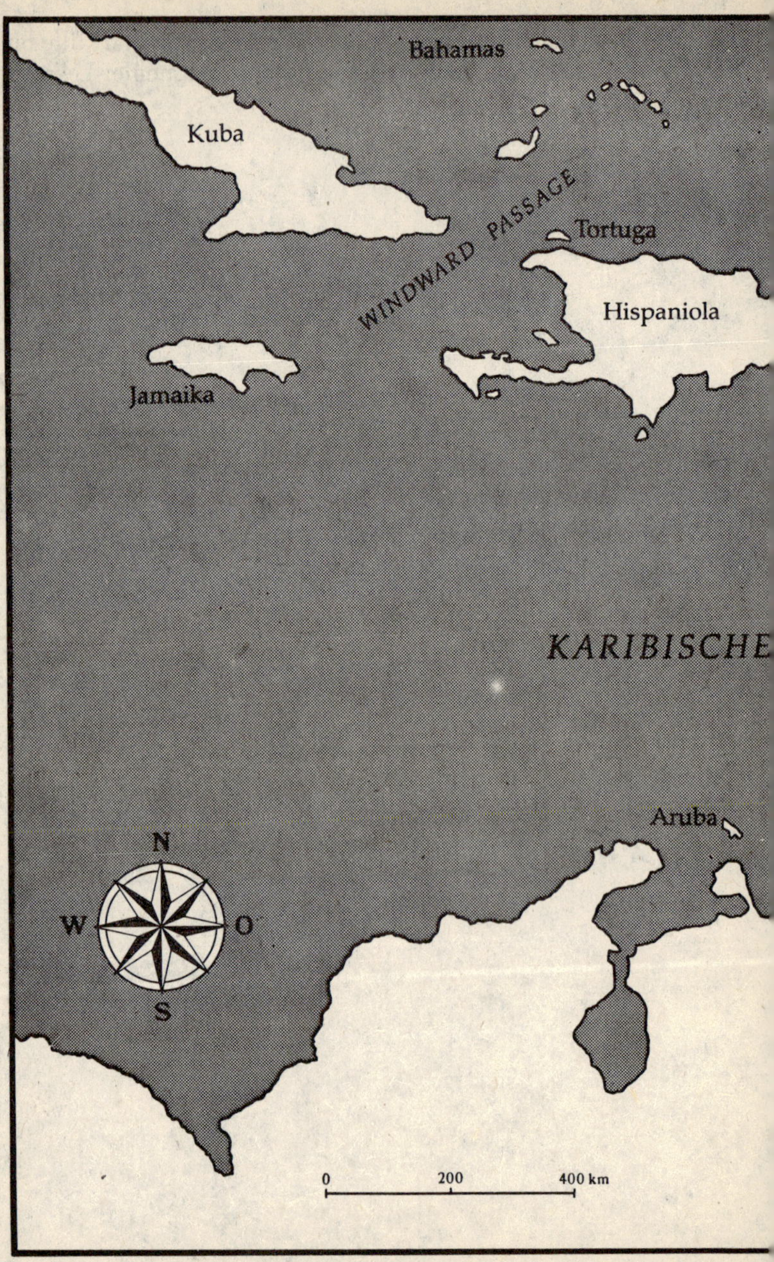
Bahamas
Kuba
WINDWARD PASSAGE
Tortuga
Hispaniola
Jamaika
KARIBISCHE
Aruba
N
W
O
S
0
200
400 km

Die Karibik im 17. Jahrhundert
Puerto Rico
Anguilla
Tortola
St. Martin
Saba
Barbuda
St. Christopher
Antigua
Nevis
Montserrat
Guadeloupe
Maria Galante
Dominica
SEE
Martinique
St. Lucia
Barbados
St. Vincent
Grenada
Bonaire
uraçao
Tobago
Trinidad
Spanisch-Südamerika